KB116405

신화의 시대

신화의 시대

불핀치의 그리스 로마 신화

The Age of Fable

토머스 불핀치 신화집 박중서 옮김

THE AGE OF FABLE
by THOMAS BULFINCH (1855)

일러두기

1. 그리스 로마 신화 관련 인명은 대체로 그리스식 명칭으로 통일했으며, 로마 신을 따로 다룬 부분 등 특수한 경우에는 예외로 두었다.
2. 그리스 로마 신화 관련 고유 명사 표기는 대체로 다음 책을 우선적으로 따랐다. 피에르 그리말, 『그리스 로마 신화 사전』(최애리 외 옮김, 열린책들, 2003). 여기에 나오지 않는 고유 명사는 다음 고전 역주서의 표기를 참고했다. 오비디우스, 『변신 이야기』(천병희 옮김, 숲, 2006); 베르길리우스, 『아이네이스』(천병희 옮김, 숲, 2004).
3. 원서에 수록된 저자의 주석에는 〈원주〉라고 표시했으며, 그 이외의 모든 주석은 〈옮긴이주〉이다.
4. 단위는 가급적 우리에게 친숙한 미터/그램/섭씨로 변환했으며, 필요한 경우에만 원래 단위를 유지하고 다른 단위를 병기했다.
5. 원문에는 없지만 의미를 더 명확히 하기 위해 첨언한 경우 대괄호([]) 안에 병기했다.

이 책은 실로 꿰매어 제본하는 정통적인 사철 방식으로 만들어졌습니다.
사철 방식으로 제본된 책은 오랫동안 보관해도 손상되지 않습니다.

대중과 지식인 모두의 시인인
헨리 워즈워스 롱펠로 님께,
신화를 대중화시키고
격조 높은 문학의 즐거움을
확장하고자 하는 시도인
이 책을 삼가 바칩니다.

서문

이를테면 우리의 재산을 더 늘려 주거나, 또는 사회적 지위를 더 높여 주는 데에 도움이 되는 지식만을 가리켜 〈유용한 지식〉이라고 부를 수 있다면, 신화는 감히 그렇게 불릴 만한 자격이 없을 것이다. 하지만 우리를 더 행복해지고 더 나아지게 만들어 주는 경향이 있는 지식을 가리켜 〈유용한 지식〉이라고 부를 수 있다면, 우리의 주제 역시 그런 명칭에 딱 어울린다고 하겠다. 게다가 문학이야말로 미덕의 동맹자이며 행복의 촉진자로는 최고 가운데 하나이니 말이다.

신화에 대한 지식이 없다면, 우리의 언어[영어]로 이루어진 격조 높은 문학 작품 가운데 상당수는 이해나 감상이 매우 어려울 것이다. 바이런이 로마를 가리켜 〈여러 국가를 낳은 니오베〉라고 일컬은 것이라든지, 또는 베네치아를 가리켜 〈이 도시는 대양에서 갓 나온 바다 키벨레 같아〉라고 일컬었을 때, 우리의 주제에 친숙한 사람들의 머릿속에는 연필로 묘사한 것보다도 훨씬 더 생생하고 또렷한 장면이 떠오르겠지만, 신화에 무지한 독자에게는 그런 광경이 나타나지 못할 것이다. 밀턴도 이와 유사한 인유를 많이 사용한다. 그의 짧은 시 「코머스」[1]에는 서른 개 이상이, 송시 「성탄절 아침에 부치는 찬가」에는 시의 절반가량이 그런 인유다. 『실낙원』도 전체에 걸쳐 그런 인유가 여기저기 흩어져 있다. 결코 교양이 없지 않은 사람들조차 밀턴을 읽으면 재미가 없다고 말하는 이유 가운데 하나도 그래서이다. 하지만 비록 그런 사람들이라 해도, 이 짧은 책에 나온 쉬운 내용을 각자의 견고한 지식에다가 더할 수만 있다면, 한때는 〈거칠고도 난해한〉 것처럼 보였던 밀턴의 시 가운데 상당수가 〈아폴론의 류트마냥 감미롭게〉[2] 여겨질 것이다. 이 책에 인용된 인용문들(스펜서에서 롱펠로에 이르기까지 무려 25명 이상의 시인들에게서 가져온)은 신화에서 예시를 빌려오는 관습이 얼마나 보편적인지를 보여 줄 것이다.

산문 작가들 역시 그와 같은 격조 높고 암시적인 예시의 원천을 종종 이용하곤 한다. 가령 『에든버러 리뷰』나 『쿼털리 리뷰』를 읽어 보더라도, 그런 경우를 하나쯤 만나지 않는 경우는 드물 것이다. 밀턴에 관한 매콜리[3]의 논고에는 그런 표현이 스무 개나 된다.

하지만 그리스와 로마의 언어로 배울 수 없는 사람에게는 과연 어떻게 신화를 가르쳐야만 할까? 지금과 같이 실용적인 시대에 일반 독자가 전적으로 허구의 경이와 사멸한 신앙

1 존 밀턴의 가면극 대본으로, 디오니소스와 키르케의 아들인 마법사 코머스가 숲에서 아름다운 처녀를 유혹하려 들지만, 수호 정령과 강의 님프로부터 도움을 얻은 그녀의 남동생들에게 격퇴된다는 내용이다.

2 셰익스피어의 희곡 『사랑의 헛수고』 제4막 제3장에 나오는 대사이다.

3 Thomas Babington Macaulay(1800~1859). 영국의 역사가 겸 정치가로, 1825년에 『에든버러 리뷰』에 기고한 밀턴에 관한 논고로 처음 명성을 얻었다.

과 관계된 종류의 학습에 전념하리라고는 기대할 수 없다. 지금은 젊은이들조차 시간 중 대부분을 사실이며 사물에 관한 많은 학문들에 바치다 보니, 단지 상상에 불과한 학문에 관한 논고를 배우기 위한 시간을 내기는 거의 불가능하다.

그렇다면 고대 시인들의 원전을 번역본으로 읽음으로써 이 주제에 관한 필수적인 지식을 얻을 수 있지 않을까? 우리의 답변은 이렇다. 이 분야가 워낙 광대하기 때문에 벼락치기 공부에는 부적절하다. 그리고 그 번역문조차 이 주제에 관해 사전 지식을 어느 정도 갖고 있어야만 이해가 가능하다. 설마 그럴까 하고 의구심을 갖는 사람이 있다면, 어디 『아이네이스』의 첫 페이지를 펼쳐 보시라. 애초에 아무 지식이 없는 상태에서 과연 〈헤라의 증오〉, 〈모이라이의 판결〉, 〈파리스의 심판〉, 〈가니메데스의 명예〉를 이해할 수 있겠는가?

그렇다면 이런 의문은 주석에서, 또는 『고전 사전』 같은 참고 문헌을 통해서 해소할 수 있다고 답변해도 되지 않을까? 우리의 답변은 이렇다. 어느 쪽을 선택하든지 그로 인해 독서가 중단되는 것은 너무 성가신 일이기 때문에, 대부분의 독자는 그걸 일일이 찾아보느니 차라리 어떤 인유에 대해선 이해하지 못한 채로 넘어가는 쪽을 택한다는 것이다. 게다가 그런 자료들은 원래의 이야기에 담긴 매력을 전달해 주지도 못하고, 오히려 무미건조한 사실만을 나열할 뿐이다. 신화를 다룬 시에서 신화만을 추출하면 어떻게 되겠는가? 가령 우리 책에서는 한 장(章)을 차지하는 케익스와 알키오네의 이야기가 그나마 가장 우수한 (스미스의) 『고전 사전』에서는 불과 여덟 줄로 요약된다. 다른 참고 문헌에서도 마찬가지이다.

우리의 책은 바로 이런 문제를 해결하기 위한 시도이다. 즉 독자에게 정보만이 아니라 재미를 주기 위한 의도로 신화의 이야기를 서술했다. 우리는 고대의 권위자들을 따라서 되도록 정확하게 이야기하려고 노력했다. 그래야만 나중에 그 이야기가 언급되었을 때, 독자가 그 언급을 인지하지 못하고 넘어가는 경우가 없을 것이기 때문이다. 우리는 신화를 공부로 가르치는 것이 아니라, 오히려 공부로부터의 휴식이 될 수 있기를 바란다. 또한 우리의 저서가 이야기책으로서의 매력을 지니는 한편, 교육의 중요한 한 부분에 관한 지식을 전달할 수 있기를 바란다. 아울러 이 책을 일종의 참고 도서로 사용할 수 있도록, 즉 가정용 『고전 사전』으로 삼을 수 있도록 맨 뒤에 찾아보기를 붙여 두었다.

이 책에 나오는 고전 신화는 주로 오비디우스와 베르길리우스의 저서에서 가져온 것이다. 그렇다고 해서 단순히 원문을 직역하지는 않았으니, 내 생각에 시를 산문으로 직역하다 보면 읽기에 별로 매력적이지가 않기 때문이다. 그런 번역문은 일단 시도 아닐뿐더러, 각운과 운율을 훼손시킬 수밖에 없는 상황에서는 충실한 번역이 가능하다는 확신 자체가 불가능하기 때문이다. 이 책은 어디까지나 산문으로 풀어 내고, 시 가운데에서 언어 그 자체로부터 분리되어 독자의 생각 속에 자리 잡을 수 있는 내용 상당수는 보존하는 한편, 그 변형된 형태에 어울리지 않는 부연 부분은 생략했다.

북유럽 신화는 말레[4]의 『북유럽의 고대 문화』에 수록된 요

4 Paul Henri Mallet(1730~1807). 스위스 출신의 작가로, 덴마크 역사와 문화를 연구해서 펴낸 여러 권의 저서로 명성을 얻었다. 특히 『북유럽의 고대

약문을 그대로 가져왔다. 이 장(章)들과 동양과 이집트 신화를 수록한 장은 이 주제를 완결하기 위해서 꼭 필요하다고 보았기에 수록했다. 비록 고전 신화를 다룬 유사한 저서에서는 이런 내용이 보통은 수록되지 않는 것으로 알고 있지만 말이다.

상당히 자유롭게 등장시킨 시 인용문은 몇 가지 귀중한 목적에 부응하기 위한 의도이다. 인용문은 각각의 이야기의 핵심 내용에 관한 기억을 독자에게 각인시킬 것이며, 주요 고유 명사의 정확한 발음을 숙지하는 데 도움을 줄 것이고, 여러 편의 걸작 시에 대한 기억을 더욱 풍부하게 해줄 것이다. 실제로 그런 시 가운데 상당수는 독서나 대화 중에 종종 인용되거나 인유되기 때문이다.

이 책의 범주에 걸맞게 〈문학 작품과 관련된 신화〉를 선별하는 과정에서, 우리는 격조 높은 문학 작품의 독자들이 발견할 가능성이 있는 내용은 하나도 빼먹지 않도록 노력했다. 대신 순수한 기호와 선량한 도덕에 거슬리는 이야기 전체 또는 일부는 수록하지 않았다. 물론 그런 이야기도 가끔씩 언급은 되지만, 영어를 사용하는 독자라면 그 내용에 대한 자신의 무지를 인정해도 아무런 부끄러움을 느낄 필요가 없을 것이다.

우리의 책은 지식인을 위한 것도 아니고, 신학자를 위한 것도 아니고, 철학자를 위한 것도 아니며, 어디까지나 영어로 된 문학 작품을 읽는 모든 독자를 위한 것이다. 즉 연설가, 강사, 수필가, 시인 들과 세련된 대화를 즐기는 사람들이 워낙 자주 언급하는 인유를 이해하고자 하는 모든 사람들을

문화』는 〈에다〉의 번역을 수록한 까닭에 각별히 큰 인기를 얻었다.

위한 것이다.

우리는 젊은 독자들이 이 책에서 재미를 만끽할 것이라고 믿어 의심치 않는다. 학식이 있는 독자라면 이 책을 독서의 유용한 동반자로 삼을 수 있을 것이다. 여행 중에 박물관과 미술관을 방문하는 사람이라면, 이 책을 여러 회화와 조각에 대한 해설서로 이용할 수 있을 것이다. 교양 있는 사교 모임에 어울리는 사람이라면, 이 책을 거기서 종종 언급되는 인유의 해석을 위한 열쇠로 사용할 수 있을 것이다. 마지막으로 나이 지긋한 독자의 경우, 문학의 오솔길을 다시 거슬러 각자의 어린 시절로 다시 한번 돌아가는, 그리고 매 걸음마다 삶의 아침이었던 그때의 기억을 떠올리는 기쁨을 누리게 될 것이다.

이런 기억의 영구성을 아름답게 표현한 시가 있다. 바로 새뮤얼 테일러 콜리지가 번역한 실러의 희곡 『피콜로미니』의 제2막 제4장에 나오는 유명한 구절이다.

> 옛 시인들의 지적인 모습들,
> 옛 종교의 아름다운 인간애,
> 힘과 아름다움과 장엄함이 곳곳에 있었네.
> 골짜기에나, 소나무 무성한 산에나,
> 숲에나, 잔잔한 개울가에나, 자갈 깔린 샘가에나,
> 구렁에나, 웅덩이에나. 이 모두는 사라졌네.
> 그들은 더 이상 이성의 신앙 속에 살지 않네.
> 하지만 가슴은 여전히 언어를 필요로 하네.
> 여전히 옛 본능은 옛 이름을 다시 불러오네.
> 일찍이 이 땅을 공유했던 영들이나 신들은

인간을 그들의 친구로 삼았네. 오늘날까지도
위대한 것을 가져오는 이는 항상 제우스이고,
아름다운 것을 가져오는 이는 항상 아프로디테라네.

제1장

서론

고대 그리스와 로마의 종교는 사멸해 버렸다. 현재 살아 있는 사람 가운데 이른바 올림포스의 신들을 예배하는 사람은 아무도 없다. 오늘날 이런 신들은 신학 분과에 속하는 것이 아니라 문학과 취미 분과에 속한다. 그곳에서는 신들이 여전히 나름의 입지를 유지하고 있으며, 앞으로도 계속해서 입지를 유지할 수 있을 것이다. 왜냐하면 신들은 고대와 현대에 나온 시와 미술 중에서도 가장 뛰어난 생산품과 긴밀히 연관되어 있기 때문에, 결코 쉽게 망각될 수는 없기 때문이다.

우리는 지금부터 그 신들에 관한 이야기를 할 작정이다. 고대인들로부터 우리에게 전해진 이야기, 그리고 현대의 시인과 에세이스트와 웅변가 들이 인유한 이야기를 말이다. 이 책을 읽는 독자는 한편으로 지금까지 창조된 것 가운데서도 가장 매력적인 픽션을 즐기는 동시에, 또 한편으로는 각자의 시대를 대표하는 우아한 문학 작품을 읽고 이해하는 데 불가결한 정보를 소유하게 될 것이다.

이 책에 나온 이야기를 이해하기 위해서는 그리스인들 사이에서 널리 통용되던 우주의 구조에 관한 관념을 우리도 숙지하는 것이 필수적이다. 그리스인의 이런 관념은 훗날 이들의 과학과 종교를 받아들인 로마인에게로, 그리고 또다시 다른 민족들에게로 퍼져 나갔다.

그리스인은 대지가 평평하고 둥글다고, 그리고 자기네 나라가 그 대지의 한복판에 자리 잡고 있다고 믿었다. 그중에서도 대지의 중심은 신들의 거처인 올림포스산, 또는 신탁으로 유명한 델포이라고 믿었다.

원반 모양의 대지에는 그리스인이 지중해라고 부르는 〈바다〉가 서쪽부터 동쪽까지 가로질러 있어서 육지를 똑같은 두 부분으로 나누었다. 이 바다의 연장이 바로 에욱세이노스[흑해]이며, 이것은 그리스인이 유일하게 알고 있는 또 다른 바다였다.

대지의 주위로는 〈오케아노스강〉이 흐르고 있었다. 대지의 서부에서는 이 강이 남쪽에서 북쪽으로 흘렀고, 동부에서는 반대로 북쪽에서 남쪽으로 흘렀다. 이 강은 꾸준하고도 한결같은 속도로 흘렀으며, 폭풍과 비바람에도 아무렇지 않았다. 바다 그리고 대지의 모든 강에 흐르는 물은 바로 오케아노스강으로부터 오는 것이었다.

대지의 북부에는 히페르보레이오이족(族)이라는 이름의 행복한 종족이 높은 산맥 너머에서 영원한 희열과 봄을 누리며 살고 있었다. 그 산맥에는 여러 개의 동굴이 있는데, 바로 그곳에서 매서운 북풍이 불어 나와서 헬라스(그리스) 사람들을 춥게 만들었다. 그들의 나라는 육지나 바다 가운데 어느 쪽으로도 접근이 불가능했다. 그들은 질병이나 노년, 고생이나 전쟁을 겪지 않고 살아갔다. 토머스 무어[5]는 다음과 같이 시작되는 「히페르보레이오이족의 노래」라는 시를 우리에게 선사한 바 있다.

내가 온 땅은 햇빛 찬란하고 깊은 곳,
황금빛 정원이 빛나는 곳,
북쪽의 바람이 잠들어 잔잔하고,
고둥 나팔을 결코 불지 않는 곳.

대지의 남부, 그러니까 오케아노스강의 물살과 가까운 곳에서는 히페르보레이오이족 못지않게 행복하고도 덕스러운 사람들이 살고 있었다. 이들은 에티오피아인들이었다. 신들은 이 민족을 무척 애호했기 때문에, 때때로 올림포스의 거처를 떠나서 이들이 바치는 희생 제물과 연회를 즐기러 가곤 했다.

대지의 서쪽 끝, 오케아노스강 가까이에는 엘리시온 평원[엘리시움]이라는 행복한 장소가 자리를 잡고 있었다. 신들의 애호를 받은 필멸자들은 죽음을 맛보지 않고 이곳으로 옮겨져서 희열의 불멸성을 즐기게 되었다. 이 행복한 지역은 또한 〈행운의 들판〉 또는 〈축복받은 자의 섬〉이라고도 불렸다.

따라서 우리는 초기의 그리스인이 자기네 나라의 동쪽과 남쪽 또는 지중해 연안에 사는 민족을 제외하면 나머지 실제 민족에 관해서는 거의 모르고 살았음을 알 수 있다. 대신 그들은 상상력을 발휘해 이 바다의 서부에 거인, 괴물, 여자 마법사를 가득 채워 넣었다. 아울러 이들은 대지의 원반(직경

5 Thomas Moore(1779~1852). 아일랜드의 시인.

이 아주 크지는 않을 수도 있다고 간주되었다) 주위에 신들의 특별한 애호를 받는 민족들을 배치하고, 행복과 장수의 축복을 부여했다.

새벽, 해, 달은 오케아노스강의 동쪽에서 솟아 나와 공중을 지나가면서 신들과 인간에게 빛을 제공하는 것으로 간주되었다. 별들 역시 (북두칠성 또는 큰곰자리를 형성하는 별들, 그리고 그 인근의 다른 별들을 제외하면) 오케아노스강의 물살 속에서 솟아 나와 다시 그곳으로 가라앉는다고 보았다. 그리고 태양신은 날개 달린 배에 올라타고 이 강을 따라 대지의 북부를 빙 돌아서, 자기가 원래 떠올랐던 동쪽 자리로 되돌아오는 것이었다. 밀턴은 「코머스」에서 이 일화를 인유한다.

> 이제는 낮의 금빛 수레의
> 그 황금색 굴대가 가라앉는다.
> 가파른 대서양의 강물 속에서
> 태양은 위쪽으로 향한 그 광선을
> 어두운 극지에 대고 발사하며
> 동쪽에 있는 다른 목적지를,
> 즉 자신의 처소를 향해 나아간다.

신들의 거처는 테살리아의 올림포스산에 있었다. 구름으로 이루어진 정문을 〈사계절〉 여신들이 지키면서, 천인(天人)들이 대지로 내려가는 것이며 다시 돌아오는 것을 허락해 주었다. 신들은 각자의 처소가 있었다. 하지만 부름을 받을 때에는 제우스의 궁전에 모두 모였으며, 평소 거처가 대지이든 물이든 지하 세계이든 신들 모두가 그렇게 했다. 올림포스 왕의 궁전의 큰 연회장에서 신들은 매일같이 암브로시아와 넥타르로 잔치를 벌였다. 이 두 가지는 그들의 음식이자 음료였으며, 사랑스러운 여신 헤베가 주위에 나눠 주었다. 이곳에서 신들은 하늘과 대지의 이런저런 이야기를 나누었다. 이들이 넥타르를 마시는 동안 음악의 신 아폴론은 자기 리라를 연주했고, 무사이[뮤즈들]는 이에 맞춰 노래를 불러서 신들을 기쁘게 했다. 그러나 해가 지면 신들은 각자의 처소로 가서 잠이 들었다.

『오디세이아』에서 가져온 다음 인용문(카우퍼[6]의 영어 번역)은 호메로스가 올림포스를 어떻게 상상했는지를 보여 준다.

> 그렇게 말하며 하늘색 눈동자의 여신 아테나는
> 올림포스로 올라갔으니, 신들의 영원한 처소로
> 유명한 이곳에는 폭풍의 훼방이나
> 비의 젖음이나 눈의 침입이 결코 없으며, 고요하고
> 방대하며, 가장 맑은 날의 구름 없는 햇빛이 있었다.
> 거기서 신성한 주민들은 영원히 기쁨을 누렸다.[7]

여신들의 예복이며 부속물은 아테나와 카리테스가 만들었으며, 그보다 더 단단한 성질을 지닌 물건들은 여러 가지 금속으로 만들었다. 헤파이스토스는 건축가, 대장장이, 갑

6 William Cowper(1731~1800). 영국의 시인으로, 1791년에 호메로스의 『일리아스』와 『오디세이아』를 번역했다.

7 『오디세이아』 제6권 51~56행.

주 제작자, 수레 제작자이며, 올림포스의 모든 작업을 해내는 장인(匠人)이었다. 그는 놋쇠를 이용해서 신들의 집을 지었다. 그는 신들에게 황금 신발을 만들어 주었는데, 이것을 신으면 공기나 물을 밟고 다닐 수 있었으며, 바람의 속도나 심지어 생각의 속도에 버금갈 정도로 이 장소에서 저 장소로 빨리 움직일 수도 있었다. 그는 또한 놋쇠를 가지고 하늘 말[馬]의 편자를 만들었는데, 이렇게 하면 신들의 수레가 공기를 가르고, 또는 바다 표면을 따라 달릴 수 있었다. 그는 자동 장치를 만드는 데 솜씨를 발휘해서, 세발솥(여기서는 의자와 탁자였을 것이다)이 혼자서 천상의 연회장을 들락거리게 만들었다. 심지어 황금으로 만든 시녀에게 지능을 부여해서 시중을 들게 만들기도 했다.

제우스[로마의 〈유피테르〉]는 신들과 인간의 아버지로 일컬어지는데, 그에게도 나름대로의 기원이 있었다. 그의 아버지는 크로노스[로마의 〈사투르누스〉]였고, 그의 어머니는 레이아[로마의 〈오프스〉]였다. 크로노스와 레이아는 티탄 종족에 속했다. 티탄은 〈대지〉와 〈하늘〉의 자녀들이고, 대지와 하늘은 카오스[혼돈]에서 비롯되었는데, 이 카오스에 관해서는 다음 장에서 자세히 설명하도록 하자.

그런가 하면 또 다른 우주 발생론, 즉 창조 이야기가 있는데, 이 설명에 따르면 대지와 에레보스[암흑]와 사랑은 최초의 존재들이었다. 〈사랑(에로스)〉은 카오스 위에 떠다니는 밤의 알에서 부화되었다. 사랑은 자기 활과 횃불을 가지고 혼돈에 구멍을 뚫고 만물에 생기를 불어넣으며, 생명과 기쁨을 만들어 냈다.

크로노스와 레이아 말고 다른 티탄족(族)도 있었다. 가령 남성으로는 오케아노스, 히페리온, 이아페토스, 오피온이 있었고, 여성으로는 테미스, 므네모시네, 에우리노메가 있었다. 이들은 더 오래전의 신들로 일컬어지며, 이들의 영역은 훗날 다른 신들에게로 이전되었다. 크로노스는 제우스에게, 오케아노스는 포세이돈에게, 히페리온은 아폴론에게 각각 권리를 이양했다. 히페리온은 해와 달과 새벽의 아버지였다. 따라서 그는 최초의 태양신이었으며, 훗날 아폴론에게 부여된 광휘와 아름다움을 지닌 존재로 그려진다. 셰익스피어의 『햄릿』(제3막 제4장)에는 이런 대사가 나온다.

> 히페리온의 고수머리, 제우스 자신의 앞머리.

오피온과 에우리노메는 올림포스를 다스리다가 크로노스와 레이아에게 밀려났다. 밀턴은 『실낙원』 제10권에서 두 신을 인유한다. 즉 그리스의 신들이 인간의 유혹과 타락에 관해 약간의 지식을 보유했던 것 같다고 말한다.

> 그들이 오피온이라고 부른 뱀과 에우리노메가
> (아마도 큰 침범을 행한 〈하와〉를 말하는 듯하다)
> 원래는 저 높은 올림포스를 지배했지만, 결국
> 크로노스에게 내쫓겼다는 이야기가 만들어졌다.

크로노스에 대한 설명은 그리 일관성이 있지 못하다. 한편으로는 순수와 청결의 황금 시대를 만든 군주로 일컬어지기도 하고, 또 한편으로는 자기 자녀를 집어삼킨 괴물로 묘사되기도 한다.[8] 하지만 제우스는 이러한 운명에서 도망쳤고,

자라나서는 메티스(신중함)를 배우자로 맞이했다. 메티스는 자신이 만든 음료를 크로노스에게 먹여서, 그가 집어삼킨 자녀를 다시 토해 내게 만들었다. 제우스는 자기 형제자매와 힘을 합쳐 아버지인 크로노스와 삼촌들인 티탄족에게 반기를 들었다. 제우스는 결국 티탄족을 이기고, 그중 일부를 타르타로스[지하 세계]에 감금했으며, 다른 이들에게도 여러 가지 형벌을 내렸다. 가령 아틀라스는 하늘을 어깨로 떠받치는 처벌을 받았다.

크로노스가 쫓겨난 뒤에, 제우스는 형제인 포세이돈[로마의 〈넵투누스〉]과 하데스[후대의 그리스에서는 〈플루톤〉, 로마에서는 〈디스〉가 되었다]와 함께 각자의 영역을 나누었다. 제우스의 몫은 하늘이었고, 포세이돈의 몫은 바다였으며, 하데스의 몫은 죽은 자의 영토였다. 대지와 올림포스는 공동의 소유였다. 제우스는 신들과 인간들의 왕이었다. 그는 벼락을 무기로 삼았고, 아이기스라는 방패도 갖고 있었는데, 이는 헤파이스토스가 만들어 준 것이었다. 제우스는 새 중에서 독수리를 애호하여, 자기 벼락을 간수하게 했다.

헤라[로마의 〈유노〉]는 제우스의 아내이며 신들의 여왕이었다. 무지개의 여신인 이리스가 그녀의 시녀 겸 심부름꾼 역할을 했다. 헤라는 새들 중에서 공작을 애호했다.

헤파이스토스[로마의 〈불카누스〉]는 천상(天上)의 장인(匠人)이며, 제우스와 헤라의 아들이었다. 그는 태어날 때부

8 이런 불일치는 로마의 〈사투르누스〉를 그리스의 신 〈크로노스〉와 동일한 존재로 간주한 데에서 비롯되었다. 시간[크로노스]은 시작이 있는 만물에 끝을 가져다주는 존재이기 때문에, 급기야 자기 자녀를 집어삼켰다고 이야기되었던 것이다 — 원주.

터 절름발이였으며, 어머니는 아들의 외모를 싫어한 나머지 하늘에서 저 아래로 내던져 버렸다. 다른 설명에 따르면, 부부 싸움 도중에 아들이 어머니 편을 들자 화가 난 아버지가 그를 걷어차서 하늘에서 내쫓아 버렸다고도 한다. 이 설명에 따르면, 헤파이스토스는 그때 하늘에서 떨어진 결과로 절름발이가 되었다. 그는 하루 온종일 아래로 떨어진 끝에 결국 렘노스섬에 도달했으며, 그때부터 이곳은 그에게 바쳐진 땅이 되었다. 밀턴은 『실낙원』 제1권에서 이 이야기를 인유한다.

> (……) 아침부터 저녁까지,
> 정오부터 이슬 맺힌 저녁까지 그는 떨어졌다,
> 한여름 날에. 그리고 지는 해와 함께
> 마치 별똥처럼 천정(天頂)에서 내려와
> 에게해의 섬 렘노스에 떨어졌다.

아레스[로마의 〈마르스〉]는 전쟁의 신이며, 역시 제우스와 헤라의 아들이었다.

포이보스[빛나는 자] 아폴론[로마의 〈아폴로〉]은 궁술과 예언과 음악의 신이며, 제우스와 레토의 아들이고, 아르테미스[로마의 〈디아나〉]와는 남매였다. 그는 해의 신이며, 누이는 달의 여신이었다.

아프로디테[로마의 〈베누스〉]는 사랑과 미의 여신이며, 제우스와 디오네의 딸이었다. 다른 설명에 따르면, 그녀는 바다의 거품에서 솟아났다고도 한다. 서풍이 아프로디테를 파도 위로 떠밀어서 키프로스섬으로 보내자, 〈사계절〉 여신들이 영접하고 단장하여 신들의 모임에 데리고 나갔다. 모든 신이 아프로디테의 아름다움에 매료되었으며, 저마다 아내로 삼겠다고 제안했다. 제우스는 그녀를 헤파이스토스에게 아내로 주었으니, 이는 벼락을 만드는 과정에서 베푼 그의 봉사에 대한 감사의 뜻이었다. 그리하여 여신들 중에서도 가장 아름다운 여신이 신들 중에서도 가장 용모가 추한 신의 아내가 된 셈이었다. 아프로디테는 케스토스라는 이름의 수놓은 띠를 갖고 있는데, 이 띠는 사랑을 일으키는 힘을 발휘했다. 그녀는 백조와 비둘기를 애호했으며, 장미와 도금양이 바로 이 여신에게 바쳐진 식물이었다.

에로스[로마의 〈쿠피도〉]는 사랑의 신이며, 아프로디테의 아들이었다. 그는 항상 어머니와 함께 있었다. 이 신은 활과 화살을 지니고 다니며, 신들과 인간들 모두의 가슴에 욕망의 화살을 명중시켰다. 또 안테로스라는 신도 있었는데, 때로는 경멸당한 사랑의 복수자로, 때로는 상호적인 사랑의 상징으로 묘사된다. 그에 관한 전설은 다음과 같다.

하루는 아프로디테가 〈훌륭한 조언자〉로 일컬어지는 법률의 여신 테미스에게 불만을 늘어놓았다. 자기 아들 에로스는 왜 항상 아이로 남아 있느냐는 것이었다. 그러자 테미스는 에로스가 외롭기 때문이라고, 만약 동생이 하나 생기면 그가 빨리 자라날 수 있을 것이라고 조언했다. 머지않아 안테로스가 태어나자, 에로스는 곧바로 그 체구와 힘이 급속히 커졌다.

지혜의 여신 팔라스 아테나[로마의 〈미네르바〉]는 제우스의 딸이지만 어머니 없이 태어났다. 왜냐하면 완전 무장한 상태로 아버지의 머리에서 튀어나왔기 때문이다. 이 여신은 새 중에서도 올빼미를 애호했으며, 그녀에게 바쳐진 식물은 올리브였다.

바이런은 『차일드 해럴드』(제4편 94연)에서 아테나의 탄생을 다음과 같이 인유한다.

> 폭군은 오로지 폭군으로만 정복이 가능하고,
> 자유는 옹호자나 아이를 전혀 찾지 못하는 걸까?
> 순결하지만 무장을 갖추고 태어난 아테나처럼
> 콜럼비아로부터 태어난 이와도 유사한 이를?
> 아니면 그런 정신은 야생에서 양육되어야만 할까?
> 인적 없는 깊은 숲속에서, 폭포의 굉음 사이에서,
> 양육하는 대자연이 아기 워싱턴을 향해
> 미소를 짓는 곳에서? 대지는 더 이상
> 그런 씨앗을 가슴속에 품지 않는 것일까,
> 또는 유럽은 그런 해변이 아닌 것일까?[9]

헤르메스[로마의 〈메르쿠리우스〉]는 제우스와 마이아의 아들이었다. 그는 상업, 레슬링, 그리고 여러 가지 운동이며 심지어 도둑질까지도 관장하는 신이었다. 한마디로 솜씨와 기민함이 필요한 분야 모두를 관장하는 셈이었다. 그는 제우스의 심부름꾼으로, 날개 달린 모자와 날개 달린 신발을 착용했다. 한 손에 지팡이를 들고 다녔는데, 두 마리의 뱀이 둘둘 감긴 이 지팡이를 가리켜 케리케이온[라틴어로 〈카두

9 시인은 로마의 역사를 반추하던 중에, 문득 〈콜럼비아(미국)〉에서는 〈아테나 같은 이(조지 워싱턴)〉가 배출되었지만, 정작 유럽에는 그런 위인이 없음을 한탄하고 있다.

세우스〉][10]이라고 한다.

헤르메스는 리라를 만들었다고도 전한다. 하루는 그가 거북이를 보고는, 그 등껍질을 가져다가 양쪽 끄트머리에 구멍을 뚫고, 리넨 현을 그 가운데로 지나가게 해서, 그 악기를 완성했다는 것이다. 그 악기에 현이 아홉 개인 까닭은 아홉 명의 무사이를 기리기 위해서였다. 헤르메스는 리라를 선물한 대가로 아폴론에게 케리케이온을 얻었다고 한다.[11]

데메테르[로마의 〈케레스〉]는 크로노스와 레이아의 딸이었다. 이 여신의 딸인 페르세포네(로마의 〈프로세르피나〉)는 훗날 하데스의 아내이자 죽은 자의 영토의 여왕이 되었다. 데메테르는 농업을 관장했다.

디오니소스[로마의 〈바쿠스〉]는 술의 신이며, 제우스와 세멜레의 아들이었다. 그는 술의 도취시키는 힘을 상징할 뿐만 아니라, 사교적이고 유익한 영향력을 상징하기도 한다. 따라서 그는 문명의 촉진자이며 입법가 겸 평화의 애호가로도 간주된다.

무사이[뮤즈들]는 제우스와 므네모시네(기억)의 딸들이

10 보통은 라틴어에서 비롯된 영어식 표기 〈카두세우스〉로 지칭되지만, 그리스어 발음은 〈케리케이온〉이다.

11 위에서 설명한 것과 같은 이 악기의 기원 때문에 〈등껍질shell〉이라는 말이 〈리라lyre〉라는 말과 종종 동의어로 간주되며, 비유적으로는 음악과 시의 동의어로도 사용된다. 토머스 그레이가 「시의 진보」에서 다음과 같이 말한 것도 바로 그래서이다.

> 오, 기꺼운 영혼의 군주이시여,
> 달콤하고 엄숙하게 숨 쉬는 공기의 어버이시여,
> 매혹적인 등껍질이여! 언짢은 〈심려〉와 광포한 〈격정〉도
> 당신의 부드러운 연주에 귀를 기울이나이다 — 원주.

었다. 이들은 노래를 관장하며, 기억을 촉진했다. 그들은 모두 아홉 명이었는데, 각자 문학과 예술과 과학의 몇 가지 분야를 분담했다. 칼리오페는 서사시, 클리오는 역사, 에우테르페는 서정시, 멜포메네는 비극, 테르프시코라는 합창 및 무용, 에라토는 애정시, 폴림니아는 종교시, 우라니아는 천문학, 탈리아는 희극을 담당하는 무사이였다.

카리테스[로마의 〈그라티아이〉]는 연회와 무용, 그리고 모든 사교적인 즐거움과 우아한 예술을 관장하는 여신들이었다. 이들은 모두 세 명으로, 그 이름은 에우프로시네, 아글라이아, 탈리아였다.

에드먼드 스펜서는 카리테스의 임무를 다음과 같이 묘사한다.

이 셋은 인간에게 모든 우아한 선물을 부여하니,
이는 곧 육체를 장식하거나, 정신을 꾸미는 것으로,
인간이 사랑스레, 또는 멋지게 보이려 함이라.
이는 곧 훌륭한 몸가짐, 유쾌한 친절,
상냥한 태도, 서로를 엮어 주는 친근한 배려,
그리고 모든 예절의 보충물이라.
그들은 가르쳐 주었네. 각각의 정도와 종류대로,
아래로나 위로나, 친구에게나 적에게나. 우리가
알아서 행동하는 방법을. 이를 〈예의범절〉이라 부르네.

모이라이[운명] 역시 세 명이었고, 이름은 각각 클로토, 라케시스, 아트로포스였다. 그 임무는 인간의 운명의 실을 잣는 것이었다. 이들은 큰 가위를 들고 있다가 언제든지 원할 때면 그 실을 잘라 버렸다. 모이라이는 제우스의 보좌 곁에서 조언하는 테미스(법률)의 딸들이었다.

에리니에스[로마의 〈푸리아이〉]는 세 명의 여신들로, 이들의 임무는 공공의 정의를 회피하거나 무시하는 자들의 범죄를 은밀한 침(針)으로 찔러 처벌하는 것이었다. 에리니에스의 머리카락은 뒤얽힌 뱀들로 이루어져 있었으며, 그 전체적인 외모는 무시무시하고도 섬뜩했다. 그 이름은 알렉토, 테이시포네, 메가이라였다. 이들을 가리켜 반어적으로 〈에우메니데스[너그러운 여인들]〉라고도 불렀다.

네메시스 또한 복수의 여신이었다. 그녀는 신들의 정의로운 분노를 상징하며, 그 대상은 특히 오만하고 무례한 자들이었다.

판은 가축과 목자의 신으로, 그가 애호하는 거처는 아르카디아였다.

사티로이[사티로스들]는 숲과 들판의 신이었다. 이들은 뻣뻣한 털에 뒤덮여 있고, 머리에는 짧고도 뾰족한 뿔이 나 있고, 염소와 비슷하게 생긴 발을 지닌 것으로 여겨졌다.

모모스는 웃음의 신이었고, 플루토스는 부(富)의 신이었다.

로마의 신들

앞에서는 그리스의 신들에 관해 소개했다. 로마인 역시 그리스의 신들을 그대로 받아들였다. 다만 로마 신화에만 있는 특유의 신들을 소개하면 다음과 같다.

사투르누스는 고대 이탈리아의 신이었다. 한때 이 신을 그리스의 신 크로노스와 동일시하려는 시도가 있어서, 그 신이 제우스에 의해서 내쫓긴 뒤에 이탈리아로 도망쳐 와서, 이른바 황금 시대 동안 그곳을 다스렸다는 이야기가 나오기도 했다. 이탈리아에서는 그의 유익한 치세를 기념하는 의미에서 사투르누스 축제[농신제]가 매년 겨울마다 열렸다. 그때에는 모든 공무(公務)가 중단되고, 전쟁 선포와 범죄자 처형도 연기되며, 친구들끼리 서로 선물을 주고받으며, 노예조차도 크나큰 자유를 만끽할 수 있었다. 노예를 위한 잔치가 열리고, 이때 노예는 식탁에 앉고 주인이 시중을 들었다. 이는 사투르누스의 치하에서 인간이 자연적으로 평등하다는 것을, 또한 만물이 모두에게 평등하게 속해 있다는 것을 보여 주기 위해서였다.

파우누스[12]는 사투르누스의 손자이며, 들판과 목자의 신이자 예언의 신으로 숭배되었다. 이들은 그리스의 사티로이처럼 장난치기 좋아하는 신들을 나타냈다.

퀴리누스는 전쟁의 신으로, 바로 로마의 건국자인 로물루스가 사후에 신들의 반열에 오른 것이라고 전한다.

벨로나는 전쟁의 여신이었다.

테르미누스는 경계표의 신이었다. 그의 조상(彫像)은 토지의 경계를 표시하기 위해 땅에 박혀 있는 거친 돌이나 기둥이었다.

팔레스는 가축과 초지를 관장하는 여신이었다.

포모나는 과실수를 관장했다.

플로라는 꽃의 여신이었다.

루키나는 출산의 여신이었다.

베스타(그리스의 〈헤스티아〉)는 공공 및 일반 주택의 아

12 〈파우나〉 또는 〈보나 데아〉라고 일컬어지는 여신도 있었다 — 원주.

궁이를 관장하는 신이었다. 이 여신의 신전에서는 베스타의 처녀들이라고 불리는 여섯 명의 처녀 여사제가 성스러운 불을 보살폈다. 그 도시의 안전은 이 불의 보존과 직결되어 있다고 간주되었으므로, 이 처녀들이 직무 태만으로 불을 꺼트릴 경우에는 가혹한 처벌을 받았으며, 햇빛을 이용해서 다시 불을 피웠다.

리베르는 디오니소스의 라틴어 이름이다. 물키베르는 헤파이스토스의 라틴어 이름이다.

야누스는 하늘의 문지기였다. 그가 한 해를 열기 때문에, 한 해의 첫 번째 달의 이름은 바로 그의 이름을 따서 지어졌다. 그는 문을 지키는 신이며, 그렇기 때문에 두 개의 머리를 지니고 있는 것으로 표현된다. 왜냐하면 모든 문은 두 개의 방향을 보고 있기 때문이다. 로마에는 이 신을 섬기는 신전이 무척 많았다. 전쟁이 벌어질 경우, 그중에서도 가장 주요한 신전 한 곳의 문이 항상 열려 있었다. 평화 시에는 그 문이 닫혀 있었다. 하지만 이 문이 닫힌 적은 누마와 아우구스투스의 치하에서 각각 한 번뿐이었다고 전한다.

페나테스는 가족의 안위와 번영을 관장하는 신들로 간주되었다. 그 이름은 페누스, 즉 〈식료품실〉에서 비롯되었으며, 따라서 식료품실은 이 신들에게 바쳐졌다. 모든 집의 가장은 자기 집의 페나테스의 사제 노릇을 했다.

라레스 또는 라르스 역시 가정의 신이었지만, 페나테스와는 달리 필멸자가 신성화된 영(靈)이라고 간주되었다. 한 가정의 라르스는 그 조상의 영혼으로, 이들은 그 후손을 지켜보며 보호한다고 여겨졌다. 라틴어에서 〈레무르Lemur〉와 〈라르바Larva〉라는 단어는 영어의 〈유령Ghost〉이라는 단어에 상응하는 것이다.

로마인은 모든 남성이 각자의 〈게니우스〉를 지니고 있으며, 모든 여성이 각자의 〈유노[헤라]〉를 지니고 있다고 믿었다. 이것은 개개인을 존재하게 하는 영을 가리키며, 이것이 평생 동안 개개인의 보호자 노릇을 하는 것이라고 여겼다. 생일마다 남성은 자기 게니우스에게, 여성은 자기 유노에게 제물을 바쳤다.

현대의 한 시인은 로마의 신들 가운데 일부를 인유하는 시[13]를 썼다.

포모나는 과수원을 사랑하고,
리베르는 포도 덩굴을 사랑하고,
팔레스는 짚을 엮어 만든 축사를,
소 떼의 입김 훈훈한 그곳을 사랑하네.
아프로디테는 속삭임을 사랑하네.
4월의 상아색 달빛 속에
밤나무 그늘 아래에서 사랑을 맹세하는
청년과 처녀의 속삭임을 사랑하네.

발음에 관한 주의 사항

고유 명사의 경우에는 마지막의 〈e〉 와 〈es〉 철자를 발음해야 한다는 사실을 기억하라. 따라서 〈Cybele〉와 〈Penates〉는 모두 세 음절로[즉 〈키벨레〉와 〈페나테스〉로] 되어 있다. 하지만 〈Proserpine〉와 〈Thebes〉는 예외이므로, 영어 단어

13 토머스 배빙턴 매콜리의 「카피스의 예언」.

와 마찬가지로 발음해야 한다.[14] 이 책의 찾아보기에서는 고유 명사마다 필요한 경우에 한해 강세 표기를 해두었다.

14 이 단락은 영어권 독자를 위한 설명이다. 우리말 번역본에서는 여기 나온 단어 모두를 그리스어식으로 바꿔서(즉 키벨레, 페나테스, 페르세포네, 테바이로) 표기했다.

제2장

프로메테우스와 판도라

세계의 〈창조〉는 그 거주민인 인간의 관심을 가장 활발하게 자극하기 딱인 문제이다. 고대 그리스인은 오늘날의 우리가 성서에서 찾아볼 수 있는 것과 같은 주제에 대한 정보를 갖고 있지 못했기 때문에, 자기들 나름대로의 이야기를 다음과 같이 만들어 냈다.

대지와 바다와 하늘이 창조되기 전에는 만물이 하나의 양상을 지니고 있었다. 이를 가리켜 우리는 〈카오스〉라고 이름을 붙였다. 혼란스럽고도 형체가 없으며, 다만 무게가 있을 뿐이지만, 그 안에는 사물의 씨앗이 잠들어 있었다. 대지와 바다와 공기가 그 안에 모두 뒤섞여 있었다. 대지는 단단하지 않았고, 바다는 액체가 아니었으며, 공기는 투명하지 않았다. 신과 대자연이 마침내 개입하여 그렇게 조화롭지 못한 상태를 종식시키고, 대지를 바다와 분리하고 또다시 하늘을 양자와 분리했다. 뜨거운 부분은 가장 가벼웠기 때문에 위로 올라가서 하늘을 이루었다. 공기는 바로 그다음으로 가벼웠기 때문에 그 아래의 자리를 차지했다. 대지는 무거웠기 때문에 아래로 가라앉았다. 물은 제일 낮은 자리를 차지하고 대지를 아래에서 떠받쳐서 들어 올렸다.

이때 어떤 신이(정확히 누구인지는 알려지지 않았지만) 호의를 베풀어서 대지를 정렬하고 배치했다. 강과 만(灣)을 각각의 자리에 놓고, 산을 솟아오르게 하고, 계곡을 파이게 하고, 숲과 샘과 기름진 들판과 돌투성이 평야를 여기저기 분배했다. 공기가 맑아지고, 별들이 나타나고, 물고기가 바다에, 새들이 공중에, 네발짐승이 육지에 살게 되었다.

하지만 더 고귀한 동물이 필요했기 때문에 결국 인간이 만들어지게 되었다. 창조주가 인간을 만들 때 신성한 물질을 사용했는지, 아니면 그냥 흙을 사용했는지 여부는 알려져 있지 않다. 대지는 비교적 뒤늦게 하늘과 분리되었기 때문에, 흙 안에는 아직도 천상의 씨앗이 여전히 남아 있었다. 프로메테우스는 이 흙 가운데 일부를 가져다가 물을 섞어 반죽한 다음 신의 형상을 본떠서 인간을 만들었다. 그는 인간을 두 발로 일어서게 했다. 그렇기 때문에 다른 모든 동물은 얼굴을 아래로 향해서 대지를 바라보는 반면, 유독 인간만은 얼굴을 하늘로 들어 올리고 별을 바라보는 것이다.

프로메테우스는 인간 창조 이전부터 대지에 거주했던 거인 종족인 티탄족 가운데 하나였다. 그는 형제인 에피메테우스와 함께 인간을 만들고, 인간과 다른 동물에게 그 보전을 위해 필수적인 능력을 부여하는 임무를 수행했다. 즉 에피메테우스가 실무를 담당하고, 프로메테우스는 형제의 작업을 감독해서, 마침내 일이 완료되었다. 에피메테우스는 여러 동물에게 서로 다른 용기와 힘과 민첩함과 명민함의 선물을 부여했다. 즉 어떤 놈에게는 날개를 붙여 주고, 어떤 놈에게는 발톱을 붙여 주고, 어떤 놈에게는 딱딱한 외피를 입혀 주는 식이었다. 하지만 다른 모든 동물보다 더 우월한 인간에게 선물을 부여할 때가 되자, 이미 갖고 있던 자원을 모두 써버렸기 때문에 인간에게 줄 만한 것이 남아 있지 않았고, 당황한 나머지 형제에게 이 사실을 털어놓았다. 이에 프로메테우스는 아테나의 도움을 받아 하늘로 올라가서, 태양의 수레를 이용해서 자기가 가져간 홰에 불을 붙인 다음, 그 횃불을 인간에게 가져다주었다. 이 선물 덕분에 인간은 다른 동물이 감히 필적할 수 없는 존재가 되었다. 불을 무기로 이용하여 동물들을 복종시켰다. 불을 도구로 이용하여 대지를 경작했다. 불을 난방에 이용하여 자기 거처를 따뜻하게 만들어서 비교적 기후의 영향을 덜 받게 되었다. 마침내 인간은 예술을 도입하는 한편, 무역과 상업의 수단인 화폐를 만들기에 이르렀다.

이때까지만 해도 여자는 아직 만들어지지 않았다. 어떤 이야기에 따르면(상당히 기묘한 주장이지만!) 제우스가 여자를 만들어서 프로메테우스와 그 형제에게 보냈는데, 이는 하늘에서 불을 훔쳐 낸 이들의(아울러 그 선물을 넙죽 받은 인간의) 뻔뻔한 행동을 처벌하기 위해서였다고 한다. 최초의 여자의 이름은 판도라였다. 그녀는 하늘에서 만들어졌으며, 모든 신이 저마다 한구석씩 거들어서 완벽하게 치장했다. 아프로디테는 자신의 아름다움을, 헤르메스는 자신의 설득력을, 아폴론은 자신의 음악을 선물했다. 이런 여러 가지 재능을 지닌 상태에서 그녀는 지상으로 옮겨져서 에피메테우스에게 선물로 제공되었다. 제우스를 조심하고 그가 주는 선물조차도 조심하라는 형제의 주의에도 불구하고, 에피메테우스는 그녀를 기꺼이 맞아들였다. 그의 집에는 항아리가 하나 있었는데, 그 안에는 여러 가지 유해한 품목들이 들어 있었다. 인간에게 새로운 거주지를 마련해 주느라 바쁜 나머지 미처 그 품목들을 신경 쓸 여유가 없었던 것이다. 판도라는 그 항아리에 무엇이 들어 있는지 알고 싶은 강한 호기심에 사로잡혔다. 그러다가 어느 날 그녀는 뚜껑을 열고 그 안을 들여다보았다. 그러자마자 불운한 인간이 겪게 되는 수많은 해악들이(예를 들어 몸에 작용하는 통풍, 류머티즘, 복통이라든지, 정신에 작용하는 질투, 악의, 원한 등이) 항아리 안에서 도망쳐 나왔고, 곧바로 사방팔방으로 흩어져 버렸다. 판도라는 얼른 뚜껑을 덮었다! 하지만, 아아! 그 항아리에 있던 내용물은 단 하나만 빼놓고 모조리 도망쳐 나온 다음이었다. 즉 항아리의 맨 밑바닥에 있었던 그 한 가지는 바로 〈희망〉이었다. 따라서 오늘날 우리가 볼 수 있듯이, 제아무리 악이 널리 퍼진 상황에서도 희망은 결코 우리를 완전히 떠나지는 않는 것이다. 그리고 우리가 〈희망〉을 갖고 있는 한, 다른 질환이 제아무리 많아도 우리를 완전히 비참하게 만들지는 못하는 것이다.

또 다른 이야기에 따르면, 판도라는 인간을 축복하기 위해서 제우스가 어디까지나 선의로 지상에 보낸 존재였다. 그녀는 결혼 선물이 담긴 상자를 하나 가져왔는데, 그 안에는 모든 신이 저마다 내려 준 축복이 잔뜩 담겨 있었다. 하지만 판도라는 부주의하게도 상자를 열어 보았고, 그로 인해 축복이 모두 달아나 버리고 오로지 〈희망〉만 남았다. 앞의 이야기보다는 오히려 이 이야기가 더 그럴듯해 보인다. 왜냐하면 〈희망〉이 마치 보석처럼 귀중한 것이라고 한다면, 왜 앞의 이야기에 나온 것처럼 온갖 종류의 악이 들어차 있는 항아리에 같이 넣어 간수했겠는가?

그리하여 이 세계에 거주민이 생겨나게 되었다. 그 첫 번째 시대는 순수와 행복의 시대였으므로, 이를 가리켜 〈황금 시대〉라고 부른다. 진리와 정의가 널리 퍼져 있었지만, 그렇다고 해서 법률로 강제한 것도 아니었고, 어떤 법관이 위협이나 처벌을 통해 퍼뜨린 것도 아니었다. 당시에는 숲에서 나무를 훔쳐다가 배를 만드는 목재로 사용하지도 않았고, 인간이 자기네 마을 주위에 요새를 구축하지도 않았다. 검이나 창이나 투구 같은 물건은 아예 있지도 않았다. 굳이 쟁기질이나 씨뿌리기를 하지 않아도 대지에서는 인간이 필요로 하는 모든 물건이 산출되었다. 봄이 영구적으로 이어지면서 씨앗 없이도 꽃이 피었고, 젖과 술의 강이 흘렀으며, 떡갈나무에서 노란 꿀이 흘러나왔다.

그러다가 〈백은 시대〉가 되었다. 〈황금 시대〉보다는 열등했지만, 그래도 〈황동 시대〉보다는 나았다. 제우스는 봄을 이전보다 줄여 버렸고, 한 해를 여러 계절로 나누었다. 이때가 되자 인간은 처음으로 더위와 추위의 양극단을 견뎌야 했으며, 그로 인해서 거처가 꼭 필요해졌다. 인간은 우선 동굴을 거처로 삼았고, 곧이어 나뭇잎 우거진 숲속 은신처에 살았으며, 결국 나뭇가지를 엮어 움막을 만들었다. 이제는 농작물도 저절로 자라나지 않아서 일일이 사람이 심어 주어야만 했다. 농부는 씨앗을 뿌려야 했고, 수소를 부려서 힘들게 흙을 갈았다.

그다음으로 〈황동 시대〉가 찾아왔다. 이때의 인간은 기질상 더욱 사나웠고, 무기를 들고 다투기도 더욱 잘했지만, 그렇다고 해서 완전히 사악한 시대까지는 아니었다. 여러 시대중에서도 가장 힘들고 가장 나빴던 시대는 바로 〈흑철 시대〉였다. 범죄가 홍수처럼 터져 나왔다. 겸손과 진실과 명예는 사라져 버렸다. 대신 협잡과 간계와 폭력, 그리고 소유에 대한 사악한 사랑이 그 자리를 차지했다. 이 시기에는 뱃사람이 돛을 펼쳐서 바람을 받았고, 산에 있는 나무를 베어서 배의 용골을 만들었고, 대양의 표면에는 격랑이 일었다. 이때까지만 해도 공동으로 경작되었던 대지는 분할되어 누군가의 소유가 되었다. 인간은 대지의 표면에서 산출되는 것만으로는 만족하지 못하고 반드시 그 속을 파고 들어갔으며, 그리하여 여러 가지 광물을 캐냈다. 유해한 〈철〉은 물론이고, 그보다 더 유해한 〈금〉도 산출되었다. 전쟁이 일어났고, 이 과정에서 두 가지 광물 모두가 무기로 사용되었다. 손님은 친구의 집에 머무르면서도 안전하지 못했다. 사위와 장인, 형제와 자매, 남편과 아내가 서로를 믿지 못했다. 아들은 아버지가 죽기를, 그리하여 유산을 물려받을 수 있기를 바랐다. 가족의 사랑은 쓸모가 없어졌다. 대지는 살육으로 물들었고, 신들은 하나하나 대지를 저버리다 못해 결국 아스트라이아 혼자만 남았지만, 마침내 이 여신도 대지를 떠나고 말았다.[15]

15 아스트라이아는 순수와 순결의 여신이다. 대지를 떠난 그녀는 별들 사이에 자리 잡았으며, 결국 〈처녀자리〉 별자리가 되었다. 아스트라이아의 어머니는 테미스(정의 또는 법률)였다. 테미스는 저울을 하나 높이 치켜들고 있는 모습으로 묘사되는데, 그걸 이용해서 원고와 피고 양측의 주장을 저울질했다. 아스트라이아가 언젠가 돌아오리라는 것, 그리고 황금 시대를 다시 가져다주리라는 것은 옛날 시인들이 즐겨 사용하던 소재였다. 심지어 알렉산더 포프의 기독교적 찬송시 「메시아」에서도 이 소재가 나타나 있다.

모든 범죄가 그치고, 오랜 협잡이 실패하리니,

제우스는 이런 사태를 지켜보다가 격노하고 말았다. 그는 신들을 불러 모아 회의를 열었다. 이들은 부름에 순종하여 저마다 하늘의 궁전으로 가는 길로 나섰다. 그 길은 맑은 밤중이면 누구나 볼 수 있는데, 하늘의 표면을 가로질러 길게 펼쳐져 있는 이것을 가리켜 은하수(銀河水)라고 한다. 그 길을 따라서 저명한 신들의 궁전이 여럿 세워져 있다. 그리고 하늘의 평민들은 그 길 양편에 살고 있다. 제우스는 회의를 소집했다. 그는 지상의 끔찍스러운 상황에 관해 설명한 다음, 그곳의 거주민을 모조리 제거하고 새로운 종족을, 즉 처음의 인종과는 달리 더 살 만한 가치가 있고 신들을 더 잘 섬길 만한 종족을 만들려는 자신의 의도를 알리며 이야기를 마쳤다. 이렇게 말하면서 제우스는 벼락을 집어 들었다. 그걸 세상에 내던져서 깡그리 불태워 없앨 작정이었던 것이다. 하지만 그 정도로 커다란 화재가 발생할 경우 자칫하다가는 하늘까지도 불에 탈 수 있음을 깨닫자, 그는 계획을 바꾸어 세상을 물에 잠기게 하기로 작정했다. 우선 구름을 흩어 버리는 북풍을 묶어 두었다. 그러고 나서 남풍을 내보내자 머지않아 하늘 표면이 짙은 어둠의 장막으로 뒤덮여 버렸다. 구름들이 서로 부딪치면서 천둥소리가 울렸다. 억수 같은 비가 내렸다. 농작물은 쓰러져 버렸다. 농부의 한 해 노고가 불과 한 시간 만에 사라져 버렸다. 제우스는 자기가 동원한 물

돌아온 정의가 자기 저울을 높이 들어 올리고,
그녀의 올리브 지팡이가 세상에 평화를 퍼뜨리고,
하얀 예복을 입은 순수가 하늘에서 강림하리라.

또한 밀턴의 「성탄절 아침에 부치는 찬가」의 제14연과 제15연을 참고하라 — 원주.

로 만족하지 못한 나머지, 형제인 바다의 신에게 힘을 합쳐 달라고 요청했다. 포세이돈은 강을 풀어서 그 물을 육지로 퍼부었다. 이와 동시에 지진을 일으켜서 땅을 들어 올렸으며, 대양의 썰물을 바닷가로 밀어 올렸다. 소 떼와 양 떼, 사람과 주택이 물에 휩쓸려 갔으며, 신전과 그 경내도 그만 더럽혀지고 말았다. 휩쓸려 가지 않고 남아 있는 건축물들은 물에 잠기고 말았으며, 그 높은 탑까지도 파도 아래 가라앉고 말았다. 이제는 사방이 바다, 즉 바닷가라고는 없는 바다였다. 여기저기 물 위로 튀어나온 언덕 꼭대기에 살아남은 사람들이 하나씩 있었고, 최근까지만 해도 쟁기질을 하던 곳에서 배를 타고 노를 젓는 사람들도 몇인가 있었다. 나무 꼭대기 사이로 물고기가 헤엄쳐 다녔다. 어느 정원에 닻이 내려졌다. 한때 우아한 새끼 양이 뛰어놀던 곳에서 이제는 바다표범이 까불었다. 늑대가 양 떼와 함께 헤엄을 쳤고, 노란 사자와 호랑이가 물속에서 사투를 벌였다. 멧돼지의 강인함도 도움이 되지 못했고, 수사슴의 날렵함도 도움이 되지 못했다. 새들은 지친 날개를 멈추고 물속으로 떨어졌으니, 앉아서 쉴 만한 땅을 찾지 못한 까닭이었다. 물에 빠져 죽는 운명을 면한 생물들도 결국 다른 생물의 배를 채우는 제물이 되고 말았다.

여러 산들 중에는 오로지 파르나소스산 한 곳만이 파도 위에 우뚝 솟아 있었고, 그곳에는 프로메테우스의 종족인 남편 데우칼리온과 아내 피라가 피신해 있었다. 그는 정의로운 사람이었고, 그녀는 신들을 신실하게 숭배했다. 제우스는 이들 부부를 제외하면 더 이상 살아 있는 인간이 없음을 보았고, 이들의 무해한 삶과 경건한 태도를 기억했다. 그는 북풍에게 명령해 구름을 흩어 버리게 했고, 하늘을 대지 위에 드러내고 대지를 하늘 아래에 드러냈다. 포세이돈 역시 트리톤에게 고둥 나팔을 불게 해서 물에게 후퇴를 명령했다. 이 명령에 물이 순종하자 바다는 다시 바닷가로 돌아가고, 강은 다시 강바닥으로 돌아갔다. 그러자 데우칼리온은 피라에게 이렇게 말했다. 「오, 아내여, 유일하게 살아남은 여자여, 처음에는 혈연과 결혼으로 나와 함께하였고, 이제는 공통의 위험으로 나와 함께하는군. 만약 우리가 조상인 프로메테우스의 힘을 지니고 있기만 했다면, 그가 처음 만들었을 때와 똑같이 종족을 새롭게 만들 수 있었을 거요. 하지만 우리는 그럴 수가 없으므로, 저 너머에 있는 신전에 가서, 이제 남은 우리가 무엇을 해야 하는지를 신들께 여쭙도록 합시다.」 두 사람은 진흙이 쌓여 손상된 신전으로 들어가서, 불도 꺼져 있는 제단으로 다가갔다. 그곳에서 두 사람은 땅에 엎드렸고, 자신들의 불행한 일을 어떻게 하면 만회할 수 있을지를 알려 달라고 여신에게 기도했다. 그러자 이런 신탁이 나왔다. 「머리를 베일로 가리고 옷을 풀어 헤친 상태로 이 신전을 떠나서, 너희 어머니의 뼈를 등 뒤로 던지라.」 두 사람은 이 말을 듣고 깜짝 놀랐다. 피라가 먼저 침묵을 깨뜨렸다. 「저희는 차마 순종할 수 없습니다. 우리 부모님의 유해를 차마 모독할 수는 없습니다.」 두 사람은 숲의 가장 짙은 그늘을 찾아간 다음, 그곳에서 그 신탁을 다시 머릿속에 떠올렸다. 마침내 데우칼리온이 말했다. 「어쩌면 나의 총명함이 도리어 나를 속이는 것일지 몰라도, 어쩌면 그 명령은 우리가 따르더라도 불경한 것이 되지 않을 수 있소. 대지는 만물의 위대한 부모이니까. 돌은 바로 대지의 뼈고 말이야. 그렇다면 우리는 돌을 등 뒤로 던지면 되는 거요. 내 생각에는 그 신탁의 뜻이 바로 이것은 아닐까 싶소. 일단 한번 시도해 보아도 별 위험은 없을 거요.」 두 사람은 얼굴을 베일로 가리고, 의복을 풀어 헤치고, 돌멩이를 집어 들어 각자의 등 뒤로 던졌다. 그 돌들은 (이렇게 말하자니 참으로 놀랍지만) 물렁물렁해지면서 자라나더니 형태를 갖추기 시작했다. 점차적으로 어렴풋하게나마 인간의 형체를 취하는 것이, 마치 조각가의 손에서 절반쯤 작업이 끝난 석재와도 같았다. 습기와 진흙이 그들의 살이 될 참이었고, 돌 부분은 뼈가 될 참이었고, 표면의 〈무늬veins〉는 곧 〈혈관veins〉이 되어서 이름은 그대로 유지하되 용도만 바뀐 셈이 되었다. 남자의 손으로 던진 돌은 남자가 되었고, 여자의 손으로 던진 돌은 여자가 되었다. 이들은 강인한 종족이었으며, 노동에도 잘 적응했다. 오늘날의 우리 자신과도 같았다. 이것이야말로 우리의 기원에 관한 명백한 지표를 제공하는 셈이다.

하와와 판도라의 유사성은 너무나도 현저했기 때문에 차마 밀턴의 눈을 피해 가지 못했다. 그는 『실낙원』 제4권에서 이를 다음과 같이 소개한다.

> 신들이 온갖 선물을 부여해 준 판도라보다
> 더 아름다웠네. 오, 슬픈 사건이 참으로 닮았구나,
> 야벳의 현명치 못한 아들에게
> 헤르메스가 그녀를 데려왔을 때,
> 그녀는 아름다운 외모로 인류를 올가미에 걸었네,
> 제우스의 진짜 불을 훔친 자에 대한 복수로.

프로메테우스와 에피메테우스는 본래 〈이아페토스〉의 아들이었지만, 밀턴은 이들의 아버지를 〈야벳〉이라고 바꿔 놓았다.[16]

프로메테우스는 시인들이 좋아하는 주제였다. 그는 제우스가 격분했을 때 인류를 위해 중재를 해주고, 나아가 인류에게 문명과 예술을 가르쳐 준 친구로 묘사되었다. 하지만 그렇게 하는 과정에서 제우스의 뜻을 어기고 말았으며, 결국 신들과 인간의 통치자의 분노를 한 몸에 받게 되었다. 제우스는 카우카소스[캅카스]산의 한 바위에다가 그의 몸을 쇠사슬로 묶어 두게 했다. 그곳에서 독수리 한 마리가 그의 간을 쪼아 먹었는데, 일단 다 먹어 치우면 새로운 간이 자라났다. 이런 고통의 상태를 프로메테우스 본인은 언제라도 끝낼 수가 있었다. 자신을 탄압하는 자에게 기꺼이 복종할 의향만 품으면 되는 것이었다. 왜냐하면 그는 제우스의 보좌의 안정성과 관련된 비밀을 하나 알고 있었으므로, 만약 그 비밀을 밝히기만 했다면 곧바로 호의를 얻었을 것이다.[17] 하지만 그는 그런 행위를 경멸했다. 그래서 그는 아무런 이득도 없는 고통에 대한 굳건한 인내의 상징이 되었고, 압제에 대항하는 힘의 상징이 되었다.

바이런과 셸리는 저마다 이 테마를 다룬 바가 있다. 바이런의 시 「프로메테우스」에는 이런 구절이 나온다.

16 〈야벳Japhet〉은 구약 성서에 나오는 노아의 세 아들 가운데 하나이다. 아마도 그 라틴어 표기가 〈이아페트Iafeth〉 또는 〈이아페투스Iapethus〉라는 점 때문에 밀턴이 혼동했던 것으로 추정된다.

17 제22장 테티스 항목 참고.

티탄! 그 불멸의 두 눈에 비친
필멸자들의 고통은,
그들의 서글픈 현실은
신들이 하듯 경멸할 대상이 아니었네.
그대의 동정의 보답은 무엇이었나?
조용한, 그리고 격렬한 고통이었네.
바위와 독수리와 쇠사슬이었네.
긍지 높은 자들이 고통을 느끼는 모든 것이었네.
그들은 괴로움을 드러내지 않았네.
질식시키는 슬픔의 감정을.
(……)
그대의 거룩한 범죄는 친절했다는 것이었네.
그대의 가르침을 이용하여
인간의 비참의 총합을 줄이고
인간 스스로의 정신을 강화했다는 것이었네.
그대가 높은 곳에서 고통받는 동안,
그 참을성 많은 정력을 담은,
또한 그 인내와 격퇴를 담은,
그대의 침범할 수 없는 정신은
땅과 하늘도 요동시킬 수 없었으며,
우리는 커다란 교훈을 물려받았네.

또한 바이런은 「나폴레옹 보나파르트에게 바치는 송시」에서 이와 똑같은 내용을 인유한 바 있다.

또는, 마치 하늘에서 불을 훔친 도둑처럼

그대는 충격을 감내하겠는가?
그리고 그와(용서받지 못한 자와) 공유하겠는가?
그의 독수리와 그의 바위를?

제3장

아폴론과 다프네·피라모스와 티스베·케팔로스와 프로크리스

홍수에 쓸려 와서 대지를 뒤덮었던 진흙은 무척이나 비옥했기 때문에 그로부터 갖가지 것들이 산출되었는데, 그중에는 좋은 것도 있고 나쁜 것도 있었다. 어마어마하게 큰 뱀 피톤도 이때 기어 나와서 사람들의 공포를 자아냈으며, 파르나소스산의 동굴에 숨어 살았다. 아폴론은 활을 이용해서 이 뱀을 죽여 버렸다. 이 신은 이 무기를 연약한 짐승이나 토끼나 야생 염소 같은 사냥감에게 쓴 적이 결코 없었다. 이 화려한 정복을 기념하기 위해서 그는 피티아 경기를 개최했다. 힘의 탁월함 그리고 발이나 수레 경주에서의 민첩함을 드러낸 우승자에게는 너도밤나무 잎사귀로 만든 화환을 머리에 씌워 주었다. 이때까지만 해도 아폴론은 월계수를 자기 나무로 선택하지는 않은 상태였기 때문이다.

〈벨베데레〉라고 불리는 유명한 아폴론 조상(彫像)은 이 신이 뱀 피톤을 이긴 직후의 모습을 묘사하고 있다.[18] 이 모

18 본문에 설명된 신화를 소재로 한 2세기 로마의 대리석 조각으로, 바티칸 시국 내 〈벨베데레 궁전〉에 소장되면서 〈벨베데레의 아폴론〉으로 일컬어지게 되었다. 제35장을 참고하라.

습을 바이런은 『차일드 해럴드』(제4편 161연)에서 다음과 같이 인유한다.

(……) 백발백중 활의 주인,
생명과 시(詩)와 빛의 신이며,
인간의 팔다리를 갖춘 태양,
싸움에 이기고 돌아오며 이마가 빛을 발하네.
화살대가 날아갔고, 불멸자의
복수심이 깃들어 화살이 빛나네.
그의 눈과 콧구멍에는 아름다운 경멸이,
그리고 힘과 위엄이 최대한으로 번쩍이네,
얼핏 쳐다봐도 신임이 분명하게끔.

아폴론과 다프네

다프네는 아폴론의 첫사랑이었다. 우연히 그렇게 된 것은 아니었고, 에로스의 악의 때문에 그렇게 된 것이었다. 어느 날 아폴론은 꼬마 신이 활과 화살을 갖고 노는 것을 보았다. 피톤을 죽인 최근의 승리로 인해 우쭐해진 그는 이렇게 말했다. 「이 전쟁 무기를 가지고 네가 한 일이 뭐지? 그런 무기는 그걸 충분히 가질 만한 사람에게나 넘겨주지 그래. 저 넓은 평원에 독을 품은 몸을 길게 뻗치고 있던 저 커다란 뱀을 상대로 내가 그 무기를 써서 어떤 위업을 이루었는지를 좀 봐라! 너는 횃불로 만족하지 그러니, 얘야. 네가 말하는 사랑의 불길은 그 횃불을 써서 마음껏 일으키고, 대신 내 무기는 함부로 갖고 놀지 말아라.」 아프로디테의 아들은 이 말을 듣고 나서 이렇게 대답했다. 「당신의 화살은 당신 말고 세상의 다른 모든 것을 맞출 것입니다, 아폴론. 하지만 내 화살은 바로 당신을 맞출 겁니다.」 에로스는 이렇게 말하며 파르나소스산의 바위 위에 올라서더니, 자기 화살통에서 서로 다른 능력을 가진 두 대의 화살을 꺼냈다. 하나는 사랑을 일으키는 화살이었고, 또 하나는 사랑을 거부하는 화살이었다. 전자는 금으로 만들어져서 끝이 날카로웠고, 후자는 뭉툭하고 끝부분이 납으로 되어 있었다. 에로스는 납 화살로 강의 신 페네이오스의 딸인 님프 다프네를 쏘았고, 금 화살로 아폴론의 심장을 꿰뚫었다. 그 즉시 신은 처녀를 향한 사랑에 사로잡혔고, 님프는 사랑에 대한 생각만으로도 진저리를 내게 되었다. 다프네는 숲속에서의 사냥과 남들의 추적을 피해 달아나는 일에서 즐거움을 느꼈다. 많은 사람들이 그녀를 사랑하여 뒤쫓았지만, 그녀는 이들 모두를 물리치며 숲을 거닐었고, 에로스[사랑]에 대해서는 물론이고 히메나이오스[결혼]에 대해서도 전혀 생각하지 않았다. 다프네의 아버지는 종종 이렇게 타일렀다. 「딸아, 너는 내게 사위를 보여 주어야 한다. 너는 내게 손자 손녀를 보여 주어야 한다.」 하지만 그녀는 결혼에 대한 생각을 흡사 범죄만큼이나 싫어했으므로, 아름다운 자기 얼굴을 온통 붉게 물들이며, 자기 양팔을 아버지의 목에 감고 이렇게 말했다. 「세상에서 제일 사랑하는 아버지, 저의 부탁을 들어주세요. 저는 영원히 결혼하지 않고 남고 싶어요, 아르테미스 여신처럼요.」 강의 신은 딸의 요청을 수락하면서도 이렇게 말했다. 「너의 얼굴 때문에라도 그럴 수는 없을 것이다.」

아폴론은 다프네를 사랑했고, 그녀를 갈망했다. 그러나

온 세계에 예언을 내놓는 신조차도 자기 자신의 운명을 내다볼 만큼 현명하지는 못했다. 그녀의 머리카락이 어깨 위로 흘러내리는 것을 보자 그는 이렇게 말했다. 「흐트러진 모습이 저렇게 매력적이라면, 굳이 가지런히 정리할 필요가 있을까?」 그는 별처럼 밝은 그녀의 눈을 보았다. 그는 그녀의 입술을 보았고, 단순히 보기만 해서는 만족할 수가 없었다. 그는 어깨 있는 데까지 노출된 그녀의 손과 팔을 숭배했으며, 눈에 보이지 않도록 숨겨져 있는 부분은 무엇이든지 간에 더 아름다울 것이라고 상상했다. 그는 그녀를 따라갔고, 그녀는 바람보다 더 날렵하게 도망쳤으며, 한순간도 멈춰 서서 그의 예언을 들으려 하지 않았다. 「기다려.」 아폴론이 말했다. 「페네이오스의 딸아. 나는 적이 아니야. 마치 새끼 양이 늑대를 피해 달아나듯, 또는 비둘기가 매를 피해 달아나듯 나를 피해 달아나지는 말아 다오. 내가 너를 뒤쫓는 것은 사랑 때문이야. 너 때문에 나는 슬퍼지는구나. 혹시나 네가 넘어져서 저 돌멩이에 몸이 다치지나 않을까, 그렇게 되면 내가 그 원인이 되지 않을까 두렵구나. 제발 천천히 달려라. 그러면 나도 천천히 따라갈 테니까. 나는 어릿광대도 아니고, 무례한 농사꾼도 아니야. 제우스가 내 아버지이시며, 나는 델로스와 테네도스의 주인이며, 현재와 미래의 모든 것을 아는 자란다. 나는 노래와 리라의 신이야. 내 화살은 표적에 명중하지. 하지만, 아아! 내 화살보다도 더 치명적인 화살이 내 심장을 꿰뚫었구나! 나는 의술의 신이며, 모든 약초의 효력을 알고 있지. 아아! 하지만 나는 어떤 향유로도 치료할 수 없는 병을 앓고 있구나!」

님프는 계속해서 도망갔고, 신의 애원을 채 절반도 듣지 않았다. 그녀의 도망치는 모습조차도 그는 매력적이라고 느꼈다. 다프네의 옷이 바람에 펄럭였고, 풀어 헤친 머리카락이 뒤쪽으로 물결처럼 나부꼈다. 아폴론은 자신의 구애가 거절되는 듯하자 마음이 조급해졌고, 에로스의 재촉에 못 이겨서 결국 그녀를 뒤따라 달렸다. 마치 사냥개가 산토끼를 뒤쫓는 것과도 비슷한 형국이었다. 강한 짐승이 입을 크게 벌리며 금방이라도 사냥감을 낚아챌 것 같았지만, 연약한 짐승은 번번이 앞으로 달려 나가며 사냥개의 이빨에서 벗어나는 것이었다. 그리하여 아폴론과 다프네는 날아가듯이 달리고 또 달렸다. 그는 사랑의 날개를 이용하여, 그녀는 두려움의 날개를 이용하여 날았다. 하지만 추적자 쪽이 더 빨랐기 때문에 양쪽의 거리는 점점 좁혀졌고, 그의 헐떡이는 숨소리가 그녀의 머리카락에 와 닿을 지경이 되었다. 다프네는 힘이 떨어지기 시작하면서 금방이라도 쓰러질 것 같았다. 그러자 그녀는 아버지인 강의 신을 불렀다. 「도와주세요, 페네이오스! 땅을 벌려서 저를 그 안에 가두어 주시든지, 아니면 제 모습을 바꿔 주세요! 저를 이런 위험에 던져 넣은 것이 바로 제 모습이니까요!」 이 말을 하자마자 갑자기 그녀의 팔다리에서 뭔가 뻣뻣한 느낌이 들었다. 그녀의 가슴은 부드러운 나무껍질 속에 갇혔다. 그녀의 머리카락은 잎사귀가 되었고, 그녀의 두 팔은 나뭇가지가 되었다. 그녀의 두 발은 땅에 단단히 고정되어 뿌리가 되었다. 그녀의 얼굴은 우듬지가 되었다. 아름다움은 여전했지만, 그녀의 예전 모습은 아무것도 남지 않았다. 아폴론은 깜짝 놀라 멈춰 섰다. 그는 나무줄기를 만졌고, 새로 생겨난 나무껍질 아래에서 살이 바들바들 떨리는 것을 느꼈다. 아폴론은 나뭇가지를 끌어안고 나무에 입맞춤을 퍼부었다. 나뭇가지가 그의 입술을 피해 움츠러들었다. 「너를 내 아내로 삼을 수는 없으니, 대신 너를 내 나무로 삼겠어.」 아폴론이 말했다. 「나는 너를 내 왕관으로 쓰고 다닐 거야. 나는 너를 내 하프와 내 화살통에 장식할 거야. 그리고 위대한 로마의 정복자들이 카피톨리누스 언덕으로 개선 행렬을 할 때면, 너를 화환으로 엮어서 그들의 머리에 얹힐 거야. 그리고 나는 영원한 청년이므로, 너도 항상 초록을 간직할 거고 너의 잎사귀도 썩지 않을 거야.」 이제 월계수로 바뀐 님프는 감사하다는 듯 머리를 숙였다.

이 아폴론이 음악의 신인 동시에 시(詩)의 신이라는 점은 이상할 게 없어 보이지만, 의학조차도 그의 영역에 속한다는 점은 어딘가 이상하게 보일 수도 있다. 의사이기도 한 시인인 존 암스트롱[19]은 이를 다음과 같이 묘사했다.

> 음악은 즐거움을 고양시키고, 슬픔을 가라앉히고,
> 질병을 쫓아 버리고, 모든 고통을 완화시켰네.
> 그리하여 고대의 현자들은 받들어 마지않았네,
> 의학과 선율과 노래라는 한 가지 능력을.

아폴론과 다프네의 이야기는 시인들이 종종 인유한 바 있다. 에드먼드 월러[20]는 자신의 연애시 가운데 하나에 이 이야

19 John Armstrong(1709~1779). 스코틀랜드 출신으로 런던에서 의사로 활동하며 명성을 얻었고, 시인으로도 활동했다.

20 Edmund Waller(1606~1687). 영국의 정치가 겸 시인. 첫 번째 부인 사후에 도로시 시드니Dorothy Sidney(1617?~1684)를 향해 여러 편의 시를 지어 가며 구혼했지만 결국 거절당하고 말았다.

기를 적용시켰다. 비록 그 시가 애인의 가슴을 녹이지는 못했지만, 덕분에 그는 시인으로 널리 명성을 얻게 되었다.

하지만 그가 불멸의 선율로 부른 노래는
비록 성공하지는 못했어도 헛되지는 않았다.
그의 잘못에 배상을 원할 님프를 제외한 모두가
그의 격정을 경청하고 그의 노래를 인정했다.
그리하여 아폴론처럼 뜻하지 않은 찬사를 얻었고,
사랑을 붙들었고, 자기 양팔을 월계관으로 가득 채웠다.

다음 연은 셸리의 「아도나이스」에 나오는 것으로, 바이런이 초기에 서평가들과 다투었던 일을 인유하고 있다.

떼 지은 늑대들, 뒤쫓을 때에만 용감하고,
추접한 까마귀들, 시체 위에서 소란스럽고,
독수리들, 정복자의 깃발에 걸맞게도
황폐가 먹고 남긴 곳에서 먹이를 먹으며,
그 날개에서 전염병이 쏟아진다. 그놈들은 도망친다.
마치 아폴론처럼, 황금 활을 가지고서
이 시대의 신이 한 발을 쏘고 미소를 지으니!
약탈자들은 다음 화살을 기다리지도 않는다.
자기들을 걷어차는 자랑스러운 발에 아첨할 뿐이다.

피라모스와 티스베

세미라미스[21]가 통치하던 시절의 바빌로니아에서 가장 잘

생긴 청년은 피라모스였고, 가장 예쁜 처녀는 티스베였다. 두 사람의 부모는 나란히 붙어 있는 집에 살고 있었다. 이웃에 살았기 때문에 이들은 종종 같이 어울리게 되었고, 친밀함이 깊어지면서 사랑으로 발전했다. 두 사람은 기꺼이 결혼할 마음이 있었지만 양쪽 부모가 이를 막았다. 하지만 부모들도 막을 수 없는 것은, 이들의 가슴에 똑같은 열의로 타오르는 사랑이었다. 두 사람은 손짓과 눈짓으로 이야기를 나누었으며, 이렇게 감추게 되면서 그 불길은 점점 더 격렬하게 타올랐다. 두 집을 가로막은 벽 사이에는 건축상의 하자로 인해 생긴 틈새가 하나 있었다. 어느 누구도 이전에는 눈치채지 못했지만, 두 연인은 용케도 이것을 찾아냈다. 사랑이 찾아내지 못할 것이 어디 있겠는가! 이 틈새는 목소리가 오가는 통로 구실을 했다. 그리고 이 틈새를 통해서 감미로운 이야기가 오갔다. 피라모스가 한쪽에, 티스베가 또 한쪽에 서 있노라면, 두 사람의 숨결이 서로 뒤섞이곤 했다. 「잔인한 벽 같으니.」 그들은 이렇게 말했다. 「어째서 너는 두 연인을 따로 떼어 놓고 있는 거지? 하지만 우리는 너에게 고마워하지 않는 것은 아니야. 솔직히 말해서 네 덕분에 우리는 사랑의 이야기를 서로의 간절한 귀에 전달하는 특권을 누리고 있으니까.」 두 사람은 벽의 양편에 서서 그런 말을 하는 것이었다. 밤이 되면 이들은 작별을 고해야만 했다. 그러면 두 사람은 벽에 입을 맞추었다. 그녀는 자기가 서 있는 곳의 벽에, 그 역시 자기가 서 있는 곳의 벽에. 더 이상 가까이 갈 수가 없기 때문이었다.

21 고대 기록에 나오는 아시리아의 여왕이지만, 실존 인물이 아니라 어디까지나 전설 속의 주인공으로 추정된다.

다음 날 아침, 에오스[새벽]가 별들을 쫓아내고 해가 풀 위에 쌓인 서리를 녹이고 나자, 이들은 이제 익숙해진 그 장소에서 다시 만났다. 자신들의 힘든 운명을 한탄한 다음, 두 사람은 다음 날 밤 모든 것이 조용해지면 감시의 눈을 슬며시 피해 각자의 집에서 나와 들판으로 가기로 약속했다. 확실히 만날 수 있기 위해 이 도시의 경계 밖에 있는 유명한 기념물인 니노스의 무덤에서 보기로 했으며,[22] 먼저 온 사람이 특정한 나무 아래에서 다른 사람을 기다리기로 했다. 그 나무는 시원한 샘 근처에 서 있는 흰색 뽕나무였다. 합의가 이루어지자, 두 사람은 해가 물 아래로 가라앉고 밤이 물 위로 떠오르기를 안절부절 고대했다. 밤이 되자 티스베는 머리에 베일을 쓰고 가족의 눈에 띄지 않은 채 살금살금 걸어 나갔고, 기념물이 있는 데까지 가서 나무 아래 앉았다. 저녁의 희미한 빛 속에 혼자 앉아 있던 그녀는 암사자 한 마리를 발견했다. 방금 뭔가를 잡아먹은 듯, 입에서 피를 뚝뚝 흘리는 사자는 갈증을 풀기 위해 샘으로 다가오고 있었다. 티스베는 그 모습을 보고는 얼른 도망쳐 어느 바위의 구멍 속으로 피신했다. 도망치는 사이에 그녀는 베일을 그만 떨어뜨리고 말았다. 샘에서 물을 마신 암사자는 다시 숲으로 되돌아가던 중에, 바닥에 떨어진 베일을 보고 물어서 찢어 버렸고, 그 와중에 제 입에 묻은 피를 거기 묻히고 말았다.

피라모스는 예정보다 늦은 그때에야 약속 장소에 접근하고 있었다. 그는 모래 위에서 사자의 발자국을 보았고, 순간 두 뺨에서는 핏기가 싹 가시고 말았다. 곧이어 피라모스는 온통 찢어지고 피가 묻은 베일을 보았다. 「오, 불운한 여자

22 〈니노스〉는 고대 도시 〈니네베〉의 창건자로 알려진 전설의 인물이다.

같으니.」 그가 말했다. 「네가 죽은 원인은 결국 나였구나! 그대, 나보다 더 살 만한 가치가 있는 사람이 첫 번째 희생자가 되어 버렸구나. 나도 뒤를 따르겠어. 내가 바로 죄의 원인이니까. 너를 유혹해서 이렇게 위험한 장소로 불러내고, 너를 보호하기 위해 현장에 와 있지도 못했으니까. 앞으로 나와라, 사자들아. 그 바위 틈새에서 나와서, 이 죄 많은 몸을 네 이빨로 찢어 버려라.」 피라모스는 베일을 집어 들고, 약속 장소인 나무 아래로 가서 그 천에 입을 맞추고 눈물을 뿌렸다. 「〈나의〉 피도 마찬가지로 너의 표면을 물들일 거야.」 그는 이렇게 말하며 검을 뽑아서 자기 심장에 찔러 넣었다. 상처에서 피가 흘러나와 흰색 뽕나무는 온통 붉게 물들고 말았다. 그 피는 대지로 스며들어 뿌리에까지 닿았기 때문에, 그 붉은색이 나무의 줄기를 거쳐서 열매에까지 도달했다.

그즈음에 티스베는 여전히 두려움에 떨고 있었지만, 자기 애인을 실망시키고 싶지 않다는 생각에 조심조심 앞으로 걸어 나왔다. 불안한 듯 청년을 찾아 주위를 두리번거리며, 방금 자기가 벗어난 위험에 관해 피라모스에게 말해 주고 싶어서 조바심이 들었다. 약속 장소에 온 티스베는 뽕나무의 색깔이 변한 것을 보고, 여기가 아까 왔던 곳과 같은 곳인지 문득 의심스러워졌다. 잠시 머뭇거리는 사이, 그녀는 웬 사람이 죽음의 고통 속에서 몸부림치는 모습을 보았다. 티스베는 뒤로 물러나기 시작했으며, 마치 산들바람이 갑자기 불어오면 잔잔한 물 위에 파문이 이는 것처럼 전율이 그녀의 몸을 훑고 지나갔다. 하지만 자기 애인의 모습을 알아보자마자 그녀는 비명을 지르고 가슴을 치면서 이미 생명이 떠난 몸을 끌어안았고, 상대방의 상처에 눈물을 쏟으면서 차가워진 입술에 거듭해서 입을 맞추었다. 「오, 피라모스.」 그녀가 소리를 질렀다. 「어쩌다가 이렇게 된 거지? 말해 줘, 피라모스. 너의 티스베가 하는 말이야. 내 말을 들어, 가장 사랑하는 사람, 떨어뜨린 고개를 들란 말이야!」 티스베라는 이름을 듣자마자 피라모스는 두 눈을 떴지만, 곧이어 다시 감고 말았다. 그녀는 피가 묻어 있는 자기 베일을 바라보고, 텅 비어 있는 검의 칼집을 보았다. 「너는 자기 손으로 너를 죽이고 말았구나. 바로 나 때문에.」 티스베가 말했다. 「나 역시 한 번은 그렇게 용기를 낼 수 있어. 내 사랑도 너의 사랑 못지않게 강하니까. 나도 너를 따라 죽겠어. 왜냐하면 내가 원인이었으니까. 우리를 갈라놓을 수 있었던 죽음도, 내가 너와 함께하는 것을 막지는 못할 거야. 그리고 당신들, 우리 두 사람의 불행한 부모님들, 우리가 한마음으로 드리는 청을 거절하지 말아 주세요. 사랑과 죽음이 우리를 합쳐 주었으니, 우리를 한 무덤에 묻어 주시기를. 그리고 너, 나무는 살해의 흔적을 간직하고 있구나. 너의 열매가 계속해서 우리의 피에 대한 증거가 되어 주기를.」 이렇게 말하며 그녀는 검을 자기 가슴에 찔러 넣었다. 결국 그녀의 부모가 그녀의 소원을 허락했으며, 신들 역시 허락했다. 두 사람의 시신은 한 무덤에 묻혔고, 그 나무는 그때 이후로 보라색의 열매를 맺기 시작해서 지금까지도 그렇게 하고 있다.

토머스 무어는 「실프의 공」에서 〈데이비 안전 램프〉[23]를

23 영국의 과학자 험프리 데이비 경Sir Humphry Davy(1778~1829)이 1815년에 고안한 발명품으로, 일반 램프 주위에 촘촘한 철망을 둘러서 불이 쉽게 옮겨 붙지 않게 했다.

묘사하면서, 이것을 티스베와 그녀의 연인을 갈라놓고 있었던 벽에 비유한다.

> 오, 저 램프의 금속성 철망,
> 보호용 철사로 이루어진 저 커튼,
> 데이비가 조심스레 둘러놓았네,
> 저 부정하고 위험한 불 주위에!
>
> 불길과 공기 사이에 그가 세운 벽 때문에
> (마치 젊은 티스베의 희열을 막은 벽처럼)
> 이 위험한 한 쌍은 그 작은 구멍 사이로
> 서로를 보기는 하되 입을 맞출 수는 없었다.

미클이 번역한 「루지아다스」에서는 피라모스와 티스베의 이야기에 관한, 그리고 뽕나무의 변신에 관한 다음과 같은 인유가 등장한다.[24] 여기서 시인은 〈사랑의 섬〉을 묘사하고 있다.

> (……) 포모나의 손이 경작된 정원에 선사하는
> 선물들이 여기서는 자유롭게, 경작 없이도 생산되며,
> 돌보는 손길에 의해 육성된 그 어떤 것보다도
> 그 향기는 더 달콤하고, 그 색깔은 더 아름다웠다.

24 윌리엄 줄리어스 미클William Julius Mickle(1734~1788)은 스코틀랜드의 시인이다. 그가 번역한 「루지아다스」(1572)는 포르투갈의 시인 루이스 데 카몽이스Luís de Camões(1524~1580)의 서사시로, 바스코 다 가마의 인도 항로 발견이라는 역사적 사실에 환상적 묘사를 곁들여 서술한 작품이다.

이곳의 버찌는 빛나는 진홍색으로 반짝이고,
위에는 구부러진 나뭇가지에 뽕나무 열매들이
연인의 피로 얼룩진 채로 줄줄이 늘어져 있었다.

우리의 젊은 독자들 중에서 혹시나 불쌍한 피라모스와 티스베의 희생을 웃어넘길 정도로 몰입정한 사람이 있다면, 이번에는 셰익스피어의 희곡 『한여름 밤의 꿈』을 읽어 볼 기회를 누려 보심이 어떨까 싶다. 바로 그 작품에서 이 이야기가 재미있게 희화되기 때문이다.[25]

케팔로스와 프로크리스

케팔로스는 잘생긴 청년이었고, 남자다운 사냥을 좋아했다. 그는 동이 트기도 전에 일어나서 사냥감을 추적했다. 에오스[새벽]는 첫발을 내딛을 무렵에 케팔로스를 보자마자 사랑에 빠져 버렸고, 급기야 그를 납치해서 멀리 데려가 버렸다. 하지만 케팔로스는 매력적인 아내와 결혼한 직후였고, 아내를 헌신적으로 사랑하고 있었다. 그녀의 이름은 프로크리스였고, 사냥의 여신인 아르테미스의 총애를 받고 있었다. 여신은 다른 어떤 개보다도 더 빨리 달리는 개 한 마리와, 표적을 반드시 맞추고야 마는 투창 하나를 그녀에게 선물했다. 프로크리스는 자기가 받은 이 선물을 남편에게 주었다. 케팔로스는 자기 아내와 있으면서 무척이나 행복했기에 에

25 『한여름 밤의 꿈』에는 아테네 왕 테세우스와 아마조네스 여왕 히폴리테의 결혼식 축제 때 아마추어 극단이 〈피라모스와 티스베의 이야기〉를 무대에 올리는 내용이 나온다.

오스의 유혹을 모두 거절했고, 마침내 여신은 그를 놓아 주면서 불쾌한 듯 이렇게 말했다. 「가라, 감사할 줄 모르는 필멸자야. 네 아내에게로 돌아가라. 하지만 내가 아주 틀리지 않았다고 치면, 너는 언젠가 아내와의 재회를 후회할 날이 올 것이다.」

케팔로스는 집으로 돌아왔고, 자기 아내와 함께 살아가고 숲속에서의 사냥을 즐기며 행복해했다. 그러던 어느 날, 어떤 성난 신이 게걸스러운 여우 한 마리를 보내서 그 지역에 말썽을 일으켰다. 사냥꾼들이 모두 힘을 모아서 짐승을 잡으려 했다. 하지만 이런 노력은 모두 허사로 돌아갔다. 어떤 개도 그 여우를 따라잡지 못했기 때문이다. 마침내 이들은 케팔로스의 유명한 개인 라일라프를 빌리러 찾아왔다. 목줄을 풀어 주자마자 그 개는 곧장 달려 나갔고, 그 속도는 사람이 눈으로 쫓을 수 있는 것보다도 더 빨랐다. 만약 모래 위에 찍히는 발자국을 보지 못했더라면, 사람들은 그 개가 날아간다고 생각했을 것이다. 케팔로스와 다른 사람들은 언덕 위에 서서 경주를 지켜보았다. 여우는 온갖 기술을 다 사용했다. 빙글빙글 돌고 달리다가 방향을 바꾸는 통에, 개는 여우에게 바짝 다가가 주둥이를 벌리고 꽁무니를 물었지만 번번이 허탕만 쳤을 뿐이었다. 케팔로스가 자기 창을 쓰려던 바로 그 순간, 갑자기 개와 사냥감 모두가 곧바로 멈춰 서고 말았다. 두 마리 짐승 모두를 지상에 내려보냈던 천상의 권능자는 두 마리 짐승 가운데 어느 한쪽이 승리자가 되기를 원치 않았던 것이다. 결국 살아서 움직이던 모습 그대로 두 마리 짐승은 돌로 변해 버렸다. 그 모습은 얼핏 보기에는 너무 살아 있는 것 같고 자연스러워서, 한 마리는 금방이라도 짖어 댈 것 같고 또 한 마리는 뛰어나갈 것처럼 보였다.

비록 개를 잃어버리기는 했지만, 케팔로스는 여전히 사냥감을 추적하는 일에서 기쁨을 누렸다. 그는 매일 아침 일찍 나가서 숲과 언덕을 훑고 다녔다. 케팔로스는 아무도 동반하지 않았으니, 그의 투창은 언제나 확실한 무기였기 때문에 굳이 누구의 도움도 필요하지 않았기 때문이다. 사냥 때문에 피곤해진 상태에서 해가 높이 솟아오르면, 그는 시원한 냇물이 흐르는 그늘진 장소를 찾았고, 그곳의 풀밭에 누워서 옷을 벗어 던지고 산들바람을 즐겼다. 때때로 케팔로스는 이렇게 큰 소리로 말했다. 「이리 와라, 달콤한 바람아. 이리 와서 내 가슴을 부채질해라. 이리 와서 나를 태우는 이 열기를 가라앉혀라.」 하루는 어떤 사람이 근처를 지나가다가 바람을 향해 건네는 그의 말을 들었다. 어리석게도 이 사람은 그가 어떤 처녀와 대화한다고 넘겨짚은 나머지, 그의 아내를 찾아가 비밀이라며 말해 주었다. 사랑이란 속기 쉬운 것이다. 프로크리스는 갑자기 충격을 받은 나머지 그만 실신하고 말았다. 잠시 후 정신을 차리자마자 그녀는 말했다. 「그건 사실일 리가 없어. 내가 직접 목격하지 않는 한, 나는 그 이야기를 믿지 않을 거야.」 그리하여 프로크리스는 심란한 마음으로 다음 날 아침이 되어 케팔로스가 평소처럼 사냥 나가기를 기다렸다. 아내는 몰래 남편의 뒤를 밟았고, 누군가로부터 전해 들은 바로 그 장소에 숨었다. 케팔로스는 평소처럼 사냥으로 인해 지친 상태에서 그곳을 찾았으며, 푸른 냇가에 누워서 말했다. 「이리 와라, 달콤한 바람아. 이리 와서 나를 부채질해라. 내가 너를 얼마나 사랑하는지 알지! 너는 작은 숲과 내 외로운 산책을 즐겁게 만들어 주니까!」 이렇게 계속 말하던 그는 갑자기 덤불 속에서 뭔가가 우는 것 같은 소리를 들었거나, 또는 들었다고 생각했다. 어떤 야생 동물일 것이라 지레짐작한 케팔로스는 투창을 그쪽으로 던졌다. 그가 사랑하는 프로크리스의 비명이 울려 퍼지면서, 그의 무기가 당연히 표적에 명중했음을 알려 주었다. 남편이 달려가 보니, 아내는 피를 흘리면서도 자기가 받은 선물인 그 투창을 상처에서 도로 빼내기 위해 줄어드는 힘으로 애쓰고 있었다. 케팔로스는 아내를 땅에서 들어 올린 다음 피를 멈추게 하려고 안간힘을 썼다. 그녀를 향해 정신을 차리라고, 나를 비참하게 만들고 떠나지 말라고 말하면서, 아내의 죽음을 자기 탓으로 돌렸다. 프로크리스는 힘없는 눈을 뜨더니, 다음과 같이 몇 마디 말을 남겼다. 「당신에게 부탁할게. 만약 당신이 나를 한 번이라도 사랑했다면, 만약 내가 당신에게서 자비를 얻을 만한 자격이 있는 사람이었다면, 여보, 내 마지막 소원을 제발 들어줘. 그 밉살스러운 〈달콤한 바람〉이란 여자하고는 절대로 결혼하면 안 돼!」 이 한마디 말로 모든 수수께끼가 풀리고 말았다. 하지만 아아! 지금 와서 수수께끼가 풀려 보았자 무슨 이득이 있겠는가? 프로크리스는 죽었다. 하지만 그녀의 얼굴에는 평온한 표정이 떠올라 있었고, 남편이 사실을 알려 주었을 때 아내의 얼굴에는 유감과 용서의 빛이 드러나 있었다.

토머스 무어의 「전설 발라드」에는 케팔로스와 프로크리스의 이야기를 다룬 시가 하나 있는데, 다음과 같이 시작된다.

> 옛날에 한 사냥꾼이 숲속에 누워

한낮의 밝은 눈을 피하면서,
떠도는 바람에게 종종 사랑을 속삭였으니,
그 숨결이 그의 이마를 시원하게 했음이라.
침묵하고 누운 동안, 야생 꿀벌의 소리조차도,
숨결조차도 포플러의 머리카락을 움직이지 않았다.
그가 나지막이 노래했다.「달콤한 바람아, 오, 불어오라!」
그러자 에코가 대답했다.「불어오라, 달콤한 바람아!」

제4장

헤라와 경쟁자들 이오와 칼리스토·
아르테미스와 악타이온·
레토와 농부들

하루는 헤라가 가만 보니 갑자기 주위가 어두워졌다. 여신은 자기 남편이 차마 밝은 곳에서는 하지 못할 어떤 짓을 하느라 구름을 일으킨 것이 아닌가 하는 의심을 품었다. 아내가 구름을 흩어 버렸더니, 남편은 어느 맑은 강의 강둑에 있었는데, 그 곁에는 예쁘게 생긴 암소가 한 마리 서 있었다. 헤라는 그 암소의 모습 속에 어떤 예쁜 님프나 인간의 형체가 감춰져 있을 것이라고 의심했다. 실제로도 그러했다. 왜냐하면 그 암소는 강의 신 이나코스의 딸 이오였기 때문이다. 제우스는 그녀와 시시덕거리고 있다가, 자기 아내가 다가오는 것을 깨닫고는 애인을 암소의 모습으로 바꿔 버렸던 것이었다.

헤라는 남편에게 다가가 암소를 보면서 예쁘다고 칭찬하며, 저 짐승은 누구의 것이며 누구의 소 떼에 속하는지 물어보았다. 제우스는 아내의 질문을 멈추게 하려고, 저 짐승은 대지에서 새로 나온 창조물이라고 얼버무렸다. 그러자 헤라는 암소를 자기에게 선물로 달라고 했다. 제우스가 차마 어떻게 할 수 있었겠는가? 자기 애인을 자기 아내에게 내주기는 물론 싫을 수밖에 없었다. 하지만 기껏해야 암소 한 마리에 불과한 선물을 어떻게 안 주겠다고 거절할 수 있겠는가? 그렇게 할 수는 없었다. 자칫하다가는 의심을 불러일으킬 테니까. 그래서 신은 동의하고 말았다. 여신은 여전히 의심을 떨치지 못한 상태였다. 그리하여 이 암소를 괴물 아르고스에게 맡겨서 엄중하게 감시하도록 했다.

아르고스의 머리에는 눈이 1백 개나 달려 있었으며, 잠을 자더라도 한 번에 두 개밖에는 감지 않았으므로, 항상 이오를 감시할 수 있었다. 낮이면 풀을 뜯도록 했고, 밤이면 혐오스러운 밧줄에 묶어 두었다. 그녀는 아르고스에게 두 팔을 뻗어서 자유를 달라고 애원하고 싶었지만, 이제는 차마 뻗을 만한 팔 자체가 없었으며, 목소리도 음매 하는 소의 울음소리였기 때문에 자기 자신도 놀라곤 했다. 이오는 아버지와 자매들이 이쪽으로 다가오는 것을 보았다. 이들은 암소의 등을 토닥이면서 예쁘다고 칭찬하기까지 했다. 아버지는 풀을 한 움큼 뜯어서 내밀기도 했으며, 이때 딸은 아버지가 내민 손을 핥았다. 이오는 자기가 누구인지를 알리고 싶었으며, 어쩌면 자신의 소원을 말했는지도 모른다. 하지만, 아아! 그녀가 낸 소리에는 말[言]이 들어 있지 않았다. 급기야 이오는 글을 쓰기로 했으며, 한쪽 발굽으로 모래 위에 자기 이름을(다행히 짧은 이름이었으니까) 썼다. 이나코스는 그 이름을 알아보고, 오랫동안 찾아 헤맸지만 허탕만 치던 딸이 이렇게 암소의 모습 아래 감춰져 있었음을 깨닫고, 딸을 향해 애통해하면서 하얀 목을 끌어안고 소리를 질렀다. 「아아! 내 딸아! 그래도 너를 완전히 잃어버린 것보다는 덜 슬프구나!」 아버지가 이렇게 탄식하고 있을 때, 아르고스가 이 모습을 보고 다가와서 이오를 다른 곳으로 끌고 가더니, 자기는 높은 강둑에 앉았다. 거기서는 사방을 훤히 볼 수 있기 때문이었다.

제우스는 자기 애인의 고통을 지켜보며 마음이 괴로운 나머지, 헤르메스를 불러서 아르고스를 처치하라는 명령을 내렸다. 심부름꾼 신은 서둘러 날개 달린 신발을 신고, 날개 달린 모자를 쓰고, 잠을 오게 만드는 지팡이를 쥐고, 천상의 탑에서 대지로 뛰어내렸다. 그곳에서 헤르메스는 날개를 치워두고 오로지 지팡이만 든 채, 마치 가축 떼를 몰고 다니는 목자 같은 모습으로 위장했다. 그렇게 거닐면서 그는 파이프를 불었다. 이 악기는 이른바 시링스, 또는 〈판의 파이프〉라고 부르는 것이었다. 아르고스는 음악을 듣고 좋아했으니, 이런 악기는 난생처음 보는 것이었기 때문이었다. 「젊은이.」 그가 말했다. 「이리로 와서 내 옆에 있는 이 돌 위에 앉게. 자네의 가축 떼가 풀을 뜯기에는 여기보다 더 좋은 장소가 없고, 이곳이야말로 목자들이 좋아하는 쾌적한 자리라네.」 헤르메스는 그곳에 앉아서 이야기를 시작했으며, 시간이 늦을 때까지 그렇게 했다. 그는 자기 파이프로 가장 마음을 달래주는 곡조를 연주했으니, 그 의도는 아르고스의 감시하는 눈들을 잠들게 하려는 것이었지만 실제로는 아무 소용이 없었다. 왜냐하면 이 괴물은 여전히 몇 개의 눈을 뜨고 있는 상태에서만 나머지 눈을 감았기 때문이다.

이야기 끝에 헤르메스는 자기가 연주하는 악기가 어떻게 발명되었는지 아르고스에게 말해 주었다. 「예전에 어떤 님프가 있었는데, 그 이름은 시링스였습니다. 사티로이와 숲의 영들이 그녀를 무척 사랑했습니다. 하지만 시링스는 이들 중 누구도 사랑하지 않았으니, 그녀는 아르테미스의 신실한 숭배자여서 이 여신의 사냥을 따라다녔기 때문입니다. 시링스가 사냥 옷을 입은 모습을 보았다면, 당신은 그녀가 아르테미스 본인이라고 착각했을 것입니다. 차이가 있다면 님프의 활은 뿔로 만든 것이고, 아르테미스의 활은 은으로 만든 것이라는 점뿐이었습니다. 하루는 시링스가 사냥에서 돌아오는 길에 판과 마주쳤습니다. 판은 방금 제가 말한 것과 같은 찬사며, 그 외에도 다른 말들을 그녀에게 건네었죠. 님프는 도망쳤고, 단 한순간도 멈춰 서서 그가 퍼붓는 찬사를 들으려고 하지 않았습니다. 판은 그녀를 뒤쫓았고, 강둑에 이르러서 결국 님프를 붙잡고 말았습니다. 시링스에게는 친구들인 물의 님프들에게 도움을 요청할 시간밖에는 없었지요. 친구들은 그녀의 요청을 듣고 수락했습니다. 판은 시링스의 목이라 여긴 것에 자기 양팔을 둘렀습니다만, 그가 끌어안은 것은 갈대 한 다발에 불과했습니다! 그가 한숨을 훅 내쉬자, 공기가 갈대를 지나가면서 애처로운 곡조를 만들어 냈습니다. 이 신은 그 음악의 새로움이며 달콤함에 매료된 나머지 이렇게 말했습니다. 〈이렇게 하면 최소한 너를 내 것으로 만들 수 있겠지.〉 그러면서 그는 갈대 몇 개를 꺾어서 서로 다른 길이로 자르더니, 그걸 나란히 붙여 놓아서 악기를 만들었습니다. 그러고는 이 님프를 기리기 위해서 거기다가 〈시링스〉라는 이름을 붙였습니다.」 헤르메스가 이야기를 다 마치기도 전에, 아르고스의 눈이 모두 감겨 버렸다. 괴물이 고개를 가슴팍에 떨어뜨리자, 신은 단칼에 그 목을 잘라서 바위 사이로 굴러 떨어지게 만들었다. 오, 불운한 아르고스! 너의 1백 개 눈에 담긴 빛이 한 번에 꺼져 버렸구나! 헤라는 그 눈들을 떼어다가 자기가 좋아하는 공작의 꼬리에 장식으로 매달았고, 그리하여 그 눈들은 오늘날까지도 그 모습 그대로 남아 있다.

하지만 헤라의 복수심은 아직 완전히 만족되지 않은 상태였다. 여신은 쇠파리를 보내서 이오를 괴롭혔으며, 이 암소는 해충을 피해서 전 세계로 도망을 다녔다. 그녀는 이오니아해(그 바다의 이름은 바로 〈이오〉에게서 비롯되었다고 전한다)를 헤엄쳐 건너고, 일리리아 평야를 지나고, 하이모스산에 오르고, 트라키아 해협(〈보스포로스〉, 즉 〈암소의 여울〉이라는 이 해협의 별칭은 바로 이 사건에서 비롯되었다고 전한다)을 지나고, 스키티아를 지나고, 킴메르인의 나라를 지나서, 마침내 나일 강변에 도달했다. 마침내 제우스가 애인을 위해 중재에 나섰고, 더 이상은 그녀에게 관심을 보이지 않기로 약속하자, 헤라도 이오를 원래의 모습으로 돌려놓기로 동의했다. 그녀가 이전의 자기 모습을 점차적으로 되찾는 모습은 참으로 기묘했다. 거친 털이 몸에서 떨어져 나왔고, 뿔이 줄어들었고, 두 눈이 점점 작아졌고, 입이 짧아졌다. 앞발의 발굽 대신에 손과 손가락이 돌아왔다. 결국 암소의 모습은 하나도 남지 않았으며, 오로지 원래의 아름다움만 남았다. 처음에 이오는 겁이 나서 말도 하지 못했으니, 혹시나 암소처럼 굵은 목소리가 나올까 봐 두려워한 까닭이었다. 하지만 그녀는 점차 자신감을 되찾았고, 자기 아버지와 자매를 찾아 나섰다.

리 헌트[26]에게 바친 시에서 키츠는 판과 시링스의 이야기

26 Leigh Hunt(1784~1859). 영국의 비평가로 키츠, 셸리, 바이런 같은

를 다음과 같이 인유한다.

> 그리하여 나뭇가지를 밀어젖힌 그 사람은,
> 우리가 숲속을 널리 살펴보아야겠다고 느꼈다.
> (……)
> 우리에게 말해 주었다. 시링스가 몹시 몸을 떨며
> 아르카디아의 판을 대단히 두려워하며 도망갔다고.
> 불쌍한 님프. 불쌍한 판. 갈대 우거진 개울가를
> 스치는 바람의 아름다운 한숨 소리만 손에 넣고서,
> 그는 울고 말았다고. 전해지지 않는 노력,
> 달콤한 외로움과 향긋한 고통이 가득했더라고.

칼리스토

칼리스토는 헤라의 질투심을 자극한 처녀 가운데 또 한 명이었다. 급기야 여신은 그녀를 곰의 모습으로 바꿔 놓았다. 「내 남편을 사로잡은 너의 아름다움을 빼앗아 버릴 거야.」 헤라는 말했다. 칼리스토는 엎드려서 손과 무릎을 땅에 짚었다. 용서를 구하기 위해 양팔을 뻗으려 했지만, 거기에는 이미 검은 털이 수북하게 덮이기 시작했다. 양손은 둥글게 자라나더니 구부러진 발톱이 달리게 되었고, 이제는 앞발로 변해 버렸다. 한때 제우스가 그 아름다움을 칭찬했던 입은 끔찍한 짐승의 주둥이로 변해 버렸다. 변하기 전에는 사

당대 최고의 시인들과 친분이 있었다. 본문에 인용된 시는 제목이 없기 때문에 〈나는 작은 언덕에 까치발로 서 있었네〉라는 첫 문장이 종종 제목으로 대신 사용된다.

람의 마음을 움직여 동정심을 자아냈던 목소리는 으르렁거리는 소리로 변해서, 이제는 오히려 두려움을 자아내기에 딱이었다. 하지만 인간으로서의 성격은 여전히 남아 있었으니, 칼리스토는 계속해서 으르렁거리며 자기 운명을 한탄했고, 최대한 똑바로 서 있으면서 자기 앞발을 들어 올려 자비를 간구했으며, 차마 직접 이야기할 수야 없었지만 제우스가 몰인정하다고 생각하고 있었다. 아, 밤새 혼자서 숲속에 있기 두려운 나머지 예전에 자주 들르던 인가 주위를 배회한 적은 또 얼마나 많았던가. 최근까지만 해도 여자 사냥꾼이었던 그녀가 개들이 두려워 사냥꾼들을 피해 혼비백산 도망친 적은 또 얼마나 많았던가. 자신이 지금은 야생 동물이라는 사실조차 잊어버린 채 야생 동물을 피해서 도망친 적은 또 얼마나 많았던가. 자신이 곰인데도 그녀는 다른 곰들을 무서워했던 것이다.

하루는 사냥 중이던 어느 청년이 칼리스토를 발견했다. 그녀는 그가 이제 청년으로 자라난 자기 아들이라는 사실을 알아보았다. 칼리스토는 걸음을 멈추고 청년을 끌어안아 주고 싶은 마음이 들었다. 그녀가 다가오자 청년은 깜짝 놀란 나머지 사냥용 창을 치켜들었고, 금방이라도 찔러 버리려 했다. 바로 그때 이 모습을 지켜보던 제우스가 그의 범죄를 막았으며, 그 둘을 모두 하늘로 들어 올려 큰곰자리와 작은곰자리로 만들어 버렸다.

자기 경쟁자가 영예를 얻은 것을 본 헤라는 화가 치솟은 나머지, 오래된 신들인 바다의 권능자 테티스와 오케아노스에게 달려갔다. 무슨 일로 그러느냐는 이들의 질문에 여신은 자기가 찾아오게 된 이유를 설명했다. 「신들의 여왕인 내가 무슨 일로 천상의 평원을 떠나서 당신들이 있는 깊은 곳에 찾아왔느냐고 물어보는 건가요? 천상에서 내가 그만 밀려나고 말았다는 사실을 알았기 때문이죠. 내 자리를 다른 누군가가 차지했으니까요. 내 말을 믿기 힘드실 거예요. 하지만 밤이 세계를 어둡게 만들고 나서 하늘을 보시면, 나로선 불평할 만한 이유가 무척이나 많은 두 명이 하늘에 떠오르는 모습을 보실 수 있을 거예요. 그것도 하늘 기둥 인근, 원이 가장 작은 바로 그 근처에요. 내 성미를 건드린 결과로 그런 보상을 얻었으니, 이제부터 어느 누가 헤라의 비위를 거스를까 봐 두려움에 떨겠어요? 내가 어떤 결과를 일으킬 수 있었는지 보세요! 나는 그 여자에게 인간의 형체를 취하지 못하게 했어요. 그랬더니 그 여자가 별들 사이에 놓이게 되었어요! 내 처벌의 결과가 이렇게 되었다니까요. 내 힘의 한계가 고작 그 정도라고요! 내가 이오에게 허락했던 것처럼, 그 여자도 예전의 모습으로 되돌려 놓는 편이 차라리 더 나을 뻔했어요. 어쩌면 내 남편은 그 여자와 결혼하려 들지도, 그래서 나를 밀어내 버릴지도 몰라요! 하지만 당신들, 내 양부모님들께서 나를 딱하게 여기신다면, 그리고 나에 대한 이 같은 부당한 대우를 불쾌히 여기신다면, 이 두 명이 당신네 물에 들어오지 못하게 막아 주셔서 당신들의 불쾌함을 표시해 주십사고 간청드려요.」 바다의 권능자들은 이에 동의했으며, 그로 인해서 큰곰자리와 작은곰자리라는 두 개의 별자리는 하늘을 계속 돌고 돌기만 할 뿐, 다른 별들이 하듯이 바다 너머로 가라앉지는 못하는 것이다.

밀턴은 별자리 중에서도 두 개의 곰자리가 지평선 너머로 내려가지 않는다는 사실을 다음과 같이 인유했다.

한밤중에 내 램프를
어느 높고 외로운 탑에서 보이게 하라.
거기서 나는 종종 곰자리를 지켜볼 것이니.

그리고 로웰[27]의 시 「프로메테우스」에서 화자인 프로메테우스는 이렇게 말한다.

별들이 하나둘씩 뜨고 지면서
내 쇠사슬에 덮인 서리에 그 빛이 반짝인다.
밤새도록 북극성의 품에 안겨 있던
곰자리도 그 보금자리로 돌아갔으니,
새벽의 경쾌한 발소리에 놀란 까닭이라.

작은곰자리의 꼬리를 이루는 마지막 별은 북극성이며, 이 별은 〈키노수라〉라고도 불린다.[28] 밀턴은 시 「쾌활한 사람」에서 이렇게 말한다.

곧바로 내 눈은 새로운 즐거움을 얻었다.
주위의 풍경을 눈으로 살펴볼 수 있을 때에는.
(……)

27 James Russell Lowell(1819~1891). 미국의 시인 겸 비평가.

28 그리스어 〈키노수라cynosura〉는 〈개의 꼬리〉라는 뜻이다. 오늘날 〈작은곰자리〉로 불리는 별자리가 한때는 〈곰〉이 아니라 〈개〉를 나타낸다고 여겼기 때문이다.

여러 탑과 성가퀴를 보았으니,
울창한 나무 위로 우뚝 솟아 있었고,
어쩌면 웬 미녀가 있을지도 몰랐다,
이웃의 눈에게는 키노수라인 사람이.

아래에서 키노수라는 뱃사람의 길잡이인 북극성을, 그리고 북쪽의 자력을 지칭한다. 밀턴은 이 별을 〈아르카디아의 별〉이라고도 부르는데, 왜냐하면 칼리스토의 아들 이름이 〈아르카스〉였으며, 두 사람은 〈아르카디아〉에 살았기 때문이다. 「코머스」에서 길을 잃은 누이를 찾아 나선 형제들은 숲속에서 밤을 맞이하자 이렇게 말한다.

(……) 어떤 부드러운 촛불이라도!
비록 골풀 양초이고, 어떤 진흙 주택의
고리버들 구멍에서 흘러나오는 것이라도,
흐르는 불빛의 오랜 법칙에 따라 우리를 방문하면
그대는 우리의 아르카디아 별,
또는 티로스인의 키노수라가 되리라.

아르테미스와 악타이온

방금 이야기한 두 가지 사례를 통해서, 우리는 헤라가 자기 경쟁자들을 얼마나 가혹하게 대했는지 알아보았다. 이번에는 처녀 여신이 자기 사생활을 침해한 자를 어떻게 처벌했는지 알아보자.

때는 정오였고, 해가 출발점과 도착점 사이의 딱 중간에 있을 즈음이었다. 카드모스 왕의 외손자인 청년 악타이온은 자기를 따르는 여러 청년을 불러 모아 산에서 수사슴을 사냥하고 있었다.

「친구들아, 우리의 그물과 우리의 무기는 우리의 사냥감이 흘린 피로 젖어 버렸다. 하루 동안의 사냥은 이것으로 충분하니, 우리의 일은 내일 새로이 하도록 하자. 이제 포이보스가 대지를 달구고 있는 동안, 우리는 도구를 내려놓고 푹 쉬자.」

마침 그곳에는 사이프러스와 소나무가 울창하게 우거진 계곡이 있었는데, 바로 사냥꾼 여왕인 아르테미스에게 바쳐진 곳이었다. 그 계곡의 끝에는 동굴이 하나 있었는데, 비록 미술품으로 장식되어 있지는 않았지만, 자연이 그곳을 만들면서 마치 미술품을 본뜬 것처럼 되어 있었으니, 왜냐하면 자연이 그곳의 지붕의 아치를 석재로 만들면서, 마치 사람의 손으로 만든 것처럼 섬세하게 딱 맞춰 놓았기 때문이었다. 동굴 한쪽에서 샘이 분출되었으며, 그 샘이 넓은 웅덩이를 이룬 가장자리에는 풀밭이 테를 이루고 있었다. 숲의 여신은 사냥으로 지쳤을 때마다 이곳에 와서, 거품이 이는 물속에 처녀의 팔다리를 담갔다.

하루는 여신이 님프들을 데리고 그곳에 가서, 한 명에게는 자기 투창과 화살통과 활을 건네주고, 또 한 명에게는 자기 예복을 건네주고, 나머지 한 명에게는 자기 발의 샌들을 풀어서 벗기도록 했다. 곧이어 님프 중에서도 가장 솜씨가 좋은 크로칼레가 여신의 머리를 매만졌고, 네펠레와 히알레와 다른 님프들이 커다란 항아리에 물을 길어 왔다. 그리하여 여신이 화장하는 일에 한창일 무렵, 아아, 악타이온은 동행자들과 떨어져서 특별한 목적지 없이 이리저리 거닐다가 결국 그 장소까지 오게 되었으니, 이는 자기 운명에 의해 그곳으로 이끌려 온 것이었다. 그가 동굴 입구에 나타나자, 님프들은 비명을 지르며 여신에게 달려가서 자기들의 몸으로 주인의 몸을 가려 주려고 했다. 하지만 여신은 님프들보다 무려 머리 하나 정도는 더 컸다. 깜짝 놀란 아르테미스의 얼굴에는 마치 일몰, 또는 일출 때의 구름 색깔과도 같은 색조가 떠올랐다. 님프들에 둘러싸인 채로 여신은 반쯤 돌아서면서 갑작스러운 충동으로 자기 화살을 찾았다. 하지만 마침 화살이 손에 없었으므로, 여신은 그 침입자의 얼굴에 물을 뿌리며 이렇게 말했다. 「어디 할 수나 있다면, 이제 가서 떠들어 봐라. 아르테미스가 옷을 걸치지 않은 모습을 봤다고 말이야.」 그 즉시로 악타이온의 머리에서는 수사슴의 뿔이 한 쌍 돋아났고, 목은 길이가 늘어났으며, 귀는 뾰족하게 변하고, 두 손은 두 발로 변했고, 두 팔은 두 다리가 되었으며, 몸은 털이 수북하고 반점이 새겨진 털가죽으로 변했다. 이전까지의 대담함 대신에 공포가 들어서면서, 그는 도망쳐 버렸다. 그러면서 자기가 내는 속도에 감탄하지 않을 수 없었다. 또 한편으로는 물에 비친 자기 뿔을 바라보며, 〈아, 비참한 내 신세야!〉 하고 말했을지도 모르지만, 아무리 노력해도 사람의 말은 나오지 않았다. 악타이온은 끙끙 소리를 냈고, 원래의 얼굴을 대신한 짐승의 얼굴 위로 눈물을 흘렸다. 하지만 그의 의식은 여전히 예전처럼 남아 있었다. 어떻게 해야 할까? 돌아가서 궁전으로 찾아가야 할까, 아니면 숲속에 숨어 있어야 할까? 후자는 차마 하기가 두려웠고, 전자는 차마 하기가 부끄러웠다. 악타이온이 머뭇거리는 사이에 개들이 그를 보았다. (오비디우스에 따르면) 우선 스파르타 출신의 개 멜람푸스가 컹컹 짖어서 신호를 보냈고, 곧이어 팜파고스, 도르케우스, 라일랍스, 테론, 나페, 티그리스를 비롯한 나머지 모든 개들이 바람보다 더 빠른 속도로 그를 쫓아왔다. 바위와 절벽을 넘고, 차마 지나갈 수 없어 보이는 산의 협곡을 지나서, 악타이온은 도망치고 개들은 그 뒤를 쫓았다. 그가 종종 수사슴을 쫓으며 자기 개들을 부추겼던 곳에서, 이제는 동료 사냥꾼들의 부추김에 힘입어 그의 개들이 주인을 쫓고 있었다. 그는 이렇게 소리치고 싶었다. 「나는 악타이온이야. 너희들의 주인을 알아보라니까!」 하지만 이 말은 그의 뜻대로 나오지 않았다. 공기 중에 개 짖는 소리가 진동했다. 마침내 한 마리가 사슴의 등에 매달렸고, 또 한 마리가 사슴의 어깨를 물었다. 두 마리가 그 주인을 붙잡은 사이, 나머지 개들도 달려와서 그의 살에 이빨을 박아 넣었다. 악타이온은 신음소리를 내뱉으며(인간의 목소리는 아니었지만, 그렇다고 해서 확실한 수사슴의 목소리도 아니었다) 두 무릎을 꿇고, 두 눈을 하늘로 향하고, 이제는 못 견디겠다는 듯 애원하며 양손을 들어 올리려고 했다. 그의 친구들과 동료 사냥꾼들은 개들을 부추기는 한편, 악타이온이 어디 있는지 곳곳을 둘러보며, 얼른 와서 사냥에 참여하라고 불렀다. 자기 이름을 부르는 소리에 그는 고개를 돌렸고, 그가 이 자리를 떠난 것이 아쉽다는 사람들의 이야기를 들었다. 악타이온 역시 진심으로 이 자리를 떠났으면 하고 바랐다. 예전에는 자기 개들의 성과를 기쁘게 바라보았지만, 이제는 자기 개들의 이빨을 느끼는 것이 너무나도 괴로웠다. 개들은 악타이온을 에워싸고 그의 살을 찢고 뜯었다. 개들이 그의 생명을 앗아

간 뒤에야 아르테미스의 분노는 비로소 풀렸다.

셸리는 시 「아도나이스」(31연)에서 악타이온의 이야기를 다음과 같이 인유한다.

> 덜 주목받은 사람들 중에, 허약한 형체 하나 나타나니,
> 인간 중에서도 유령이라. 친구도 없이,
> 꺼져 가는 폭풍의 마지막 구름처럼.
> 천둥이 조종(弔鐘)처럼 울렸네. 내 생각에 그는
> 대자연의 벌거벗은 사랑스러움을 응시하고,
> 마치 악타이온처럼, 이제 도망치는 것이네,
> 연약한 걸음으로 이 세계의 황무지를 향해.
> 그 자신의 사상은, 그 험한 길에,
> 격노한 사냥개마냥 아버지 겸 먹이를 쫓아가네.

이 인유는 아마도 셸리 자신을 가리키는 것이리라.

레토와 농부들

어떤 사람들은 이때 여신의 행동이 단순히 정의로운 수준 이상으로 가혹하다고 생각하는 반면, 또 어떤 사람들은 여신의 행동이 처녀다운 존엄과 엄밀하게 일치하는 것이라고 칭찬했다. 평소와 마찬가지로, 이 최근의 사건은 더 예전의 사건을 머릿속에 떠오르게 했고, 그리하여 목격자 가운데 한 사람이 이런 이야기를 꺼냈다.[29]

29 서론에서 밝혔듯이 불핀치는 이 책의 내용의 상당 부분을 오비디우스의 『변신 이야기』에서 가져왔다. 그러다 보니 때로는 위의 본문처럼 미처 다

「리키아의 어떤 시골 사람들이 한때 여신 레토를 모욕한 적이 있었는데, 당연히 무사하지 못했다네. 내가 어릴 때의 일인데, 우리 아버지는 너무 연세가 많으셔서 실질적으로 노동에 종사하실 수가 없게 되었지. 그래서 내가 대신 리키아에 가서 아주 좋은 수소 몇 마리를 몰았는데, 거기서 나는 그 경이가 벌어졌던 바로 그 연못과 늪지를 직접 보았다네. 그 근처에는 오래된 제단이 있었는데, 희생제의 연기로 시커멓게 그을린 채 갈대밭에 거의 파묻혀 있더군. 나는 이것이 누구의 제단인지 물어보았지. 파우누스나 나이아데스[물의 님프들], 아니면 인근 산의 어떤 신의 제단이냐고 말이야. 그러자 시골 사람 가운데 하나가 대답하더군. 〈이 제단은 산이나 강의 신에게 속한 것이 아니라, 신들의 여왕 헤라의 질투로 이 땅에서 저 땅으로 쫓겨 다니며, 자기가 낳은 쌍둥이를 기를 땅을 한 조각도 얻지 못했던 레토에게 속한 것입니다. 갓난아기인 두 신을 양팔에 안고 이 땅에 도착했을 때, 여신은

듬지 못한 원문 인용의 흔적이 남아 있다. 악타이온의 변신을 지켜본 사람이 없는데, 웬 〈목격자〉란 말인가? 『변신 이야기』에서 〈아르테미스와 악타이온〉 다음에는 〈칼리스토〉 이야기가 나오는데, 그 도입부에는 아르테미스의 처벌을 놓고 올림포스의 신들 사이에서도 의견이 분분했다는 설명이 나온다. 한편 〈레토와 농부들〉은 원래 〈니오베〉(제14장 참고) 다음에 나온다. 즉 니오베가 여신 레토에게 도전했다가 가혹하게 처벌받자, 이를 지켜본 〈목격자들〉이 그 여신의 전적을 떠올리며 〈레토와 농부들〉 이야기를 하는 것이다. 그러자 또 누군가가 레토의 아들에게 도전했다가 역시나 가혹하게 처벌받은 〈마르시아스〉(제24장 참고)의 이야기를 꺼낸다. 그런 다음에야 〈목격자들〉은 이야기를 마치고 니오베 일가의 비극에 조의를 표한다. 불핀치는 〈아르테미스와 악타이온〉이 〈목격자들〉의 등장으로 끝나고, 〈레토와 농부들〉이 〈목격자들〉의 등장으로 시작된다는 사실에 착안해 두 가지 이야기를 연결했지만, 정작 이 〈목격자들〉이 불멸자와 필멸자로 〈전혀 다른 존재〉라는 사실은 망각한 모양이다.

짐 때문에 지치고 갈증 때문에 목이 탔습니다. 우연히 레토는 이 골짜기 아래에 있는 물 맑은 연못을 보았는데, 마침 이곳에서는 시골 사람들이 버드나무 모으는 일을 하고 있었습니다. 여신은 연못에 다가가서 갈증을 풀어 줄 시원한 물을 마시기 위해 그 가장자리에 무릎을 꿇었지만, 농부들이 물을 못 마시게 막았습니다. 《어째서 물을 못 마시게 하는 거죠?》 레토가 물었습니다. 《물은 누구나 자유롭게 쓸 수 있는 것인데. 자연은 어느 누구라도 햇빛과 공기와 물을 자기 소유라고 주장하도록 허락하지 않으니까요. 나는 공통의 축복에서 내 몫을 차지하러 온 거예요. 하지만 나는 당신들에게 호의를 베풀어 달라고 간청드립니다. 이 안에 들어가서 내 팔다리를 씻을 생각은 없어요. 팔다리가 아주 피곤하긴 하지만. 다만 내 갈증만 잠재우려는 겁니다. 내 입은 너무 말라서 차마 말도 나오지 않아요. 물 한 모금이면 내게는 넥타르나 다름없을 거예요. 그 물은 나를 소생시킬 것이고, 나는 당신들에게 목숨 그 자체를 빚지는 셈이 될 거예요. 이 갓난아이들을 봐서라도 동정심을 보여 주세요. 이 아이들이 마치 나를 대신해서 간청하듯이 작은 팔을 내뻗고 있지 않습니까.》

이런 온화한 말에 감동하지 않을 사람이 어디 있겠습니까? 하지만 그 어릿광대 같은 녀석들은 계속해서 무례하게 굴었지요. 심지어 여신을 비웃기까지 하면서, 당장 여기서 사라지지 않으면 가만두지 않겠다고 폭력의 위협까지 들먹였지요. 그걸로 끝이 아니었습니다. 이들은 연못에 들어가더니 바닥의 진흙을 발로 마구 일으켜서, 결국 사람이 마실 수 없는 물로 만들어 버리고 말았지요. 레토는 크게 화가 나서 급기야 자기 갈증은 신경조차 쓰지 않게 되었습니다. 여신은 더 이상 그 어릿광대들에게 부탁하지 않았고, 대신 양손을 하늘로 들어 올리며 선언했습니다. 《너희는 이 연못을 떠나지 못할 것이며, 평생 이곳에서 살아야 할 것이다!》 여신의 말은 그대로 실현되었습니다. 그들은 이제 이 연못에서 살고 있습니다. 가끔은 완전히 물속에 들어가 있고, 수면 위로 머리만 내밀고 있거나, 헤엄쳐 돌아다닙니다. 가끔은 연못 가장자리로 올라오기도 하지만, 금세 다시 물속으로 뛰어 들어가 버립니다. 여전히 굵은 목소리로 폭언을 하고, 물을 온통 자기들끼리만 차지하고, 부끄러운 줄도 모르고 그 한가운데에서 시끄럽게 울어 댑니다. 목소리는 거칠고, 목덜미는 부풀어 오르고, 입은 계속된 폭언으로 인해 늘어나고, 목은 줄어들어서 사라져 버렸고, 머리는 몸에 딱 붙어 버렸습니다. 등은 초록색이고, 어울리지 않게 큰 배는 흰색이며, 한마디로 그들은 이제 개구리가 되어서 진창이 된 연못에 살고 있는 것입니다.〉」

이 이야기는 밀턴의 소네트 가운데 하나인 「특정 논고를 쓰고 나서 나온 욕설에 관하여」[30]에 나온 인유가 무엇인지를 설명해 준다.

> 나는 이 시대에 방해물을 제거하라 재촉했을 뿐이네,
> 익히 알려진 유서 깊은 자유라는 법률에 걸고서.

30 밀턴은 아내와의 별거 이후, 당시의 통념과는 달리 성격 차이로 인한 이혼을 허락해야 한다는 주장을 담은 『이혼론』(1643)을 발표해 큰 논란을 일으켰다. 이후에도 그는 『이혼에 관한 마틴 부처의 견해』(1644), 『테트라코던』(1645), 『콜라스테리온』(1645)에서 연이어 이혼 문제를 다루었다. 본문에 인용된 시는 『테트라코던』 간행 직후에 쓴 것으로, 여기서 밀턴은 자신의 책이 가져온 반응을 풍자적으로 묘사하고 있다.

곧바로 야만스러운 소음이 나를 에워쌌으니,
올빼미와 뻐꾸기, 당나귀와 원숭이와 개의 울음소리였다네.
마치 개구리로 변해 버린 그 시골뜨기들 같았다네.
레토의 쌍둥이 자녀를 향해서 악담한 죄였다지.
훗날 해와 달을 영토로 삼은 신들을 향해서 말이네.

위의 이야기에서는 레토가 헤라로부터 받았다고 하는 학대가 인유된다. 전승에 따르면, 훗날 아폴론과 아르테미스를 낳은 어머니는 헤라의 분노를 피해서 에게해의 모든 섬을 찾아다니며 쉴 곳을 찾았지만, 모두들 저 권세 있는 천상의 여왕을 두려워한 나머지 감히 그 경쟁자를 돕지 않았다. 오로지 델로스섬만이 미래의 두 신의 출생지가 되겠다며 동의했다. 당시에 이곳은 물에 떠다니는 섬이었다. 하지만 레토가 그곳에 도착하자 제우스는 단단한 쇠사슬로 델로스섬을 바다 밑바닥에 잡아매어, 자기가 사랑하는 여신의 안전한 안식처로 만들어 주었다. 바이런은 『돈 후안』(제3편 86연)에 수록된 「그리스의 섬들」에서 델로스를 인유한다.

그리스의 섬들이여! 그리스의 섬들이여!
불타오르는 사포가 사랑하고 노래했던 곳,
전쟁과 평화의 기술이 자라났던 곳,
델로스가 일어나고 포이보스가 치솟았던 곳!

제5장

파에톤

파에톤은 아폴론과 님프 클리메네의 아들이었다. 어느 날, 신의 아들이라는 그의 주장을 한 친구가 비웃은 적이 있었다. 파에톤은 분노와 수치를 느끼며 어머니에게 그 사실을 일러바쳤다. 「만약 제가 정말로 천상의 혈통을 이어받았다면, 그 증거를 보여 주세요, 어머니.」 그가 말했다. 「그래야 제가 명예를 주장할 수 있을 테니까요.」 그러자 클리메네는 양손을 하늘로 들어 올리며 이렇게 말했다. 「우리를 내려다보는 태양을 증인으로 삼아 맹세하건대, 나는 너에게 진실을 말했던 거야. 만약 내가 너에게 잘못 말한 것이라면, 내가 저 태양의 빛을 보는 것은 이번이 마지막이 될 거란다. 하지만 네가 직접 가서 물어보는 것도 크게 어려운 일은 아닐 거야. 태양이 떠오르는 땅은 우리가 사는 땅 바로 옆에 있으니까. 가서 그분께 직접 여쭤 봐라. 그분이 너를 아들로 인정할지 여부를 말이야.」 파에톤은 이 말을 듣고 기뻐했다. 그는 인도(印度)로 떠났으니, 이곳이 바로 해가 뜨는 지역이기 때문이었다. 희망과 자부심이 가득한 채, 그는 자기 부친이 일주를 시작하는 바로 그 목적지에 접근했다.

태양의 궁전은 여러 개의 기둥 위에 우뚝 솟아 있었다. 기둥은 금과 귀금속으로 장식되어 번쩍거렸고, 지붕은 매끈한 상아로 만들었으며, 문은 은으로 되어 있었다. 그 솜씨가 그 재료를 능가했다.[31] 벽에는 헤파이스토스가 대지와 바다와 하늘, 그리고 그 각각의 거주자를 묘사해 놓았다. 바다에는 님프들이 묘사되어 있었으니, 그중 일부는 파도를 타고 있었고, 또 일부는 물고기 등에 올라타고 달렸으며, 또 일부는 바위에 올라앉아 바다 같은 초록색의 머리카락을 말리고 있었다. 그들의 얼굴은 모두 똑같지는 않았지만, 그렇다고 모두 다르지도 않았다. 다만 자매끼리의 당연한 정도는 되었다.[32] 대지에는 도시와 숲과 강과 시골의 신들이 묘사되어 있었다. 그 모두의 위에는 영광스러운 하늘과 유사한 것이 새겨져 있었으며, 은으로 만든 문에는 황도 12궁이 한쪽에 여섯 개씩 새겨져 있었다.

클리메네의 아들은 가파른 경사면을 따라 올라가서, 자기 아버지라고 알려진 신의 연회장으로 들어갔다. 파에톤은 부친이 있는 곳으로 다가갔지만, 멀찍이서 멈춰 설 수밖에 없었다. 왜냐하면 그 빛은 차마 그가 감당할 수 있는 것 이상이었기 때문이다. 포이보스[아폴론]는 자주색 예복을 입은 채, 마치 다이아몬드처럼 번쩍이는 보좌에 앉아 있었다. 그의 오른쪽과 왼쪽에는 〈일(日)〉과 〈월(月)〉과 〈년(年)〉이 서 있었고, 거기서 일정한 간격을 두고 〈시간〉이 서 있었다. 〈봄〉은 화환을 머리에 쓰고 있었고, 〈여름〉은 옷을 벗어젖히고 무르익은 곡식 다발로 만든 화환을 갖고 있었으며, 〈가을〉은 발

31 부록의 〈격언〉 1을 보라 — 원주.

32 〈격언〉 2를 보라 — 원주.

이 온통 포도즙으로 물들어 있었고, 서늘한 〈겨울〉은 머리카락이 온통 서리로 덮여 있었다. 이들 수행원에 둘러싸인 태양이 모든 것을 바라보는 눈으로 청년을 바라보았을 때, 청년은 이 광경의 새로움과 경이로움 앞에서 눈부셔하고 있었다. 무슨 용건으로 찾아왔느냐고 태양이 묻자, 청년이 대답했다. 「오, 끝이 없는 세계의 빛, 포이보스이시여. 만약 당신을 이렇게 부를 수 있도록 허락하신다면, 내 아버지시여. 저에게 증거를 보여 주세요. 당신께 간청합니다. 제가 정말 당신의 아들임을 알 수 있는 증거를요.」 파에톤은 말을 멈추었다. 그러자 그의 아버지는 자기 머리 둘레에서 빛나는 광선을 벗어서 치워 놓고, 청년에게 가까이 오라고 하더니 그를 끌어안으며 말했다. 「내 아들아, 너는 나와 의절을 당하지 않을 만하구나. 네 어머니가 너에게 한 말이 맞다고 확증해 주마. 너의 의심을 끝내기 위해, 네가 원하는 것을 이야기하면 내가 선물로 주겠다. 저 끔찍한 호수를 증인으로 삼아 맹세하마.[33] 물론 나 역시 그 호수를 본 적은 없다만, 우리 신들은 대부분의 엄중한 계약에서 그 호수를 들어서 맹세하니까.」 그러자 파에톤은 하루 동안 자기가 태양의 수레를 몰 수 있도록 허락해 달라고 요청했다. 아버지는 곧바로 자기가 한 약속을 뉘우쳤다. 세 번이고, 네 번이고, 신은 빛을 발하는 머리를 저으며 경고했다. 「내가 너무 경솔하게 말을 했구나.」 아버지가 말했다. 「이 요청만큼은 나도 거절하고 싶구나. 제발 부탁이니 그 요청만큼은 거두도록 해라. 그것은 안전한 부탁이 아니니다, 내 아들 파에톤아. 게다가 너의 젊음과 힘에

33 저자는 〈호수〉라고 표현했지만, 실제로는 저승의 〈스틱스강〉을 말한다.

어울리는 일도 아니지. 너의 운명은 필멸자인데, 너는 지금 필멸자의 힘을 넘어서는 것을 요청하고 있으니까. 너는 무지한 까닭에, 신들조차도 차마 하지 못할 만한 것을 하겠다고 열망하는 거란다. 나를 제외하면 어느 누구도 저 낮의 화염 수레를 몰지 못할 거다. 심지어 제우스, 저 벼락을 휘두르는 무시무시한 오른팔을 지닌 분조차도 못할 거다. 첫 구간은 길이 가파르기 때문에, 아침에 팔팔한 저 말들조차도 간신히 오를 수 있을 정도지. 가운데 구간은 하늘 높이 치솟아 있기 때문에, 심지어 나조차도 저 아래 펼쳐진 대지와 바다를 내려다보면 두렵지 않을 수가 없을 정도다. 길의 마지막 구간은 가파른 내리막길이기 때문에, 어느 때보다도 더 조심스럽게 몰아야 한다. 나를 받아들이려 기다리는 테티스조차 혹시 내가 곤두박질하는 것은 아닐까 싶어서 종종 몸을 떨지. 이것뿐만이 아니라, 하늘은 항상 돌아가면서 별들을 운반해 간단다. 따라서 나는 항상 주의를 하지 않을 수 없는 것이, 자칫 만물을 휩쓸어 버리는 그 움직임에 나까지도 휩쓸려 갈 수 있기 때문이지. 설령 내가 너에게 수레를 빌려준다 하더라도, 네가 그것을 가지고 뭘 어떻게 하겠느냐? 천구(天球)가 네 아래에서 회전하고 있는 와중에, 네가 과연 경로를 똑바로 유지할 수 있겠느냐? 아마 너는 그 길에 숲과 도시, 신들의 거처, 궁전과 신전이 있을 것이라고 생각하겠지. 사실 그 길은 무시무시한 괴물들 사이로 나 있단다. 너는 〈황소자리〉의 두 뿔 사이를, 〈궁수자리〉의 화살 앞을, 〈사자자리〉의 아가리 근처를, 그리고 한쪽에서는 〈전갈자리〉가 집게를 뻗고, 또 한쪽에서는 〈게자리〉가 집게를 뻗는 곳 사이를 지나가야 한단다. 저 말들을 네가 몰기도 쉽지 않을 것이, 그놈들은 가슴에 가득한 불을 그 입이며 콧구멍으로 내뿜기 때문이란다. 그놈들이 말을 듣지 않고 고삐에 저항할 때에는 나도 간신히 그놈들을 다스릴 수 있단다. 조심해라, 내 아들아, 내가 너에게 치명적인 선물을 베푸는 자가 되지 않도록 말이야. 아직 할 수 있을 때 너의 요청을 취소하도록 해라. 네가 내 피에서 솟아났다는 증거를 요청하느냐? 내가 너의 안전을 걱정하는 것이 바로 그 증거란다. 내 얼굴을 보아라. 네가 내 가슴속을 들여다볼 수만 있다면, 너는 그곳에 아버지로서의 걱정이 가득함을 볼 수 있을 것이다.」 신은 말을 이었다. 「그리고 마지막으로, 이 세상을 둘러보고, 대지나 바다에 담긴 가장 귀중한 것은 무엇이든지 원하는 대로 고르거라. 요청하기만 하면, 거절당할 걱정은 없을 것이다. 다만 이 한 가지만큼은, 부탁이니 제발 재촉하지 말거라. 너는 지금 명예가 아니라 파멸을 요구하는 것이니까. 어째서 내 목에 매달려서 간청하는 거냐? 네가 고집한다면 물론 갖게 될 것이다. 맹세는 이미 이루어졌고, 따라서 반드시 지켜져야 하니까. 하지만 나는 너에게 더 현명하게 선택하라고 간청하는 것이다.」

신은 계속 타일렀다. 하지만 청년은 아버지의 모든 훈계를 거절했으며, 자기 요구를 고집했다. 포이보스도 하는 데까지는 저항해 보았지만, 결국에 가서는 그 커다란 수레가 세워져 있는 곳으로 아들을 데려갔다.

수레는 금으로 만들어졌으며, 헤파이스토스의 선물이었다. 차축도 금으로 만들어졌고, 기둥과 바퀴도 금으로 만들어졌고, 바큇살은 은으로 만들어졌다. 좌석을 따라서는 귀감람석과 다이아몬드가 줄지어 박혀 있어서 해의 광휘를 사방으로 반사했다. 대담한 청년이 감탄하며 바라보는 사이, 이른 〈새벽〉이 동쪽의 자주색 문을 활짝 열고 장미꽃이 뿌려진 길을 보여 주었다. 별들이 뒤로 물러나고, 인도자 노릇을 하던 〈샛별〉도 그중에서 제일 마지막으로 물러났다. 대지가 빛을 내기 시작하고, 〈달〉이 물러날 준비를 하는 것을 보자, 아버지는 〈시간〉에게 명령하여 말들에게 마구를 매도록 했다. 수행원들은 명령에 복종하여, 암브로시아를 잔뜩 먹이고 고삐를 채운 말들을 커다란 마구간에서 끌고 나왔다. 이어서 아버지는 아들의 얼굴에 효험 좋은 연고를 발라 주었으니, 이는 불길의 광휘를 잘 견디게 하려는 것이었다. 포이보스는 파에톤의 머리에 광선을 씌워 주고는, 예언을 하는 눈빛으로 이렇게 말했다. 「내 아들아, 이 일을 하려면 최소한 내 조언을 마음에 새기도록 해라. 채찍은 삼가고 고삐를 단단히 붙잡도록 해라. 말들은 제각기 알아서 충분히 빠르게 달릴 거다. 네가 할 일은 그놈들을 계속 붙잡고 있는 것뿐이지. 다섯 개의 원 사이로 난 직선 도로로는 가지 말고, 대신 왼쪽으로 꺾도록 해라. 길에서는 가운데를 유지하며 달리고, 북쪽이나 남쪽이나 마찬가지로 피하도록 해라. 바퀴 자국이 네 눈에도 보일 것이니, 그게 널 인도할 것이다. 하늘과 대지는 저마다 받아 마땅한 정도의 열기를 받아야 한다. 너무 높이 가면 안 되니, 자칫하다가는 천상의 거처를 불태울 수 있기 때문이고, 너무 낮게 가면 안 되니, 자칫하다가는 대지에 불이 붙기 때문이지. 가운데 경로가 가장 안전하고 가장 좋단다.[34] 그리고 이제는 나도 너를 네 운에 맡겨야 하겠구나. 부디 너 자신을 위해서 이전에 했던 것보다 더 잘 계획하기를 바란

34 〈격언〉 3을 보라 — 원주.

다. 밤이 서쪽 문을 빠져나갔으니, 이제 우리도 더 이상 지체할 수 없구나. 고삐를 잡아라. 하지만 혹시 마침내 네 자신감이 부족하게 되었다면, 그리고 네가 내 조언으로부터 이득을 얻고자 한다면, 네가 지금 있는 이곳에 계속 안전하게 있어라. 대지에 빛과 온기를 전달하는 일은 내게 맡겨 두고서.」 민첩한 청년은 수레 위로 올라가 똑바로 서더니 기뻐하며 고삐를 붙잡고, 여전히 내키지 않아 하는 아버지에게 연신 감사의 말을 건넸다.

그 와중에 말들은 무시무시한 콧김과 입김으로 공중을 가득 채우며 못 기다리겠다는 듯 바닥을 발로 굴렀다. 이제 빗장이 내려가자, 우주의 끝없는 평원이 이들 앞에 펼쳐졌다. 말들은 앞으로 달려 나갔으며, 길을 가로막는 구름을 가르고, 동쪽의 똑같은 출발점에서 시작된 아침 산들바람을 저 만치 따돌려 버렸다. 말들은 자기들이 끄는 짐이 평소보다 가볍다는 사실을 금세 깨달았다. 마치 바닥짐 없는 선박이 바다에서 이리저리 흔들리는 것과 마찬가지가 되어서, 말들이 익숙해져 있던 무게가 사라지자 수레는 마치 텅 빈 것처럼 질주하게 되었다. 말들은 앞으로 내달렸고, 평소에 가던 경로에서 벗어났다. 파에톤은 깜짝 놀랐지만, 어떻게 해야만 말들을 인도할 수 있는지 몰랐다. 설령 인도할 방법을 알았다 하더라도, 실제로 그럴 만한 힘을 지니지는 못했다. 그리하여 사상 처음으로 〈큰곰자리〉와 〈작은곰자리〉가 열기에 그을렸으며, 그들은 만약 할 수만 있다면 바닷물 속으로 풍덩 뛰어들고 싶었을 것이다. 〈뱀자리〉는 본래 북극 둘레에 똬리를 틀고 있으면서 움직이지도 않고 해를 끼치지도 않지만, 점차 주위가 더워지자 더위와 함께 분노가 되살아나고 말았다. 사람들의 말에 따르면, 〈목자자리〉는 아예 도망쳐 버리고 말았다. 비록 그 쟁기 때문에 거치적거리고, 빠른 동작에는 전혀 익숙하지 않았는데도 말이다.

불운한 파에톤은 저 아래에 방대한 넓이로 펼쳐져 있는 대지를 내려다보았고, 공포로 질린 나머지 안색이 창백해지고 무릎이 떨렸다. 그를 둘러싼 광휘에도 불구하고 그의 시야는 점차 희미해지고 있었다. 차라리 아버지의 말들을 아예 건드리지 말 것을, 차라리 자기 아버지가 누군지 아예 모르고 살 것을, 차라리 자기 요청을 들어 달라고 억지 부리지 말 것을, 하고 그는 연신 후회했다. 파에톤은 마치 폭풍 앞에서 달려가는 배처럼, 그 키잡이가 더 이상은 어쩔 수가 없어서 오로지 기도에만 의지하는 모습으로 휩쓸려 가고 있었다. 어떻게 해야만 할까? 천상의 길은 이미 상당 부분 지나왔지만, 아직 더 많은 길이 앞에 남아 있었다. 파에톤은 이 방향이며 저 방향으로 눈길을 돌렸다. 한 번은 자기가 질주를 시작한 출발점을 바라보았으며, 또 한 번은 자기가 도달하기로 정해져 있는 일몰의 영역을 바라보았다. 그는 침착함을 잃어버렸고, 도대체 어찌해야 할지 몰랐다. 고삐를 바짝 잡아당겨야 하는지, 아니면 그냥 놓아 버려야 하는지도 몰랐다. 파에톤은 말들의 이름을 잊어버렸다. 그리고 하늘의 표면에 흩어져 있는 무시무시한 형체들을 바라보고 두려움을 느꼈다. 여기서는 전갈자리가 거대한 집게발을 뻗고 있었으며, 꼬리와 구부러진 집게를 다른 두 가지 황도궁 위에 뻗치고 있었다. 독기를 내뿜고 송곳니로 위협하는 그 모습을 본 순간, 소년은 용기를 잃고 고삐를 손에서 놓치고 말았다. 말들은 뒤에서 고삐가 느슨해진 것을 깨닫자 무작정 앞으로 질주했으며,

하늘에서도 이전까지는 알지 못했던 지역으로 거리낌 없이 뛰어들었고 별들 사이를 내달렸다. 수레를 길도 없는 곳으로 끌고 달려서, 어느새 하늘 높이 올라갔다가 어느새 거의 대지에 내려앉았다가 했다. 달은 자기 형제의 수레가 자기 아래로 달려가는 것을 보고 깜짝 놀랐다. 구름에서는 연기가 나기 시작했고, 산꼭대기에는 불이 붙었다. 들판은 열기로 바싹 말라붙었고, 식물은 시들었으며, 나무의 잎사귀 무성한 가지는 불타오르고, 수확할 곡식에서는 불길이 솟았다! 하지만 이 정도는 작은 일에 불과했다. 성벽과 탑이 세워진 거대한 도시가 멸망했다. 온 나라며 그 백성 모두가 잿더미로 변했다! 숲으로 뒤덮인 산이 불타오르고, 아토스산과 타우루산과 트몰로스산과 오이타산도 그러했다. 한때 샘으로 유명했던 이데산은 이제 모두 말라 버렸다. 무사이의 산인 헬리콘산과 하이모스산도 마찬가지였다. 아이트네산은 그 안과 밖이 모두 불타올랐고, 파르나소스산은 두 군데 봉우리가 불타올랐으며, 로도페산은 마침내 그 눈 덮인 왕관이 녹아내리고 말았다. 스키티아산은 그 추운 날씨도 아무런 보호가 되지 않았고, 카우카소스산도 불타 버렸다. 오사산과 핀도스산도 마찬가지였고, 이 두 군데 산보다도 더 커다란 올림포스산도 마찬가지였다. 하늘 높이 솟아오른 알프스산이며, 구름에 가려진 아펜니노산도 마찬가지였다.

그제야 파에톤은 불타오르는 세계를 바라보았고, 차마 그 열기를 견딜 수가 없었다. 그가 숨 쉬는 공기는 마치 용광로의 공기 같았고, 불타오르는 재가 가득했으며, 그 연기는 칠흑처럼 검었다. 파에톤은 어디인지도 모를 곳으로 질주하고 있었다. 전하는 말에 따르면, 에티오피아인이 검어진 까닭은 그 피가 갑자기 피부로 몰리지 않을 수 없었기 때문이고, 리비아의 사막도 이때 말라붙어서 지금과 같은 상태가 되었다고 한다. 샘의 님프들은 머리를 풀고 말라 버린 각자의 물을 애도했으며, 강둑 아래에 있는 강물이라고 해서 안전하지는 못했다. 타나이스강은 연기를 냈고, 카이코스강, 크산토스강, 마이안드로스강도 마찬가지였다. 바빌로니아의 에우프라테스강과 갠지스강, 황금 모래가 있는 타고스강, 백조들이 서식하는 카우스트로스강도 마찬가지였다. 나일강의 수원지는 멀리 도망쳐서 사막 한가운데 숨어 버렸으며, 지금까지도 그곳에 숨은 채로 있다. 한때 이 강이 바다로 물을 흘려보내던 일곱 군데 하구에는, 이제 일곱 개의 마른 수로만이 남아 있었다. 대지가 갈라지며 입을 벌렸고, 그 사이로 스며든 빛이 타르타로스로 스며들자 어둠의 왕과 여왕은 겁에 질렸다. 바다는 줄어들었다. 이전에는 물이 있던 곳이 이제는 메마른 평지가 되었다. 파도 아래 놓여 있던 산들은 그 머리를 드러내어 섬이 되었다. 물고기는 가장 깊은 물로 모여들었고, 돌고래도 더 이상은 평소처럼 물 위로 놀러 나오지 못했다. 심지어 네레우스와 아내 도리스 그리고 딸들인 네레이데스[바다 님프들]조차도 가장 깊은 동굴로 피신을 했다. 포세이돈은 세 번이나 시험 삼아 물 위로 고개를 들었지만, 세 번이나 열기를 피해 물속으로 들어가야만 했다. 여신인 〈대지〉는 물로 에워싸여 있기는 하지만, 그 머리와 어깨는 벗은 상태였기 때문에, 자기 손으로 자기 얼굴을 가리고 하늘을 바라보며 거친 목소리로 제우스를 불렀다.

「오, 신들의 통치자시여. 제가 과연 이런 대우를 받아도 된다면, 그리고 제가 불로 멸망하는 것이 당신의 뜻이라면, 왜

차라리 벼락을 쓰시지 않는 겁니까? 최소한 당신의 손으로 저를 없애 주시지요. 저의 비옥함에 대한 보상이, 저의 순종적인 봉사에 대한 보상이 겨우 이것이란 말입니까? 제가 가축 떼를 위하여 풀을 제공하고, 인간에게 과일을 제공하고, 당신들의 제단에 유향을 제공해 준 보상이 겨우 이것이란 말입니까? 제가 이런 대우를 받을 만하지 않다면, 제 형제인 오케아노스는 과연 그런 운명을 받을 만하다는 것입니까? 우리 중 어느 누구도 당신의 동정심을 자극하지 못한다면, 제발 부탁드리오니, 당신의 천상을 한번 생각해 보시기 바랍니다. 그리고 당신의 궁전을 지탱해 주고 있는 두 기둥이 모두 연기를 내고 있음을 보시기 바랍니다. 그 기둥이 무너지면 당신의 궁전도 무너질 것입니다. 아틀라스는 쓰러질 지경이 되어서, 간신히 자기 짐을 지탱하고 있습니다. 만약 바다와 대지와 하늘이 멸망한다면, 우리는 예전과 같은 카오스로 떨어지게 될 것입니다. 남아 있는 우리를 게걸스러운 불길로부터 구해 주소서. 오, 이 끔찍한 순간에 우리의 구조를 생각하소서!」

〈대지〉 여신은 이렇게 말했으며, 곧이어 열기와 갈증에 압도당한 나머지 더 이상은 차마 말을 할 수가 없었다. 그러자 전능한 제우스는 모든 신들을 불러서 상황을 목격하게 했다. 그중에는 수레를 빌려준 신도 포함되어 있었다. 신속한 처방이 적용되지 않는 한 모든 것이 사라질 위기임을 신들에게 보여 준 다음, 제우스는 높은 탑 위에 올라갔다. 그는 평소 이곳에서 대지를 덮은 구름을 가르고 지그재그 모양의 번개를 움켜쥐곤 했었다. 하지만 이번에는 대지를 향한 가림막 노릇을 할 구름을 하나도 찾을 수 없었고, 아직 쓰지 않고 남아 있는 소나기도 찾을 수 없었다. 제우스는 천둥을 울렸고, 번개를 오른손으로 휘둘러 수레를 모는 자에게 내던져서, 그를 좌석에서 내던지는 동시에 생명에서도 내던져 버렸다! 파에톤은 머리에 불이 붙은 채 거꾸로 떨어졌으니, 마치 떨어지면서 그 광휘를 하늘에 표시하는 별똥별과도 같았다. 거대한 에리다노스강이 그를 받아서 타오르는 불길을 식혀 주었다. 이탈리아의 나이아데스[물의 님프들]가 파에톤을 위해 무덤을 만들어 주었으며, 그 비석에 다음과 같은 글을 새겨 주었다.

> 포이보스의 수레를 몰았던 파에톤
> 제우스의 벼락에 맞아서 이 비석 아래 잠들다.
> 아버지의 불타는 수레를 다스리진 못했으나
> 그의 열망은 무척이나 고귀하였도다.[35]

파에톤의 누이들인 헬리아데스[태양의 아이들]는 형제의 운명을 애도하다가 강변에서 포플러 나무로 변했으며, 그들의 눈물은 계속해서 흐르다가 강물에 떨어져서 호박(琥珀)이 되었다.[36]

밀먼[37]은 장시 「사모르」에서 파에톤의 이야기를 다음과 같이 인유한다.

35 〈격언〉 4를 보라 — 원주.

36 강의 이름 〈에리다노스〉 자체가 그리스어로 〈호박(琥珀)〉이라는 뜻이다.

37 Henry Hart Milman(1791~1868). 영국의 성직자이며, 시인 겸 극작가로서도 명성을 얻었다.

마비된 만물이 기겁한 채
누워 있었네. (……) 침묵하고 고요하게,
시인들은 노래하지, 태양이 낳은 청년이
제 아버지의 잘못 허락한 수레를 몰고
비뚤배뚤 달려갔다고. 천둥 신이 내던지자
그는 최고천(最高天)에서 거꾸로 떨어져
반쯤 그을린 에리다노스 깊이 빠졌다네.
그 누이 나무들은 지금도 호박 눈물을
파에톤의 때 이른 죽음 위에 뿌리고 있네.

월터 새비지 랜더[38]는 조개껍질을 묘사한 아름다운 시의 한 대목에서 태양의 궁전과 수레를 인유한다. 물의 님프는 이렇게 말한다.

(……) 내가 가진 둘둘 말린 고둥은 그 안쪽이
진주 빛깔, 그 반짝이는 것들이 흡수된 곳은
바로 태양 궁전의 입구, 그의 수레가 멍에를
풀었을 때 파도 한가운데 우뚝 선 곳이랍니다.

고둥을 흔들어서 깨우세요. 그 매끈한 입술을
당신의 주의 깊은 귀에 갖다 대보세요.
그러면 고둥은 그 당당한 거처를 기억하고
중얼거릴 겁니다, 저기서 바다가 중얼거리듯.

38 Walter Savage Landor(1775~1864). 영국의 시인. 본문에 인용된 시는 이집트 여왕을 소재로 한 『게비르』(1798)의 일부이다.

제6장

미다스·바우키스와 필레몬

언젠가 디오니소스는 자신의 옛 스승이며 양아버지인 실레노스의 실종 사실을 알게 되었다. 이 사티로스 노인은 술을 마신 상태에서 돌아다니다가 몇몇 농부에게 발견되었으며, 이들은 그를 자기네 왕 미다스에게 데려갔다. 왕은 실레노스를 알아보고 후하게 대접했으며, 무려 열흘 밤낮 연속으로 잔치를 베풀어 주었다. 열하루째 날에 미다스는 사티로스를 데리고 나와서 그 제자에게 무사히 돌려보냈다. 이에 디오니소스는 왕에게 보답을 해주겠다면서, 원하는 것은 무엇이든지 선택하라고 제안했다. 그러자 미다스는 자기가 만지는 것은 무엇이든지 〈금〉으로 변하게 만들어 달라고 요청했다. 디오니소스는 이를 응낙하면서도, 상대방이 더 나은 선택을 하지 않았다는 사실에 아쉬워했다. 신을 만나고 돌아온 미다스는 새로 얻은 힘을 기뻐하면서, 서둘러 시험해 보았다. 떡갈나무의 굵은 가지에서 잔가지를 하나 꺾었을 때, 그게 자기 손에서 금으로 변한 것을 보자 왕은 차마 자기 눈을 믿을 수가 없을 지경이었다. 그는 돌을 하나 집어 들었다. 그러자 그것 역시 금이 되었다. 그는 잔디를 만져 보았다. 그것 역시 마찬가지였다. 그는 사과 하나를 나무에서 땄다. 남들 눈에는 마치 헤스페리데스[헤스페로스(샛별)의 딸들]의 정원에서 훔친 황금 사과로 착각될 정도였다.[39] 미다스의 즐거움은 끝을 몰랐다. 집에 돌아오자마자 왕은 진수성찬을 식탁에 차리라고 하인들에게 명령했다. 하지만 그는 당황할 수밖에 없었으니, 자기가 빵을 집어 들기만 해도 그 빵이 손안에서 딱딱해진다는 사실을 발견했기 때문이었다. 그가 음식을 한 조각 집어서 입술에 가져가기만 해도, 그 음식은 그의 이빨을 거부했다. 그가 포도주를 한 잔 마시려 해도, 그의 목구멍으로 넘어온 액체는 황금을 녹인 물 같았다.

그야말로 선례가 없었던 고통 때문에 당황하면서, 미다스는 자기 힘을 자기 몸에서 벗겨 내려고 애썼다. 그는 얼마 전까지만 해도 탐냈던 선물을 미워하게 되었다. 하지만 모든 일이 허사였다. 이제 미다스에게는 굶는 것밖에는 방법이 없었다. 그는 금이 묻어 빛나는 두 팔을 들어 올려 디오니소스에게 기도했으며, 부디 자기를 이 찬란한 파멸에서 구원해 달라고 간청했다. 너그러운 신 디오니소스는 이 간청을 듣고 응낙했다. 「팍톨로스강으로 가라.」 신이 말했다. 「그 물결을 거슬러 올라가 수원지까지 찾아가서, 그곳에 머리와 몸을 담그고, 너의 잘못과 그 처벌을 씻어 버려라.」 미다스는 그렇게 했고, 그가 물을 만지자마자 금을 만들어 내는 힘이 그에게서 강물로 옮겨지면서 강모래가 〈금〉으로 변했으며, 오늘날까지도 계속 그런 상태로 남아 있게 되었다.

그때 이후로 미다스는 부와 호화로움을 미워하게 되어서

39 즉 미다스가 만져서 생긴 황금 사과를 헤스페리데스의 황금 사과로 오해했다는 뜻이다. 자세한 내용은 제19장 헤라클레스에 관한 내용 참고.

시골에 거주했으며, 들판의 신 판의 숭배자가 되었다. 한번은 판이 자기 음악을 아폴론의 음악에 비견하면서, 실력을 겨루어 보자고 리라의 신에게 도전하는 만용을 부렸다. 아폴론도 이 도전에 응하여, 산의 신인 트몰로스가 심판으로 선택되었다. 이 연장자는 자리를 잡은 다음, 잘 듣기 위해 자기 귀에서 나무를 모조리 베어 버렸다. 신호가 떨어지자 판은 자기 파이프를 불었으며, 이 시골풍의 곡조가 판 자신에게는 물론이고, 그의 충실한 추종자이며 마침 그 자리에 함께 있었던 미다스에게는 대단한 만족감을 주었다. 곧이어 트몰로스가 태양신 쪽으로 고개를 돌리자, 그의 나무들 역시 그쪽으로 돌아섰다. 자리에서 일어난 아폴론은 이마에 파르나소스산의 월계관을 얹고, 몸에 걸친 진홍색의 예복으로 땅을 쓸었다. 그는 왼손으로 리라를 들고 오른손으로 현을 퉁겼다. 화음에 도취된 트몰로스는 그 즉시 리라 신의 승리를 선언했으며, 모두가 이 판정에 따랐지만 미다스만큼은 그렇지 않았다. 그는 의견을 달리했으며, 과연 이 판정이 정당한지 의문을 제기했다. 아폴론은 이처럼 저급한 한 쌍의 귀가 더 이상은 인간의 형태를 취하도록 내버려 둘 수가 없었기에, 급기야 미다스의 양쪽 귀가 길게 늘어나도록, 안팎이 털로 뒤덮이도록, 심지어 그 뿌리를 움직일 수 있도록 만들었다. 쉽게 말해서 당나귀의 귀와 똑같은 모습으로 만들었던 것이다.

미다스 왕은 이런 불운 때문에 심한 굴욕을 느꼈다. 하지만 이 불행은 충분히 감출 수 있다고 생각하며 위안으로 삼았으니, 그가 시도한 방법은 넉넉한 터번 또는 머리쓰개를 이용하는 것이었다. 미다스의 이발사는 물론 이 비밀을 알고 있었다. 하지만 이 말을 결코 입에 담지 말도록 명령을 받았으며, 만약 지키지 않을 경우에는 엄한 처벌을 받게 될 것이라고 위협도 받았다. 하지만 그는 이런 비밀을 지킨다는 것이 자신의 분별력에는 지나치게 과도한 부담이라는 사실을 깨달았다. 그리하여 이발사는 들판에 나가 땅에 구멍을 하나 파고, 몸을 숙여서 거기에 얼굴을 대고 이야기를 속삭인 다음 구멍을 도로 덮었다. 머지않아 그 들판에는 갈대가 무성하게 자라났는데, 충분히 길게 자라났다 싶자마자 갈대숲이 그 이야기를 속삭이기 시작해서, 이후로도 계속되었다. 심지어 그때부터 오늘날까지, 산들바람이 그곳을 스쳐 지나갈 때마다 이야기는 항상 계속되었다.

미다스 왕의 이야기는 다른 사람들도 몇 가지 변형을 가해서 이야기한 바 있다. 존 드라이든[40]은 「바스 여인의 이야기」에서 미다스의 왕비를 비밀의 누설자로 만들었다.

> 미다스는 이 사실을 알고, 자기 귀의 상태를
> 다른 누구도 아닌 자기 아내에게만 감히 말했다.

미다스는 프리기아의 왕이었다. 그의 아버지 고르디오스는 원래 가난한 시골 사람이었지만 백성들에 의해 왕으로 추대되었는데, 이는 미래의 왕이 수레를 타고 올 것이라고 말

40 John Dryden(1631~1700). 영국의 계관 시인. 본문에 인용된 시 「바스 여인의 이야기」는 초서의 『캔터베리 이야기』에 등장하는 같은 제목의 이야기를 개작한 것으로, 다른 여러 고전 작품의 번역 및 개작을 수록한 저서 『고대와 현대의 우화』(1700)에 수록되었다.

한 신탁의 명령에 순종한 결과였다. 사람들이 이 신탁을 숙고하는 사이에 고르디오스가 아내와 아들을 태운 수레를 몰고 광장으로 들어왔던 것이다.

고르디오스는 왕이 되고 나서 그 신탁을 내린 신에게 자기 수레를 바쳤으며, 단단한 매듭을 묶어서 그 수레를 제자리에 고정해 두었다. 이것이 바로 유명한 〈고르디오스의 매듭〉이며, 세월이 흐르면서 이 매듭을 푼 사람은 아시아 전역의 군주가 된다는 이야기가 퍼졌다. 많은 사람이 이 매듭을 풀려고 노력했지만 아무도 성공하지 못하던 차에, 알렉산드로스 대왕이 정복 원정 중에 프리기아에 왔다. 그는 나름대로의 방법을 써보았지만 다른 사람들처럼 성공을 거두지 못했고, 급기야 조바심이 난 나머지 자기 검을 꺼내 매듭을 잘라 버렸다. 이후 그가 아시아 전역을 복속시켜 통치하게 되자, 사람들은 알렉산드로스가 그 신탁의 진정한 의미를 따랐다고 생각하기 시작했다.

바우키스와 필레몬

프리기아의 어느 언덕에 보리수와 떡갈나무가 한 그루씩 서 있었고, 그 주위에는 낮은 담이 둘러져 있었다. 거기서 멀지 않은 곳에는 늪이 하나 있었는데, 이전에는 살기 좋은 땅이었지만 지금은 웅덩이가 곳곳에 있어서 늪에 사는 새들과 가마우지의 서식지가 되어 있었다. 언젠가 제우스는 인간의 모습을 취해서 이 지역을 방문했는데, 그의 아들인 헤르메스(케리케이온을 가진 자)가 날개를 숨기고 동행했다. 두 신은 지친 여행자의 모습으로 여러 집에 다가가 휴식과 숙소를 구했지만, 모두 문이 닫혀 있었다. 왜냐하면 시간이 너무 늦었고, 불친절한 주민들은 굳이 이들을 맞이하기 위해 자리에서 일어나려 애쓰지 않았던 까닭이었다. 마침내 어느 허름한 집에서 이들을 맞이했는데, 그 작은 초가집에는 경건하고 나이 지긋한 부인 바우키스와 남편 필레몬이 살고 있었다. 이들 부부는 어린 시절에 맺어져서 함께 늙어 가는 중이었다. 이들은 자신들의 가난을 부끄러워하지 않았고, 오히려 욕망의 절제와 친절한 성품을 통해서 가난을 충분히 견딜 만하게 만들었다. 그 집에서는 굳이 주인이나 하인을 찾을 필요가 없었다. 식구라고는 오로지 두 사람뿐이었으며, 이들이 곧 주인이자 하인이기 때문이었다. 하늘에서 온 두 손님이 이 누추한 집의 문지방을 넘고 고개를 숙여 낮은 문을 통과해 들어가자, 남편은 좌석 하나를 가져다 놓았고, 부산하게 움직이면서도 세심한 부인은 그 위에 천을 한 장 펼쳐 놓고서 손님들에게 앉으라고 간청했다. 그녀는 재 속에서 숯불을 꺼내 불기를 되살리더니 낙엽과 마른 나무껍질을 집어넣고 빈약한 숨으로 후후 불어서 불길을 일으켰다. 곧이어 부인은 한쪽 구석에서 쪼개 놓은 장작과 마른 나뭇가지를 가져오더니, 그걸 꺾어서 불에 집어넣고 그 위에 작은 솥을 올려놓았다. 그사이에 남편이 마당에서 데쳐 먹는 야채를 따 오자 부인은 줄기에서 잎을 떼어 내어 솥에 넣고 데칠 준비를 했다. 남편은 끝이 갈라진 막대기를 뻗어서 굴뚝에 매달아 놓은 베이컨 조각을 내리더니, 거기서 작게 한 조각을 잘라서 솥에 넣어 야채와 함께 끓였고, 나머지는 다음을 위해 도로 매달아 두었다. 너도밤나무 대접에는 따뜻한 물을 채워서 손님들이 씻을 수 있게 했다. 그 일을 하는 내내 이들은 이야기를 나누면서 시간을 보냈다.

손님을 위해 마련된 걸상에는 해초로 속을 채운 쿠션을 하나 놓아두었다. 그 위에는 천을 한 장 깔아 놓았는데, 오로지 중요한 일이 있을 때에만 꺼내 쓰는 것인데도 이미 많이 낡고 거칠어져 있었다. 늙은 여인은 앞치마를 두르고 떨리는 손으로 음식을 차렸다. 식탁은 한쪽 다리가 다른 한쪽보다 더 짧았지만, 석판을 받쳐서 평탄하게 맞추었다. 그렇게 고친 가구의 상판을 뭔가 달콤한 냄새가 나는 약초로 문질러 닦았다. 그러고는 아테나의 열매인 올리브 조금과 식초에 절인 산딸나무 열매 몇 개를 올려놓고, 무와 치즈를 더하고, 재 속에 넣어 살짝 익힌 계란도 곁들였다. 모든 음식은 질그릇 접시에 담겨 있었으며, 질그릇 주전자와 나무 컵이 그 옆에 놓여 있었다. 모든 준비가 되고 나자 뜨거운 김을 내는 스튜가 식탁에 올라왔다. 포도주도 조금 곁들여졌지만 아주 오래된 것은 아니었다. 후식으로는 사과와 야생 벌꿀이 나왔다. 다른 무엇보다도 친근한 얼굴이 있었고, 소박하지만 진정성 있는 환대가 있었다.

식사가 진행되는 동안, 포도주를 따르기만 하면 곧바로 주전자에 포도주가 다시 꽉 차는 것을 보고 두 노인은 깜짝 놀랐다. 두려움에 사로잡힌 바우키스와 필레몬은 하늘에서 온 두 손님을 알아보고 무릎을 꿇었으며, 양손을 쥐어짜며 자신들의 신통찮은 접대를 용서해 달라고 간청했다. 이 집에는 늙은 거위가 한 마리 있었는데, 누추한 오두막의 파수꾼 노릇을 하려고 이들이 키우는 것이었다. 부부는 이 손님들을 위해 이 짐승을 제물로 바치려고 생각했다. 하지만 거위는 발과 날개의 도움까지 받아서 너무 재빨랐기 때문에 두 노인이 감당할 수 없었으며, 급기야 추적을 따돌리다가 마침내 신들 사이로 비집고 들어가 그곳을 피난처로 삼았다. 신들은 부부에게 짐승을 죽이지 말라고 만류했다. 그러면서 다음과 같이 말했다. 「우리는 신들이다. 이 불친절한 마을은 그 불경함에 대한 대가를 치르게 될 것이다. 오로지 너희만 이 응징으로부터 벗어날 것이다. 너희는 집을 버리고 우리와 함께 저 너머의 언덕 위로 가자.」 이들은 곧바로 복종했으며, 손에 지팡이를 짚고 가파른 비탈을 애써 올라갔다. 꼭대기에서 얼마 되지 않는 곳에 도달했을 무렵, 부부가 아래를 돌아보니 그 지역 전체가 물에 잠겨 호수가 되어 있었고, 자기네 집만 여전히 멀쩡하게 서 있었다. 이들이 놀라워하면서 이 광경을 바라보며 또 한편으로는 자기네 이웃들의 운명을 한탄하는 동안, 이들의 예전 집은 〈신전〉으로 바뀌었다. 귀퉁이의 가느다란 기둥들은 굵고 위풍당당한 기둥으로 바뀌었으며, 이엉지붕은 점차 노래지더니 도금 지붕으로 바뀌었고, 바닥은 대리석으로 바뀌었고, 문은 금 조각과 장식으로 꾸며졌다. 곧이어 제우스가 자비로운 어조로 말했다. 「훌륭한 남자여, 그리고 그런 남편을 얻을 만한 여자여, 말하라, 너희 소원을 우리에게 이야기하라. 너희는 어떤 호의를 우리에게 구하겠느냐?」 필레몬은 잠시 바우키스와 의논했다. 그런 다음 자기들의 공통된 소원을 신들에게 말했다. 「저희는 당신들을 모시는 이 신전의 사제와 파수꾼이 되기를 원합니다. 그리고 저희는 사랑과 화합 속에서 저희의 삶을 지내 왔으므로, 하나의 그리고 똑같은 시간에 저희의 생명을 거둬 가시기를 원하나니, 그래야 아내가 먼저 죽어 제가 장례를 치를 일도, 거꾸로 제가 먼저 죽어 아내가 장례를 치를 일도 없을 것이기 때문입니다.」 이 기도는 응낙되었다. 부부는 사는 동안 내내 그 신전의 파수꾼이 되었다. 이들이 매우 늙었을 때의 어느 날, 성스러운 건물의 계단 앞에 서서 이곳에 대한 이야기를 나누던 바우키스는 갑자기 남편에게서 잎사귀가 돋기 시작하는 것을 보았고, 늙은 필레몬 역시 마찬가지로 변하고 있는 아내를 보았다. 부부의 머리 위로 나뭇잎 우거진 수관(樹冠)이 자라나는 사이, 두 사람은 말을 할 수 없게 되는 그 순간까지 작별의 이야기를 교환했다. 「잘 가요, 사랑하는 배우자여.」 두 사람은 똑같이 말했으며, 곧이어 나무껍질이 이들의 입을 막아 버렸다. 티아나의 목자는 지금도 그 두 그루의 나무를 가리키는데, 나란히 서 있는 그 나무에서 선량한 노인 두 명의 모습을 알아볼 수 있다.

바우키스와 필레몬의 이야기는 스위프트가 희작(戱作) 양식으로 모방한 바 있는데, 이 개작에서 주인공은 두 명의 떠돌이 성인(聖人)이고, 집은 결국 교회로 변모되며, 필레몬은 그 교회의 담당 목사가 된다. 다음 인용문은 그 시의 맛보기가 될 것이다.

> 그들은 차마 말도 못했다. 반듯하고 부드럽게
> 지붕이 위로 솟아오르기 시작했다.
> 모든 들보와 서까래도 솟아올랐다.
> 다음에는 육중한 벽이 천천히 기어올랐다.
> 굴뚝은 넓어지고 더 자라나더니
> 끝이 뾰족한 첨탑이 되었다.
> 솥은 위로 끌어올려졌고,

거기서 들보에 매달렸으며,
대신 위아래가 뒤집어지면서,
아래로 떨어지려 했다.
그러나 소용없었으니, 우월한 힘이
밑에서 작용하여 그 추락을 막았다.
영원히 거기 매달릴 운명이 된
그것은 이제 솥이 아니라 종(鐘)이었다.
목제 고기 추[41]는 굽는 요리가
워낙 없어서 거의 망각될 뻔했는데,
갑자기 변화가 느껴졌다.
새로운 내부의 바퀴에 의해 자라났다.
놀라움을 더욱 고양시킨 것은,
그 운동을 더 느리게 만든 숫자였다.
회전대는 납으로 만든 발을 갖고 있었지만,
워낙 빨리 돌아서 차마 보이지 않을 정도였다.
하지만 어떤 비밀의 힘에 의해 느슨해져서,
이제는 한 시간에 1인치도 안 움직였다.
고기 추와 굴뚝은 거의 합쳐졌고,
서로의 모습은 전혀 남기지 않았다.
굴뚝은 첨탑으로 자라났고,
고기 추도 혼자 남아 있지 않았다.
위로 솟구친 첨탑에 매달려서,
시계가 되었으며, 아직도 매달려 있다.

41 난롯불 위에 늘어뜨려 놓는 추 모양의 조리 기구로, 아래로 늘어진 쇠사슬에 고기를 끼워 놓으면 추 속의 태엽 장치가 작동하면서 시간에 맞춰 고기를 회전시켜 익힌다.

지금도 이 집에 대한 사랑 때문에,
정오가 되면 날카로운 목소리로 외친다.
비록 자기는 돌릴 수 없지만, 굽는 고기를
태우지 말라고 요리하는 하녀에게 경고한다.
삐걱거리던 의자도 마치 큰 달팽이처럼,
벽을 타고 기어오르기 시작했다.
사람들의 눈에 띄게 높이 솟아올라,
약간의 변화와 함께 설교단이 자라났다.
고색창연한 모습의 침대 틀은
우리 조상님들이 사용했던 것처럼
목재를 많이 써서 조밀하게 만들었는데,
신도석으로 변모되고서도
여전히 예전 본성을 지니고 있어서
거기 앉은 사람들을 잠자게 만들었다.

제7장
페르세포네·글라우코스와 스킬레

제우스와 그의 형제들이 티탄족을 물리치고 그들을 타르타로스로 추방한 이후, 신들에 대적하는 새로운 적들이 나타났다. 바로 티폰, 브리아레우스, 엔켈라도스를 비롯한 여러 거인들이었다. 그중 일부는 팔이 1백 개나 되었고, 또 일부는 입에서 불을 내뿜었다. 거인들은 마침내 진압되어 아이트네 산 아래에 생매장되었는데, 지금까지도 그곳을 벗어나기 위해 가끔씩 발버둥 치는 까닭에 지진이 발생해서 온 섬이 흔들린다. 즉 이들의 숨결이 산을 통해 빠져나오면, 그것이 바로 사람들이 일컫는 화산의 분출인 것이다.

하루는 괴물들이 요동쳐서 땅이 흔들리자, 깜짝 놀란 하데스는 혹시 땅이 갈라져서 자기 왕국이 졸지에 대낮의 햇빛에 노출되지 않을까 걱정했다. 이런 우려 때문에 그는 검은 말들이 끄는 수레에 올라타고 손상의 정도를 직접 알아보기 위해서 순시를 떠났다. 하데스가 이 일을 하고 있을 때, 에릭스 산에서 아들 에로스와 놀고 있던 아프로디테가 그의 모습을 발견하고 아들에게 말했다. 「내 아들아, 모든 것을 정복할 수 있고 심지어 제우스조차도 정복할 수 있는 너의 그 화살을 들어서, 타르타로스의 영토를 다스리는 저 어둠의 군주의 가슴에 하나 박아 주어라. 어째서 그만 예외가 되어야 할까? 너의 제국과 나의 제국을 확장시킬 수 있는 기회를 잡자꾸나. 심지어 천상에서도 우리의 힘을 무시하는 자들이 일부나마 있다는 걸 너는 알지 못하느냐? 현자 아테나, 사냥꾼 아르테미스, 이들은 우리를 경멸하지. 그리고 저기 데메테르의 딸이 있는데, 저것 또한 이들의 선례를 따르겠다고 위협하지 않느냐. 너 자신의 이익이나 나의 이익에 대한 고려가 조금이라도 있다고 하면, 너는 이제 저 둘을 하나로 합치거라.」 이에 소년은 메고 있던 화살통을 벗더니, 그중에서도 가장 날카롭고 확실한 화살을 골랐다. 이어서 활을 자기 무릎에 대고 구부리더니 시위를 걸었고, 준비를 완료하자마자 미늘촉이 달린 화살을 쏘아서 하데스의 가슴에 정확히 명중시켰다.

엔나[42]의 골짜기에는 호수가 하나 있었고, 그 주위는 숲으로 에워싸여 뜨거운 태양 광선이 차단되어 있었으며, 습한 땅은 꽃으로 뒤덮이고 항상 봄이 지배하고 있었다. 여기서 페르세포네는 친구들과 함께 놀면서 백합과 제비꽃을 꺾어서 자기 바구니와 앞치마에 담고 있었는데, 바로 그때 하데스가 그녀를 보고 사랑에 빠져 납치해 버렸다. 그녀는 어머니와 친구들에게 도와 달라고 비명을 질렀다. 두려움에 사로잡힌 페르세포네는 자기 앞치마 귀퉁이를 손에서 놓쳐 버렸고, 그로 인해 꽃이 뿔뿔이 흩어져 버렸는데, 아직 마음이 어린 까닭에 자기 신세에 대한 슬픔 말고도 꽃을 잃어버렸다는 사실 때문에 또 한 번 슬픔을 느꼈다. 강탈자는 자기 말을 재

42 이탈리아의 시칠리아섬 한가운데 있는 도시.

촉했고, 각각의 이름을 불렀으며, 마음껏 달리라며 그의 강철빛 고삐를 아예 말들의 머리와 목 너머로 던져 버렸다. 키아네강에 도착해서 강물이 앞길을 막아서자 하데스는 삼지창으로 강둑을 쳤고, 그러자 땅이 갈라지면서 타르타로스로 가는 길을 열어 주었다.

데메테르는 사라진 딸을 찾아서 전 세계를 헤매었다. 찬란한 머리카락의 에오스[새벽]가 아침에 나타났을 때에도, 그리고 헤스페로스[샛별]가 다른 별들을 이끌고 저녁에 나타났을 때에도 여신은 여전히 수색에 바빴다. 하지만 아무 소용이 없었다. 마침내 지치고 슬픈 상태로 그녀는 어느 바위 위에 앉았고, 9일 낮과 밤을 그렇게 계속 앉아 있었으며, 햇빛과 달빛과 쏟아지는 소나기 속에서도 그렇게 앉아 있었다. 그 자리는 오늘날 엘레우시스라는 도시가 있는 곳인데, 그때에는 켈레오스라는 영감의 집이 그곳에 있었다. 그는 마침 들판에 나와서 도토리와 블랙베리를 모으고, 또 불을 지필 장작도 주웠다. 켈레오스의 어린 딸은 염소 두 마리를 몰고 집으로 향하다가, 마침 할멈의 모습으로 변신해 있던 여신 곁을 지나며 말을 걸었다. 「어머니.」 이 말이 데메테르의 귀에는 유난히 감미롭게 들렸다. 「왜 그렇게 바위 위에 혼자 앉아 계세요?」 영감 역시 무거운 짐을 진 상태에서도 걸음을 멈추었고, 변변치는 않아도 자기 오두막으로 오시라고 여신에게 간청했다. 그녀가 거절해도 계속 재촉했다. 「평안히 가세요.」 데메테르가 말했다. 「그리고 당신의 딸과 더불어 행복하세요. 나는 내 딸을 잃어버렸어요.」 여신이 이렇게 말하는 동안 눈물이(또는 눈물과 비슷한 어떤 것일 터이니, 왜냐하면 신들은 결코 울지 않기 때문이다) 그녀의 뺨에서 그녀의 가슴으로 떨어졌다. 동정심 많은 영감과 그의 딸은 여신과 함께 울었다. 곧이어 그가 말했다. 「우리와 함께 가시되, 우리의 초라한 지붕을 경멸하지는 마세요. 그래야만, 즉 당신께서 먼저 건강하셔야만, 당신의 따님도 안전하게 당신께로 돌아올 수 있지 않겠습니까.」 「그러면 앞장을 서세요.」 데메테르가 말했다. 「그런 호소만큼은 저도 거절할 수가 없군요!」 그리하여 여신은 바위에서 일어나 그들과 함께 갔다. 함께 걸어가는 동안, 노인은 자신의 외아들인 꼬마가 지금 매우 아파서 누워 있는데, 열이 나고 잠을 이루지 못한다고 그녀에게 말했다. 여신은 몸을 숙이더니 양귀비를 약간 뜯었다. 오두막에 들어선 그들은 모두 비탄을 느끼지 않을 수 없었으니, 왜냐하면 소년은 이미 회복의 기대를 바랄 수 없는 것처럼 보였기 때문이다. 그래도 아이의 어머니인 메타네이라는 손님을 친절하게 맞이했으며, 여신은 몸을 숙여 아픈 아이의 입술에 입을 맞춰 주었다. 곧바로 아이의 얼굴에서는 창백함이 사라졌고, 건강한 활력이 아이의 몸으로 돌아왔다. 온 가족이 기뻐했다. 물론 온 가족이라 해봐야 아버지, 어머니, 소녀가 전부였지만 말이다. 이 집에는 하인도 없었다. 식구들이 직접 식탁을 펼치고, 그 위에 응유(凝乳)와 크림과 사과를 놓고, 벌꿀도 벌집째로 놓았다. 식사를 하는 동안 데메테르는 양귀비 즙을 소년의 우유에 섞었다. 밤이 되어 주위가 조용해지자, 여신은 자리에서 일어나 잠든 소년을 안아 들었다. 그의 손발을 자기 양손으로 덮고 그에게 엄숙한 주문을 세 번 외우더니, 벽난로 쪽으로 가서 그를 재 위에 얹었다. 자기네 손님이 하는 일을 지켜보고 있었던 어머니는 비명을 지르며 달려가서 아이를 불길에서 낚아챘다. 그러자 데메테르는 원래의 모습을 드러냈고, 신의 광휘가 사방으로 빛났다. 이들이 놀라움에 압도되어 있는 사이 여신이 말했다. 「어머니여, 네 아들을 향한 네 애정이 잔인한 일을 했구나. 나는 그를 불멸하도록 만들고자 했으나, 너는 내 시도를 좌절시켰도다. 그럼에도 그는 위대하고 유용한 인물이 될 것이다. 그는 쟁기의 사용법을, 그리고 경작된 흙에서 노동으로 얻을 수 있는 소득을 인간에게 가르칠 것이다.」 이렇게 말하는 동안 여신의 주위로 구름이 모이더니, 곧이어 그녀는 수레에 올라타고 그곳을 떠났다.

데메테르는 딸을 찾는 일을 계속했다. 이 땅과 저 땅을 누비고 여러 바다와 강을 건넌 끝에, 애초에 출발한 시칠리아로 돌아와서 키아네강의 강둑에 섰다. 그곳은 하데스가 자기 약탈물과 함께 자기 영토로 들어가는 통로를 낸 곳이었다. 강의 님프는 자기가 목격한 바를 여신에게 모두 말할 수도 있었지만, 하데스를 두려워한 까닭에 차마 그러지 못했다. 그리하여 님프가 감히 한 일이라고는, 페르세포네가 도망치다가 떨어트린 허리띠를 가져다가 그 어머니의 발치에 던진 것이 고작이었다. 허리띠를 본 데메테르는 딸이 죽었다는 사실을 이제 더 이상 의심하지 않게 되었지만, 그 원인이 무엇인지는 여전히 몰랐기 때문에 죄 없는 땅을 향해 비난을 퍼부었다. 「배은망덕한 흙아.」 그녀가 말했다. 「내가 일찍이 너에게 비옥함을 주었고, 각종 풀과 영양 많은 곡물로 뒤덮어 주었지만, 너는 이제 내 호의를 누리지 못할 것이다.」 그러자 가축들이 죽었으며, 밭고랑에서 쟁기가 부러졌고, 씨앗은 싹을 틔우지 않았다. 햇빛이 너무 강하게 내리쬐었고, 비가 너무 많이 내렸다. 새들이 씨앗을 훔쳐 먹었으며, 자라나는 식물이라고는 엉겅퀴와 가시나무뿐이었다. 이 모습을 지켜보던 샘 아레투사가 땅을 위해 중재에 나섰다. 「여신님.」 그녀가 말했다. 「땅을 비난하지는 마세요. 어디까지나 마지못해서 당신의 따님이 지나갈 길을 열어 준 것이니까요. 저는 따님의 운명을 당신께 말씀드릴 수 있으니, 왜냐하면 제가 직접 보았기 때문입니다. 이곳은 제 고향이 아닙니다. 저는 엘리스에서 이쪽으로 왔지요. 저는 원래 삼림의 님프였는데, 사냥을 좋아했습니다. 모두들 저의 아름다움을 예찬했지만, 전혀 귀담아듣지 않았고 오히려 사냥 실적만을 자랑했지요. 어느 날 저는 숲에서 돌아오고 있었는데, 운동으로 몸이 뜨거운 상태였습니다. 그러다가 조용히 흐르고 있는 한 강가에 당도했는데, 워낙 맑아서 그 바닥에 있는 조약돌 숫자까지 셀 수 있을 정도였습니다. 버드나무가 그늘을 드리우고, 잔디 깔린 강둑이 물가까지 경사를 이루고 있었습니다. 저는 그곳으로 다가가 한쪽 발을 물에 담갔습니다. 무릎 깊이까지 걸어 들어가고도 만족하지 못하자, 아예 제 옷을 버드나무에 걸고 물에 몸을 담갔습니다. 제가 물속에서 헤엄치고 있을 때, 강 속 깊은 곳에서 뭐라고 중얼거리는 소리가 흘러나오는 것을 들었습니다. 저는 서둘러 가장 가까운 강둑으로 도망쳤습니다. 그러자 그 목소리가 말하더군요. 〈어째서 도망치는 거냐, 아레투사? 나는 알페이오스, 이 강의 신이다.〉 저는 도망치고, 그는 저를 쫓았습니다. 그는 저보다 더 민첩하지는 못했지만, 그래도 저보다 힘이 더 셌기 때문에, 제 체력이 떨어지면서 그가 점차 저를 따라잡았습니다. 마침내 저는 지친 나머지 아르테미스께 도움을 청했습니다. 〈저를 도와주세요, 여신님! 당신의 숭배자를 도와주세요!〉

그러자 여신께서 제 목소리를 들으시고, 갑자기 짙은 구름으로 저를 둘러싸셨습니다. 강의 신은 이제 이쪽저쪽을 바라보았고, 두 번이나 가까이 다가왔지만 저를 발견하지는 못했습니다. 〈아레투사! 아레투사!〉 그가 외치더군요. 오, 저는 얼마나 떨었는지 모릅니다. 마치 우묵한 곳에 숨어 있는 새끼 양이 그 밖에서 으르렁거리는 늑대 소리를 듣는 것처럼요. 그때 제 몸이 온통 식은땀에 젖더니, 제 머리카락이 물줄기를 이루어 아래로 흘러내렸습니다. 제 발이 있었던 곳에는 웅덩이가 생겼습니다. 한마디로 말해서, 정말 눈 깜짝할 새에 저는 그만 샘이 되어 버리고 말았던 겁니다. 하지만 이런 모습을 하고 있어도 알페이오스는 저를 알아보고는 자기 물과 제 물을 뒤섞으려고 하는 겁니다. 그러자 아르테미스께서는 땅을 쪼개 주셨고, 저는 그로부터 벗어나려고 노력한 끝에 동굴로 뛰어들었다가, 땅속 한가운데를 지나서 바로 이곳 시칠리아로 나오게 된 것입니다. 제가 이 땅의 더 낮은 부분을 지나올 때에, 당신의 따님 페르세포네를 보았습니다. 따님은 슬퍼 보였지만, 더 이상 얼굴에 놀란 기색이 있지는 않았습니다. 오히려 따님의 모습은 마치 왕비에 어울려 보였습니다. 바로 에레보스[암흑, 즉 〈지옥〉]의 왕비 말입니다. 죽은 자의 영토를 다스리는 군주의 권세 있는 신부가 되신 겁니다.」

이 말을 들은 데메테르는 마치 온몸이 마비된 사람처럼 잠시 서 있었다. 그러다가 여신은 수레를 하늘로 몰았으며, 서둘러 제우스의 보좌 앞으로 향했다. 그리고 자기가 당한 약탈을 이야기한 다음, 자기 딸이 되돌아올 수 있도록 간여해 달라고 제우스에게 애원했다. 제우스는 이를 응낙하면서 대신 한 가지 조건을 내걸었는데, 그건 바로 페르세포네가 지하 세계에 머무는 동안 아무런 음식도 먹지 말아야 한다는 것이었다. 그렇지 않을 경우 운명의 여신들이 그녀의 석방을 금지하리라는 것이었다. 그리하여 헤르메스가 〈봄〉 여신과 함께 가서 페르세포네의 석방을 하데스에게 요청하기로 했다. 교활한 지하 세계의 군주는 이를 응낙했다. 하지만 아아! 그 처녀는 이미 하데스가 건네준 석류를 하나 먹은 다음이었고, 그 씨앗 몇 개부터 달콤한 과육을 빨아먹은 다음이었다. 이것만 가지고도 페르세포네의 완전한 석방을 방지하기에는 충분했다. 대신 양쪽의 합의가 이루어졌으니, 이에 따라 그녀는 1년이라는 시간 가운데 절반은 자기 어머니와 함께 보내고, 나머지 절반은 자기 남편 하데스와 함께 보내기로 했다.

데메테르는 이 계약에 마음을 진정시키고, 다시 땅에 자신의 호의를 베풀었다. 이제 여신은 켈레오스와 그의 가족, 그리고 그의 어린 아들 트리프톨레모스에게 한 약속을 기억했다. 소년이 자라나자, 그녀는 쟁기 사용법과 씨앗 뿌리는 방법을 그에게 가르쳤다. 날개 달린 용들이 끄는 자기 수레에 그를 태우고, 지상의 온 나라를 돌아다니며 인류에게 귀중한 곡물과 농업에 관한 지식을 전해 주었다. 여행에서 돌아온 트리프톨레모스는 엘레우시스에 데메테르를 기리는 웅장한 신전을 지었고, 이 여신을 모시는 예배를 만들었다. 그것이 바로 이른바 〈엘레우시스 신비 제의〉라고 일컬어지는 것으로서, 그 의례의 장려함과 엄숙함은 그리스인 사이에서 이루어지는 다른 모든 종교 축전을 능가했다.

데메테르와 페르세포네의 이야기가 우의(寓意)라는 데에

는 의심의 여지가 없다. 페르세포네는 땅속에 심어서 눈에 보이지 않을 때의 씨앗을 상징한다. 다시 말해서 지하 세계의 신이 그녀를 끌고 간 것이다. 그러다가 씨앗은 다시 나타난다. 즉 어머니가 그녀를 되찾아 온 것이다. 봄이 그녀를 다시 낮의 빛으로 데려온 것이다.

밀턴은 『실낙원』 제4권에서 페르세포네의 이야기를 인유한다.

> (……) 그 아름다운 들판 엔나에서
> 페르세포네는 꽃을 꺾어 모으다가
> 그녀 자신은 더 아름다운 꽃이어서
> 음험한 디스에게 꺾이지 않았더냐.
> 딸을 찾아 세계를 누비면서
> 데메테르는 그 얼마나 고통을 받았던가.
> (……) 이 에덴의 낙원에는
> 감히 비할 바가 못 되었다.

후드[43]는 「우울에 바치는 송시」에서 매우 아름다운 인유를 사용한다.

> 용서하시라, 혹시 내가 닥쳐올 비애 때문에
> 현재의 행복을 때때로 잊어버린다 하더라도.
> 마치 겁에 질린 페르세포네가
> 디스를 보고는 자기 꽃을 떨어뜨린 것처럼.

43 Thomas Hood(1799~1845). 영국의 시인.

알페이오스강은 그 경로 가운데 일부가 실제로도 땅속으로 사라졌다가, 지하 수로를 거쳐서 다시 땅 위로 나타난다고 전한다. 시칠리아의 아레투사샘도 결국 같은 물줄기라고 하는데, 즉 이 강이 바다 밑을 거쳐서 시칠리아에서 다시 솟아난다는 것이다. 그리하여 알페이오스강에 컵을 하나 던지면, 나중에 아레투사샘에 다시 나타난다는 이야기가 전한다. 콜리지는 자신의 시 「쿠빌라이 칸」에서 알페이오스강의 지하 수로에 관한 이 우화를 인유한다.

> 상도(上都)에서 쿠빌라이 칸은
> 위풍당당한 호화 저택에서 다스렸으니,
> 그곳엔 성스러운 강 알프가 흘렀다.
> 태양도 없는 바다 저 아래에서, 차마
> 인간은 측정할 수 없는 동굴을 지나서.

토머스 무어는 청소년 시 가운데 한 편인 「그리스 소녀의 꿈」에서 같은 이야기를 인유하면서, 화환이나 다른 가벼운 물체를 개울에 던져서 땅속으로 빨려 들어가게 했다가, 나중에 그 출구에서 도로 찾아내는 관습을 인유한다.

> 오, 나의 사랑하는 자여, 얼마나 달콤한가,
> 동류의 영혼들이 만날 때의 순수한 기쁨이!
> 강의 신도 그와 같았으니, 그 물은 오로지
> 가벼운 것만 사랑하여, 땅속 동굴을 지나며,
> 꽃다발과 꽃팔찌라면 무엇이든지 신이 나서
> 물 위에 띄웠으니, 그건 올림포스의 처녀들이

아레투사의 빛나는 발치에 놓을 공물로
그곳에 올려놓았던 것이라네.
생각해 보게, 그가 저 샘 색시를 마침내 만났을 때,
어떤 완벽한 사랑이 뒤섞인 물을 전율하게 했을지!
각자가 서로를 잃었다가 하나로 합쳐지니,
그들의 운명은 그늘에서나 햇볕에서나 같으며,
진정한 사랑의 유형으로, 깊이 흐를 것이라네.

아래의 발췌문은 토머스 무어의 「길에서의 시」에 나오는 것인데, 밀라노에 있는 알바니[44]의 유명한 그림 「사랑의 춤」을 설명하고 있다.

엔나의 꽃을 지상에서 훔쳐 간 것을 기리며,
이 소년들은 명랑한 춤으로 축하를 하면서
초록 나무 주위를 도네, 히스 위의 요정처럼.
가장 가까이 있는 소년들은 정연하게 밝고,
모두의 뺨들은 화환 속의 장미 봉오리 같네.
더 멀리 있는 소년들은, 다른 소년들의 날개
아래로 보이는데, 그 작은 눈은 빛을 발하네.
그 와중에 보라! 구름 사이에서, 그들의 큰형,
방금 위로 날아올라, 행복의 미소 띠고 말하네,
불사신 어머니에게, 하데스에게 한 장난을.

44 Francesco Albani(1578~1660). 이탈리아의 화가. 본문에 언급된 그림 전면에서는 〈사랑〉을 상징하는 여러 명의 에로스들이 서로 손을 잡고 둥글게 늘어서서 춤을 추고, 후면 왼쪽 아래에서는 페르세포네를 납치하는 하데스의 모습이, 후면 오른쪽 위에서는 자기가 한 장난을 아프로디테에게 보고하는 또 다른 에로스의 모습이 묘사된다.

어머니는 이 소식을 입맞춤으로 반겨 주네.

글라우코스와 스킬레

글라우코스는 어부였다. 어느 날 그는 그물을 육지로 끌어올려 다양한 종류의 수많은 물고기를 꺼냈다. 그물을 비운 글라우코스는 이제 풀밭에서 물고기를 분류하는 일에 나섰다. 그가 서 있는 곳은 강에 있는 아름다운 섬이었는데, 사람도 살지 않고 가축에게 풀 먹이는 데 사용되지도 않았으며, 오로지 이 어부 외에는 아무도 방문하지 않는 곳이었다. 그때 갑자기 풀밭에 놓여 있던 물고기들이 생기를 되찾기 시작하더니, 마치 물속에 들어가 있는 것처럼 지느러미를 움직이기 시작했다. 글라우코스가 깜짝 놀라 지켜보는 사이 물고기들은 모조리 물 쪽으로 이동하더니, 그 안으로 뛰어들어서 헤엄쳐 가버렸다. 그는 이걸 어떻게 이해해야 할지 몰랐다. 이것은 어떤 신이 한 일일까, 아니면 그곳에 자라는 약초에 담겨 있는 어떤 비밀스러운 힘 때문일까. 「무슨 약초이기에 이런 힘을 갖고 있을까?」 글라우코스는 감탄하며 말했다. 그래서 그 풀을 조금 뜯어서 맛을 보았다. 그 식물의 즙이 입천장에 닿자마자, 그는 물을 향한 강한 열망으로 끓어올랐다. 더 이상은 참을 수 없었던 나머지, 글라우코스는 땅에 작별을 고하고 개울로 뛰어들었다. 물의 신들은 그를 반갑게 맞이했고, 그를 자기네 무리에 받아들이는 영예를 베풀었다. 물의 신들은 바다의 군주들인 오케아노스와 테티스에게도 동의를 얻어, 글라우코스의 몸속에 들어 있는 필멸의 잔재를 모조리 씻어 버리기로 했다. 1백 개의 강들이 자신들의 물을 그에게 퍼부었다. 그러자 글라우코스는 이전의 본성에서 갖고 있던 모든 감각과 모든 의식을 잃어버렸다. 정신을 차렸을 때 그는 형체와 정신 모두가 바뀌어 있었다. 머리카락은 바다 같은 초록색이었고, 물속에서 그의 뒤로 길게 늘어졌다. 어깨는 점점 넓어졌고, 허벅지와 다리였던 것이 물고기의 꼬리 형태로 바뀌었다. 바다의 신들은 이런 외모의 변화를 보고 칭찬했으며, 글라우코스도 자기가 잘생긴 인물이 되었다고 생각했다.

어느 날, 글라우코스는 물의 님프들이 총애하는 아름다운 처녀 스킬레가 바닷가를 거니는 모습을 보았다. 그녀는 사방이 막힌 아늑한 장소를 발견하자, 거기서 깨끗한 물에 손발을 담갔다. 그는 그녀를 보고 사랑에 빠져서 물 위로 모습을 드러냈다. 그리고 그녀에게 말을 걸면서, 그곳에 붙잡아두기에 가장 유리하리라 생각되는 이야기를 늘어놓았다. 왜냐하면 스킬레는 그를 보자마자 곧바로 돌아서서 달렸으며, 바다를 굽어보는 언덕 위까지 줄곧 뛰어갔기 때문이다. 그곳에 가서야 그녀는 비로소 걸음을 멈추고 뒤로 돌아서서 상대방이 신인지 바다 동물인지를 살펴보았고, 놀란 채로 그의 형체와 색깔을 살펴보았다. 글라우코스는 물 위로 일부만 모습을 드러내고 바위 위에 몸을 기댄 채로 말했다. 「처녀여, 나는 괴물도 아니고 바다 동물도 아니며, 다름 아닌 신이오. 프로테우스나 트리톤도 나보다 지위가 더 높지는 못하지. 과거에 나는 필멸자였고, 바다를 따라서 생계를 유지했소. 하지만 이제 나는 전적으로 바다에 속해 있소.」 이어서 글라우코스는 자신의 모습이 변한 것에 관해서, 그리고 자기가 어떻게 현재의 신성까지 진급했는지에 관해서 설명한 후 이렇게 덧붙였다. 「하지만 당신의 마음을 얻을 수 없다면, 이 모두가 무슨 소용일까?」 그는 이런 식으로 계속 이야기했지만, 스킬레는 돌아서서 서둘러 가버렸다.

글라우코스는 절망했지만, 그때 갑자기 이 일을 여자 마법사 키르케와 상의해 보자는 생각이 들었다. 그는 그녀의 섬으로 찾아갔다. 이 섬이란 훗날 오디세우스가 상륙한 바로 그곳이었는데, 이에 관해서는 나중의 이야기 가운데 하나에서 살펴보도록 하자. 서로 인사를 건넨 다음, 글라우코스가 말했다. 「여신님, 당신의 자비를 간청합니다. 내가 겪는 고통을 덜어 줄 수 있는 이는 오로지 당신뿐입니다. 약초의 힘이라면 나도 누구 못지않게 잘 알고 있지요. 내 형상의 변화 역시 바로 약초 때문이었으니까요. 나는 스킬레를 사랑합니다. 내가 어떻게 그녀에게 구애하고 약속했는지, 그리고 그녀가 어떻게 나를 경멸적으로 대했는지는 너무 부끄러운 나머지 당신에게 말해 줄 수가 없군요. 당신의 주문을 사용해서, 혹은 약초가 더 낫다면 효험이 있는 약초를 사용해서 치료해 주세요. 내 사랑을 내게서 씻어내 달라는 것이 아닙니다. 그런 일은 내가 바라는 바가 아니니까요. 다만 내 사랑을 그녀도 공유하고, 그와 유사한 보답을 내게 내놓도록 해 달라는 겁니다.」 이 요청에 키르케도 대답을 내놓았다. 왜냐하면 그녀도 바다 같은 초록색 신의 매력에 아주 무감각하지는 않았기 때문이다. 「차라리 당신을 기꺼워하는 대상을 쫓는 게 더 나을 겁니다. 당신 같은 분은 헛되이 남을 찾아다닐 게 아니라, 남이 찾아올 만한 가치를 갖고 있으니까요. 움츠러들지 말고, 당신 자신의 가치를 알도록 하세요. 단언컨대, 나조차도 비록 여신이기는 하지만, 그리고 식물과 주문의 미덕을 배워서 알기는 하지만, 어떻게 해야 당신을 거절할 수 있는지는 정작 알지 못하니까요. 만약 그녀가 당신을 경멸하면, 당신도 그녀를 경멸하세요. 대신 당신을 만날 준비가 거의 다 된 사람을 만나서, 한 번에 양쪽 모두에게 받아 마땅한 보답을 해주세요.」 이 말에 글라우코스가 대답했다. 「바다 밑바닥에서 나무가 자라나는 날이 온다 하더라도, 또는 산꼭대기에 해초가 돋아나는 날이 온다 하더라도 스킬레를, 오로지 그녀만을 향한 내 사랑은 결코 멈추지 않을 겁니다.」

여신은 분개했지만, 그렇다고 해서 그를 벌주지는 않았다. 그럴 생각도 없었으니, 이미 그를 너무 좋아했기 때문이었다. 그래서 그녀는 자신의 분노를 모조리 경쟁자인 저 딱한 스킬레에게 돌렸다. 키르케는 독성을 가진 식물을 가져다가 한데 섞은 다음 주문과 마력을 불어넣었다. 그런 뒤에 자기 마술의 희생물이 되어 뛰어노는 짐승 떼 사이를 지나서, 스킬레가 살고 있는 시칠리아의 해안으로 갔다. 그곳 바닷가에는 작은 만(灣)이 있었는데, 이 처녀는 종종 한낮의 열기 속에서 그곳에 들러 바닷바람을 쐬고, 물에 들어가 목욕을 했다. 여신은 독성 혼합물을 그곳에 붓고는 강력한 힘을 가진 주문을 그 위에 불어넣었다. 스킬레는 평소처럼 그곳에 와서 허리까지 차는 물속에 들어갔다. 곧이어 그녀는 한 무리의 뱀들과 짖어 대는 괴물들이 자기 주위에 몰려드는 것을 발견하고 겁에 질렸다! 처음에 스킬레는 그놈들이 자신의 일부라는 사실을 차마 상상조차 할 수 없었던 까닭에, 그놈들로부터 도망치려고, 그놈들을 따돌리려고 애썼다. 하지만 뛰어갈 때마다 그녀는 계속해서 괴물들을 달고 다니는 셈이 되었고,

자기 다리를 만지려 할 때마다 그녀의 손에 닿는 것은 크게 벌린 괴물들의 주둥이뿐이었다. 스킬레는 그 자리에 그만 뿌리를 내린 채로 남게 되었다. 그녀의 기질 역시 자기 모습처럼 추악하게 변해 버려서, 자기 손아귀에 들어온 불운한 뱃사람들을 삼켜 버리는 짓을 즐기게 되었다. 그리하여 스킬레는 오디세우스의 동료 여섯 명을 죽였고, 아이네이아스의 배를 부수려고 했으며, 결국에는 바위로 변해 버리고 말았다. 이후 지금까지도 뱃사람들에게 여전히 두려움의 대상이 되고 있다.

키츠는 「엔디미온」에서 글라우코스와 스킬레 이야기의 결말을 새로운 버전으로 제시했다. 즉 그는 키르케의 감언이설에 넘어가지만, 그러다가 우연히 그녀가 자기 짐승들을 다루는 광경을 목격하게 된다.[45] 여신의 배반과 잔인함에 혐오감을 느낀 글라우코스는 그녀로부터 벗어나려 하지만, 붙잡혀서 도로 끌려간다. 키르케는 그를 야단치면서, 1천 년간 노쇠와 고통을 겪도록 형벌을 내린다. 글라우코스는 바다로 돌아와서 스킬레의 시신을 발견한다. 여신은 그녀를 변형시킨 것이 아니라 물에 빠뜨려 죽여 버렸던 것이다. 글라우코스는 자신의 운명을 깨닫게 된다. 즉 이후 1천 년 동안 그가 물에 빠져 죽은 수많은 연인들의 시신을 모두 모으면, 신들이 총애하는 한 젊은이가 나타나 그를 도우리라는 것이었다. 엔디미온이 바로 이 예언을 달성하여, 글라우코스가 젊음을 되찾도록 도와주고, 스킬레를 소생시킨 것은 물론 그때까지 물에 빠져 죽은 연인들 모두를 되살려 낸다.

45 제29장에서 키르케에 관한 내용을 참고하라 — 원주.

다음은 글라우코스가 〈바다에서의 변화〉 후에 자기감정을 설명한 「엔디미온」의 한 대목이다.

> 나는 삶인지 죽음인지를 향해 뛰어들었네. 나의 감각을
> 그토록 조밀한 호흡 물질과 짜 맞추는 일은 고통스러운
> 일처럼 보일 수 있겠지. 그러니 나로선 크게
> 감탄할 수밖에 없었네, 그게 무척 투명하고도 부드럽게
> 느껴졌고, 내 팔다리 주위에서 부력을 발휘했기에.
> 처음 몇 날 며칠을 순수한 경탄에 빠져 있었다네.
> 나 자신의 의도는 완전히 잊어버리고,
> 단지 거대한 밀물과 썰물에 맞춰 움직였다네.
> 그러다가 마치 새로 깃이 난 새가
> 자신이 펼친 날개를 아침의 냉기에 보여 주듯이,
> 나는 두려움 속에서 내 날개짓을 시험했다네.
> 이것이 자유로다! 곧바로 나는 이 해저의
> 그침이 없는 경이로 들어갔다네.

제8장

피그말리온·드리오페·아프로디테와 아도니스·아폴론과 히아킨토스

피그말리온은 여성에게서 비난할 만한 결점을 워낙 많이 보았기 때문에, 마침내 여성을 혐오하게 되어서 평생 결혼하지 않고 살겠다고 결심했다. 그는 조각가였고, 뛰어난 솜씨를 이용해 상아로 조상(彫像)을 하나 만들었는데, 살아 있는 여성은 감히 그 근처에도 가지 못할 정도로 워낙 아름다웠다. 실제로 그 조상은 살아 있는 처녀의 모습을 완벽하게 닮은 상태였으며, 다만 그녀가 움직이지 못하는 원인은 오로지 수줍음 때문인 것처럼 보일 정도였다. 그의 솜씨는 워낙 완벽했기 때문에, 솜씨가 솜씨 자체를 감추다 못해 그 솜씨의 산물을 마치 자연의 손재주인 것처럼 보이게 만들었다. 피그말리온은 자기 작품에 감탄해 마지않았으며, 마침내 모조품에 불과한 창조물과 사랑에 빠지고 말았다. 종종 그는 한 손을 조상에 올려놓고는, 마치 그것이 살아 있는지 아닌지를 확인하려 하는 듯했으며, 그런 뒤에도 그것이 단지 상아에 불과하다는 사실을 차마 믿을 수 없어 했다. 피그말리온은 조상을 어루만졌고, 젊은 여성이 좋아할 만한 선물들을 갖다주었다. 반짝이는 조개껍질, 반들반들한 돌멩이, 작은 새,

다양한 색깔의 꽃, 구슬과 호박(琥珀) 같은 것들을 말이다. 그는 조상의 팔다리에 옷을 걸쳐 주었고, 손가락에 보석을 끼워 주었고, 목에 목걸이를 걸어 주었다. 귀에는 귀걸이를 걸어 주었고, 가슴에는 진주 목걸이를 늘어뜨려 주었다. 옷이 잘 어울렸기 때문에 그녀는 옷을 걸치지 않았을 때보다 매력이 못하지 않았다. 피그말리온은 진홍색 천이 깔린 침상에 조상을 눕히고 자기 아내라고 불렀으며, 가장 부드러운 깃털을 넣은 베개에 머리를 올려놓았다. 마치 조상이 그 부드러움을 즐길 수 있는 것처럼 말이다.

아프로디테 축제가 다가왔다. 키프로스에서는 이 축제를 상당히 거창하게 기념했다. 제물을 바치고, 제단에 불을 피우고, 향냄새가 공기를 채웠다. 의례에서 자기 역할을 수행할 때가 되자 피그말리온은 제단 앞에 서서 소심하게 말했다. 「당신들, 신들이시여, 모든 일을 할 수 있는 분들이시여, 당신들께 간청하오니, 제게 아내를 주소서.」 하지만 그는 차마 〈제가 만든 상아 처녀〉를 달라고 말할 수가 없어서, 대신 이렇게 말했다. 「제가 만든 상아 처녀 같은 아내를 주소서.」 이 축제에 참석했던 아프로디테는 피그말리온의 말을 들었고, 그가 차마 꺼내지 못한 말이 무엇인지를 알았다. 그리고 자신의 호의를 나타내는 징조로 제단의 불길을 세 번이나 공중으로 치솟게 만들었다. 집에 돌아온 피그말리온은 조상을 보러 가서, 침상 위에 몸을 굽히고 조상의 입술에 입을 맞추었다. 그런데 어쩐지 따뜻한 것 같았다. 그는 다시 입술을 갖다 댔고, 손을 뻗어 조상의 팔다리를 만져 보았다. 그의 손에 상아가 부드럽게 느껴졌고, 마치 히메토스[46]의 밀랍처

46 아테네 인근의 산맥. 품질이 좋은 꿀과 밀랍의 생산지로 유명했다.

럼 손가락 사이로 살이 솟아올랐다. 피그말리온은 가만히 서서 놀라기도 하고 기쁘기도 했지만 한편으로는 의심스러웠고, 혹시 자기가 착각한 것은 아닌지 두려워서 연인의 열정을 품고 거듭 거듭 열망의 대상을 만졌다. 조상은 실제로 살아 있었다! 핏줄을 누르자 납작해졌고, 손가락을 떼자 다시 도드라졌다. 그제야 마침내 아프로디테 숭배자는 여신에게 감사할 말을 찾아냈고, 자기 입술만큼이나 사실적인 입술에 자기 입술을 갖다 댔다. 처녀는 입맞춤을 느끼고 얼굴을 붉혔으며, 소심한 눈을 떠서 빛을 느끼고, 이와 동시에 연인을 똑바로 바라보았다. 아프로디테는 자기가 맺어 준 이 결혼을 축복했고, 이 결합으로부터 파포스가 태어났다. 이 여신에게 바쳐진 도시[47]의 이름 역시 그에게서 따온 것이다.

실러는 시 「이상(理想)」에서 피그말리온의 이야기를 젊은이의 마음속의 자연에 대한 사랑에 적용하고 있다.[48] 아래의 번역은 한 친구(S. G. B.)[49]가 다듬은 것이다.

열정을 품은 기도가 흘러나오면서,
피그말리온은 돌을 끌어안았다.
차가운 대리석에서 타오르는
감정의 빛이 그에게 비출 때까지.

47 키프로스섬 남서부의 해안 도시 파포스를 말한다.

48 다음 책에 수록되어 있다. 『그리스의 신들: 실러 명시선 사상시편』(장상용 옮김, 인하대학교출판부, 2000).

49 토머스 불핀치의 동생 스티븐 그린리프 불핀치Stephen Greenleaf Bulfinch(1809~1870)의 이니셜이다. 유니테리언 목사였던 그는 작가 겸 찬송가 작곡가로도 당대에 명성을 얻었다.

이처럼 나는 젊은이의 헌신으로
찬란한 자연을 시인의 가슴에 껴안았다.
숨과 온기와 활기찬 움직임이
조상(彫像)의 형태를 통해 움직이는 듯 보일 때까지.

그런 다음에, 내 모든 열정을 공유하여,
그 말이 없던 형체는 표현을 찾아냈다.
과감한 젊은이다운 내 입맞춤에 화답하고,
내 가슴의 빠른 소리를 이해했다.
그때 아름다운 창조물은 나를 위해 살았고,
은빛 개울에는 노래가 가득했다.
나무와 장미는 감각을 공유했고,
내 무한한 생명의 메아리였다.

드리오페

드리오페와 이올레는 자매였다. 특히 드리오페는 남편 안드라이몬으로부터 많은 사랑을 받았고, 첫아이가 태어나기까지 해서 더욱 행복을 누렸다. 어느 날 자매는 개울의 둑으로 산책을 나갔는데, 거기서부터 물가까지는 경사가 완만했으며, 둑의 높은 곳에는 도금양이 무성하게 자라나 있었다. 자매는 꽃을 따서 님프들의 제단에 바칠 화환을 만들 생각이었고, 드리오페는 귀중한 짐인 아이를 가슴에 안고 어르면서 걸어갔다. 마침 물가 근처에는 연(蓮)이 자라고 있었으며, 자주색의 꽃이 잔뜩 피어나 있었다. 드리오페가 그 꽃을 몇 개 꺾어서 아기에게 건네주자, 이올레도 똑같이 하려던 차에 언니가 꺾은 연 줄기에서 피가 방울져 떨어지는 것을 깨달았다. 이 식물은 다름 아닌 님프 로티스였으며, 어느 비열한 추적자를 피해 달아나다가 결국 이런 모습으로 변신해 있었던 것이었다. 자매는 시골 사람들에게 이 사실을 전해 들었지만, 때는 이미 늦어 있었다.

자기가 무슨 짓을 했는지 깨닫고서 겁에 질린 드리오페는 서둘러 그 장소를 벗어나려 했지만, 그녀의 두 발은 이미 땅에 뿌리를 내리고 있었다. 발을 뽑아내려 했지만 이제 움직이는 것이라고는 두 팔뿐이었다. 나무의 모습이 그녀의 몸을 타고 위로 번지면서 점차 전신을 에워쌌다. 그녀는 너무도 고통스러워 머리를 쥐어뜯으려 했으나 양손에는 이미 잎사귀만 가득했다. 아기는 어머니의 가슴이 단단해지고 젖이 나오지 않게 된 것을 느꼈다. 이올레는 언니의 서글픈 운명을 지켜보기만 할 뿐, 도울 방법이 생각나지 않았다. 동생은 점차 자라나는 나무줄기를 끌어안았다. 마치 앞으로 다가오는 나무를 막아서기라도 하려는 듯했고, 똑같은 나무껍질에 에워싸일 수만 있다면 기꺼이 그러려는 듯했다. 바로 이 순간 드리오페의 남편 안드라이몬과 그녀의 아버지가 나타났다. 이들이 언니는 어디 있느냐고 묻자, 이올레는 새로 만들어진 연(蓮)을 손으로 가리켰다. 두 남자는 아직 온기가 남아 있는 나무줄기를 끌어안았고, 그 잎사귀에 거듭해서 입을 맞추었다.

이제 드리오페의 원래 모습에서 남은 것은 얼굴뿐이었다. 그녀의 눈물은 여전히 흘러나와 자기 잎사귀 위에 떨어졌고, 그녀의 입도 아직은 말을 할 수 있었다. 「나는 아무 죄가 없어요. 내가 이런 운명을 겪는다는 것은 부당해요. 나는 그 누구도 해친 적이 없어요. 내가 거짓을 말하는 것이라면 내 잎사귀는 말라 죽게 될 것이고, 내 나무줄기는 잘려서 불타 버릴 거예요. 이 아기를 데려가서 유모에게 건네주세요. 이곳에 자주 데려와서 내 나뭇가지 아래에서 젖을 먹이고, 내 그늘 아래에서 놀게 하세요. 아이가 충분히 자라서 말을 할 수 있게 되면, 나를 어머니라고 부르게 하고 슬픔을 담아 이렇게 말하게 하세요. 〈우리 어머니는 이 나무껍질 밑에 누워 계셔.〉 하지만 강둑에서는 조심하도록 일러 주고, 꽃을 꺾을 때에는 주의하도록 알려 주며, 나무 덤불을 볼 때마다 그것이 모습을 바꾼 여신일지도 모른다는 사실을 기억하게 하세요. 안녕히, 사랑하는 남편과 동생, 그리고 아버지. 나를 향한 사랑을 당신들이 여전히 갖고 있다면, 내가 도끼에 상처 입지 않게 해주시고, 가축 떼가 내 가지를 깨물거나 찢지 않게 해주세요. 내가 당신들에게 몸을 굽힐 수 없으니, 이리로 올라오셔서 내게 입 맞춰 주세요. 내 입술이 아직 감각을 갖고 있는 동안, 내 아이를 들어 올려서 내 아이에게 입을 맞출 수 있게 해주세요. 더 이상은 나도 말을 할 수가 없어요. 나무껍질이 벌써 내 목까지 도달했으니, 이제 곧 나를 온통 뒤덮어 버리겠지요. 내 눈을 감겨 줄 필요까지는 없어요. 당신들의 도움 없이도 나무껍질이 내 눈을 감겨 줄 테니까요.」 이 말과 함께 그녀의 입술은 움직이기를 멈추었고, 그녀의 생명도 소멸되어 버렸다. 하지만 그 나뭇가지는 이후로도 한동안 생명의 온기를 간직하고 있었다.

키츠는 「엔디미온」에서 드리오페를 이렇게 인유했다.

그녀는 류트를 꺼냈고, 거기에서는 마치 박동하듯이
경쾌한 서곡이 흘러나와, 그녀의 목소리가 거닐 만한
길을 닦아 주었다. 그 노래는 드리오페가 자기 아이를
길게 얼렀던 노래보다도 더 미묘한 박자에,
더 자연에 가까운 상태로 놓여 있었다.

아프로디테와 아도니스

하루는 아프로디테가 에로스와 놀다가 그의 화살 가운데 하나에 가슴을 찔렸다. 여신은 아들을 밀쳐 냈지만 상처는 생각보다 더 깊었다. 상처가 낫기도 전에 아프로디테는 아도니스를 보았고, 곧바로 그에게 사로잡혀 버렸다. 여신은 더 이상 자기가 애호하는 휴양지에는(즉 파포스, 크니도스, 그리고 광물이 풍부한 아마토스에는) 아무런 관심이 없었다. 심지어 하늘에도 올라가지 않았는데, 왜냐하면 아프로디테에게 아도니스는 하늘보다도 더 소중했기 때문이었다. 여신은 그를 따라다녔고, 그를 동반자로 삼았다. 이전에만 해도 아프로디테는 그늘 아래 누워 있기를 좋아하고 자기 매력을 배양하는 일 말고는 아무 관심도 없었지만, 지금은 숲 사이며 언덕 위를 돌아다니며 마치 여자 사냥꾼 아르테미스처럼 차려입고 다녔다. 여신은 사냥개를 부르고, 산토끼와 수사슴을 비롯해서 사냥하기에 안전한 사냥감을 뒤쫓았으며, 가축 떼를 몰살시키는 늑대와 곰은 되도록 멀리했다. 이처럼 위험한 동물은 조심하라고 아프로디테는 아도니스에게도 조언했다. 「겁 많은 상대에게나 용감하게 굴어.」 여신은 말했다. 「용감한 자에게 용감하게 구는 것은 안전하지 않으니까. 그러다간 네가 얼마나 자초해서 위험에 노출될지를, 그리고 내 행복을 위험에 빠뜨릴지를 유의하도록 해. 자연이 무기를 선사한 짐승들은 공격하지 마. 네가 얻게 될 영광이 그 정도로 위험에 노출되면서까지 얻을 가치가 있다고 여기지는 않으니까. 너의 젊음 그리고 아프로디테를 매료시킨 아름다움조차, 사자나 털을 곤두세운 멧돼지의 가슴을 어루만지지는 못할 거야. 그놈들의 발톱과 어마어마한 힘을 생각해 봐! 나는 그놈들의 종족 전체를 증오해. 왜인지 모르겠다는 거야?」 그러다가 아프로디테는 아탈란테와 히포메네스의 이야기를 해주었는데, 이들은 바로 이 여신에게 감사할 줄을 몰랐기 때문에 벌을 받아서 결국 사자로 변하고 말았던 것이다. 그에게 이런 경고를 전한 다음 여신은 백조들이 끄는 자기 수레를 타고 공중으로 날아가 버렸다. 하지만 아도니스는 워낙 콧대가 세서 그런 조언을 귀담아듣지 않았다. 이때 사냥개들이 보금자리에 있던 멧돼지를 도발하자, 청년은 자기 창을 던져 이 짐승을 비스듬히 맞춰서 상처를 입혔다. 야수는 제 몸에 박힌 무기를 물어서 빼내더니 아도니스를 향해 돌진했고, 청년은 뒤로 돌아서 도망쳤다. 하지만 멧돼지는 곧 그를 따라잡았으며, 제 엄니를 그의 옆구리에 찔러 넣었고, 그를 평원에 쓰러져 죽어 가게 만들었다.

백조들이 끄는 수레를 타고 떠났던 아프로디테는 아직 키프로스에 도착하기도 전이었는데, 갑자기 공중을 통해 들려오는 자기 애인의 신음 소리를 듣자 흰 날개를 지닌 새들을 뒤로 돌려 땅으로 몰았다. 여신은 그의 생명 없는 시신이 피로 목욕을 하며 누워 있는 모습을 높은 곳에서부터 보았고, 가까이 다가가자마자 수레에서 내려서서 그의 위로 몸을 굽히더니 자기 가슴을 치고 머리카락을 쥐어뜯었다. 아프로디테가 〈운명〉 여신들을 비난하며 말했다. 「하지만 그들의 승리는 부분적인 승리에 불과할 거야. 내 슬픔의 기념물은 계속해서 남아 있을 것이며, 나의 아도니스, 너의 죽음의 광경도, 나의 탄식의 광경도 매년 새로워질 거야. 너의 피는 꽃으로 변할 거야. 어느 누구도 시샘하지 못할 나의 위안이 될 거야.」 이렇게 말하면서 여신은 그의 피 위에다 넥타르를 뿌렸다. 그러자 피가 뭉치면서, 마치 웅덩이 위에 빗방울이 떨어질 때처럼 거품이 솟아올랐고, 한 시간이 지나자 석류와도 같은 핏빛을 지닌 꽃이 하나 피어났다. 하지만 이 꽃은 생명이 오래가지 못했다. 전하는 말에 따르면 바람이 불어서 그 꽃을 피어나게 하고, 곧이어 바람이 불어서 꽃잎을 떨어뜨리기 때문이라고 했다. 그리하여 이 꽃은 아네모네라고도 하며, 그 꽃을 피우고 또 떨어뜨리는 데 일조하는 원인으로부터 이름을 따서 〈바람꽃〉이라고도 부른다.

밀턴은 「코머스」에서 아프로디테와 아도니스의 이야기를 인유한 바 있다.

> 히아신스와 장미로 이루어진 침대는
> 젊은 아도니스가 종종 휴식을 취하던 곳,
> 자신의 깊은 상처를 잘 닦아 내고
> 부드러운 잠에 취했네. 땅 위에는 슬퍼하는
> 아시리아 여왕이 앉아 있었네.

아폴론과 히아킨토스

아폴론은 히아킨토스라는 청년을 열정적으로 좋아했다. 그가 운동을 할 때도 함께해 주었고, 고기를 잡으러 갈 때는 그물을 날라 주었으며, 사냥을 갈 때는 사냥개를 이끌어 주었고, 산으로 소풍을 갈 때도 뒤따라가 주었다. 그러느라 자신의 리라며 활조차 등한시했다. 어느 날은 둘이서 원반던지기 놀이를 함께 하고 있었는데, 아폴론은 자기 힘과 기술을 뒤섞어서 원반을 높고도 멀리 날려 보냈다. 원반이 날아가는 모습을 지켜보던 히아킨토스는 운동으로 잔뜩 흥분한 상태에서 원반을 잡으려고 앞으로 달려갔는데, 자기도 던지고 싶어서 안달이 난 까닭이었다. 그런데 원반이 땅에 떨어지자마자 도로 튕겨서 그의 이마에 맞았다. 청년은 기절해서 쓰러졌다. 그와 마찬가지로 안색이 창백해진 신은 히아킨토스를 안아 들었고, 자기 솜씨를 모두 동원해서 상처를 치료하고 꺼져 가는 생명을 유지하려 노력했지만, 아무 소용이 없었다. 상처는 의술의 힘을 넘어서 버렸던 것이다. 정원에 피어난 백합의 줄기를 누군가가 꺾고 나면 꽃이 그 머리를 축 늘어뜨리고 땅 쪽으로 향하는 것처럼, 이 소년의 머리도 마치 자기 목에는 너무 무겁기라도 한 듯 어깨에서 축 늘어져 있었다. 「너는 죽어 가고 있구나, 히아킨토스.」 포이보스[아폴론]가 말했다. 「나 때문에 너의 젊음을 빼앗겼구나. 너의 몫은 고통이며, 나의 몫은 범죄로구나. 내가 너를 대신하여 죽을 수만 있다면! 하지만 그런 일은 가능하지 않으니, 너는 이제부터 기억으로, 그리고 노래로 나와 함께 살아갈 것이다. 내 리라는 너를 기념할 것이며, 내 노래는 너의 운명을 말할 것이며, 너는 내 안타까움이 새겨진 꽃이 될 것이다.」 아폴론이 이렇게 말하는 사이에, 땅 위로 흘러내려 풀을 적시던 피는 더 이상 피가 아니게 되었다. 대신 진홍색보다도 더 아름다운 색깔의 꽃이 피어났는데, 그 모습은 백합과도 유사했으며, 다만 백합은 은백색인데 이 꽃은 자주색이라는 점이 다를 뿐이었다.[50] 포이보스에게는 이것으로 충분하지가 않았지만, 이보다 더 큰 영예를 부여하기 위해서, 그는 그 꽃잎에 자신의 슬픔을 표시하여, 〈아! 아!〉라는 글자를 새겨 놓았는데, 이는 오늘날 우리가 볼 수 있는 것과도 같다. 이 꽃은 히아킨토스[히아신스]라는 이름을 갖게 되었으며, 매년 봄이 돌아올 때마다 그의 운명에 대한 기억을 되살아나게 했다.

전하는 바에 따르면, 제피로스(서풍)도 히아킨토스를 좋아했기 때문에, 이 청년이 자기보다 아폴론을 더 좋아한다는 사실에 질투를 느낀 나머지, 바람을 일으켜 원반이 엉뚱한 방향으로 빗나가게 해서 결국 히아킨토스를 죽게 만들었다고도 한다. 키츠는 「엔디미온」에서 고리 던지기 놀이를 구경하는 사람들을 묘사하면서 이 이야기를 인유한다.

> 아니면 원반 던지는 사람들을 바라보면서,
> 그들은 양쪽 모두에 관심을 집중하고, 히아킨토스의
> 슬픈 죽음을 안타까워할지 모른다. 제피로스의 잔인한
> 숨결이 그를 죽였네. 제피로스는 이를 뉘우쳤으며,
> 포이보스가 하늘에 떠오르기 전에

50 여기 묘사된 꽃은 우리가 흔히 보는 현대의 히아신스와는 분명히 다르다. 이 꽃은 아마도 붓꽃[아이리스]의 한 품종이거나, 또는 제비고깔[델피니움] 또는 팬지였을 것이다(제28장 참고) — 원주.

내리는 비 속에서 그 꽃을 어루만지네.

히아킨토스에 대한 인유는 밀턴의 「리시다스」에서도 나온다.

마치 그 붉은 꽃에 비애를 새겨 놓은 것처럼.

제9장

케익스와 알키오네 또는 호반새

케익스는 테살리아의 왕이었다. 그는 자기 나라를 평화롭게, 그리고 폭력이나 잘못이 없이 다스렸다. 헤스페로스, 즉 〈샛별〉의 아들인 케익스의 아름다움을 본 사람은 누구나 그 아버지를 떠올리게 마련이었다. 그의 아내인 알키오네는 아이올로스의 딸이었으며, 남편을 헌신적으로 사랑했다. 그런데 케익스는 자기 형제를 잃어버린 것 때문에 깊은 고뇌에 사로잡혔으며, 아울러 자기 형제의 죽음에 뒤이은 무서운 조짐들을 보면서, 마치 신들이 유독 그에게 적대적인 것처럼 느끼기에 이르렀다.[51] 따라서 그는 이오니아에 있는 클라로스까지 배를 타고 가서, 그곳에서 아폴론의 신탁을 물어보려고 했다. 하지만 그가 자기 계획을 아내인 알키오네에게 밝히자마자, 전율이 그녀의 몸을 훑고 지나가면서 그녀의 얼굴은 죽은 사람처럼 창백해졌다. 「내가 무슨 잘못을 저질렀기에,

51 불핀치의 책에서는 생략되었지만, 오비디우스의 『변신 이야기』에는 케익스의 형제 다이달리온의 운명이 설명된다. 다이달리온의 딸 키오네는 탁월한 미모로 아폴론과 헤르메스의 사랑을 받았지만, 교만한 발언으로 아르테미스의 저주를 받아 죽고 말았다. 딸의 죽음에 슬퍼하던 다이달리온이 투신자살을 시도하자, 이를 딱하게 여긴 아폴론이 그를 매[鷹]로 변신시켰다.

사랑하는 남편이여, 당신의 애정을 내게서 돌리려 하는 건가요? 이전에만 해도 당신의 생각 속에서도 최우선을 차지했던, 나에 대한 사랑은 어디로 갔나요? 당신은 알키오네가 없어도 마음 편하게 느끼는 법을 터득하기라도 한 건가요? 정말로 나를 멀리하려는 건가요?」 또한 알키오네는 남편의 계획을 단념시키려는 의도에서 바람이 얼마나 격렬한지를 설명했는데, 그 사실은 그녀가 아버지 집에서 살 때부터 누구보다 더 잘 알고 있던 바였다. 아이올로스는 바람의 신이었고, 바람을 억제하기 위해 최대한 노력하고 있었기 때문이다. 「바람이 한꺼번에 밀려오면.」 그녀가 말했다. 「어찌나 격렬한지 그 충돌로 인해 불길이 번쩍이지요. 하지만 당신이 정녕 가겠다면.」 알키오네가 덧붙였다. 「사랑하는 남편이여, 나도 당신과 함께 가게 해주세요. 그러지 않으면 나는 당신이 분명히 만나게 될 진짜 악으로부터 고통을 받는 것뿐 아니라, 내 두려움이 암시하는 악으로부터도 고통을 받을 테니까요.」

이 말이 케익스 왕의 마음을 무겁게 했기에 그 역시 아내를 데리고 함께 떠나고자 하는 마음이 없지 않았지만, 그렇다고 해서 아내까지 바다의 위험에 노출시키는 상황은 차마 감내할 수가 없었다. 따라서 그는 최대한 알키오네를 위로하는 대답을 한 후 다음과 같은 말로 끝을 맺었다. 「약속하리다. 내 아버지인 샛별의 빛에다 걸고서라도, 만약 운명이 허락한다면 나는 달[月]이 그 구체(球體)를 두 번 돌리기 전에 집에 돌아올 것이라고 말이오.」 이렇게 말하고 나서 케익스는 창고에서 배를 꺼내라고, 그리고 노와 돛을 실으라고 명령을 내렸다. 이런 채비를 지켜본 알키오네는 마치 어떤

악(惡)을 예감이라도 한 듯 몸을 부르르 떨었다. 눈물과 울음 속에서 작별을 고하고는 급기야 의식을 잃고 땅에 쓰러져 버렸다.

케익스는 여전히 떠나지 못하고 망설였지만, 이제는 청년들이 노를 집어 들더니 길고 질서 정연하게 잡아당겨 내저으며 기운차게 파도를 헤치고 나아가기 시작했다. 알키오네는 부옇게 흐려진 두 눈을 들었고, 갑판에 서서 자기에게 손을 흔들고 있는 남편의 모습을 바라보았다. 그의 신호에 그녀도 응답했으며, 배가 아주 멀어져서 더 이상은 남편의 모습을 주위 풍경과 구분하지 못할 때까지 그러고 있었다. 그러다가 배가 더 이상은 보이지 않게 되자 알키오네는 돛의 마지막 흔적까지 지켜보려고 눈에 힘을 주었으나, 결국 그것조차도 사라지고 말았다. 이후 그녀는 자기 방으로 들어가서 외로운 침상에 몸을 눕혔다.

그사이 배는 항구를 벗어나 달렸고, 산들바람이 밧줄들 사이에서 노닐었다. 뱃사람들은 노를 젓고 돛을 매만졌다. 예정된 경로의 절반, 또는 절반도 안 되는 거리를 지났을 무렵 밤이 찾아왔다. 바다는 높아진 파도로 인해 새하얗게 변했고, 동풍이 거센 바람을 일으켰다. 지휘관은 돛을 접으라는 명령을 전했지만, 폭풍 때문에 이 명령에 복종할 수가 없었으니, 바람과 파도의 굉음 속에서 그의 명령은 차마 들리지 않았던 까닭이었다. 뱃사람들 역시 저마다 노를 붙잡느라, 배를 강화하느라, 돛을 내리느라 바쁜 상황이었다. 그렇게 이들이 각자 생각하기에 최선이라 여겨지는 행동을 하는 사이 폭풍은 점점 더 심해졌다. 사람들의 고함 소리, 돛대 줄이 덜걱거리는 소리, 파도가 밀려오는 소리가 천둥의 굉음과 한꺼번에 뒤섞였다. 요동치는 바닷물은 마치 하늘까지 치솟는 것처럼, 마치 구름 사이에 거품을 흩뿌리는 것처럼 보였다. 그러다가 바닷물은 바닥까지 낮아지면서 마치 모래톱과도 같은 색깔을 드러냈다. 스틱스[지옥의 강]의 어둠 같은 색깔을.

배는 이런 모든 변화를 공유했다. 마치 야수가 사냥꾼의 창을 향해 달려드는 것만 같았다. 비가 급류처럼 쏟아졌으며, 마치 하늘이 바다와 하나로 합쳐지려고 아래로 내려오는 듯했다. 번개가 잠시 그치자, 이번에는 폭풍으로 인한 어둠에다가 밤이 그 나름의 어둠을 더하는 것처럼 보였다. 그러다가 섬광이 번쩍 하며 어둠을 산산이 흩어 버렸으며, 그 빛으로 만물을 환하게 비추었다. 실력도 소용이 없었고, 사기는 가라앉았으며, 사방에서 몰려오는 파도와 함께 죽음이 밀려오는 것 같았다. 사람들은 공포에 질려 꼼짝하지 못했다. 부모와 친족에 대한 생각이며, 집을 떠날 때 했던 약속들이 이들의 머릿속에 떠올랐다. 케익스는 알키오네를 생각했다. 그의 입술에서는 오로지 그녀의 이름만 흘러나왔고, 한편으로 그녀를 보고 싶어 하면서도, 또 한편으로는 그녀가 여기 없다는 것이 다행이라 여겨졌다. 곧이어 번개가 치면서 돛대가 산산조각 나고 키가 깨졌으며, 어마어마한 너울이 치솟아서 난파선을 내려다보더니, 결국 아래로 내려치며 배를 산산조각 내버렸다. 뱃사람 가운데 일부는 이 충격을 이기지 못하고 물속으로 가라앉아 결국 떠오르지 못했다. 다른 사람들은 난파선의 파편에 매달렸다. 케익스는 한때 홀(笏)을 잡았던 손으로 판자 하나를 붙잡고 자기 아버지와 자기 장인에게 도움을 요청했지만, 아아, 소용이 없었다. 하지만 그의 입술에서 가장 자주 흘러나온 이름은 알키오네였다. 케익스의 생각은 아내에게 매달려 있었다. 그는 파도가 자기 시체를 그녀가 보는 곳으로 데려다주기를, 그리고 자기 시체를 그녀가 거두어서 장례를 치러 주기를 기도했다. 결국 바닷물이 케익스를 뒤덮었고, 그는 물속으로 가라앉고 말았다. 그날 밤은 샛별도 어딘가 빛이 흐려 보였다. 차마 하늘을 떠날 수가 없었기에, 샛별은 자기 얼굴을 구름으로 가려 버렸다.

이런 공포에 관해서는 무지한 상태였던 알키오네는 줄곧 남편이 돌아오기로 약속한 날짜만 세었다. 이제 그녀는 남편이 입을 옷이며, 남편이 도착하면 자기가 입을 옷을 준비했다. 모든 신들에게 자주 향을 피웠으며, 그중에서도 특히 헤라에게 많이 피웠다. 남편은 더 이상 없었지만, 아내는 그를 위해 그치지 않고 기도했다. 남편이 안전하도록 해달라고, 남편이 집에 오도록 해달라고, 남편이 이곳을 떠나 있는 사이에 혹시나 아내보다도 더 사랑하는 누군가를 만나는 일이 없도록 해달라고 기도했다. 하지만 이 모든 기도 중에서도 유일하게 허락될 운명이었던 것은 맨 나중의 기도 하나뿐이었다. 결국 여신도 이미 죽어 버린 사람을 위한 그녀의 간청을, 장례식을 준비해야 마땅할 두 손을 자신의 제단 앞에서 들고 있는 모습을 더 이상 가만히 보고 있을 수가 없었다. 그리하여 헤라는 이리스를 불러서 말했다. 「이리스, 내 성실한 심부름꾼아, 저 졸음을 일으키는 힙노스의 거처에 가서 그에게 전하거라. 케익스의 모습으로 알키오네에게 환상을 보내라고, 그리하여 그에게 벌어진 사건을 그녀에게 알리라고.」

이리스는 여러 가지 색깔로 이루어진 자기 예복을 걸치고,

자신의 무지개로 하늘을 물들이면서 〈잠의 왕〉의 궁전을 찾아 나섰다. 킴메르인의 나라 인근의 어느 산에는 동굴이 있었는데, 그것이 바로 잠에 취해 굼뜬 신 힙노스의 거처였다. 이곳은 포이보스도 감히 찾아오지 않는 곳이었으니, 일출에나 정오에나 일몰에나 매한가지였다. 땅은 구름과 그늘을 내뱉었고, 빛은 희미하게 가물거렸다. 이곳에서만큼은 머리에 장식용 깃털을 단 새벽의 새들도 에오스[새벽]를 큰 소리로 부르는 법이 없었고, 망을 잘 보는 개라든지 그보다 더 똑똑한 거위조차도 침묵을 방해하는 법이 없었다. 그 어떤 야수도, 그 어떤 가축도, 심지어 그 어떤 나뭇가지도(왜냐하면 바람에 흔들리는 법이 없었으니까), 그 어떤 인간의 대화도 그 정적을 깨뜨리지 않았다. 그곳은 적막이 지배했다. 다만 그곳의 바위 밑바닥에서부터 레테강이 흘러나왔으며, 그 중얼거리는 듯한 물소리는 잠을 불러왔다. 동굴의 문 앞에는 양귀비가 무성하게 자라나 있었고 다른 약초들도 많았으니, 〈밤〉은 그 즙에서 추출한 졸음을 어두워진 땅 위에 흩뿌리는 것이었다.[52] 그곳에는 저택으로 들어가는 문이 없었고, 문경첩이 삐걱대는 소리도 없었으며, 파수꾼도 없었다. 저택 한가운데에는 검은 흑단으로 만든 침상이 놓여 있었고, 검은색 깃털과 검은색 커튼으로 장식되어 있었다. 그곳에는 꿈의 신이 누워서 사지를 편안하게 뻗고 잠들어 있었다. 그 주위로는 여러 가지 꿈들이 누워 있었는데, 그 모습은 정말 가지각색이었으며 그 숫자는 마치 수확 때에 나오는 지푸라기처럼, 또는 숲의 나뭇잎처럼, 또는 바닷가의 모래알처럼 많았다.

52 양귀비는 진통 및 진정 효과가 있어서 아편의 원료가 된다.

여신이 안으로 들어서서 주위를 에워싸는 꿈들을 치워 버리자, 그녀의 밝은 빛이 동굴 전체를 밝혔다. 꿈의 신은 두 눈을 거의 뜨지도 않은 채로, 때때로 자기 턱수염을 자기 가슴팍에 떨어뜨리다가 결국 몸을 흔들어 정신을 수습한 다음, 한쪽 팔을 받치고 누운 채 그녀에게 용건을 물었다. 왜냐하면 그녀가 누구인지는 이미 알았기 때문이었다. 그녀는 대답했다. 「힙노스, 신들 중에서도 가장 온화한 이여, 정신의 진정제이며 근심과 걱정에 사로잡힌 마음의 위로자여. 헤라께서 당신에게 명령하셨소. 트라킨이라는 도시에 사는 알키오네의 꿈에 찾아가서, 죽은 남편과 난파에 관한 모든 사건을 그녀에게 알리라고 말이오.」

이리스는 용무를 마치자마자 서둘러 그곳에서 나왔으니, 답답하게 고여 있는 공기를 더 이상은 견딜 수 없었기 때문이고, 또한 졸음이 자신에게 기어오르는 것을 느꼈기 때문이었다. 그녀는 이곳을 도망쳐 나와서 무지개를 타고 자기가 온 곳으로 돌아갔다. 곧이어 힙노스는 자신의 여러 아들 가운데 하나인 모르페우스를 불렀으니, 그는 모습을 흉내 내는 일에서는 물론이고 걸음걸이와 얼굴과 말투에다 심지어 각 사람의 특징적인 옷차림과 태도까지도 모방하는 일에서는 최고 전문가였다. 하지만 모르페우스는 오로지 인간만 모방했으며, 새와 짐승과 뱀의 모습으로 변하는 일은 또 다른 능력자에게 맡겨 두었다. 그의 이름은 이켈로스였다. 판타소스는 이런 능력자로는 세 번째였으며, 바위와 물과 나무 같은 생명이 없는 사물로 변신할 수 있었다. 다만 이들은 왕과 명사가 잠들 때에만 나타났으며, 일반인이 잠들면 나타나는 자들은 따로 있었다. 힙노스는 자기 아들들인 이들 삼

형제 가운데 모르페우스를 골라서 이리스의 명령을 실행하도록 했다. 그런 다음에는 자기 머리를 베개에 내려놓고 다시 기분 좋은 잠에 빠져들었다.

모르페우스는 하늘을 날았지만, 날개에서는 아무런 소리도 나지 않았다. 그는 곧이어 하이모니아의 도시에 도착했고, 그곳에서 자기 날개를 옆으로 치워 두고 케익스의 모습을 취했다. 그 모습을 취하고서, 죽은 사람처럼 창백하고 벌거벗은 채로, 불쌍한 여인의 침상 앞에 섰다. 턱수염은 물에 흠뻑 젖은 것처럼 보였고, 물에 빠진 머리 타래에서는 물이 뚝뚝 떨어졌다. 침대 위로 몸을 굽히고 두 눈에서 눈물을 흘리는 채로 모르페우스는 이렇게 말했다. 「당신의 케익스를 알아보겠는가, 불행한 아내여, 아니면 죽음이 내 용모를 너무 심하게 바꿔 놓았는가? 나를 바라보시오, 나를 알아보시오, 당신 남편 자신이 아니라, 당신 남편의 망령을. 당신의 기도조차도, 알키오네, 내게는 아무 소용이 없었소. 나는 죽었소. 더 이상은 내가 돌아올 것이라는 헛된 희망으로 당신 자신을 기만하지 마시오. 폭풍 같은 바람이 내 배를 아이가이오[에게]해에서 침몰시켰고, 당신의 이름을 크게 부르는 내 입을 파도가 덮어 버렸소. 그 어떤 불확실한 심부름꾼도 당신에게 이 사실을 말하지 못했고, 그 어떤 모호한 소문도 이 사실을 당신의 귀에 가져다주지 못했소. 그래서 내가, 이 난파당한 자가, 직접 와서 내 운명을 당신에게 전해 주는 거요. 일어나시오! 내게 눈물을 뿌려 주시오. 내게 통곡을 건네주시오. 나를 울지 않고 타르타로스로 내려가게 해주시오.」 이 말을 하면서 모르페우스가 낸 목소리는 그녀의 남편의 목소리와 같았다. 마치 진짜 눈물을 흘리는 것처럼 보였다. 두 손은 케익스의 몸짓을 표현하고 있었다.

알키오네는 울음을 터뜨리고 신음을 내뱉으며 잠결에 양팔을 내뻗어서 남편의 몸을 끌어안으려 애썼지만, 오로지 허공만을 움켜쥐었을 뿐이었다. 「기다려요!」 그녀가 외쳤다. 「어디로 날아가려는 건가요? 우리 함께 가도록 해요.」 자기 목소리에 놀라 알키오네는 잠에서 깨어났다. 자리에서 일어난 그녀는 열심히 주위를 둘러보며, 그가 아직도 여기 있는지 확인해 보았다. 알키오네의 외침에 놀란 하인들이 불을 켜들고 달려왔다. 그녀는 산발이 되는데도 아랑곳없이, 그저 미친 듯 머리카락을 잡아 뜯을 뿐이었다. 유모가 달려와서 이런 슬픔의 원인이 무엇인지 물었다. 「알키오네는 이제 더 이상 없어요.」 그녀가 대답했다. 「그녀는 남편 케익스와 함께 죽었기 때문이에요. 위로의 말은 건네지도 말아요. 그는 난파당해 죽었으니까. 나는 그를 봤어요. 나는 그를 알아보았어요. 나는 그를 붙들어서 잡아 두려고 손을 뻗었어요. 그의 망령은 사라졌지만, 그건 정말로 내 남편의 망령이었어요. 내게 친숙하던 용모를 지니지는 않았고, 원래의 아름다움을 지니지도 않았지만, 그래도 창백하고 벌거벗은, 온통 바닷물에 젖은 머리카락을 하고서, 이 불쌍한 내 앞에 나타났어요. 여기, 바로 이 장소에서, 그 슬픈 환영이 서 있었어요.」 그러면서 그녀는 그의 발자국 흔적을 찾아보았다. 「바로 이거였어요. 나를 떠나지 말라고, 파도에 몸을 맡기지 말라고 내가 그에게 애원했을 때, 뭔가를 예감한 내 마음이 암시했던 것 말이에요. 오, 당신이 떠난 이후로, 차라리 나도 함께 데려가 주었으면 하고 내가 얼마나 원망했던지! 그랬다면 훨씬 더 나았을 텐데. 그랬다면 나는 앞으로 남은 삶을 당신 없이 보내야 하지도 않았을 테고, 당신과는 별개의 죽음을 맞이하지 않아도 되었을 텐데. 설령 내가 간신히 살아남고 애써 버틸 수 있다 하더라도, 나는 나 자신에게 잔인하게 굴 수밖에 없을 거예요. 심지어 저 바다가 내게 잔인하게 굴었던 것보다 더하게요. 나는 당신과 떨어지지 않을 거예요, 불운한 남편이여. 이번에는 최소한 내가 계속 당신의 동반자가 될 거예요. 죽음을 맞이하여, 설령 하나의 무덤에 우리가 나란히 들어가지 못한다 하더라도, 최소한 하나의 묘비가 세워지기는 할 거예요. 설령 나의 재를 당신의 재와 나란히 놓지는 못한다 하더라도, 최소한 내 이름은 당신의 이름과 나란히 놓을 것이며, 결코 헤어지지 않을 거예요.」 그녀는 슬픔으로 더 말을 잇지 못했으며, 이 말조차도 눈물과 울음으로 종종 끊어지며 나온 것이었다.

이제는 아침이 되어 있었다. 알키오네는 바닷가로 가서, 남편이 떠날 때 자기가 그를 마지막으로 보았던 장소에 섰다. 「이곳에서 망설이는 동안, 삭구를 던지는 동안, 그는 내게 마지막 입맞춤을 해주었지.」 그녀가 온갖 물체를 샅샅이 훑어보며 온갖 일들을 회상하려 애쓰는 사이, 바다 저 멀리, 뭔지 알 수 없는 물체가 물 위에 떠 있는 모습이 눈에 들어왔다. 처음에는 알키오네도 그게 뭔지 알 수 없었지만, 점차 파도가 그 물체를 가까이 끌고 오자 어떤 사람의 시신인 것이 분명해졌다. 비록 누구의 시신인지까지는 몰랐지만, 그래도 난파를 당한 누군가의 시신일 것이었기에, 그녀는 크게 감동한 나머지 눈물을 흘리며 말했다. 「아아, 불운한 자여, 그리고 혹시나 당신에게도 아내가 있었다면, 아아, 불운한 아내여!」 시신은 파도에 떠밀려 더 가까이 다가왔다. 시신을 점점 더 가까이서 바라보게 되자, 알키오네의 몸은 점점 더 떨렸다. 이제, 이제는 시신이 바닷가에 도달했다. 이제 그녀가 알아볼 수 있는 흔적이 나타났다. 그 시신은 바로 그녀의 남편이었던 것이다! 떨리는 손을 시신에게 뻗으며 그녀는 외쳤다. 「오, 내가 가장 사랑하는 남편이여, 결국 당신은 나에게 돌아온 건가요?」

마침 그 바닷가에는 방파제가 하나 만들어져 있었는데, 바다의 강습을 막아 격렬한 진입을 차단하기 위해 건설된 것이었다. 알키오네는 이 방파제로 뛰어오르더니 하늘로 몸을 날렸고(그녀가 그럴 수 있었다니, 정말로 놀랍지 않은가), 그 즉시 생겨난 날개를 가지고 허공을 치면서, 불행한 새가 되어 수면을 따라 미끄러지듯 날아갔다. 그녀가 날아가는 동안 목구멍에서는 슬픔이 가득한 소리가 터져 나왔고, 마치 누군가가 곡하는 소리처럼 들렸다. 알키오네는 말도 없고 혈색도 없는 시신에 내려앉더니, 사랑하는 이의 팔다리를 새로 생겨난 자기 날개로 감싸 안고는, 뾰족한 자기 부리로 입을 맞추려 시도했다. 그 모습을 지켜보던 사람들의 눈에는 (케익스가 그 입맞춤을 느낀 것인지, 아니면 파도의 움직임에 불과한 것인지는 모르겠다고 의구심을 품었지만) 갑자기 시신이 제 머리를 들어 올리는 것처럼 보였다. 하지만 실제로 그는 입맞춤을 느낀 것이었으며, 이들을 동정한 신들 덕분에 두 사람 모두 새로 변하게 되었다. 이들은 짝짓기를 해서 새끼 새들을 낳았다. 겨울이면 이레의 평온한 날 동안 알키오네는 둥지에서 알을 품었는데, 그 둥지는 바다 위를 둥둥 떠다녔다. 그 둥지가 떠다니는 길은 뱃사람들에게도 안전한 길이었다. 아이올로스가 바람을 인도하여 깊은 물을 뒤흔들지 않도록 막아 주었기 때문이다. 그리고 이때만큼은 바다도 그 신의 손자 손녀들을 위해 양보해 주었기 때문이다.

바이런의 「아비도스의 신부」에 나오는 다음과 같은 시행은 어쩌면 이 이야기의 마지막 부분에서 소재를 차용한 것인지도 모른다. 적어도 저자가 물에 떠 있는 시신의 움직임을 직접 관찰함으로써 이런 발상을 얻었다고 말한 적이 없다고 한다면 말이다.

> 잠들지 못해 베개 위에서 뒤척이듯,
> 그의 머리는 들썩이는 물결과 함께 들썩였네.
> 그 손의 움직임에는 생명이 들어 있지 않으나
> 미약하게나마 움직이려 애쓰는 듯 보였네.
> 솟구치는 물결에 의해 높이 내던져졌다가
> 파도와 함께 수평을 이루며

밀턴은 「성탄절 아침에 부치는 찬가」에서 알키오네의 전설을 인유했다.

> 하지만 밤은 평화로웠고,
> 그곳에서 번개 군주는 지상에 대한
> 자신의 평화로운 통치를 시작했다.
> 놀란 침묵을 머금은 바람은
> 부드럽게 물에 입을 맞추면서
> 잔잔한 대양에게 새로운 기쁨을 속삭였다.
> 마법 걸린 파도 위에서 새들이 차분히 알을 품는 동안,

이제는 날뛰기를 완전히 잊어버린 대양에게.

키츠 역시 「엔디미온」에서 이렇게 말했다.

오, 마법의 잠이여! 오, 편안한 새여,
들썩이는 마음의 바다 위에서 알을 품으며
물결이 잦아들고 잔잔해지기를 기다리는.

제10장
베르툼누스와 포모나

하마드리아데스는 나무의 님프를 말한다. 포모나는 그중 하나였으며, 정원에 대한 사랑과 과일의 재배에 관해서라면 어느 누구도 감히 뛰어넘지 못할 정도로 뛰어났다. 그녀는 숲과 강에 대해서는 관심이 없었고, 대신 경작 중인 시골이나 맛있는 사과가 열린 나무 같은 것을 좋아했다. 포모나가 오른손에 들고 있는 무기는 투창이 아니라 가지 치는 칼이었다. 이 무기를 가지고 그녀는 바쁘게 일했으니, 어떤 때에는 너무 자라난 가지를 억누르고, 제멋대로 뻗어 나간 가지를 잘라 주었다. 또 어떤 때에는 잔가지를 쪼개고 접가지를 꽂아 넣어서, 그 나뭇가지가 제 것이 아닌 아기를 받아들이도록 했다. 자기가 좋아하는 나무들이 가뭄에 고생하지 않도록 신경을 써서, 개울을 끌어와서 목마른 뿌리가 물을 마실 수 있게 해주었다. 이런 일은 포모나의 목표이자 열정이었다. 이런 와중에 그녀는 아프로디테가 고취시키는 일로부터는 멀어져 있었다. 포모나는 시골 사람들에 대한 두려움이 없지 않아서 자기 과수원을 늘 걸어 잠그고 있었으며, 남자라면 누구도 들어오지 못하게 하고 있었다. 그녀를 얻기 위해서라면 자기가 가진 것을 모조리 내놓을 의향을 지닌 파우누스와 사티로스도 많았으니, 그 나이에 비해서는 젊어 보이는 늙은 실바누스도 그러했고, 머리에 솔잎 화환을 쓰고 있는 판도 그러했다. 하지만 그중에서도 포모나를 가장 사랑하는 자는 베르툼누스였다. 하지만 그 역시 다른 남자들보다 더 유리할 것은 없었다. 그가 수확 일꾼으로 변장한 채 밀을 바구니에 담아 그녀에게 건네어 주면서, 수확 일꾼의 모습을 똑같이 연기한 적은, 오, 얼마나 많았던가! 건초 띠를 허리에 두른 상태였으니, 누가 보더라도 방금 건초를 뒤집고 오는 길인 사람으로 생각했을 것이다. 때때로 그는 소몰이 막대를 한 손에 들고 있었으니, 누가 보더라도 방금 지친 소들의 멍에를 풀어 주고 왔으리라 생각될 정도였다. 때로는 가지 치는 낫을 들고서 포도원 일꾼으로 가장했다. 때로는 사다리를 어깨에 매고 사과를 따러 가는 사람인 척했다. 때로는 제대하는 군인인 척하고 터벅터벅 걸어왔고, 낚싯대를 메고 낚시를 하러 가는 척하기도 했다. 이런 식으로 그는 거듭해서 포모나에게 다가갈 명분을 얻었으며, 그녀의 모습을 보면서 자신의 열정을 만족시켰다.

어느 날 베르툼누스는 늙은 여인의 모습을 가장하고 찾아왔으니, 반백의 머리카락 위에 모자를 쓰고 한 손에는 지팡이를 든 상태였다. 그는 과수원으로 들어서면서 과일을 칭찬했다. 「자랑할 만한 과일이군요, 아가씨.」 노인은 이렇게 말하며 포모나에게 입을 맞추었는데, 그건 늙은 여인이 흔히 건넬 만한 입맞춤과 똑같지는 않았다. 베르툼누스는 둔덕에 앉더니, 열매를 달고 자기 위에 늘어진 나뭇가지를 올려다보았다. 맞은편에 있는 느릅나무에는 부풀어 오르는 포도송이를 달고 있는 포도덩굴이 뒤얽혀 있었다. 노인은 그 나무와 거기 뒤얽힌 포도덩굴을 나란히 칭찬했다. 「하지만.」 그가 말했다. 「만약 저 나무가 혼자 서 있고, 포도덩굴이 거기 달라붙지 않았다면, 우리를 매료시키거나 우리에게 제공할 것이라곤 전혀 없는, 단지 쓸모없는 나뭇잎뿐일 거예요. 포도덩굴도 마찬가지라서, 만약 저 느릅나무와 뒤얽히지 않았더라면, 그냥 땅에 쓰러져 있었을 거예요. 당신은 왜 저 나무와 덩굴에게서 교훈을 얻어, 다른 누군가와 결합하는 것에 동의하지 않는 건가요? 나는 당신이 그랬으면 해요. 헬레네라 해도 구혼자가 당신보다 더 많지는 않았고, 저 약삭빠른 오디세우스의 아내인 페넬로페도 마찬가지였어요. 당신이 구혼자들을 거절하고 있는 동안에도 그들은 당신에게 구애하고 있어요. 시골의 신들을 비롯해서, 이 산에 자주 나타나는 온갖 종류의 다른 신들도 마찬가지예요. 하지만 만약 당신이 신중하고자 한다면, 그리고 좋은 동맹자를 얻고자 한다면, 그리고 늙은 여인이 당신에게 주는 충고를 허락한다면(나로 말하자면 당신이 생각하는 것보다 훨씬 더 당신을 사랑하는 사람이니까) 다른 나머지는 모두 무시하고, 베르툼누스를 받아들이도록 하세요. 내가 추천하는 자이니까요. 나는 그를 알고 있고, 그도 나를 알고 있죠. 그는 떠돌이 신이 아니라 이 산에 속한 자예요. 그는 오늘날 너무나도 흔히 찾아볼 수 있는 부류의 연인이 아니에요. 즉 우연히 만난 아무라도 사랑하는 부류의 연인이 아니라는 거예요. 그는 당신을, 오로지 당신만을 사랑한답니다. 뿐만 아니라 그는 젊고 잘생겼으며, 무엇이든 자기가 원하는 모습으로 변할 수 있는 기술을 갖고 있어서, 당신이 명령하는 그 무엇으로라도 자기 모습을 바꿀 수 있어요. 게다가 그는 당신이 사랑하는 것, 즉 정원 일의 기쁨을 똑같이 사랑하고, 당신의 사과들을 감탄해 마지않으며 다루지요. 하지만 〈지금〉 그는 과일이건 꽃이건, 다른 무엇에건 관심이 없고, 오로지 당신에게만 관심이 있어요. 그를 불쌍히 여기면서, 지금 그가 내 입을 통해 말한다고 상상해 보세요. 신들은 잔인함을 처벌하신다는 것을, 아프로디테는 완고한 마음을 미워하신다는 것을, 그리고 머지않아 그런 위반 행위를 제재하신다는 것을 기억하세요. 이 사실을 입증하기 위해 제가 한 가지 이야기를 해드리죠. 이건 키프로스에서 사실로 잘 알려진 이야기에요. 이 이야기가 당신을 더 자비롭게 만드는 효과를 발휘했으면 좋겠군요.

이피스는 출신이 비천한 청년이었는데, 테우크로스라는 유서 깊은 가문의 귀족 여성인 아낙사레테를 보고 사랑하게 되었지요. 오랫동안 열정을 억누르려 애썼지만 결국 굴복시킬 수 없음을 깨닫자, 그는 탄원자의 입장으로 그녀의 저택을 찾아갔지요. 우선 이피스는 자기 열정을 그녀의 유모에게 털어놓고, 사랑하는 당신의 양녀가 그의 구애를 받아들이도록 해달라고 간청했지요. 그런 다음에 그는 그녀의 하인들을 자기편으로 끌어들이려 노력했구요. 때로는 석판에 맹세를 적어 놓기도 했고, 종종 자기 눈물로 축축해진 화환을 그녀의 문에 걸어 놓기도 했지요. 또 때로는 그녀의 집 문지방에 가로누워서, 잔인한 빗장과 걸쇠에 불평을 내뱉기도 했어요. 그런데 아낙사레테는 11월의 질풍에 일어나는 너울보다도 더 무심했어요. 또 게르만족이 주조하는 강철보다도, 또는 그곳의 자연 절벽에 여전히 매달려 있는 돌덩이보다도 더 단단했지요. 그녀는 그를 조롱하고 비웃었으며, 가뜩이나 친절하지 못한 대우에다가 잔인한 말까지도 덧붙이면서, 희망의 빛이라고는 털끝만큼도 비추지 않았어요.

이피스는 가망 없는 사랑의 고통을 더 이상 견딜 수 없었던 나머지, 그녀의 집 문 앞에 서서 다음과 같이 말했어요. 〈아낙사레테, 당신이 이겼소. 그러니 더 이상은 내 재촉을 견딜 필요가 없을 거요. 당신의 승리를 즐기시오! 기쁨의 노래를 부르고, 당신의 이마에 월계관을 쓰시오. 당신은 이겼으니까! 나는 죽어요. 돌덩이 같은 마음이여, 기뻐하시오! 최소한 이것만큼은 내가 당신을 기쁘게 만드는 일이며, 당신이 나를 칭찬하지 않을 수 없게 만드는 일이니까. 그리하여 나는 당신을 향한 내 사랑이 내게서 목숨마저 남겨 놓지 않았음을 입증할 수 있으니까. 또한 내 죽음을 당신이 소문으로만 듣게 하지는 않을 테니까. 내가 직접 왔으니, 당신은 내가 죽는 것을 보게 될 것이고, 당신의 눈이 이 장관으로 호강하게 될 거요. 하지만, 오, 당신들, 신이시여, 필멸자의 비애를 굽어 살피시는 분들이여, 내 운명도 살펴 주소서! 당신들께 오로지 이것만 바라나이다. 제가 다가올 시대에도 기억되게 하시고, 당신들께서 빼앗아 가시는 이 햇수를 저의 명성에 더해 주소서.〉 이피스는 이렇게 말하더니, 창백한 얼굴로 돌아서서, 눈물을 흘리는 두 눈으로 아낙사레테의 저택을 바라보면서, 자기가 종종 꽃다발을 걸어 두었던 문기둥에 밧줄을 걸고 올가미에 머리를 집어넣은 다음, 이렇게 중얼거렸지요. 〈이 꽃다발만큼은 최소한 당신을 즐겁게 할 거요, 잔인한 처녀여!〉 그러더니 그는 목이 부러진 채 밧줄에 매달려 몸이 축 늘어졌지요. 이피스의 몸이 떨어지면서 정문에 부딪친 순간, 거기서 난 소리는 마치 신음 소리처럼 들렸죠. 하인들은 문을 열고 그가 죽은 것을 발견했고, 안타까워 외치면서 시신을 들고 그의 집으로 데려갔지요. 집에는 이피스의 어머니만 계셨는데, 그의 아버지는 살아 계시지 않기 때문이었죠. 어머니는 아들의 시신을 맞이하고 싸늘해진 형체를 자기 가슴에 끌어안고, 자녀를 잃은 어머니들이 내뱉는 슬픈 말들을 주워섬겼지요. 애처로운 장례식이 도시를 가로질러 갔고, 창백한 시신은 들것에 실려 장례식 장작더미가 있는 곳까지 운반되었지요. 마침 아낙사레테의 집은 장례 행렬이 지나가는 거리에 자리 잡고 있어서, 조문객의 곡소리가 그녀의 귀에도 들리게 되었어요. 복수하는 신들은 이미 아낙사레테에게 처벌의 낙인을 찍은 상태였지요.

〈이 슬픈 장례 행렬을 구경해야지.〉 그녀는 이렇게 말하며 탑 위에 올라갔고, 그곳에서 열린 창문을 통해 장례식을 내려다보았어요. 아낙사레테의 두 눈이 들것에 누워 있는 이피스의 형체에 머문 바로 그 순간, 그녀의 두 눈은 뻣뻣해지기 시작했고, 그녀의 몸에 들어 있는 따뜻한 피는 차가워졌어요. 뒤로 물러나려고 애를 썼지만, 아낙사레테는 차마 다리를 움직일 수 없다는 걸 깨달았어요. 고개를 돌리려 노력했지만, 그녀의 노력은 소용이 없었지요. 점차 그녀의 팔다리도 그녀의 마음처럼 돌덩이가 되어 버렸어요. 이게 사실이란 것을 의심하지 말아요. 그 조상(彫像)은 아직도 남아 있고, 살라미스에 있는 아프로디테의 신전에 세워져 있으며, 귀부인의 모습을 그대로 간직하고 있으니까요. 이제 이 일들을 생각해 보세요, 아가씨, 그리고 당신의 비웃음과 당신의 늑장을 옆으로 밀어 두고, 연인을 받아들이세요. 그래야만 봄의 서리가 당신의 어린 열매를 마르게 하지도 않고, 격렬한 바람이 당신의 꽃을 흩어 놓지도 않을 테니까요!」

여기까지 말을 하고 나서 베르툼누스는 늙은 여인의 변장을 벗어 던지고, 자신의 원래 모습인 잘생긴 청년으로 그녀의 앞에 섰다. 포모나가 보기에는 마치 해가 구름을 뚫고 나타난 것만 같았다. 그는 기꺼이 다시 한번 애원을 할 수 있었겠지만, 이제는 굳이 그럴 필요가 없었다. 베르툼누스가 펼친 논리며, 그리고 진짜 모습을 드러낸 것이 효과를 발휘하여 이제는 더 이상 님프도 저항하지 않았으며, 오히려 서로를 향한 사랑의 불길을 품게 되었다.

포모나는 특히 사과 과수원의 수호 여신이었고, 이런 사실은 무운시(無韻詩) 형식으로 사과술에 관한 시를 쓴 필립스[53]가 언급하기도 했다. 톰슨[54]도 연작시 「계절」에서 필립스를 인유했다.

> 필립스, 포모나의 시인이여,
> 훌륭하게도 감히, 운(韻)에서 자유로운 시로
> 영국인의 자유를 갖고, 영국인의 노래를 부른.

하지만 포모나는 다른 과일도 주관하는 것으로 여겨졌고, 톰슨 역시 이런 사실을 언급했다.

53 John Phillips(1676~1709). 영국의 시인. 베르길리우스의 「농경시」를 모방한 대표작 「사과술」(1708)에서 사과의 재배와 사과술 제조 과정을 자세히 묘사했다.

54 James Thomson(1700~1748). 영국(스코틀랜드)의 시인.

나를 데려가 주오, 포모나, 당신의 감귤 과수원으로,
그곳에는 레몬색과 찌르는 듯한 라임색,
그윽한 오렌지색이 함께 초록 속에서 빛을 발하며
더 밝은 광채가 뒤섞이네. 나를 눕게 해주오.
산들바람의 부채질에, 열을 식혀 주는 그 과일을
흔들어 대는 가지 벌린 타마린드 아래.

제11장
에로스와 프시케

어느 왕과 왕비에게 딸이 셋 있었다. 그중 두 언니의 미모도 평범한 수준을 뛰어넘었지만, 막내 프시케의 미모는 어찌나 놀라운지 언어의 빈곤 때문에라도 거기에 어울리는 칭찬을 차마 표현할 수 없을 지경이었다. 그녀의 아름다움에 대한 명성이 워낙 컸기 때문에 그 광경을 즐기려고 이웃의 여러 나라에서 이방인들이 몰려왔으며, 사람들은 그녀를 바라보고 감탄한 나머지 오로지 아프로디테에게 바쳐야 마땅한 경의를 그녀에게 바치고 말았다. 급기야 아프로디테는 자기 제단은 텅 비어 있는 반면 인간들이 이 젊은 처녀에게 헌신하는 것을 발견했다. 프시케가 걸어가면 사람들은 찬가를 부르면서 그녀가 가는 길에 화관과 꽃을 흩뿌렸다.

오로지 불멸의 권능자에게만 바쳐져야 마땅한 경의가 졸지에 전도되어 필멸자를 떠받드는 일에 사용된다는 사실에 아프로디테는 크나큰 불쾌감을 느꼈다. 그녀는 분개한 나머지 그녀의 향기로운 머리 타래를 흔들며 외쳤다. 「그렇다면 필멸자인 계집아이 때문에 내 명예가 실추되어야 한다는 거냐? 그렇다면 제우스가 직접 승인한 판정을 내린 왕족 출신

목자[55]의 행동도 헛것이었던 셈이로군. 그는 내 저명한 경쟁자인 팔라스[아테나]와 헤라 대신에 바로 나에게 아름다움의 영예를 건네주었으니까. 하지만 그 계집아이가 이처럼 손쉽게 내 명예를 찬탈하는 일은 없을 거야. 그토록 주제넘은 아름다움을 가진 것을 그 계집아이가 후회하지 않을 수 없는 이유를 만들어 줄 테니까.」

그리하여 여신은 날개 달린 자기 아들 에로스를 부른 다음, 자기 불만을 늘어놓음으로써 그 본성부터가 충분히 장난기 넘치는 아들을 더욱 흥분하고 분노하게 만들었다. 그녀는 프시케를 손으로 가리켜 보이며 아들에게 말했다. 「내 사랑하는 아들아, 저 오만하게 아름다운 것을 처벌하도록 해라. 저것이 받는 타격이 큰 만큼 달콤한 복수를 네 어머니에게 가져와라. 저 건방진 계집아이의 가슴에 뭔가 저급하고 비열하고 가치 없는 존재에 대한 열정을 불어넣어서, 지금 느끼는 환희와 승리만큼이나 커다란 치욕 속으로 뛰어들게 해라.」

에로스는 어머니의 명령에 복종할 채비에 나섰다. 아프로디테의 정원에는 두 개의 샘이 있었는데, 하나는 달콤한 물이 솟았고, 또 하나는 씁쓸한 물이 솟았다. 에로스는 호박 물병 두 개를 꺼내 한 샘에서 한 병씩 물을 채운 다음, 그 병들을 자기 화살통 꼭대기에 매달고 프시케의 방으로 달려가서, 그녀가 잠들어 있는 것을 확인했다. 그는 씁쓸한 샘에서 퍼온 물을 처녀의 입술에 몇 방울 떨어뜨렸는데, 막상 상대방의 모습을 보자 동정심이 치밀어 자칫 마음이 움직일 뻔했다. 곧이어 에로스는 자기 화살촉으로 그녀의 옆구리를 건드

55 트로이아의 왕자 파리스를 말한다(제27장 참고).

렸다. 순간 그녀는 잠에서 깨었고, 눈을 떠서 에로스를 바라보았는데, (물론 인간의 눈에는 신이 보이지 않았지만) 에로스는 이에 어찌나 놀랐던지 당황한 나머지 자기 화살에 자기가 상처를 입고 말았다. 그러나 상처에는 관심도 없이 그의 온 생각은 이제 자기가 저지른 잘못을 바로잡는 데에 쏠렸으며, 급기야 향기로운 기쁨의 액체를 그녀의 비단 같은 고수머리 전체에 뿌려 주고 말았다.

아프로디테가 눈살을 찌푸리게 된 이후로 프시케는 자기의 모든 매력으로부터 아무런 이득도 얻지 못하게 되었다. 실제로 모두의 눈은 열성적으로 그녀를 주시했으며, 모두의 입은 그녀를 예찬했다. 하지만 외국의 왕도, 왕궁의 젊은이도, 심지어 평민조차도 그녀에게 청혼을 하며 나서지는 않았다. 언니 두 명은 매력이 덜한데도 오래전에 저마다 왕족과 결혼한 상태였다. 하지만 프시케는 자기만의 외로운 거처에서, 자기만의 고독을 한탄하며, 칭찬은 무수히 낳았지만 정작 사랑을 일깨우는 데에는 실패한 자신의 미모에 신물이 나 있었다.

그녀의 부모는 혹시나 자기들도 모르는 사이에 신들의 분노를 일으키지 않았나 두려운 나머지 아폴론의 신탁을 구해서 다음과 같은 답변을 얻었다. 「그 처녀는 필멸자가 아닌 연인의 신부가 될 운명이다. 미래에 그녀의 남편이 될 자가 산꼭대기에서 기다리고 있다. 그는 괴물이며, 신이나 인간이나 감히 그의 뜻을 거역할 수는 없다.」

신탁의 이 무서운 판결을 듣자 모두 당혹감이 가득했으며, 그녀의 부모는 슬픔에 몸을 내맡겨 버렸다. 하지만 프시케는 말했다. 「어째서입니까, 사랑하는 부모님이여, 어째서 이제 와서야 저를 위해 슬퍼하십니까? 당신들께서는 차라리 사람들이 어울리지도 않은 명예를 저에게 퍼부어 주었을 때에, 그리고 누군가가 저를 아프로디테라고 불렀을 때에 슬퍼하셨어야 했습니다. 이제 저는 바로 그런 호칭의 희생자가 되었음을 깨달았습니다. 저는 이 운명에 따르렵니다. 저의 불행한 운명이 예정되어 있는 그 바위로 저를 데려가 주세요.」 결국 모든 준비가 갖춰지자 왕녀는 행차를 위해 자리를 잡았는데, 사실 그것은 혼인을 위한 행차라기보다는 오히려 장례를 위한 행차와 더 닮아 있었다. 사람들의 통곡 속에서 그녀는 부모와 함께 산에 올랐으며, 일행은 그녀를 꼭대기에 남겨 놓고 슬픈 마음으로 집으로 돌아가 버렸다.

프시케가 산등성이에 서서 두려움에 숨을 헐떡이고 두 눈에 눈물이 가득해 있자니, 부드러운 제피로스[서풍]가 그녀를 땅에서 번쩍 들어 꽃이 우거진 골짜기에 가뿐하게 내려놓았다. 점차 마음도 안정되어서 그녀는 풀이 우거진 둔덕에 누워 잠을 잤다. 잠 덕분에 원기를 회복하고 일어난 프시케는 주위를 둘러보다가, 가까운 곳에 키가 크고 위풍당당한 나무들이 늘어선 쾌적한 숲을 하나 발견했다. 그녀는 숲으로 들어갔고 그 한가운데에서 샘을 하나 발견했는데, 그곳에서 깨끗하고 맑은 물이 흘러나왔다. 그곳을 지나자 웅장한 궁전이 하나 나왔는데, 그 당당한 외관을 본 사람이라면 저것이야말로 필멸자의 손이 빚어낸 작품은 아니며, 어떤 신의 행복한 쉼터라는 인상을 받을 정도였다. 감탄과 놀라움에 이끌린 나머지 프시케는 건물로 다가가서 조심스레 안으로 들어가 보았다. 그녀는 마주치는 물건마다 기쁨과 즐거움을 느꼈다. 황금 기둥이 둥근 지붕을 떠받치고 있었고, 벽에는 짐승을 쫓는 모습이며 시골 정경이 묘사된 조각과 회화가 가득해서 보는 사람의 눈에 즐거움을 주었다. 거기서 더 들어가자 화려한 방들이 나왔으며, 온갖 종류의 보물들과 자연물과 인공물을 가리지 않고 아름답고 귀한 물건들로 가득한 다른 방들도 나왔다.

그녀의 두 눈이 이런 것들에 사로잡혀 있는 사이, 그녀의 눈에는 전혀 보이지 않는 누군가의 목소리가 이렇게 말했다. 「왕녀님, 지금 당신이 보고 계신 것들은 모두 당신의 것입니다. 지금 당신이 들으시는 목소리를 말하는 우리는 당신의 하인들이며, 당신의 모든 명령에 최대한 주의와 근면을 발휘하여 순종할 것입니다. 그러니 이제 당신의 침실로 들어가셔서, 당신의 침대에서 휴식을 취하시고, 마음이 내키실 때에 욕실로 가시기 바랍니다. 당신이 식사를 하고 싶다고 하시면, 바로 옆에 있는 작은방에 저녁이 차려져 있을 것입니다.」

프시케는 목소리만 들리는 시종들의 설명을 유심히 들었고, 휴식과 목욕을 통해 원기를 회복한 뒤 작은방에 가서 식사를 하려고 앉았다. 그러자 곧바로 식탁 하나가 저절로 모습을 드러냈으며, 시종이나 하인의 도움이라고는 전혀 보이지 않는 상태에서도 식탁 위에는 가장 맛있는 음식과 가장 감미로운 포도주가 잔뜩 차려져 있었다. 그녀의 귀도 역시나 눈에 보이지 않는 연주자들에게서 흘러나오는 음악으로 호강을 했다. 연주자 가운데 하나는 노래를 불렀고, 또 하나는 류트를 연주했고, 마지막에는 합창으로 멋진 화음이 들려오며 끝났다.

프시케는 아직 자신의 운명으로 정해진 남편을 보지 못한 상태였다. 그가 오로지 어두울 때에만 들어와서 아침이 밝아오기 전에 떠났기 때문이었지만, 그래도 남편의 말투는 사랑으로 가득했으며, 똑같은 정도의 열정을 그녀에게도 불러일으켰다. 프시케는 종종 그에게 기다리라고, 자기가 그를 볼 수 있게 해달라고 간청했지만, 남편은 응낙하지 않았다. 오히려 그는 자기를 굳이 보려 하지 말라고 아내에게 요청했으니, 무엇보다도 자기 정체를 계속 감추는 데서 기쁨을 느끼기 때문이라고 했다. 「어째서 당신은 나를 직접 보고 싶어 하는 거지?」 남편이 말했다. 「내 사랑에 대해 혹시 의심이라도 하는 건가? 당신의 소원 중에 내가 들어주지 않은 거라도 있는 건가? 당신이 나를 직접 보게 된다면 어쩌면 당신은 나를 두려워하게 될지도 모르고, 또 어쩌면 나를 공경하게 될지도 모르지만, 내가 당신에게 원하는 것은 단지 나를 사랑하는 것뿐이야. 당신이 나를 신으로 공경하는 것보다는, 차라리 동등한 처지에서 나를 사랑해 주었으면 좋겠어.」

이런 설명을 듣고 나자 프시케도 한동안은 잠잠했으며, 자기 생활의 신선함이 지속되는 동안은 그녀는 무척이나 행복했다. 하지만 자기 운명에 대해서는 전혀 모르는 채로 남아 있을 부모며 언니들이 지금과 같은 상황의 기쁨을 공유할 수 없다는 생각이 들자 마음이 괴로웠으며, 급기야 자기 궁전조차도 휘황찬란한 감옥에 불과하다는 생각까지 하기 시작했다. 어느 날 밤 남편이 오자 프시케는 자신의 슬픔을 이야기했고, 마침내 자기 언니들을 데려와서 만나도 된다는 마지못해 하는 동의를 이끌어 냈다.

그녀가 제피로스를 불러서 남편의 명령을 전하자, 제피로스는 즉시 순종하여 그녀의 언니들을 데리고 산을 넘어 동생이 사는 계곡 아래로 데려왔다. 언니들은 동생을 끌어안았고, 동생도 언니들의 손길에 응답했다. 「들어와.」 프시케가 말했다. 「나랑 같이 내 집에 들어가서, 이 동생이 제공할 수 있는 것은 무엇이든지 즐기며 원기를 회복하도록 해.」 그녀는 언니들의 손을 붙잡더니 두 사람을 데리고 황금 궁전으로 들어갔다. 끝도 없이 이어지는 시종들의 목소리의 보살핌에 이들을 내맡겨서, 자기 욕실과 자기 식탁에서 이들이 원기를 회복하도록 했으며, 자기 보물을 모두 보여 주었다. 이런 천상의 기쁨을 보고 난 언니들의 가슴에는 시샘이 들어섰으니, 동생이 자기네를 훨씬 능가하는 위신과 호사를 누리게 되었음을 본 까닭이었다.

언니들은 동생에게 수많은 질문을 던졌고, 그중에는 그녀의 남편이 어떤 사람이냐는 질문도 있었다. 프시케는 그가 아름다운 청년이라고, 그리고 낮에는 대개 산에서 사냥을 하면서 보낸다고 대답했다. 이런 답변에 만족하지 않았던 언니들은 이윽고 동생이 한 번도 남편을 본 적이 없다는 사실을 실토하게 만들었다. 이어서 언니들은 그녀의 가슴을 시커먼 의심으로 가득 채우기에 이르렀다. 「기억해 봐.」 언니들이 말했다. 「피티아의 신탁에서는 네가 섬뜩하고 무서운 괴물과 결혼할 거라고 했잖아. 게다가 이 계곡에 사는 사람들도 네 남편은 무시무시하고 괴물 같은 뱀이라고 말하고 있으니, 한동안 맛있는 음식들로 너를 살지게 했다가 결국 너를 먹어치울지도 몰라. 그러니 우리의 충고를 듣도록 해. 등불과 날카로운 칼을 준비해서 네 남편이 발견하지 못하도록 잘 숨겨 놓았다가, 그가 곤히 잠들고 나면 침대에서 빠져나와서 등불을 치켜들고, 과연 사람들이 하는 말이 사실인지 아닌지를 네가 직접 확인하도록 해. 만약 그 말이 사실이라면 서슴지 말고 그 괴물의 머리를 잘라 버리고, 너의 자유를 되찾도록 해.」

프시케는 이런 설득에 최대한 저항했지만, 언니들은 결국 동생의 마음에 영향을 주는 데 성공했다. 언니들이 떠나고 나자 그들의 말과 자신의 호기심이 너무나도 강한 탓에, 그녀도 더 이상은 저항할 수가 없었다. 그래서 프시케는 등불과 날카로운 칼을 준비해서 남편이 못 보도록 감춰 두었다. 남편이 잠들자마자 그녀는 조용히 자리에서 일어나 등불을 꺼내 들었는데, 그 눈에 비친 것은 징그러운 괴물이 아니라 신들 중에서도 가장 아름답고 매력적인 자로, 눈처럼 새하얀 목과 진홍색 뺨 위에는 금빛 고수머리가 늘어져 있고, 어깨에는 두 개의 이슬 젖은 날개가 눈보다 더 새하얗게 매달려 있었으며, 날개의 반짝이는 깃털은 마치 봄날의 연약한 꽃잎과도 같았다. 그의 얼굴을 더 가까이에서 보기 위해 프시케가 등불을 기울이자, 뜨거운 기름 한 방울이 신의 어깨에 떨어졌고, 이에 놀란 에로스는 눈을 뜨더니 시선을 온통 그녀에게 고정시켰다. 그러더니 한마디 말도 없이, 흰 날개를 펼치고는 창밖으로 날아갔다. 프시케는 그를 따라가려고 헛되이 노력하다가 그만 창문에서 떨어져 땅바닥에 곤두박질하고 말았다. 에로스는 그녀가 흙바닥에 누워 있는 것을 보자마자 곧바로 날기를 멈추더니 이렇게 말했다. 「오, 어리석은 프시케, 네가 내 사랑에 보답하는 방법이 바로 이것이냐? 내 어머니의 명령에 불순종하여 너를 내 아내로 삼았건만, 너는 나를 괴물이라 생각해서 내 머리를 베려고 했던 거냐? 이제 가라. 너의 언니들에게로 돌아가라. 너는 그들의 충고가 나의 충고보다 더 낫다고 생각한 듯하니 말이다. 너에게 다른 처벌을 내리지 않는 대신, 나는 너를 영원히 떠날 것이다. 사랑은 의심과 함께 거할 수 없는 법이니까.」 이렇게 말하며 에로스는 날아가 버렸고, 불쌍한 프시케는 땅바닥에 엎드려 그 장소를 비탄에 젖은 통곡으로 가득 채웠다.

그녀가 어느 정도 정신을 수습하고 나서 주위를 둘러보니, 궁전과 정원은 사라져 버렸고, 자신은 언니들이 살고 있는 도시에서 멀지 않은 어느 벌판에 있었다. 프시케는 언니들을 찾아가서 자신의 불운에 관해 모든 이야기를 털어놓았고, 이 말을 들은 저 악랄한 피조물들은 겉으로만 슬픈 척하면서 속으로는 기뻐했다. 「그럼 이제는.」 그들은 말했다. 「그가 우리 중 한 명을 선택할지도 몰라.」 이런 생각을 품고, 각자의 의도에 대해서는 한마디 말도 없이, 언니들은 다음 날 아침 일찍 일어나 따로따로 산에 올랐고, 꼭대기에 도착하자 제피로스를 불러 자기 몸을 받아서 그의 주인에게 데려다 달라고 말했다. 그런 뒤에 언니들은 아래로 뛰어내렸지만, 제피로스가 받아 주지 않았기 때문에 결국 절벽 아래로 떨어져 산산조각 나고 말았다.

그사이에 프시케는 밤낮으로 곳곳을 헤매었고, 먹지도 쉬지도 않은 상태로 자기 남편을 찾아다녔다. 그러다가 어느 높은 산의 마루에 자리 잡은 웅장한 신전에 눈길이 닿자, 한숨을 쉬며 혼잣말을 했다. 「어쩌면 내 사랑, 내 주인은 저곳에 살고 있는지도 몰라.」 그러고는 그쪽으로 발걸음을 옮겼다.

신전에 들어서자마자 밀 더미가 (어떤 것은 이삭 상태로, 또 어떤 것은 줄기까지 다발로 묶인 상태로) 보리 이삭과 한데 뒤섞여 있는 것이 그녀의 눈에 들어왔다. 낫과 갈퀴, 그리고 수확 때 쓰는 온갖 도구가 무질서하게 흩어져 있어서, 마치 하루 중 가장 더운 시간에 지친 수확 일꾼이 부주의하게 내던져 버리기라도 한 듯한 형국이었다.

경건한 프시케는 이처럼 보기 흉한 난잡함에 종지부를 찍었고, 모든 것을 구분하고 정리해서 적절한 장소와 종류대로 놓아두었다. 한편으로는 신들 중 누구라도 이렇게 소홀히 해서는 안 된다는 생각 때문이었으며, 또 한편으로는 자신의 경건함을 발휘해서 그들 모두를 자기편으로 끌어들이려는 노력이기도 했다. 그 신전의 주인이었던 신성한 데메테르는 프시케가 경건하다는 사실을 알고는 이렇게 말했다. 「오, 프시케, 너는 진정으로 우리의 동정을 얻을 만하지만, 나조차도 아프로디테의 분노로부터 너를 지켜 줄 수는 없구나. 다만 그녀의 불쾌함을 누그러뜨릴 수 있는 최선의 방법이 무엇인지만 가르쳐 주마. 이제 가서, 너의 여주인이며 군주인 그녀 앞에 자진해서 엎드리고, 겸손과 복종을 통해 용서를 얻도록 노력하면, 혹시라도 그녀의 호의를 얻어서 잃어버렸던 남편이 네게 돌아올 수도 있을 것이다.」

프시케는 데메테르의 명령에 복종하여 아프로디테의 신전으로 발길을 옮겼다. 한편으로는 마음을 강하게 먹으려고 애썼고, 또 한편으로는 자기가 무슨 말을 해야 할지, 그리고 성난 여신을 달래기 위해서는 무엇이 최선일지를 곰곰이 생각했다. 그러면서도 자신이 당면한 일이 위험한 것은 물론이고, 어쩌면 생명까지 위협받을 수 있겠다고 느꼈다.

아프로디테는 성난 얼굴로 그녀를 맞이했다. 「나의 종들 중에서도 가장 불성실하고 가장 신의 없는 것아.」 여신이 말했다. 「이제야 비로소 너에게 정말로 여주인이 있다는 사실을 기억해 낸 것이냐? 아니면 사랑하는 아내로부터 얻은 상처 때문에 아직까지 몸져누운 상태로 병들어 있는 네 남편을 보러 온 것이냐? 너는 워낙 못생기고 마음에 드는 구석이 없으니, 너의 애인을 되찾는 유일한 방법은 근면과 부지런함을 보이는 것뿐이다. 어디, 내가 너의 살림 실력을 한번 시험해 보도록 하마.」 그러더니 여신은 프시케를 자기 신전의 창고로 데리고 갔다. 그곳에는 여신의 비둘기들을 위해 준비해 둔 어마어마한 양의 밀, 보리, 기장, 누에콩, 콩, 렌즈콩 등이 가득 쌓여 있었다. 여신이 말했다. 「이 모든 곡식을 일일이 구분해서, 같은 종류대로 한 꾸러미에 집어넣어라. 저녁이 될 때까지 네가 일을 마치는지 보자.」 그러더니 이 과제를 처리하도록 그녀만 남겨 두고 여신은 그곳을 떠나 버렸다.

하지만 프시케는 이 어마어마한 일 앞에서 완전히 당황한 나머지 바닥에 주저앉은 채 멍하니 말이 없었고, 차마 해결할 수 없는 곡식 더미에는 손가락 하나 대지 못하고 있었다.

그녀가 그렇게 절망하며 앉아 있는 사이, 에로스는 인근 들판에 살고 있던 작은 개미 한 마리를 움직여서 그녀를 향한 동정심을 품게 만들었다. 개미집의 우두머리를 뒤따라서 다리 여섯 개 달린 백성들이 모조리 달려 나와 곡식 더미로 다가가더니, 극도의 근면을 드러내며 낱알을 하나하나 집어내서 여러 무더기로 구분하고 각각의 꾸러미대로 분류했다. 그리고 일이 모두 끝나자 순식간에 눈앞에서 사라져 버렸다.

아프로디테는 해 질 녘이 되어서야 신들의 잔치에서 돌아왔고, 숨결에서는 향내가 나고 머리에는 장미 화관을 쓰고 있었다. 과제가 해결된 것을 보자 그녀가 외쳤다. 「이건 네가 한 일이 아니야, 사악한 것아, 그 녀석이 한 일이지. 바로 너 때문에 너와 마찬가지로 불운을 맛보아야 했던 그 녀석 말이다.」 이렇게 말하며, 여신은 검은 빵 한 조각을 저녁 식사로 그녀에게 던져 주고 가버렸다.

다음 날 아침, 아프로디테는 프시케를 불러서 말했다. 「저 너머 숲을 보면, 건너편 강가에 풀밭이 있을 거다. 거기 가면 목자 없이 풀을 뜯는 양 떼가 있는데, 그 등에는 금빛으로 빛나는 양털이 있단다. 그러니 거기 있는 모든 양들에서 그 귀중한 양모를 조금씩 표본 삼아 뜯어다가 내게 가져오거라.」

프시케는 이 말에 복종하여 강가로 다가갔고, 명령을 실행하기 위해 최선을 다할 채비가 되어 있었다. 하지만 강의 신이 갈대를 통해 조화롭게 웅얼거리는 소리를 만들어 냈는데, 그 소리는 이렇게 말하는 것 같았다. 「오, 처녀야, 매우 지쳤구나. 위험한 강물을 지나가려 하지도 말고, 건너편에 있는 만만찮은 양들 사이로 감히 들어가려 하지도 마라. 그놈들은 인간을 보면 날카로운 뿔이나 단단한 이빨로 파멸시키고자 하는 잔인한 분노로 불타고 있으니까. 그러나 정오의 해가 양 떼를 그늘로 몰아넣고 강의 고요한 영(靈)이 강물을 잔잔하게 만들면, 그때는 네가 안전하게 강을 건널 수 있을 것이고, 덤불과 나무줄기를 살펴보면 거기 붙어 있는 황금 양털을 찾아낼 수 있을 것이다.」

이처럼 동정심 많은 강의 신은 임무를 완수하는 방법을 프시케에게 설명해 주었고, 이 지시를 준수함으로써 그녀는 황금 양털을 한 아름 갖고 금세 아프로디테에게 돌아왔다. 하지만 여간해서는 달래기 힘든 여주인으로부터 인정을 받기는커녕 오히려 야단을 맞았을 뿐이었다. 「네가 이 과제에서 성공을 거두기는 했지만, 이 일도 네가 혼자서 한 일이 절대 아니란 건 나도 알고 있다. 따라서 네가 뭔가 유용한 능력을 지니고 있는지 여부에 대해서는 나도 아직 만족스러운 결론을 내리지 못한 상태야. 그러니 너에게 또 한 가지 과제를 내주마. 자, 이 상자를 가지고 지옥의 그늘로 가서, 이 상자를 페르세포네에게 주면서 이렇게 말해라. 〈제 주인이신 아프로디테께서 귀하의 아름다움을 약간 보내 주십사 요청하셨습니다. 병들어 누운 아들을 돌보시는 까닭에, 당신의 아름다움을 일부나마 잃어버리셨기 때문입니다.〉 이 일을 처리하는 데 너무 오랜 시간이 걸리지 않도록 해라. 오늘 저녁에 신과 여신의 모임에 참석하려면 반드시 그걸 가지고 치장을 해야 하니까.」

프시케는 이제 자신의 파멸이 목전에 닥쳤다고 생각했으니, 왜냐하면 이제는 자기 발로 직접 에레보스에 내려가야 하는 신세였기 때문이다. 차마 피할 수도 없는 일을 굳이 지체하지 않기 위해서, 그녀는 높은 탑 꼭대기로 올라가서 뛰어내려 죽으려고 했다. 그것이야말로 저 아래 그늘로 내려가는 가장 빠른 길일 것이기 때문이었다. 하지만 탑에서 어떤 목소리가 프시케에게 말했다. 「이 불쌍하고 불운한 처녀야, 너는 어째서 그토록 끔찍한 방식으로 너의 생명에 종지부를 찍으려 작정한 것이냐? 이전의 모든 과제들에서 그토록 기적적인 도움을 받았음에도 불구하고, 도대체 어떤 비겁함 때문에 너는 이 마지막 위험 앞에서 굴복하려는 것이냐?」 곧이어 그 목소리는 한 동굴을 통해서 하데스의 영토로 들어가는 방법과, 머리가 셋 달린 개 케르베로스 옆을 무사히 지나가는 방법과, 뱃사공 카론을 설득해서 검은 강을 건너갔다가 도로 건너오는 방법 등을 모두 설명해 주었다. 그러면서 이렇게 덧붙였다. 「페르세포네가 자기 아름다움을 가득 채운 상자를 너에게 건네주고 나면, 다른 무엇보다 네가 반드시 준수해야 하는 한 가지가 있다. 그건 바로 네가 상자를 열거나 들여다보아서는 안 되고, 너의 호기심을 충족시키기 위해서 여신의 아름다움의 보물을 엿보아서도 안 된다는 거다.」

이 충고로부터 힘을 얻은 프시케는 그 모든 지시를 준수하여 하데스의 왕국에 안전하게 도착했다. 페르세포네의 궁전에 들어간 그녀는 자기 앞에 차려진 편안한 좌석과 맛있는 음식을 모두 사양하고 거친 빵을 먹는 데만 만족했으며, 그렇게 해서 아프로디테에게서 받은 명령을 전달했다. 곧바로 프시케는 꽉 닫힌 상자를 돌려받았는데, 그 안에는 아프로디테가 원한 저 귀중한 물품이 들어 있었다. 곧이어 그녀는 자기가 온 길을 되돌아갔으며, 다시 한번 낮의 빛 속으로 나오게 된 것을 기뻐했다.

하지만 그토록 위험한 과제에서 이때까지 줄곧 성공을 거두고 나니, 프시케는 상자 안의 내용물을 살펴보고 싶은 강력한 열망에 사로잡혔다. 「뭐 어때.」 그녀가 말했다. 「이 신성한 아름다움을 운반하는 김에 그걸 조금이라도 꺼내서 내 뺨에 바르고 나면, 사랑하는 남편의 눈에도 내가 더 매력적으로 보이지 않을까!」 그리하여 프시케는 조심스레 상자를 열었지만, 그 안에는 아름다움이 전혀 들어 있지 않았고, 단지 지옥의 잠, 즉 스틱스[지옥의 강]의 잠이 들어 있었다. 감옥에서 풀려난 지옥의 잠에 곧바로 사로잡힌 그녀는 길 한복판에서 쓰러져 버렸고, 감각도 동작도 상실하고 잠든 시체가 되어 버렸다.

하지만 에로스는 이제 상처에서 회복된 것은 물론이고, 더 이상은 사랑하는 프시케의 부재를 견딜 수 없었던 나머지, 자기 방의 창문에서 마침 열려 있던 가장 좁은 틈새로 빠져나왔다. 아내가 쓰러져 있는 곳으로 날아온 그는 우선 그녀의 몸을 사로잡은 잠을 도로 모아 상자에 넣고 닫은 다음, 자기 화살 가운데 하나로 그녀를 살짝 건드려 깨웠다. 「또 저질렀군.」 신이 말했다. 「너는 먼저와 똑같은 호기심 때문에 하마터면 죽을 뻔했구나. 하지만 이제 내 어머니가 너에게 지운 과제를 정확히 이행하기만 해라. 나머지 일은 내가 알아서 할 테니까.」

그러더니 에로스는 하늘을 꿰뚫는 번개처럼 재빨리 제우스를 찾아가서 탄원했다. 제우스는 호의적으로 그의 말을 들어 주었고, 이들 연인의 일을 아프로디테에게 무척 진지하게 변호함으로써 결국 여신의 응낙을 받아 내고 말았다. 이에 제우스는 헤르메스를 보내 프시케를 하늘의 회합에 불러온 다음, 그녀가 도착하자 암브로시아가 담긴 잔을 건네주며 말했다. 「이걸 마셔라, 프시케, 그리고 불멸이 되거라. 에로스가 지금 엮여 있는 매듭을 끊고 떨어져 나갈 수가 없듯이, 이 결혼은 영원히 유지될 것이다.」

그리하여 프시케는 마침내 에로스와 결합하게 되었으며, 머지않아 두 사람 사이에서는 딸이 태어났는데, 그 이름은 바로 〈쾌락〉이었다.

에로스와 프시케의 신화는 우의적인 것으로 간주된다. 그리스어에서 〈나비〉를 가리키는 단어는 〈프시케〉이며, 이 단어는 또 〈영혼〉을 가리키기도 한다. 나비만큼 영혼의 불멸성을 그토록 뚜렷하고도 아름답게 예시하는 것은 없으니, 둔중하게 땅을 기어다니던 애벌레의 존재를 거쳐, 자기가 만들어 놓은 무덤 속에 있다가, 찬란한 날개를 달고 그곳을 뚫고 나와, 낮의 빛 속에서 펄럭펄럭 날아다니며 봄의 생산물 중에서도 가장 향기롭고 맛있는 것을 먹어 치우기 때문이다. 그렇다면 프시케는 곧 인간의 영혼이며, 이는 고통과 불운을 통해 정화되고, 그런 다음에야 비로소 진정하고 순수한 행복을 즐길 채비가 되는 것이다.

이 우의 속에 묘사된 여러 가지 상황을 다룬 미술 작품에서, 에로스와 함께 있는 프시케는 나비의 날개를 단 처녀로 묘사된다.

밀턴은 「코머스」의 결말에서 에로스와 프시케의 이야기를 인유한다.

> 그녀의 유명한 아들, 천상의 에로스가 나온다,
> 달콤하게 도취된, 사랑하는 프시케를 안고서.
> 기나긴 방랑의 노고가 끝난 뒤에,
> 신들 사이의 자유로운 동의로,
> 그녀는 영원의 신부가 되었네.
> 그녀의 아름답고 흠 없는 몸에서
> 태어날 두 명의 고귀한 쌍둥이는
> 〈젊음〉과 〈기쁨〉이네. 제우스가 맹세했네.

에로스와 프시케의 이야기는 T. K. 허비[56]의 아름다운 시행에 잘 표현되어 있다.

> 과거의 나날에 그들은 찬란한 전설을 엮어 냈네,

56 Thomas Kibble Hervey(1799~1859). 영국의 시인 겸 비평가.

이성의 상상으로부터 색색의 날개를 빌려오던 시절에.
그때에는 진리의 맑은 강물이 황금의 모래 위를 흐르고,
그 높고 신비로운 것들이 노래를 통해 이야기되었네!
그녀에 관한 이야기는 무척이나 달콤하고 엄숙하다네.
꿈을 부여받은, 방랑자의 마음이
세상 곳곳으로 그녀, 즉 〈사랑〉의 예배자를 이끌어,
하늘에 집이 있는 그를 지상에서 찾게 만들었네!

사람 가득한 도시에서, 자주 찾던 샘 옆에서,
어두어둑한 동굴의 격자 창 너머로,
소나무 신전 안에서, 달빛 비치는 산 위에서,
침묵이 주저앉아 별에 귀 기울이는 곳에서.
알을 품은 비둘기가 거하는 깊은 빈터에서,
색색의 계곡이며, 향기로운 공기 속에서,
그녀는 〈사랑〉의 목소리의 먼 반향을 듣고,
그의 발자국 흔적을 어디에서나 찾아냈네.

하지만 그들은 더 만나지 못했으니! 의심과 두려움,
지상에 출몰하여 괴롭히는 그 유령 같은 형체가
찾아왔기 때문이네, 죄와 눈물의 아이인 그녀와,
불멸하는 출생을 지닌 그 찬란한 영 사이에.
결국 그녀는 수척한 영혼과 눈물짓는 눈으로
하늘에서만 그를 찾는 법을 배웠고,
지친 마음에 날개를 얻었고,
하늘에서 〈사랑〉 천사의 아내가 되었다!

에로스와 프시케의 이야기가 처음 등장한 것은 기원전 2세기의 작가 아풀레이우스의 작품에서였다. 따라서 이것은 〈신화의 시대〉에 속한 전설 대부분에 비해서는 훨씬 더 최근에 만들어진 셈이다. 이런 사실은 키츠가 「프시케에게 바치는 송시」에서 인유한 바 있다.

오, 가장 최근에 태어난, 올림포스의 퇴색한
위계 중에서도 가장 사랑스러운 환상이여!
포이베[아르테미스]의 사파이어 별, 하늘의 사랑스러운
개똥벌레인 개밥바라기보다 더 아름답구나.
그보다 더 아름답구나, 그대에겐 신전도 없으며,
꽃이 쌓인 제단조차도 없지만.
한밤중의 시간에 달콤한 탄식을
내뱉는 처녀 합창대도 없지만.
목소리도, 류트도, 파이프도, 사슬 달려 흔들리는
향로에서 피어오르는 달콤한 향도 없지만.
제단도, 숲도, 신탁도, 창백한 입을 가진
예언자가 꿈을 꾸는 열기조차도 없지만.

토머스 무어의 시 「여름의 축제」에는 가장 무도회가 묘사되는데, 거기서 의인화된 등장인물 가운데 하나가 바로 프시케이다.

(……) 오늘 밤은 어두운 변장을 하지 않았네.
우리의 젊은 여주인공은 자기 빛을 가리지 않았네.
보라, 그녀가 지상을 걷는 것을, 〈사랑〉의 소유물이.

올림포스에서 맹세한 가장 거룩한 서약으로
그와 결혼한 신부가, 필멸자들에게는
바로 지금 그녀의 새하얀 이마에
매달려 빛나는 상징으로 알려졌네,
그건 바로 나비, 신비로운 장신구이니,
이는 영혼을 의미하네(비록 아는 자는 드물겠지만).
그렇게 이마에서 새하얗게 반짝거리면서,
오늘 밤 이곳에 프시케가 왔음을 우리에게 말해 주네.

제12장

카드모스·미르미돈인

한번은 황소로 변신한 제우스가 포이니케[페니키아] 지역의 티로스 왕 아게노르의 딸 에우로페를 납치했다. 그러자 왕은 자기 아들 카드모스에게 네 누이를 찾아오라고, 만약 둘이 함께 돌아오지 못한다면 차라리 영영 돌아오지 말라고 명령했다. 길을 떠난 오빠는 오랫동안 멀리 돌아다녔지만 누이를 찾지 못했고, 감히 성공을 거두지 못한 상태로 돌아갈 수도 없었기에, 결국 자기가 어떤 나라에 정착해야 할지를 알기 위해 아폴론의 신탁을 물었다. 신탁의 내용은 이러했다. 우선 들판에 있는 암소 한 마리를 찾아낸 다음, 암소가 어디로 가든지 그 뒤를 따라가서, 암소가 멈춰 선 곳에 도시를 하나 세우고 그 이름을 〈테바이〉라고 지으라는 것이었다. 신탁을 받은 장소인 카스탈리아 동굴을 떠나자마자 카드모스는 저 앞에서 천천히 걸어가는 어린 암소를 한 마리 발견했다. 그는 암소를 바짝 뒤쫓았고, 그런 와중에 포이보스[아폴론]에게 계속 기도를 올렸다. 암소는 계속 걸어서 케피소스강의 좁은 여울을 건넜고, 파노페의 평야로 나왔다. 그곳에 이르자 암소는 가만히 서서 넓은 이마를 하늘로 향하고, 공중을 제 울음소리로 가득 채웠다. 카드모스는 감사의 말을 남기고 엎드려서 낯선 땅에 입을 맞춘 다음, 눈을 들어 주위를 에워싼 산들을 둘러보았다. 제우스에게 희생 제물을 바치고 싶은 마음에 그는 하인들에게 헌주(獻酒)로 삼을 깨끗한 물을 찾아 떠 오라고 명령했다. 마침 가까운 곳에는 오래된 숲이 하나 있었는데, 이곳은 이제껏 단 한 번도 도끼로 더럽혀진 적이 없었다. 숲의 한가운데에는 동굴이 하나 있었다. 그 주위는 무성하게 자라난 덤불로 뒤덮여 있었고, 그 천장은 낮은 아치를 형성하고 있었으며, 그 바닥에는 아주 맑은 물을 뿜어내는 샘이 하나 있었다. 동굴 안에는 무시무시한 뱀이 하나 살고 있었는데, 머리에 난 볏과 비늘이 마치 금처럼 번쩍거렸다. 두 눈은 불빛처럼 밝았고, 몸은 독기를 머금어 부풀었으며, 세 갈래로 갈라진 혀를 흔들면 세 겹으로 된 이빨이 드러났다. 티로스인(人)들이 샘에 담근 주전자 안으로 물이 흘러 들어가는 소리가 나자마자, 번쩍이는 뱀이 동굴 밖으로 머리를 내밀고 쉬익 하고 무시무시한 소리를 냈다. 사람들은 손에 들고 있던 그릇들을 떨어뜨렸고, 뺨에선 핏기가 사라졌으며, 손발을 모조리 떨었다. 뱀이 비늘로 뒤덮인 몸으로 굵은 똬리를 틀고 머리를 들자, 그 높이는 가장 높은 나무를 넘어섰다. 티로스인들이 두려움 때문에 차마 싸우지도 못하고 도망가지도 못하는 상황에서, 뱀은 송곳니로 물어서, 또는 몸뚱이로 휘감아서, 또는 독기를 머금은 숨결을 내뿜어서 그들을 모두 죽여 버렸다.

카드모스는 줄곧 부하들이 돌아오기를 기다리다가, 정오가 다 되자 결국 직접 이들을 찾아 나섰다. 그는 사자의 가죽을 뒤집어쓰고 있었고, 투창은 물론이고 창도 들고 있었으며, 가슴에는 용감한 심장이 들어 있었으니, 이 마지막 것이야말로 다른 무엇보다도 더 확실한 의지가 되었다. 숲에 들어간 그는 숨이 끊어진 부하들의 모습과 아가리에 피를 묻힌 괴물의 모습을 보고 이렇게 외쳤다. 「오, 충성스러운 친구들아, 이제 나는 너희를 위해 복수를 하든가, 그렇지 않으면 너희와 같이 죽음을 맞이할 것이다.」 이렇게 말하며 카드모스는 커다란 바위를 집어 들어 있는 힘껏 뱀에게 집어 던졌다. 그 정도 크기의 돌이라면 웬만한 요새의 벽이라도 흔들어 놓았겠지만, 그 괴물에게는 아무런 효과도 미치지 못했다. 곧이어 그는 투창을 던졌는데, 이번에는 조금 더 성공을 거두었다. 용케도 창이 뱀의 비늘 사이로 들어가 그놈의 창자까지 꿰뚫고 들어갔던 것이다. 고통으로 사나워진 괴물은 머리를 돌려서 상처를 살펴보더니 그 무기를 입으로 물어 도로 빼내려 했지만, 그 와중에 투창이 부러지면서 결국 쇠 창날만 그놈의 살에 박힌 채로 남고 말았다. 뱀은 격분한 나머지 목을 부풀렸으며, 아가리가 거품으로 뒤덮였고, 코에서 나온 숨결이 주위의 공기를 독기로 채웠다. 이제 뱀은 몸을 꿈틀거려 원을 그리더니 마치 쓰러지는 나무줄기처럼 땅 위로 길게 몸을 뻗었다. 그놈이 앞으로 다가오자 카드모스는 뒤로 물러나면서 괴물의 벌린 아가리를 향해 창을 겨누었다. 뱀은 무기를 입으로 잡아채더니 쇠 창날을 깨물려 했다. 마침내 기회를 포착한 카드모스는 그놈이 머리를 젖혀서 어느 나무의 줄기에 부딪친 순간 곧바로 창을 찔러 넣었고, 이 공격이 성공하여 괴물은 나무 옆에 창으로 꽂혀 버렸다. 뱀이 죽음의 고통으로 발버둥 치는 통에 그 몸무게를 이기지 못해 나무가 구부러지고 말았다.

카드모스가 쓰러진 적을 굽어보고 서서 그 커다란 덩치를 가늠해 보고 있을 때, 어디선가 들려온 목소리가(어디서 들려오는 목소리인지는 그도 알지 못했지만 분명히 듣기는 했다) 그 왕뱀의 이빨을 뽑아서 땅에 뿌리라고 명령했다. 그는 이 명령에 따랐다. 우선 땅에 밭고랑을 만든 다음 뱀의 이빨을 심었으니, 이는 카드모스가 인간을 농작물처럼 만들어 낼 운명이었기 때문이다. 그가 이렇게 하자마자 흙이 움직이기 시작하더니, 땅의 표면에서 창날의 끝부분이 여러 개 튀어나왔다. 곧이어 까딱이는 깃털 장식이 달린 투구가 나타났고, 어깨와 가슴 그리고 무기를 들고 있는 인간의 사지가 나타났으며, 마침내 무장한 전사들이 한 무리 나타났다. 카드모스는 놀란 나머지 이 새로운 적들을 상대할 태세를 갖추었지만, 그중 한 명이 그에게 말했다. 「우리끼리의 싸움에 끼어들지 마시오.」 이 말을 한 사람은 곧바로 땅에서 태어난 제 형제 가운데 하나를 검으로 내리쳤으며, 자기는 또 다른 형제가 쏜 화살에 맞아서 땅에 쓰러졌다. 활을 쏜 자는 또 다른 자에게 맞아서 쓰러졌다. 이런 식으로 모두가 서로를 공격하고 피차 부상을 입고 쓰러졌으며, 결국 다섯 명만 살아남았다. 그러자 그중 한 명이 자기 무기를 내던지며 말했다. 「형제들이여, 우리 이제 평화롭게 살도록 하세나!」 이 다섯 명이 카드모스와 합세하여 도시를 건설했으며, 이들은 그 도시에 〈테바이〉라는 이름을 붙였다.

카드모스는 아프로디테의 딸 하르모니아와 결혼했다. 신들은 올림포스를 떠나 결혼식에 참석하여 이들을 축하해 주었다. 헤파이스토스는 신부에게 놀랍도록 찬란한 목걸이를 직접 만들어서 선물했다. 하지만 아레스에게 바쳐진 뱀을 죽인 것 때문에, 이후 카드모스의 가문에는 내내 불운이 감돌았다. 그의 딸 세멜레와 이노, 손자 악타이온과 펜테우스는 모두 불행한 죽음을 맞이했다. 그러자 카드모스와 하르모니아는 테바이에 염증을 느낀 나머지 엔켈레이스족(族)의 나라로 이주했으며, 그곳 사람들은 부부를 융숭히 대접하고 그를 왕으로 삼았다. 하지만 그 자녀들의 불운은 여전히 이들의 마음에 남아 있었다. 그러던 어느 날 카드모스는 이렇게 외쳤다. 「뱀 따위의 생명이 신들에게 그토록 중요하다면, 차라리 나도 뱀이 되고 싶다.」 이 말을 하자마자 그의 모습이 변하기 시작했다. 하르모니아는 그 모습을 보고는 자기도 남편과 같은 운명을 맞이하게 해달라고 신들에게 기도했다. 그리하여 두 사람 모두 뱀이 되었다. 이들은 숲속에 살았지만, 자기네 기원을 잊지 않았기에 사람이 있는 곳을 피했으며, 사람을 물지도 않았다.

전설에 따르면 포이니케[페니키아]인이 발명한 알파벳 철자를 그리스에 처음 소개한 인물이 바로 카드모스라고 한다. 바이런은 『돈 후안』(제3편 86연)에 수록된 「그리스의 섬들」에서 현대의 그리스인 독자를 향해 다음과 같이 이 전설을 인유한 바 있다.

> 당신들은 카드모스가 준 글자를 갖고 있네.
> 그가 과연 노예에게 그걸 주었다고 생각하나?

밀턴은 『실낙원』 제9권에서 하와를 유혹한 뱀을 묘사하면서 이 고전 이야기에 나온 뱀을 기억하고 이렇게 썼다.

(……) 그의 형체는 호감이 가는 한편
사랑스러웠다. 그 어떤 뱀 종류도 그보다 더
사랑스러운 적은 없었다. 일리리아에서 변신한
하르모니아와 카드모스조차도,
에피다우로스에 있던 신조차도.

맨 마지막 행의 인유가 무엇인지 궁금하다면, 제34장의 〈신탁〉 항목 가운데 〈아스클레피오스의 신탁소〉를 읽도록 하라.

미르미돈인

미르미돈인(人)은 트로이아 전쟁 당시에 아킬레우스의 부하들이었다. 그래서 지금까지도 영어에서는 어떤 정치 지도자의 열성적이고 철두철미한 추종자를 가리킬 때에 그들의 이름을 사용하는 것이다.[57] 하지만 미르미돈인의 기원에 관한 이야기만 놓고 보면, 이들이야말로 포악하고도 잔인한 종족이 아니라 오히려 근면하고도 평화로운 종족인 것 같은 인상을 받게 된다.

크레테의 왕 미노스와 전쟁을 벌이던 아테네의 왕 케팔로스는 오랜 친구이며 동맹자인 아이아코스의 도움을 받기 위해 아이기나섬을 찾아갔다. 케팔로스는 융숭한 대접을 받았으며, 자기가 원하던 도움도 손쉽게 얻어 냈다. 「나에게는 백성이 충분히 많다네.」 아이아코스가 말했다. 「그러니 나 스스로를 보호하고도 자네가 필요한 만큼의 병력을 떼어 줄

57 영어 단어 Myrmidon은 〈충실한 부하, 앞잡이〉라는 뜻이다.

수 있을 걸세.」「그렇다고 하니 기쁘군.」 케팔로스가 대답했다. 「그나저나 나로선 궁금하기 짝이 없군. 솔직히 말일세. 주위를 둘러보면 이렇게 청년들이 많은데, 모두들 똑같은 나이인 것이 분명해 보인단 말일세. 게다가 내가 이전부터 알던 자들도 많았건만, 지금은 찾아보아도 소용이 없군. 도대체 그들은 어떻게 된 건가?」 아이아코스는 신음 소리를 내더니, 슬픔이 깃든 목소리로 대답했다. 「그러잖아도 자네에게 이야기할 생각이었는데, 이제는 더 지체할 필요 없이 그렇게 해야겠군. 그래야만 자네도 가장 슬픈 발단에서 기쁜 결과가 나오는 경우가 때로는 있음을 알게 될 테니까. 자네가 이전에 알았던 사람들은 지금 흙과 재가 되어 버렸다네! 헤라의 분노 때문에 찾아온 전염병이 이 땅을 황폐하게 만들었지. 여신이 이곳을 미워한 까닭은, 그녀의 남편이 사랑했던 애인들 가운데 하나의 이름을 달고 있었기 때문이지.[58] 처음에는 그 질병이 자연적 원인에서 나온 것처럼 보였기에, 우리는 자연 치료법을 이용해서 최대한 저항해 보았다네. 하지만 머지않아 그 전염병이 너무나도 강하기 때문에 사람의 노력으로는 어찌할 수 없음이 밝혀졌고, 우리도 결국 굴복하고 말았다네. 처음에는 마치 하늘이 땅 위에 내려앉은 것 같았고, 짙은 구름이 뜨거운 공기 속에 갇혀 있는 것 같았네. 무려 네 달 동안이나 죽음을 가져오는 남풍이 불었다네. 이 질환은 우물과 샘에도 영향을 끼쳤네. 수천 마리의 뱀들이 땅

58 또 다른 신화에 따르면, 아이아코스는 제우스와 님프 아이기나 사이에서 태어났다. 아이기나는 헤라의 분노를 피해서 한 섬으로 거처를 옮겼으며, 그녀의 아들은 어머니의 이름을 따서 〈아이기나섬〉으로 불리게 된 그곳의 왕이 되었다.

을 뒤덮었고, 샘에다 독기를 내뿜었지. 질병의 위력은 우선 더 하등한 생물에게 발휘되었다네. 개, 소, 양, 새 같은 것들이었지. 불운한 농부는 자기 수소가 한창 쟁기를 끌다가 쓰러져서 채 마무리되지 못한 이랑 위에 힘없이 늘어진 모습을 보고 어리둥절해했지. 울어 대는 양에게서는 털이 빠져 버렸고, 그놈들의 몸뚱이는 수척해졌다네. 한때는 경주에서 1등만 차지했던 말이 더 이상 승리를 위해 애쓰지도 않았고, 마구간에서 신음 소리만 내다가 영예롭지 못한 죽음을 맞이했다네. 멧돼지는 제 분노를 잊어버리고, 수사슴은 제 민첩함을 잊어버리고, 곰은 더 이상 가축을 공격하지 않았다네. 모두가 기운을 잃었다네. 길에도, 들에도, 숲에도 시신 천지였다네. 거기서 나온 악취로 공기마저 더럽혀졌지. 자네에게는 내 말이 곧이들리지 않겠지만, 심지어 새들이나 굶주린 늑대들조차 그런 시신은 건드리지 않았다네. 시신들이 썩으면서 질병이 더 전파되었지. 곧이어 질병은 시골 사람들을 덮쳤고, 이어서 도시 거주민까지도 덮쳤네. 처음에는 뺨이 붉게 달아오르고, 숨을 쉬기가 힘들어졌다네. 혀가 점점 거칠어지고 부풀어 오르며, 혈관마저 팽창한 까닭에 말라붙은 입을 벌려서 헐떡이며 숨을 쉬는 거지. 이쯤 되면 그 사람은 자기가 입은 옷이며 침구의 열기마저도 참지 못하게 되어서, 차라리 그냥 맨땅에 누워 있는 편을 택한다네. 하지만 땅조차도 이들의 몸을 식혀 주지는 못하고, 오히려 정반대로 이들이 누워 있는 장소가 뜨거워진다네. 의사들도 도움을 줄 수가 없었던 것이, 그들조차도 이 질병의 습격을 받은 데다 계속해서 환자들과 접촉하다 보니 자기들도 감염되었기 때문이지. 결국 가장 성실한 사람이야말로 가장 먼저 희생자가 되고 말았다네. 마침내 구원의 희망이 모두 사라지자, 사람들은 죽음을 이 질병으로부터의 유일한 구원자로 바라보는 법을 터득하게 되었다네. 그러고 나자 사람들은 모든 욕망에 굴복해 버렸으며, 무엇이 편한지를 굳이 따지지도 않았는데, 왜냐하면 이들에게는 그 무엇도 편하지는 않았기 때문이라네. 모든 제약을 옆으로 밀어 놓고, 우물과 샘 곁에 모여 죽을 때까지 실컷 물을 마셨지만 갈증은 가시지가 않았다네. 많은 사람들이 물을 먹고 나서 돌아갈 힘조차도 없었기에 그냥 개울 한가운데 쓰러져 죽어 버렸지만, 다른 사람들은 이런 상황에도 개의치 않고 그 물을 마셨다네. 병상에 누워 있는 데에는 워낙 진력이 나 있었기에 어떤 사람은 기어서라도 거기서 벗어났으며, 차마 일어설 정도의 힘도 충분하지 않은 사람은 그냥 땅에 쓰러진 채로 죽어 갔지. 사람들은 자기 친구조차 미워하는 것 같았고, 각자의 집에서 밖으로 나와 버렸는데, 자기가 겪는 질병의 원인을 알지 못하는 상태이다 보니 자기가 사는 장소 탓이라고 생각하는 것 같았다네. 어떤 사람은 길을 따라 헤매는 모습이 보이기도 했는데, 적어도 서 있을 수 있는 한에는 그렇게 했던 거지. 또 다른 사람들은 땅에 그냥 주저앉아서 죽어 가는 눈으로 자기 주위를 마지막으로 바라본 다음, 결국 죽어서 눈을 감고 말았다네.

이런 모든 일이 벌어지는 동안, 과연 내게 어떤 마음이 남았을 것이며, 과연 어떤 마음을 가져야 마땅했겠는가? 그저 삶을 증오하고, 이미 죽은 내 백성들과 함께하고 싶은 마음뿐이었다네. 사방에 내 백성들이 쓰러져 있었는데, 마치 너무 익어 버린 사과가 나무 아래에 떨어진 것과도 같고, 폭풍에 흔들린 상수리나무 아래에 도토리가 떨어진 것과도 같았다네. 자네, 저 너머 높은 곳에 있는 신전이 보이겠지. 그곳은 제우스에게 바쳐진 신전이라네. 오, 얼마나 많은 기도가 저곳에서 나왔는지 모른다네. 남편들이 아내들을 위해서, 아버지들이 아들들을 위해서 말이야. 심지어 기도를 올리던 중에 죽는 사람도 있었다네! 사제가 희생 제물을 준비하는 사이에 희생자가 쓰러지고, 최후의 일격을 기다릴 새도 없이 질병의 습격을 받은 적은 또 얼마나 많았던지! 마침내 신성한 것에 대한 모든 존경심도 사라져 버리고 말았다네. 시체는 매장되지도 않은 채 내버려지고, 화장용 장작으로 쓸 나무조차 모자라서, 그걸 서로 차지하기 위해 사람들끼리 싸우기에 이르렀지. 마침내 더 이상은 애곡할 사람조차 전혀 남지 않았다네. 아들들과 남편들, 노인들과 청년들 모두가 애도할 새도 없이 죽어 버렸으니까.

제단 앞에 서서 나는 두 눈을 들어 하늘을 보았다네. 〈오, 제우스이시여.〉 내가 말했지. 〈당신께서 진정으로 제 아버지이시라면, 그리고 당신의 자녀를 부끄러워하지 않으신다면, 제 백성을 제게 돌려주소서. 아니면 차라리 저도 함께 데려가소서!〉 이 말을 하자마자, 천둥소리가 한 번 들리더군. 〈이것을 징조로 알겠나이다.〉 내가 외쳤지. 〈오, 이것이야말로 저를 향한 호의적인 처분의 징조이기를!〉 마침 내가 서 있었던 곳 가까이에는 제우스에게 바쳐진 상수리나무 한 그루가 가지를 넓게 벌리고 서 있었다네. 내가 가만 보니, 거기서 개미 떼가 열심히 일을 하면서 작은 곡물을 저마다 입에 물고 줄줄이 나무줄기를 따라 올라가고 있었지. 그놈들의 숫자를 보고 감탄한 나머지 나는 이렇게 말했지. 〈이토록 많은 시민

들을 제게 주소서, 오, 아버지. 그리하여 텅 빈 저의 도시를
다시 채워 주소서.〉 그러자 나무가 떨리면서 그 가지에서 나
뭇잎 스치는 소리가 들렸는데, 바람이 불어서 흔들린 것은
전혀 아니었다네. 내가 기대를 했다고는 차마 나 자신에게도
솔직하게 고백하지 못했지만, 그래도 나는 기대를 했다네.
밤이 되자 걱정으로 압박을 받은 내 몸에도 잠이 찾아왔다
네. 꿈에서 그 나무가 내 앞에 서 있었는데, 그 수많은 가지
위에 살아 있고 움직이는 개미들이 온통 뒤덮여 있었다네.
마치 그 나무가 가지를 흔들어서 곡물을 모아들이는 그 근
면한 동물들을 수없이 땅에 떨어뜨리는 것처럼 보였는데, 그
놈들은 크기가 커지고 점점 더 자라나서 마침내 똑바로 일어
섰고, 남아도는 다리며 검은 색깔은 벗어던지고 마침내 인간
의 형체를 취하더군. 그러다가 나는 잠에서 깨었는데, 맨 처
음 든 기분은 그토록 달콤한 환상을 내게서 앗아 간, 그리고
환상 대신에 실재를 주지 않은 신들을 원망하는 것이었다네.
그때 나는 여전히 신전에 있었는데, 갑자기 밖에서 들리는
많은 사람들의 소리가 주의를 끌었지. 그 당시의 상황에서는
그것이야말로 내 귀에도 뭔가 이상하게 들리는 소리였으니
까. 나는 아직도 꿈을 꾸고 있는 건가 생각하고 있었는데, 내
아들 텔라몬이 신전의 문을 활짝 열어젖히더니 이렇게 외치
더군. 〈아버지, 이리로 오세요, 그리고 당신의 기대를 훨씬 뛰
어넘는 결과를 보세요!〉 나는 그리로 갔다네. 그리고 내가
꿈에서 보았던 것만큼 수많은 사람들을 보았는데, 이들은 내
꿈에서와 마찬가지 모습으로 줄지어 걸어가고 있더군. 내가
감탄과 기쁨을 느끼며 바라보는 사이 그들이 내게 다가와서
무릎을 꿇더니, 자기네 왕이라며 만세를 부르더군. 나는 제

우스께 감사의 절을 하고, 새로 태어난 종족에게 텅 비어 있는 도시를 분배해 주었으며, 그들 앞에 놓인 농지도 나누어 주었다네. 나는 이들을 미르미돈인Myrmidons이라고 불렀으니, 그들이 바로 개미myrmex[59]로부터 유래했기 때문이지. 자네도 이들을 보았을 걸세. 이들의 체질은 이전의 형체에서 가졌던 것과 유사하지. 이들은 근면하고 성실한 종족이며, 곡물을 거두어들이고 간수하는 데 열심이라네. 이들 중에서 자네가 필요한 병력을 뽑아 가게나. 나이가 젊고 가슴이 담대한 그들이 자네를 뒤따라 전쟁에 나갈 테니까.」

이 이야기에 나온 전염병에 관한 묘사는 아테네를 덮친 전염병에 관한 그리스의 역사가 투키디데스의 설명을 오비디우스가 모방한 것이다. 이 역사가는 삶에서 직접 묘사를 끌어왔기에, 그때 이후로 시인과 소설가가 이와 유사한 장면을 묘사해야 할 경우가 있으면, 누구든지 그의 묘사로부터 자기네 저서의 세부 사항을 빌려오곤 했다.

59 〈미르멕스myrmex〉는 〈개미〉를 뜻하는 그리스어이다.

제13장
니소스와 스킬레·에코와 나르키소스·클리티에·헤로와 레안드로스

니소스와 스킬레

크레테의 왕 미노스는 메가라를 상대로 전쟁을 벌였다. 니소스는 메가라의 왕이었으며, 스킬레는 그의 딸이었다.[60] 포위 공격이 6개월간 지속되었지만 이 도시는 여전히 꿈쩍도 하지 않았는데, 왜냐하면 〈운명〉 여신이 선언한 바에 따르면, 니소스 왕의 머리에서 빛나는 자주색 머리 타래가 온전히 남아 있는 한 아무도 그 도시를 점령하지 못할 것이기 때문이었다. 그 도시의 성벽 위에는 탑이 하나 있었고, 그곳에 오르면 미노스와 그의 군대가 주둔한 평원을 굽어볼 수 있었다. 스킬레는 종종 이 탑에 올라서 성 밖에 있는 적군의 천막을 바라보곤 했다. 포위 공격이 워낙 오래 지속되자, 그녀는 적군 사이에서 지휘관들을 하나하나 알아볼 정도에 이르렀다. 특히 스킬레의 감탄을 자아낸 인물은 미노스였다. 투구를 쓰고 방패를 든 그의 우아한 모습에 그녀는 감탄해 마지않았다. 그가 투창을 던질 때면, 기술과 힘이 잘 조화되어 발사되는 것만 같았다. 그가 활을 당길 때면, 차마 아폴론조

60 앞에서 말한 님프 출신의 괴물 〈스킬레〉와는 동명이인이다.

차도 그보다는 더 우아하게 할 수 없을 것만 같았다. 그가 투구를 벗고, 자주색 예복 차림으로 화려한 마구를 씌운 흰 말에 올라타고, 거품을 일으키는 말의 입에 건 고삐를 당기면, 니소스의 딸은 차마 감정을 억제할 수가 없는 상태가 되었다. 스킬레는 감탄으로 인해 거의 미칠 것만 같았다. 미노스가 움켜쥔 무기며 붙잡은 고삐를 그녀는 부러워했다. 할 수만 있다면 적군 사이를 뚫고 그에게 다가가고도 싶었다. 심지어 그 탑에서 아래로 몸을 던져 미노스의 진지 한가운데로 떨어지고 싶은, 심지어 미노스를 위해 성문을 열어 주고 싶은, 또는 미노스를 기쁘게 할 수만 있다면 무엇이든지 하고 싶은 충동마저 느꼈다. 그리하여 스킬레는 탑에 앉아서 이렇게 혼잣말을 했다. 「이 슬픈 전쟁에 대해 기뻐해야 할지, 슬퍼해야 할지 나는 모르겠어. 미노스가 우리의 적이라는 것은 슬퍼. 하지만 이유야 어쨌거나 그를 내가 볼 수 있다는 것만큼은 기뻐. 어쩌면 그는 우리에게 평화를 허락해 주는 대신, 나를 인질로 받아들일 의사가 있을지도 몰라. 할 수만 있다면 나는 하늘을 훨훨 날아 그의 진지에 내려앉은 다음, 우리가 항복하고 그의 자비를 구한다고 그에게 말해 주고 싶어. 그렇게 하면 나는 아버지를 배신하는 셈인데! 아니야! 차라리 나는 미노스를 두 번 다시 못 보는 편을 택하겠어. 하지만 때로는 어떤 도시가 정복을 당하는 게 최선일 때도 있다는 것은 의심의 여지가 없지. 바로 정복자가 자비롭고도 관대할 때 말이야. 미노스는 분명히 공정한 사람일 테니까. 내 생각에는 지금이야말로 우리가 정복당해야 할 때인 것만 같아. 만약 그것이 불가피한 결과라면, 왜 사랑 때문에 그에게 성문을 열어 주어서는 안 되고, 전쟁 때문에 그런 결과가 닥치게 내버려 두는 건 된다는 거야? 할 수만 있다면 지연과 학살을 피하는 편이 더 낫지. 게다가, 오, 혹시 누군가가 미노스를 다치게 하거나 죽게 하면 어쩌지! 물론 어느 누구도 감히 그런 일을 할 만한 배짱이야 없겠지. 하지만 부지불식간에, 즉 그라는 사실을 모르는 상태에서 그렇게 할 수도 있겠지. 나는 기꺼이, 정말 기꺼이 그에게 항복할 것이고, 내 나라를 지참금으로 삼아서 이 전쟁에 종지부를 찍겠어. 하지만 어떻게? 성문에는 경비병이 있고, 열쇠는 내 아버지가 갖고 계신데. 아버지가 내 앞길을 막고 계셔. 오, 어쩌면 아버지를 물러서시게 하는 것이 신들을 기쁘게 만들지도 몰라! 하지만 왜 그걸 신들께 부탁해야 할까? 나처럼 사랑에 빠진 또 다른 여자라면, 사랑으로 향하는 자기 앞길을 막아서는 것이 있으면 뭐든지 자기 손으로 없애 버릴 테니까. 그리고 과연 어떤 여자가 감히 나보다 더 많이 사랑에 빠져 있겠어? 내 목표를 달성하기 위해서라면 나는 불과 검에도 기꺼이 맞설 거야. 하지만 여기서는 굳이 불과 검에 맞설 필요까지는 없지. 내게는 단지 내 아버지의 자주색 머리 타래만 필요할 뿐이니까. 그것이야말로 내게는 금보다도 더 귀중한 것이며, 내가 원하는 바를 모조리 선사해 줄 것이니까.」

스킬레가 이렇게 생각하는 사이 밤이 찾아왔고, 머지않아 온 궁전이 잠에 파묻혔다. 그녀는 아버지의 침실로 들어가, 그 중요한 머리 타래를 잘라 냈다. 그러고는 도시를 빠져나와 적진으로 들어갔다. 스킬레는 왕에게 데려다 달라고 요구했고, 그를 만나 이렇게 말했다. 「나는 니소스의 딸 스킬레입니다. 내 나라와 내 아버지의 집을 당신에게 바치겠습니다. 다른 보상은 필요 없고, 당신 자신을 내게 주세요. 당신을 향한 사랑 때문에 나는 이 일을 했으니까요. 여기, 자주색 머리 타래를 보세요! 나는 이것과 더불어 내 아버지와 그분의 왕국을 당신에게 드리는 거예요.」 그녀는 그 중요한 약탈품을 한 손에 들고 내밀었다. 미노스는 주춤하고 뒤로 물러서며, 그걸 만지려 들지 않았다. 「신들이 당신을 파멸시킨 거로군, 이 수치스러운 여자야.」 그가 외쳤다. 「우리 시대의 치욕이군! 땅이고 바다고 간에 부디 너에게는 쉴 자리를 내주지 않기를 간절히 바란다! 내 조국 크레테, 제우스 본인이 양육되었던 그곳도 당연히 너 같은 괴물의 발길에 오염될 일은 결단코 없을 거다!」 이 말과 함께 미노스는 정복당한 도시에 공정한 정도의 배상 조건을 제시하라고, 그리고 곧바로 돛을 올리고 이 섬을 떠날 수 있도록 함대를 준비시키라고 명령했다.

스킬레는 광분했다. 「은혜도 모르는 인간 같으니.」 그녀가 외쳤다. 「그래서 너는 나를 떠나려는 거냐? 나는 너에게 승리를 선사한 거야. 너를 위해서 부모와 조국도 희생시켰다고! 내가 죄를 저질렀고, 따라서 죽어 마땅하다는 것은 인정하지만, 그렇다고 해서 네 손에 죽지는 않겠어.」 배들이 바닷가를 떠나자 스킬레는 물로 뛰어들어 미노스를 태우고 가는 배의 키를 붙잡았고, 그리하여 이 배의 반갑지 않은 동행자가 되어서 따라갔다. 바로 그때 물수리 한 마리가 공중에 높이 떠 있었는데, 그것은 바로 그 모습으로 변신한 그녀의 아버지였다. 니소스는 딸을 보자마자 위에서 덮쳤고, 자기 부리와 발톱으로 공격을 가했다. 두려움 때문에 스킬레는 배를 붙잡은 손을 놓고 물속으로 가라앉을 위기에 처했지만, 이를 딱하게 여긴 어떤 신이 그녀를 새[鳥]로 바꾸어 주었다.

그래도 물수리는 여전히 예전의 원한을 갖고 있었다. 그리하여 하늘 높이 날다가 언제든 스킬레를 보게 되면 곧바로 그녀에게 달려들어 부리와 발톱으로 공격하곤 하는데, 이는 딸이 예전에 저지른 범죄에 대한 복수를 하는 것이다.

에코와 나르키소스

에코는 아름다운 님프였고, 산과 언덕을 좋아했으며, 그곳에서 사냥을 하는 데 열심이었다. 그녀는 아르테미스의 총애를 받았으며, 여신을 뒤따라 사냥에 참여했다. 하지만 에코에게는 한 가지 단점이 있었다. 워낙 말하기를 좋아했기에, 잡담이건 언쟁이건 간에 항상 마지막 한마디를 챙겼던 것이다. 어느 날, 헤라가 남편을 찾아서 그곳에 나타났다. 여신이 우려했던 것처럼 제우스는 마침 님프들 사이에서 놀고 있었다. 다행히 에코가 자기 말솜씨로 여신을 잠시 붙잡아 놓는 사이 다른 님프들은 무사히 도망칠 수 있었다. 뒤늦게 이 사실을 깨달은 헤라는 다음과 같은 말로 에코에게 처벌을 내렸다. 「네가 나를 속이는 데 사용한 그 혀는 앞으로 쓸모가 없어질 것이다. 오로지 네가 그토록 좋아하는 〈대답〉이라는 한 가지만 빼고는 말이다. 앞으로도 너는 마지막 한마디를 챙기기야 하겠지만, 그렇다고 먼저 말을 하는 능력까지는 없을 것이다.」

얼마 뒤에 이 님프는 나르키소스를 보게 되었는데, 이 아름다운 청년은 산에서 사냥감을 뒤쫓고 있는 참이었다. 에코는 그를 사랑하게 되어서 뒤를 쫓아다녔다. 오, 그녀는 부드러운 억양으로 그에게 말을 걸고, 그와 대화를 나누기를 얼마나 열망했던지! 하지만 에코에게는 그럴 능력이 없었다. 그녀는 조바심을 내면서 그가 먼저 말하기를 기다렸고, 자기가 할 대답을 미리 준비해 놓고 있었다. 어느 날 이 청년은 동료들을 잃어버리고 혼자가 되어 큰 소리로 외쳤다. 「누구 없어? 여기.」 에코가 대답했다. 「여기.」 나르키소스는 주위를 둘러보았지만, 아무도 없었기 때문에 다시 외쳤다. 「이리 와.」 에코가 대답했다. 「이리 와.」 아무도 오지 않자, 나르키소스는 다시 외쳤다. 「왜 나를 피하는 거야?」 에코도 똑같은 질문을 던졌다. 「우리 이제 모이도록 하자.」 청년이 말했다. 님프는 진심으로 똑같은 말을 내뱉은 다음, 서둘러 그가 있는 곳으로 달려가서 기꺼이 자기 양팔로 그의 목을 껴안으려 했다. 하지만 그는 뒤로 물러서며 외쳤다. 「손 치워! 내가 죽는 꼴을 보고 싶으면 나를 안든가!」 「나를 안든가.」 에코가 말했다. 하지만 아무런 소용이 없었다. 나르키소스가 외면하고 떠나 버리자, 그녀는 붉어진 얼굴을 숨기기 위해 숲의 깊은 곳으로 들어갔다. 그때 이후로 에코는 동굴 안과 산의 절벽 사이에 살게 되었다. 그 모습은 슬픔으로 인해 야위었고, 마침내 살이 모조리 빠져 버렸다. 그 뼈는 바위가 되었으며, 이제는 목소리를 제외하면 원래의 모습도 전혀 남아 있지 않았다. 그 목소리를 가지고 에코는 여전히 누가 자기를 부르든지 기꺼이 대답할 채비가 되어 있었고, 마지막 한마디를 챙기는 자기 옛 버릇을 여전히 유지했다.

이번 일에서 드러난 나르키소스의 잔인함은 이때가 마지막이 아니었다. 불쌍한 에코에게 했던 것과 마찬가지로 그는 나머지 님프들 모두를 외면했다. 어느 날 한 님프가 그를 유혹하려고 애쓰다가 실패하고 나자, 언젠가는 그도 사랑을 하면서도 애정 어린 응답을 받지 못한다는 것이 어떤 기분인지를 알게 해달라는 기도를 올렸다. 복수의 여신은 이 기도를 듣고 응답해 주었다.

그 숲에는 맑은 샘이 하나 있었고, 마치 은과 같이 맑은 물이 담겨 있었다. 그곳에는 목자도 가축 떼를 들여보낸 적이 없었고, 야생 염소도 머문 적이 없었으며, 숲의 짐승 가운데 무엇도 다가온 적이 없었다. 낙엽이나 나뭇가지가 수면에 떨어진 적도 없었고, 단지 주위에 풀만 싱그럽게 자라나 있었으며, 바위 덕분에 햇빛도 다가가지 못하고 있었다. 그러던 어느 날 나르키소스가 사냥에 지쳐서, 몸에 열이 나고 목이 타는 상태로 그곳에 다가왔다. 그는 물을 마시려고 몸을 굽혔다가 물에 비친 자기 영상을 보았다. 나르키소스는 상대방이 이 샘에 살고 있는 어떤 아름다운 물의 정령일 것이라고 생각했다. 그 반짝이는 눈이며, 마치 디오니소스나 아폴론의 머리 타래처럼 곱슬거리는 머리 타래며, 둥근 뺨이며, 상아빛 목이며, 벌어진 입술이며, 전체적인 모습과 움직임 등에 감탄하며 그는 가만히 서서 상대방을 지켜보았다. 나르키소스는 자기 자신과 사랑에 빠졌던 것이다. 그는 자기 입술을 상대방에게 가까이 가져가 입을 맞추려 했다. 양팔을 내밀어 사랑스러운 상대방을 끌어안으려 했다. 하지만 상대방은 번번이 그의 손길을 벗어났으며, 잠시 후 다시 돌아와서 그를 다시금 매료시켰다. 나르키소스는 차마 그곳을 떠날 수 없었다. 그는 음식이나 휴식에 대한 생각을 모두 잊어버렸고, 단지 샘가를 맴돌면서 자기 자신의 영상을 바라보기만 했다. 그는 정령이라고 여겨지는 상대와 이야기를 나누었다. 「어째서, 아름다운 이여, 너는 나를 외면하는 거지? 내 얼굴이 네게 혐오감을 주지 않을 것은 분명한데. 님프들은 나를 사랑했고, 너 역시 내게 무관심하지는 않은 것 같은 얼굴인데. 내가 두 팔을 뻗으면 너도 똑같이 내밀고, 내게 미소를 짓고, 내 손짓에 마찬가지로 응답하는데.」 나르키소스의 눈물이 수면에 떨어지자 영상이 흐트러지고 말았다. 영상이 사라져 가는 것을 보고 그는 이렇게 외쳤다. 「기다려, 제발 부탁이야. 최소한 너를 바라보게는 해줘. 설령 내가 너를 만질 수는 없다 하더라도.」 이 말과 함께, 그리고 이와 유사한 다른 여러 가지 말과 함께, 나르키소스는 자신을 소진시키는 그 불길을 소중히 간직했으며, 그로 인해 자신의 혈색이며, 활력이며, 심지어 한때 님프 에코를 그토록 매료시켰던 아름다움조차 점차 잃어버리고 말았다. 하지만 에코는 계속해서 그의 곁에 있었으며, 〈아아! 아아!〉 하고 나르키소스가 외칠 때마다 똑같은 말로 그에게 대답해 주었다. 나르키소스는 수척해진 나머지 결국 죽어 버렸다. 스틱스강을 건너갈 때에도, 그의 망령은 배 난간 너머로 몸을 굽히고 물에 비친 자기 모습을 바라보았다. 님프들은 애곡했고, 물의 님프들이 특히 그러했다. 이들이 가슴을 치면 에코도 똑같이 자기 가슴을 쳤다. 님프들은 화장용 장작을 준비하고 나르키소스의 시신을 태우려 했지만, 어디서도 그의 시신을 찾을 수가 없었다. 대신 시신이 있던 자리에는 꽃이 하나 피어났는데, 안쪽은 자주색이고 그 주위에는 하얀 잎이 달려 있었다. 이 꽃은 그의 이름을 달게 되었고, 나르키소스의 추억을 보전하게 되었다.

밀턴은 「코머스」에 나오는 〈처녀의 노래〉에서 에코와 나르키소스의 이야기를 인유했다. 이 처녀는 숲에서 길을 잃고 자기 남동생들을 찾아다니며, 자기 위치를 알리기 위해 다음과 같이 노래한다.

예쁜 에코, 가장 예쁜 님프, 남의 눈 피해
공기의 외피 두르고 살았다네,
천천히 흐르는 마이안드로스 강가의 녹지
그리고 보랏빛이 장식된 골짜기 안,
사랑에 번민하는 나이팅게일이 밤마다
자기 슬픈 노래를 애곡하는 그곳.
너는 내게 말해 줄 수 있니,
너의 나르키소스를 닮은 멋진 한 쌍에 관해?
오, 혹시 네가 그들을
어느 꽃이 피어난 동굴에 감추었다면,
어디인지 내게 좀 말해 주렴,
예쁜 말[言]의 여왕, 천구(天球)의 딸,
그러니 네가 하늘로 옮겨 가서, 모든 천체의
음악에 반향하는 은혜를 주기를.

밀턴은 『실낙원』 제4권에서 여기 나오는 나르키소스의 이야기를 모방해서, 하와가 샘에 비친 자기 모습을 처음 보는 순간을 다음과 같이 묘사했다.

그날을 나는 자주 기억해요. 잠에서 내가
처음 깨어나 보니, 꽃이 피어난 그늘 아래
누워 있는데, 여기가 어디인지, 내가 누구인지,
어디서 이리로, 어떻게 왔는지 무척 궁금했지요.

멀지 않은 곳에서 조잘대는 소리가 들렸는데,
어느 동굴에서 나온 물이 퍼져 나가, 액체의
평면을 이루더니, 움직이지 않고 정지한 것이
광활한 하늘만큼 깨끗했지요. 나는 그리 가서
경험조차 없는 생각에, 초록의 강둑에 앉아
그 맑고 매끈한 호수를 들여다보았더니,
내게는 그게 마치 또 다른 하늘처럼 보였지요.
몸을 굽혀 바라보고 있자니, 바로 맞은편에
물의 번쩍임 속에 형체가 하나 나타나서
몸을 굽혀 나를 바라보았죠. 나는 물러났죠.
그도 물러나더군요. 기뻐서 나는 금세 돌아왔고,
기뻐서 그도 금세 돌아와서, 동정과 사랑의
표정으로 응답하더군요. 어쩌면 나는 아직도 내 눈을
거기 맞추고, 헛된 열정으로 쇠약해졌을지도 몰라요.
한 목소리가 내게 경고하지 않았다면. 「네가 보는 것,
거기서 보는 것은, 아름다운 피조물아, 너 자신이니라.」

나르키소스야말로 고대의 전설 가운데서도 시인들이 가장 자주 인유하는 것이라고 할 수 있다. 이 전설을 다른 방식으로 다룬 경구 두 가지를 소개할까 한다. 첫 번째는 골드스미스[61]의 것이다.

〈번개를 맞고 눈이 먼 아름다운 청년에게〉

61 Oliver Goldsmith(1728~1774). 영국의 작가로, 대표작으로는 『웨이크필드의 목사』(1766)가 있다.

분명 그것은 섭리에 의한 일이었으며,
증오보다는 동정으로 고안된 일이었으니,
그가 에로스처럼 눈이 멀었던 것은
나르키소스의 운명에서 구제되기 위함이네.

두 번째는 윌리엄 카우퍼의 것이다.[62]

〈못생긴 친구에게〉

조심하게, 내 친구여, 맑은 개울이나
샘을. 안 그러면 그 무시무시한 갈고리,
자네의 코를, 자네도 우연히 볼 테니까.
그럼 자네도 나르키소스의 운명이 되어,
자기혐오로 인해 몸이 쇠약해지리라.
그가 자기애로 인해 그러했듯이.

클리티에

물의 님프인 클리티에는 아폴론을 사랑했지만, 이 신은 그녀에게 아무런 응답도 하지 않았다. 그리하여 님프는 쇠약해졌고, 하루 종일 차가운 땅에 앉아만 있었으며, 풀어헤친 머리카락이 어깨 위로 흘러내려 있었다. 나흘 동안 그녀는 가만히 앉아서 음식이나 음료를 전혀 맛보지 않았으며, 자기 눈물과 차가운 이슬만이 그녀의 유일한 음식이었다. 클리티

62 실제로는 윌리엄 카우퍼의 순수 창작이 아니라, 고대 그리스의 격언시를 영어로 번역한 것이다.

에는 태양이 매일 떠오르는 모습과, 그가 매일의 경로를 지나서 지는 모습을 줄곧 바라보았다. 그녀의 눈에 다른 물체는 전혀 보이지 않았고, 그녀의 얼굴은 항상 그에게 맞춰져 있었다. 전하는 바에 따르면, 마침내 클리티에의 사지는 땅에 뿌리를 내리게 되었고 얼굴은 꽃으로 변했으니, 이 꽃은 줄기를 돌리면서까지 매일의 경로를 지나는 태양을 항상 바라본다고 한다.[63] 왜냐하면 그 꽃은 원래의 모습인 님프의 감정을 그만큼이나 짙게 간직하고 있기 때문이다.

토머스 후드는 「꽃들」이라는 시에서 클리티에를 인유한다.

나는 저 미친 클리티에는 갖지 않을 것이니
그 머리가 해를 향해 돌기 때문이고,
튤립은 우아한 척하는 창부에 불과하니
그러므로 나는 그를 외면할 것이네.

앵초는 촌스럽기 그지없는 시골 여자,
제비꽃은 수녀와 마찬가지.
하지만 우아한 장미에겐 구애하겠네,
모든 꽃의 그 여왕에게는.

해바라기는 불변함을 나타내기 위해 자주 사용되는 상징이다. 토머스 무어도 이 상징을 사용했다.

진정으로 사랑한 마음은 결코 잊지 않으며,
오히려 마지막까지 진정으로 사랑한다네.

63 본문에 나온 〈꽃〉이란 〈해바라기〉를 말한다 — 원주.

해바라기가 제 사랑한 신이 질 때까지도
그가 떠오를 때와 똑같은 눈길로 바라보듯이.

헤로와 레안드로스

레안드로스는 아시아와 유럽 사이에 놓인 헬레스폰토스 해협[64]에서 아시아 쪽에 있는 도시 아비도스에 사는 청년이었다. 그 해협의 반대편 바닷가에는 세스토스라는 도시가 있었는데, 그곳에는 아프로디테의 여사제인 헤로라는 처녀가 살고 있었다. 레안드로스는 그녀를 사랑했기에 종종 밤마다 해협을 헤엄쳐서 건너가 즐거운 시간을 보냈으며, 그때마다 애인을 위해 그녀가 탑 위에 켜놓은 횃불의 인도를 받았다. 하지만 어느 날 밤 폭풍이 일어나서 바다가 거칠어졌다. 체력이 달린 레안드로스는 결국 물에 빠져 죽고 말았다. 파도가 그의 시신을 유럽 쪽의 바닷가로 밀고 가자, 헤로는 그의 죽음을 깨닫고 절망한 나머지 탑에서 바다로 몸을 던져 죽고 말았다.

키츠는 다음과 같은 소네트를 썼다.

〈레안드로스의 그림에 부쳐〉

이리 오너라, 예쁜 처녀들아, 모두 단정하게
눈을 내리깔고, 누그러진 빛은

64 에게해와 마르마라해를 연결하는 오늘날의 〈다르다넬스 해협〉을 말한다.

너희의 눈꺼풀 가장자리에 새하얗게 감추고,
온순하게 너희의 예쁜 손을 마주 잡아라.
마치 워낙 연약해서 너희가 바라보기만 해도
손상될 듯, 너희 아름다움의 빛의 희생자,
그는 젊은 영혼의 밤에 가라앉은 자이니.

무서운 바다 한가운데에서 당황해 가라앉으니,
이 젊은 레안드로스의 고생은 죽음을 맞이했네.
의식을 잃을 즈음, 그는 지친 입술을 오무려
헤로의 뺨을 찾고, 그녀의 미소에 미소로 답했네.
오, 무시무시한 꿈이여! 그의 시신이 물에 젖고
죽은 듯 무거워진 것을 보라. 팔과 어깨가 빛나더니,
그는 사라졌네. 요염한 숨으로 물거품을 내뿜으며!

헬레스폰토스를 헤엄쳐 건넌 레안드로스에 관한 이야기는 한동안 터무니없는 것으로 간주되었다. 하지만 바이런 경은 불가능하다고 여겨지던 그 일을 직접 해냄으로써, 이와 같은 위업이 실제로 가능하다는 사실을 증명했다. 「아비도스의 신부」에서 그는 이렇게 노래했다.

부유하는 파도가 지탱한 이 팔과 다리.

이 해협에서는 가장 좁은 곳의 거리가 거의 1마일에 가까우며, 마르마라해에서 에게해로 해류가 항상 흘러든다. 바이런 이후로는 다른 사람들도 이런 위업을 거뜬히 세울 수 있었다. 이것이야말로 수영이라는 종목에서도 힘과 실력 모두를 필요로 하는 고난도의 시험이기 때문에, 혹시 우리의 독자 중에도 이를 시도해서 성취하는 사람이 있다면 광범위하고도 지속적인 명성을 얻기에 충분할 것이다.

같은 시의 제2편에서 바이런은 이 이야기를 다음과 같이 인유한다.

헬레스폰토스의 파도 위 바람이 거칠어
바다의 폭풍 가장 심했던 그날 밤과 같았으니,
그때 〈사랑〉은 보내 놓고 그만 구하지 못했다,
그 젊은이, 그 아름다운 이, 그 용감한 이,
몹시 외로웠던 세스토스의 딸의 염원인 이를.
오, 하늘을 따라 외로이
탑의 횃불이 높이 빛을 발하자,
강해지는 질풍과 부서지는 거품에도,
집에 있으라는 바닷새의 날카로운 경고에도,
저 위의 구름이며, 저 아래의 파도가
가지 말라는 신호와 소리를 보냈어도,
그는 볼 수 없었고, 그는 들을 수 없었네,
두려움을 보여 주는 소리나 광경이라곤.
그의 눈은 오로지 사랑의 불빛만을,
높이 치켜든 유일한 별만을 바라보았네.
그의 귀에는 헤로의 노래만이 울려 퍼졌네.
〈너, 파도야, 연인을 오래 갈라놓지 마라.〉
그 이야기는 오래지만, 사랑은 새로우니,
젊은이의 가슴을 자극해 진실로 증명되리라.

제14장
아테나·니오베

아테나

지혜의 여신 아테나는 제우스의 딸이었다. 그녀는 성숙한 채로, 그리고 완전 무장한 채로 아버지의 머리에서 튀어나왔다고 전한다. 이 여신은 실용적인 기술과 장식적인 기술을 모조리 관장했는데, 여기에는 농사와 항해술 같은 남성의 기술은 물론이고 실잣기, 천 짜기, 바느질 같은 여성의 기술이 모두 포함되었다. 아테나는 전쟁을 좋아하는 신이었다. 하지만 그녀가 수호하는 전쟁은 오로지 방어를 위한 전쟁뿐이었으며, 폭력과 유혈을 향한 아레스의 야만적인 사랑에는 전혀 공감하지 않았다. 아테네는 이 여신이 선택한 영지였으며, 역시나 이곳을 열망하던 포세이돈과의 대결에서 이겨서 얻은 그녀 혼자만의 도시였다. 전설에 따르면, 아테네 최초의 왕 케크롭스의 치세에 두 신은 이 도시의 소유권을 놓고 경쟁을 벌였다. 신들은 둘 중에서 필멸자에게 최대한 유용한 선물을 만들어 내는 쪽에게 이 도시를 주어야 마땅하다는 조건을 내걸었다. 이에 포세이돈은 인간에게 말[馬]을 주었다. 그리고 아테나는 올리브를 주었다. 다른 신들은 이 두 가지 선물 중에서 올리브가 더 유용하다고 판결했으며, 결국 이 도시를 여신에게 상으로 주었다. 그리하여 이 도시의 이름은 아테나의 이름을 따라 〈아테네〉가 되었다.

그런가 하면 또 다른 대결도 있었으니, 이때에는 감히 필멸자가 아테나와 경쟁을 벌였다. 그 장본인은 아라크네라는 처녀였는데, 천 짜기와 수놓기 기술에서 워낙 실력이 뛰어났기 때문에, 님프들조차도 각자의 숲과 샘에서 나와 그 작품을 구경하러 올 정도였다. 작품이 완성되었을 때의 아름다움뿐 아니라, 작품을 만드는 과정에서의 아름다움도 있었다. 아라크네가 날것 그대로의 양모를 가져다가 실 뭉치로 만드는 모습이며, 자기 손가락으로 분리하고 빗질해서 마치 구름처럼 가볍고 부드럽게 보이도록 만드는 모습이며, 익숙한 손놀림으로 물렛가락을 빙빙 돌리는 모습이며, 천을 짜는 모습이며, 천을 다 짜고 나서 자기 바늘을 가지고 장식을 하는 모습을 지켜보는 사람은 누구나, 이것이야말로 아테나에게서 직접 배운 솜씨라고 입을 모을 정도였다. 하지만 그녀는 이런 평가를 거부했으며, 아무리 상대가 여신이라 하더라도 자기가 그 밑에서 배웠다는 생각을 차마 참을 수 없어 했다. 「그러면 아테나가 나하고 솜씨를 겨루어 보면 되겠네.」 아라크네가 말했다. 「내가 진다면 그 대가를 기꺼이 치를 테니까.」 아테나는 이 말을 듣고 기분이 언짢았다. 여신은 늙은 여인의 모습을 취한 다음 아라크네를 찾아가서 친절한 조언을 몇 가지 내놓았다. 「나는 경험이 상당히 많아요.」 아테나가 말했다. 「그러니 댁이 내 충고를 경멸하지는 말았으면 좋겠군요. 댁과 똑같은 필멸자에게는 얼마든지 도전하되, 부디 여신과는 경쟁하지 말아요. 도리어 나는 당신이 했던 말에 대해 여신께 용서를 구하라고 조언하고 싶군요. 그분께서는 자비로우시니까, 어쩌면 당신을 용서하실지도 몰라요.」 그러자 아라크네는 실잣기를 하다 말고 분노한 얼굴로 늙은 여인을 바라보았다. 「방금 하신 충고는 아주머니의 딸들이나 하녀들에게나 하시죠.」 그녀가 말했다. 「내가 무슨 말을 했는지는 내가 잘 알고, 나는 그 말을 계속 지킬 거예요. 여신 따위는 두렵지 않아요. 어디, 여신도 자기 실력을 시험해 보라고 하죠. 감히 여기 올 엄두가 난다면 말이에요.」 그 순간 아테나는 이렇게 말했다. 「그래, 여기 왔다.」 그리고 자기 변장을 벗어 던지고 모두의 앞에 본래 모습을 드러냈다. 님프들은 납작 엎드려 절했고, 구경꾼들도 모두 경의를 표했다. 아라크네 혼자만이 두려워하지 않았다. 물론 얼굴을 붉히기는 했다. 그녀의 뺨이 갑자기 붉게 물들더니 점차 안색이 창백해졌다. 하지만 자기 고집을 꺾지는 않았기에, 자기 실력에 대한 이처럼 어리석은 자만이 결국 아라크네의 운명을 재촉했다. 아테나는 더 이상 인내하지도 않았으며, 더 이상은 아무런 조언도 제안하지 않았다. 둘은 대결을 시작했다. 각자 자리를 잡고 나서 실을 직조기에 매었다. 그런 뒤에 가느다란 북이 안팎으로 실들 사이를 지나갔다. 이가 촘촘한 바디로 씨줄을 때려서 제자리에 밀어 넣고, 천이 단단히 짜이게 만들었다. 양쪽 모두 빠른 속도로 작업을 했다. 이들의 숙련된 손이 재빨리 움직였고, 대결의 흥분 때문에 노동조차 가볍게 느껴졌다. 진홍색 양모가 다른 색깔의 양모와 대조를 이루었는데, 워낙 교묘하게 한 색깔에서 다른 색깔로 교차되는 바람에 이음매가 어디인지 찾을 수가 없을 지경이었다. 이는 마치 무지개와도 흡사했다. 하늘을 물들이는 이긴 아치는 소나기에서 반사된 햇빛에 의해 생겨나는 것인데,[65] 그 각 색깔들은 서로 닿은 곳에서는 마치 하나인 것처럼 보이지만, 그 접촉면에서 약간 떨어진 부분에서는 다른 색으로 보인다.

아테나는 자기 천 위에다가 일찍이 자기가 포세이돈과 벌인 대결의 장면을 새겼다. 열두 명에 달하는 하늘의 권능자들이 자리했는데, 특히 당당한 위엄을 뽐내는 제우스가 가운데 앉아 있었다. 바다의 지배자인 포세이돈은 삼지창을 들고 있었고, 마치 방금 말[馬] 한 마리가 앞으로 뛰어가는 바람에 그 뒤에 서 있다가 졸지에 흙더미를 뒤집어쓴 것과 같은 몰골이었다. 아테나는 투구를 머리에 쓰고 방패를 가슴팍에 들어 올린 모습으로 자기 자신을 묘사했다. 여기까지가 한가운데의 원 안에 있는 모습이었다. 그리고 천의 네 모퉁이에는 주제넘은 필멸자들이 감히 대결을 신청하는 것에 대한 신들의 언짢음을 보여 주는 사건들이 묘사되어 있었다. 이것은 너무 늦기 전에 대결을 포기하라고 상대방에게 주는 경고를 의도한 것이었다.

반면 아라크네는 신들의 실패와 실수를 보여 주기 위해 의도적으로 선택한 주제들로 자기 천을 가득 채웠다. 그중 한 장면은 레다가 백조를 쓰다듬는 모습이었는데, 사실 그 백조 아래에는 자기 모습을 위장한 제우스가 들어 있었다. 또 한 장면에는 다나에가 아버지의 명령으로 놋쇠 탑에 갇혀 있었는데, 역시나 제우스가 금빛 소나기의 형태로 그곳에 들어가는 모습이 묘사되어 있었다. 또 한 장면에는 에우로페가

65 무지개에 대한 설명은 오비디우스가 쓴 구절을 직역한 것이다 — 원주.

황소의 모습으로 위장한 제우스에게 속는 모습이 묘사되어 있었다. 그 짐승의 얌전함에 용기를 얻은 에우로페는 심지어 그 등에 올라타는 모험을 감행했는데, 그 즉시 제우스는 그녀를 태우고 바다로 뛰어들어 크레테까지 헤엄쳐 갔다. 그런데 천 위에서 그 황소가 어찌나 잘 만들어졌던지 진짜 황소라고 착각될 지경이었고, 그 황소가 헤엄쳐 건너는 물도 워낙 자연스러워 보였다. 에우로페는 자기가 떠나온 바닷가를 갈망하는 눈으로 돌아보는 것처럼 보였고, 자기 동무들에게 도움을 요청하는 것처럼 보였다. 그리고 치솟는 파도를 보고 두려움에 떨며, 물에 젖지 않도록 발을 움츠리는 것처럼 보였다.

아라크네는 자기 천을 이와 유사한 주제들로 가득 채웠으며 놀라울 만큼 훌륭한 작품을 만들었지만, 이 과정에서 자신의 주제넘음과 불경함을 확실히 드러내고야 말았다. 아테나는 상대방의 솜씨에 차마 감탄을 억누를 수 없었지만, 또 한편으로는 그런 모욕에 분개해 마지않았다. 여신은 자기 북으로 상대방의 천을 때려서 갈기갈기 찢어 버렸다. 그런 다음 아라크네의 이마를 손으로 만져서, 그녀가 죄의식과 부끄러움을 느끼게 만들었다. 아라크네는 이런 감정을 차마 견디지 못하고 결국 목을 매어 자살했다. 아테나는 밧줄에 매달린 그녀를 보고는 딱하게 여겼다. 「살아나라.」 그녀가 말했다. 「죄 많은 것아! 그리고 이 교훈에 대한 기억을 보전하기 위해, 너는 물론이고 너의 후손들 역시 앞으로도 계속해서 매달려 있어라.」 여신은 바곳 즙을 아라크네에게 뿌렸다. 그러자 곧바로 머리카락이 떨어져 나오고, 코와 귀도 마찬가지로 떨어져 나왔다. 형체가 움츠러들었고, 머리는 훨씬 더 작아졌으며, 손가락은 옆구리에 바짝 붙어서 다리 역할을 하게 되었다. 나머지 부분은 몸통이 되었으며, 그 몸통으로부터 그녀는 자기 실을 자아냈다. 지금도 종종 그 실에 의지해 매달려 있으니, 아테나가 아라크네를 만져서 거미로 변신시켰을 때의 모습 그대로이다.

에드먼드 스펜서는 「미오포트모스」에서 아라크네의 이야기를 하면서, 선배인 오비디우스의 이야기를 매우 흡사하게 따르면서도, 그 이야기의 결론에서는 선배보다 한 수 위의 실력을 보여 준다.[66] 아래 인용한 두 연은 여신이 올리브 나무를 만드는 장면을 묘사한 이후에 무슨 일이 벌어졌는지를 말해 준다.

> 잎사귀 사이 그녀는 나비 하나 만들었네.
> 탁월한 고안이며 놀라운 광경이었으니,
> 제멋대로 펄럭이며 살아 있는 듯했네,
> 그 주위의 올리브들이 살아 있는 듯했듯이.
> 그 날개 위에는 벨벳 보풀이 일어나 있고,
> 그 등 위에는 비단 솜털이 있고,
> 넓게 뻗친 더듬이며, 털투성이 다리며,
> 우아한 색깔이며, 반짝이는 눈도 있었네.[67]

66 「미오포트모스, 또는 나비의 죽음」(1590)은 스펜서가 나비와 거미를 주인공으로 내세운 우화를 고전 서사시 형식으로 서술한 작품이다.

67 제임스 매킨토시 경은 이렇게 말한다. 〈당신이 생각하시기에는 어떠십니까? 제아무리 중국인이라 하더라도, 나비의 화려한 색깔을 저 《벨벳 보풀》 운운하는 시행보다 더 섬세하고 정확하게 그릴 수는 없지 않겠습니까?〉 『생애』 제2권, 246쪽 — 원주.

이처럼 보기 드문 장인의 솜씨로 수놓이고
완성된 작품을 아라크네가 본 순간,
그녀는 놀란 채 한참 서서, 반박조차 못하고,
충혈된 눈으로 자기가 한 것을 바라보고,
당황한 사람의 징표인, 그녀의 침묵과 함께
그 승리는 그녀에게 자기 몫을 낳아 주었네.
그녀는 속으로 초조하고 맹렬히 타올랐고,
온몸의 피가 독성의 원한으로 바뀌었네.

그런데 이 작품에서 거미로의 변신은 아라크네 자신의 울분과 짜증에서 이루어진 것뿐이며, 여신의 직접적인 행동에 의해 이루어진 것은 아니다.

아래에 인용한 것은 구식의 여성 예찬 사례인데, 개릭[68]의 작품이다.

〈한 여인의 장식에 부침〉

시인들에 따르면, 옛날 아라크네는
자기 기술의 여신에게 대들었고,
이 과감한 인간은 금세 쓰러져
오만의 불운한 희생자가 되었네.

오, 아라크네의 운명을 조심하라,

68 David Garrick(1717~1779). 영국의 배우 겸 극작가로, 특히 『리처드 3세』에서 주연을 맡아 당대에 큰 인기를 누렸다.

신중하라, 클로에, 그리고 순종하라,
기술과 재치 모두 여신 못지않아
여신의 증오를 충분히 살 만하니.

테니슨은 「예술의 궁전」에서 궁전을 장식한 예술 작품을 묘사하면서 에우로페를 인유한다.

(……) 어여쁜 에우로페의 망토가 풀어져
어깨에서 흘러내려, 뒤쪽으로 걸리더니,
한 손에는 크로커스가 늘어지고, 또 한 손은
얌전한 황소의 금빛 뿔을 붙잡았다네.

역시 테니슨의 작품인 「공주」에서는 다나에가 인유된다.

이제 대지는 온통 다나에처럼 별을 향해 눕고,
너의 모든 가슴을 내 위에 열어 놓는다.

니오베

아라크네의 운명은 온 나라를 거쳐 외국으로까지 요란스레 퍼져 나갔으며, 주제넘은 필멸자에게 감히 스스로를 신과 비교하지 말라는 경고 노릇을 했다. 하지만 이런 겸손의 교훈을 배우는 데 실패한 사람, 그것도 여러 자녀를 둔 어머니가 하나 있었다. 바로 테바이의 왕비 니오베가 그 장본인이었다. 그녀에게는 자랑스러워할 것이 무척이나 많았다. 그런데 니오베를 유독 우쭐하게 만든 것은 자기 남편의 명성도 아니었고, 자기 자신의 미모도 아니었고, 자기 가문의 훌륭한 혈통도 아니었고, 자기 왕국의 위세도 아니었다. 그것은 자기 자녀였다. 하지만 그렇다는 사실을 본인이 극구 주장하지만 않았더라도, 그녀는 실제로 세상에서 가장 행복한 어머니로 남았을 것이다. 마침 레토와 그 자녀인 아폴론과 아르테미스를 기리기 위해 매년 열리는 축제가 있었는데(이때에는 테바이 사람들이 모여서, 자기네 이마에 월계관을 쓰고 유향을 갖고 제단에 나아가 경의를 표했다) 군중 사이에 니오베가 나타났다. 그녀의 복장은 금과 보석으로 휘황찬란했으며, 그녀의 표정은 오로지 화난 여자만이 가능한 방식으로 아름다웠다. 니오베는 그곳에 서서 오만한 표정으로 사람들을 훑어보았다. 「이 얼마나 어리석은 일인가!」 그녀가 말했다. 「너희 눈앞에 서 있는 이보다 너희가 한 번도 본 적이 없는 존재를 더 선호하다니! 어째서 레토에게는 예배를 드려 경의를 표하는데, 내게는 아무도 그러지 않는 것이냐? 내 아버지 탄탈로스는 신들의 식탁에 초대받은 손님이셨다. 내 어머니는 여신이셨다.[69] 내 남편은 이 도시 테바이를 건설하고 다스렸으며, 나는 부모님으로부터 프리기아를 물려받았다. 눈을 돌리는 곳마다 내 위세의 흔적이 보인다. 내 모습과 거동 중에 여신에 비견되지 못할 것은 전혀 없다. 이 모두에 더해서, 내게는 일곱 명의 아들들과 일곱 명의 딸들이 있으며, 내 동맹자가 될 만큼 가치가 있는 왕위 계승권을 보유한 사위들과 며느리들을 찾는 중이다. 그러니 내가 자부심을 느낄 만한 이유를 갖고 있지 않는가? 너희는 티탄의 딸이며 자녀

69 그리스 신화에는 〈디오네〉라는 이름을 가진 여신/여성이 여럿 등장하는데, 그중에서도 아틀라스의 딸 〈디오네〉가 니오베의 어머니라고 전한다.

가 둘뿐인 레토보다 나를 택해야 않겠는가? 나는 일곱 배나 더 많이 갖고 있으니 말이다. 나는 실제로도 운이 좋으며, 앞으로도 운이 좋은 상태로 남을 것이다! 어느 누가 이를 부인하겠는가? 내 풍요가 나의 안전이다. 나 자신이 워낙 강하기 때문에 〈행운〉도 내게 복종하는 것이다. 설령 그 여신이 내게서 많은 것을 가져가더라도, 내게는 여전히 많은 것이 남아 있을 것이다. 설령 내 자녀 가운데 일부를 잃게 되더라도, 나는 겨우 둘밖에 갖지 못한 레토처럼 가난한 상태로 남지는 않을 것이다. 너희는 엄숙함을 집어치워라! 너희 이마에 쓴 월계관을 벗어 버려라! 이 예배를 그만두어라!」 사람들은 이 명령에 복종했고, 신에게 바치는 제사는 완료되지 못한 채 끝나 버렸다.[70]

여신 레토는 분개했다. 그리하여 자기가 사는 킨토스산 꼭대기로 아들과 딸을 불렀다. 「내 아이들아, 너희 모두를 그토록 자랑스러워하는 내가, 그리하여 오로지 헤라를 제외하면 여신 중 누구에게도 뒤지지 않는다고 자처했던 내가, 이제는 내가 정말로 여신이기는 한 건지 아닌지 의심이 들게 생겼구나. 너희가 나를 보호해 주지 않는다면, 나는 곧 예배 자체마저도 박탈당하고 말 거다.」 레토는 이런 식으로 이야기를 시작했지만, 아폴론이 어머니의 말을 막았다. 「말씀은

70 불핀치는 이 축제를 〈매년 열리는 것〉이라고 설명했지만, 오비디우스의 설명은 약간 다르다. 즉 예언자 테이레시아시스의 딸 만토가 어느 날 갑자기 신내림을 받아서 〈레토에게 예배를 드려야 한다〉고 주위에 말하자, 이에 사람들이 레토에게 예배를 드리는 도중에 여왕인 니오베가 나타나서 이를 금지했던 것이다. 〈매년 열리는 것〉이었다면 이미 제도화된 상황인데 여왕이 갑자기 금지시킬 수 있을지 의문이므로, 불핀치의 설명보다는 오비디우스의 설명이 좀 더 설득력 있어 보인다.

그만하세요.」 그가 말했다. 「공연히 말 때문에 처벌만 늦어지는 셈이니까요.」 아르테미스도 마찬가지로 말했다. 남매는 구름으로 몸을 감싸고 공중을 쏜살같이 날아서 그 도시의 탑 꼭대기에 내렸다. 성문 앞에는 넓은 들판이 펼쳐져 있었는데, 그곳에서는 이 도시의 젊은이들이 격렬한 운동을 즐기고 있었다. 니오베의 아들들도 다른 사람들과 함께 거기 있었다. 일부는 장식 마의(馬衣)를 입힌 사나운 말을 타고 있었으며, 일부는 화려한 수레를 몰고 있었다. 그중에서도 맨 처음 태어난 이스메노스는 거품을 문 말을 몰던 중에 하늘에서 떨어진 화살에 맞고는 이렇게 외쳤다. 「아아, 이런!」 그는 고삐를 놓치고, 생명을 잃은 채 땅에 떨어졌다. 또 다른 아들은 활시위 소리를 듣자마자 말들의 고삐를 놓고 도망치려 했는데, 그 모습은 마치 폭풍이 몰려오는 것을 보자마자 모든 돛을 항구 쪽으로 돌려놓는 뱃사람과도 같았다. 하지만 그가 도망치는 동안 피할 수 없는 화살이 그를 따라잡았다. 다른 두 명은 이보다 더 젊은 소년들이었는데, 이제 겨우 각자의 임무를 마치고 나서 레슬링을 즐기기 위해 경기장에 가 있었다. 이들이 가슴을 맞대고 서 있을 때 화살 한 대가 이들을 한꺼번에 꿰뚫었다. 형제는 나란히 비명을 질렀고, 나란히 주위를 둘러보며 작별의 눈길을 보냈으며, 나란히 마지막 숨을 내쉬었다. 두 소년보다 손위였던 알페노르는 동생들이 쓰러지는 것을 보고 도와주기 위해 그곳으로 달려왔다가, 이처럼 형제로서의 의무에서 비롯된 행동 중에 화살에 맞아 쓰러졌다. 다마식톤까지 죽자 이제는 일리오네우스라는 아들 한 명만 남았다. 그는 하늘을 향해 두 팔을 들어 올리더니, 과연 소용이 있을지 없을지도 알 수 없는 기도를 올렸다. 「저를 살려 주세요, 신들이시여!」 일리오네우스는 이렇게 외치며 모두에게 호소했으나, 그 어떤 신도 그의 중재 기도를 원하지 않았다는 사실은 미처 모르는 채였다. 아폴론이라면 그를 살려줄 수도 있었겠지만, 화살은 이미 활시위를 떠난 다음이었고, 따라서 너무 늦은 다음이었다.

사람들의 공포와 시종들의 슬픔 때문에 니오베는 머지않아 무슨 일이 벌어졌는지 알게 되었다. 그녀는 이런 일이 가능하리라고는 차마 생각하지 못했다. 한편으로는 신들이 감히 그렇게 했다는 사실에 격분했으며, 또 한편으로는 신들이 실제로 그렇게 하고 말았다는 사실에 깜짝 놀랐다. 그녀의 남편 암피온은 이 일격에 충격을 받은 나머지 자결하고 말았다. 아아! 지금의 이 니오베는 여신에게 바치는 제의로부터 사람들을 몰아냈던 아주 최근의 그녀와 얼마나 다르며, 또 한 도시를 가로질러 당당하게 행진하던 이전의 그녀와 얼마나 다른가! 그때에만 해도 친구들이 그녀를 부러워했지만, 이제는 심지어 적들조차 그녀를 동정하지 않는가! 니오베는 생명을 잃은 시신들 앞에 무릎을 꿇고, 죽은 아들들 가운데 한 명, 또 한 명에게 입을 맞추었다. 그리고 하늘을 향해 창백한 두 팔을 치켜들었다. 「잔인한 레토여.」 그녀가 말했다. 「내 고통을 가지고 당신의 분노를 충족시키세요! 내가 일곱 아들을 뒤따라 무덤으로 가는 동안, 당신의 무정한 마음을 만족시키시죠. 하지만 당신의 승리는 어디 있나요? 비록 아들들을 빼앗기기는 했지만, 나는 여전히 당신보다는 부유하네요, 정복자 양반.」 그녀가 이 말을 채 끝내기도 전에 활시위 소리가 들려왔고, 이에 니오베를 제외한 모두의 가슴이 공포로 덜컥 내려앉았다. 그녀는 슬픔이 지나친 까닭에 도리어 무모해진 상태였다. 니오베의 딸들은 상복을 차려입고 죽은 형제들의 시신 앞에 서 있었다. 그러다가 한 명이 화살에 맞아 쓰러지더니, 자기가 바라보며 통곡하던 시신 위에 쓰러져 죽어 버렸다. 또 한 명은 어머니를 위로하려 시도하다가, 갑자기 말을 멈추더니 생명을 잃고 땅에 쓰러졌다. 세 번째 딸은 계단으로 도망치려 하다가 죽었고, 네 번째 딸은 방금 죽은 언니 위에 쓰러져 죽었다. 또 하나는 숨어서 모면하려 하다가 죽었고, 다른 하나는 어느 쪽으로 가야 할지 몰라 가만히 서서 떨다가 죽었다. 이렇게 여섯이 죽어 버리고 나니 이제 단 하나만 남아 있어서, 어머니는 그 딸을 양팔로 끌어안고 자기 온몸으로 감싸고 있었다. 「이 아이 하나만은 제게 남겨 주세요, 가장 어린 아이잖아요! 오, 그 많은 숫자 가운데 하나는 제게 남겨 주시라고요!」 니오베가 소리를 질렀다. 이렇게 말하는 사이 그 한 명도 쓰러져 죽고 말았다. 그녀는 아들들과 딸들과 남편이 모두 죽어 쓰러진 한가운데에 낙심한 채 앉아 있었으며, 슬픔으로 인해 마비된 것처럼 보였다. 니오베의 머리카락은 산들바람에도 나부끼지 않았고, 뺨에는 아무런 색깔이 없었으며, 두 눈은 고정되어 움직이지 않았고, 몸에는 아무런 생명의 기미도 없었다. 그녀의 혀는 자기 입의 천장에 달라붙어 있었고, 혈관은 생명의 물결을 운반하는 일을 멈추고 있었다. 목은 구부러지지 않았고, 두 팔은 아무런 몸짓도 없었으며, 두 발은 아무런 걸음도 없었다. 니오베는 그 상태로 안팎 모두 돌이 되고 말았다. 하지만 눈물은 계속해서 흘러내렸다. 그녀는 돌풍에 실려 자기 고향의 산으로 옮겨졌고, 그곳의 수많은 돌더미 사이에 여전히 남아 있는데, 거기서는 지금도 물줄기가 졸졸 흘러내린다. 이것이야말로 결코 끝나지 않는 슬픔의 증거이다.

바이런은 『차일드 해럴드』(제4편 79연)에서 니오베의 이야기를 가지고 그 당시 로마의 몰락 상태에 관한 훌륭한 삽화를 만들어 냈다.

> 여러 국가를 낳은 니오베! 거기 그녀가 서 있네,
> 아이도 없고, 왕관도 없고, 목소리 없는 비애에 잠겨.
> 그녀의 시든 두 손에는 텅 빈 유골 항아리뿐,
> 그 거룩한 흙은 오래전에 흩어져 버렸네.
> 스키피오의 무덤에는 재도 이제 전혀 없네.
> 그 묘소 자체가 주인 없이 놓여 있다네,
> 그 영웅적 주인 없이. 너는 흐르느냐,
> 유서 깊은 테베레강아! 무정한 황무지 지나,
> 너의 누런 물결을 일으켜, 그녀의 비탄을 덮어 주어라.

피렌체의 제국 미술관에는 이 이야기를 형상화한 작품으로 유명한 조상(彫像)이 하나 있다. 원래는 어느 신전의 박공에 배열되어 있던 여러 개의 조상 가운데 핵심이었던 물건이다. 즉 겁에 질린 아이가 어머니를 붙들고 있는 모습으로, 고대의 미술품 중에서도 가장 격찬받은 작품 가운데 하나이다. 아울러 이는 라오코온상과 아폴론상과 어깨를 나란히 하는 걸작 미술품이다. 아래는 이 조상과 관련된 것으로 추정되는 그리스어 경구이다.

> 신들은 그녀를 돌로 바꾸었지만, 소용이 없었네.

조각가의 기술이 그녀를 다시 숨 쉬게 만들었으니.

니오베의 이야기가 비극적이기는 하지만, 토머스 무어가 그 이야기를 「길에 관한 시」에서 차용했을 때에는 우리조차도 미소를 짓지 않을 도리가 없다.

자기 마차 안에서 시를 짓곤 했다던
저 뛰어난 리처드 블랙모어 경,
시상(詩想)이 그를 저버리지 않을 때면
죽음과 서사시 사이에서 시간을 허비하며
하루 온종일 시를 쓰고, 사람을 죽였다.
마치 포이보스가 수레 타고 손쉽게
고상한 노래를 읊어 대면서
니오베의 어린 것들을 살해했듯이.

리처드 블랙모어 경은 원래 의사였으며, 동시에 다작이면서도 매우 형편없는 시인이었다. 오늘날 그의 작품은 대부분 잊혔으며, 다만 토머스 무어와 같은 재사(才士)가 농담을 위해 언급한 내용을 통해서만 기억된다.

제15장

그라이아이와 고르고네스·페르세우스와 메두사·아틀라스·안드로메데

그라이아이와 고르곤

그라이아이는 〈할머니들〉이라는 뜻으로 세 명의 자매를 가리키는데, 태어날 때부터 머리카락이 반백이었기 때문에 그런 이름이 붙었다. 페르세우스는 메두사를 처치하러 가는 도중에 그라이아이에게 먼저 들러서 고르고네스의 위치를 알아냈다. 고르고네스[고르곤들]는 괴물같이 생긴 여자들로, 마치 돼지 같은 커다란 이빨에 놋쇠로 된 발톱, 그리고 뱀으로 된 머리카락을 갖고 있었다. 이 존재들은 신화에서 그리 많이 언급되지 않지만, 그중 하나인 고르곤 메두사는 예외이므로 그 이야기는 바로 다음에 살펴볼 것이다. 여기서 이들에 관해 잠깐 언급한 까닭은 일부 현대 작가들의 기발한 이론을 하나 소개하기 위해서인데, 이른바 고르곤과 그라이아이는 단지 바다에서 비롯되는 두려움의 의인화일 뿐이라는 것이다. 즉 전자는 확 트인 대양의 〈강력한〉 물결을 지칭하는 것이고, 후자는 바닷가의 바위에 부딪치며 〈새하얀〉 거품을 일으키는 파도를 지칭하는 것이라는 설명이다. 아울러 그리스어로 이들의 이름은 일종의 애칭에 해당한다.

페르세우스와 메두사

페르세우스는 제우스와 다나에의 아들이다. 그의 외할아버지인 아크리시오스는 자기 딸이 낳은 아이가 결국 자기를 죽이는 도구가 되리라는 신탁을 받고 깜짝 놀란 나머지, 이들 모자를 궤 안에 넣고 단단히 잠근 다음 바다에 띄워 보냈다. 궤는 세리포스를 향해 둥실둥실 떠갔는데, 그곳에서 한 어부가 이를 발견하고 어머니와 아기를 그 나라의 왕 폴리덱테스에게 보냈고, 왕은 이들 모자를 친절하게 대우해 주었다. 페르세우스가 장성하자, 왕은 당시에 그 나라를 황폐하게 하던 무시무시한 괴물 메두사를 정복하는 임무를 명령했다. 메두사는 원래 아름다운 처녀였으며 머리카락이야말로 그녀의 큰 자랑거리였으나, 감히 아테나와 미모를 겨룬 까닭에 아름다움도 빼앗기고 아름답던 고수머리도 쉭쉭 소리를 내는 뱀들로 바뀌어 버렸다. 이제는 무척이나 잔인하고도 무시무시한 외모를 지닌 괴물이 되어, 살아 있는 존재가 그녀를 바라보면 졸지에 돌로 변해 버렸다. 메두사가 사는 동굴 주위에서는 우연히 그녀를 보고서 그 즉시 돌로 변해 버린 인간들과 동물들의 석상을 무수히 찾아볼 수가 있었다. 페르세우스는 아테나와 헤르메스의 총애를 받았는데, 여신은 그에게 자기 방패를 빌려주었고, 남신은 그에게 날개 달린 자기 신발을 빌려주었다. 그는 메두사가 잠을 자는 동안 접근해서, 그녀를 똑바로 쳐다보지 않도록 주의하며 자기가 들고 있는 반짝이는 방패에 반사된 그녀의 모습을 길잡이로 삼았다. 결국 페르세우스는 괴물의 머리를 잘라서 아테나에게 건네주었고, 여신은 그 머리를 자신의 방패 아이기스 한가운데에 달아 놓았다.

밀턴은 「코머스」에서 아이기스를 인유한다.

저 뱀 머리 고르곤 방패는 무엇이며,
현명한 아테나, 정복되지 않은 처녀는 무엇을 지녔는가,
그것으로 그녀는 자기 적들을 단단한 돌로 만들었네.
순결한 준엄함의 굳은 표정과
고귀한 우아함으로 야만적인 폭력을 좌절시켜
갑작스러운 예찬과 멍한 감탄을 자아냈네.

『건강 유지법』의 저자인 시인 존 암스트롱은 「셰익스피어를 모방한 시」에서 서리가 물에 끼치는 영향을 다음과 같이 묘사했다.

이제 퉁명스러운 북풍 불어와, 굳은 지역 모두
냉각시키고, 키르케보다도, 또는 잔인한 메데이아가
끓인 약보다도 더 강력한 마법으로 인해
강둑에 늘 재잘대던 개울들은 가만히 멈추어
양쪽 강둑 사이에 낀 상태로 있고
시들어 버린 갈대를 움직이지도 않고
(……) 물결은 광포한 북동풍에게 괴롭힘당하고,
초조한 울화로 그들의 분노한 머리를 흔들며,
(……) 그 모든 광기의 거품을 뿜으며,
거대한 얼음에 부딪친다.
(……) 이 갑작스러운 행위는
그토록 단호하고, 그토록 갑작스럽게,
무시무시한 메두사의 섬뜩한 모습의 산물이다.

(……) 숲을 거닐 때에 그녀는 야만스러운 거주자들을
돌로 만들어 버린다. 거품을 문 사자가
격노하여 제 먹이에 달려들어도, 그녀의 더 빠른 힘은
그의 속도를 따돌려 버렸으며
(……) 그 광포한 태도에 고정되어 그는 서 있다
마치 대리석으로 새긴 〈분노〉처럼!

페르세우스와 아틀라스

메두사를 죽인 페르세우스는 그 고르곤의 머리를 들고 땅과 바다를 지나 멀리멀리 날아갔다. 밤이 찾아왔을 무렵 그는 대지의 서쪽 경계, 그러니까 해가 내려가는 곳에 도착했다. 페르세우스는 이곳에서 아침까지 기꺼이 쉴 작정이었지만 그러지 못했다. 이곳은 아틀라스 왕의 영토였는데, 그의 덩치는 다른 모든 인간의 덩치를 능가했다. 그는 가축을 많이 갖고 있었으며, 자기 나라를 놓고 싸울 이웃이나 경쟁자가 전혀 없었다. 아틀라스의 주된 자랑은 바로 그의 정원이었으니, 그곳에는 황금 과일이 황금 나뭇가지에 매달려서 황금 잎사귀에 반쯤 가려져 있었다. 페르세우스가 그에게 말했다. 「저는 손님으로 왔습니다. 만약 당신께서 저명한 가문의 후손을 존중하신다면, 저는 제우스를 제 아버지로 주장하겠습니다. 대단한 위업을 존중하신다면, 저는 고르곤을 정복한 것을 내세우겠습니다. 저는 휴식과 음식을 원합니다.」 하지만 아틀라스는 제우스의 아들이 언젠가 나타나서 자신의 황금 사과를 훔쳐 갈 것이라는 오래된 예언을 기억하고 있었다.[71] 그래서 그는 이렇게 대답했다. 「당장 사라져라! 그러지 않는다면, 너의 영광이며 혈통에 관한 거짓된 주장도 너를 보호해 주지 못할 것이다.」 그러면서 아틀라스는 상대방을 밀어서 내쫓으려 했다. 이 거인이 너무 힘이 센 까닭에 감당할 수가 없자, 페르세우스는 이렇게 말했다.「당신이 나의 우정을 이토록 하찮게 생각하시니, 대신 선물이나 하나 받으시지요.」 그러면서 그는 고개를 돌린 상태에서 고르곤의 머리를 치켜들었다. 결국 아틀라스는 그 덩치 모두가 변하여 돌이 되었다. 턱수염과 머리카락은 숲이 되었고, 두 팔과 어깨는 절벽이 되었으며, 머리는 봉우리가 되었고, 뼈는 바위가 되었다. 각각의 부분은 그 덩치가 늘어나서 결국 산이 되었고, (신들로서는 기쁘게도) 온갖 별을 달고 있던 하늘이 그의 어깨에 내려앉아 쉬게 되었다.

바다 괴물

페르세우스는 비행을 계속해서 에티오피아인의 나라에 도착했는데, 이곳의 왕은 케페우스였다. 그의 왕비는 카시에페이아였는데, 자신의 아름다움에 자부심이 컸던 나머지 자신을 감히 바다 님프들과 비교하게 되었다. 이에 바다 님프들은 분노해 마지않았으며, 급기야 커다란 바다 괴물을 보내서 바닷가를 파괴하게 만들었다. 케페우스가 신들을 달래려 신탁을 묻자, 딸 안드로메데를 괴물의 먹이로 내놓으라는 지시가 내려왔다. 마침 페르세우스가 하늘을 날아가다가 아

71 아틀라스가 들은 예언에 나오는 〈제우스의 아들〉은 페르세우스가 아니라 헤라클레스였다(물론 두 가지 신화를 연속적인 사건으로 보자면 금세 모순이 드러나지만). 제19장에 나오는 헤라클레스의 모험을 참고하라.

래를 바라보았더니, 웬 처녀가 바위에 쇠사슬로 묶인 채 괴물 뱀이 다가오기만을 기다리고 있었다. 워낙 안색이 창백하고 꼼짝달싹하지 않았기에, 그 눈에서 흘러내리는 눈물과 바람에 흔들리는 머리카락이 없었다면 대리석상으로 착각하고 넘어갔을 뻔했다. 페르세우스는 이 광경에 크게 놀란 나머지 자기의 날개 달린 신발을 움직이는 것조차도 잊고 말았다. 그는 안드로메데의 머리 위에서 맴돌며 말했다. 「오, 처녀여, 당신은 그런 쇠사슬과는 어울리지 않고, 사랑하는 연인들을 하나로 엮어 주는 쇠사슬에나 어울릴 것인데. 말해 봐요, 당신의 이름을, 당신 나라의 이름을, 그리고 당신이 왜 그렇게 묶여 있는지를. 내가 너무 궁금하니까.」 처음에 안드로메데는 정숙함 때문에 아무 말이 없었으며, 묶여 있는 신세만 아니었다면 양손으로 자기 얼굴이라도 가리고 싶은 심정이었다. 하지만 페르세우스가 또다시 질문을 던지자, 자기가 감히 대답을 하지 않는다면 실제로 뭔가 큰 잘못을 저지른 사람으로 오해될지도 모른다는 걱정이 들어서, 결국 자기와 자기 나라의 이름을, 그리고 자기 어머니의 아름다움에 대한 자부심에서 비롯된 사정을 밝혔다. 안드로메데가 이야기를 다 끝마치기도 전에, 바다에서 어떤 소리가 들려오더니, 괴물이 그 머리를 수면 위로 치켜들고 그 넓은 가슴으로 파도를 가르면서 나타났다. 처녀는 비명을 질렀고, 이때 현장에 이미 도착해 있던 부모 모두가 비참한 심경이 되었는데, 특히 어머니로선 당연히 더 그럴 수밖에 없었다. 왕비는 딸의 옆으로 다가왔고, 차마 보호까지는 하지 못하는 상황이다 보니 그저 탄식을 내뱉으며 희생자를 끌어안을 뿐이었다. 그때 페르세우스가 말했다. 「눈물을 흘리기에 적당한 시간은 나중에 또 있을 겁니다. 지금 이 시간은 오로지 우리가 구출을 할 시간입니다. 제우스의 아들이라는 내 지위와, 고르곤을 무찌른 자라는 내 명성이라면 저도 구혼자로서 받아들일 만한 사람일 겁니다. 하지만 신들께서 자비로우시다면, 제 나름의 노력을 통해 신부를 얻으려 시도해 보겠습니다. 제 용맹으로 그녀를 구해 낸다면, 저는 그녀를 전리품으로 요구할 것입니다.」 부모는 이에 동의했고(어떻게 감히 주저할 수 있었겠는가?) 딸과 함께 왕실의 지참금을 주기로 약속했다.

실력 있는 돌팔매꾼이 던진 돌이 닿을 만한 거리까지 괴물이 다가오자, 청년은 갑자기 발을 구르더니 하늘로 솟아올랐다. 마치 독수리가 높이 날다가 햇볕을 쬐는 뱀을 보고는 위에서 덮친 다음 목을 움켜쥐는 것처럼, 그리하여 뱀이 머리를 옆으로 돌려서 독니를 사용하지 못하게 막는 것처럼, 페르세우스는 괴물의 등을 따라 내려가면서 자기 검을 그 어깨에 찔러 넣었다. 상처 때문에 화가 난 괴물은 공중으로 펄쩍 뛰어오르더니 물속 깊은 곳으로 뛰어들었다. 그러고는 마치 짖어 대는 개 떼에 둘러싸인 멧돼지마냥 이쪽저쪽으로 재빨리 움직였지만, 청년은 날개 달린 신발을 이용해서 그놈의 공격을 피했다. 그리고 비늘 사이에서 자기 검이 들어갈 틈새를 발견했다 하면, 이번에는 옆쪽을, 또 다음에는 뒤로 갈수록 가늘어지는 꼬리가 시작되는 부분의 갈빗대를 꿰뚫었다. 그놈의 콧구멍에서 나온 짐승의 액체에는 물과 피가 섞여 있었다. 영웅의 날개는 그 액체로 젖어 버려서, 이제는 그도 더 이상 날개만을 믿을 수가 없었다. 페르세우스는 파도 위로 솟아오른 바위 위에 올라가 그곳의 튀어나온 부분을 붙잡았고, 괴물이 자기한테 가까이 헤엄쳐 다가오자 마지막 일격을 가했다. 바닷가에 모여 있던 사람들이 함성을 지르자, 그 소리가 언덕에 반사되어 메아리쳤다. 슬픔이 기쁨으로 변한 부모는 사윗감을 끌어안았고, 그를 자기들의 구조자이며 자기 가문의 구원자라고 떠받들었다. 그리고 이 싸움의 원인이자 전리품인 처녀도 비로소 바위에서 내려왔다.

자신의 아름다움을 자랑하다가 딸을 잃어버릴 뻔했던 카시에페이아는 에티오피아인이었으며, 따라서 피부가 검었다. 적어도 밀턴은 그렇게 생각했던 모양인지, 「우울한 사람」에서 이 이야기를 인유하면서, 〈우울〉을 가리켜 다음과 같이 말했다.

> (……) 여신, 현인이며 거룩한 자,
> 찬양하라, 가장 신성한 우울을.
> 그의 거룩한 얼굴은 너무 찬란해서
> 인간의 시각이란 감각에 와 닿지 못하며,
> 또한 더 약한 우리 시야에도 와 닿지 못하네,
> 검은색으로 덧입혀지고, 〈지혜〉의 색조가 머무르네.
> 검기는 해도, 그녀의 명성으로 말하자면,
> 멤논 왕자의 누이에게 어울릴 만한,
> 또는 자기 아름다움이 바다 님프보다 낫다고 해서
> 그들의 권능을 불쾌하게 만들었다가 결국 별이 된
> 에티오피아의 왕비에게 어울릴 만한 정도였다.

이 시에서 카시에페이아를 가리켜 〈별이 된 에티오피아의 왕비〉라고 부른 까닭은 그녀가 죽은 뒤에 별들 사이에 놓였기 때문인데, 이 별들은 오늘날 그녀의 이름으로 일컬어지는 별자리를 형성하고 있다. 비록 이런 명예를 얻기는 했지만, 카시에페이아의 오랜 적인 바다 님프들은 여전히 우위를 점하고 있었기 때문에, 이 별자리를 하늘에서도 북극 가까운 곳에 놓아두고 매일 밤마다 하늘에 나타나는 시간의 절반쯤은 머리를 아래로 향하게 함으로써 그녀에게 겸손의 교훈을 주고 있다.

또 이 시에서 언급된 멤논은 에티오피아의 왕자이며, 그에 관해서는 나중에 다시 이야기할 기회가 있을 것이다.

결혼식 잔치

기쁨에 겨운 부모는 페르세우스와 안드로메데를 데리고 궁전으로 돌아가서 잔치를 열었으며, 모두가 기쁨과 축제의 기분에 젖어 있었다. 그런데 갑자기 마치 전쟁을 벌이는 듯한 요란한 소리가 들리더니, 처녀의 약혼자였던 피네우스가 자기 추종자들로 이루어진 무리와 함께 쳐들어와서는 제 약혼녀를 내놓으라고 요구했다. 그러자 케페우스가 꾸짖었다. 「너는 저 아이가 바위에 묶여서 누워 있을 때 이런 요구를 했어야 한다. 저 아이를 저런 운명에 처하게 만든 신들의 선고로 인해 모든 약속은 깨진 셈이다. 십중팔구 죽을 목숨이었으니 말이다.」 피네우스는 아무런 대답도 하지 않고 자기 투창을 페르세우스에게 던졌지만, 이 무기는 표적을 벗어나 아무런 해도 끼치지 못하고 땅에 떨어졌다. 페르세우스도 이참에 자기 투창을 꺼내 들 수도 있었지만, 겁쟁이인 공격자는 재빨리 도망쳐서 제단 뒤에 숨었다. 하지만 그의 행동은 케페우스의 손님들을 공격하라고 자기 무리에게 보내는 신호였다. 손님들이 방어에 나서면서 곳곳에서 충돌이 빚어졌고, 늙은 왕은 결실 없는 충고를 내놓은 뒤에 그 현장을 떠나서, 환대 직후에 일어난 이 폭력에 대해서는 자기가 아무런 죄도 없다는 사실을 증언해 주십사고 신들에게 호소했다.

페르세우스와 그의 친구들은 한동안 불리한 싸움을 펼쳤다. 하지만 공격자들의 숫자가 이들보다 너무 많았기에 파멸이 불가피해 보이자, 갑자기 그는 한 가지 생각을 떠올렸다. 「내 적들로 하여금 나를 방어해 주게 만들어야지.」 그러더니 그는 큰 목소리로 외쳤다. 「이곳에 내 친구가 있다면, 그 사람은 눈을 돌리도록 하시오!」 그러면서 고르곤의 머리를 높이 치켜들었다. 「요술 따위로 우리를 겁줄 생각은 마라.」 테스켈루스가 이렇게 말하며 자기 투창을 치켜들고 던지려는 순간, 그는 바로 그 자세로 돌이 되어 버렸다. 암픽스도 넘어진 적에게 자기 검을 찔러 넣으려는 참이었지만, 한쪽 팔이 뻣뻣해졌기 때문에 검을 앞으로 찌르지도 뒤로 빼지도 못하게 되었다. 또 한 명은 맹렬한 돌진의 와중에 우뚝 멈춰 섰으며, 입을 벌리기는 했지만 아무런 소리도 내뱉지는 못했다. 페르세우스의 친구 가운데 하나인 아콘테우스도 실수로 고르곤을 보자마자 나머지 사람과 마찬가지로 뻣뻣이 굳어 버렸다. 아스티아게스가 자기 검으로 그를 쳤지만, 부상을 입히기는커녕 오히려 쨍그랑 하는 소리와 함께 검이 튀어나왔다.

피네우스는 자신의 부당한 공격이 낳은 이 끔찍한 결과를 지켜보고 당황했다. 그는 큰 목소리로 친구들을 불렀지만,

아무도 대답하지 않았다. 친구들을 만져 보았지만, 이들은 돌이 되어 있었다. 피네우스는 무릎을 꿇고 양손을 페르세우스에게 뻗은 다음, 여전히 고개를 돌려 시선을 피하면서 자비를 구했다. 「모두 가져가십시오.」 그가 말했다. 「다만 목숨만 살려 주십시오.」 「비열한 겁쟁이.」 페르세우스가 말했다. 「내가 너에게 허락할 것은 이것뿐이다. 그 어떤 무기도 너를 건드리지 않을 것이다. 게다가 너는 이 사건에 대한 기념물로 내 집에 보전될 것이다.」 이렇게 말하며 그는 고르곤의 머리를 상대방의 시선이 향한 곳으로 가져갔다. 피네우스는 그 모습 그대로, 즉 양손을 앞으로 내밀고 고개는 돌린 상태로 움직이지 못하고 굳어 버렸고, 한마디로 돌덩어리가 되고 말았다!

다음에 나오는 페르세우스에 관한 인유는 헨리 하트 밀먼의 「사모르」에 등장한다.

> 전설에 나오는 리비아의 결혼 잔치 장소 한가운데
> 페르세우스가 분노의 굳은 차분함을 보이며 일어나,
> 반쯤은 선 채로, 반쯤은 발목 날개로 둥둥 떠다니며
> 격분하는 사이에, 그의 방패에 달린 환한 얼굴이
> 소란한 다툼을 돌로 바꾸었듯, 브리튼인 사모르도
> 그렇게 일어섰네. 마법의 무기는 전혀 없이,
> 오로지 섬뜩하고도 억제시키는 자기의
> 엄한 시선만 가지고. 그가 일어나자 경외심이
> 퍼지면서, 소란스러운 연회장엔 침묵이 깔렸네.

제16장

괴물들: 거인들·스핑크스·페가소스와 키마이라·켄타우로스·피그마이오이족·그리폰

신화의 언어로 말하자면, 괴물은 신체 일부가, 또는 전체 크기가 부자연스러운 존재라고 할 수 있다. 이놈들은 일반적으로 두려움의 대상인데, 막대한 힘과 잔인성으로 인간에게 부상과 괴로움을 입히기 때문이다. 어떤 괴물은 서로 다른 종류의 동물의 일부분을 조합한 것으로 여겨진다. 예를 들어 스핑크스와 키마이라가 그렇다. 이런 괴물들에게는 야수의 무시무시한 성질이 부여되었고, 이에 덧붙여 인간의 명민함과 능력도 부여되었다. 다른 괴물들, 예를 들어 거인 같은 경우에는 주로 그 크기 면에서 인간과 다르다. 그리고 이 특징 면에서는 그들 사이에서도 폭넓은 차이가 분명히 있다. 우선 〈인간형 거인〉은(만약 이렇게 불러도 된다고 친다면) 예를 들어 키클로페스, 안타이오스, 오리온 등이 대표적이다. 이들은 인간과 비교해서도 터무니없이 큰 모습까지는 아닌데, 이들은 종종 인간과의 사랑이며 다툼에 휘말리기 때문이다. 반면 〈초(超)인간형 거인〉은 일찍이 신들과 전쟁을 벌인 바 있을 정도로 몸집이 훨씬 더 크다. 전하는 바에 따르면, 거인 티티오스가 들판에 누우면 무려 3만 6천 제곱미터를 뒤덮었으며, 또 다른 거인 엔켈라도스를 꼼짝 못하고 눌러 놓기 위해서는 아이트네산을 통째로 올려놓아야 했다.

거인들이 신들을 상대로 행한 전쟁과 그 결과에 관해서는 우리도 앞에서 이미 이야기했다. 이 전쟁이 지속되는 동안 거인들은 자기들이 만만찮은 적이라는 사실을 입증했다. 그 중 일부는 브리아레우스처럼 팔이 1백 개나 되었고, 또 일부는 티폰처럼 입에서 불을 내뿜었다. 한번은 거인들 때문에 신들이 크게 겁을 먹은 나머지, 이집트로 도망쳐서 여러 가지 형태로 모습을 감추었다. 이때 제우스는 숫양의 형태를 취했고, 그래서 이후 이집트에서는 그를 굽은 뿔을 지닌 아문 신으로 숭배하게 되었다. 마찬가지로 아폴론은 까마귀, 디오니소스는 염소, 아르테미스는 고양이, 헤라는 암소, 아프로디테는 물고기, 헤르메스는 새가 되었다. 또 한 번은 거인들이 하늘에 오르려고 시도했는데, 그들은 이 목적을 달성하기 위해 오사산을 들어서 펠리온산 위에 쌓았다.[72] 하지만 거인들도 벼락 앞에서는 굴복하고 말았는데, 이 무기는 본래 아테나가 고안하고 지시한 대로 헤파이스토스가 그 휘하의 키클로페스와 함께 만들어서 제우스에게 건네준 것이었다.

스핑크스

테바이의 왕 라이오스는 만약 갓 태어난 아들이 장성하도록 내버려 둘 경우, 자기 왕위와 생명이 위험에 처할 것이라는 신탁의 경고를 들었다. 그리하여 그는 자기 아들을 목자(牧者)에게 주면서 죽여 없애라고 명령했다. 한편으로는 동

72 〈격언〉 5를 보라 — 원주.

정심을 품었지만, 또 한편으로는 차마 명령에 불복종할 수는 없었던 목자는 아이를 죽이지 않고 그의 발을 묶어서 어느 나뭇가지에 매달아 놓았다. 이런 상태로 있던 아이를 한 농부가 발견했고, 그의 주인 부부가 입양해서는 발견 당시 상태에 착안해 〈오이디푸스〉, 즉 〈부은 발〉이라는 이름을 붙였다.

그로부터 여러 해 뒤, 라이오스는 수행원을 단 한 명만 데리고 델포이로 가던 중, 좁은 길에서 자기와 마찬가지로 수레를 몰고 가는 청년을 만났다. 길을 비키라는 명령에 청년이 불복하자 왕의 수행원은 상대방의 말[馬] 가운데 한 마리를 죽여 버렸고, 그러자 이방인은 격분하여 라이오스와 수행원 모두를 죽여 버리고 말았다. 이 청년이 바로 오이디푸스였으며, 그리하여 그는 부지불식간에 자기 아버지의 살해자가 되고 말았다.

이 사건 직후에 테바이는 대로에 횡행하는 괴물 한 마리에게 시달리게 되었다. 그놈의 이름은 스핑크스였다. 이 괴물은 사자의 몸뚱이에 여자의 상반신이 붙어 있는 모습이었다. 그놈은 바위 꼭대기에 웅크리고 앉아 있다가, 그 길로 오는 여행자마다 붙들어 놓고 수수께끼를 하나 던지고는, 그걸 푸는 사람은 안전하게 통과하겠지만 못 푸는 사람은 죽게 되리라는 조건을 내걸었다. 하지만 어느 누구도 이 수수께끼를 풀지 못해서 모조리 죽고 말았다. 오이디푸스는 이런 놀라운 소식에도 굴하지 않고 대담하게 괴물을 상대하러 나섰다. 스핑크스가 그에게 물었다. 「아침에는 네 발로, 정오에는 두 발로, 저녁에는 세 발로 걷는 것이 무엇이냐?」 오이디푸스가 대답했다. 「인간이다. 어렸을 때는 두 손과 두 발로 기어다니고, 장성한 뒤에는 똑바로 서서 걸어다니고, 늙은 뒤에는 도움을 받아 걸어다니기 때문이다.」 스핑크스는 자기 수수께끼가 풀렸다는 사실에 크나큰 굴욕을 느낀 나머지 바위에서 뛰어내려 죽고 말았다.

테바이 사람들은 자신들을 찾아온 구원에 너무나도 기쁜 나머지 오이디푸스를 왕으로 삼고, 이전 왕의 왕비인 이오카스테와 결혼시켰다. 자기 태생에 관해서는 전혀 몰랐던 오이디푸스는 이미 자기 아버지의 살해자가 되었을 뿐만 아니라, 이제는 왕비와 결혼함으로써 자기 어머니의 남편이 되었던 것이다. 이 끔찍한 사실은 한동안 밝혀지지 않았지만, 언제부턴가 테바이에 기근과 전염병이 닥치자 신탁을 물은 다음에야 비로소 오이디푸스의 이중적인 죄악이 만천하에 드러나게 되었다. 이오카스테는 결국 스스로 생명을 끊었고, 오이디푸스는 광기에 사로잡혀 자기 눈을 뽑아내고 테바이를 떠나 떠돌이가 되었다. 모두가 그를 두려워하고 외면하는 중에도 그의 딸들은 충실하게 아버지를 따랐으며, 비참한 방랑의 오랜 세월이 지난 뒤에야 그는 비참한 삶의 종말을 맞이하게 되었다.

페가소스와 키마이라

페르세우스가 메두사의 머리를 잘랐을 때, 그 피가 땅에 스며들면서 날개 달린 말 페가소스가 태어났다. 아테나는 그놈을 붙잡고 길들여서 무사이에게 선물했다. 무사이의 산인 헬리콘에 있는 히포크레네샘은 그놈이 발굽으로 한 번 걷어차서 생겨난 것이라고 전한다.[73]

키마이라는 입에서 불을 뿜어내는 무시무시한 괴물이다. 이놈의 몸통에서 앞부분은 사자와 염소가 뒤섞인 모습이었고, 뒷부분은 용의 모습이었다. 이놈은 리키아에서 크나큰 파괴를 자행했기에, 그곳의 왕 이오바테스는 이놈을 죽일 영웅을 찾고 있었다. 이때 마침 씩씩한 청년 전사 한 명이 궁전으로 찾아왔는데, 그의 이름은 벨레로폰테스였다. 청년은 이오바테스의 사위였던 프로이토스가 보낸 편지를 가져왔는데, 그 내용은 누구도 감히 대적하지 못할 영웅인 벨레로폰테스를 추천하는 내용으로 시작되었다가, 맨 마지막에 가서는 그를 죽여 버리라는 요청이 덧붙여져 있었다. 그 이유는 프로이토스가 그를 질투했기 때문이었고, 특히 자기 아내 안테이아가 이 청년 전사를 너무 많이 칭찬한다는 사실로 인해 두 사람의 불륜을 의심했기 때문이었다. 벨레로폰테스가 부지불식간에 본인의 사형 집행 명령서를 가져갔다는 이 일화로부터 〈벨레로폰테스의 편지〉라는 표현이 나왔다. 즉 어떤 종류의 통신에서든지 어떤 사람이 부지불식간에 자기 자신에게 불리한 이야기를 전달하게 되는 상황을 말한다.

이오바테스는 이 편지를 읽고 나서 과연 어찌해야 할지 몰라 당황했는데, 왜냐하면 한편으로는 환대의 의무를 저버릴 수가 없었고, 또 한편으로는 자기 사위의 요청에 따르고도 싶었기 때문이었다. 그때 한 가지 좋은 생각이 그에게 떠올랐으니, 바로 이 청년을 보내서 키마이라와 싸우게 하자는 것이었다. 벨레로폰테스는 이 제안을 받아들였지만, 싸우러 가기 전에 일단 예언자인 폴리도스에게 찾아가 의논했고, 이때 예언자는 가능하다면 페가소스라는 말을 붙잡아서 싸움

73 〈히포크레네〉는 그리스어로 〈말[馬]의 샘〉이라는 뜻이다.

에 끌고 나가라고 조언해 주었다. 이를 위해서는 아테나의 신전에 들어가 하룻밤을 보내야 한다고 예언자는 가르쳐 주었다. 벨레로폰테스는 그가 시키는 대로 했고, 그가 잠자는 동안에 아테나가 나타나 황금 굴레를 건네주었다. 그가 잠에서 깨어난 뒤에도 굴레는 그의 손에 남아 있었다. 아테나는 또한 페가소스가 피에리아의 샘에서 물을 마시는 광경을 그에게 보여 주었는데, 황금 굴레를 보자마자 그 날개 달린 말은 기꺼이 다가와서 그의 손에 붙잡혔다. 벨레로폰테스는 이놈 위에 올라타서 공중으로 날아오른 다음, 금세 키마이라를 찾아내서 손쉽게 승리를 거두었다.

키마이라를 정복한 직후에도 벨레로폰테스는 불친절한 주인이 요구하는 추가적인 시련과 노동을 겪었지만, 페가소스의 도움을 받아서 그 모두를 이겨 냈다. 그러자 이오바테스도 이 영웅이 특별히 신들의 총애를 받는다는 사실을 마침내 깨닫고, 그를 자기 딸과 결혼시키고 자기 왕위의 계승자로 삼았다. 하지만 벨레로폰테스는 오만과 자만심 때문에 결국 신들의 분노를 사고 말았다. 전하는 바에 따르면, 그는 날개 달린 말을 타고 하늘까지 날아오르려고 시도했지만 제우스가 쇠파리 한 마리를 보내서 페가소스를 쏘게 했고, 결국 말이 날뛰면서 그 기수도 떨어져서 급기야 다리를 절고 눈이 멀게 되었다. 이 일 이후에 벨레로폰테스는 사람들이 오가는 길을 피해 알레이온 들판을 외로이 떠돌며 살다가 비참하게 죽고 말았다.

밀턴은 『실낙원』 제7권 서두에서 벨레로폰테스를 인유하고 있다.

하늘로부터 내려오라, 우라니아여,
(그대 그 이름이 옳다면) 그 성스러운 목소리
뒤따라 나는 솟아올랐네, 올림포스의 산 위로,
페가소스 날개의 비행 위로.
(……) 그대에게 이끌리어,
하늘 중의 하늘로 나는 감히 들어갔네,
지상의 손님이. 그리고 천상의 공기를 들이켰네.
(그대가 완화했네) 안전히 아래로 인도하여
나를 원래 있던 곳으로 돌려놓아 주오.
그렇지 않으면, 이 고삐 풀려 날아가는 말에서
(벨레로폰테스가 더 낮은 높이에서 그랬듯)
아래로 떨어져, 알레이온 들판에 떨어져서,
그곳에서 잘못되어 방황하고 버림받을 테니.

에드워드 영[74]은 「밤의 생각」에서 회의주의자의 입을 빌려 이렇게 말한다.

맹목적인 생각으로 미래를 부정하는 자는,
그대와 마찬가지로, 벨레로폰테스, 자기 고발장을
부지불식간에 가진 듯, 스스로에게 유죄를 선고한다.
그의 가슴을 읽는 자는 불멸의 삶을 읽는다.
그렇지 않다면, 자연이 제 자식을 기만해
거짓말하는 셈이다. 인간은 거짓으로 만들어졌다고.

74 Edward Young(1683~1765). 영국의 시인이며, 대표작으로는 「밤의 생각」이란 약칭으로 통하는 장시 「한탄, 또는 삶과 죽음과 불멸에 관한 밤의 생각」(1742~1745)이 있다.

페가소스는 본래 무사이의 말이었기 때문에 항상 시인들에게 봉사해 왔다. 프리드리히 실러는 자기 소유의 페가소스가 궁핍한 시인인 주인 곁을 떠나 남에게 팔려 갔으며, 급기야 수레를 끌고 쟁기를 끄는 신세가 되었다는 재미있는 이야기를 한다. 하지만 이 말[馬]은 그런 일에 어울리지가 않았고, 촌스러운 주인은 이 말을 제대로 사용하지 못했다. 그때 한 청년이 앞으로 나와 자기가 이 말을 다루어 보겠다고 자청했다. 그가 이 말의 등에 올라타자마자, 처음에는 사나워 보이고 그다음에는 맥 빠져 보이던 이 말은 위풍당당하게 일어섰고, 정령이 되고 신이 되어 두 날개를 화려하게 펼치고 하늘을 향해 솟아올랐다. 시인 롱펠로도 「울 안의 페가소스」에서 이 유명한 말의 모험을 기록한 바 있다.

셰익스피어는 『헨리 4세』에서 버논이 헨리 왕자를 묘사하는 대목에서 페가소스를 인유한다.

> 제가 젊은 헨리를 보니, 투구 턱 가리개를 올리고,
> 허벅지 가리개를 차고, 씩씩하게 무장하고,
> 마치 깃털 달린 헤르메스처럼 땅을 박차고,
> 안장에 워낙 편하게 올라앉아 있는 모습이
> 마치 구름 아래 내려온 천사와도 같았습니다.
> 사나운 페가소스를 돌려세우고
> 고귀한 승마 실력으로 세계를 매혹시키는 듯.

켄타우로스

이 괴물들은 머리부터 허리까지는 인간으로, 그리고 몸의 나머지 부분은 말[馬]로 표현되었다. 고대인은 말을 너무 좋아했기 때문에, 이 동물의 성격을 인간의 성격과 조합할 경우에는 매우 비천한 혼합물이 형성된다고는 미처 생각하지 못했던 모양이다. 따라서 켄타우로스는 고대에 상상된 괴물 중에서도 유일하게 좋은 성품이 부여된 괴물이다. 켄타우로스는 인간과의 교제가 허락되어서, 예를 들어 페이리토오스와 히포다메이아의 결혼 때에는 이들도 하객으로 참석했다. 그런데 잔치 도중 켄타우로스 가운데 하나인 에우리티온이 포도주에 취한 나머지 신부에게 폭력을 행사하려 들었다. 다른 켄타우로스도 그의 행동을 따라 했고, 급기야 끔찍한 충돌이 빚어져서 그중 몇 명이 살해당하고 말았다. 이것이 라피타이족(族)과 켄타우로스 간의 유명한 전투로, 고대의 조각가와 시인 모두가 즐겨 사용한 소재였다.

하지만 켄타우로스라고 해서 모두가 페이리토오스의 결혼식에 참석한 무례한 하객들 같지는 않았다. 예를 들어 케이론은 아폴론과 아르테미스의 제자였으며, 사냥과 의술과 음악과 예언 같은 능력으로 유명했다. 그의 제자 중에는 그리스 신화에서 가장 유명한 영웅들이 여럿 포함되어 있다. 그중에는 유아 시절의 아스클레피오스도 있는데, 아버지인 아폴론이 데려다가 케이론에게 맡겨 키웠던 것이었다. 이 현자 켄타우로스가 아기를 안고 집으로 돌아오자, 그의 딸 오키로에가 아버지를 맞이하러 나왔다가 아이를 보자마자 예언자의 발작을 일으키더니(그녀도 예언자였기 때문이다) 이 아이가 훗날 성취하게 될 영광을 예언했다. 실제로 아스클레피오스는 장성한 뒤에 의사로 명성을 떨쳤으며, 심지어 한 번은 죽은 사람을 도로 살려 내기도 했다. 이 사실에 분개한 하데스의 요청 때문에 제우스는 이 대담한 의사를 번개로 때려 죽였지만, 사후에는 신들 가운데 하나로 받아들였다.

케이론은 켄타우로스 중에서도 가장 현명하고 가장 공정했으므로, 제우스는 그가 죽자 별들 사이에 놓아두어서 인마궁(人馬宮)으로 만들었다.[75]

피그마이오이족

피그마이오이족(族)은 난쟁이 부족으로, 그 이름은 그리스어에서 아래팔의 길이인 약 30센티미터를 가리키는 단어 〈피그메pygmê〉에서 비롯되었다. 이들은 나일강의 수원 근처에 살았다고 전하며, 또 어떤 기록에 따르면 인도에 살았다고 전한다. 호메로스의 말에 따르면, 두루미들이 매년 겨울마다 피그마이오이족의 나라로 가는데, 이 새들의 모습은 그 작은 거주민들에게는 유혈 낭자한 전쟁의 신호로서, 이들 부족은 이 탐욕스러운 외부자들로부터 자기네 곡물밭을 지키기 위해서 무장을 갖추고서 나선다고 한다. 피그마이오이족과 그 적수인 두루미들은 몇 가지 미술품의 소재가 되기도 했다.

나중의 작가들이 한 이야기에 따르면, 한번은 피그마이오이족 군대가 잠든 헤라클레스를 발견하자, 마치 도시 하나를 공격하려는 듯 거창한 준비를 갖춘 적이 있었다. 하지만

75 보통은 〈궁수자리〉로 부르지만, 여기서는 문맥상 〈인마(人馬)〉, 즉 〈켄타우로스〉라는 명칭을 집어넣었다.

이 영웅은 잠에서 깨어나자마자 이 작은 전사들을 비웃은 다음, 그중 일부를 자기가 걸친 사자 가죽으로 싸서 에우리스테우스 왕에게 가져갔다.

『실낙원』 제1권에서 밀턴은 사탄의 일당을 피그마이오이족에 비유한다.

> (……) 마치 인도의 산 너머에 사는
> 피그마이오이족처럼, 또는 머리 위에서
> 달이 중재자로 자리하고, 지상 더 가까이에서
> 자신의 창백한 경로를 선회하는 가운데, 늦게
> 귀가하는 농부가 목격한 (또는 목격하는 꿈을 꾼)
> 한밤중에 숲 가장자리에서, 또는 숲속에서 술잔치를
> 벌이는 요정처럼. 명랑한 음악이 그의 귀를
> 매료시키는 가운데, 그들은 열심히 웃고 춤춘다.
> 그 즉시 기쁨과 공포가 그의 가슴에서 되튄다.

그리폰

그리폰은 사자의 몸통에, 독수리의 머리와 날개에, 깃털로 뒤덮인 등을 가진 괴물이다. 이놈은 새와 마찬가지로 둥지를 지으며, 알 대신에 마노(瑪瑙)를 그 안에 낳아 둔다. 그 발톱은 어찌나 큰지, 그 괴물이 사는 지역의 사람들은 그걸 가지고 술잔을 만들 정도이다. 그리폰의 원산지는 인도로 여겨진다. 이놈들은 산에서 금맥을 찾아내서 그 위에 둥지를 짓기 때문에 사냥꾼들에게 매력적인 표적이 된다. 때문에 주위를 열심히 경계하며 둥지를 지키지 않을 수 없다. 이들은 땅에 파묻힌 보물이 있는 곳에 본능적으로 이끌리며, 약탈자에게서는 멀찍이 떨어져 있으려고 최선을 다한다. 그리폰은 특히 아리마스포이족(族)의 나라에서 번성했는데, 이들은 스키티아에 있는 눈이 하나뿐인 종족이다.

『실낙원』 제2권에서 밀턴은 그리폰의 직유를 차용한다.

> 마치 그리폰이 허허벌판에서
> 날개 치며, 언덕과 늪 골짜기를 지나,
> 그놈의 주의 깊은 보호 아래 있던
> 귀중한 금을 몰래 훔쳐 낸
> 아리마스포이족을 추적하듯이.

제17장
황금 양털·메데이아와 이아손

황금 양털

아주 옛날 테살리아에 아타마스와 네펠레라는 이름의 왕과 왕비가 있었다. 이들 사이에는 아들과 딸 남매가 있었다. 시간이 흐르면서 아타마스는 아내에게 점차 무관심하게 되어서, 결국 그녀를 멀리하고 또 다른 아내를 얻었다. 네펠레는 자기 아이들이 새어머니의 영향력 때문에 위험을 겪지 않을까 걱정한 나머지, 그녀의 손이 닿지 않는 범위 밖으로 남매를 피신시킬 방법을 궁리했다. 마침 헤르메스가 왕비를 돕기 위해 〈황금 양털〉을 지닌 숫양 한 마리를 건네주자, 그녀는 두 아이를 그 위에 태웠고, 그 짐승이 남매를 안전한 장소로 데려가 줄 것이라고 믿었다. 숫양은 등에 아이들을 태우고 공중으로 떠오르더니 동쪽으로 나아갔다. 유럽과 아시아를 가르는 해협을 건너갈 즈음에 헬레Helle라는 이름의 여자아이는 숫양의 등에서 떨어져 바다에 빠졌고, 그 아이의 이름 때문에 이곳이 〈헬레스폰토스Hellespont〉라는 이름으로 불리게 되었다(현재는 〈다르다넬스〉라고 부른다). 숫양은 계속해서 날아가서 흑해의 동쪽 해안에 있는 콜키스 왕국에 도착했고, 그곳의 왕 아이에테스는 숫양의 등에서 내린 소년 프릭소스를 따뜻하게 맞아 주었다. 훗날 프릭소스는 이 숫양을 제우스에게 제물로 바치고, 그 〈황금 양털〉을 아이에테스에게 선물했다. 그러자 왕은 황금 양털을 성스러운 숲에 가져다 놓고, 결코 잠을 자지 않는 용 한 마리에게 지키게 했다.

한편 테살리아에 있는 아타마스의 왕국 근처에는 그의 친척이 다스리는 또 다른 왕국이 하나 있었다. 이곳의 왕 아이손은 국사를 돌보는 일에 지친 나머지 자기 형제인 펠리아스에게 왕위를 양보하면서, 대신 자기 아들인 이아손이 미성년자인 시기 동안만 왕위를 유지해야 한다는 조건을 내걸었다. 그러나 어른이 된 이아손이 왕위를 되찾기 위해 숙부를 찾아오자, 펠리아스는 기꺼이 왕위를 내놓고 싶은 척하면서, 그보다 앞서 청년에게 황금 양털을 획득하기 위한 영광스러운 모험을 제안했다. 콜키스 왕국에 있는 것으로 유명한 이 물건이야말로 원래 자기 가문의 정당한 재산이므로 반드시 찾아와야 한다는 것이 펠리아스가 내세운 핑계였다. 이아손은 이 생각을 듣고 기뻐했으며 곧바로 원정 준비에 나섰다. 그 당시 그리스인이 터득한 유일한 항해 방법이란 통나무 속을 파내서 만든 작은 보트나 카누를 이용하는 것뿐이었기 때문에, 이아손이 장인(匠人) 아르고스Argus를 고용하여 무려 50명이 탈 수 있는 배를 만들게 하자, 이것 하나만으로도 매우 대단한 일로 간주되었다. 이 배는 결국 완성되었고, 그 제작자의 이름을 따서 〈아르고Argo〉 호로 명명되었다. 이아손은 그리스 전역의 모험을 즐기는 청년들에게 초청장을 보냈고, 금세 대담한 청년들로 이루어진 무리의 대장이 되었는데, 이들 가운데 상당수는 훗날 그리스의 여러 영웅과 반신(半神) 중에서 이름을 날리게 되었다. 헤라클레스, 테세우스, 오르페우스, 네스토르도 그중 하나였다. 배의 이름을 따서 이들은 〈아르고 선원들Argonauts〉이라고 일컬어졌다.

영웅들로 이루어진 선원들을 태운 〈아르고〉호는 테살리아의 바닷가를 떠나서 렘노스섬에 닿았다가, 거기서 바다를 가로질러 미시아까지 갔고, 거기서 다시 트라키아까지 갔다. 여기서 일행은 현자 피네우스를 찾아냈으며, 그에게서 향후의 경로에 대한 조언을 얻었다. 에욱세이노스해[흑해]의 입구는 두 개의 작은 바위섬으로 막혀 있는데, 이 섬들은 수면에 둥둥 떠 있었기 때문에 간혹 이리저리 흔들리다가 서로 부딪치면서, 그 사이에 있는 물체는 무엇이든지 박살 내서 가루로 만든다고 했다. 그래서 이 섬들은 심플레가데스, 즉 〈박살 내는 섬들〉이라고 일컬어졌다. 피네우스는 이 위험한 해협을 지나갈 수 있는 방법을 아르고 선원들에게 조언했다. 이 섬들이 있는 곳에 도달하자, 선원들은 비둘기 한 마리를 날려 보냈고, 바위 사이로 날아간 비둘기는 단지 꼬리의 깃털 몇 개만 잃었을 뿐 안전하게 그곳을 통과했다. 이아손과 그의 부하들은 섬들이 부딪쳤다가 다시 벌어지는 유리한 순간을 포착해서 힘껏 노를 저어 안전하게 그 사이를 지나갔지만, 무사히 빠져나오기 전에 간발의 차이로 섬들이 다시 부딪치면서 결국 배의 뒤쪽이 긁히고 말았다. 선원들은 바닷가를 따라 노를 저어서, 바다의 동쪽 끝에 자리한 콜키스 왕국에 상륙했다.

이아손이 콜키스의 왕 아이에테스에게 방문 목적을 알리자, 왕은 그가 한 가지 임무를 완수하면 황금 양털을 기꺼이 내주겠다고 응답했다. 그 임무란, 놋쇠 발굽을 가진 불을 토하는 황소 두 마리를 쟁기에 연결해서 땅을 갈고, 카드모스가 테바이를 건설할 때 죽인 뱀의 이빨을 심는 것이었는데, 그러면 그 이빨에서 무장한 남자들이 자라나서 자기들을 심은 사람을 향해 무기를 들고 덤벼든다는 사실이 익히 알려져 있었다. 이아손은 이 조건을 받아들였으며, 그리하여 실행 날짜가 정해졌다. 하지만 그는 이미 왕의 딸 메데이아에게 호소하여 자기 임무의 완수를 돕도록 한 다음이었다. 즉 이아손은 그녀에게 결혼을 약속했고, 두 사람이 헤카테 여신의 제단 앞에 서서 여신에게 그의 맹세의 증인이 되어 달라고 요청했던 것이다. 메데이아는 맹세를 받아들였고, 유능한 마법사였던 그녀의 도움으로 부적을 갖춘 이아손은 이제 불을 토하는 황소들의 입김이며 무장한 남자들의 무기와 직면해서도 안전할 수 있었다.

약속한 시간이 되자 사람들이 아레스의 숲에 모여들었고, 왕은 상석을 차지하고 군중은 언덕 경사면을 뒤덮었다. 놋쇠 발굽을 가진 황소들이 달려오며 콧구멍에서 불을 뿜어내자, 그놈들이 지나간 길에 있던 풀들이 모조리 불타 버렸다. 그 소리는 마치 아궁이의 소음 같았고, 그 연기는 마치 생석회 위에 물을 부었을 때와 같이 요란했다. 이아손은 대담하게 그놈들을 상대하러 나아갔다. 그리스 전역에서 선발된 영웅들로 이루어진 그의 친구들조차 몸을 떨면서 이 광경을 바라보았다. 불타는 숨결에도 불구하고 이아손은 자기 목소리로 그놈들의 분노를 달랬고, 두려움을 모르는 손으로 그놈들의 목을 토닥였고, 솜씨 좋게 그놈들의 등에다가 멍에를 씌웠고, 곧이어 그놈들을 구슬러 쟁기를 끌게 만들었다. 콜키스 사람들은 깜짝 놀랐다. 그리스 사람들은 기뻐하며 소리를 질렀다. 곧이어 이아손은 뱀의 이빨을 땅에 뿌리고 쟁기로 가는 일에 착수했다. 그러자 곧바로 무장한 남자들이 작물처럼 땅에서 쑥쑥 솟아났다. 그리고 (정말 놀라운 이야기이지만!) 그들은 지표면에 도달하자마자 각자의 무기를 머리 위로 치켜들고 이아손에게 달려들었다. 그리스 사람들은 자기네 영웅을 걱정하며 몸을 떨었고, 심지어 그에게 안전을 도모할 방법을 알려 주었던 장본인인 메데이아조차도 두려움에 얼굴이 창백해졌다. 이아손은 한동안 자기 검과 방패를 이용해 상대방의 공격을 막아 냈으나, 상대방의 숫자가 압도적으로 더 많다는 사실을 깨닫자 메데이아가 가르쳐 준 마법대로 돌멩이를 하나 집어 적들이 모인 한가운데로 던졌다. 그러자 적들은 곧바로 각자의 무기를 서로에게 겨누었고, 곧이어 뱀의 후손들은 단 한 명도 남지 않고 모두 죽어 버리고 말았다. 그리스 사람들은 자기네 영웅을 끌어안았고, 메데이아 역시 배짱만 있었다면 사람들 앞에서 그를 기꺼이 끌어안고도 남았을 정도로 기뻐했다.

이제는 양털을 지키는 용을 꾀어서 잠들게 만드는 일만 남아 있었는데, 이 일은 메데이아에게 얻은 약을 몇 방울 그놈에게 떨어뜨림으로써 가능했다. 그 냄새를 맡자마자 용은 분노를 누그러뜨리고 한동안 꼼짝달싹하지 않다가, 곧이어 크고 둥근 눈을 감고서(그 눈은 이제껏 단 한 번도 감았던 적이 없다고 알려져 있었다) 옆으로 돌아누워 푹 잠들어 버렸다. 이아손은 양털을 챙긴 다음, 아이에테스 왕이 출발을 저지하기 전에 서둘러 친구들과 메데이아와 함께 자기네 배로 향했다. 일행은 테살리아로 가는 길을 재촉해 결국 무사히 도착했으며, 이아손은 자기가 가져온 양털을 펠리아스에게 바치고 〈아르고〉호는 포세이돈에게 바쳤다. 그때 이후로 그 양털이 어떻게 되었는지는 우리도 알지 못하지만, 어쩌면 다른 여러 황금 전리품들과 마찬가지로, 막상 그걸 얻기 위해서 바친 어려움만큼의 가치가 없는 것으로 밝혀졌을지도 모른다.

최근의 저술가 가운데 한 사람의 주장에 따르면, 이 이야기야말로 허구의 외양 아래 진실의 바탕이 있다고 믿을 만한 이유가 충분하다. 어쩌면 이것은 최초의 중요한 해양 원정이었을지도 모르고, 우리가 역사를 통해 알고 있는 다른 여느 나라의 사례와 마찬가지로, 아마도 반쯤은 해적 행위의 성격을 지니고 있었을 것이다. 나아가 그런 원정을 통해 얻은 풍부한 전리품이야말로, 황금 양털이라는 발상을 떠올리게 하기에 충분한 결과물이었을 것이다.

저명한 신화학자 제이콥 브라이언트[76]의 주장에 따르면, 이것은 노아의 방주ark 이야기의 변조된 전통일 수도 있다. 즉 〈아르고argo〉라는 이름 자체도 이 주장을 지지하는 증거이며, 비둘기를 날려 보낸 일화 역시 또 다른 확증이 된다는 것이다.

포프는 「성 세실리아 축일의 송시」에서 〈아르고〉호의 출범

76 Jacob Bryant(1715~1804). 영국의 고전학자. 모든 신화가 구약 성서에서 유래했다고 주장하며, 세계 각지의 신화를 「창세기」의 내용과 연결시켜 해석하려 시도한 바 있다. 물론 오늘날에 와서는 지나치게 편협한 해석이라는 비판을 받는다.

을, 그리고 오르페우스의(시인은 그를 〈트라키아인〉이라고 일컬었다) 음악이 가진 힘을 찬양했다.

최초의 대담한 배가 바다로 감히 나아갔을 때,
선미의 높은 곳에서는 트라키아인이 곡조를 높였고,
아르고호에는 그 동류인 나무들이
펠리온산에서 내려와 돛대가 되었다.
옮겨 온 반신들이 주위에 서 있었고,
선원들은 그 소리에 영웅이 되었다.

존 다이어[77]의 시 「양털」에는 〈아르고〉호와 그 선원들에 관한 언급이 있어서, 이 원시적인 해양 모험에 관한 훌륭한 묘사를 제공한다.

에게해 바닷가의 모든 지역으로부터,
용감한 자들이 모였다. 저 유명한 쌍둥이
카스토르와 폴리데우케스. 뛰어난 음유 시인 오르페우스.
빠른 바람과도 같은 제테스와 칼라이스.
힘이 센 헤라클레스와 여러 유명한 족장들.
이올코스의 깊은 모래밭 위에 줄지어 섰다,
갑주(甲冑)를 번쩍이고, 위업을 세우려 안달하며.
곧이어 월계수 밧줄과 커다란 바위를
갑판 위로 들어 올리고, 배를 정박한 밧줄이 풀렸다.
놀라우리만치 긴 그 용골은 솜씨 좋은

77 John Dyer(1699~1757). 영국(웨일스)의 화가 겸 시인.

아르고스가 자랑스러운 시도를 위해 만든 것이었다.
그리고 기나긴 용골 위에는 치솟은 돛대가
서 있었고, 돛이 바람에 부풀어 있었다. 족장들에게는
낯선 물건이었다. 이제 처음으로 그들은 배웠다.
바다 물결 위에서 이루어질 그들의 더 대담한 항해는
케이론의 기술 덕분에 천구(天球) 위에 표시된
금빛 별들에 의해 인도될 것임을

헤라클레스는 미시아에서 원정대를 떠났는데, 왜냐하면 그가 사랑하던 청년 힐라스가 물을 구하러 갔다가 그의 아름다움에 반한 샘의 님프들에게 붙잡혀서 돌아오지 않았기 때문이었다. 결국 헤라클레스는 이 청년을 찾으러 갔으며, 〈아르고〉호는 그를 남겨 두고 다시 바다로 나가고 말았다. 토머스 무어는 자기 시 가운데 하나에서 이 사건에 관한 아름다운 인유를 만들었다.

힐라스가 항아리를 들고 샘으로 파견되었을 때,
빛이 가득한 들판을 지나, 놀고 싶은 마음 가득한 채,
소년은 빛을 따라 풀밭과 언덕으로 이리저리 거닐며,
자기 임무도 등한시하고 중도에 만난 꽃을 즐겼다.

이처럼 많은 사람들도 나와 마찬가지라, 젊은 시절에
철학의 성지 곁을 흐르는 샘의 물을 맛보아야 하거늘,
오히려 가장자리의 꽃에 시간을 허비하게 마련이며,
그들의 가벼운 항아리도 내 것처럼 빈 채로 놓아둔다.

메데이아와 이아손

황금 양털을 되찾아 온 일을 축하하던 와중에, 이아손은 뭔가가 빠져 있음을 깨달았다. 즉 그의 아버지 아이손이 없었던 것인데, 이 노인은 나이와 질병 때문에 축하 행사에 참석할 수 없었던 것이다. 이아손은 메데이아에게 이렇게 말했다. 「내 배우자여, 당신의 기술로(나는 그 기술이 나를 매우 크게 도와주었음을 똑똑히 보았소) 내게 하나만 더 봉사해 줄 수 있겠소? 내 수명에서 몇 년을 떼어서, 그걸 내 아버지의 수명에 더해 주시오.」 그러자 메데이아가 대답했다. 「굳이 그런 대가를 지불하지 않아도, 그렇게 해드릴 겁니다. 제 기술이 허락한다면, 당신의 수명을 줄이지 않고서도 그분의 수명을 늘릴 수 있을 겁니다.」 다음번 보름달이 뜨자, 그녀는 모든 생물이 잠든 사이에 혼자 일어나 밖으로 나왔다. 잎사귀를 흔드는 숨결 하나 없었으며, 세상은 고요하기만 했다. 메데이아는 별들을 향해 주문을 외운 다음, 곧이어 달을 향해서, 그리고 지하 세계의 여신인 헤카테를 향해서,[78] 그리고 대지 여신[로마의 텔루스]을 향해서(바로 이 여신의 힘 덕분에 마법 능력이 있는 식물들이 자라나는 것이었다) 주문을 외웠다. 숲과 동굴의, 산과 계곡의, 호수와 강의, 바람과 수증기의 신들도 깨웠다. 그녀가 주문을 외는 사이에 별들은 더 밝아졌으며, 곧이어 하늘을 나는 뱀들이 끄는 수레 한 대

78 헤카테는 어딘가 수수께끼 같은 면이 있는 신이어서, 때로는 아르테미스와 동일시되고 또 때로는 페르세포네와 동일시된다. 아르테미스가 한밤중에 비치는 달빛의 장관을 상징하는 것처럼, 헤카테는 한밤중의 어둠과 공포를 상징한다. 헤카테는 마법과 마술의 여신이며, 한밤중에 지상을 돌아다니기도 하는데, 그 모습은 오로지 개들만 볼 수 있기 때문에, 개가 짖는 것은 곧 이 여신의 접근을 알리는 것이라고 전한다 — 원주.

가 공중을 가르며 내려왔다. 메데이아는 수레에 올라타고는 공중을 날아서 머나먼 지역까지 날아갔는데, 그곳에는 마법 능력이 있는 식물들이 자라나고 있었고, 그녀는 자기 목적을 위해 무엇을 골라야 하는지를 잘 알고 있었다. 아흐레 동안 메데이아는 탐색을 실시했으며, 그 기간 동안 자기 궁전은 물론이고 다른 어떤 지붕 달린 집의 문간에도 들어서지 않았고 필멸자들과의 접촉도 일절 피했다.

이어서 메데이아는 두 개의 제단을 세웠는데, 하나는 헤카테를 위한 것이었고, 또 하나는 젊음의 여신인 헤베를 위한 것이었다. 그리고 검은 양 한 마리를 제물로 바치고, 우유와 포도주를 헌주(獻酒)로 삼아 부었다. 그녀는 하데스와 그가 훔쳐 간 신부를 향해서, 저 노인의 목숨을 서둘러 가져가시지 말라고 호소했다. 곧이어 메데이아는 아이손을 앞으로 데려오라고 하더니, 마법을 이용해 그를 깊은 잠에 빠지게 하고 마치 죽은 사람처럼 약초로 만든 침상에 눕혔다. 남편 이아손을 비롯한 다른 모든 사람은 궁전에서 나가게 했으니, 자신의 수수께끼를 다른 불경스러운 사람들이 못 보게 하려는 것이었다. 곧이어 메데이아는 머리를 산발하고 제단 주위를 세 번 돌더니, 불이 붙은 잔가지들을 피 속에 집어넣고 그걸 거기 놓아두어서 타오르게 했다. 그 사이에 솥에다가 여러 가지 내용물을 준비했다. 우선 마법의 약초며, 자극적인 즙을 가진 꽃과 씨앗이며, 먼 동쪽에서 가져온 돌이며, 사방의 대양(大洋)의 바닷가에서 가져온 모래를 집어넣었다. 달빛 속에서 긁어모은 새하얀 서리며, 헛간올빼미의 머리와 날개며, 늑대의 내장도 집어넣었다. 거북 등껍질 조각이며, 수사슴의 간은 물론이고(이 짐승들은 수명이 질긴 것으로 알려져 있다) 그 수명이 사람으로 치면 아홉 세대에 달하는 까마귀의 머리와 부리도 집어넣었다. 이런 재료에다가 〈이름조차 없는〉 다른 여러 가지를 더 넣은 다음, 메데이아는 자신이 의도한 일을 위해서 이것들을 함께 끓이다가 마른 올리브 나뭇가지를 넣어 저었다. 그러자, 보라! 그 나뭇가지는 솥 밖으로 꺼내자마자 초록색으로 변했고, 머지않아 잎사귀로 뒤덮이더니 어린 올리브가 잔뜩 자라났다. 이 액체가 끓으며 부글거리고 때로는 흘러넘치기까지 하자, 그 액체가 떨어진 곳의 풀들은 마치 봄의 신록처럼 부쩍 자라났다.

모든 준비가 되었음을 확인한 메데이아는 노인의 목을 칼로 베어 피를 모조리 빼낸 다음, 대신 솥 안의 액체를 그의 입 속이며 상처 속으로 부어 넣었다. 그 액체를 완전히 빨아들이자마자 그의 머리카락과 턱수염은 노인의 하얀색에서 청년의 검은색으로 바뀌었다. 창백함과 초췌함은 사라져 버렸다. 혈관에는 피가 가득했고, 팔다리에는 활력과 강건함이 가득했다. 아이손은 자기 모습을 보고 깜짝 놀랐으며, 지금의 자기 모습은 40년 전의 젊은 시절과 같다는 사실을 기억해 냈다.

이때에만 해도 메데이아는 자기 기술을 좋은 목적에 사용한 셈이었으나, 또 다른 경우에는 그렇지가 않아서 오히려 복수의 수단으로 사용되었다. 독자 여러분께서도 기억하시겠지만 펠리아스는 왕위 찬탈자였으며, 황금 양털을 얻은 이후에도 계속해서 조카인 이아손을 자기 왕국에 들어오지 못하게 했다. 하지만 그는 뭔가 좋은 성품을 가지고 있었던 것이 분명하다. 왜냐하면 그의 딸들은 아버지를 사랑했으며, 메데이아가 아이손에게 해준 일을 알게 되자 펠리아스에게도 똑같이 해달라고 그녀에게 부탁했기 때문이었다. 메데이아는 이에 응하는 척하고 예전처럼 솥을 준비했다. 그녀의 요청대로 사람들은 늙은 양 한 마리를 끌고 와서 솥에다가 집어넣었다. 그러자 솥 안에서 갑자기 양의 울음소리가 들렸고, 뚜껑을 열어 보니 새끼 양 한 마리가 뛰어나와서 재빨리 풀밭으로 도망쳐 버렸다. 펠리아스의 딸들은 이 실험을 보고 기뻐했으며, 자기 아버지에게도 똑같은 시술을 할 시간을 정했다. 하지만 메데이아는 그를 위한 솥을 먼저와는 약간 다른 방식으로 준비했다. 즉 물에다가 아무런 효험도 없는 약초 몇 가지를 넣고 말았던 것이었다. 밤이 되자 메데이아는 펠리아스의 딸들과 함께 늙은 왕의 침실로 들어갔는데, 왕은 물론이고 경비병들도 그녀가 걸어 놓은 주문의 영향력하에서 곤히 잠들어 있었다. 딸들은 각자의 무기를 꺼내 들고 침대 곁에 서 있었지만, 막상 아버지를 찌르지 못하고 머뭇거렸기 때문에, 급기야 메데이아가 이들의 결단력 없음을 질책하기에 이르렀다. 그러자 이들은 고개를 돌린 채 아무렇게나 무기를 휘둘러서 저마다 아버지를 찔렀다. 왕은 자다 말고 깨어나서 소리를 질렀다. 「내 딸들아, 무엇을 하고 있느냐? 너희 아버지를 죽일 셈이냐?」 그러자 딸들은 가슴이 철렁하여 각자의 무기를 손에서 떨어뜨렸지만, 메데이아는 왕에게 치명타를 가해서 그가 더 이상 아무 말도 못하게 만들었다.

이어서 딸들은 아버지의 시신을 솥에 집어넣었고, 메데이아는 이들이 자기의 배신을 발견하기 전에 뱀이 끄는 수레를 타고 그곳을 떠나려고 서둘렀는데, 그러지 않으면 이들로부터 무시무시한 복수를 당할 것이기 때문이었다. 그녀는 도망치는 데 성공했지만, 자기가 저지른 범죄의 과실을 거의 즐기지도 못하는 신세가 되었다. 메데이아가 그토록 많은 노력을 바친 상대인 이아손이 코린토스의 공주인 크레우사와 결혼할 마음으로 아내를 멀리했기 때문이었다. 남편의 배은망덕에 격분한 그녀는 복수의 신들에게 호소했고, 독약이 묻은 예복을 신부에게 선물로 보냈고, 자기가 낳은 자녀를 죽이고 궁전에 불을 지른 다음 뱀이 끄는 수레에 올라타고 아테네로 도망쳐서 그곳의 왕 아이게우스와 결혼했다. 그런데 아이게우스의 아들이 테세우스인 관계로, 우리는 나중에 이 영웅의 모험 이야기에 가서 그녀를 다시 만나게 될 것이다.

메데이아의 마법에 관해 읽은 독자라면, 셰익스피어의 『맥베스』(제4막 제1장)에 나오는 마녀들의 마법을 떠올리게 될 것이다. 아래에 나오는 구절들은 이 고대의 모범과 가장 유사하게 보이는 대목들이다.

> 솥 주위를 돌면서
> 유독한 내장을 던져 넣어라.
> (……)
> 늪에 사는 뱀의 저민 살을
> 솥 안에 넣고 끓여서 익히자.
> 도롱뇽 눈깔과 개구리 발가락,
> 박쥐 털과 개 혓바닥,
> 독사 갈라진 혀와 지렁이 가시,
> 도마뱀 다리와 올빼미 날개.
> (……)

탐욕스러운 바다 상어의 위(胃),
어둠 속에서 캐낸 독인삼 뿌리.

또 있다.

맥베스 당신들이 하는 일이 뭐지?
마녀들 차마 이름조차 없는 행동이오.

메데이아에 관해서는 또 한 가지 이야기가 있는데, 이것은 제아무리 여자 마법사에 대한 기록이라 해도(즉 고대에나 현대에나 시인들이야 여자 마법사에게 온갖 종류의 흉악한 짓을 시키는 데 익숙해 있는데도) 너무 혐오스럽기 짝이 없다. 즉 콜키스에서 도망칠 때에 그녀는 남동생 압시르토스를 함께 데려갔다. 그런데 뒤를 추적하는 아이에테스의 배들이 아르고 선원들을 따라잡을 참이 되자, 그녀는 자기 동생을 죽여서 그 사지를 바다에 흩어 버리게 했다. 그러자 아버지도 살해당한 자기 아들의 이 서러운 잔해를 찾아내기 위해서 지체할 수밖에 없었다. 그가 흩어진 시체를 수습하여 예우를 갖춰 매장하는 사이에 아르고 선원들은 도망쳐 버렸다.

비극 『메데이아』의 합창 가운데 하나에서 극작가 에우리피데스는 자기 고향인 아테네를 향해 열렬한 찬사를 보낼 기회를 잡는다. 토머스 캠벨[79]이 그 내용을 재구성해서 쓴 시의 첫 연을 인용하면 다음과 같다.

오, 독살스러운 왕비여! 아테네를 향하여 그대는

79 Thomas Campbell(1777~1844). 영국(스코틀랜드)의 시인.

번쩍이는 수레를 모누나. 친족의 피에 흠뻑 젖은 채.
평화와 정의가 영원 무궁히 거하는 그곳에서
그대의 저주받을 근친 살해 행위를 숨기려 하는가?

제18장
멜레아그로스와 아탈란테

아르고호 원정에 참여한 영웅들 가운데 하나인 멜레아그로스는 칼리돈의 왕 오이네우스와 왕비 알타이아 사이에서 태어난 아들이었다. 알타이아가 아들을 낳았을 때 세 명의 〈운명〉 여신들이 나타났는데, 숙명의 실을 잣던 이들은 그 아이의 수명이 난로에서 타고 있는 장작개비보다 더 길지 않을 것이라고 예언했다. 그러자 알타이아는 그 장작개비를 꺼내서 불을 끈 다음 여러 해 동안 그걸 잘 보관했고, 그 사이에 멜레아그로스는 자라서 소년기와 청년기를 거쳐 장년기에 접어들었다. 그러다가 한번은 오이네우스가 신들에게 제물을 바치는 과정에서 아르테미스에게 마땅한 영예를 돌리는 절차를 그만 빼먹고 말았다. 이 소홀함에 격분한 여신은 거대한 멧돼지를 한 마리 보내서 칼리돈의 농지를 망가뜨렸다. 그놈의 눈은 피와 불로 번뜩였고, 털은 마치 위협적인 창처럼 솟아 있었고, 엄니는 마치 인도 코끼리의 엄니와도 비슷했다. 한창 자라나던 곡물이 짓밟히고, 포도나무와 올리브나무도 망가졌고, 가축 떼도 학살을 저지르는 괴물에 놀라서 도망쳤다. 모든 일반적인 대책은 소용이 없어 보였다.

결국 멜레아그로스는 그리스의 여러 영웅들을 초청해서 이 게걸스러운 괴물을 표적으로 삼은 대담한 사냥 대회를 열었다. 그리하여 테세우스와 그의 친구 페이리토오스, 이아손, (훗날 아킬레우스의 아버지가 되는) 펠레우스, (훗날 아이아스의 아버지가 되는) 텔라몬, (이 당시에는 청년이었지만, 노년에 가서는 아킬레우스며 아이아스와 나란히 무기를 들고 싸우게 되는) 네스토르, 그리고 다른 많은 사람들이 이 일에 가담했다. 그중에는 아르카디아의 왕 이아시오스의 딸 아탈란테도 있었다. 그녀는 조끼에 광택 나는 금 죔쇠를 매달고, 왼쪽 어깨에는 상아 화살통을 메고, 왼손에는 활을 들고 있었다. 아탈란테의 얼굴에는 여성다운 아름다움에다가, 마치 젊은 군인 같은 최상급의 우아함이 곁들여져 있었다. 멜레아그로스는 그녀를 보자마자 사랑하게 되었다.

하지만 지금 그들은 괴물의 보금자리 가까이에 도달해 있었다. 사람들은 긴 그물을 나무와 나무 사이에 펼쳐 놓았다. 사냥개를 풀어놓고, 풀밭 위에서 사냥감의 발자국을 찾아보았다. 그곳의 숲에서 늪지대까지는 내리막길이 펼쳐져 있었다. 멧돼지는 그곳의 갈대밭 속에 누워 있다가, 자기를 쫓는 사람들의 고함 소리를 듣자마자 이들에게 달려들었다. 사람들은 하나둘씩 살해되어 쓰러졌다. 이아손이 자기 창을 던지면서, 아르테미스에게 성공을 위한 기도를 올렸다. 그러나 멧돼지를 편애하는 여신은 그 무기가 목표물에 닿기는 하되 상처를 입히지는 못하도록, 날아가는 창에서 쇠 창날을 없애 버렸다. 네스토르는 공격을 당하자 어느 나무의 가지 위에 올라가 피했다. 텔라몬이 달려들었지만 툭 튀어나온 나무뿌리에 걸려 비틀거리다가 결국 고꾸라지고 말았다. 대신 아탈란테가 멀리에서 쏜 화살이 처음으로 그 괴물의 피를 맛보았다. 가벼운 상처이긴 했지만, 멜레아그로스는 그걸 보고 기뻐하며 찬사를 보냈다. 그러자 여자에게 그런 찬사가 갔다는 사실을 시샘하여 흥분한 앙카이오스가 자신의 용맹을 큰 목소리로 내세우며, 멧돼지는 물론이고 그놈을 보낸 여신까지도 똑같이 비웃었다. 하지만 격분한 짐승은 자기한테 달려든 그에게 치명상을 입혀서 쓰러뜨려 버렸다. 테세우스가 창을 던졌지만, 옆으로 튀어나온 나뭇가지에 맞아서 빗나가고 말았다. 이아손이 던진 투창도 목표물을 빗나가서, 엉뚱하게도 그의 사냥개 가운데 한 마리를 죽이고 말았다. 멜레아그로스는 이미 한 번 창을 찌르고도 성공을 거두지 못했지만, 두 번째에는 자기 창을 괴물의 옆구리에 찔러 넣었으며, 곧이어 달려들어서 연속 공격을 가했다.

그러자 주위에 있는 사람들 사이에서 함성이 터져 나왔다. 이들은 정복자를 축하하며 그의 손을 잡으려고 모여들었다. 멜레아그로스는 죽은 멧돼지의 머리에 한쪽 발을 올려놓았고, 사냥에 공을 세운 사람의 전리품인 멧돼지 머리와 생가죽을 아탈란테에게 선물했다. 하지만 이로 인해 나머지 사람들 사이에서는 시샘이 일어났다. 특히 그의 외삼촌들인 플렉시포스와 톡세우스가 다른 누구보다도 더 격하게 이 선물에 반대했으며, 심지어 처녀가 이미 받아든 전리품을 도로 낚아채기까지 했다. 멜레아그로스는 결국 자기를 겨냥한 것이나 다름없는 무례에 격분한 나머지, 친족으로서의 의무조차도 망각하고 무례한 자들의 가슴에 자기 검을 찔러 넣었다.

자기 아들의 승리를 감사하는 선물을 신전으로 가져가던 알타이아는 뜻밖에 살해당한 자기 형제들의 시신을 보게 되었다. 그녀는 비명을 지르며 가슴을 치고, 축하를 위해 입었던 옷을 서둘러 상복으로 바꿔 입었다. 하지만 그 가해자의 정체를 알게 되자, 이제는 슬픔 대신 자기 아들을 겨냥한 복수의 단호한 열망이 들어섰다. 알타이아는 예전에 자기가 불길 속에서 구해 냈던 치명적인 장작개비를(즉 멜레아그로스의 생명과 직결된 운명을 지닌 장작개비를) 꺼낸 다음, 모닥불을 지피라고 명령했다. 그런 다음에 그녀는 무려 네 번이나 그 장작개비를 모닥불에 던져 넣으려고 시도했다. 하지만 역시 네 번이나 그녀는 멈칫거릴 수밖에 없었는데, 그로 인해 자기 아들이 파멸을 맞이하게 되리라는 생각에 몸을 떨었던 까닭이었다. 어머니로서의 감정과 누이로서의 감정이 알타이아의 내면에서 다툼을 벌였다. 한순간 그녀는 자기가 하려는 행동을 생각하고는 얼굴이 창백해졌지만, 또 한순간 자기 아들이 저지른 행위를 생각하고는 분노로 얼굴이 붉어졌다. 마치 한 척의 배가 바람에 밀려서 한 방향으로 갔다가, 이번에는 조수에 밀려서 반대 방향으로 가듯이, 알타이아의 마음은 불확실성 속에 대롱대롱 매달려 있었다. 하지만 결국 누이로서의 감정이 어머니로서의 감정을 이겨 버렸고, 그녀는 치명적인 장작개비를 든 채로 다음과 같이 말하기 시작했다. 「돌아보세요, 에리니에스, 처벌의 여신들이여! 내가 가져온 이 희생물을 돌아보세요! 범죄는 반드시 범죄로 속죄해야 합니다! 내 남편 오이네우스가 승리자인 자기 아들 때문에 기뻐하는 사이에, 내 친정아버지 테스티오스의 집은 쓸쓸해야만 마땅하겠습니까? 하지만, 아아! 도대체 어떤 행동을 위해서 내가 앞으로 나섰을까? 형제들이여, 한 어미의 약함을 용서해 다오! 내 손이 말을 듣지 않는구나. 내 아들은 죽어 마땅하지만, 그렇다고 해서 내가 직접 그 아이를 죽여야만 하는 것은 아니지. 하지만 그렇다면 내 아들은 멀쩡히 살아서, 의기양양한 채로 칼리돈을 다스리게 될 테지만, 반면 내 형제들인 너희들은 차마 복수도 못한 채 어둠 속에서 방황할 것이 아닌가? 안 되지! 내 아들아, 너는 이제껏 내 선물 덕분에 살아온 것이다. 그러니 이제는 너 자신의 범죄로 인해 죽거라. 내가 너에게 두 번이나(즉 한 번은 너를 낳음으로써, 또 한 번은 이 장작개비를 불길에서 붙잡아 꺼냄으로써) 주었던 생명을 반납하거라. 오, 차라리 네가 그때 죽어 버렸다면! 아아! 승리란 사악하구나. 하지만 형제들이여, 너희들이 결국 승리했구나.」 이 말과 함께 알타이아는 고개를 돌린 채, 그 치명적인 장작개비를 불타는 모닥불에 던져 넣었다.

그러자 장작개비에서는 사람이 죽어 가는 신음이 흘러나왔다(또는 흘러나오는 것처럼 들렸다). 멜레아그로스는 그 원인이 무엇인지는 차마 상상도 못하고 알지도 못하는 상태에서 갑자기 고통을 느끼게 되었다. 그는 몸이 불타올랐으며, 그를 파멸시키는 이 고통이란 오로지 용감한 자부심으로만 극복할 수 있는 것이었다. 멜레아그로스는 이처럼 냉혹하고도 불명예스러운 죽음에 의해 파멸을 맞이하리라는 사실에 대해 탄식했다. 마지막으로 숨을 내쉬면서 그는 나이 든 아버지와 자기 형제와 자기가 아끼는 누이들과 자기가 사랑하는 아탈란테와 자기 어머니와 이유를 알 수 없는 자기 죽음의 원인 모두를 향해 호소했다. 불길은 더 커졌으며, 그로 인해 이 영웅의 고통 역시 커졌다. 잠시 후, 양쪽 모두가 잦아들었다. 그리고 양쪽 모두가 꺼져 버렸다. 장작개비는 재가 되어 있었고, 멜레아그로스의 생명 역시 떠도는 바람에 흩날려 사라져 버렸다.

알타이아는 행동을 마치자마자, 자기 자신에게도 난폭한 손을 대고 말았다. 멜레아그로스의 누이들은 차마 억제할 수 없는 슬픔을 느끼며 자기 형제를 위해 애곡했다. 급기야 아르테미스조차도 한때 자기 분노를 일으켰던 가문의 슬픔을 딱하게 여겨, 이들을 새[鳥]로 변신시켜 주었다.

아탈란테

부지불식간에 이처럼 많은 슬픔을 자아낸 원인은 한 처녀였는데, 그녀의 얼굴을 보았다면 여러분도 아마 여자아이치고는 너무 남자아이 같고, 또 남자아이치고는 너무 여자아이 같다고 말했을 것이다. 그녀의 운명은 이미 예언된 바 있었고, 그 내용은 다음과 같았다. 「아탈란테, 결혼하지 말아라. 결혼은 너를 파멸시킬 것이다.」 이 예언에 두려움을 느낀 그녀는 속세를 멀리하고 오로지 달리기라는 운동에만 전념했다. 구혼자가 있으면(그 숫자는 상당히 많았다) 아탈란테는 한 가지 조건을 내걸었는데, 대개 이 조건은 이들의 집적거림을 없애 주는 효과가 있었다. 「경주를 해서 나를 이기는 사람이 있다면, 나는 기꺼이 그의 전리품이 되겠습니다. 하지만 경주를 시도해서 지는 사람이 있다면, 누구나 그 대가로 죽음을 맞이하게 될 것입니다.」 이처럼 가혹한 조건에도 불구하고 몇 사람은 실제로 경주를 시도해 보았다. 히포메네스는 원래 그 경주의 심판을 맡기로 되어 있었다. 「아내 한 명을 얻기 위해서 이처럼 큰 위험을 감수할 만큼 무분별한 사람이 과연 이 세상에 있을 수 있을까?」 히포메네스는 이렇게 말했다. 하지만 아탈란테가 경주를 위해서 자기 예복을 벗어서 옆에 치워 두자, 그녀의 모습에 반한 그는 마음을 바꾸고 이렇게 말했다. 「미안하네, 친구들, 자네들이 다투고 있는 전리품이 무엇인지 미처 모르고 내가 막말을 했군.」 그들을 바라보면서 그는 그들이 모조리 졌으면 하고 바랐으며, 일말이라도 이길 가능성이 있어 보이는 사람에게는 시샘이 부풀어 올랐다. 히포메네스가 이런 생각을 하는 사이에 처녀는 앞으로 달려 나갔다. 달리는 동안 아탈란테는 어느 때보다도 더 아름다워 보였다. 마치 산들바람이 그녀의 발에 날개를 달아 준 듯했다. 그녀의 머리카락은 어깨 위로 펄럭였고, 옷의 화려한 가장자리가 그녀의 등 뒤로 펄럭였다. 그녀의 흰 피부에는 불그스레한 기운이 감돌았는데, 마치 대리석 벽에 진홍색 커튼이 드리워진 듯했다. 그녀의 모든 경쟁자들은 한참 뒤처졌으며, 결국 무자비하게 죽음을 당하게 되었다. 히포메네스는 이 결과에 주눅 들지 않았고, 처녀를 주시하면서 말했다. 「저 느림보들을 이겼다는 것이 무슨 자랑인가요? 어디 나랑 경주해 봅시다.」 아탈란테는 딱하다는 표정으로 그를 바라보았고, 과연 자기가 그를 이겨야 할지 말아야 할지 몰라 망설였다. 「도대체 어떤 신이 유혹을 했기에, 이렇게 젊고 잘생긴 사람이 자기 목숨을 내던지려 하는 걸까? 나는 이 사람이 딱하다고 생각하는데, 그의 아름다움 때문에 그렇다기보다는(물론 그는 아름답기는 하지만) 오히려 그의 젊음 때문이지. 제발 이 사람이 경주를 포기했으면 좋겠어. 아니면 이 사람이 아주 빨라서, 결국 나를 앞질렀으면 좋겠고.」 아탈란테가 머뭇거리며 이런 생각을 하는 사이에 구경꾼들은 경주를 보고 싶어서 점점 조바심을 냈고, 그녀의 아버지도 준비하라고 재촉했다. 그러자 히포메네스는 아프로디테를 향해 기도를 올렸다. 「저를 도와주세요, 아프로디테. 당신이 지금껏 저를 인도하셨으니까요.」 그러자 여신이 그의 기도를 듣고 호의를 가졌다.

아프로디테의 섬인 키프로스에 있는 신전 마당에는 나무가 하나 있었는데, 여기에는 노란 잎사귀와 노란 가지와 황금 열매가 달려 있었다. 여신은 이 황금 사과 세 개를 따서는, 다른 모두의 눈에는 보이지 않는 상태로 변신해 그걸 히포메네스에게 건네주고 그 사용법도 가르쳐 주었다. 출발 신호가 내려졌다. 그러자 두 사람이 결승선에서 출발해서 모래밭 위를 달려 나갔다. 그들의 걸음이 얼마나 가벼웠던지, 그들이 강물을 밟고 달려가거나 또는 바람에 흔들리는 곡식의 이삭을 밟고 달려갈지라도, 결코 밑으로 빠지는 법이 없으리라고 생각되었을 것이다. 구경꾼들은 히포메네스를 응원하며 소리를 질렀다. 「지금, 지금, 최선을 다해라! 빨리, 빨리! 그녀를 따라잡고 있어! 멈추지 마! 한 번만 더!」 이런 응원 소리를 들은 청년과 처녀 가운데 어느 쪽이 더 큰 기쁨을 느꼈는지는 알 수 없는 일이다. 하지만 결승점이 아직 먼 상황에서 청년은 숨이 차고 목이 마르기 시작했다. 바로 그 순간에 그는 황금 사과 가운데 하나를 내던졌다. 그러자 처녀는 깜짝 놀랐다. 그러고는 잠시 걸음을 멈추고 황금 사과를 집어 들었다. 그 사이에 히포메네스가 앞질러 나갔다. 그러자 사방에서 함성이 터져 나왔다. 아탈란테는 걸음을 다시 두 배로 빨리 해서 금세 상대를 따라잡았다. 또다시 그는 사과를 하나 던졌다. 그러자 그녀는 또다시 걸음을 멈추었지만,

또다시 상대를 따라잡았다. 이제는 결승선이 가까워져 있었다. 그리고 청년에게는 오로지 한 번의 기회만 남아 있을 뿐이었다. 「지금입니다, 여신님.」 히포메네스가 말했다. 「당신의 선물이 성공하게 해주세요!」 그러면서 그는 마지막 황금 사과를 자기 옆에다 던졌다. 그녀는 그걸 보고는 머뭇거렸다. 그러자 아프로디테는 옆으로 벗어나고자 하는 마음을 아탈란테에게 불어넣었다. 결국 그녀는 옆으로 벗어났고, 경주에서 지고 말았다. 마침내 청년은 자기 전리품을 얻게 되었다.

하지만 이들 연인은 자기네의 행복에만 워낙 몰두한 까닭에, 아프로디테에게 바쳐야 마땅한 경의의 표시를 그만 잊고 말았다. 그러자 여신은 이들의 배은망덕에 분노했다. 급기야 아프로디테의 충동질 때문에 두 사람은 여신 키벨레의 성미를 거스르는 행동을 하고 말았다. 강한 힘을 지닌 이 여신은 모욕을 당했다 하면 반드시 처벌을 하곤 했다. 그리하여 키벨레는 두 사람에게서 인간의 형체를 없앤 다음, 각자의 성격과 닮은 동물로 바꾸어 버렸다. 즉 여자 사냥꾼 겸 영웅은 승리를 통해 구혼자들의 피를 흘렸기 때문에 암사자로 바꾸었고, 그녀의 남편이자 주인은 수사자로 바꾼 다음, 두 마리 모두에게 멍에를 얹어서 자기 수레를 끌게 했다. 그리하여 두 마리 모두 지금까지 키벨레 여신에 관한 상징물 모두에서 (즉 조상과 회화 모두에서) 찾아볼 수 있게 되었다.

〈키벨레〉 또는 〈오프스〉는 그리스인이 〈레이아〉라고 부르던 여신의 라틴어식 이름이다. 그녀는 크로노스의 부인이며 제우스의 어머니이다. 미술 작품에서는 헤라와 데메테르와는 확연히 구분되는 가모장의 느낌을 드러낸다. 때로는 베일을 쓴 여신이 앉아 있는 보좌 곁에 사자들이 서 있기도 하고, 또 때로는 여신이 탄 수레를 사자들이 끌고 있기도 하다. 그녀는 〈성벽관(城壁冠)〉을 쓰고 있는데, 이것은 탑과 흉벽 모양이 테두리에 새겨진 관을 말한다. 이 여신을 섬기는 사제를 〈코리반테스〉라고 한다.[80]

바이런은 『차일드 해럴드』(제4편 2연)에서 아드리아해의 야트막한 섬에 지어진 아프로디테의 도시를 묘사하면서 키벨레를 인유한다.

> 이 도시는 대양에서 갓 나온 바다 키벨레 같아,
> 웅장한 탑들이 높이 치솟은 삼중관을 쓰고서
> 위풍당당한 움직임으로 솟아오르는 것이.
> 그녀는 물의, 그리고 물의 힘의 지배자였네.

토머스 무어는 「길에서의 시」에서 알프스의 풍경을 묘사하면서 아탈란테와 히포메네스의 이야기를 다음과 같이 인유한다.

> 심지어 여기서도, 이 경이로운 지역에서도, 나는
> 발걸음 가벼운 〈공상〉이 〈진리〉를 멀리 따돌리는 것,
> 또는 최소한 그녀를 길에서 벗어나게 하는 것을 보았네.

80 그리스어 〈코리반테스〉에 해당하는 영어의 〈코리반트corybant〉는 〈키벨레를 섬기는 사제〉라는 일차적인 의미뿐 아니라 〈술 마시고 떠드는 사람〉이라는 파생적인 의미도 있다.

마치 히포메네스가 황금의 환영(幻影)을 그녀 앞에 내던졌듯이.

제19장
헤라클레스·헤베와 가니메데스

헤라클레스

헤라클레스는 제우스와 알크메네의 아들이었다. 헤라는 자기 남편이 필멸자 여성들을 통해서 낳은 자녀들에게 항상 적대적이었기 때문에, 이 아기가 태어났을 때부터 전쟁을 선포했다. 여신은 요람 안에 누워 있는 헤라클레스를 없애 버리기 위해 뱀 두 마리를 보냈지만, 이 조숙한 아기는 양손을 이용해 뱀들을 목 졸라 죽였다. 하지만 장성한 영웅은 헤라의 계략으로 인해 에우리스테우스의 부하가 되었으며, 이 왕이 시키는 일은 무엇이든지 하지 않을 수가 없었다. 에우리스테우스는 성공 가능성이 없어 보이는 모험들을 연이어 그에게 강요했는데, 이를 가리켜 〈헤라클레스의 열두 가지 고역(苦役)〉이라고 한다. 그중 첫 번째는 네메아의 사자와 싸우는 것이었다. 네메아 계곡에는 무시무시한 사자가 한 마리 살고 있었다. 에우리스테우스는 이 괴물의 가죽을 가져오라고 헤라클레스에게 명령했다. 곤봉과 활을 이용해 사자를 상대했지만 소용이 없자, 헤라클레스는 결국 양손으로 이 짐승을 목 졸라 죽여 버렸다. 그는 죽은 사자를 어깨에 메고 돌아왔다. 하지만 에우리스테우스는 이 광경을 보고서, 또 이 영웅의 어마어마한 힘을 보고서 워낙 겁에 질린 나머지, 이후로는 공을 세우더라도 시내에 들어오지 말고 도시 바깥에 머물면서 결과만 보고하라는 명령을 내렸다.

헤라클레스의 다음번 고역은 히드라를 죽이는 것이었다. 아르고스의 시골을 황폐하게 만든 이 괴물은 아미모네의 샘 인근 늪에 살고 있었다. 이 샘은 그 지역에 심한 가뭄이 들었을 때 다나오스의 딸들 가운데 하나인 아미모네가 발견한 것이었는데, 전하는 이야기에 따르면 그녀를 사랑한 포세이돈이 자기 삼지창을 건네주며 바위를 건드리게 했고, 그러자 세 개의 물구멍이 있는 샘이 터져 나왔다고 한다. 히드라는 바로 이곳에 자리를 잡았기 때문에, 헤라클레스도 이 괴물을 죽이러 바로 이곳으로 찾아왔다. 히드라는 목이 아홉 개였고, 그중에서도 가운데 있는 목은 불멸이었다. 헤라클레스는 곤봉을 휘둘러 머리를 잘라 냈지만, 머리 하나가 떨어져 나간 자리에는 번번이 새로운 머리 두 개가 자라났다. 마침내 그는 충성스러운 하인 이올라오스의 도움을 받아서 히드라의 머리들을 자를 때마다 불로 지졌고, 아홉 번째의 불멸하는 머리는 커다란 바위로 짓눌러 버렸다.

또 다른 고역은 엘리스의 왕 아우게이아스의 외양간을 청소하는 것이었다. 이 외양간에는 수소가 3천 마리나 있었는데, 무려 30년 동안이나 청소를 하지 않은 상태였다. 헤라클레스는 알페이오스강과 페네이오스강의 물길을 돌려 외양간 안을 휩쓸고 지나가게 함으로써 불과 하루 만에 청소를 완료했다.

그다음의 고역은 더 섬세한 종류에 속했다. 에우리스테우스의 딸인 아드메테가 아마조네스의 여왕이 가진 허리띠를 갖고 싶어 하자, 왕은 헤라클레스에게 그걸 가져오라고 명령했다. 아마조네스는 여성들로만 이루어진 국가였다. 이곳 사람들은 전쟁을 매우 좋아하고, 여러 개의 번영하는 도시를 보유하고 있었다. 오로지 여자아이들만 양육하는 것이 이곳의 풍속이었다. 남자아이들은 이웃 국가로 보내거나 아니면 죽여 버렸다. 헤라클레스는 여러 명의 자원자들과 동행했으며, 수많은 모험 끝에 아마조네스의 나라에 도달했다. 그곳의 여왕 히폴리테는 그를 반갑게 맞이했고 자기 허리띠를 그에게 양보하는 데에도 동의했지만, 아마존의 모습을 취한 헤라가 이방인들이 여왕을 납치하려 한다는 거짓말로 다른 아마존들을 충동질했다. 이에 아마존들은 무장을 갖추고 이방인들이 타고 온 배를 향해 달려갔다. 헤라클레스는 히폴리테가 자기를 속였다고 오해한 나머지, 결국 그녀를 죽이고 허리띠만 빼앗아서 배를 타고 그곳을 떠나 고향으로 돌아갔다.

헤라클레스가 받은 또 다른 과제는 게리온의 수소 떼를 에우리스테우스에게 데려오는 것이었다. 세 개의 몸뚱이를 가진 이 괴물 소들은 에리테이아섬, 즉 〈붉다〉는 이름을 가진 섬에 살았다(이 섬은 서쪽에 있어서 항상 붉게 타오르며 지는 햇빛을 받기 때문에 그런 이름이 붙었다). 이곳에 대한 묘사는 당시의 에스파냐에 적용되는 것으로 추정되는데, 게리온은 바로 그곳의 왕이었다. 여러 국가를 지난 뒤에야 헤라클레스는 마침내 리비아와 유럽의 경계에 도달했으며, 이곳에서 칼페와 아빌레라는 두 개의 산을 일으켜 세워서 자기가 다녀간 기념물로 삼았다. 또 다른 설명에 따르면 그는 원래 하나였던 산을 두 쪽으로 쪼개서 반쪽씩 나란히 세워 놓았다고도 하는데, 그렇게 해서 생겨난 것이 지브롤터 해협이고, 그가 만든 두 개의 산을 이후로 〈헤라클레스의 기둥〉이라고 부르게 되었다는 것이다. 마침 에우리티온이라는 거인과 머리 두 개 달린 개가 이 수소 떼를 지키고 있었지만, 헤라클레스는 거인과 개를 모두 죽이고 게리온의 가축을 무사히 에우리스테우스에게로 데려왔다.

고역 중에서도 가장 어려운 것은 헤스페리데스[헤스페로스의 딸들]의 황금 사과를 가져오는 것이었는데, 왜냐하면 어디로 가야 그걸 찾을 수 있는지 헤라클레스도 몰랐기 때문이다. 이 사과는 헤라가 결혼식 때 대지 여신으로부터 받은 선물이었으며, 이후 〈헤스페로스[샛별]의 딸들〉에게 맡겨 두고 경계심 많은 용 한 마리를 붙여서 지키게 했다. 여러 가지 모험 끝에 헤라클레스는 아프리카의 아틀라스산에 도달했다. 아틀라스는 원래 신들에게 대항해 전쟁을 벌인 티탄들 가운데 하나였는데, 결국 티탄들이 신들에게 복종하게 된 이후에 하늘의 무게를 두 어깨로 떠받치는 형벌을 받게 되었다. 그가 바로 헤스페리데스의 아버지였기 때문에, 혹시 누군가가 그 사과를 찾아서 자기에게 가져다줄 수 있다고 한다면, 그건 바로 그일 것이라고 헤라클레스는 생각했다. 하지만 어떻게 해야만 아틀라스를 지금 있는 곳에서 다른 곳으로 보낼 수 있으며, 아틀라스가 없는 동안 하늘을 떠받칠 수 있을까? 헤라클레스는 그의 짐을 자기 두 어깨로 떠받친 다음, 그를 보내 사과를 가져오게 했다. 아틀라스는 결국 사과를 가져왔으며, 약간은 마지못한 듯 자기 짐을 다시 양어깨에 올려놓고 결국 헤라클레스가 사과를 가지고 에우리스테우스에게 돌아가게 해주었다.

밀턴은 「코머스」에서 헤스페리데스를 헤스페로스의 딸들인 동시에 아틀라스의 조카딸로 묘사했다.

> (……) 그것이 있는 정원은, 저 고운
> 헤스페로스와 세 명의 딸들 것이니,
> 그들은 황금 나무에 관해 노래하더라.

많은 시인들은 일몰 때의 서쪽 하늘이 유난히 아름다운 모습이라는 점에 착안해, 서쪽을 빛남과 영광의 지역으로 간주했다. 그래서 이들은 〈축복받은 자들의 섬〉, 그리고 게리온의 번쩍이는 수소가 풀을 뜯는 붉은빛의 에리테이아섬, 그리고 헤스페리데스의 섬을 모두 서쪽에 놓아두었다. 어떤 사람들은 여기서 말하는 사과가 바로 에스파냐산(産) 오렌지일 것이라고 주장하는데, 고대에만 해도 그리스인은 이 과일에 대해 뭔가 모호한 설명밖에는 못 들어 보았을 것이기 때문이다.

헤라클레스의 업적 중에서도 특히나 유명한 것은 안타이오스를 이긴 것이다. 테라, 즉 〈대지〉의 아들인 그는 어마어마한 거인이며 씨름꾼이었는데, 자기 어머니인 대지와 접촉한 상태로 남아 있는 한 천하무적이었다. 안타이오스는 자기 땅에 오는 이방인 모두에게 씨름으로 승부를 걸어서, 만약 그들이 지면(당연히 모두 지게 마련이었다) 결국 죽여 버리고 말았다. 헤라클레스도 그를 만났는데, 막상 씨름을 해

보니 상대방을 땅에 메다꽂아 보았자 소용이 없다는 걸 알게 되었다. 왜냐하면 안타이오스는 쓰러졌다가 일어날 때마다 항상 새로운 힘이 원래대로 돌아왔기 때문이었다. 그래서 헤라클레스는 그를 번쩍 들어 올려 대지와 몸이 닿지 않게 만든 다음, 공중에서 그의 목을 졸라 죽였다.

카쿠스라는 어마어마한 거인도 있었는데, 그는 아벤티노 산에 있는 동굴에 살면서 인근의 시골을 약탈했다. 헤라클레스가 게리온의 수소 떼를 끌고 고향으로 돌아가는 도중에, 이 거인은 이 영웅이 잠든 틈을 타서 그중 일부를 훔쳤다. 발자국을 뒤쫓아도 소들을 어디로 몰고 갔는지 알 수 없게 하려고, 카쿠스는 소들의 꼬리를 붙잡고 뒤로 끌어당겨서 자기 동굴로 돌아왔다. 그래서 발자국만 놓고 보면 소들이 실제와는 정반대 방향으로 간 것처럼 보였다. 헤라클레스는 이 전략에 깜박 속아 넘어갔고, 자칫하면 수소 떼를 찾아내는 데 실패할 뻔했다. 하지만 그가 소 떼 가운데 나머지를 몰고 어느 동굴을 지나던 중 카쿠스가 그 안에 감춰 두었던 소들이 울어 대는 바람에, 결국 잃어버린 소들을 찾아낼 수 있었다. 결국 카쿠스는 헤라클레스의 손에 죽었다.

우리가 기록할 헤라클레스의 마지막 업적은 지하 세계에서 케르베로스를 데려온 것이었다. 그는 헤르메스와 아테나를 동반하고 하데스의 왕국으로 내려갔다. 그리고 하데스로부터 케르베로스를 지상으로 데려가도 된다는 허락을 받았는데, 단 무기를 사용하지 않아야만 한다는 조건이 붙어 있었다. 괴물의 발버둥에도 불구하고 헤라클레스는 그놈을 붙잡은 다음, 꽉 붙들고 번쩍 들어서 에우리스테우스에게 가져왔으며, 나중에는 그놈을 다시 원래의 자리로 돌려다 놓았다. 하데스의 왕국을 떠날 때 헤라클레스는 자기를 존경하고 본받던 테세우스에게 자유를 얻어 주기도 했다. 당시에 테세우스는 페르세포네를 데려가려 시도하다가 실패하여 그곳에 죄수로 억류되어 있던 참이었다.

헤라클레스는 광기에 사로잡혀 자기 친구인 이피토스를 죽인 적이 있었으며, 이 범죄의 대가로 3년 동안 옴팔레 여왕의 노예가 되어야만 했다. 이 기간 동안에 이 영웅의 성격조차 바뀐 것으로 보인다. 그는 마치 여자처럼 살았으며, 때때로 여자 옷을 입었고, 옴팔레의 시녀들과 함께 물레를 이용해 양모 실을 자았으며, 그가 걸치던 사자 가죽은 여왕이 대신 걸치고 있었다. 노예 신세에서 벗어나자 헤라클레스는 데이아네이라와 결혼해서 이후 3년 동안 평화롭게 살았다. 그러던 어느 날, 이들 부부는 여행 중에 어느 강에 이르렀는데, 그곳에서는 켄타우로스 네소스가 정해진 요금을 받고 여행자를 건너게 해주었다. 헤라클레스는 직접 강을 건넜지만, 데이아네이라에게는 켄타우로스의 도움을 받아 건너도록 했다. 네소스는 그녀를 데리고 도망치려 시도했지만, 헤라클레스는 아내의 비명을 듣고 활을 쏴서 상대방의 심장을 꿰뚫었다. 죽어 가던 네소스는 자기 피를 받아서 잘 보관하라고 데이아네이라에게 말했다. 왜냐하면 이 피를 훗날 남편의 사랑을 보전하는 마법 약으로 사용할 수 있다는 것이었다.

데이아네이라는 조언대로 피를 받아 두었으며, 머지않아 실제로 그 마력을 사용할 기회가 찾아왔다. 헤라클레스는 오이칼리아에서의 정복 사업 중에 이올레라는 예쁜 처녀를 하나 포로로 잡았는데, 아내가 허용하는 정도 이상으로 그 처녀를 좋아하는 것 같았다. 승리를 축하하기 위해서 신들에게 제물을 바치기 직전, 헤라클레스는 아내에게 사람을 보내서 자기가 입을 흰색 예복을 가져오게 했다. 데이아네이라는 지금이야말로 사랑의 마법 약을 시험해 볼 좋은 기회라고 생각하고, 그 옷을 네소스의 피에다가 담가 적셨다. 그녀는 옷에서 피의 흔적을 모조리 씻어 냈을 터이지만, 마법의 힘은 여전히 남아 있었다. 그 옷이 헤라클레스의 몸에 닿아서 따뜻해지자마자, 그 독이 손발 곳곳으로 침투하면서 무엇보다도 더 강한 고통을 야기했다. 그는 격노한 상태에서 그 치명적인 예복을 가져온 리카스를 붙들어서 바다로 던져 버렸다. 그런 뒤에 옷을 찢어서 벗었지만, 이미 천이 피부에 붙어 버린 까닭에 결국 옷이 찢어지면서 그의 살도 찢어지고 말았다. 이 상태에서 헤라클레스는 배에 실려 집으로 갔다. 데이아네이라는 자기가 부지불식간에 무슨 짓을 저질렀는지를 보고 목을 매어 죽었다. 헤라클레스는 죽을 준비를 하러 오이타산으로 올라갔다. 나무를 잘라서 화장용 장작더미를 쌓은 다음, 자기 활과 화살을 필록테테스에게 건네주고, 장작더미 위에 누워 곤봉을 베개로 삼아 베고 사자 가죽을 이불로 삼아 덮었다. 마치 축제용 상석 위에 자리 잡은 것처럼 평온한 얼굴로, 그는 횃불을 갖다 대라고 필록테테스에게 명령했다. 그러자 불길이 퍼져 나가면서 금세 장작더미 전체가 불타올랐다.

밀턴은 『실낙원』 제2권에서 헤라클레스의 격노에 관해 다음과 같은 인유를 남겼다.

알키데스[81]가 오이칼리아에서 정복을 통해

> 왕이 되었을 때, 독 머금은 예복을 느끼고, 고통 속에서
> 테살리아의 소나무 뿌리를 뽑고,
> 오이타산의 꼭대기에서 리카스를 붙들어
> 에우보이아해에 내던진 것처럼.

신들 역시 지상의 최강자가 이렇게 최후를 맞이하는 모습을 지켜보면서 마음이 불편했다. 하지만 제우스는 쾌활한 표정으로 신들에게 말했다. 「여러분의 걱정을 보니 나도 기쁘오, 신들이여. 그리고 나는 내가 충성스러운 사람들의 통치자라는 것을, 그리고 내 아들이 여러분의 호의를 누리고 있음을 인지하게 되어서 만족스럽소. 비록 그에 대한 여러분의 관심은 그가 행한 고귀한 행동에서 비롯되는 것이지만, 나로서는 그것조차도 충분히 만족스럽소. 하지만 이제 내가 여러분에게 말하노니, 두려워하지 마시오. 다른 모든 것을 정복한 그는, 지금 여러분이 지켜보는 가운데 오이타산에서 불타오르는 저 불길에 의해 정복되지 않을 것이오. 오로지 그의 몸에서 그 어머니의 몫만이 소멸할 것이오. 그가 내게서 물려받은 부분은 불멸이니까. 나는 그를 죽은 자 가운데서 지상으로, 그리고 하늘의 물가로 데려올 것이고, 여러분 모두가 그를 친절하게 맞이하기를 요구하는 바이오. 그가 이런 영예를 얻는 것에 대해서 여러분 가운데 누군가는 아쉬움을 느낄지도 모르겠지만, 그래도 누구 하나 그가 이에 합당하다는 것을 부정하지는 못할 것이오.」 신들은 모두 이 말에 동의했다. 오로지 헤라만이 남편의 마지막 말을 들으면서 자기가 특별히 지목되었다는 사실 때문에 불쾌감을 느꼈지만,

81 〈알키데스〉는 헤라클레스의 또 다른 이름이다 — 원주.

그렇다고 해서 남편의 결정이 그녀를 번민하게 할 만큼 지나친 것은 아니었다. 그리하여 헤라클레스의 몸에서 어머니의 몫이 불길로 모두 소진되자, 더 거룩한 부분은 그로 인해 부상을 당하기는커녕, 오히려 새로운 활기와 함께 나아가는 것처럼 보였고, 더 높은 휴식처와 더 두려운 위엄을 가진 것처럼 보였다. 제우스는 그를 구름에 에워싸서, 네 마리의 말이 끄는 수레에 태워 별들 사이에서 거하게 했다. 그가 하늘에서 자기 자리를 차지하자, 아틀라스는 자기 어깨를 짓누르는 무게가 좀 더 늘어나는 것을 느꼈다.

헤라도 이제 헤라클레스와 화해했으며, 자기 딸인 젊음의 여신 헤베와 그를 결혼시켰다.

시인 실러는 「이상과 삶」이라는 작품에서 현실적인 것과 상상적인 것의 대조를 멋지게 표현했는데, 이 가운데 두 연을 이렇게 번역할 수 있을 것이다.

> 겁쟁이의 노예로서 심하게 격하되어,
> 알키데스의 용맹은 끝없는 시험을 견디고,
> 고통의 가시밭길을 통과하여 지나가서,
> 히드라를 죽이고, 사자의 힘을 분쇄하고,
> 자기를 던져서, 친구를 빛으로 데려오고,
> 죽은 자를 태운 배에서 살았다.
> 그 모든 고난과, 지상의 모든 노고를
> 헤라의 증오는 그에게 부과할 수 있었다.
>
> 불길 속에서 사람다움이 떨어져 나가

지상의 부분이 제거된 그 신은
천상의 더 순수한 숨을 들이마셨다.
새롭고 이례적인 가벼움 속에서 기뻐하며.
천상의 찬란함으로 위를 향해 솟구치자,
대지의 어둡고 무거운 짐은 죽음 속에 사라졌다.
지고한 올림포스는 만장일치로 환영하며
사랑하는 아버지가 앉은 연회장으로 맞이했다.
〈젊음〉의 찬란한 여신이, 이 만남에 얼굴을 붉히며,
자기 주인에게 넥타르를 주었다.

헤베와 가니메데스

헤라의 딸 헤베는 젊음의 여신이며, 신들의 술 시중꾼이었다. 흔히 알려진 이야기에 따르면, 그녀는 헤라클레스의 아내가 되면서부터 그 일을 그만두게 되었다. 하지만 우리의 동포인 조각가 토머스 크로포드가 제작해서 현재 애시니엄 미술관에 소장된 작품 「헤베와 가니메데스」에서 나타난 것과 같은 또 다른 설명도 있다. 이 이야기에 따르면, 헤베는 어느 날 신들을 시중들던 와중에 저지른 실수로 인해 자기가 하던 일에서 쫓겨났다고 한다. 그녀의 후임자가 트로이아 출신의 소년 가니메데스인데, 독수리 모습으로 변한 제우스가 이데산에서 함께 놀던 친구들 사이에서 그를 잡아채서 하늘로 데리고 올라온 다음, 빈자리에 채워 넣었다는 것이다.

테니슨은 「예술의 궁전」에서 벽장식 가운데 이 전설을 묘사한 그림을 이렇게 설명한다.

거기에는 얼굴을 붉힌 가니메데스가, 장밋빛 허벅지를
독수리의 아래쪽에 반쯤 파묻고서,
마치 유성처럼 외로이 하늘을 가로질렀다.
기둥 솟은 도시 위로.

그리고 셸리의 시극 「프로메테우스」에서 제우스는 자신의 술 시중꾼을 이렇게 부른다.

천상의 포도주를 부어라, 이데에서 온 가니메데스여,
그리고 다이달로스가 만든 컵을 마치 불처럼 채워라.

그리스의 철학자 프로디코스가 쓴 「헤라클레스의 선택」이라는 아름다운 전설의 영역문은 『태틀러』 제97호에서 찾아볼 수 있다.[82]

82 〈키오스의 프로디코스〉는 소크라테스와 동시대에 활동한 소피스트이다. 본문에 언급된 그의 우화에서는 〈미덕〉과 〈악덕〉을 상징하는 두 여인이 헤라클레스 앞에 나타나서 그를 자기 쪽으로 끌어들이려 애쓴다. 이 작품의 내용 가운데 일부가 크세노폰의 『소크라테스 회상』(제2권 제1장)에 인용되어 있다.

제20장
테세우스·다이달로스·카스토르와 폴리데우케스

테세우스

테세우스는 아테네의 왕 아이게우스와 트로이젠의 왕의 딸 아이트라 사이에서 태어난 아들이었다. 그는 트로이젠에서 자랐으며, 성인이 되자 아테네로 찾아가서 아버지를 만났다. 아이게우스는 아들이 태어나기 전에 아이트라와 헤어지면서 커다란 바위 아래 자기 검과 신발을 집어넣고는, 아이가 이 바위를 굴려서 그 아래에 있는 물건을 꺼낼 수 있을 만큼 힘이 세지면 자기에게 보내라고 당부한 바 있었다. 때가 되었다는 생각이 들자 어머니는 테세우스를 바위로 데려갔고, 아들은 손쉽게 바위를 치우고 검과 신발을 꺼냈다. 아테네로 가는 길에는 강도가 들끓었으므로, 그의 외할아버지는 더 짧고 더 안전한 길을(즉 〈바다〉를) 통해서 아버지의 나라까지 가라고 외손자에게 신신당부했다. 하지만 이 청년은 한편으로는 영웅의 정신과 영혼을 스스로 느낀 까닭에, 또 한편으로는 당시에 그 나라를 괴롭히던 악당과 괴물을 물리쳐서 그리스 전역에 명성을 떨치던 헤라클레스처럼 자기도 유명해지고 싶은 열의를 품은 까닭에, 결국 육지를 통해서 더 위험하고 모험적인 여행을 하기로 작정했다.

여행 첫날, 테세우스는 에피다우로스에 도착해서 헤파이스토스의 아들인 페리페테스를 만났다. 이 포악한 야만인은 항상 강철 곤봉을 들고 다녔으며, 모든 여행자가 그의 폭력을 두려워했다. 젊은 영웅이 다가오는 것을 본 페리페테스는 먼저 공격했지만, 상대의 반격에 그만 쓰러지고 말았다. 테세우스는 적의 곤봉을 빼앗은 다음, 자신의 첫 번째 승리에 대한 기념물로 이후 계속 가지고 다녔다.

편협한 폭군들과 교외의 약탈자들을 상대로 몇 가지 유사한 충돌이 더 벌어졌지만, 테세우스는 그 모두에서 승리를 거두었다. 그런 악당 가운데 하나는 프로크루스테스, 즉 〈늘리는 자〉였다. 그는 강철로 된 침대 틀을 갖고 있다가, 자기 손아귀에 떨어진 모든 여행자들을 그 위에 묶었다. 만약 키가 침대보다 더 작으면, 여행자의 다리를 늘려서 딱 맞게 만들었다. 만약 키가 침대보다 더 크면, 다리를 일부분 잘라 냈다. 테세우스는 프로크루스테스가 남들에게 한 행동과 똑같은 행동으로 처벌을 내렸다.

노상의 위험들을 모두 극복한 테세우스는 마침내 아테네에 도착했지만, 여기에서는 새로운 위험들이 그를 기다리고 있었다. 이아손과 헤어진 뒤에 코린토스에서 달아났던 여자 마법사 메데이아가 결국 그의 아버지인 아이게우스의 아내가 되어 있었던 것이다. 그녀는 자기 마법을 이용해서 테세우스의 정체를 알아냈고, 아이게우스가 그를 아들로 인정할 경우 자신의 영향력이 사라질까 봐 두려워했다. 급기야 메데이아는 이 낯선 청년에 대한 의구심을 남편의 마음에 불어넣었고, 남편을 설득해 테세우스에게 독약이 들어간 술잔을 내

밀게 했다. 하지만 테세우스가 술잔을 향해서 걸어가던 바로 그 순간 허리에 찬 검을 발견한 아버지는 그가 누구인지를 알아챘으며, 그리하여 아들이 치명적인 술잔을 들이키지 못하게 막았다. 메데이아는 자기 기술을 이용해서 실패를 감지했고, 다시 한번 자기가 받아 마땅한 처벌을 피해서 아시아로 도망쳤다. 그리하여 그곳에 있는 나라는 이후 그녀의 이름을 따서 〈메디아〉로 일컬어지게 되었다.[83] 테세우스는 아버지로부터 자기 아들이라는 공식적인 인정을 받았으며, 그리하여 후계자로 선언되었다.

그 당시의 아테네인들은 깊은 괴로움을 겪고 있었는데, 크레테의 왕 미노스에 강제로 바쳐야만 하는 공물 때문이었다. 즉 청년 일곱 명과 처녀 일곱 명을 매년 선발해 그곳으로 보내면, 황소 몸에 인간 머리를 한 괴물 미노타우로스가 이들을 잡아먹는 것이었다.[84] 이 괴물은 극도로 힘이 세고 난폭하며 다이달로스가 만든 미궁(迷宮) 속에 갇혀 있었는데, 이곳은 워낙 교묘하게 설계되었기 때문에 일단 그 안에 갇힌 사람은 누구든지 외부로부터의 도움 없이는 밖으로 나올 길을 찾지 못했다. 미노타우로스는 그 안을 배회하다가 인간 희생자를 먹이로 삼았다.

테세우스는 자기 동포를 이 재난에서 구해 내기로 작정했

83 오늘날의 이란 북서부에 해당하는 지역에 있던 나라이다.

84 미노타우로스라면 보통 〈황소 머리에 인간 몸〉을 가진 괴물로 묘사되지만, 불핀치는 거꾸로 〈황소 몸에 인간 머리〉를 가졌다고 설명한다. 이는 그 괴물이 〈일부는 인간, 일부는 황소〉였다고만 말하고 넘어간 오비디우스의 묘사를 재해석한 결과일 터이므로 전적으로 불핀치의 오독이라 볼 수는 없다. 또한 불핀치의 해석처럼 〈황소 몸에 인간 머리〉 미노타우로스를 묘사한 미술 작품도 드물지만 있다는 점을 기억할 필요가 있어 보인다.

고, 혹시나 이 과정에서 자기가 죽게 되더라도 상관없다고 마음먹었다. 그리하여 공물을 바칠 때가 닥쳐서 관습에 따라 제비를 뽑아서 그곳에 보낼 청년들과 처녀들을 선발하게 되자, 그는 자원해서 희생자 가운데 하나가 되었으며, 제발 그러지 말라는 아버지의 간절한 애원에도 불구하고 그렇게 했다. 일행이 탄 배는 평소와 마찬가지로 검은색 돛을 달고 떠났는데, 테세우스는 만약 자기가 승리를 거두고 돌아올 경우에는 돛을 흰색으로 바꿔 달겠다고 아버지에게 약속했다. 크레테에 도착한 아테네의 청년들과 처녀들은 일단 미노스를 알현했다. 왕의 딸 아리아드네도 그곳에 있다가 테세우스를 만나 깊이 사랑하게 되었으며, 그 역시 그녀의 사랑에 기꺼이 보답해 주었다. 그녀는 그에게 검을 하나 주어서 미노타우로스를 상대하게 했고, 미궁에서 빠져나올 길을 알 수 있도록 길잡이용 실꾸리도 건네주었다. 테세우스는 결국 성공을 거두어 미노타우로스를 죽이고 미궁에서 탈출했으며, 아리아드네를 길동무로 삼아서 자기가 구조한 동료들과 함께 아테네로 배를 몰았다. 중도에 이들은 낙소스섬에 들렀는데, 여기서 테세우스는 아리아드네를 잠든 채로 버려두고 떠났다.[85] 자기 은인에 대한 이런 배은망덕한 처우에 대해 그가 내놓은 핑계란, 아테나가 자기 꿈에 나타나서 그렇게 하도록 명령했다는 것이었다.

아티케 해안에 다가갈 무렵, 테세우스는 아버지와 약속한 신호를 잊어버리고 부주의하게도 흰색 돛을 올리지 않았다.

85 이탈리아에 있는 가장 뛰어난 조각 가운데 하나인 바티칸 소장품 「잠든 아리아드네」는 바로 이 사건을 소재로 삼은 것이다. 보스턴의 애시니엄 미술관에 그 모작이 하나 있다 — 원주.

그러자 나이 많은 왕은 자기 아들이 죽었다고 생각한 나머지 바다로 뛰어들어 자기 삶조차도 끝장내 버리고 말았다. 결국 테세우스는 아버지를 계승하여 아테네의 왕이 되었다.

테세우스의 모험 가운데서도 가장 유명한 것 가운데 하나는 아마조네스와 싸우기 위한 원정이었다. 그는 아마조네스가 헤라클레스의 공격으로 타격을 입은 상황에서 또다시 공격을 가했으며, 결국 그 여왕 안티오페를 납치했다. 이에 아마조네스는 거꾸로 아테네를 공격해서 도시 안으로까지 뚫고 들어왔다. 하지만 도시 한가운데에서 벌어진 전투에서 테세우스는 상대편을 압도했다. 이 전투는 고대 조각가들이 선호한 소재 가운데 하나였으며, 여전히 남아 있는 몇몇 미술품을 통해서 기념되고 있다.

테세우스는 페이리토오스와 무척이나 끈끈한 우정을 쌓았지만, 의외로 그 우정은 애초에는 두 사람 사이의 충돌에서 비롯되었다. 즉 페이리토오스는 원래 마라톤 평원으로 침입해서 아테네 왕의 가축 떼를 훔쳐 간 도둑이었다. 테세우스는 도둑을 잡기 위해 직접 나섰다. 페이리토오스는 상대방을 보자마자 감탄하고 말았다. 그래서 평화의 상징으로 한 손을 내밀며 이렇게 외쳤다. 「당신이 알아서 판결하십시오. 저에게 무엇을 요구하셔야 만족하시겠습니까?」 「자네의 우정일세.」 아테네의 왕이 말했고, 두 사람은 변함없는 성실을 맹세했다. 이들의 행동은 이들의 공언에 부응했으며, 두 사람은 이후로도 계속해서 진정한 전우가 되었다. 이들은 모두 제우스의 딸을 배우자로 삼고자 하는 열망이 있었다. 테세우스는 헬레네를 점찍었는데, 이때까지만 해도 어린아이에 불과했던 그녀는 훗날 트로이아 전쟁의 원인으로 유명해졌다. 결국 그는 친구의 도움을 받아 그녀를 납치했다. 반면 페이리토오스는 에레보스 왕의 아내를 원했다. 그리하여 테세우스는 비록 확실한 위험을 인지했음에도 불구하고, 야심 가득한 구혼자를 따라서 지하 세계까지 동행했다. 하지만 하데스는 두 사람을 붙잡아서 자기 궁전의 문 앞에 있는 마법의 바위 위에 앉혀 두었고, 이후 이들은 줄곧 거기서 꼼짝 못 하고 남아 있었다. 그러다가 헤라클레스가 그곳에 들렀다가 테세우스를 풀어 주었고, 페이리토오스는 그의 운명에 맡겨 두고 돌아와 버렸다.

안티오페가 죽고 나서 테세우스는 크레테의 왕 미노스의 딸인 파이드라와 결혼했다. 파이드라는 테세우스의 아들 히폴리토스를 보았다. 그는 아버지의 모든 우아함과 미덕을 물려받은 청년이었으며, 나이도 마침 그녀와 비슷했다. 파이드라는 의붓아들을 사랑했지만, 청년이 접근을 거부하자 그녀의 사랑은 급기야 증오로 변했다. 왕비는 자기에게 홀딱 반한 왕을 좌지우지하여 아버지가 아들을 질투하게 만들었고, 급기야 테세우스는 자기 아들에게 복수해 달라고 포세이돈에게 기도했다. 하루는 히폴리토스가 자기 수레를 몰고 바닷가를 달리는데, 바다 괴물 한 마리가 물속에서 모습을 드러냈고, 이에 놀란 말들이 질주하면서 수레가 산산조각 나고 말았다. 청년은 죽었지만, 아르테미스의 도움을 받은 아스클레피오스가 그를 도로 살려 놓았다. 여신은 히폴리토스를 미혹된 아버지와 부정한 새어머니의 힘이 닿지 않는 곳인 이탈리아로 데려가서 님프 에게리아의 보호 아래 두었다.

테세우스는 마침내 백성들로부터 민심을 잃게 되어서, 스키로스섬의 왕 리코메데스의 궁정에 몸을 의탁하게 되었다.

이곳의 왕은 처음에만 해도 이 손님을 친절히 대했지만, 나중에 가서는 배은망덕하게도 살해해 버렸다. 더 나중에 가서야 아테네의 장군 키몬이 자기네 옛 왕의 시신이 있는 곳을 발견해서 그 시신을 아테네로 가져왔으며, 그곳에서 이 영웅을 기려 건립한 신전 〈테세이온〉에 안치했다.

테세우스와 결혼한 아마조네스 여왕의 이름이 히폴리테였다는 설명도 있다. 셰익스피어의 『한여름 밤의 꿈』에서 이들 부부가 등장할 때에도 왕비는 바로 그 이름으로 일컬어진다. 이 희곡의 소재는 바로 테세우스와 히폴리테의 결혼식에 수반되는 축제이다.

헤먼즈 여사[86]는 고대 그리스의 전통에 관한 시를 한 편 썼는데, 여기에서는 마라톤 전투 당시 〈테세우스의 망령〉이 나타나 그의 동포들을 강하게 해주었다고 언급된다.

테세우스는 반(半)역사적 인물이다. 기록에 따르면 그는 아티케 지역에 있던 몇몇 부족을 통일하여 하나의 국가로 만들고 아테네를 그 수도로 삼았다. 이 중요한 사건에 대한 기념으로서 테세우스는 파나텐 축제를 제정했는데, 이는 아테네의 수호신인 아테나를 기리기 위한 것이었다. 이 축제는 두 가지 점에서 다른 그리스 경기와는 달랐다. 첫째로 오로지 아테네인만의 축제였으며, 둘째로 이 축제의 특징이었던 엄숙한 행진이 있었는데, 이때에는 페플로스, 즉 아테나의 성스러운 예복을 파르테논으로 가져와서 여신의 조상 앞에다가 걸어 놓았다. 페플로스는 자수로 장식되어 있었으며, 특별히 선별된 아테네 귀족 가문의 처녀들이 만들었다. 이 행진에는 모든 연령, 모든 성별의 사람들이 참여했다. 이때 늙

86 Felicia Hemans(1793~1835). 영국의 시인.

은 남성은 각자의 손에 올리브 가지를 들었고, 젊은 남성은 각자의 손에 무기를 들었다. 젊은 여성은 광주리를 머리에 졌는데, 그 안에는 성스러운 주방 기구, 빵, 그리고 희생 제사에 필요한 모든 물건이 들어 있었다. 이 행진은 파르테논 신전 바깥쪽에 장식된 얕은 부조의 소재가 되었다. 그리고 이 조각품 가운데 상당 부분은 오늘날 대영 박물관에 소장된 〈엘긴 대리석상〉[87] 가운데 일부로 남아 있다.

올림픽과 다른 경기들

이 대목에서 그리스의 다른 여러 가지 유명한 국가적 경기에 관해서 언급하는 것도 부적절하지는 않으리라 생각된다. 그중에서도 최초이고 가장 유명한 것은 바로 올림픽으로, 전하는 바에 따르면 제우스가 직접 만들었다고 한다. 이 경기는 엘리스에 있는 올림피아에서 열렸다. 이를 구경하기 위해서 그리스 전역은 물론이고, 아시아와 아프리카와 시칠리아에서도 많은 관람객이 찾아왔다. 이 경기는 5년에 한 번씩,[88] 그리고 한여름에 5일 동안 열렸다. 급기야 이 경기의 개최 주기인 올림피아드를 기준으로 삼아서 시대와 사건을 지칭하는 관습까지 생겨났다. 최초의 올림픽 경기는 기원전 775년

87 제7대 엘긴 백작 토머스 브루스Thomas Bruce(1766~1841)가 1801년부터 1812년까지 그리스의 파르테논 신전에서 영국으로 가져온 여러 점의 대리석상들을 말한다. 이후 대영 박물관에 전시되어 있는 이 유물은 오늘날 예술품 약탈 및 반환을 둘러싼 논쟁의 대표적인 사례가 되고 있다.

88 〈5년에 한 번씩〉은 지난번과 이번의 개최년도 모두를 셈에 넣는 것이기 때문에, 사실상 현대의 올림픽 개최 주기인 〈4년에 한 번씩〉과 같은 말이다.

에 열린 것으로 보통 간주된다. 그런가 하면 다른 경기들도 있는데, 델포이 인근에서 벌어지는 피티아 경기, 코린토스의 이스트모스(地峽)에서 열리는 이스트미아 경기, 아르골리스의 도시 네메아에서 열리는 네메아 경기가 있다.

이 경기들의 종목은 다섯 가지였다. 달리기, 멀리뛰기, 레슬링, 고리던지기, 그리고 창던지기 아니면 권투였다. 신체의 힘과 민첩성을 겨루는 이런 경기 외에도, 음악과 시와 웅변 시합이 있었다. 따라서 이런 경기야말로 시인과 음악가와 작가에게는 자기 작품을 대중에게 선보일 수 있는 최고의 기회가 되었으며, 승리자의 명성은 멀리 또 널리 퍼져 나갔다.

다이달로스

테세우스가 아리아드네의 실꾸리를 이용해 탈출했던 그 미궁은 가장 뛰어난 장인(匠人)이었던 다이달로스가 만든 것이었다. 그것은 수없이 많은 구불구불한 통로와 모퉁이가 서로 이어져 있어서, 마치 바다로 향하는 길에 아까는 앞으로 흘러갔다가 또 지금은 뒤로 흘러갔다가 하면서 결국 스스로에게 돌아오는 마이안드로스강처럼 시작도 끝도 없어 보이는 거대한 건축물이었다. 다이달로스는 미노스 왕을 위해서 미궁을 만들었지만, 그 이후로는 왕의 신임을 잃게 되어서 탑 안에 갇혀 있게 되었다. 그는 감옥에서 도망칠 계획을 세웠지만, 바다를 통해서는 이 섬을 떠날 수가 없었는데, 왜냐하면 왕이 모든 선박을 엄밀히 감시하고 어떤 배든지 떠나기 전에 꼼꼼하게 수색을 가했기 때문이다. 「미노스가 땅과 바다는 통제할 수 있을지 몰라도, 공중의 영역까지는 아니지.」 다이달로스가 말했다. 「그러니 그쪽으로 시도해 보아야겠다.」 그리하여 그는 자기와 어린 아들 이카로스가 사용할 가짜 날개를 만들기 시작했다. 다이달로스는 깃털을 붙이기 시작했고, 가장 작은 것으로 시작해서 차츰 더 큰 것을 덧붙여서 점점 더 커지는 표면을 형성했다. 더 커다란 깃털은 실로 고정시켰고, 더 작은 깃털은 밀랍으로 고정시켰으며, 마치 새의 날개처럼 전체적으로 부드러운 곡선을 이루게 했다. 소년 이카로스는 옆에 서서 지켜보았다. 때로는 바람에 날아온 깃털을 가지러 달려갔고, 그러다가 밀랍을 자기 손가락에 묻혀서 놀기도 했는데, 그의 이런 장난은 작업 중인 그의 아버지를 성가시게 만들었다. 마침내 작업이 완료되자 장인(匠人)은 자기 날개를 저어 보았고, 자기 몸이 위로 떠올라 그대로 머무를 수 있음을, 즉 공기를 휘저어 올라탈 수 있음을 알게 되었다. 곧이어 다이달로스는 아들에게도 똑같은 방식으로 장치를 달아 주었고 그걸 이용해서 나는 법을 가르쳐 주었는데, 마치 어미 새가 새끼들을 타일러서 높은 둥지에서 공중으로 뛰어내리도록 만드는 것과도 유사했다. 비행 준비가 완료되자 그가 말했다. 「이카로스, 내 아들아, 부디 적당한 높이를 계속 유지하도록 해라. 너무 낮게 날다가는 자칫 날개에 습기가 엉겨 붙을 수 있고, 너무 높게 날다가는 자칫 날개가 열에 녹을 수 있으니까. 내 곁에 계속 머물러 있으면 너는 안전할 거다.」 이런 설명을 해주며 아들의 어깨에 날개를 달아 주는 아버지의 얼굴은 눈물로 젖어 있었고, 양손은 덜덜 떨리고 있었다. 다이달로스는 소년에게 입을 맞추었는데, 어쩌면 이것이 마지막일지도 몰랐기 때문이었다. 곧이어 아버지는 날개를 치켜들고 날아올랐으며, 아들에게도 따라 하도록 독려하면서, 아들이 날개를 어떻게 다루는지 보기 위해 날아가면서 종종 뒤를 돌아보았다. 두 사람이 날아가는 동안 농부는 일을 멈추고 그들을 바라보았고, 목자는 지팡이를 짚고 서서 바라보고 그 광경에 깜짝 놀라며, 저렇게 공중을 가르는 것을 보니 저들이야말로 신이 분명하다고 생각했다.

이들은 사모스섬과 델로스섬을 왼쪽으로 하고 레빈토스섬을 오른쪽으로 한 채 날아갔는데, 그때 소년이 자신의 성공에 우쭐해진 나머지 동반자의 인도에서 벗어나기 시작하여 마치 하늘에 도달하려는 듯 위로 치솟았다. 타오르는 태양에 가까워지자, 깃털을 서로 붙잡아 주던 밀랍이 녹아서 부드러워졌고, 급기야 깃털이 떨어져 나가고 말았다. 아들은 양팔을 펄럭였지만 공기를 붙잡을 깃털은 남아 있지 않았다. 아버지를 향해 비명을 지르면서 그는 푸른 바닷물 속으로 잠겨 버렸고, 그리하여 이후로 이 바다는 그의 이름을 따서 일컬어지게 되었다. 아버지가 외쳤다. 「이카로스, 이카로스, 어디 있느냐?」 마침내 그는 바닷물 위에 떠 있는 깃털을 보았고, 자기 기술을 씁쓸하게 한탄했으며, 자기 아이의 시신을 묻어 주고 그를 기념하여 이 땅을 〈이카리아〉라고 불렀다. 다이달로스는 무사히 시칠리아에 도착했으며, 이곳에서 아폴론을 위한 신전을 하나 짓고 자기 날개를 거기 걸어 놓아 신에게 드리는 공물로 삼았다.

다이달로스는 자기 업적에 워낙 자부심이 강한 나머지, 경쟁자가 있다는 생각조차 참을 수 없어 했다. 한번은 그의 누이가 아들 페르딕스를 그에게 맡기면서 기계 기술을 가르쳐 달라고 했다. 이 조카는 유능한 제자였으며, 놀라운 재능의 증거를 드러냈다. 한번은 바닷가를 걷다가 물고기의 등뼈를 하나 주웠다. 그러고는 이를 모방해 철 조각의 한쪽 날을 울퉁불퉁하게 깎아 내서 톱을 만들어 냈다. 또 한번은 두 개의 철 조각을 나란히 놓고, 한쪽 끝에 대갈못을 박아 서로 연결함으로써 컴퍼스를 만들어 냈다. 다이달로스는 조카의 재능을 너무 시샘한 나머지, 어느 날 두 사람이 높은 탑 꼭대기에 올라가 있을 때 기회를 보아서 상대방을 밀어 떨어뜨렸다. 하지만 아테나가 페르딕스를 새로 바꿔 놓았고, 이후로 자고(鷓鴣, Partridge)라는 이 새에게는 그의 이름이 붙게 되었다. 이 새는 나무 위에 둥지를 짓지 않고, 또 높이 날아다니지도 않으며, 산울타리 안에 둥지를 틀고, 이전의 추락을 유념하는 까닭에 높은 장소를 피한다.

이카로스의 죽음은 이래즈머스 다윈[89]의 다음과 같은 구절에 등장한다.

> (……) 녹아내리는 밀랍과 느슨해진 끈과 함께
> 불운한 이카로스 불충한 날개 달고 가라앉았네.
> 무시무시한 공중을 가르며 머리부터 떨어져서
> 팔다리는 뒤틀리고 머리카락은 흩어져 버렸네.
> 흩어진 그의 깃털이 파도 위에서 춤을 추는데
> 슬퍼하는 네레이데스, 그의 물속 무덤 장식하네.
> 그의 창백한 시신에 진주 빛깔 말미잘 뿌리고
> 그의 대리석 침대에 진홍 빛깔 이끼 흩뿌렸네.

89 Erasmus Darwin(1731~1802). 영국의 의사 겸 시인으로, 진화론의 창시자 찰스 다윈(1809~1882)의 할아버지이기도 하다.

그들의 산호 탑에서는 조종(弔鐘)이 울렸고
애도의 종소리 바다 널리 메아리쳤다네.

카스토르와 폴리데우케스

카스토르와 폴리데우케스는 레다와 백조 사이에서 태어난 아이들이었는데, 여기서 말하는 백조는 제우스가 원래 모습을 감추기 위해 변신한 모습이었다. 레다는 결국 알을 하나 낳았는데, 그 안에서 쌍둥이가 태어났다. 그리고 훗날 트로이아 전쟁의 원인으로 유명해지는 헬레네가 바로 이들의 여동생이었다.

테세우스가 친구 페이리토오스와 함께 헬레네를 스파르타에서 납치해 도망치자, 청년 영웅 카스토르와 폴리데우케스는 그 추종자들과 함께 서둘러 여동생을 구하러 나섰다. 마침 테세우스가 아티케를 비운 상황이었기 때문에, 오빠들은 여동생을 구출하는 데 성공할 수 있었다.

카스토르는 말을 길들이고 다루는 솜씨가 뛰어난 것으로 유명했고, 폴리데우케스는 권투 솜씨가 뛰어난 것으로 유명했다. 이들은 가장 따뜻한 애정으로 하나가 되었으며, 그 어떤 모험에서도 따로 있을 수가 없었다. 쌍둥이는 아르고 선원들의 원정에도 동행했다. 항해 도중에 폭풍이 일어나자, 오르페우스가 사모트라케의 신들에게 기도를 하면서 자기 하프를 연주했고, 폭풍이 가라앉고 나서는 쌍둥이 형제의 머리 위에 별이 나타났다. 이 사건 이후로 카스토르와 폴리데우케스는 뱃사람과 항해자의 수호성인으로 여겨졌으며, 때때로 대기 상태에 따라서 선박의 돛과 돛대에 나타나는 도깨

비불도 이들의 이름으로 일컬어지게 되었다.[90]

아르고 선원들의 원정 이후에, 카스토르와 폴리데우케스는 이다스와 링케우스와의 결투에 나섰다.[91] 이때 카스토르가 피살되자, 폴리데우케스는 형제를 잃은 슬픔을 견딜 수 없었던 나머지, 자기 목숨을 형제의 몸값으로 낼 수 있도록 허락해 달라고 제우스에게 간청했다. 제우스는 이를 응낙했는데, 심지어 이들 형제가 각자 삶의 혜택을 번갈아 가며 누리도록, 즉 한 명씩 번갈아서 하루는 땅 아래에서 보내고 또 하루는 하늘 아래에서 보내도록 해주었다. 또 다른 형태의 이야기에 따르면, 제우스는 형제의 애정에 대한 보상으로, 이들을 별 사이에 놓아두어서 〈쌍둥이자리〉로 만들었다고 한다.

이들은 〈디오스쿠로이〉, 즉 〈제우스의 아들들〉이라는 이름으로 신의 영예를 얻었다. 이들은 더 나중의 시대에도 때때로 나타났다고 전한다. 즉 치열한 전쟁터에서 양편 가운데 어느 한쪽에든 가담한다고 하며, 때로는 위풍당당한 흰색 말[馬]을 타고 있는 모습으로 나타난다고도 전한다. 그래서 로마 초기 역사에서는 이들이 레길루스 호수의 전투에서 로마인을 지원했다고 하며, 승리 이후 이들이 나타난 바로 그 장소에 이들을 기리는 신전이 세워졌다고 한다.[92]

90 보통 〈세인트 엘모의 불[성(聖) 엘모의 불]〉이라고 일컬어지며, 대기 중에서 일어나는 방전 현상의 일종이다.

91 이다스와 링케우스는 쌍둥이 형제였으며, 아르고 원정대의 일원이기도 했다. 전설에 따르면 카스토르-폴리데우케스 형제와 이다스-링케우스 형제는 한 쌍둥이 자매를 두고 동시에 구혼하는 과정에서 다툼을 벌이게 되었다고 한다.

92 본문에 언급된 사건은 기원전 5세기경에 로마와 라티움 동맹 사이에서

토머스 배빙턴 매콜리는 「고대 로마의 노래」에서 이 전설을 다음과 같이 인유했다.

그들은 워낙 닮았기에, 어떤 인간도
누가 누구인지를 분간 못할 지경이었네.
이들의 갑주(甲冑)는 눈처럼 새하얗고,
이들의 말[馬] 역시 눈처럼 새하얗다네.
단 한 번도 지상의 모루 위에
그토록 희귀한 갑주가 빛난 적 없었고,
그토록 훌륭한 말[馬]이 지상의 개울에서
물 마신 일 역시 단 한 번도 없었다네.
(……)
족장은 승리를 거두고 돌아왔고,
그는 싸움이 한창일 때에
위대한 쌍둥이 형제를 보았네,
오른편에 고삐를 붙든 모습을.
배는 안전한 항구로 들어서고,
큰 물결과 질풍을 통과한다네,
저 위대한 쌍둥이 형제가
돛대 위에 앉아서 빛나기만 하면.

벌어진 전쟁을 말하며, 이때 이후 로마가 라티움 동맹 소속 여러 도시에 대한 우위를 점유하게 되었다.

제21장
디오니소스·아리아드네

디오니소스

디오니소스는 제우스와 세멜레의 아들이다. 헤라는 자신의 분노를 만족시키기 위해 남편의 애인을 파멸시킬 계획을 하나 고안했다. 즉 자신이 직접 세멜레의 나이 지긋한 유모 베로에의 모습으로 변신한 다음, 아가씨를 찾아오는 자가 실제로는 제우스가 아닐 수도 있다며 의심을 불어넣는 것이었다. 유모로 변신한 헤라는 한숨을 훅 내쉬며 이렇게 말했다. 「정말 그렇다고 드러난다면야 좋겠지만, 저로선 두려움을 느끼지 않을 수가 없군요. 사람은 항상 겉과 속이 똑같은 것까지는 아니니까요. 만약 그분이 실제로 제우스라면, 뭔가 증거를 조금이라도 보여 달라고 하세요. 즉 당신께서 하늘에서 지니시는 것과 똑같은 광채를 모두 드러내 달라고 하세요. 그렇게 하고 나면 이 문제는 더 이상 의심의 여지가 없을 겁니다.」 세멜레는 이에 설득된 나머지 이 방법을 시도해 보기로 했다. 제우스가 찾아오자 그녀는 자기 소원을 들어 달라고 요청했지만, 그 내용이 정확히 무엇인지는 언급하지 않았다. 제우스는 기꺼이 약속을 했으며, 심지어 결코 되돌릴 수 없는 맹세로 확언까지 해주었는데, 바로 신들 스스로도 두려워하는 스틱스강에다 걸고 맹세한 것이었다. 그제야 세멜레는 자기 요청을 말했다. 신은 상대방의 말을 중단시켰어야 맞았겠지만, 그녀는 너무 빨리 말해 버리고 말았다. 일단 말이 나와 버리자, 제우스는 자신의 약속은 물론이고 세멜레의 요청조차도 취소할 수 없게 되었다. 신은 크게 애석해하면서 그녀의 곁을 떠나 더 위쪽의 영역으로 돌아갔다. 그런 다음 자신의 광채를 몸에 걸쳤는데, 거인들을 전복시킬 때처럼 〈공포〉까지 모조리 걸치지는 않았고, 단지 다른 신들 사이에서는 〈제우스의 더 수수한 차림새〉라고 알려져 있는 것만 걸쳤다. 신은 이를 걸치고 세멜레의 방으로 들어섰다. 그녀가 지닌 필멸의 형체는 차마 불멸의 광휘에서 비롯된 광채를 견디지 못했다. 결국 세멜레는 재로 변하고 말았다.

제우스는 아직 젖먹이였던 디오니소스를 니사산의 님프들[니시아데스]에게 데려갔다. 이들은 유아기와 유년기 동안 어린 신을 양육했으며, 그 노고에 대한 보상으로 제우스는 님프들을 〈히아데스〉 별자리로 만들어서 별들 사이에 놓아 주었다. 디오니소스는 성장한 뒤에 포도 관련 문화는 물론이고, 그 귀중한 즙을 추출하는 방법도 발견했다. 하지만 헤라는 그에게 광기를 불어넣었으며, 급기야 지상의 여러 장소에서 방랑하게 만들었다. 프리기아에서는 여신 레이아가 디오니소스를 치료하고 자신의 종교 의례를 가르쳤기 때문에, 이후로 그는 아시아 전역을 누비면서 포도의 재배 방법을 사람들에게 가르치게 되었다. 그의 방랑에서 가장 유명한 대목은 인도로의 원정이었는데, 이는 무려 몇 년이나 지속되었던 것으로 전해진다. 디오니소스가 돌아오면서 이 신을 향한 숭배가 그리스 전역에서 유행하게 되었지만, 일부 군주들은 이 새로운 신앙을 탄압했다. 이 신을 향한 숭배로 야기되는 무질서와 광기 때문에 모두들 그 도입을 두려워했기 때문이다.

디오니소스가 고향인 테바이로 향했을 무렵, 그곳의 왕 펜테우스는 이 새로운 신앙에 아무런 존경심도 표하지 않았고, 도리어 이 의례의 거행을 금지하기까지 했다. 하지만 이 신이 이곳으로 오고 있다는 소식이 전해지자 수많은 남자와 여자가 그를 맞이하러 달려 나갔으며, 그중에서도 특히 노소를 불문한 여자가 주로 그의 개선 행렬에 가담했다.

롱펠로는 「음주의 노래」에서 디오니소스의 행렬을 다음과 같이 묘사했다.

> 파우누스와 젊은 디오니소스가 뒤따랐네.
> 이마에는 아이비 관이 얹혀 있었네.
> 아폴론의 이마만큼 우뚝하고,
> 그리고 영원한 젊음을 갖고 있다네.
>
> 주위에는 예쁜 디오니소스 숭배자들이
> 심벌즈와 피리와 지팡이 들고,
> 낙소스의 숲 자킨토스의 포도밭부터
> 광포해져서, 정신 착란의 노래를 불러 댔다네.

펜테우스가 백성들을 질책하고, 명령하고, 위협해도 소용이 없었다. 「가서 이 폭도의 두목인 부랑자를 붙잡아서 내게 끌고 와라.」 그가 부하들에게 명령했다. 「하늘의 자손이라는 그의 거짓 주장을 자백하게 만들고, 그의 가짜 숭배를 부정하게 만들겠다.」 펜테우스의 가장 가까운 친구들과 가장 현명한 고문들이 신을 거역하면 안 된다고 질책하고 애원했지만, 역시나 아무 소용이 없었다. 이들의 질책은 오히려 그를 더욱 난폭하게 만들 뿐이었다.

얼마 후에 디오니소스를 붙잡아 오기 위해 파견된 부하들이 돌아왔다. 이들은 디오니소스 숭배자들에게 도리어 쫓겨났지만, 그래도 그중 한 명을 포로로 잡아 오는 데에는 성공했으며, 이제 그 포로의 양손을 뒤로 묶어서 왕 앞에 대령했다. 펜테우스는 분노한 표정으로 그를 바라보며 말했다. 「이놈! 너는 신속하게 처형될 것이고, 너의 죽음은 다른 사람들에게 경고가 될 것이다. 너의 처벌을 지연시키는 것은 마음에 들지 않지만, 일단 네가 누구인지, 그리고 네가 행하는 이 새로운 의례가 무엇인지 우리에게 말해라.」

그러자 포로는 두려움 없이 이렇게 대답했다. 「제 이름은 아코이테스입니다. 제 조국은 마이오니아[리디아]이구요. 부모님은 가난한 분들이어서 저에게 물려주실 토지도 없고 가축도 없었으며, 대신 낚싯대와 그물과 당신들의 어부라는 직업을 물려주셨습니다. 저는 한동안 그 직업에 종사하다가, 한 장소에만 남아 있는 것에 점차 따분함을 느끼고 항해사의 기술을 배워 별을 이용하여 방향을 잡는 법을 터득하게 되었습니다. 델로스섬을 향해 항해할 때 우리는 디아섬에 도착해서 닻을 내렸습니다. 다음 날 오전 선원들이 마실 물을 구하러 간 사이에 저는 바람을 관측하러 언덕에 올랐습니다. 그때 선원들이 전리품이라 하는 것을 하나 갖고 돌아왔는데, 그건 바로 고운 외모를 지닌 소년으로, 그들의 말로는 잠을 자고 있는 것을 데려왔다고 했습니다. 그들은 이 소년이 귀족의 자제일지도 모른다고, 어쩌면 왕의 아들인지도 모른다고 생각했고, 그를 돌려주는 대가로 막대한 몸값을 얻을 수 있으리라 여겼습니다. 저는 소년의 옷과 걸음걸이와 얼굴을 살펴보았습니다. 그런데 필멸자 이상의 뭔가가 깃들어 있는 듯한 느낌을 받았습니다. 제가 선원들에게 말했습니다. 〈도대체 어떤 신이 저런 모습으로 변장해 있는지는 나도 모르겠지만, 신이란 것만큼은 확실해. 너그러우신 신이시여, 저희가 당신께 저지른 폭력을 용서해 주시고, 우리의 사업에 성공을 베풀어 주시옵소서.〉 그러자 선원 중에서도 돛대를 기어오르고 밧줄을 타고 내려오는 데에는 최고수인 딕티스며, 키잡이인 멜란투스며, 노잡이에게 구호를 불러 주는 지도자인 에포페우스며 하는 녀석들이 하나같이 저한테 소리를 질렀습니다. 〈그런 기도일랑 우리를 위해서 남겨 놓으시오.〉 선원들은 한마디로 이익에 눈이 멀었던 겁니다! 그들이 소년을 배에 태우려 나서자, 저는 반대했습니다. 〈이 배를 그런 불경함으로 더럽힐 수는 없다.〉 제가 말했습니다. 〈이 배에 대한 권리라면 내가 너희 가운데 누구보다도 더 많은 몫을 갖고 있으니까.〉 하지만 난폭한 선원인 리카바스가 제 멱살을 붙잡아 저를 배 밖으로 던져 버렸고, 저는 간신히 밧줄을 붙잡아서 목숨을 건졌습니다. 나머지 선원들도 오히려 그들의 행동을 찬성했습니다.

바로 그때 디오니소스께서는(왜냐하면 그 소년이 바로 그분이셨기 때문입니다) 마치 그제야 잠에서 깨어난 척하며 이렇게 말씀하셨습니다. 〈저를 어떻게 하려는 거죠? 왜 당신들끼리 싸우는 거죠? 누가 저를 여기까지 데려온 거죠? 당신들은 저를 어디로 데려가려는 거죠?〉 선원 중 한 명이 대답했습니다. 〈겁내지 말아라. 네가 가고 싶은 곳이 어딘지 말만 하면, 우리가 그리로 데려다주마.〉 〈제 고향은 낙소스인데요.〉 디오니소스께서 말씀하셨습니다. 〈저를 그리로 데려가 주면, 당신들도 큰 보상을 얻을 거예요.〉 선원들은 그렇게 하겠다고 약속했고, 저더러 배를 낙소스까지 몰게 했습니다. 낙소스는 오른쪽에 위치해 있었기에 저는 돛을 조정해서 배를 그리로 몰았는데, 얼마 후에 어떤 녀석은 몸짓으로, 또 어떤 녀석은 귓속말로 엉뚱한 이야기를 저에게 전했습니다. 즉 선원들의 본심은 제가 반대 방향으로 배를 몰았으면 하는 것이었고, 저 소년을 아이깁토스[이집트]까지 데려가서 노예로 파는 것이었습니다. 저는 당황한 나머지 이렇게 말했습니다. 〈그러면 나 말고 다른 사람이 이 배를 조종하도록 해라.〉 그러면서 저는 그들의 사악한 행동에 더 이상은 가담하지 않겠다고 했습니다. 선원들은 저를 욕했고, 그중 한 명이 이렇게 외쳤습니다. 〈우리의 안전이 너에게만 달려 있다고 너무 우쭐해하지 마라.〉 그러면서 저 대신 그가 항해사가 되어서, 낙소스에서 점차 멀리 배를 몰아갔습니다.

그때에 신께서는 마치 우리의 배반을 이제야 처음 깨달으신 척하시면서, 바다를 바라보며 울먹이는 목소리로 말하셨습니다. 〈선원 아저씨들, 여기는 당신들이 저를 데려다주겠다고 약속한 그 바닷가가 아닌데요. 저 너머에 있는 섬은 제 고향이 아니에요. 제가 무슨 짓을 했다고 당신들이 저한테 이렇게 하시는 건가요? 불쌍한 아이를 속여서 당신들이 얻을 수 있는 영광이란 하찮은 것에 불과할 텐데요.〉 저는 그분의 말씀을 듣자 눈물을 흘렸습니다만, 선원들은 우리 둘을 보고 웃음을 터뜨리며 바다를 가로질러 배를 쏜살같이 몰았습니다. 그러다가 갑자기 배가 바다 한가운데에서 우뚝 멈추었고(이상하게 들리겠지만 사실이었습니다), 마치 땅에 뿌리박힌 것처럼 꼼짝도 하지 않았습니다. 선원들은 깜짝 놀라 노를 젓고 돛을 더 많이 펼쳤으며, 양쪽 모두의 도움을 얻어서 배를 나아가게 하려 노력했습니다만 아무 소용이 없었습니다. 아이비가 노를 휘감아서 움직임을 방해했고, 돛에도 달라붙어서 묵직한 열매 덩어리를 맺었습니다. 포도가 주렁주렁 달린 포도 덩굴이 돛대를 따라 기어올랐고, 배의 양옆을 따라 늘어졌습니다. 피리 소리가 들렸고, 향긋한 포도주 냄새가 사방에 퍼졌습니다. 신께서는 포도 잎으로 만든 관을 쓰고 계셨으며, 한 손에는 아이비가 감긴 창을 들고 계셨습니다. 그의 발치에는 호랑이들이 엎드려 있었고, 그의 주위에는 스라소니와 얼룩 표범의 모습도 보였습니다. 선원들은 공포와 광기에 사로잡혔습니다. 일부는 배 밖으로 뛰어내렸고, 또 일부는 똑같이 하려고 준비하다 말고 이미 물속에 들어간 자기네 동료가 변모하고 있음을, 즉 몸이 납작해지며 끝에 구부러진 꼬리가 나는 것을 보았습니다. 그중 한 명이 외쳤습니다. 「세상에 이런 기적이 있나!」 이렇게 말하는 동안 그는 입이 넓어지고, 콧구멍이 커지고, 몸 전체가 비늘로 뒤덮였습니다. 또 한 명은 노를 당기려고 애를 썼지만, 갑자기 자기 손이 줄어드는 것을 느꼈고, 곧이어 양손이 아니라 두 개의 지느러미를 달게 되었습니다. 또 한 명은 양팔을 들어서 밧줄을 붙잡으려 했지만, 이제는 자기가 양팔이 없음을 깨닫고, 사지가 잘려 나간 자기 몸을 구부려서 바다로 뛰어들었습니다. 한때 그의 두 다리였던 것은 초승달 모양의 두 갈래 꼬리가 되었습니다. 선원 전체가 돌고래가 되어 배 주위에서 헤엄치면서, 아까는 수면 위에 있다가 또 지금은 수면 아래에 있다가 하면서 물방울을 흩뿌리고, 그 커다란 콧구멍에서 물을 뿜어냈습니다. 스무 명의 선원 가운데 오로지 저 혼자 남아서 두려움에 떨었습니다. 그러자 신께서 타이르셨습니다. 〈두려워하지 말아라.〉 그분께서 말씀하셨습니다. 〈어서 낙소스로 배를 몰아라.〉 저는 그분의 말에 순종했고, 우리가 그곳에 도착하자마자 저는 제단에 촛불을 붙이고, 디오니소스의 성스러운 제의를 축하하게 된 것입니다.」

펜테우스는 이 대목에서 고함을 질렀다. 「이런 어리석은 이야기를 듣느라 우리가 시간을 낭비하다니. 이놈을 끌고 가서 지체 없이 처형하도록 하라.」 아코이테스는 왕의 부하들에게 끌려가서 감옥에 단단히 갇히게 되었다. 하지만 이들이 처형 도구를 준비하는 사이에 갑자기 감옥 문이 멋대로 열리더니, 그의 손발에 채운 쇠사슬이 풀렸고, 그의 모습은 아무리 찾아도 찾을 수가 없게 되고 말았다.

펜테우스는 이런 경고에도 아랑곳하지 않고, 다른 부하들을 보내는 대신 자기가 직접 그 제의의 현장으로 찾아가려 작정했다. 키타이론산에는 여전히 신자들이 가득했으며, 디오니소스 숭배자들의 고함 소리가 사방에서 울렸다. 마치 나팔 소리에 군마의 열의가 끓어오르는 것처럼, 이런 소음에 펜테우스의 분노도 끓어올랐다. 그는 숲을 지나서 탁 트인 벌판에 도착했는데, 그곳에서 목격한 광경은 대부분 난교(亂交)였다. 바로 그 순간 여자들이 펜테우스를 보았다. 그리고 이 가운데 맨 처음 그를 본 사람 중의 하나는 바로 그의 어머니 아가우에였는데, 그녀는 신 때문에 눈이 멀어 버린 상태에서 이렇게 외쳤다. 「저기 멧돼지가 한 마리 있네. 이 숲을 배회하는 놈들 중에서도 가장 큰 녀석인가 봐. 가자, 자매들아! 내가 맨 먼저 가서 저 멧돼지를 잡을 거야.」 군중 전체가 펜테우스에게 달려들자, 그 역시 이제는 전보다 덜 오만해진 상태가 되어서 변명을 늘어놓았고, 급기야 자기 범죄를 고백하고 용서를 간청했지만, 사람들은 그를 짓누르고 그에게 상처를 입혔다. 펜테우스는 이모들에게 자기를 어머니로부터 보호해 달라고 외쳤지만 소용이 없었다. 이모들인 아우토노에가 한쪽 팔을, 이노가 다른 한쪽 팔을 붙잡은 상황에서 그는 몸이 갈가리 찢어지고 말았으며, 그 와중에 그의 어머니는 이렇게 외쳤다. 「이겼다! 이겼어! 우리가 해냈다! 영광은 우리 것이다!」

그리하여 디오니소스 신앙은 그리스에서 확립되었다.

밀턴의 「코머스」(46행)에는 디오니소스와 뱃사람들의 이야기에 관한 인유가 나온다. 키르케의 이야기는 제29장에서 다시 살펴볼 것이다.

> 디오니소스는 자주색 포도를 분쇄해서
> 오용되는 포도주의 달콤한 독을 처음 만들고,
> 토스카나의 뱃사람을 변모시킨 후에는
> 바람 따라 티레니아해의 바닷가를 지나,
> 키르케의 섬에 도달했다네.
> (태양신의 딸 키르케를 누가 모르랴?

그 마법의 잔을 맛보면 직립 형체를 잃고
곧바로 기어다니는 돼지가 되었으니.)

아리아드네

테세우스의 이야기에서 우리는 그가 미노스 왕의 딸 아리아드네로부터 도움을 받아 미궁을 탈출했음을, 그리고 자기를 따라서 낙소스섬까지 갔다가 잠깐 잠든 그녀를 버려두고 고향으로 떠났음을 살펴보았다. 아리아드네는 잠에서 깨자마자 자기가 버림받았음을 깨닫고 슬픔에 빠져 버렸다. 하지만 아프로디테가 그녀를 딱하게 여겨 위로하면서, 잃어버린 필멸자 대신에 불멸자를 연인으로 얻게 될 것이라며 약속해 주었다.

아리아드네가 남은 섬은 마침 디오니소스가 좋아하는 섬이었으며, 자기를 붙잡아서 배은망덕하게도 이익을 보려던 티레니아인(人) 뱃사람들에게 가자고 지시한 곳도 바로 이곳이었다. 아리아드네가 자기 운명을 한탄하며 그곳에 앉아 있을 때, 디오니소스가 그녀를 발견하고 위로했으며, 결국 자기 아내로 삼았다. 신은 보석으로 장식된 황금 관을 결혼 선물로 주었는데, 아리아드네가 죽자 그는 이 관을 집어 들고 하늘에 던졌다. 이 관이 하늘에 자리 잡자 그 보석들은 이전보다 더 밝아져서 급기야 별이 되었으며, 아리아드네와 관의 원래 형태를 유지하면서 하늘에 남아서, 무릎을 꿇은 헤라클레스 별자리와 뱀을 움켜쥔 사람의 별자리 사이에 자리하게 되었다.

에드먼드 스펜서는 아리아드네의 관에 대한 인유를 남겼지만, 그가 언급한 신화에는 몇 가지 실수가 들어 있다. 왜냐하면 켄타우로스와 라피타이족(族)의 다툼이 벌어진 계기는 〈테세우스의 결혼식〉이 아니라 〈페이리토오스의 결혼식〉이었기 때문이다.

> 아리아드네가 상앗빛 이마 위에 쓴
> 관이 어떻게 되었나 보라, 바로 그날
> 테세우스는 그녀와 결혼식을 올렸고,
> 대담한 켄타우로스는 용맹한 라피타이족(族)과
> 유혈극을 벌여서 이들을 당황케 했네.
> 이제 그 관은 하늘에 자리하고 있으며
> 밝은 하늘을 가로질러 빛을 발하니,
> 별들이 그 장식물이 되어서
> 정연한 순서대로 그 주위를 맴도네.

제22장

시골의 신들·에리시크톤·로이코스·물의 신들·카메나이·바람의 신들

시골의 신들

숲과 들판의 신이자 가축과 목자의 신인 판은 동굴에 살았고, 산과 계곡을 돌아다니고 달리기를 하거나 님프들과의 춤을 이끄는 등의 일을 즐겼다. 그는 워낙 음악을 좋아해서 우리가 앞에서도 살펴본 것처럼 시링스 또는 〈목자의 파이프〉를 만들었고, 이 악기를 완벽한 솜씨로 연주했다. 숲에 거주하는 다른 신들과 마찬가지로 판은 한밤중에 숲을 지나가야 하는 직업을 가진 사람들에게는 두려움의 대상이었는데, 왜냐하면 이런 장소의 우울함과 외로움이 사람들의 마음에 미신적인 공포를 가져다주었기 때문이었다. 그리하여 딱히 눈에 보이는 원인 없이도 일어나는 갑작스러운 공포는 〈판Pan〉 때문이라고 여겨졌고, 그 이름을 따서 〈판의Panic〉 공포라고 일컬어졌다.

이 신의 이름은 곧 〈모든 것〉이라는 의미이므로, 훗날 판은 우주의 상징이며 자연의 인격화로 간주되기에 이르렀다.

실바누스와 파우누스는 로마의 신이며 그 성격이 판의 성격과 거의 똑같기 때문에, 우리로선 이들 모두가 같은 신을 다른 이름으로 부른 것에 불과하다고 간주해도 무방할 것이다.

하지만 판의 춤 상대인 숲의 님프는 여러 님프 중에서도 한 종류에 불과했다. 이들 말고도 개울과 샘에 사는 님프인 나이아데스, 산과 동굴의 님프인 오레아데스, 바다의 님프인 네레이데스도 있었다. 이 세 가지 종류의 님프는 불멸했지만, 드리아데스 또는 하마드리아데스로 일컬어지던 숲의 님프는 자신의 거처인 동시에 자신의 존재 이유인 나무가 죽으면 함께 죽는다고 여겨졌다. 따라서 나무 한 그루를 파괴한다는 것은 불경스러운 일이었으며, 그 정도가 심했던 몇 가지 사례에서는 심한 처벌이 뒤따랐는데, 잠시 후에 우리가 살펴볼 에리시크톤의 경우가 그러했다.

밀턴은 『실낙원』 제4권에 나오는 최초의 창조에 관한 생생한 묘사에서 판을 〈대자연〉의 인격화로서 인유했다.

> (……) 어디에나 있는 판은
> 시간과 우아함과 함께 춤추며
> 영원한 봄을 맞이한다.

『실낙원』 제4권에서 하와의 거처를 묘사할 때에도 마찬가지이다.

> (……) 그늘진 나무 아래,
> 더 성스러운, 또는 깊숙한 그곳에선 거짓으로 꾸며 낸
> 판, 또는 실바누스도 잠잔 적이 없고, 님프도

파우누스도 출몰한 적이 없다.

고대 그리스인은 한 가지 재미있는 특징을 지니고 있었는데, 그건 바로 자연의 모든 작용에서 신의 매개자를 추적하기 좋아하는 것이었다. 그리스인은 특유의 상상력을 발휘하여 땅과 바다의 모든 영역에 신들이 우글거리게 만들었으며, 우리의 과학이 자연 법칙의 작용 탓으로 돌리는 여러 현상들을 바로 이 매개자들의 탓으로 돌렸다. 때로는 우리도 시적인 분위기에서는 마치 이런 변화를 아쉬워하는 듯한, 그리고 머리가 얻은 것에 비례하여 마음이 잃은 것이 있다고 생각하는 듯한 경향이 있다. 예를 들어 시인 워즈워스는 한 시에서 이런 감정을 다음과 같이 강력하게 표현했다.

(……) 위대한 하느님, 저는 차라리
낡아빠진 신조로 양육된, 이교도가 되겠습니다.
그러면 저도 어쩌면, 이 상쾌한 초원에 서서,
저를 덜 외롭게 만들어 줄 것들을 목격하게 되겠지요.
바다에서 프로테우스가 치솟는 광경을 보고,
트리톤이 그 휘감긴 나팔 부는 소리를 듣고.[93]

실러는 「그리스의 신들」이라는 시에서 고대의 아름다운 신화가 기독교 문화에 의해 전복된 것에 대한 아쉬움을 표현했는데,[94] 이에 대해서는 기독교인이었던 시인 E. 배럿 브라

93 워즈워스의 『시집』(1807)에 수록된 「이 세계는 우리 때문에 너무 벅차다」의 일부이다. 이 시에서 시인은 산업 혁명 이후 물질주의에 집착하고 자연에서 멀어진 세계의 모습을 비판하고 있다.

우닝 여사가 「죽은 판」이라는 시에서 일종의 답변을 내놓았다. 다음 두 연은 그 표본이라 할 수 있다.

어떤 우월한 아름다움에 정복당했다고
고백하는 너의 아름다움에 걸고,
너의 거짓을 통해 진실을 향한
우리의 웅장한 영웅적 추측에 걸고,
우리는 울지 〈않을〉 것이다! 땅은 만들 것이다.
각 신의 보관(寶冠)을 물려받을 후계자를.
그러자 판이 죽었네.

땅은 그녀의 젊은 시절에 옆에서
노래하던 신화적 환상을 능가해 버렸네.
그리고 그 쾌활한 낭만도
진실 옆에서는 둔감하게만 들리네.
포이보스의 수레가 질주하고 있네!
바라보라, 시인이여, 저 태양을!
판, 판이 죽었네.

이 시는 베들레헴에서 그리스도가 탄생했다는 사실을 하늘의 천사가 목자들에게 전해 주었을 때, 그리스의 모든 섬에서 깊은 신음 소리가 흘러나왔다는 초기 기독교의 전승에

94 실러의 아쉬움은 이 책에서는 인용되지 않은 다음과 같은 구절에서 분명히 나타난다. 〈모든 신 중 《한 분 신》을 풍요롭게 하려고 / 다른 신들의 세계는 멸망해야 하다니.〉 번역 전문은 다음을 보라. 『그리스의 신들: 실러 명시선 사상시편』(장상용 옮김, 인하대학교출판부, 2000).

근거하고 있다. 즉 이 신음 소리는 곧 위대한 판이 죽었다는 것을, 그리고 올림포스의 귀족 신들 모두가 쫓겨났으며, 몇몇 신들은 추위와 어둠 속에서 방황하게 되었다는 것을 상징한다. 그리하여 밀턴은 「성탄절 아침에 부치는 찬가」에서 이렇게 썼다.

> 외로운 산 너머로,
> 그리고 되울리는 바닷가에서,
> 흐느끼는 목소리와 요란한 탄식 들렸네.
> 유령이 나오는 샘과 골짜기로부터
> 포플러 울타리로 에워싸진 곳으로부터,
> 게니우스[수호신]가 한숨 쉬며 떠나가네.
> 꽃과 함께 엮인 머리 다발은 흐트러지고,
> 뒤얽힌 덤불 속 황혼의 빛 속에서 님프들은 애도하네.

에리시크톤

에리시크톤은 불경스러운 인물이었으며, 신들을 무시하는 사람이었다. 한번은 그가 도끼를 들고서 데메테르의 소유인 신성한 숲으로 들어갔다. 그 숲에는 존경받는 떡갈나무가 한 그루 있었는데, 워낙 크기 때문에 마치 그 자체로 하나의 숲과 같았다. 오래 묵은 줄기가 하늘 높이 치솟아 있었고, 그 위에는 종종 봉헌 꽃다발이 걸려 있었으며, 이 나무의 님프에게 탄원자가 감사를 표하는 명각(銘刻)이 되어 있었다. 종종 드리아데스가 그 주위에서 손을 잡고 춤을 추었다. 그 줄기는 둘레가 4.5미터였으며, 워낙 치솟아 있어서 주위의 다른 나무들은 마치 관목처럼 보일 지경이었다. 그럼에도 에리시크톤은 이 나무를 가만 내버려 둬야 할 이유를 찾지 못했기에, 자기 하인들에게 그걸 베어 넘어뜨리라고 지시했다. 하인들이 머뭇거리자, 그는 이들 중 한 명이 들고 있던 도끼를 낚아채더니 불경하게도 이렇게 외쳤다. 「이 나무가 여신이 좋아하는 것인지 아닌지는 상관없다. 설령 여신 본인이라 하더라도, 내 앞을 가로막는 것은 반드시 쓰러뜨리고 말 테다.」 이렇게 말하면서 그가 도끼를 치켜들자, 마치 나무가 부르르 떨면서 신음 소리를 내는 것처럼 보였다. 첫 번째 일격이 줄기를 강타하자, 상처 부위에서 피가 흘러내렸다. 주위 사람들은 공포에 질렸고, 그중 한 사람이 위험을 각오하면서까지 앞으로 나서더니 저 치명적인 도끼를 내려놓으라고 그를 타일렀다. 하지만 에리시크톤은 비웃는 듯한 표정으로 그에게 말했다. 「네놈의 경건함에 대한 보답을 내려 주마.」 그러면서 자기가 들고 있던 도끼를 나무가 아니라 상대방에게 휘둘러서 여러 군데 상처를 내고는, 급기야 상대방의 목을 잘라 버렸다. 그러자 떡갈나무 한가운데서 목소리가 흘러나왔다. 「나는 이 나무에 살고 있으며, 데메테르의 사랑을 받고 있는 님프이다. 비록 오늘은 내가 네 손에 죽지만, 너에게도 처벌이 기다리고 있을 것이다.」 하지만 그는 범죄를 중단하지 않았으며, 마침내 도끼질을 거듭하고 줄기를 밧줄에 묶어 잡아당긴 결과, 나무는 요란한 소리와 함께 쓰러졌다. 이로 인해 숲의 상당 부분이 망가져 버렸다.

드리아데스는 자기네 동료의 상실을 바라보며 격분했고, 숲의 자부심이 떨어졌음을 보자 모두 상복을 차려입고 데메테르에게 달려가서 에리시크톤에 대한 처벌을 요청했다. 이에 동의한 여신이 고개를 끄덕이자, 밭에서 추수를 위해 무르익은 곡식들도 고개를 끄덕였다. 데메테르가 고안한 처벌은 워낙 무서워서 어느 누구도 에리시크톤을 동정할 수조차 없을 수준이었다(물론 그와 같은 죄인은 어느 누구도 동정하지야 않을 것이지만). 즉 그를 〈굶주림[리모스]〉에게 건네주는 것이었다. 데메테르 본인은 〈굶주림〉에게 직접 접근할 수가 없었는데, 왜냐하면 〈운명〉 여신은 이 두 명의 여신들이 결코 한자리에 있지 못하게 정해 놓았기 때문이었다. 그리하여 여신은 산에 사는 님프, 즉 오레아데스 가운데 하나를 불러서 이렇게 말했다. 「얼음에 뒤덮인 스키티아에서도 가장 먼 곳에는, 나무도 없고 농작물도 없는 슬프고 메마른 지역이 있다. 그곳에는 〈추위〉와 〈두려움〉과 〈떨림〉과 〈굶주림〉이 살고 있다. 그곳에 가서 그중 맨 마지막인 자에게 에리시크톤의 뱃속을 차지하라고 말해 주어라. 풍요함이 그녀를 억제하지 않을 것이며, 내 재능의 능력도 그녀를 몰아내지 않을 것이라고 말해 주어라. 거리가 멀지만 겁내지 말아라.」 데메테르가 굳이 이렇게 말한 까닭은, 〈굶주림〉이 풍요의 여신인 자기와는 아주 먼 곳에 떨어져 살기 때문이었다. 「나의 수레를 타고 가거라. 용들은 속도가 빠르고 고삐에 복종하며, 공중을 날아서 짧은 시간 내에 너를 데려갈 것이다.」 여신이 고삐를 건네주자, 이를 건네받은 님프는 수레를 몰아서 금세 스키티아에 도달했다. 카우카소스산에 도달한 님프는 용들을 멈춰 세우고, 돌투성이 들판에서 이빨과 손톱으로 얼마 안 되는 풀을 뜯어 먹는 〈굶주림〉을 발견했다. 머리카락은 거칠고, 눈은 움푹 꺼졌고, 얼굴은 창백하고, 입술은 핏기가 없고, 턱은 흙먼지로 뒤덮이고, 피부는 바짝 오그라들어서 뼈가 모조리 드러날 지경이었다. 님프는 그녀를 멀리에서 보자마자(왜냐하면 차마 더 가까이 갈 엄두가 나지 않았기 때문이다) 데메테르의 명령을 전했다. 님프는 최대한 잠깐 거기 머물렀고 최대한 먼 거리를 유지했는데도 벌써부터 배가 고파졌기에, 얼른 용들을 돌려 세워서 테살리아로 수레를 몰았다.

〈굶주림〉은 데메테르의 명령에 순종하여 공중을 날아 에리시크톤의 거처로 향했고, 침실로 들어가서 이 죄인이 잠든 것을 보았다. 그녀는 자기 날개로 그를 끌어안고, 자기 숨을 그에게 불어넣어 자기 독을 그의 혈관에 집어넣었다. 임무에서 해방되자, 〈굶주림〉은 서둘러 풍요의 땅을 떠나 자기에게 익숙한 서식지로 돌아갔다. 에리시크톤은 여전히 잠들어 있었고, 꿈속에서도 음식을 갈망했기 때문에 마치 뭘 먹기라도 하는 듯 턱을 움직였다. 잠에서 깨어나자마자 그는 타오르는 듯한 허기를 느꼈다. 에리시크톤은 한시의 지체도 없이 자기 앞에 음식을 차리게 했으며, 육지고 바다고 공중이고 간에 종류는 무엇이라도 상관없다고 했다. 그는 음식을 먹으면서도 허기진다고 불평했다. 도시 하나, 심지어 나라 하나를 먹이고도 남을 양인데도 에리시크톤에게는 충분하지가 않았다. 더 많이 음식을 먹을수록, 그는 더 많이 음식을 갈망했다. 에리시크톤의 허기는 마치 바다와도 같아서, 자기에게 쏟아지는 모든 강물을 받아들이면서도 결코 가득 차는 법이 없었다. 또는 불길과도 같아서, 자기에게 쏟아지는 모든 연료를 소진하면서도 여전히 더 많이 달라며 활활 타올랐다.

에리시크톤의 식욕이 그칠 줄 모르고 음식을 요구하면서

그의 재산은 급속히 줄어들었지만, 그의 허기는 여전히 약해지지 않았다. 마침내 그는 가진 것을 모조리 써버리고 이제는 딸 하나만 남았는데, 사실은 더 나은 부모를 만날 만한 자격이 충분한 딸이었다. 급기야 무정한 아버지는 〈딸조차도 팔아〉 먹었다. 하지만 그녀는 구매자의 노예가 되는 것을 경멸한 까닭에, 바닷가에 선 채 양손을 치켜들고 포세이돈에게 기도를 올렸다. 신이 기도를 들어주자, 그녀의 새 주인이 멀지 않은 곳에 서서 이곳을 바라보다가 잠깐 눈을 돌린 사이에, 그녀는 원래의 모습에서 자기 일에 바쁜 어부의 모습으로 변해 버렸다. 주인은 그녀를 찾아 주위를 둘러보다가 변신한 그녀의 모습을 알아채지 못하고는 가까이 다가와 물었다. 「어부 양반, 방금 전까지 여기 있던 처녀는 어디로 간 거요? 머리는 흐트러지고, 허름한 옷을 입고, 바로 당신이 서 있는 여기에 서 있었는데. 사실대로 말하시오. 그래야만 당신도 운이 좋을 것이고, 당신의 낚시를 물었다가 도망치는 물고기가 한 마리도 나오지 않을 것 아니겠소.」 처녀는 자기 기도가 응답되었다는 사실을 깨닫고, 상대가 자기에 관해서 자기에게 질문을 던진다는 기묘한 사실에 속으로 기쁨을 느꼈다. 그래서 이렇게 둘러댔다. 「미안하오만, 낯선 양반. 내가 지금 낚싯줄에만 정신을 집중하고 있다 보니 나머지 다른 것에는 전혀 신경을 못 썼소. 하지만 한동안 이곳에 나 말고 어떤 여자나 다른 누군가가 더 있었다고 한다면, 맹세컨대 나는 두 번 다시 물고기를 한 마리도 잡지 못해도 좋소.」 그러자 주인은 이 말에 속아 넘어갔고, 노예가 어찌어찌 도망친 줄로 생각하고 그곳을 떠나 버렸다. 그제야 비로소 그녀도 원래 형태로 되돌아왔다. 에리시크톤은 딸이 여전히 자기 곁에 남아 있고, 딸을 팔아 번 돈도 여전히 자기 손에 남아 있다는 것을 깨닫고 기뻐했다. 그래서 아버지는 또다시 딸을 팔아 버렸다. 하지만 그녀는 여전히 포세이돈의 호의를 이용해 누군가에게 팔릴 때마다 모습을 바꿨다. 때로는 말, 때로는 새, 때로는 수소, 때로는 수사슴의 모습으로 변해 구매자에게서 벗어나 집으로 돌아왔다. 굶주린 아버지는 이런 치사한 방법으로 음식을 사들였다. 하지만 이마저도 식욕을 채우기에 충분하지가 않자, 그는 마침내 자기 손발을 잘라 먹었다. 자기 몸을 먹어 치움으로써 자기 몸에 영양을 공급하다가, 결국 죽음을 맞이함으로써 간신히 데메테르의 복수에서 벗어날 수 있었다.

로이코스

하마드리아데스는 인간의 봉사를 좋아하는 한편으로, 인간에게 처벌로 부상을 입히기도 했다. 로이코스의 이야기는 이런 사실을 입증한다. 언젠가 그는 자칫 쓰러지기 일보 직전인 떡갈나무를 한 그루 보고는 자기 하인들을 시켜서 나무를 쓰러지지 않게 버텨 놓도록 했다. 그러자 이 나무를 따라 죽을 뻔했던 님프가 나타나더니, 자기 목숨을 구해 준 그에게 감사를 표현하면서 어떤 상을 받고 싶으냐고 물어보았다. 로이코스는 대담하게도 그녀의 사랑을 원했고, 님프는 그의 열정에 굴복했다. 이와 동시에 그녀는 마음이 변치 말라고 당부하면서, 꿀벌 한 마리를 심부름꾼으로 삼아서 자기와 어울릴 수 있을 때가 언제인지를 그에게 알려 주겠다고 말했다. 한번은 꿀벌이 날아왔지만, 장기를 두던 중이었던

로이코스는 무심코 손을 저어 꿀벌을 쫓아 보냈다. 그러자 님프는 이에 격분한 나머지 그의 시력을 빼앗아 버렸다.

우리 동포인 J. R. 로웰은 이 소재를 이용해서 비교적 짧은 시를 하나 지었다. 그 시작 부분은 다음과 같다.

> 옛날 그리스의 요정 전설을 들어 보시오.
> 자유와 젊음과 아름다움이 여전히 가득하고,
> 그 우아함이 지닌 불멸의 신선함 역시
> 그 모든 시대 동안 아티케의 프리즈에 새겨졌다오.

물의 신들

오케아노스와 테티스 부부는 물을 다스리던 티탄족들이었다. 제우스와 그 형제들이 티탄족을 몰아내고 권력을 장악하자, 오케아노스와 테티스 대신에 포세이돈과 암피트리테 부부가 물의 영역을 계승했다.

포세이돈

포세이돈은 물의 신들 중에서도 우두머리였다. 그의 힘의 상징은 삼지창(三指槍), 즉 〈세 개의 날을 가진 창〉이며, 그는 이를 이용해서 바위를 부수고, 폭풍을 일으키거나 잦아들게 하고, 해안을 요동치게 하는 등의 일을 했다. 포세이돈은 말[馬]을 만들어 냈으며, 따라서 경마의 수호신이기도 했다. 그가 소유한 말들은 놋쇠 발굽과 황금 갈기를 지녔다. 이놈들이 포세이돈의 수레를 끌고 바다 위를 달릴 때면 바닷물이 그 앞에서 부드럽게 갈라졌고, 깊은 곳의 괴물들도 그가 지나가는 길 주위에서 뛰놀았다.

암피트리테

암피트리테는 포세이돈의 아내였다. 그녀는 네레우스와 도리스의 딸이며 트리톤의 어머니였다. 포세이돈은 암피트리테에게 구애하기 위해서 돌고래를 타고 나타났다. 그녀와 결혼한 뒤 그는 이에 대한 보답으로 돌고래를 별들 사이에 올려놓아 주었다.

네레우스와 도리스

네레우스와 도리스의 딸들이 바로 바다의 님프들인 네레이데스였다. 그중에서도 포세이돈의 아내 암피트리테, 아킬레우스의 어머니 테티스, 키클롭스인 폴리페모스가 좋아해서 쫓아다닌 갈라테이아 등이 가장 유명하다. 네레우스는 그 지식으로도 유명했으며 진리와 정의에 대한 사랑으로도 유명해서 신들 중에서도 연장자로 여겨졌다. 또한 예언의 재능을 지니고 있다고 여겨졌다.

트리톤과 프로테우스

트리톤은 포세이돈과 암피트리테의 아들이었으며, 시인들은 그를 아버지의 나팔수로 묘사했다. 프로테우스 역시 포세이돈의 아들이었다. 그 역시 네레우스처럼 지혜는 물론이고 미래 사건에 대한 통찰도 갖고 있었기 때문에 〈바다의 연장자〉로 불렸다. 그가 지닌 독특한 힘 가운데에는 자기 뜻대로 모습을 바꿀 수 있는 힘도 있었다.

테티스

테티스는 네레우스와 도리스의 딸이었으며, 워낙 아름다웠기 때문에 제우스조차도 그녀와의 결혼을 원했다. 하지만 그녀가 낳은 아들이 결국 아버지보다 더 위대해질 것이라는 예언을 티탄족 프로메테우스가 내놓았다.[95] 그러자 제우스는 그녀와의 결혼을 포기하는 한편, 테티스의 배우자는 반드시 필멸자라야 한다고 선포했다. 켄타우로스인 케이론의 도움으로 펠레우스는 이 여신을 신부로 삼는 데 성공했으며, 두 사람 사이에서 태어난 아이가 바로 저 유명한 아킬레우스이다. 이 책에서 트로이아 전쟁을 다룬 장을 보면, 테티스가 아들에게 충실한 어머니로서 아들이 겪는 모든 어려움마다 도움을 주고, 처음부터 끝까지 아들의 이익을 위해 애쓴다는 사실이 드러날 것이다.

레우코테아와 팔라이몬

카드모스의 딸인 이노는 남편 아타마스가 광기를 일으켜 위협을 느끼자, 어린 아들 멜리케르테스를 품에 안고서 절벽에서 바다로 뛰어내렸다. 신들은 이를 딱하게 여긴 나머지 어머니를 〈레우코테아〉[96]라는 바다의 여신으로 만들어 주었고, 아들을 〈팔라이몬〉이라는 바다의 신으로 만들어 주었다. 두 사람은 파선을 막을 힘을 지니고 있다고 여겨져서, 뱃사람들은 이들에게 기도를 올리곤 했다. 팔라이몬은 보통 돌

95 그런데 이 예언을 한 장본인이 누구인지는 전승마다 다르다. 오비디우스의 『변신 이야기』 제11장에서는 테티스의 동족이며 현자인 〈바다의 신 프로테우스〉라고 나온다. 한편 〈티탄족 테미스〉가 이런 예언을 내놓았다는 또 다른 전승도 있다.

96 직역하면 〈하얀 여신〉이라는 뜻이다.

고래를 탄 모습으로 묘사된다. 이스트미아 경기는 그를 기리기 위해 개최되는 행사였다. 로마인은 그를 〈포르투누스〉라고 부르며, 이 신이 항구와 해안에 대한 관할권을 지녔다고 믿었다.

밀턴은 「코머스」의 결말 부분 노래에서 이 신들 모두를 인유한다.

> 아름다운 사브리나,
> (……) 들으시고 우리 앞에 나타나 주소서,
> 위대한 오케아노스의 이름으로.
> 대지를 흔드는 포세이돈의 철퇴와
> 엄숙하고 웅장한 테티스의 걸음에 걸고.
> 나이 먹은 네레우스의 주름진 외모와
> 카르파티아 마법사[97]의 갈고리에 걸고.
>
> 비늘 덮인 트리톤이 부는 고동과,
> 오래되고 진정시키는 글라우코스의 주문에 걸고.
> 레우코테아의 사랑스러운 두 손과
> 바닷가를 다스리는 그 아들에 걸고.
> 테티스의 빛나는 신발 신은 발과
> 세이렌의 달콤한 노래에 걸고.

「건강 유지법」을 쓴 시인 존 암스트롱은 건강의 신 〈히기에이아〉의 영감을 받아서, 나이아데스를 다음과 같이 예찬

97 프로테우스를 말한다 — 원주.

했다. 여기서 〈파이안〉은 의학의 신 아폴론과 아스클레피오스 모두를 가리키는 이름이다.

> 오라, 너희 나이아데스여! 샘으로 이끌어라!
> 상서로운 처녀들이여! 남아 있는 과제는 그대들의
> 재능을 (파이안의, 아울러 〈건강〉의 명령대로)
> 노래하고, 그대들의 수정 같은 원소를 예찬하는 것이다.
> 오, 편안한 개울이여! 열띤 입술과
> 떨리는 손을 가지고, 늘찍지근한 갈증은 그대 안에서
> 새로운 생명을 마신다. 신선한 활력이 혈관을 채운다.
> 시골 노인들은 이보다 더 따뜻한 컵을 모르고,
> 인류의 조상들도 더 따뜻한 것을 찾지 않았다.
> 평온한 나날에 온건한 평화에서 행복을 느끼며,
> 다른 발작들은 느끼지 않았다, 뜨거운 환락이라든지
> 병적인 우울 같은 것들은. 여전히 평온하고 기뻐하고,
> 병으로부터의 면역이라는 신성한 축복을 받아,
> 여러 세기 동안 이들은 살았다. 그 유일한 운명은
> 노년까지 무르익는 것, 죽는다기보다 그저 잠자는 것뿐.

카메나이

로마인은 무사이를 〈카메나이〉라는 이름으로 불렀으며, 여기다가 다른 신들도 여럿 포함시켰는데, 예를 들어 샘의 님프들이 그러했다. 에게리아도 그중 하나였는데, 그 샘과 동굴은 지금도 남아 있다. 로마의 두 번째 왕이었던 누마는 이 님프의 사랑을 받아서 둘이 몰래 만나기도 했으며, 이때

그녀로부터 배운 지혜와 법률의 교훈을 훗날 자신의 지도로 성장하는 국가의 제도에 체화시켰다고 한다. 누마의 사후에 이 님프는 점차 수척해지더니, 급기야 샘으로 변했다고 전한다.

바이런은 『차일드 해럴드』에서 에게리아와 그녀의 동굴을 다음과 같이 인유한다.

> 그대는 여기 살았구나, 이 매혹적인 은둔처에,
> 에게리아! 그대의 천상의 가슴은 온통 두근거렸지,
> 그대의 필멸자 애인의 발소리가 멀리서 들려오면.
> 자주색의 깊은 밤이 이 신비한 만남에 휘장을 쳤네,
> 자신의 가장 별이 많은 덮개를 가지고.

테니슨은 「예술의 궁전」에서 이런 만남을 기대하는 고귀한 신분의 연인을 흘끗 보여 준다.

> 한 손을 자기 귀에 갖다 대고
> 발소리에 귀를 기울인 끝에 그는 보았네,
> 나무의 님프를. 토스카나의 왕은 계속 남아
> 지혜와 법률에 관한 이야기를 들었네.

바람의 신들

고대 그리스에서는 비교적 덜 두드러지는 여러 가지 작용들조차도 의인화되었으니만큼, 바람들 역시 의인화되었다

는 것은 어찌 보면 당연한 일이었을 것이다.

우선 북풍인 보레아스[로마의 〈아퀼로〉]가 있고, 서풍인 제피로스[로마의 〈파보니우스〉]가 있으며, 남풍인 노토스[로마의 〈아우스테르〉]가 있고, 동풍인 에우로스가 있다. 처음 두 가지는 특히 시인들이 자주 예찬했으며, 그중에서도 전자는 난폭함의 전형으로, 후자는 부드러움의 전형으로 간주되었다. 보레아스는 님프 오레이티아를 사랑해서 애인이 되려고 노력했지만, 별로 성공을 거두지 못했다. 그로선 부드럽게 숨을 내쉬기조차도 어려웠기 때문에, 사랑의 탄식이야 당연히 더더욱 불가능했다. 결실조차 없는 노력에 지친 그는 결국 자신의 본성에 걸맞게 행동했으니, 그 행동이란 제멋대로 이 처녀를 붙잡아서 끌고 간 것이었다. 이들 사이에서 태어난 아이들은 〈보레아다이[북풍의 아이들]〉로 통하는 제테스와 칼라이스이다. 날개 달린 전사인 이들은 아르고호 원정에도 동행했으며, 하르피이아이[하르피아들] 같은 괴물 새들을 만났을 때에 각자의 몫을 훌륭하게 해냈다.

제피로스는 플로라와 연인 관계였다. 밀턴의 『실낙원』 제5권을 보면, 잠에서 깬 아담이 여전히 잠들어 있는 하와를 바라보는 대목에서 이들의 이야기가 인유된다.

> (……) 그는 자기 자리에서
> 몸을 반쯤 일으키고, 진실한 사랑의 눈길로,
> 그녀의 매력적인 모습을 바라보았다. 그가 본
> 아름다움은 깨어 있건 잠자고 있건 간에
> 특별한 우아함을 발산했다. 곧이어 그가 말했다.
> 플로라를 향한 제피로스의 숨결처럼 온화한 목소리로,

그녀의 손을 부드럽게 잡으며 속삭였다. 「일어나요!
나의 가장 예쁜, 나의 아내인, 나의 가장 최근에 발견한,
하늘의 최신이자 최상의 선물, 나의 항상 새로운 기쁨
이여.」

에드워드 영 박사는 「밤의 생각」에서 게으르고 사치스러운 사람들을 가리켜 이렇게 말한다.

너희 약해빠진 자들아! 무엇에도 만족 못 하누나.
(너희 자신들이야말로 가장 만족이 불가능한 자들
이다.)
너희를 위해서는 겨울에도 장미가 반드시 피어야 하고,
(……) 비단처럼 부드러운 파보니우스조차도
더 부드럽게 숨을 내쉬어야지, 안 그러면 야단맞는다.

제23장

아켈로오스와 헤라클레스·아드메토스와 알케스티스·안티고네·페넬로페

오비디우스의 책에서는 강의 신 아켈로오스가 테세우스와 그 동행자들에게 에리시크톤의 이야기를 해주는 것으로 묘사된다. 이 용사들은 칼리돈의 멧돼지 사냥을 마치고 돌아가던 길에 강의 신의 거처에서 접대를 받고 있었는데, 그 강물이 넘쳐흐르는 바람에 여정이 지체된 까닭이었다. 이야기를 마치고 나서 아켈로오스는 이렇게 덧붙였다. 「하지만 내가 왜 다른 이들의 변모에 관해서 이야기를 해야 하겠나? 나 자신도 역시나 그런 능력을 보유하고 있는데 말이네. 나도 때로는 뱀이 되고, 때로는 머리에 뿔이 두 개나 달린 황소가 되곤 하지. 아니, 〈되곤 했었다〉고 말해야 맞겠군. 이제는 뿔도 하나를 잃어버리고, 나머지 하나만 갖고 있으니까.」 이 대목에서 강의 신은 끙 하는 소리를 내더니 입을 다물었다.

테세우스는 아켈로오스에게 슬퍼하는 이유를 물었고, 어떻게 하다가 뿔을 잃어버렸는지 물었다. 이 질문에 대해 강의 신은 다음과 같이 대답했다. 「자기가 패배한 이야기를 남에게 말하기 좋아하는 사람이 어디 있겠나? 하지만 나 자신의 패배에 대해서는 서슴없이 이야기하고, 나를 정복한 자의 위대함을 생각함으로써 나 자신을 위로할 터인데, 왜냐하면 그자가 바로 헤라클레스이기 때문이라네. 데이아네이라의 명성은 자네들도 들어 보았겠지. 처녀 중에서도 가장 아름답기 때문에, 수많은 구혼자들이 그녀를 얻으려고 했지. 헤라클레스와 나 역시 구혼자 중 하나였고, 결국 우리 둘만 남기고 나머지 구혼자들은 모조리 물러나 버렸다네. 그는 자기가 제우스의 후손이며, 자신의 고역을 통해서 헤라의 괴롭힘을 극복했다는 점 등을 장점으로 내세우더군. 반면 나는 그 처녀의 아버지에게 이렇게 말했다네. 〈나를 좀 보게. 나는 자네의 땅을 지나서 흘러가는 강의 왕이라네. 나는 낯선 땅에서 온 이방인이 아니라, 자네의 나라에 속한 자이며 자네의 영토의 일부라네. 게다가 여왕 헤라가 나에게 그 어떤 원한도 품고 있지 않고, 나에게 과도한 고역을 내려 처벌하지도 않았다네. 반면 이자로 말하자면, 비록 자기가 제우스의 아들이라 허풍을 떨지만, 그것은 거짓 주장이거나 설령 진실이라 하더라도 그에게는 치욕일 수밖에 없는 것이, 그것이 진실이려면 그의 어머니가 치욕을 당할 수밖에 없기 때문이라네.〉 내가 이 말을 하는 동안 헤라클레스가 나를 바라보며 인상을 찌푸렸고, 결국 자신의 분노를 참지 못하더군. 〈나의 혀보다는 나의 손이 더 잘 대답할 거다.〉 그가 이렇게 말했지. 〈말[言]에서의 승리라면 내가 너에게 양보했지만, 행동의 싸움에선 내 우세를 믿어도 좋을 거야.〉 이 말과 함께 헤라클레스가 성큼 다가섰는데, 방금 한 말을 생각해 보니 나도 이쯤에서 양보하는 것이 부끄럽게 생각되었다네. 그래서 초록색 옷을 벗어 던지고 기꺼이 대결을 준비했지. 그는 나를 내던지려 했고, 내 머리를 공격하는가 싶더니, 내 몸을 공격하기도 했다네. 하지만 내 덩치가 곧 내 보호책이었기 때문에, 연이어 나를 공격했지만 소용이 없었지. 한동안 우리는 싸움을 멈추었고, 곧이어 다시 싸움을 이어 나갔다네. 우리는 피차 자기 자리를 지켰고, 결코 양보하지 않기로 작정했지. 나란히 서서 내가 그의 위로 상체를 숙이고, 그의 양손을 내 양손으로 맞잡았다네. 헤라클레스는 세 번이나 나를 집어 던지려고 시도했지만 뜻을 이루지 못하다가, 네 번째에 가서야 결국 성공해서 나를 땅에 쓰러뜨리고 내 등 위에 걸터앉았다네. 솔직히 말해 마치 산 하나가 내 위로 무너져 내린 듯한 느낌이었다네. 나는 양팔을 자유롭게 유지하려고 발버둥 쳤고, 숨을 헐떡이는 한편 땀으로 범벅되었다네. 하지만 헤라클레스는 내가 회복할 기회를 주지 않고 내 목을 붙잡았다네. 내 무릎이 땅에 닿고, 내 입은 흙에 처박혀 버렸지.

전사로서의 능력 면에서는 내가 그와 상대가 안 된다는 사실을 깨닫고, 나는 다른 능력에 의존하여 뱀의 모습을 취했다네. 그리고 똬리를 틀고 갈라진 혀를 내밀며 그에게 쉿쉿 하고 위협을 가했지. 그런데 이를 본 헤라클레스는 비웃는 듯한 미소를 띠고 이렇게 말하더군. 〈뱀을 잡는 일 따위는 내가 갓난아기였을 때 해치운 일이지.〉 그렇게 말하며 그는 양손으로 내 멱살을 잡더군. 나는 하마터면 질식할 것 같아서, 헤라클레스의 손아귀에서 내 목을 빼내려고 발버둥을 쳤다네. 지금과 같은 모습으로는 제압을 당하고 말았으니, 이제 남은 유일한 수단을 시도해서 황소의 모습을 취했다네. 그는 한쪽 팔로 내 목을 조이고 내 머리를 땅 쪽으로 잡아끌더니, 나를 모래밭 위에 뒤집어 버리더군. 하지만 이것으로는 충분하지 않았던 모양이야. 결국 헤라클레스의 무자비한 한쪽 손이 내 한쪽 뿔을 내 머리에서 뽑아 버렸지. 하지만 나이아데스가 그걸 받아서 소중히 간직하고, 거기다가 향기로운 꽃을 가득 채웠다네. 그리고 〈풍요〉 여신이 내 뿔을 받아서 자기 소유로 삼고, 그걸 〈풍요의 뿔〉로 삼았지.」

고대인들은 신화 이야기 속에서 뭔가 숨은 의미를 찾아내기 좋아했다. 이들은 아켈로오스와 헤라클레스의 싸움을 해석하면서, 아켈로오스는 원래 우기마다 물이 강둑으로 넘쳐흐르는 강이라고 말했다. 이 신화에서 아켈로오스가 데이아네이라를 사랑했다고, 그리하여 그녀와의 결합을 원했다고 나오는 것은, 결국 이 강이 데이아네이라의 왕국 가운데 일부를 굽이치며 흘렀다는 뜻이다. 뱀으로 변신했다는 대목은 강이 굽이치는 것을 뜻하고, 황소로 변신했다는 대목은 강이 흐르면서 좔좔 또는 콸콸 하는 요란한 소리를 냈다는 뜻이다. 강은 범람하고 나면 또 다른 수로를 만들게 된다. 그리하여 그 머리에 뿔이 달렸다고 표현한 것이다. 헤라클레스는 제방과 수로를 이용하여 이 주기적인 범람의 반복을 막아 버렸다. 그리하여 그가 강의 신을 정복하고, 그의 뿔을 뽑아 버린 셈이다. 마지막으로 이전까지는 범람에 시달렸지만 이제는 복구된 땅은 매우 풍요해졌으며, 이것이야말로 〈풍요의 뿔〉의 의미일 것이다.

〈풍요의 뿔〉의 기원에 관해서는 또 다른 설명이 있다. 제우스가 태어났을 때, 그의 어머니 레이아는 크레테의 왕 멜리세우스의 딸들에게 그를 보살피도록 부탁했다. 이들은 아말테이아라는 염소의 젖을 아기 신에게 먹였다. 그러자 제우스는 그 염소의 뿔 가운데 하나를 부러뜨려서 유모들에게 주었으며, 그 뿔을 가진 사람이 바라는 것은 무엇이든지 그 안에 가득 차는 놀라운 힘을 부여했다.

어떤 작가들은 디오니소스의 어머니 이름을 〈아말테이아〉라고 쓰기도 했다. 그래서 밀턴의 『실낙원』 제4권에 다음과 같은 구절이 나오는 것이다.

> (……) 그 니사산의 섬,
> 트리톤강[98] 가운데, 늙은 함은,
> 이교도의 아문이며, 리비아인의 제우스인 그는,[99]
> 아말테이아와 혈색 좋은 자기 아들, 어린 디오니소스를
> 숨겼네, 그 의붓어머니 레이아의 눈을 피하여.[100]

아드메토스와 알케스티스

아폴론의 아들 아스클레피오스는 아버지로부터 치료의 기술을 부여받아서, 심지어 죽은 사람을 도로 살려 놓기까지 했다. 이에 하데스는 깜짝 놀랐고, 제우스를 설득하여 아스클레피오스에게 벼락을 던지게 했다. 아폴론은 아들의 죽음

98 〈트리톤〉은 보통 포세이돈의 아들로 일컬어지지만, 여기서 밀턴은 그가 리비아의 〈트리토니스 호수〉에 사는 같은 이름의 신이라는 또 다른 전승을 따랐다.

99 〈함〉은 구약 성서 「창세기」에 나오는 노아의 세 아들 가운데 하나이며, 여기서 밀턴은 그가 이집트인의 조상이 되었다는 또 다른 전승을 따라서, 결국 그를 〈아문〉과 〈제우스〉와 동일시했다.

100 〈레이아〉는 보통 제우스의 어머니로 일컬어지지만, 여기서 밀턴은 그녀가 제우스의 아내이기 때문에 디오니소스의 의붓어머니가 된다는 또 다른 전승을 따랐다.

에 분개한 나머지, 벼락을 만들어 낸 무고한 일꾼들에게 복수를 가했다. 그 일꾼들이란 바로 키클로페스였고, 이들의 작업장은 아이트네산 아래에 있으므로, 이 산에서 나오는 연기와 불꽃은 바로 이들의 아궁이에서 항상 올라오는 것이었다. 아폴론이 키클로페스를 활로 쏴 죽이자, 제우스는 이 사실을 알고 격분한 나머지 그에게 1년 동안 필멸자의 하인이 되라는 굴욕적인 처벌을 내렸다. 태양의 신은 그 명령에 따라서 테살리아의 왕 아드메토스를 섬기게 되었으며, 암프리소스강의 푸른 강둑에서 그의 가축에게 풀을 뜯게 했다.

아드메토스는 알케스티스에게 구혼한 여러 사람 가운데 하나였는데, 그녀의 아버지 펠리아스는 사자와 멧돼지가 끄는 수레를 타고 찾아오는 사람에게 딸을 내주겠다고 약속했다. 아드메토스는 신성한 존재인 목자(牧者)의 도움으로 이 임무를 완수했고, 알케스티스를 얻게 되어서 행복해졌다. 하지만 왕이 병이 들어서 거의 죽음에 가까워지자, 아폴론은 〈운명〉 여신에게 간청하여 그의 목숨을 살려 주게 했는데, 다만 그를 대신하여 다른 누군가가 기꺼이 죽겠다고 나설 경우에만 그러기로 했다. 아드메토스는 죽음의 유예에 기뻐하면서, 그 정도 몸값이야 별 것 아니라고 여겼는데, 어쩌면 자기 조신들과 하인들로부터 종종 들어 온 갖가지 애정의 선언을 기억한 나머지, 자기 대신 죽을 사람을 찾기가 손쉬우리라 생각했던 모양이었다. 하지만 실제로는 그렇지가 않았다. 군주를 위해서라면 기꺼이 목숨을 위험에 빠뜨릴 의향이 있는 용감한 전사들조차도, 군주를 대신해 병상에 누워 죽으라는 제안 앞에서는 몸을 움츠렸다. 군주의 은총을 경험한 것은 물론이고, 왕가의 은총을 어린 시절부터 경험한 나이 많은 하인들조차도, 이에 대한 감사의 뜻으로 가뜩이나 얼마 남지 않은 생애를 굳이 내려놓을 의향까지는 없었다. 사람들은 물었다. 「왜 그의 부모 가운데 한 사람이 대신하지 않는 건가?」 하지만 아들을 잃는다는 생각에 슬퍼하던 그의 부모조차도 막상 이 요청 앞에서는 몸을 움츠렸다. 그러다가 알케스티스가 너그러운 자기 헌신을 드러내며, 남편 대신 죽을 사람으로 자원했다. 아드메토스는 삶을 사랑하는 것만큼이나 아내를 사랑했기에, 이렇게 큰 대가를 받아들이려 하지 않았을 것이다. 하지만 다른 방법이 전혀 없었다. 〈운명〉 여신들이 내건 조건이 결국 충족되자, 이 선고는 돌이킬 수가 없었다. 결국 아드메토스가 소생하는 사이에 알케스티스는 병이 깊어졌고, 신속하게 무덤 속으로 빨려 들어가는 중이 되었다.

마침 그때에 헤라클레스가 그 왕궁에 찾아왔다가, 헌신적인 아내이며 사랑받는 여주인이 곧 세상을 떠나게 된다는 사실에 그곳 사람들이 크게 비탄에 잠긴 것을 알게 되었다. 그 어떤 고역도 지나치게 어렵다고는 생각하지 않았던 이 영웅은 알케스티스를 구하기로 작정했다. 즉, 죽어 가는 왕비의 방 출입문 옆에서 기다리다가, 자기 먹이를 찾아 들어선 〈죽음〉을 붙들고 위협해 희생자를 포기하게 만든 것이다. 결국 알케스티스는 회복되었고, 다시 남편의 품으로 돌아가게 되었다.

밀턴은 「죽은 아내에 관하여」라는 시에서 알케스티스의 이야기를 인유한다.

생각건대, 고인이 된 나의 성녀(聖女)가
돌아온 듯했네, 알케스티스가 무덤에서 돌아왔듯이.
제우스의 위대한 아들, 기뻐하는 남편에게 그녀를 돌려 주었지,
비록 창백하고 허약하게나마, 죽음에게서 억지로 빼앗아.

J. R. 로웰은 「아드메토스 왕의 목자(牧者)」라는 제목으로 짧은 시를 한 편 지었다. 그는 아폴론이 잠시 인간과 함께 살았던 이 사건이야말로 시(詩)가 최초로 생겨난 계기라고 묘사했다.

사람들은 그를 무능한 청년이라 불렀고,
그에게서 어떤 좋은 것도 찾지 못했지만,
사실은 부지불식간에, 그들은
그의 부주의한 말을 그들의 법으로 삼았네.

그리고 하루하루 거룩함이 자라났다네,
그가 걷는 각각의 장소마다.
한참이 지나서야 시인들은
자기들의 첫째 형이 신(神)임을 알게 되었네.

안티고네

고대 그리스의 흥미로운 인물들과 숭고한 행동들 중에서도 상당수는 여성이 그 주인공이다. 특히 안티고네로 말하

자면 자식으로서나 누이로서나 충실의 모범으로서 돋보이는데, 이는 결혼의 헌신에서 알케스티스가 보여 준 모범에 못지않다. 그녀의 부모는 오이디푸스와 이오카스테인데, 이 두 사람은 물론이고 이들의 후손들 역시 가차 없는 운명의 희생자로서 파멸이 예정되어 있었다. 결국 오이디푸스는 광란 상태에서 자기 눈을 멀게 만들었으며, 자기 왕국 테바이에서 쫓겨났고, 신성한 복수의 대상자로서 모든 사람으로부터 두려움과 거리낌의 대상이 되었다. 그의 딸 안티고네만이 그의 방랑에 동반자가 되어서, 그가 사망할 때까지 곁에 남아 있다가 나중에 테바이로 돌아왔다.

안티고네의 형제들인 에테오클레스와 폴리네이케스는 테바이 왕국을 공유하기로, 즉 해마다 한 명씩 돌아가며 나라를 다스리기로 합의한 바 있었다. 첫해는 에테오클레스의 몫이 되었는데, 그 기간이 끝나도 그는 왕국을 형제에게 건네주기를 거부했다. 폴리네이케스는 결국 아르고스의 왕 아드라스토스에게 도망쳤으며, 그곳 왕의 딸과 결혼하고 그곳 왕의 병사를 지원받아서 자기 왕국에 대한 소유권을 주장하러 나섰다. 그리하여 저 유명한 〈테바이를 공격한 일곱 용사〉의 원정이 이루어졌으며, 이는 그리스의 서사시 및 비극 시인들에게 풍부한 소재를 제공해 주었다.

아드라스토스의 매부인 암피아라오스는 이 계획에 반대했는데, 왜냐하면 예언자로서 자신의 기술을 활용한 결과, 아드라스토스를 제외한 다른 지도자들은 결국 아무도 돌아오지 못할 것임을 알았기 때문이었다. 하지만 암피아라오스는 왕의 누이인 에리필레와 결혼했기 때문에, 이처럼 자기 의견과 아드라스토스의 의견이 다른 경우에는 항상 아내에게 최종 결정권을 부여하기로 합의하고 있었다. 폴리네이케스는 이 사실을 알고는 하르모니아의 목걸이를 선물함으로써 에리필레를 자기 뜻대로 조종하게 되었다. 이 목걸이는 카드모스와 결혼할 당시 헤파이스토스가 하르모니아에게 선물한 것으로, 폴리네이케스가 테바이를 떠나올 때에 챙겨온 물건이었다. 이처럼 귀중한 뇌물의 유혹을 거부할 수 없었던 에리필레의 결정으로 전쟁이 시작되자, 암피아라오스는 자신의 확실한 운명을 향하게 되었다. 그는 전투에서 용감하게 자기 몫을 다했지만, 그렇다고 해서 자기 운명을 바꿀 수는 없었다. 적들의 추격을 받자 암피아라오스는 강을 따라 도망쳤는데, 갑자기 제우스의 벼락에 땅이 갈라지면서 그와 수레와 수레몰이 모두가 그 속으로 떨어지고 말았다.

아쉽게도 지금 여기는 그 전투에서 드러난 영웅적인, 또는 잔혹한 행위 모두를 자세히 설명할 자리가 못 된다. 다만 우리는 에리필레의 나약함과 상반되는 에우아드네의 충실을 잊지 말고 기록해야만 한다. 그녀의 남편 카파네우스는 격렬한 전투의 와중에, 제우스가 직접 막아서는 한이 있더라도 자기는 반드시 저 도시까지 가겠다고 맹세했다. 그는 성벽에 사다리를 하나 세워 놓고서 위로 올라갔지만, 제우스는 저 불경한 언사에 불쾌함을 느낀 나머지 그 장본인을 벼락으로 때렸다. 카파네우스의 장례식이 거행되자, 에우아드네는 남편의 화장용 장작더미에 몸을 던져 함께 죽고 말았다.

전투의 초기에 에테오클레스는 예언자 테이레시아스에게 이 문제를 상의한 바 있었다. 예언자는 젊은 시절에 우연히 아테나가 목욕하는 것을 보게 되었다. 여신은 격분한 나머지 테이레시아스의 시력을 빼앗았지만, 이후에는 마음이 누그려져서 그 보상으로 미래에 대한 지식을 그에게 주었다. 에테오클레스의 문의를 받은 예언자는 만약 크레온의 아들 메노이케우스가 자발적인 희생자로서 자기 목숨을 바친다면, 결국 테바이가 승리할 것이라고 선언했다. 이 답변을 들은 저 영웅적인 청년은 결국 맨 처음의 교전에서 자기 목숨을 버리고 말았다.

공성은 오래 지속되었으며, 양측은 공격 과정에서 여러 차례 성공도 거두었지만, 쉽게 결판이 나지 않았다. 결국에 가서는 양쪽의 지휘관들 모두가 이 다툼을 형제끼리의 일 대 일 대결로 결정하기로 합의했다. 그런데 두 사람은 결투 끝에 서로의 손에 죽어 쓰러지고 말았다. 곧이어 양측은 전투를 재개했으며, 결국에는 침략군이 전사자를 내버려 두고 후퇴하여 달아나지 않을 수 없는 상황이 되었다. 죽은 형제의 숙부였던 크레온은 테바이의 왕위에 오르자마자 에테오클레스의 시신을 확고히 의례를 갖추어 매장하도록 명령하는 대신, 폴리네이케스의 시신을 사망한 장소에 그대로 내버려 두라고 명령하면서, 심지어 누구든 그 시신을 매장하는 사람은 사형에 처할 것이라고 엄명했다.

폴리네이케스의 누이인 안티고네는 자기 형제의 시신을 개와 독수리의 먹이로 만들어 버린, 그리고 죽은 자의 안식에 필수적이라 간주되던 여러 가지 의례를 박탈해 버린 이 끔찍한 포고를 전해 듣고 격분해 마지않았다. 역시나 애정은 깊지만 겁이 많았던 여동생의 설득에도 불구하고, 그리고 어느 누구로부터도 도움을 받을 수 없었음에도 불구하고, 그녀는 결국 위험을 감수하기로, 즉 시신을 자기 손으로 매장하기로 작정했다. 안티고네는 이 행위 중에 적발되었고, 크레온은 그녀를 산 채로 파묻어 버리라는 명령을 내렸는데, 왜냐하면 자기가 내린 엄명을 의도적으로 무시했기 때문이었다. 크레온의 아들인 동시에 안티고네의 애인이었던 하이몬도 그녀의 운명을 바꿀 수는 없었다. 그녀를 잃고는 살아갈 수 없었기에, 급기야 그 역시 자기 손으로 목숨을 끊고 말았다.

안티고네는 그리스의 시인 소포클레스가 저술한 훌륭한 비극 두 편의 소재가 되었다. 애너 브론웰 제임슨은 『여성의 특성』에서 셰익스피어의 『리어 왕』에 나오는 코델리아의 성격과 안티고네의 성격을 비교한다.[101]

다음 시는 소포클레스의 『콜로노스의 오이디푸스』에서 오이디푸스가 죽음을 통해 마침내 고통에서 해방된 직후에 딸들이 아버지를 향해 내뱉는 탄식이다(토머스 프랭클린 번역).[102]

> 아아! 차라리 나 역시 불쌍한 아버지와 함께
> 죽었으면 소원이 없을 것을. 무엇 때문에 내가
> 더 오랜 삶을 원해야 할까?

101 영국 작가 애너 브론웰 제임슨Anna Bronwell Jameson (1794~1860)은 셰익스피어의 작품에 등장하는 여성 등장인물에 대한 분석인 『여성의 특성』(1832)을 간행해 명성을 얻었다. 『셰익스피어의 여인들』(전2권, 안나 제임슨 지음, 서대경 옮김, 이노경 감수, 아모르문디, 2006~2007)이라는 제목으로 번역본이 나와 있다.

102 영국의 고전학자 겸 극작가 토머스 프랭클린Thomas Francklin (1721~1784)이 1759년에 간행한 소포클레스 번역본은 한동안 가장 뛰어난 영어 번역 가운데 하나로 손꼽혔다.

(……)

오, 나는 아버지와 함께 겪은 슬픔이 좋았다네.
가장 사랑스럽지 않은 것조차도 사랑스러웠다네,
아버지와 함께 있을 때면. 오, 내 사랑하는 아버지,
이제 땅 아래에서, 깊은 어둠 속에 숨어서,
세월과 함께 삭아 없어지더라도, 제게 당신은
여전히 귀한 분이고, 영원히 그럴 겁니다.

페넬로페

페넬로페는 그 외모의 아름다움보다는 그 성격과 품행의 아름다움으로 더욱 돋보이는 신화의 여주인공 가운데 하나다. 그녀는 스파르타의 군주 이카리오스의 딸이었다. 이타케의 왕 오디세우스는 페넬로페와의 결혼을 도모하여, 다른 모든 경쟁자를 물리치고 그녀를 아내로 얻었다. 신부가 친정집을 떠나야 할 때가 되자, 이카리오스는 딸이 떠나간다는 생각을 참을 수 없었던 나머지, 남편을 따라 이타케로 가는 대신에 계속 거기 남아 자기와 함께 살자고 설득했다. 오디세우스도 자기를 따라갈지 아니면 남을지에 대해서 신부에게 선택권을 주었다. 그러자 페넬로페는 아무런 답변도 하지 않고 자기 얼굴에 베일을 덮었다. 이 모습을 본 이카리오스도 딸에게 더 이상 재촉하지 않았으며, 딸이 떠난 뒤에는 두 사람이 헤어진 바로 그 장소에다가 〈정숙〉 여신에게 바치는 조상(彫像)을 하나 세웠다.

오디세우스와 페넬로페가 결혼 생활을 즐긴 지 1년이 조금 넘었을 무렵, 트로이아 전쟁이 벌어지면서 이들의 결혼

생활도 중단되고 말았다. 남편이 없는 오랜 기간 동안, 남편의 생사가 불확실한 상황이며 남편이 영영 돌아오지 못할 가능성이 높다 보니, 페넬로페는 수많은 구혼자들에게 시달리는 처지가 되었다. 이들 가운데 한 명을 새로운 남편으로 고르는 것 외에는 다른 해결책이 없어 보였다. 하지만 그녀는 온갖 수단을 이용하여 시간을 벌면서 여전히 오디세우스가 돌아오기만을 기다렸다. 페넬로페의 지연 수단 가운데 하나는 시아버지 라에르테스의 장례식을 위한 수의를 준비하는 것이었다. 그녀는 이 수의가 완성되고 나면 구혼자 가운데에서 한 명을 선택하겠다고 약속했다. 그리하여 페넬로페는 낮 동안에는 수의에 사용할 천을 만들고, 밤이면 자기가 낮 동안에 만든 천을 도로 풀었다. 이것이야말로 저 유명한 〈페넬로페의 천 짜기〉이며, 지금은 항상 지속되는데도 결코 완성되지 못하는 어떤 일을 가리키는 격언으로 사용된다. 페넬로페의 이야기 가운데 나머지는 뒤에서 그녀의 남편이 겪은 모험을 설명할 때 다시 이야기할 것이다.

제24장

오르페우스와 에우리디케·아리스타이오스·암피온·리노스·타미리스·마르시아스·멜람푸스·무사이오스

오르페우스는 아폴론과 무사 칼리오페 사이에서 태어난 아들이었다. 그는 아버지로부터 리라를 선물받았고 그 연주 방법도 배웠는데, 워낙 솜씨가 완벽했기 때문에 세상 그 무엇도 그 음악의 매력을 당해 낼 수 없을 지경이었다. 단순히 그의 동포인 필멸자들뿐만 아니라 야생 동물조차도 그의 연주를 들으면 순해져서, 그 광포함을 잠시 접어 두고 그의 곁에 가만히 서서 노래에 도취하곤 했다. 아니, 심지어 나무와 바위조차도 그 음악의 매력을 지각할 수 있었다. 전자는 그의 주위를 에워쌌고, 후자조차도 그의 연주 때문에 부드러워지며 그 단단함 가운데 일부를 누그러뜨리곤 했다.

오르페우스와 에우리디케의 결혼식 때에는 축하를 위해서 결혼의 신 히메나이오스가 직접 참석했다. 하지만 이 신이 참석했다고 해서 행복의 징조까지 곧바로 따라온 것은 아니었다. 히메나이오스가 들고 있는 횃불에서 연기가 피어올라서 사람들의 눈에서 눈물이 흘러내렸다. 이런 전조들과 딱 맞아떨어지게도, 에우리디케는 결혼식 직후에 동행자들인 님프들과 근처를 돌아다니다가 불운을 겪었다. 마침 목자인 아리스타이오스가 그녀를 목격하고 그녀의 아름다움에 매료되어 가까이 접근했던 것이다. 새색시는 도망치던 와중에 풀 속에 있던 뱀을 한 마리 밟았으며, 급기야 발을 물려서 죽고 말았다. 오르페우스는 자신의 슬픔을 노래로 불러서 지상의 공기를 호흡하는 신과 인간 모두에게 알렸지만, 그래도 아무런 소용이 없자 직접 죽은 자들의 영토에 가서 아내를 찾아보기로 작정했다. 그는 타이나로스곶의 한편에 있는 동굴을 통해 지하로 내려가서 스틱스강에 도달했다. 그리고 망령들로 이루어진 군중을 지나서, 하데스와 페르세포네의 보좌 앞에 나섰다. 리라로 반주를 곁들여 가면서 오르페우스는 이렇게 노래했다. 「오, 지하 세계의 신들이시여, 살아 있는 우리가 반드시 와서 뵈어야 할 분들이여, 제 말을 들어 주소서. 왜냐하면 이는 진실한 말이기 때문입니다. 저는 타르타로스의 비밀을 엿보러 온 것도 아니며, 입구를 지키는 뱀 머리카락의 머리 세 개짜리 개를 상대하여 제 힘을 시험하러 온 것도 아닙니다. 저는 단지 아내를 찾으러 왔으니, 한창인 나이에 독을 품은 뱀의 송곳니가 때 이른 종말을 가져왔기 때문입니다. 사랑이 저를 이곳으로 이끌었으니, 사랑은 곧 지상에 사는 우리 모두에게 강력한 힘을 발휘하는 신이며, 오랜 전통에서 하는 말이 옳다면, 그건 이곳에서도 매한가지일 것입니다. 공포로 가득한 이 영토에 걸고, 침묵과 미(未)존재들이 가득한 이 영토에 걸고, 저는 에우리디케의 삶의 실을 다시 이어 주십사 당신들께 간청하는 바입니다. 우리 모두는 당신들께 오기로 예정되어 있으며, 조만간 당신들의 영토를 반드시 지나가야만 합니다. 그녀 역시 자기 삶의 기간을 채우고 나면 마땅히 당신들의 소유가 될 것입니다. 하지만 그때까지는 그녀를 저에게 허락해 주시기를, 저는 당신들께 간청하는 바입니다. 만약 당신들께서 허락하시지 않는다면, 저는 혼자서 돌아갈 수가 없습니다. 당신들은 우리 모두의 죽음에서 승리를 거두셔야만 할 것입니다.」

오르페우스가 감미로운 연주로 노래하자 망령들조차 눈물을 흘렸다. 탄탈로스는 갈증에도 불구하고 잠시 동안 물을 찾던 자신의 노력을 멈추었고, 익시온의 바퀴는 가만히 멈춰 있었고, 독수리도 거인 티티오스의 간을 뜯는 일을 중지했으며, 다나오스의 딸들은 밑 빠진 독에 물을 채우는 자신들의 임무를 멈추었고,[103] 시시포스는 자기 바위 위에 걸터앉아 귀를 기울였다. 전하는 바에 따르면, 급기야 사상 처음으로 에리니에스의 뺨들도 눈물로 젖게 되었다고 한다. 페르세포네는 차마 저항할 수가 없었고, 하데스도 결국 굴복하고 말았다. 에우리디케가 불려왔다. 그녀는 새로 도착한 망령들 사이에서 나타났으며, 상처 입은 한쪽 발을 절뚝이고 있었다. 오르페우스는 아내를 데려가도 된다는 허락을 받았지만, 여기에는 한 가지 조건이 걸려 있었으니, 지상에 도착할 때까지 고개를 돌려서 그녀를 바라보아서는 안 된다는 것이었다. 이 조건에서 이들은 앞으로 나아갔으며, 남편이 앞에 서고 아내가 뒤에 서서, 완전한 침묵 속에서 어둡고 가파

103 이집트의 왕자 다나오스는 쌍둥이 동생 아이깁토스와의 권력 다툼에서 패해 고국을 등지고 아르고스에 망명해 왕이 되었다. 그에게는 50명의 딸들이 있었는데, 훗날 아이깁토스의 아들들 50명이 찾아와 화해를 제안하자 기꺼이 조카들과 딸들의 결혼을 승낙했다. 하지만 그는 딸들에게 지시해서 첫날밤에 각자의 남편들을 죽이게 했으며, 그의 딸들은 단 한 명을 제외하고는 모조리 아버지의 명령에 복종함으로써 훗날 지옥에서 밑 빠진 독에 물을 채우는 처벌을 받게 되었다.

른 통로를 지나갔다. 그리하여 찬란한 지상 세계로 나가는 출구에 거의 도달했을 무렵, 오르페우스가 순간적으로 약속을 깜박 잊고는 아내가 여전히 잘 따라오는지 확인해 보기 위해 뒤를 흘끗 바라보자마자, 에우리디케는 곧바로 아래로 끌려가기 시작했다. 서로를 끌어안으려고 두 팔을 내밀었지만 이들은 오로지 허공만 붙잡았을 뿐이었다. 이제 두 번째로 죽은 그녀는 자기 남편을 나무랄 수도 없었으니, 자기를 보고 싶어 하는 그의 조급함을 어찌 감히 비난할 수 있었겠는가? 「안녕히.」 그녀가 말했다. 「이게 마지막 작별 인사예요.」 그러고는 아내는 서둘러 끌려가 버렸으며, 그 속도가 워낙 빠르다 보니 남편의 귀에는 그녀의 말이 들리지도 않을 지경이었다.

오르페우스는 아내를 따라가기 위해 노력했으며, 다시 한 번 그녀를 구하러 돌아가려 노력했다. 하지만 지옥의 강의 엄격한 뱃사공은 그를 쫓아냈고 통과시키지 않았다. 7일 동안이나 오르페우스는 먹지도 잠자지도 않고 지옥의 강 물가를 서성였다. 그러다가 에레보스의 잔인한 힘을 통렬히 비난하면서 바위와 산을 향해 자신의 불만을 노래했고, 그리하여 호랑이들의 가슴을 녹이고 떡갈나무를 원래 서 있던 자리에서 움직이게 만들었다. 이후 오르페우스는 여자들이 있는 곳에서 거리를 두었으며, 항상 자신의 슬픈 불행에 대한 생각에 잠겨 있었다. 트라키아 처녀들은 그의 호감을 얻기 위해서 최선을 다했지만, 그는 이들의 접근을 거부했다. 이들은 오르페우스의 이런 행동을 최대한 참아 주었다. 하지만 시간이 흐르면서 그가 지나치게 무신경하다는 사실에 격분하던 차에, 디오니소스 제의로 인해 흥분된 상태에서 한 여자가 외쳤다. 「우리를 경멸하는 자가 저기 있다!」 곧이어 그녀는 자신의 투창을 오르페우스에게 던졌다. 하지만 이 무기조차도 그의 리라 소리의 영향권 안에 들어오자마자 아무런 해를 끼치지 못하고 땅에 떨어졌다. 여자들이 오르페우스에게 던진 돌멩이도 마찬가지였다. 하지만 여자들은 비명을 질러서 음악 소리를 파묻어 버렸고, 결국 투척물이 그에게 맞아서 피가 튀었다. 광인들은 오르페우스를 산산조각으로 찢어 버렸으며, 그의 머리와 리라를 헤브로스강 물에 내던졌는데, 이 두 가지는 강물을 따라 흘러가는 내내 슬픈 음악을 중얼중얼 내뱉었고, 이에 강가에서도 애처로운 화음으로 응답했다. 무사이는 오르페우스 신체의 파편들을 주워 모아서 레이베트라에 묻어 주었는데, 전하는 바에 따르면 그의 무덤 바로 위에서 노래하는 나이팅게일은 그리스 다른 어느 곳의 새보다도 더 달콤한 노래를 부른다고들 한다. 그의 리라는 제우스가 건져서 별들 사이에 놓아두었다. 오르페우스의 망령은 두 번째로 타르타로스로 건너갔으며, 이곳에서 에우리디케를 찾아서 두 팔로 힘차게 끌어안았다. 이제 두 사람은 행복의 들판을 함께 거닐며, 때로는 그가 앞장서고, 또 때로는 그녀가 앞장섰다. 이제 오르페우스는 원하는 만큼 얼마든지 아내를 바라볼 수 있었으며, 더 이상은 부주의한 일별의 대가를 감수하지 않아도 되었던 것이다.

오르페우스의 이야기를 통해서 포프는 「성 세실리아 축일의 송시」에 사용한 음악의 위력에 관한 예시를 얻게 되었다. 다음 연은 이 이야기의 결말을 이야기한다.

하지만 금세, 너무 금세, 연인은 자기 시선을 돌렸다.
그녀는 다시 떨어졌고, 다시 죽었다, 그녀는 죽었다!
이제 〈운명〉 자매들을 과연 어떻게 움직일까?
그대는 아무 잘못이 없다, 사랑이 범죄가 아닌 한은.
이제 매달린 산들 아래에서,
샘의 폭포 옆에서,
또는 헤브로스강이 방황하는 곳에서,
굽이치며 흐르는 곳에서,
오로지 혼자서,
그는 신음 소리를 내뱉고,
그녀의 망령을 불렀지만,
이제는 영영, 영영, 영영 잃어버렸다!
이제는 분노로 에워싸여
절망하고, 당황한 채로,
그는 몸을 떨었고, 분노가 치밀었다,
로도페산의 눈[雪] 사이에서.
보라, 마치 사막에 부는 바람처럼 그는 광포히 달린다.
들으라! 하이모스산에서 디오니소스 추종자들의 고함 소리가 울려 퍼진다.
아, 보라, 그가 죽는다!
하지만 죽음을 맞이해서도 에우리디케를 노래한다.
에우리디케는 여전히 그의 혀에서 떨린다.
에우리디케, 숲이
에우리디케, 물이
에우리디케, 바위와 텅 빈 산이 외친다.

오르페우스의 무덤 위에서 노래하는 나이팅게일의 소리가 가장 탁월하다는 이야기는 로버트 사우디가 「파괴자 탈라바」에서 인유했다.

곧이어 그의 귀에는 화음의
소리가 들려왔다!
멀리 음악이, 아득하고 아름다운 노래가
흥겹게 떠드는 연주자들로부터 나왔다.
멀리 떨어진 폭포.
나뭇잎 우거진 숲의 웅얼거림.
나이팅게일 한 마리가
장미나무에 올라앉았는데, 음색이 워낙 풍부해,
가장 노래 잘하는 새가 짝짓기 할 때에도
그런 사랑 노래를 부르지는 못할 지경이었다.
트라키아의 목자(牧者)라면 오르페우스의 무덤 옆에서
이보다 더 달콤한 선율을 들었으리라.
거기서는 무덤의 영(靈)이
자신의 모든 능력을 스며들게 하여
자기가 사랑하는 향(香)을 부풀게 하므로.

꿀벌치기 아리스타이오스

인간은 더 열등한 동물들의 본능을 이용해서 유익을 얻곤 한다. 그리하여 생겨난 기술 가운데 하나가 꿀벌 치기이다. 처음에만 해도 꿀은 야생의 산물로 알려져 있었을 터인데, 꿀벌은 속이 빈 나무나 바위 구멍, 또는 우연히 생긴 다른 유사한 공동 속에 집을 짓기 때문이다. 그러다 보니 때로는 꿀벌이 죽은 동물의 시체조차도 그런 목적에 사용하곤 한다. 이런 사례 가운데 일부로 인해서, 꿀벌이 썩어 가는 동물의 살에서 생겨난다는 미신이 생겨났음에는 의심의 여지가 없다. 다음에 나올 이야기를 보면 베르길리우스는 이처럼 잘못 넘겨짚은 사실을 이용해서 질병이나 사고로 사라져 버린 꿀벌 떼를 부흥시키는 방법을 설명할 수도 있다고 생각했던 모양이다.

꿀벌 기르는 방법을 처음으로 가르친 아리스타이오스는 물의 님프 키레네의 아들이었다. 어느 날 자기 꿀벌이 모두 죽어 버리자, 그는 어머니에게 도움을 요청했다. 즉 강가에 서서 님프를 부른 것이다. 「오, 어머니, 제 삶의 자랑이 저를 떠나 버렸습니다! 저의 귀중한 꿀벌을 잃어버렸어요. 저의 관심과 솜씨가 저에게는 아무런 소용도 되지 못했고, 저의 어머니인 당신께서는 불운의 일격이 저를 빗나가게 해주시지도 않았어요.」 아리스타이오스가 이런 불평을 늘어놓는 동안 그의 어머니는 강바닥에 있는 자기 궁전에서 다른 시종 님프들과 함께 있었다. 이들은 여성의 직업인 실잣기와 천 짜기에 종사했는데, 그중 한 명이 나머지를 즐겁게 해주기 위해서 이야기를 하곤 했다. 아리스타이오스의 서글픈 목소리가 이들의 일을 방해하자, 그중 한 명이 물 밖으로 머리를 내밀어 그를 보았다. 님프가 돌아와서 그의 어머니에게 이 사실을 알려 주자, 그녀는 아들을 자기 앞에 데려오라고 명령했다. 그러자 키레네의 명령에 따라서 강물이 스스로를 열었고, 그가 들어올 수 있도록 마치 산처럼 양쪽 옆에 둘둘 말리며 멈춰 섰다. 아리스타이오스는 거대한 강들의 샘이 있는 곳으로 내려갔다. 그는 어마어마한 물그릇을 보았고, 굉음에 하마터면 귀가 멀 것 같은 상황에서도, 지표면을 흘러 사방으로 서둘러 달려가는 물을 구경했다. 어머니의 거처에 도착하자, 아리스타이오스는 키레네와 시종 님프들로부터 환대를 받았으며, 이들은 가장 훌륭한 음식들을 식탁 위에 차려 놓았다. 이들은 우선 포세이돈에게 헌주(獻酒)를 올렸고, 그 다음에는 잔치를 신나게 즐겼으며, 그 이후에야 키레네가 이렇게 말했다. 「프로테우스라는 나이 많은 예언자가 계신데, 바다 속에 살면서 포세이돈의 소유인 바다표범을 사육할 정도로 총애를 받고 계신 분이시지. 우리 님프들은 모두 그분을 대단히 존경하는데, 왜냐하면 워낙 학식이 많은 현자이시며 과거와 현재와 미래에 이르기까지 모든 것을 알고 계시기 때문이지. 그러니 내 아들아, 너의 꿀벌들이 처한 죽음의 이유가 무엇인지, 또한 그 문제를 어떻게 해결할지에 대해서라면 프로테우스께서 알고 계실 거다. 하지만 그분께서 자발적으로 말씀하시지는 않을 것이며, 네가 아무리 애원해도 마찬가지일 거다. 그러니 결국 억지로 대답을 강요할 수밖에는 없겠지. 네가 만약 프로테우스를 붙잡아서 쇠사슬로 묶어 둔다면, 그분은 결국 풀려나기 위해서 너의 질문에 대답해 주실 거다. 왜냐하면 네가 쇠사슬로 단단히 묶어 놓는다면, 당신의 모든 기술로도 거기서 풀려날 수는 없을 테니까. 내가 너를 프로테우스의 동굴까지 데려다줄 텐데, 그분은 정오마다 거기 도착해서 한낮의 휴식을 취하신단다. 그러면 너는 손쉽게 그분을 붙잡을 수 있을 거다. 당신이 붙잡혔음을 깨닫고 나면, 프로테우스는 여러 가지 형태로 변모하는 자기 능력에 의존하실 거다. 그분은 멧돼지가, 또는 사나운 호랑이가, 또는 비늘 덮인 용이, 또는 노란 갈기 달린 사자가 되실 거다. 또는 불빛의 탁탁거리는 소리나 물의 콸콸거리는 소리와도 같은 소음을 낼 것이고, 그렇게 해서 당신이 도망갈 틈을 얻고자 네가 쇠사슬을 풀도록 유혹할 거다. 하지만 네가 계속해서 프로테우스를 단단히 묶어 두면, 마침내 당신의 모든 기술조차 쓸모없음을 깨닫고, 본래의 형체로 돌아와서 너의 명령에 복종할 거다.」 이렇게 말하며 님프는 신들의 음료인 향기로운 넥타르를 아들에게 뿌렸다. 그러자 곧바로 그의 몸에는 평소와는 다른 활력이 가득해지고, 그의 가슴에는 용기가 가득해지고, 그의 주위에는 온통 향기가 감돌았다.

님프는 자기 아들을 예언자의 동굴로 데려가서 바위 사이의 움푹 들어간 곳에 숨겨 두었고, 자기는 구름 뒤에 자리를 잡았다. 정오가 되고, 불타는 태양을 피해서 사람과 가축 모두가 조용한 졸음에 탐닉할 시간이 되자 프로테우스가 물에서 나와 모습을 드러냈고, 그가 돌보는 바다표범 떼도 그 뒤를 따라와서 바닷가에 누웠다. 그는 바위에 올라앉아 가축의 숫자를 세었다. 그런 뒤에 동굴 바닥에 누워서 잠들었다. 아리스타이오스는 상대방이 깊이 잠들자마자 쇠사슬을 두르고 큰 소리를 질렀다. 프로테우스는 잠에서 깨어 자기가 사로잡혔음을 깨닫자, 곧바로 특유의 기술을 사용해서 처음에는 불이 되었고, 다음에는 홍수가 되었고, 다음에는 무시무시한 야수가 되었으며, 재빨리 변신에 변신을 거듭했다. 하지만 이 모두가 소용없다는 사실을 깨닫자, 원래의 형체를 도로 취한 다음, 화난 어조로 청년에게 말을 걸었다. 「너는 누구냐, 이 대담한 애송이야? 도대체 누구이기에 내 거처에 함부로 침입한 것이며, 도대체 나에게 뭘 원하는 거냐?」 아리스타이오스가 대답했다. 「프로테우스여, 당신은 이미 알고 계실 겁니다. 어느 누구도 굳이 당신을 속이려고 애쓸 필요는 없을 터이니 말입니다. 그리고 당신께서도 저를 속이실 노력을 그만두시기 바랍니다. 저는 어느 신의 도움을 받아서 여기까지 왔으며, 단지 제가 겪은 불운의 이유와 그 치유법을 당신께 얻고자 하는 것뿐입니다.」 이 말에 예언자는 갈색 눈으로 그를 뚫어져라 쳐다보다가 이렇게 말했다. 「너는 어디까지나 네가 한 행동에 딱 어울리는 보답을 받는 것뿐이다. 에우리디케가 죽지 않았느냐. 그녀는 너를 피해서 도망치다가 독사를 밟았고, 그놈에게 물려서 죽고 말았다. 그래서 친구인 님프들이 그녀의 죽음에 복수하기 위해서 너의 꿀벌을 죽여 버린 것뿐이다. 너는 이들의 분노를 누그러뜨려야만 하며, 반드시 그래야만 할 것이다. 황소 네 마리를 고르되 모양과 크기가 완벽한 것으로 고르고, 암소 네 마리를 고르되 똑같이 아름다운 것으로 고르고, 님프들을 위한 제단을 네 개 만들고, 그 짐승들을 제물로 바치고, 그 시체를 잎사귀 우거진 숲에 놓아두어라. 오르페우스와 에우리디케에게도 추모식을 치러 주어서 그들의 분노를 잠재우도록 해라. 그로부터 9일이 지나면, 가축의 시체를 살펴보고 나서 무슨 일이 벌어지는지 확인해라.」 아리스타이오스는 이 지시를 충실히 따랐다. 그는 가축을 제물로 바쳤고, 그 시체를 숲에 놓아두었고, 오르페우스와 에우리디케의 망령을 위한 추모식을 거행했다. 그로부터 9일이 지난 뒤에 아리스타이오스는 가축의 시체를 살펴보았는데, 정말 놀라운 일이 생겨났다! 꿀벌 떼가 시체 가운데 하나에 집을 짓고는, 마치 벌집에서와 마찬가지로 자기들의 일에 전념하고 있었던 것이다.

윌리엄 카우퍼는 「일」에서 러시아의 안나 여제(女帝)가 만든 얼음 궁전을 이야기하며 아리스타이오스의 이야기를 인유한다. 그는 얼음이 만들어 낸 환상적인 형체를 폭포와 연관 지어 묘사한다.

> 비록 더 감탄할 만해도, 박수받을 가치는 덜한 것,
> 왜냐하면 새로운 것이며, 인간의 작품이기 때문인 것,
> 그건 바로 모피 걸친 러시아의 여제(女帝)가 만든
> 가장 위풍당당하고 어마어마한 괴물,
> 북쪽의 경이였다. 숲 하나도 베지 않고
> 그걸 지었으며, 채석장의 재료 하나 보내지 않고
> 그 벽을 쌓았다. 대신 많은 물을 썰었으며,
> 유리 같은 파도를 가지고 대리석을 만들었다.
> 바로 그런 궁전에서 아리스타이오스는 키레네를 만나
> 잃어버린 자기 꿀벌에 관해 호소하는 이야기를
> 자기 어머니의 귓가에 전했다더라.

「코머스」에서 수호 정령의 노래에 나오는 세번강의 님프 사브리나를 우리 앞에 묘사할 때에, 밀턴 역시 키레네와 그녀의 궁전 내부의 광경을 염두에 두고 있었던 것으로 보인다.

> 아름다운 사브리나!
> 들어 주소서, 당신이 앉아 있는 곳,

유리 같고, 시원하고, 반투명한 파도 아래,
꼬아 놓은 백합 줄기로 엮어 놓았네,
호박(湖泊)처럼 늘어진 그대 머리카락을.
부디 들어 주소서,
은빛 호수의 여신이여!
들으시고 구원해 주소서.

다음에 소개할 이들은 신화에 등장하는 유명한 시인들과 음악가들이며, 그중 일부는 오르페우스 본인보다 결코 못하지 않았다.

암피온

암피온은 제우스와 테바이의 공주 안티오페 사이에서 태어난 아들이다. 그는 태어나자마자 쌍둥이 형제 제토스와 함께 키타이론산에 버려졌으며, 자신들의 혈통에 관해서는 모르는 상태로 이곳 목자들 사이에서 자라났다. 암피온은 헤르메스로부터 리라를 얻고 그 연주 방법도 배웠으며, 제토스는 사냥과 가축 돌보는 일에 전념했다. 그 와중에 쌍둥이의 어머니 안티오페는 테바이의 왕위를 찬탈한 숙부 리코스와 그의 아내 디르케 부부에게 대단히 잔인한 대우를 받으며 살다가, 가까스로 두 아들에게 그들의 권리를 알려 주고 이들을 불러와 도움을 받을 수 있었다. 쌍둥이는 동료 목자들을 이끌고 리코스를 공격해 죽였으며, 디르케의 머리채를 황소에 묶어서 죽을 때까지 끌려다니도록 했다.[104] 암피온은 테

104 디르케가 받은 처벌은 오늘날 나폴리 국립 고고 박물관에 소장된 유

바이의 왕이 되고 나서 이 도시의 성벽을 보강했다. 그가 리라를 연주하면, 석재가 알아서 움직이더니 성벽의 제자리에 가서 놓였다고도 전한다.

테니슨의 시 「암피온」을 보면 이 이야기를 멋지게 소재로 사용한 것을 알 수 있다.[105]

리노스

리노스는 헤라클레스에게 음악을 가르친 인물이지만, 하루는 제자를 지나치게 야단치고 말았다. 격분한 헤라클레스는 리라로 스승을 때려 죽여 버렸다.

타미리스

타미리스는 고대 트라키아의 음유 시인으로, 오만에 빠진 나머지 무사이에게 실력 대결을 요청했으며, 결국 경연에서 압도당하고 나자 그 대가로 시력을 빼앗기고 말았다. 밀턴은 『실낙원』 제3권에서 자신의 시각 장애에 관해 이야기하면서, 다른 시각 장애 음유 시인들과 함께 그를 인유한다.

명한 조상(彫像) 「파르네세 황소」의 소재이기도 하다 — 원주.

105 테니슨의 시에서 현대인인 화자는 풍요했던 과거와 척박해진 현대를 대조하면서, 암피온의 시대에만 해도 노래를 부르면 자연이 호응했지만 지금은 아니라는 것을 한 가지 예로 제시한다.

마르시아스

아테나는 플루트를 발명했고, 이 악기를 연주하여 천상의 모든 청취자들을 기쁘게 만들었다. 하지만 장난꾸러기 신 에로스는 여신이 연주 중에 무심코 짓는 기묘한 얼굴 표정을 보고 웃었으며, 이에 여신은 분개한 나머지 이 악기를 멀리 내던져 버렸다. 지상에 떨어진 이 악기를 사티로스 마르시아스가 우연히 발견했다. 그는 이 악기를 불어서 무척이나 황홀한 소리를 끌어냈기에, 급기야 아폴론에게 음악 대결을 신청하고 싶은 유혹을 느끼게 되었다. 하지만 대결에서 당연히 신이 이겼고, 마르시아스는 결국 산 채로 가죽이 벗겨지는 처벌을 받았다.

멜람푸스

멜람푸스는 예언 능력을 부여받은 최초의 필멸자였다. 그의 집 앞에는 떡갈나무가 한 그루 서 있었고, 그 안에는 뱀의 보금자리가 있었다. 하루는 그의 하인들이 늙은 뱀들을 잡아 죽였지만, 멜람푸스는 어린 뱀들을 돌보면서 신경 써서 먹이를 주었다. 하루는 그가 떡갈나무 아래에서 잠들어 있는데, 뱀들이 다가와 그의 귀를 혀로 핥았다. 잠에서 깨어난 멜람푸스는 자기가 새들과 길짐승들의 언어를 이해하게 되었음을 깨닫고 깜짝 놀랐다. 이 지식 덕분에 그는 미래의 사건을 예언할 수 있게 되었으며, 결국 유명한 예언자가 되었다. 한번은 적들이 그를 붙잡아서 어떤 오두막에 단단히 가두어 두었다. 멜람푸스는 조용한 한밤중에 목재 속의 좀벌레들이 이야기하는 것을 들었는데, 내용인즉 자기들이 목재를 거의 다 먹어 치웠기 때문에 지붕이 곧 무너져 내린다는 것이었다. 그는 자기를 내보내 달라고 감시자들에게 말했으며, 이들에게도 미리 경고해 주었다. 이들은 멜람푸스의 경고를 믿은 덕분에 죽음을 피할 수 있었다. 결국 적들은 그에게 보상을 제공했고, 그에게 큰 영예를 선사했다.

무사이오스

무사이오스는 반(半)신화적인 인물로, 어떤 전통에서는 오르페우스의 아들이라고도 한다. 그는 성스러운 시와 신탁을 작성했다고 전한다. 밀턴은 「우울한 사람」에서 그의 이름을 오르페우스의 이름과 결부시킨다.

> 하지만, 오, 슬픈 처녀여, 그대의 힘은
> 무사이오스를 그의 거처에서 일으켜 세우는구나.
> 또는 오르페우스의 영혼으로 하여금
> 노래하게 하는구나, 심금을 울리는 선율을,
> 하데스의 뺨에 강철 눈물을 흐르게 하고
> 사랑이 찾던 것을 지옥이 내놓게 하는 선율을.

제25장

아리온·이비코스·시모니데스·사포

이 장에서 각자의 모험 이야기를 통해 소개될 시인들은 실존 인물들이며, 그중 일부의 작품은 아직까지도 남아 있다. 또한 후대 시인들에게 끼친 이들의 영향력은 남아 있는 이들의 작품보다도 훨씬 더 중요하다. 이들의 모험에 대한 기록인 다음 이야기들의 출처는 이른바 〈신화의 시대〉에 속한 다른 이야기들과 마찬가지로, 이들에 관해 이야기한 여러 시인들의 작품들이다. 지금 내놓는 이야기 가운데 처음 두 가지는 독일어에서 가져온 것이며, 아리온의 이야기는 아우구스트 빌헬름 슐레겔의 작품을, 이비코스의 이야기는 프리드리히 실러의 작품을 참고했다.[106]

106 아리온의 이야기는 헤로도토스의 『역사』 제1권 23~24절에 짧게 등장하며, 슐레겔의 작품도 그 내용을 토대로 개작한 것으로 추정된다. 이비코스의 이야기는 실러의 시 「이비쿠스의 두루미」(1797)와 거의 일치하며, 전체 번역은 『이비쿠스의 두루미: 실러 명시선 담시편』(장상용 옮김, 인하대학교 출판부, 2000)에 수록되어 있다.

아리온

아리온은 유명한 음유 시인으로 코린토스의 왕 페리안드로스의 궁전에서 살면서, 왕으로부터 대단한 총애를 받고 있었다. 한번은 시칠리아에서 음악 경연 대회가 개최된다는 소식을 듣고, 이 시인도 역시 거기 참석해서 우승을 차지하고 싶어 했다. 아리온이 페리안드로스에게 이 소원을 말하자, 왕은 마치 형제처럼 그를 타이르며 그 생각을 버리도록 호소했다. 「제발 나와 함께 있으면서 만족하게나.」 왕이 말했다. 「이기기 위해서 안달하는 사람은 결국 지게 마련이니까.」 시인이 대답했다. 「떠돌이의 삶은 시인의 자유로운 가슴에 가장 잘 어울립니다. 신께서 저에게 선사하신 재능으로, 저는 기꺼이 다른 사람들의 즐거움의 원천을 만들고자 합니다. 제가 만약 우승한다면, 저의 명성이 널리 퍼짐을 의식함으로써 그 즐거움이 더 커지지 않겠습니까!」 아리온은 결국 대회에 출전했고, 우승을 차지했으며, 거기서 얻은 보물을 가지고 코린토스의 배를 타고 고향으로 출발했다. 돛을 올린 지 두 번째 날 오전에만 해도 바람은 온화하고 상쾌하게 불어왔다. 「오, 페리안드로스여, 두려움을 던져 버리십시오!」 그가 외쳤다. 「머지않아 당신께서는 저의 포옹 속에서 그걸 잊어버리실 겁니다. 우리가 신들께 감사를 표시하기 위해서 얼마나 호화스러운 제물을 바칠 것이며, 축제장에서 우리가 얼마나 즐거울 것인가요!」 바람과 바다는 계속해서 순조로웠다. 하늘에는 구름 한 점 없었다. 비록 바다를 과신하지는 않았지만, 아리온은 어쩔 수 없는 인간일 뿐이었다. 그러다가 그는 뱃사람들이 서로 신호를 주고받는 것을 깨달았는데, 알고 보니 이들은 그의 보물을 빼앗으려고 음모를 꾸미고 있었다. 곧이어 이들은 요란스럽고 불량스럽게 그를 에워싸고 말했다. 「아리온! 너는 죽어야만 한다! 만약 네가 바닷가에 무덤이라도 갖고 싶다면, 결국 너는 바로 이 자리에서 죽어야 할 것이다. 하지만 그러기 싫다면, 차라리 바다에 빠져서 죽도록 해라.」 「당신들은 정녕 내 목숨을 거두어야 만족하겠다는 겁니까?」 아리온이 말했다. 「내가 가진 금을 얼마든지 가져가세요. 그 값에 내 목숨을 사겠습니다.」 그러자 악당들이 대답했다. 「아니, 아니, 우리는 너를 살려 놓지 않을 거다. 너의 생명이 우리에게는 너무 위험하니까. 우리가 너에게 강도짓을 했다는 것을 페리안드로스가 알기라도 하면, 과연 우리가 어디에 가서 그를 피할 수 있겠느냐? 너의 금조차도 우리에게는 아무런 도움이 되지 않을 것이고, 설령 고향에 돌아간다 하더라도, 우리는 두려움으로부터 결코 자유로울 수 없을 것이다.」 이에 아리온이 부탁했다. 「그렇다면 한 가지만 허락해 주세요. 마지막 소원입니다. 왜냐하면 이제는 무슨 수를 써서도 목숨을 구할 수는 없게 된 것 같으니까요. 저는 시인으로 살아 왔으니, 죽을 때에도 시인답게 죽고 싶습니다. 제가 마지막 노래를 마치고 나면, 그리고 저의 하프 현이 떨림을 멈추고 나면, 저는 삶에 작별을 고하고 불평 없이 저의 운명에 따르겠습니다.」 하지만 이런 애원조차도 다른 애원들과 마찬가지로 관심을 끌지는 못했으니, 왜냐하면 강도들은 오로지 약탈품에만 관심이 있었기 때문이었다. 하지만 아리온이 워낙 유명한 음악가인 까닭에, 강도들조차 오만한 마음이 움직였다. 「그러면 내가 옷을 제대로 입도록 허락해 주세요.」 그가 덧붙였다. 「음유 시인다운 복장을 하지 않으면, 아폴론께서도 저를 총애하시지 않을 테니까요.」

아리온은 균형이 잘 잡힌 팔다리에 금색과 자주색의 멋진 옷을 걸쳤고, 튜닉이 우아하게 접히며 주위로 늘어지게 했고, 팔에는 보석을 장식했고, 이마에는 금빛 화환을 올려놓았고, 목과 어깨에는 향기가 나는 머리카락을 늘어뜨렸다. 왼손으로는 리라를 붙잡고, 오른손으로는 현을 연주하는 상아 채를 붙잡고 있었다. 마치 영감을 받은 사람처럼, 아침 공기를 들이마시고 아침 햇빛 속에서 빛을 발했다. 뱃사람들은 감탄해 마지않으며 그를 바라보았다. 아리온은 배의 옆구리로 걸어가더니 깊고 푸른 바다를 내려다보았다. 그는 리라를 연주하면서 노래를 불렀다. 「내 목소리의 동반자들이여, 나와 함께 어둠의 영토로 가세. 비록 케르베로스가 으르렁거려도, 우리는 노래의 힘이 그놈의 분노를 가라앉힐 수 있음을 안다네. 그대들, 엘리시온 평원의 영웅들이여, 검은 물을 통과한 그대들, 행복한 영혼들이여, 머지않아 나 역시 그대들의 무리에 합류하리니. 하지만 그대들이 나의 슬픔을 구제해 줄 수 있겠는가? 아아, 나는 뒤에 친구들을 남겨 놓고 떠나네. 그대들, 그대들의 에우리디케를 찾았으나 찾자마자 또다시 잃어버린 자들이여. 그녀가 마치 꿈과 같이 사라졌을 때, 그대들은 저 쾌활한 빛을 얼마나 미워했던지! 나는 가야만 하네만, 나는 두려워하지 않겠네. 신들께서 우리를 내려다보고 계시네. 그대들, 거리낌 없이 나를 살해한 자들에겐 내가 더 이상 여기에 없고 나면, 두려움의 때가 찾아올 것이다. 그대들 네레이데스여, 그대들의 손님을 받아 주시오. 이제 당신들의 자비에 몸을 던지나니!」 이렇게 말하며 아리온은 깊은 바다로 뛰어내렸다. 파도가 그를 덮었고, 뱃사람들은 계속해서 가던 길을 가면서, 이제 자기들이 적발의 위험에서 완전히 자유로워졌다고 생각했다.

마침 깊은 바다의 거주자들이 음악의 선율에 홀려 아리온의 노래를 들으려고 배 주위에 몰려들었으며, 특히 돌고래들이 마치 마법에 걸린 것처럼 배를 뒤따라오고 있었다. 시인이 파도 속에서 허우적거리고 있을 때 돌고래 한 마리가 자기 등을 내주었고, 그를 태워서 안전하게 바닷가로 데려다주었다. 나중에 이 사건의 추억을 기념하기 위해서, 아리온이 내린 장소인 바위투성이 바닷가에는 놋쇠 기념물이 건립되었다.

돌고래와 헤어져서 각자의 거주지로 돌아갈 때, 아리온은 다음과 같이 감사의 말을 전했다. 「잘 가라, 충실하고 친절한 물고기야! 내가 너에게 줄 수 있는 보상은 이것뿐이구나. 너는 나와 함께 갈 수가 없고, 나 역시 너와 함께 갈 수가 없으니까. 우리는 친분을 가질 수가 없을 거다. 부디 깊은 바다의 여왕 갈라테이아께서 너에게 당신의 은총을 내려 주시고, 그 부담을 자랑스러워하시고, 당신의 수레를 몰고 깊은 바다의 매끈한 거울 위로 나오시기를.」

아리온은 서둘러 바닷가를 떠났고, 머지않아 코린토스의 탑들이 눈앞에 나타났다. 그는 하프를 손에 들고 여정을 계속했으며, 걸어가는 내내 사랑과 행복에 관한 노래를 부르면서, 자신의 상실은 망각하고 오로지 남은 것들만을, 즉 자기 친구와 자기 리라만을 생각했다. 아리온은 아늑한 궁전에 들어갔고, 머지않아 페리안드로스와 포옹했다. 「당신께 돌아왔습니다, 저의 친구이시여.」 그가 말했다. 「신께서 저에게 내려 주신 재능은 수천 명의 즐거움이었습니다만, 악당들이 저의 정당한 보물을 빼앗아 가버렸습니다. 그래도 널리 퍼진 명성에 대한 인정은 여전하더군요.」 곧이어 아리온은 자기가 겪은 놀라운 사건들을 페리안드로스에게 말해 주었고, 왕은 무척이나 놀라워하면서 그 이야기를 들었다. 「그렇게 악한 자들이 승리를 거두게 된다면, 내 손에 떨어진 권력은 헛것이 아닐 수 없을 것이다!」 페리안드로스가 말했다. 「내가 범죄자들을 찾아낼 것이나, 너는 여기 숨어서 가만히 있어야만 그놈들이 의심 없이 접근할 것이다.」 배가 항구에 도착하자 왕은 선원들을 자기 앞으로 불렀다. 「혹시 아리온에 관해서 들은 바가 없느냐?」 페리안드로스가 물었다. 「그가 돌아오기를 학수고대하는 중이다.」 그러자 뱃사람들이 대답했다. 「저희는 타라스[107]에서 그를 무사하고도 순조롭게 내려주었습니다.」 그들이 이렇게 말할 때, 아리온이 걸어 나와 이들을 마주 보았다. 아리온은 균형이 잘 잡힌 팔다리에 금색과 자주색의 멋진 옷을 걸쳤고, 튜닉이 우아하게 접히며 주위로 늘어지게 했고, 팔에는 보석을 장식했고, 이마에는 금빛 화환을 올려놓았고, 목과 어깨에는 향기가 나는 머리카락을 늘어뜨렸다. 왼손으로는 리라를 붙잡고, 오른손으로는 현을 연주하는 상아 채를 붙잡고 있었다. 그러자 선원들은 마치 번개를 맞은 것처럼 일제히 그의 앞에 엎드렸다. 「우리는 그를 죽이려고 했는데, 그는 결국 신이 되었다. 오, 대지여, 벌어져서 우리를 삼켜 다오!」 그러자 페리안드로스가 말했다. 「그는 살아 있으며, 여전히 노래의 명수이다! 자비로운 하늘이 저 시인의 생명을 보호해 준 것이다. 하지만 네놈들을 향해서 복수의 영을 내가 일깨우지는 않을 것이다. 아리온은 네놈들의 피를 원하지 않기 때문이다. 이 탐욕의 노

107 오늘날 이탈리아 남부의 해안 도시 타란토를 말한다.

예들아, 당장 여기서 사라져라! 다른 어떤 야만스러운 땅을 찾아가고, 두 번 다시는 너희의 영혼이 아름다운 기쁨을 누리게 할 생각은 말아라!」

에드먼드 스펜서는 『선녀 여왕』(제4권 10편 23연)에서 돌고래에 올라탄 아리온이 포세이돈과 암피트리테의 수행원과 동행하는 모습을 묘사했다.

> 곧이어 흘러나온 훌륭한 음악 중에서도
> 가장 절묘한 소리가 들렸으니,
> 흐르는 물 위에서도 존경을 받은
> 아리온이 자기 하프를 이용하여
> 많은 자들의 귀와 마음을 끌었다.
> 심지어 해적들의 시선을 피해
> 에게해를 거쳐 그를 태워 준 돌고래조차도
> 그의 솜씨에 놀라 그 곁에 가만히 서 있고,
> 사나운 바다도 기쁨에 겨워 포효를 잊었다.

바이런은 『차일드 해럴드』(제2편 21연)에서 자신의 항해를 묘사하면서, 뱃사람 가운데 한 명이 다른 사람들을 즐겁게 해주려고 음악을 연주하는 광경을 묘사하며 아리온의 이야기를 인유한다.

> 달이 떠올랐다. 정말이지 멋진 저녁이다!
> 춤추는 파도 위에 긴 빛줄기가 퍼져 나간다.
> 바닷가에선 청년들이 한숨 쉬고 처녀들이 믿는다.

땅으로 돌아갈 때면 우리의 운명도 그러하리라!
그사이에 몇몇 거만한 아리온의 쉴 새 없는 손은
뱃사람들이 사랑하는 경쾌한 선율을 일깨운다.
신이 난 청중이 원을 그리고 서 있거나,
어떤 잘 알려진 방법으로 능란하게 움직인다,
마치 육지처럼 자유로이 움직일 수 있다 착각하고.

이비코스

이비코스의 이야기를 이해하기 위해서는 먼저 다음 몇 가지를 반드시 기억해야 한다. 첫째, 고대의 극장들은 1만 명에서 3만 명에 달하는 관객을 수용할 수 있는 어마어마한 구조물이었다는 점이다. 이는 오로지 축제 때에만 사용되었으며, 입장료는 누구나 공짜였기 때문에 대개는 가득 차게 마련이었다. 극장에는 지붕이 없고, 탁 트인 하늘이 보였으며, 공연은 낮에 이루어졌다. 둘째, 이 이야기에 나오는 에리니에스에 대한 섬뜩한 묘사는 과장이 아니다. 비극 시인 아이스킬로스의 기록에 따르면, 한번은 50명의 배우로 이루어진 합창단이 에리니에스를 묘사하자, 어찌나 무시무시하던지 관객 상당수가 그만 기절해 버렸으며, 심지어 발작을 일으킨 사람까지 있어서, 결국 행정관이 향후 이와 같은 묘사를 금지시켰다고 전한다.

코린토스의 이스트모스에서 열리는 수레 경기와 음악 경연대회에는 매년 수많은 그리스인이 모여들었는데, 한번은 경건한 시인 이비코스도 그곳으로 구경을 떠났다. 아폴론으로부터 노래의 재능과 시인의 달콤한 입술을 선사받은 그는 영감이 충만한 상태에서 경쾌한 걸음으로 길을 재촉하고 있었다. 이미 하늘 높이 치솟은 코린토스의 탑들이 눈에 보였고, 이비코스는 경건한 두려움을 품고서 포세이돈의 성스러운 숲에 들어섰다. 생명체라고는 전혀 없었고, 더 남쪽의 지방으로 여행 중인 두루미 한 떼가 그의 머리 위에서 같은 방향으로 날아가고 있었다. 「부디 행운이 있기를, 너희 친근한 무리야.」 이비코스가 외쳤다. 「바다 건너 날아온 내 동반자들아. 너희와 함께 있었다는 것을 좋은 징조로 받아들여야겠다. 우리 모두 멀리에서 왔고, 환대를 찾아서 날고 있지. 우리 모두 낯선 방문객을 해악으로부터 막아 주는 친절한 대접을 받게 되기를!」

이비코스는 성큼성큼 걸어서 머지않아 숲 한가운데에 도달했다. 그런데 좁은 길에서 강도 두 명이 나타나서 그의 앞길을 가로막았다. 이비코스는 순순히 항복하거나 아니면 싸워야만 했다. 하지만 시인의 손은 리라에나 익숙했지 무기를 이용한 싸움에는 익숙하지 않았기에, 결국 상대에게 치명상을 입고 힘없이 주저앉고 말았다. 이비코스는 사람과 신 모두에게 도움을 요청했지만, 그의 외침을 듣는 이는 아무도 없었다. 「그렇다면 나는 여기서 죽는 것이구나.」 이비코스가 말했다. 「낯선 땅에서, 울어 줄 사람도 없이, 무법자들의 손에 절단당해서, 내 복수를 해줄 사람조차도 없이.」 심한 상처를 입고 그가 땅에 쓰러졌을 때, 머리 위에서 두루미 떼가 큰 소리로 울었다. 「내 복수를 해다오, 두루미들아.」 이비코스가 말했다. 「나의 외침에 대답한 목소리라고는 너희의 목소리뿐이었으니.」 이렇게 말하며 그는 결국 눈을 감고 말았다.

강도를 당하고 난도질까지 당해서 잔뜩 훼손된 이비코스

의 시신이 발견되자, 그의 방문을 고대하던 코린토스의 한 친구가 용케도 이게 누구인지를 알아보았다. 「내가 자네로부터 건네받을 것이 결국 이 시체뿐이란 말인가?」 친구가 외쳤다. 「나는 자네가 노래 경연에서 승리하여 머리에 화환을 쓰기를 바랐건만!」

축제에 모인 손님들이 이 소식을 듣고 무척 불쾌해했다. 그리스 전체가 상처를 입었으며, 모두의 마음이 상실감을 느꼈다. 이들은 행정관의 재판소에 모여들어서, 살인자들에 대한 복수와 함께 살인자들의 피를 이용한 속죄를 요구했다.

하지만 축제의 광휘에 이끌려 모여든 수많은 사람들 가운데에서, 과연 어떤 흔적이나 표식을 가지고 범죄자를 찾아낸단 말인가? 과연 이비코스는 강도의 손에 걸려든 것일까, 아니면 뭔가 개인적 원한이 있는 자가 그를 해친 것일까? 오로지 모든 것을 바라보는 저 태양만이 대답할 수 있을 것이니, 그 외에는 어느 누구도 그걸 목도하지 못했기 때문이었다. 비록 살인자가 지금 군중 속을 걸어다니면서 자기 범죄의 과실을 즐기고 있을 가능성도 없지는 않았지만, 그를 찾아낸다는 것은 사실상 불가능일 수밖에 없었다. 어쩌면 살인자는 이미 신전의 경내에서 신들에게 불경을 범하고, 지금은 자유롭게 군중과 뒤섞여서 원형 극장에 들어가 있는지도 몰랐다.

이제는 많은 사람들이 줄줄이 자리를 채우고 앉아 있었기 때문에, 마치 그 구조물 자체가 무너져 내릴 것만 같았다. 웅성거리는 목소리는 흡사 바다의 포효 같았고, 줄줄이 위로 올라가며 점점 높아지는 그 원은 무려 하늘에 닿을 것만 같았다.

이제 수많은 관중은 에리니에스를 연기하는 합창단의 무

시무시한 목소리에 귀를 기울였다. 합창단은 엄숙한 분장을 하고서, 잘 계산된 걸음으로 전진하면서 극장의 주위를 돌아다녔다. 과연 저 무시무시한 무리를 구성한 것이 필멸자 여성일 수가 있으며, 저 조용한 형체들의 군집이 살아 있는 존재일 수 있을까?

합창단원들은 검은 옷을 입고 있었고, 살이라고는 없는 손에는 시커먼 연기를 내며 타오르는 횃불을 들고 있었다. 이들의 뺨에는 핏기가 없었고, 머리카락 대신에 몸부림치며 몸을 부풀리는 뱀들이 이들의 이마에서 똬리를 틀고 있었다. 이 무시무시한 존재는 원을 그리면서 찬가를 불렀으며, 죄인들의 가슴을 섬뜩하게 만들었고, 죄인들의 모든 감각을 옥죄었다. 노래는 높아지고 부풀어 올랐으며, 악기의 소리를 압도했고, 판단을 흐리게 하고, 심장을 마비시키고, 피를 얼어붙게 했다.

「죄와 범죄에서 마음을 깨끗하게 유지하는 사람은 행복하도다! 우리 복수자들은 그를 건드리지 아니하노라. 삶의 길을 걷는 자는 우리로부터 안전할 것이다. 그러나 화 있을 진저! 화 있을 진저! 은밀히 살인을 행한 자여. 무시무시한 〈밤〉의 가족인 우리는 그의 존재 전체에 달라붙을 것이다. 과연 그는 우리를 피해서 도망칠 수 있으리라 생각하는가? 우리는 더 빨리 날아서 그를 쫓아갈 것이고, 우리의 뱀을 그의 발에 묶을 것이고, 그를 땅에 쓰러뜨릴 것이다. 우리는 지치지 않고 추적할 것이다. 그 어떤 동정심도 우리를 막아서지 못할 것이다. 여전히 계속해서, 생명이 끝날 때까지, 우리는 그에게 평화도 휴식도 주지 않을 것이다.」 에우메니데스[에리니에스]가 이렇게 노래하며 엄숙한 보조를 맞추어 움직이자, 마치 초자연적인 존재를 앞에 두기라도 한 것처럼, 전체 관중 위에는 죽음의 정적과도 같은 정적이 내려앉았다. 곧이어 합창단은 극장의 주위를 도는 엄숙한 행진을 마무리하고 무대 뒤편으로 사라졌다.

환상과 현실 사이에서 모두의 마음이 철렁거렸고, 차마 정의할 수 없는 공포로 인해 모두의 가슴이 들썩였으며, 은밀한 범죄를 바라보고 눈에 안 보이는 운명의 실을 감는 무시무시한 권능 앞에서 모두가 몸을 떨었다. 바로 그때, 맨 위에 있는 좌석 가운데 하나에서 고함 소리가 터져 나왔다. 「저걸 봐! 저걸 보라구! 이보게, 저기 이비코스의 두루미가 있어!」 곧이어 갑자기 하늘에는 검은 물체가 하나 날아오는 것이 보였는데, 유심히 바라보았더니 두루미 한 떼가 극장 위로 똑바로 날아오는 것이었다. 「이비코스라고! 방금 저 사람이 그렇게 말했나?」 모두에게 사랑받던 시인의 이름이 거론되자, 모두의 가슴에는 슬픔이 되살아났다. 사람의 얼굴들로 이루어진 바다 위에 물결이 일어나더니, 입에서 입을 통해서 이야기가 전해졌다. 「이비코스를 거론했다네! 우리 모두가 애도하는 바로 그 사람, 어떤 살인자에게 당해 쓰러진 사람을! 도대체 저 두루미가 그와 무슨 상관이 있다는 거지?」 목소리가 점점 더 커지면서, 마치 번개가 번쩍이는 것처럼 모두의 마음에는 한 가지 생각이 스치고 지나갔다. 「에우메니데스의 권능을 보라! 저 경건한 시인의 복수를 할 수 있게 되었다! 살인자가 스스로에게 불리한 이야기를 했다. 아까 고함친 놈을, 그리고 그놈이 말을 걸었던 또 다른 놈을 붙잡아라!」 범죄자들은 아까 한 말을 애써 취소하려 들었지만, 이미 때는 늦은 다음이었다. 이들의 얼굴은 공포로 창백했기에, 결국 이들의 유죄를 폭로하는 셈이었다. 사람들은 살인자들을 재판관에게 끌고 갔으며, 자기 죄를 자백한 이들은 받아 마땅한 처벌을 받게 되었다.

시모니데스

시모니데스는 그리스의 초기 시인 가운데 가장 다작하였지만, 오늘날 전해지는 것은 이 가운데 극소수의 단편뿐이다. 그는 찬가와 개선가와 비가를 썼다. 특히 시모니데스는 맨 마지막 종류의 저술에서 두각을 나타냈다. 그의 천재성은 애수 쪽으로 기울었으며, 인간 동정심의 심금을 그보다 더 절실하게 울린 사람은 없었다. 오늘날 전해지는 시모니데스의 시 중에서 가장 유명한 단편인 「다나에 애가」는 주인공과 갓난아기가 그녀의 아버지 아크리시오스의 명령에 따라서 궤에 갇혀서 바다에 떠내려가는 이야기를 다루고 있다. 이 궤는 세리포스섬을 향해 떠내려가서, 어부인 딕티스가 이들을 구출해서 그 나라의 왕 폴리덱테스에게 데려갔고, 왕은 이들을 받아들이고 보호해 주었다. 그 아이 페르세우스는 자라서 유명한 영웅이 되었는데, 그의 모험에 관해서는 이미 앞의 장에서 소개한 바 있다.

시모니데스는 생애 대부분을 군주의 궁전에서 지냈고, 찬가와 축제가에 대한 자신의 재능을 종종 이용해서, 자기가 예찬하는 위업의 당사자들로부터 후한 대가를 얻었다. 이런 영리 행위는 그의 명예를 훼손시키지 않았으며, 전통에 따르면 오히려 호메로스가 『오디세이아』에서 묘사한 데모도코스라든지, 또는 호메로스 본인 같은 초창기 음유 시인들의 행적과도 유사했다.

한번은 시모니데스가 테살리아의 왕 스코파스의 궁전에 거주하고 있었는데, 군주가 자신의 공적을 예찬하는 시를 지어서 연회에서 낭송하도록 그에게 명령했다. 경건함으로 유명했던 시인은 소재의 다양화를 위해서 자기 시에다가 카스토르와 폴리데우케스의 공적을 끼워 넣었다. 이런 여담은 유사한 경우에 처한 시인들 사이에서는 드물지 않은 일이었으며, 보통의 필멸자라면 이처럼 레다의 아들들과 찬사를 공유하는 것에 충분히 만족하리라고 생각할 법했다. 하지만 허영심은 가혹하기 그지없었다. 잔치 석상에 조신과 아첨꾼들과 함께 자리를 잡은 군주는 자신에 대한 예찬을 열거하지 않는 시행마다 일일이 불평을 늘어놓았다. 시모니데스가 약속된 보상을 받으려고 다가가자, 스코파스는 원래 주기로 예정된 금액에서 절반만을 내놓으며 이렇게 말했다. 「그대의 공연에 대해서 내가 줄 몫은 이만큼뿐이다. 카스토르와 폴리데우케스에 관해서 그토록 많은 이야기를 했으니, 나머지를 그들이 채워 주리라는 데에는 의심의 여지가 없겠지.」 당황한 시인은 권력자의 조롱에 뒤이은 주위의 웃음 속에서 자기 자리로 돌아왔다. 그런데 잠시 후 그는 말에 올라탄 두 청년이 밖에서 자기를 기다리고 있으며, 자기를 만나고 싶어서 안달한다는 소식을 전해 들었다. 시모니데스가 서둘러 문밖으로 나가 보았으나 방문객들은 보이지 않았다. 하지만 그가 연회장을 떠나자마자 갑자기 요란한 소리와 함께 지붕이 무너져서, 스코파스와 다른 손님 모두는 그 잔해에 깔려 죽었다. 자기를 만나러 왔다는 청년들의 외모에 관해 사람들에게 물어본 결과, 시모니데스는 그들이 다름 아닌 카스토르

와 폴리데우케스였다는 사실을 알고 만족감을 느꼈다.[108]

사포

사포는 그리스 문학 초창기에 활발히 활동했던 여성 시인이다. 그녀의 작품 중에서는 극소수의 단편만이 남아 있지만, 그것만 가지고도 유명한 천재 시인이라는 명성을 수립하기에는 충분하다. 사포의 이야기 가운데 종종 인유되는 것으로는, 그녀가 파온이라는 아름다운 청년과 격정적인 사랑에 빠졌지만, 자신의 애정에 대한 보답을 얻는 데 실패하자 레우카스의 곶에서 바다로 몸을 던졌다는 것이 있다. 당시에는 그런 〈실연자의 낭떠러지〉에서 몸을 던져서 살아날 경우 깨진 사랑이 치유된다는 미신이 있었기 때문이다.

바이런은 『차일드 해럴드』(제2편 39연)에서 사포의 이야기를 인유한다.

> 차일드 해럴드가 항해하여 지나간 황량한 지점은
> 서글픈 페넬로페가 파도 너머를 바라보고,
> 그 너머 산을 바라보며, 잊지 않았던 곳이네,
> 연인의 피난처와 레스보스인의 무덤을.
> 검은 사포! 그 불멸의 시조차도 구하지 못했던가.
> 그 불멸의 불길에 물들어 버린 그 가슴을.

108 이 사건 직후, 시모니데스는 연회에 참석한 사람들이 앉아 있던 위치를 그대로 기억해 내서 붕괴로 손상된 시신을 확인하는 데 도움을 주었다고 전하며, 이는 기억술의 대표적인 사례로 종종 회자된다.

그리스의 가을날 평온한 저녁에
차일드 해럴드는 멀리 레우카스의 곶에 인사했네.

사포와 그녀의 〈투신〉에 관해서 더 많이 알고 싶은 사람은 『스펙테이터』 제223호와 229호를 참고하라.[109] 또한 토머스 무어의 시 「그리스에서의 저녁 시간」을 보라.

109 저자가 언급한 권호(1711년 11월 15일자와 22일자)에는 『스펙테이터』의 공동 창간자인 영국의 작가 조지프 애디슨Joseph Addison(1672~1719)이 쓴 사포에 관한 두 가지 에세이 「사포에 관하여」와 「사포의 단편」이 수록되어 있다.

제26장

엔디미온·오리온·에오스와 티토노스·아키스와 갈라테이아

엔디미온은 아름다운 청년으로, 라트모스산에서 양 떼를 돌보았다. 어느 조용하고 맑은 날 밤, 달의 여신 아르테미스가 아래를 내려다보다가 그의 잠든 모습을 보았다. 엔디미온의 아름다움에 놀란 나머지 차가웠던 가슴마저 더워지자, 처녀 신은 아래로 내려와서 그에게 입을 맞추고 잠자는 그의 모습을 굽어보았다.

또 다른 이야기에 따르면, 제우스는 엔디미온에게 영원한 잠과 결부된 영원한 젊음의 선물을 부여했다. 이런 선물을 받은 사람의 경우, 우리로선 딱히 기록할 만한 모험이 거의 없게 마련이다. 전하는 바에 따르면, 아르테미스는 엔디미온의 비활동적인 삶으로 인해 그의 운명이 고통을 겪지 않도록 돌보았다. 즉 그의 양 떼가 늘어나게 해주는 한편, 그의 양과 새끼들을 야수로부터 지켜 준 것이었다.

엔디미온의 이야기는 그 얇은 베일 뒤에 자리한 인간적인 의미 때문에 각별한 매력을 발휘한다. 즉 우리는 이 인물 속에서 젊은 시인을 볼 수 있다. 그의 공상과 그의 가슴은 만족할 만한 것을 찾지만 성과를 거두지는 못하고, 달빛 아래에서 자기가 선호하는 시간을 찾아내고, 밝고도 말 없는 목격자의 빛 아래에서 우울과 열정이 그를 소진하는 것이다. 이 이야기는 야심만만하고 시적인 사랑을 암시하며, 현실보다는 꿈속에서 더 많은 시간을 보내는 삶을, 그리고 이르고도 반가운 죽음을 암시한다(S. G. B.).

키츠의 「엔디미온」은 열광적이면서도 환상적인 시이며, 그 안에는 아래와 같이 달에 바치는 매우 정교한 시행이 포함되어 있다.

(……) 잠든 암소들은
그대의 광채 속에 누워 성스러운 들판을 꿈꾸네.
수없이 많은 산들이 솟아오르고 또 솟아오르네,
그대의 눈의 신성함을 향한 염원을 가지고.
하지만 그대의 축복은 그냥 지나가지 않는다네.
단 하나의 숨어 있는 장소며, 즐거움 없는
단 하나의 작은 장소조차도. 둥지에 든 굴뚝새는
그 조용한 거처 안에서 그대의 고운 얼굴을 본다네.

에드워드 영은 「밤의 생각」에서 엔디미온을 다음과 같이 인유한다.

(……) 이런 생각들은, 오, 밤이여, 그대의 것이라네.
그것들이 그대에게서 온다네, 마치 남들이 잠든 사이
연인의 은밀한 한숨처럼. 시인은 노래하네, 킨티아[110]가

110 아르테미스의 또 다른 이름으로, 이 여신이 델로스섬의 〈킨토스산〉

어둠을 두르고, 조용히, 자기가 있던 구(球)에서 내려와,
양치기를 위로했다고. 그녀는 그에게 반했다네,
마치 내가 그대에게 반한 것처럼.

존 플레처[111]는 희곡 『성실한 여자 목자』에서 이렇게 말한다.

창백한 포이베가 숲에서 사냥을 하다가
소년 엔디미온을 처음 보고, 그의 두 눈에서
결코 소멸하지 않는 영원한 불을 취했네.
잠든 그를 그녀는 어떻게 조용히 옮겼던가,
관자놀이에 양귀비 묶인 그를 데리고 올랐네,
라트모스산의 정상에. 그녀는 매일 밤 몸을 굽혀
자기 오빠의 빛을 가지고 산을 활강하여,
가장 사랑하는 이에게 입을 맞추었네.

오리온

오리온은 포세이돈의 아들이다. 그는 잘생긴 거인이며 뛰어난 사냥꾼이기도 했다. 또 아버지로부터 얻은 힘 덕분에 바다의 깊은 곳을, 또는 (누군가의 말에 따르면) 바다의 표면을 걸어서 건너갈 수 있었다.

오리온은 키오스섬의 왕 오이노피온의 딸 메로페를 사랑해서 그녀에게 청혼했다. 즉 이 섬에서 야수를 모조리 사냥

에서 태어났다는 전설 때문이다.

111 John Fletcher(1579~1625). 셰익스피어와 동시대에 활동한 영국의 극작가이다.

한 다음, 그 전리품을 애인에게 선물로 건네주었던 것이다. 하지만 오이노피온이 계속해서 허락을 미루자, 오리온은 폭력을 이용해서 이 처녀를 소유하려 시도했다. 이에 격분한 그녀의 아버지는 그에게 술을 먹여 취하게 한 다음, 그의 눈을 멀게 하고 바닷가에 내버렸다. 눈이 먼 오리온은 키클롭스의 망치 소리를 따라가서 렘노스섬에 있는 헤파이스토스의 대장간으로 찾아갔고, 이 신은 그를 딱하게 여겨 자기 부하 가운데 하나인 케달리온을 길잡이로 딸려 보내서 태양의 거처까지 안내했다. 오리온은 길잡이를 어깨에 올려놓고 동쪽으로 향했으며, 거기서 태양신을 만나서 상대방의 광선을 이용해 시력을 되찾았다.

이 사건 이후 오리온은 사냥꾼이 되어서 아르테미스와 함께 지냈는데, 이 여신은 그를 총애한 나머지 심지어 결혼할 생각까지도 품었다고 전한다. 여신의 오빠는 이를 못마땅하게 생각하여 누이를 꾸짖었지만 아무 소용이 없었다. 어느 날 오리온이 간신히 머리만 물 밖으로 내민 채 바다를 건너가는 모습을 본 아폴론은 누이에게 그걸 가리키며, 네 실력으로는 저기 바다에 있는 시커먼 물체를 활로 쏴 맞출 수 없을 거라고 말해 경쟁심을 자극했다. 궁수 여신은 이 도전에 응해 치명적인 화살을 조준해서 발사했다. 오리온의 시신이 파도에 떠밀려 뭍으로 밀려오자, 아르테미스는 자신의 치명적인 실수에 많은 눈물을 흘리며 통곡했다. 여신은 그를 별 사이에 놓아두었고, 그곳에서 그는 허리띠와 검과 사자 가죽과 곤봉을 든 거인의 모습으로 나타난다. 오리온의 개 시리우스가 그 뒤를 따르고, 플레이아데스는 그 앞에 날아간다.

플레이아데스[플레이아스들]는 아틀라스의 딸들이자 아

르테미스의 시녀인 님프들을 말한다. 하루는 오리온이 그들을 보고는 사랑에 빠져서 이들을 뒤쫓았다. 다급해진 이들은 자기네 모습을 바꿔 달라고 신들에게 기도했고, 이를 딱하게 여긴 제우스가 우선 이들을 비둘기로 바꿔 주었다가 나중에는 하늘에 별자리로 만들어 주었다. 그 숫자는 일곱 명이지만, 그중 여섯 개의 별만 보이는데, 왜냐하면 그중 하나인 엘렉트라는 자기 아들 다르다노스가 세운 도시 트로이아의 멸망을 차마 볼 수가 없었던 나머지 자기 자리를 떠났기 때문이라고 한다. 이 광경은 그녀의 자매들에게도 상당한 영향을 끼쳤기 때문에, 그 사건 이후로 이 별들 모두가 창백하게 보이게 되었다고도 전한다.

롱펠로는 「오리온의 엄폐(掩蔽)」[112]라는 시를 쓴 적이 있다. 아래 인용한 대목은 시인이 이 신화의 이야기를 인유한 부분이다. 여기서 우리가 미리 알아야 할 것은, 천구에서 오리온은 사자 가죽을 걸치고 곤봉을 휘두르는 모습으로 묘사된다는 점이다. 별자리의 별들이 달빛 속에서 하나하나 소멸될 때에, 시인은 우리에게 이렇게 말한다.

> 사자의 붉은 가죽이 아래로 떨어져
> 그의 발치에 있는 강 속으로 들어가네.
> 그의 거대한 곤봉은 더 이상 두들기지 않네,
> 황소의 이마를. 대신 그는 예전처럼
> 바다 옆에서 비틀거리며 걷네.

112 엄폐란 〈성식(星蝕)〉이라고도 하며, 달이나 행성이 항성을 가려서 지구에서는 보이지 않는 천문 현상을 말한다.

오이노피온에 의해 눈이 멀어서
그는 대장간에 있는 대장장이를 찾아가네.
좁은 협곡을 기어올라서
멀어 버린 눈을 태양의 힘으로 고치려고.

「록슬리 홀」이라는 시를 보면, 테니슨은 플레이아데스에 관해서 다른 이론을 갖고 있었다.

감미로운 어둠에 솟는 플레이아데스를 여러 밤 보았네.
은빛 노끈에 뒤얽힌 반딧불 떼처럼 반짝였다네.

바이런도 장시 「베포: 베네치아 이야기」에서 사라진 플레이아스를 인유했다.

사라진 플레이아스처럼 더 이상 아래에 보이지 않았다.

같은 소재를 다룬 펠리시아 헤먼즈 여사의 시도 참고하라.[113]

에오스와 티토노스

새벽 여신 에오스도 자매인 달 여신과 마찬가지로 때로는 필멸자에게 사랑을 느끼기도 했다. 그녀가 가장 총애한 인

113 펠리시아 헤먼즈는 「사라진 플레이아스」(1825)라는 시를 발표하면서, 본문에 인용된 바이런의 시행을 제사(題詞)로 사용했다. 따라서 이 시는 종종 바이런에 대한 헤먼즈의 응답, 또는 추모의 의미를 지닌다고 해석된다.

물은 트로이아의 왕 라오메돈의 아들 티토노스였다. 급기야 여신은 그를 납치한 다음 그에게 불멸성을 내려 달라고 제우스에게 간청했다. 하지만 그 선물에 젊음까지 결합시키는 데에는 실패한 관계로, 시간이 어느 정도 지나자 에오스는 치욕스럽게도 티토노스가 나이를 먹고 있음을 깨닫게 되었다. 그의 머리가 하얗게 세자 여신은 그의 곁을 떠나고 말았다. 하지만 티토노스는 여전히 에오스의 궁전 안에 살았으며, 신들의 음식을 먹었고, 천상의 의복을 입었다. 결국 여신은 손발을 이용하는 힘조차 잃어버린 그를 방 안에 가두었다. 이후에 티토노스의 힘없는 목소리가 때때로 새어 나오기도 했다. 급기야 에오스는 그를 메뚜기로 바꾸어 버렸다.

멤논은 바로 이 에오스와 티토노스 사이에서 태어난 아들이었다. 그는 에티오피아의 왕이었으며, 먼 동쪽에 자리한 오케아노스의 강변에 살았다. 트로이아 전쟁 당시에 멤논은 자기 아버지의 종족을 지원하기 위해 전사들을 거느리고 찾아왔다. 프리아모스 왕은 대단한 예의를 갖추어 그를 맞이했으며, 오케아노스 물가의 경이에 관한 그의 서술에 예의를 갖추어 귀를 기울였다.

도착한 바로 그날, 멤논은 조급한 나머지 휴식을 취하지도 않고 부하들을 이끌고 전장으로 나갔다. 네스토르의 용감한 아들 안틸로코스가 그에게 쓰러지자 그리스인은 도주하고 말았지만, 아킬레우스가 나타나서 전투를 뒤집었다. 테티스의 아들과 에오스의 아들 사이에서는 길고도 막상막하인 싸움이 벌어졌다. 마침내 아킬레우스가 승리를 거두고 멤논은 쓰러졌으며, 트로이아인들은 마지못해 도주했다.

에오스는 하늘의 자기 자리에서 자기 아들의 위험을 유심히 바라보다가, 멤논이 쓰러지는 것을 보자 그 형제인 바람들에게 지시해서 아들의 시신을 파플라고니아에 있는 아이세푸스 강변으로 가져오게 했다.[114] 저녁이 되자 에오스는 〈시간〉 여신과 플레이아데스와 함께 그곳을 찾아와 아들을 위해 애곡했다. 그녀의 슬픔에 공감한 〈밤〉 여신은 하늘을 구름으로 뒤덮었다. 모든 자연이 새벽 여신의 아들을 애도했다. 에티오피아인은 님프들의 숲 뒤 개울가에 멤논의 무덤을 만들었고, 제우스는 그의 장례용 장작더미에서 솟아난 불꽃과 재를 새들로 바꿔 주었으며, 이 새들은 두 무리로 나뉘어서 장작더미 위에서 싸우다가 모두 불길 아래로 떨어졌다. 매년 그의 사망일이 되면 이 새들은 다시 그곳을 찾아와 똑같은 방식으로 그의 장례식을 기념했다. 에오스는 아들을 잃은 이후로 차마 위로가 불가능한 상태로 남았다. 그녀는 지금까지도 눈물을 흘리고 있는데, 여전히 이른 아침이면 풀 위에 맺힌 이슬방울의 형태로 찾아볼 수 있다.

고대 신화의 경이 대부분과는 달리, 이 이야기에 관해서는 몇 가지 기념물이 여전히 남아 있다. 이집트의 나일 강변에는 거대한 조상(彫像)이 두 개나 서 있는데, 그중 하나는 멤논의 조상이라고 전한다. 고대 작가들의 기록에 따르면, 떠오르는 태양의 첫 번째 광선이 이 조상에 쏟아지면 거기서 어떤 소리가 들리는데, 하프 현을 뜯는 소리와도 흡사하다고 한다. 물론 현존하는 조상을 고대인들이 말한 조상과 동일

114 〈파플라고니아〉는 오늘날의 터키에서 흑해 남쪽 연안을 가리키고, 〈아이세푸스강〉은 오늘날의 터키 서부 연안에서 마르마라해로 흘러들어 가는 강을 말한다.

시하는 것에 대해서는 약간의 의구심이 들며, 그 수수께끼의 소리는 여전히 더 의구심이 드는 것도 사실이다. 하지만 그 소리가 여전히 들리고 있다는 현대의 증언 역시 아주 없지는 않다. 어쩌면 균열이나 동굴 속에 갇혀 있던 공기가 빠져나가면서 생기는 소리가 그 이야기에 약간의 근거를 제공한 것은 아닐까 추정된다. 훗날 여행가로 대단한 권위를 누린 존 가드너 윌킨슨 경[115]은 이 조상을 직접 살펴본 다음, 그 안이 텅 비어 있음을 발견했다. 「이 조상의 무릎 부분은 돌로 되어 있는데, 이곳을 때리면 금속성의 소리가 나기 때문에, 이는 여전히 그 권능을 믿고자 하는 의향을 지닌 방문객을 속이는 용도로 사용된다.」

멤논의 노래하는 조상은 시인들이 종종 인유하는 인기 있는 소재였다. 이래즈머스 다윈은 시집 『식물원』(제1권, 1. 183~188행)에서 이렇게 말한다.[116]

그리하여 성스러운 태양에게, 멤논의 사당에서
자발적인 화음이 아침의 선율을 합창하네.
그의 동쪽 빛이 건드리자, 응답하여 울리네.
살아 있는 리라를, 모든 현을 진동시키네.
이와 조화하여 부드러운 곡조가 복도에 늘어지고
거룩한 메아리가 경배의 노래를 드높이네.

115 John Gardner Wilkinson(1797~1875). 영국의 여행가 겸 작가이며, 특히 영국 이집트학의 개척자로 손꼽힌다.

116 이래즈머스 다윈의 『식물원』(1797)은 식물학과 과학 전반에 대한 교양 습득을 목적으로 저술한 장시로, 1권 「식물의 경제학」과 2권 「식물의 사랑」으로 구성되어 있다.

아키스와 갈라테이아

스킬레는 시칠리아에 사는 예쁜 처녀였고, 바다 님프들의 총애를 받았다. 많은 구혼자들이 있었지만 그녀는 이들 모두를 퇴짜 놓았으며, 님프 갈라테이아의 동굴에 가서 자기가 어떻게 괴롭힘을 당했는지를 말해 주었다. 하루는 스킬레가 그 여신의 머리를 손질해 주었는데, 그녀의 이야기를 듣던 여신이 이렇게 대답했다. 「하지만, 얘야, 너를 괴롭히는 사람들은 남자 중에서도 무례하지는 않은 자들에 속하니, 네가 원한다면 퇴짜를 놓을 수도 있는 거란다. 오히려 나는 네레우스의 딸이며, 이처럼 많은 자매들의 무리가 보호해 주는데도 불구하고, 바다 깊은 곳을 제외하면 키클롭스의 격정으로부터 도망칠 곳이 없으니까.」 여신은 말하다 말고 눈물까지 흘렸는데, 그러자 딱하게 여긴 처녀가 자신의 섬세한 손가락으로 눈물을 닦아 주며 여신을 달랬다. 「말씀해 주세요, 여신님.」 그녀가 말했다. 「당신께서 슬퍼하시는 이유를요.」 그러자 갈라테이아가 이렇게 말했다. 「파우누스와 나이아스[바다 님프]의 아들인 아키스가 있었지. 그의 아버지와 어머니는 아들을 끔찍이 사랑했지만, 그들의 사랑조차도 내 사랑에 비할 정도는 못 되었어. 그 아름다운 청년은 오로지 나에게만 몰두했으며, 나이는 겨우 열여섯 살이어서 뺨의 솜털이 이제야 비로소 검어지기 시작할 참이었지. 그런데 내가 그와 함께 있기를 열망한 것만큼이나, 저 키클롭스는 나와 함께 있기를 열망했어. 아키스를 향한 내 사랑과 키클롭스를 향한 내 증오 가운데 과연 어느 쪽이 더 강했느냐고 물어본다면, 나도 뭐라고 대답해 줄 수가 없을 지경이었지. 양쪽 모두 똑같은 정도였으니까. 오, 아프로디테여, 당신의 힘은 얼마나 강력한지! 이 포악한 거인은 곧 숲의 공포였고, 그 어떤 불운한 나그네도 무사히 그에게서 벗어나지 못했으며, 심지어 제우스까지도 우습게 보는 자였는데, 졸지에 사랑이 어떤 느낌인지를 배우게 되고 나를 향한 격정에 사로잡히게 되어, 자기 가축과 살기 좋은 자기 동굴조차도 아랑곳하지 않게 되었지. 그러다가 난생처음으로 그는 자기 외모에 대해서 뭔가 신경을 쓰게 되었고, 자기 자신을 호감 가는 모습으로 만들려고 노력했어. 그는 거칠기 짝이 없는 자기 머리 타래를 빗으로 빗었으며, 자기 턱수염을 낫으로 다듬었고, 사나운 자기 외모를 물에 비추어 보았고, 자기 인상을 부드럽게 했지. 더 이상은 살육에 대한 사랑이라든지, 또는 포악함과 피에 대한 갈증이 그를 압도하지는 않았고, 덕분에 그의 섬에 들른 배들도 안전하게 떠날 수 있었어. 그는 바닷가를 이리저리 거닐면서 육중한 걸음으로 커다란 발자국을 새겼으며, 그것도 따분해지면 조용히 자기 동굴에 누워 있었지.

마침 바다 쪽으로 뻗은 절벽이 하나 있었는데, 그 양쪽 모두가 바다였어. 하루는 그 커다란 키클롭스가 그리로 올라가서, 자기 가축을 주위에 흩어 놓고 앉아 있었지. 배의 돛대로 써도 될 만큼 커다란 자기 지팡이를 내려놓고서, 여러 개의 파이프로 이루어진 자기 악기를 붙잡은 다음, 언덕과 물에 자기 노래의 선율이 메아리치도록 했어. 나는 사랑하는 아키스와 함께 바위 아래 숨어서, 멀리서 들려오는 선율에 귀를 기울였지. 거기에는 내 아름다움에 관한 터무니없이 과도한 찬사에다가, 내 냉정함과 잔인함에 대한 격정적인 꾸짖음이 뒤섞여 있었어.

연주를 마치자 키클롭스는 자리에서 일어나더니, 마치 가만히 서 있을 수 없는 성난 황소마냥 숲속으로 들어갔지. 아키스와 나는 더 이상 그를 생각하지도 않고 있었는데, 갑자기 그가 우리의 앉은 모습을 볼 수 있는 장소에 가게 된 거야. 〈네놈들이 보인다.〉 키클롭스가 외치더군. 〈네놈들의 밀회는 이번이 마지막이 되게 해주마.〉 그의 목소리는 오로지 화난 키클롭스만이 내놓을 수 있는 포효였지. 그 소리에 아이트네산이 부르르 떨었고, 나조차도 공포에 압도되어서 물속으로 뛰어들었어. 아키스는 뒤돌아 달리면서 이렇게 말했지. 〈나를 살려 주세요, 갈라테이아, 살려 주세요, 부모님!〉 키클롭스가 그를 뒤쫓았고, 산자락에서 바위를 하나 떼어내 그에게 던졌어. 그의 몸에 닿은 것은 겨우 한쪽 모서리에 불과했지만, 결국 바위가 그를 짓누르고 말았지.

나는 아키스를 위해서 내 힘에 남아 있는 모든 운명을 내놓았어. 즉 그에게 자기 할아버지인 강의 신의 영예를 부여한 거야. 바위 아래에서 흘러나오던 자주색 피는 점차 색이 연해지더니, 마치 비 때문에 흙탕물이 된 강물처럼 보였고, 얼마 뒤에는 깨끗해지게 되었지. 바위가 갈라지면서, 그 틈새에서 흘러나오는 물은 경쾌한 중얼거림을 내뱉게 되었어.」

그렇게 해서 아키스는 강으로 변했고, 그리하여 이 강에도 아키스라는 이름이 붙게 되었다.

드라이든은 「키몬과 이피게네이아」에서 사랑의 힘이 시골뜨기조차도 신사로 변모시킨다는 이야기를 하는데,[117] 갈라

117 비록 〈이피게네이아〉라는 이름이 등장하지만 드라이든의 시는 그리스 신화와는 무관하며, 보카치오의 『데카메론』에서 다섯째 날 첫 번째 이야기에 등장하는 〈치모네(키몬)와 에피제니아(이피게네이아)의 사랑과 모험 이

테이아와 키클롭스에 관한 옛날이야기와 유사한 흔적이 나타난다.

그 아버지의 관심도, 그 스승의 기술도
그의 세련되지 못한 가슴에 고통을 심진 못했지만,
최고의 교사인 사랑은 곧바로 영감을 불어넣었다.
마치 황무지에 불을 질러서 비옥하게 만드는 것처럼,
사랑은 그에게 부끄러움을 가르쳤고, 다투는 사랑이
거기 곁들여지자, 삶의 달콤한 예절을 가르치게 되었다.

야기〉에서 소재를 가져온 것이다.

제27장

트로이아 전쟁

아테나는 지혜의 여신이지만, 한번은 매우 지혜롭지 못한 행동을 한 적이 있다. 왜냐하면 헤라와 아프로디테와 함께 가장 아름다운 이에게 주는 상을 얻기 위한 경쟁에 나섰기 때문이다. 그 일은 이렇게 벌어졌다. 펠레우스와 테티스의 결혼식에 모든 신들이 초대되었지만, 〈불화〉의 여신 에리스는 초대받지 못했다. 자기만 빠졌다는 사실에 격분한 이 여신은 결혼식장에 나타나 황금 사과 하나를 손님들 사이에 던졌는데, 거기에는 이렇게 새겨져 있었다. 「가장 아름다운 이에게.」 이에 헤라와 아프로디테와 아테나가 그 사과는 자기 것이라고 서로 주장했다. 제우스는 이처럼 민감한 문제를 결정하고 싶은 의향이 없었으므로, 세 여신을 이데산으로 보냈다. 그곳에서 가축 떼를 돌보던 아름다운 목자 파리스에게 결정을 위탁하기로 했던 것이다. 이에 여신들은 그의 앞에 나타났다. 헤라는 권력과 부를 약속했고, 아테나는 전쟁에서의 영광과 명성을 약속했으며, 아프로디테는 가장 아름다운 여인을 아내로 주겠다고 약속하는 등, 저마다 그의 결정을 자기에게 유리한 쪽으로 기울어지게 하려고 애썼다. 파리스는 아프로디테의 편을 들어서 황금 사과를 그녀에게 주었으며, 그리하여 자연스레 다른 두 여신들을 자신의 적으로 삼아 버렸다. 그는 아프로디테의 보호 아래 배를 타고 그리스로 갔으며, 그곳에서 스파르타의 왕 메넬라오스에게 환대를 받았다. 이곳의 왕비인 헬레네야말로 아프로디테가 파리스를 위해서 점찍어 놓은 바로 그 여성, 즉 그 성별 중에서 가장 아름다운 이였다. 일찍이 수많은 구혼자들이 그녀를 신부로 삼고자 했는데, 그녀가 결정을 내리기 전에 이들 모두는 그 중 한 명이었던 오디세우스의 제안에 따라서 한 가지 맹세를 했다. 즉 필요한 경우에는 모두가 힘을 합쳐 헬레네를 해악으로부터 보호하고, 그녀를 위해 복수해 주리라는 것이었다. 결국 그녀는 메넬라오스를 선택했으며 그와 함께 행복하게 살고 있던 차에 파리스가 손님으로 찾아온 것이었다. 아프로디테의 도움을 받은 파리스는 헬레네를 유혹해서 함께 도망쳤으며, 결국 두 사람은 트로이아로 갔다. 그렇게 해서 벌어진 것이 저 유명한 〈트로이아 전쟁〉이며, 호메로스와 베르길리우스가 지은 고대의 가장 위대한 서사시들의 소재가 되었다.

메넬라오스는 자기 동료 족장들을 향해서 맹세를 지키라고, 그리하여 아내를 되찾아 오려는 자신의 시도에 동참하라고 호소했다. 이들은 대부분 동참하겠다고 나섰지만, 페넬로페와 결혼했던 오디세우스는 이미 아내와 아이와 함께 매우 행복했기 때문에 이처럼 골치 아픈 일에는 뛰어들 의향이 전혀 없었다. 그리하여 그는 계속 주춤거리기만 했고, 급기야 그를 설득하기 위해 팔라메데스가 파견되었다. 이 손님이 이타케에 도착하자 오디세우스는 일부러 미친 척했다. 쟁기에

나귀 한 마리와 수소 한 마리를 나란히 매고, 소금을 마치 씨앗인 양 심기도 했다. 팔라메데스는 상대방을 시험해 보기 위해서 아기였던 텔레마코스를 데려다가 쟁기 앞에 놓아두었다. 이에 아버지는 쟁기를 옆으로 돌려서 자기가 결코 미친 사람이 아니라는 것을 확실히 입증했으며, 따라서 더 이상은 자기 약속의 실천을 거부할 수가 없게 되었다. 그 일에 뛰어들기로 작정한 이후로 오디세우스는 자기처럼 머뭇거리는 다른 족장들을 끌어들이는 일에 오히려 힘을 보탰는데, 아킬레우스를 찾아내서 끌어들인 것이 대표적인 경우였다. 이 영웅으로 말하자면, 〈불화〉가 다른 여신들 사이에 사과를 집어 던졌던 바로 그 결혼식의 당사자인 테티스의 아들이었다. 아킬레우스의 어머니는 불멸자인 바다 님프였으며, 따라서 만약 자기 아들이 이 원정에 따라 나선다면 트로이아보다 먼저 멸망할 운명이라는 것을 이미 알고 있기에 아들의 출전을 막기 위해 최대한 노력했다. 테티스는 아들을 스키로스섬의 왕 리코메데스의 궁전으로 보냈으며, 그를 설득해 왕의 딸들 사이에서 처녀로 변장하고 숨어 있게 했다. 오디세우스는 아킬레우스가 그곳에 있다는 소식을 듣고 상인으로 변장해서 궁전에 들어간 다음, 여성용 장신구를 판매하겠다고 말해 놓고는 그 사이에 무기 몇 가지를 함께 넣어 두었다. 왕의 딸들이 상인의 꾸러미에 있는 다른 내용물에 열중하는 사이, 아킬레우스는 무기를 손에 잡았다가 상대방의 날카로운 눈에 발각되고 말았다. 오디세우스는 어렵지 않게 청년을 설득했으며, 결국 그는 어머니의 신중한 조언에도 아랑곳하지 않고 자기 동포들을 따라 전쟁에 참여하게 되었다.

트로이아의 왕은 프리아모스였고, 헬레네를 유혹한 장본

인이며 목자였던 파리스는 그의 아들이었다. 이 왕자는 처음부터 낮은 신분으로 격하되어 자랐는데, 왜냐하면 그가 훗날 나라를 파멸시킬 것이라는 불길한 예언이 어린 시절부터 일찌감치 나와 있었기 때문이다. 이 예언은 결국 실현될 가능성이 커지게 되었다. 전쟁을 위해 집결된 그리스인의 군사력이 이때까지 사상 최대 규모였기 때문이다. 연합군의 총사령관으로는 애초에 피해를 입은 메넬라오스의 형제인 미케나이의 왕 아가멤논이 선출되었다. 그리스인 중에서 가장 유명한 전사는 바로 아킬레우스였다. 그 다음가는 전사는 아이아스로, 덩치가 거대하고 대단한 용기를 지녔지만 지력은 둔한 편이었다. 디오메데스는 영웅의 모든 자질로 따지자면 아킬레우스 바로 다음이었다. 오디세우스는 용맹보다는 그 총명함으로 유명했다. 네스토르는 그리스의 족장 중에서도 가장 나이가 많았으며, 다른 족장들 모두가 조언자로 우러러보는 인물이었다. 하지만 트로이아군도 만만한 적은 아니었다. 왕인 프리아모스는 비록 늙었지만 여전히 현명한 군주였으며, 내부적으로는 훌륭한 통치를 통해 자기 나라를 강력하게 만들었고, 외부적으로는 이웃 국가들 사이에 수많은 동맹자를 두고 있었다. 하지만 그의 왕좌를 지키는 주된 버팀목 겸 지지대는 바로 아들 헥토르였으니, 그로 말하자면 고대에 그림으로 묘사된 인물 중에서도 가장 고귀한 자 가운데 하나였다. 그는 애초부터 자기 나라의 멸망을 예감했지만, 그래도 여전히 영웅적인 저항을 계속했으며, 그렇다고 해서 자기 조국에 이처럼 위기를 가져온 잘못을 정당화한 것도 결코 아니었다. 헥토르는 안드로마케와 결혼했으며, 남편으로서나 아버지로서의 성격은 전사로서의 성격 못지않게 존경할 만했다. 트로이아인 편의 주된 지도자들로는 헥토르 말고도 아이네이아스와 데이포보스, 글라우코스와 사르페돈 등이 있었다.

2년의 준비 기간이 끝나자, 그리스의 함대와 군대는 보이오티아의 아울리스 항구에 집결했다. 여기서 아가멤논은 사냥을 나섰다가 아르테미스에게 바쳐진 수사슴을 한 마리 죽였는데, 그 대가로 여신은 군대에 전염병을 보내는 동시에, 바람을 멈추어 배가 항구를 떠나지 못하도록 막았다. 예언자인 칼카스는 처녀 여신의 분노를 가라앉히기 위해서는 오로지 처녀를 희생 제물로 삼아 제단에 올려야 한다고, 아울러 다른 누구도 아닌 범죄자 본인의 딸만이 희생 제물로 가능할 것이라고 알렸다. 아가멤논은 마지못해 하면서도 이 제안에 동의했으며, 처녀인 자기 딸 이피게네이아를 불러오기 위해서, 그녀를 아킬레우스와 결혼시킬 것이라는 핑계를 내놓았다. 하지만 처녀가 희생되려는 찰나 여신이 마음을 돌이켜 그녀를 낚아채 갔으며, 처녀가 있던 자리에는 대신 암사슴을 한 마리 놓아 주었다. 이피게네이아는 구름에 싸여 타우리스[118]로 실려 갔으며, 거기서 아르테미스는 그녀를 자기 신전의 여사제로 삼았다.

테니슨은 「아름다운 여성들의 꿈」에서 이피게네이아를 등장시켜, 희생 제물로 바쳐진 순간 본인의 느낌을 묘사하게 만들었다.

118 오늘날 〈크림반도〉의 고대 명칭이 〈타우리케반도〉, 즉 〈타우리스〉였다.

그 슬픈 장소에서 저는 희망에서 단절되어 있었죠.
그곳을 떠올리면 지금도 영혼에 혐오와 공포를 느껴요.
제 아버지는 한 손으로 당신 얼굴을 가리셨고,
저는 눈물로 앞이 보이지 않았죠.

그래도 애써 말했죠. 목소리는 한숨으로 굵어져도,
마치 꿈속에서처럼. 어렴풋이 저는 보았어요.
엄숙한 검은 수염의 왕들이 늑대 같은 눈으로
제가 죽는 모습을 보려고 기다리는 것을.

흔들리는 돛대가 물 위에 치솟아 있었어요.
신전이며 사람들이며 바닷가 위로.
누군가 예리한 칼을 부드러운 제 목에 찔렀죠.
천천히, 그리고 더는 아무것도 없었어요.

이제는 바람이 순조로워서 함대는 항해를 할 수 있었고, 병력을 트로이아로 옮길 수 있었다. 트로이아군은 이들의 상륙을 저지하러 달려들었고, 첫 번째 공격에서 그리스인 프로테실라오스가 헥토르의 손에 쓰러져 버렸다. 그는 고향에 아내 라오다메이아를 두고 왔는데, 그녀로 말하자면 세상에서 그를 가장 사랑하는 사람이었다. 남편의 죽음에 관한 소식을 전해 듣자, 아내는 딱 세 시간만 그와 대화를 나눌 수 있도록 허락해 달라고 간청했다. 이 요청은 허락되었다. 헤르메스가 프로테실라오스를 다시 지상으로 데려왔고, 그가 두 번째로 죽었을 때에는 라오다메이아도 함께 죽었다. 전설에 따르면, 님프들이 그의 무덤 주위에 느릅나무를 여러 그루 심어 놓았더니, 그 나무들이 매우 잘 자라서 트로이아를 볼 수 있을 정도로 키가 커졌다가 시들어 버렸으며, 대신 그 뿌리에서 신선한 가지가 자라나기 시작했다고 한다.

워즈워스는 이 이야기를 소재로 삼아 「라오다메이아」라는 시를 썼다. 그 내용에 따르면, 아마도 전쟁에서 첫 번째 희생자를 내는 쪽에 승리가 돌아가리라고 선언한 예언이 있었던 모양이다. 시인은 프로테실라오스가 지상으로의 짧은 귀환 때에 자신의 죽음에 관한 이야기를 라오다메이아에게 직접 해주는 것으로 묘사했다.

> 그토록 고대하던 바람이 생겼지. 나는 생각했어,
> 그 예언을, 적막한 바다 위에서.
> 그리고 결심했지, 만약 이것이 가장 가치 있는 일이라면
> 1천 척의 배들 중에서 내 배야말로
> 뱃머리를 해안에 대는 최선봉이 되고, 내 피야말로
> 트로이아의 모래밭을 물들이는 첫 피가 되어야 한다고.
>
> 하지만 쓰라린 것, 종종 쓰라린 것은 고통이었지.
> 당신의 상실을 내가 생각할 때면, 사랑하는 아내여!
> 내 기억은 당신에게 너무 사랑스레 매달려 있고,
> 우리가 필멸자의 공유했던 즐거움에 매달려 있지.
> 우리가 함께 걸어온 길에. 이 샘이며, 꽃이며,
> 내가 새로 계획한 도시며, 완공되지 못한 탑에도.
>
> 하지만 나의 불안 때문에 적들이 이렇게 외치면 어쩌나.

「저들이 떠는 것을 보라! 오만하게 대열을 갖추지만,
저 많은 숫자 중 누구 하나 감히 죽으려 하지 않는다.」
영혼 속에서 나는 그런 모욕을 씻어 버렸지.
문득 과거의 약함이 되살아났지. 하지만 고상한 생각이
행동 속에 체현되어 나의 해방이 빚어졌다네.
(……)
헬레스폰트의
한쪽에 (그런 믿음이 전해지고 있다)
오랜 세월 뾰족한 나무들이 무리 지어 자라는데
죽은 그녀가 그리던 그의 무덤에서 나온 것이다.
그 나무들이 상당한 높이까지 자라나
트로이아의 벽이 보일 정도까지 되면,
이 키가 큰 나무들은 곧바로 시들어 버리니,
성장과 시듦이 계속해서 번갈아 가며 일어난다.

『일리아스』

전쟁은 뚜렷한 결과 없이 9년이나 지속되었다. 그러다가 그리스인의 대의에 치명적일 가능성이 있는 한 가지 사건이 일어났는데, 바로 아킬레우스와 아가멤논 사이의 다툼이었다. 바로 이 시점에서 호메로스의 위대한 서사시『일리아스』가 시작된다. 그리스인들은 트로이아인들을 상대하여 비록 승리는 거두지 못했지만, 그 이웃의 동맹 도시들을 점령하는 과정에서 생긴 전리품인 여성 포로를 분배한 결과, 아폴론의 사제인 크리세스의 딸 크리세이스가 아가멤논의 몫이 되었다. 사제는 자기 직업의 성스러운 상징을 지니고 찾아와서 자기 딸을 풀어 달라고 간청했다. 하지만 아가멤논은 이를 거절했다. 그러자 크리세스는 그리스인이 그 먹이를 도로 내놓을 수밖에 없을 때까지 괴롭혀 달라고 아폴론에게 간청했다. 자기 사제의 기도를 허락한 신은 그리스인의 진영에 전염병을 보냈다. 그러자 그리스인은 회의를 소집하여 신들의 분노를 달래고 전염병을 회피하는 방법을 숙고했다. 이때에 아킬레우스는 대담하게도 아가멤논을 탓했으니, 자기들이 겪는 불운은 그가 크리세이스를 붙잡아 두고 있기 때문이라는 것이었다. 격분한 아가멤논은 자기 포로를 석방하기로 응낙하는 대신, 전리품 분배 과정에서 아킬레우스의 몫이 된 처녀 브리세이스를 자기한테 양보하라고 요구했다. 아킬레우스는 이에 응했지만, 대신 자기는 더 이상 이 전쟁에 관여하지 않겠다고 선언해 버렸다. 급기야 자기 병력을 그리스인의 진영에서 철수시킨 다음, 고향인 그리스로 돌아가려는 의향을 공공연히 드러냈다.

신들 역시 필멸자인 당사자들 못지않게 이 유명한 전쟁에 관심을 갖고 있었다. 트로이아가 멸망할 수밖에 없다는 〈운명〉의 선언을 신들은 이미 알고 있었기에, 이제 남은 것은 이 도시의 적들이 인내하면서 이 전쟁을 자발적으로 포기하지 않는 일뿐이었다. 하지만 천상의 권능자들이 양측 가운데 어느 한쪽의 편을 들어서, 희망과 공포를 번갈아 부추길 여지는 충분히 남아 있었다. 헤라와 아테나는 자신들의 매력이 간발의 차이로 파리스의 호감을 얻지 못한 이후로 트로이아인에게 적대적으로 굴었다. 반면 아프로디테는 그 정반대의 이유로 트로이아인에게 호의적으로 굴었다. 그녀는 자신의 숭배자인 아레스를 같은 편으로 끌어들였지만, 포세이돈은 그리스인 편을 들었다. 아폴론은 중립을 지키면서 때로는 이쪽 편을 들고, 또 때로는 저쪽 편을 들었다. 제우스는 트로이아의 훌륭한 왕 프리아모스를 사랑하기는 했지만, 그래도 어느 정도는 불편부당성을 드러냈다. 물론 예외도 있기는 했지만 말이다.

아킬레우스의 어머니 테티스는 자기 아들이 당한 모욕에 크게 분노했다. 여신은 곧바로 제우스의 궁전으로 달려가, 트로이아인의 무기에 성공을 허락함으로써 그리스인이 아킬레우스에게 행한 불의를 뉘우치게 만들어 달라고 간청했다. 제우스는 이를 응낙했고, 이후에 벌어진 전투에서 트로이아인은 완전히 성공을 거두었다. 그리스인은 벌판에서 쫓겨났으며, 자기네 함선을 피난처로 삼았다.

그러다가 아가멤논은 자기 휘하의 가장 현명하고 가장 용감한 족장들로 이루어진 회의를 소집했다. 네스토르는 아킬레우스에게 사절단을 보내서 전장으로 돌아오도록 설득하라고 총사령관에게 제안했다. 즉 아가멤논이 분쟁의 원인이었던 그 처녀를 양보해야만 하고, 아울러 자기가 저지른 잘못을 속죄하는 뜻에서 후한 선물도 줘야 한다는 것이었다. 총사령관이 이에 동의하자 오디세우스와 아이아스와 포이닉스가 아킬레우스를 찾아가서 후회의 뜻을 전달하기로 했다. 하지만 테티스의 아들은 동료들의 간청에도 꿈쩍하지 않았다. 그는 한마디로 전장에 돌아가기를 거절했으며, 지체 없이 그리스로 떠나겠다는 자신의 결의를 고집했다.

그리스인은 이제 함선 주위에 방벽을 건설했으며, 트로이아를 공성하는 것이 아니라 거꾸로 그 방벽 안에서 적의 공성을 수비해야 하는 신세가 되었다. 아킬레우스를 찾아간 사절단이 실패하고 돌아온 다음 날 전투가 재개되자, 제우스의 호의를 얻은 트로이아인이 기세를 올렸고, 급기야 그리스인의 방벽 사이를 뚫고 들어가서 함선에 불을 지를 참이 되었다. 결국 그리스인이 크게 압박을 받는 것을 본 포세이돈이 직접 이들을 구하러 나섰다. 즉 신이 예언자 칼카스의 모습으로 변신하고 고함을 질러서 전사들에게 용기를 불어넣고, 나아가 한 사람 한 사람에게 호소함으로써 이들의 열의를 크게 부추기자, 그리스인은 급기야 트로이아인을 도로 몰아내고 말았다. 이때에는 아이아스가 특히 놀라운 용맹을 발휘했으며, 결국에는 헥토르와 상대했다. 그리스인이 도전을 하자 트로이아인은 이에 응하여 덩치 큰 전사에게 자기 창을 던졌다. 겨냥이 잘 된 창이 아이아스에게 명중했지만, 하필이면 그의 검과 방패를 붙들어 맨 띠가 교차하는 가슴팍에 맞았다. 이중의 보호막 덕분에 헥토르의 창날은 상대방의 몸을 꿰뚫지 못하고, 아무런 해도 끼치지 못한 채 땅에 떨어졌다. 그러자 아이아스는 함선을 지탱하는 데에 사용되던 커다란 바위를 들어서 상대방에게 던졌다. 바위에 목을 맞은 헥토르는 그만 벌판에 쓰러지고 말았다. 그러자 부하들이 곧바로 달려오더니, 부상을 당하고 깜짝 놀란 그를 부축해서 데려가 버렸다.

이처럼 포세이돈이 그리스인을 도와주고 트로이아인을 몰아내던 상황에서도, 제우스는 무슨 일이 일어나는지를 전혀 모르고 있었다. 왜냐하면 헤라의 계략으로 잠시 전장에서 관심이 벗어나 있었기 때문이다. 이 여신은 자신의 모든 매력을 걸친 것도 모자라, 아프로디테에게서 〈케스토스〉라는 띠까지 빌려서 함께 걸쳤는데, 이걸 걸친 자는 매력이 무척

높아져서 어느 누구도 차마 저항할 수 없을 정도가 되었다. 이렇게 만반의 준비를 갖춘 헤라는 올림포스산에 앉아서 전투를 지켜보던 제우스 곁으로 갔다. 그러자 오늘따라 유난히 매력적인 아내 앞에서 남편도 옛 사랑의 취향이 되살아났고, 급기야 싸우는 군대들이며 다른 업무를 모조리 내팽개치고, 오로지 아내를 상대하면서 전투 따위야 아무렇게나 흘러가도록 내버려 두었다.

하지만 이런 몰두는 오래 지속되지 못했다. 제우스가 무심코 눈을 아래로 돌리자마자, 헥토르가 고통과 멍으로 인해 거의 생명이 달아날 상태가 되어 들판에 쓰러진 모습이 보였다. 이에 격분한 신은 곧바로 헤라를 몰아내면서, 이리스와 아폴론을 들여보내라고 아내에게 명령했다. 이리스가 들어오자마자 제우스는 포세이돈에게 주는 엄한 전언과 함께 그녀를 파견했는데, 그 내용인즉 당장 전장에서 떠나라는 명령이었다. 아울러 그는 아폴론을 파견해서 헥토르의 멍을 치료하고 심장에 활기를 불어넣었다. 이 명령들은 워낙 신속하게 이행되었기 때문에, 전투가 여전히 열기를 더해 가는 와중에서 헥토르는 전장으로 돌아왔고, 포세이돈 역시 자기 영역으로 돌아가 버렸다.

파리스가 쏜 화살에 마카온이 부상을 입었다. 그는 명의(名醫) 아스클레피오스의 아들로 아버지의 의료 기술을 물려받아서, 그리스인 중에서는 가장 용감한 전사 가운데 하나일 뿐만 아니라 의사로서도 대단히 가치 있는 인물이었다. 네스토르는 부상자를 자기 수레에 태워서 전장에서 데리고 나왔다. 이들이 아킬레우스의 함선 옆을 지날 때, 이 영웅은 전장을 바라보다가 저 나이 많은 족장의 수레를 알아보았지만, 그 옆의 부상자가 누군지는 미처 알아보지 못했다. 그래서 그는 동료이자 가장 사랑하는 친구인 파트로클로스를 부른 다음, 네스토르의 막사에 가서 어찌 된 일인지 물어보게 했다.

나이 많은 족장의 막사에 도착한 파트로클로스는 마카온이 부상당한 것을 확인한 다음 자기가 찾아온 이유를 설명하고 서둘러 돌아가려 했지만, 네스토르가 그를 붙잡아 두고 그리스인이 당한 재난이 어느 정도인지를 말해 주었다. 아울러 노인은 아킬레우스와 파트로클로스가 트로이아를 향해 출발하던 때에 두 사람의 아버지가 각자의 아들에게 해준 조언을 상기시켰다. 아킬레우스에게는 가장 높은 영광을 얻도록 열망하라는 조언이, 그리고 더 연장자인 파트로클로스에게는 자기 친구를 계속해서 보살피고 자기 친구의 부족한 경험을 인도하라는 조언이 있었다. 「지금이야말로 자네가 그런 영향력을 발휘할 때라네.」 네스토르가 말했다. 「만약 신들께서 허락만 하신다면, 자네는 충분히 그를 설득해서 공통의 대의로 돌아오게 할 수 있을 걸세. 그가 돌아오는 것까지는 불가능하다면, 최소한 그의 병사들만이라도 전장으로 보내주게. 그리고 파트로클로스, 하다못해 자네가 그의 갑주(甲冑)를 입고 나타나면, 어쩌면 그 모습 그 자체만으로도 트로이아인을 몰아낼 수 있을지 모르네.」

파트로클로스는 이 연설에 크게 감동했으며, 서둘러 아킬레우스에게 돌아가면서 자기가 보고 들은 모든 것을 머릿속에서 되새겨 보았다. 그는 이전 동료들의 진영에서 벌어지는 사건들의 슬픈 현실을 군주에게 전해 주었다. 디오메데스와 오디세우스와 아가멤논과 마카온 모두가 부상을 당했고, 방벽은 무너졌고, 적군은 함선 사이로 침투해서 불을 지르려고, 그렇게 함으로써 이들이 그리스로 돌아갈 방법 모두를 차단하려고 작정했다는 것이었다. 두 사람이 대화를 나누는 사이에 함선 가운데 하나에서 불길이 치솟았다. 이 광경을 본 아킬레우스는 마음이 크게 누그러진 나머지 파트로클로스의 요청을 허락했다. 즉 친구가 자기 대신 미르미돈인을(즉 아킬레우스의 병사들을) 이끌고 전장으로 나가게 허락하는 동시에, 트로이아인의 마음에 더 큰 두려움을 심어 주려고 자기 갑주를 그에게 빌려주었던 것이다. 지체 없이 병사들이 집결하자 파트로클로스는 번쩍이는 갑주를 걸치고 아킬레우스의 수레에 올라타서 전투에 대한 열의로 불타는 병사들을 이끌었다. 하지만 그가 출발하기 전에 아킬레우스가 한 가지 엄한 충고를 내렸으니, 단순히 적을 후퇴시키는 데에만 만족하라는 것이었다. 「나 없는 상황에서 트로이아인을 압박하려 들지는 말게.」 그가 말했다. 「그랬다가는 내가 이미 겪고 있는 치욕에 더 많은 치욕을 자네가 더할 수도 있으니까.」 그런 다음에 아킬레우스는 병사들을 향해서 최선을 다하라고 타이른 다음, 싸우고자 하는 열의가 충만한 이들을 출발시켰다.

파트로클로스와 미르미돈인은 곧바로 전투의 열기가 가장 뜨거운 곳으로 뛰어들었다. 이 광경을 본 그리스인은 신이 나서 소리를 질렀고, 그 함성이 이들의 함선에 닿으며 멀리 메아리쳤다. 트로이아인은 너무나도 유명한 그 갑주를 보자마자 두려움에 사로잡혔고, 숨을 곳을 찾아 사방을 돌아보았다. 우선 함선을 점령하고 불을 지른 자들이 도망치면서, 그리스인은 함선을 탈환해서 불길을 잡을 수 있었다.

곧이어 트로이아인 가운데 나머지도 마지못해 후퇴하고 말았다. 이때에는 아이아스, 메넬라오스, 그리고 네스토르의 두 아들이 용맹을 발휘했다. 헥토르도 말머리를 돌려서 방벽에서 도로 나올 수밖에 없었으며, 그의 부하들은 해자 속에 뒤엉킨 채 각자 알아서 도망쳐야 하는 신세가 되었다. 파트로클로스는 이들을 뒤쫓으며 상당수를 베었지만, 어느 누구도 감히 그에게 맞설 엄두를 내지 못했다.

그러다가 마침내 제우스의 아들 사르페돈이 파트로클로스와 맞서 싸울 용기를 냈다. 그 모습을 내려다본 제우스가 그를 낚아채서 곧 닥칠 운명으로부터 구해 주려 했지만, 이에 헤라가 이의를 제기했다. 만약 당신이 그렇게 한다면, 천상의 거주자 가운데 다른 누구라도 각자의 자녀가 위험에 처할 때마다 똑같은 방식으로 간섭하지 않겠느냐는 것이었다. 그런 설명을 듣자 제우스도 별수 없이 양보하고 말았다. 사르페돈이 창을 던졌지만 맞지 않았고, 파트로클로스가 던진 창은 더 성공을 거두었다. 즉 사르페돈은 가슴에 창을 맞고 쓰러졌으며, 적들에게서 자기 시신을 건져 달라고 친구들에게 호소하며 죽었다. 곧이어 이 시신을 차지하기 위한 격렬한 싸움이 일어났다. 그리스인은 결국 성공을 거두어 사르페돈의 몸에서 갑주를 벗겨 냈지만, 제우스는 자기 아들의 시신이 모욕당하는 것까지는 허락할 수 없었기에, 아폴론에게 명령하여 시신을 병사들 사이에서 빼돌린 다음, 쌍둥이 형제인 〈죽음〉 신과 〈잠〉 신에게 보살피도록 했다. 두 신은 사르페돈의 시신을 그의 고향인 리키아로 옮겼으며, 그곳에서 그에게 어울리는 장례식을 거행하게 해주었다.

파트로클로스는 트로이아인을 몰아내고 자기 동포들을

구한다는 가장 큰 소원을 이루는 데에 이미 성공한 상태였지만, 이제부터는 그의 행운도 바뀌고 말았다. 수레에 탄 헥토르가 그에게 맞섰기 때문이었다. 파트로클로스는 커다란 바위를 하나 던졌지만, 겨냥이 빗나가는 바람에 상대편의 수레몰이인 케브리오네스가 대신 맞아서 수레에서 떨어져 버렸다. 헥토르는 친구를 구하기 위해 수레에서 뛰어내렸고, 이에 파트로클로스도 승리를 완결 짓기 위해서 수레에서 내렸다. 그리하여 두 영웅이 맞서 싸우게 되었다. 바로 이 결정적인 순간에 시인은 마치 헥토르에게 영광을 모두 돌리기가 마뜩잖다는 듯, 갑자기 포이보스[아폴론]가 파트로클로스를 적대시하게 되었다고 기록한다. 즉 저 신이 그의 머리에서 투구를 벗겨 버리고, 그의 손에서 창을 떨어뜨려 버렸다는 것이다. 이와 동시에 이름 없는 트로이아인 한 명이 뒤에서 그를 공격해 부상을 입혔으며, 마침내 헥토르가 앞으로 달려 나와 창으로 그를 찔렀다는 것이다. 파트로클로스는 치명상을 입고 땅에 쓰러졌다.

곧이어 그의 시신을 두고 어마어마한 충돌이 벌어졌다. 그의 갑주는 곧바로 헥토르의 차지가 되었다. 그는 거기서 좀 떨어진 곳으로 물러나서 자기 갑주를 벗더니, 아킬레우스의 갑주를 입고 다시 싸우러 달려왔다. 아이아스와 메넬라오스가 파트로클로스의 시신을 지켰지만, 헥토르는 물론이고 트로이아의 가장 용감한 전사들이 모조리 달려들어 그 시신을 빼앗아 가려고 애썼다. 이 전투는 막상막하로 격앙되어서, 급기야 제우스가 하늘 전체를 검은 구름으로 뒤덮어 버렸다. 번개가 번쩍이고 천둥이 울리는 와중에, 아이아스는 아킬레우스에게 급파할 누군가를 찾아 주위를 둘러보았다. 즉 친구의 죽음을 알리는 동시에, 친구의 시신이 적의 손에 들어갈 수도 있다는 위험의 임박을 알리려는 것이었다. 하지만 적당한 심부름꾼은 찾을 수가 없는 상황이었다. 바로 이때 그는 종종 인용되는 다음과 같은 유명한 구절을 내뱉었다.[119] 윌리엄 카우퍼의 영어 번역에는 이렇게 나온다.

> 하늘과 대지의 아버지이시여! 당신의 아카이아
> 군대를 부디 어둠에서 구하시고, 하늘을 맑게 하소서.
> 낮을 주소서. 당신의 통치하는 뜻이 정녕 그러하다면
> 파멸을 주소서. 하지만, 오, 우리에게 낮을 주소서.

같은 구절을 포프는 다음과 같이 옮겼다.

> (……) 대지와 공중의 주인이시여!
> 오, 왕이시여! 오, 아버지시여! 제 비천한 기도를 들으소서!
> 이 구름을 쫓아 주시고, 하늘의 빛을 되돌려 주소서.
> 보게만 해주시면, 아이아스는 더 바라지 않겠나이다.
> 그리스가 멸망해야 한다면 우리도 복종하겠으나,
> 설령 그러할지라도 환한 대낮에 멸망하게 하소서.

제우스는 이 기도를 듣고 구름을 흩어 버렸다. 곧이어 아이아스는 파트로클로스의 죽음에 관한 소식이며, 그의 시신을 놓고 격화된 충돌에 관한 소식을 알리기 위해 안틸로코

119 『일리아스』 제17권 645~647행에 해당하는 내용이지만, 본문에 인용된 두 가지 영역문 모두 원문과는 상당한 차이가 있다.

스를 아킬레우스에게 보냈다. 헥토르와 아이네이아스 그리고 트로이아인의 나머지가 바짝 뒤를 쫓는 와중에도 그리스인은 마침내 시신을 함선으로 옮겨 오는 데에 성공했다.

아킬레우스가 자기 친구의 운명을 전해 듣고 어찌나 큰 비탄에 잠기던지, 안틸로코스는 순간적으로 상대방이 스스로를 해코지하는 것이 아닐까 두려워할 정도였다. 그의 신음이 바다 저 깊은 곳에 거주하는 어머니의 귀에까지 전해지자, 테티스는 서둘러 아들에게 달려와서 그 이유를 물었다. 여신이 살펴보니, 아들은 자기가 이제껏 분노에 너무 깊이 몰두해 있었다는 사실과, 또한 자기 친구를 그 분노의 희생자로 만들었다는 사실에 대한 자책에 압도된 상태였다. 이제 아킬레우스의 유일한 위안은 복수의 가능성뿐이었다. 그는 곧바로 헥토르를 찾아 나서려고 했다. 하지만 어머니는 아직 갑주가 없음을 상기시키면서, 내일까지만 기다려 준다면 자기가 헤파이스토스에게 부탁하여 잃어버린 갑주를 훨씬 더 능가하는 갑주 한 벌을 만들어 오겠다고 약속했다. 아들이 동의하자 테티스는 곧바로 헤파이스토스의 궁전으로 찾아갔다. 여신이 찾아갔을 때 그는 자기 대장간에서 자기가 사용할 세 발솥을 만드느라 바빴는데, 워낙 교묘하게 만든 물건이다 보니 필요한 경우에는 알아서 나오고, 필요가 없어지면 알아서 들어가는 것들이었다. 테티스의 요청을 들은 헤파이스토스는 곧바로 자신이 하던 일을 미루어 두고, 그녀의 소원을 들어주기 위해 서둘렀다. 그는 아킬레우스를 위해서 화려한 갑주 한 벌을 만들었는데, 처음에는 정교한 무늬로 장식된 방패를 하나 만들었고, 그 다음으로는 황금으로 꼭대기를 장식한 투구를 하나 만들었으며, 그 다음으로는 결코 뚫리지 않을 만큼 단단한 가슴받이와 정강이받이를 만들었는데, 이 모두는 착용자의 체격에 딱 맞는 것이었으며, 극도의 장인 정신으로 만든 것이었다. 이 모두가 단 하룻밤 사이에 만들어지자, 테티스는 이를 받아 들고 헤파이스토스의 궁전이 있는 올림포스산에서 지상으로 내려와 동이 틀 무렵에 아킬레우스의 발치에 내려놓았다.

파트로클로스의 죽음 이후에 아킬레우스가 처음으로 드러낸 기쁨의 빛은 바로 이 화려한 갑주를 보았을 때에 나타났다. 이제 그는 갑주를 차려 입고 그리스인의 진영으로 들어가서 족장들 모두가 참여하는 회의를 소집했다. 이들 모두가 모이자 아킬레우스는 연설을 했다. 아가멤논에 대항해 분노한 자신을 자책하고, 그로부터 비롯된 비참을 씁쓸하게 탄식한 다음, 모두에게 곧바로 전장으로 나아가자고 호소했다. 아가멤논도 적절한 답변을 내놓았으며, 지금까지의 모든 일을 아테, 즉 〈불화〉의 여신 탓으로 돌렸다. 그리하여 영웅들 사이에서 완전한 화해가 이루어졌다.

곧이어 아킬레우스는 자신을 그토록 견딜 수 없도록 만드는 분노와 복수에의 갈망으로부터 영감을 받은 상태에서 전투에 나섰다. 가장 용감한 전사들조차 그의 앞에서 도망치거나 그의 창에 쓰러지고 말았다. 헥토르는 아폴론으로부터 경고를 받고 계속해서 상대방에게서 멀찍이 떨어져 있었다. 대신 아폴론이 프리아모스의 아들 가운데 하나인 리카온의 모습으로 변신하여 독려하자, 이번에는 아이네이아스가 저 무시무시한 전사와 싸우러 나섰다. 즉 비록 자기가 상대방과 대등하다고 생각하지는 않았지만, 이 대결을 굳이 거부하지 않았던 것이다. 아이네이아스는 온 힘을 다해서 자기 창을 던져 상대방의 방패를 꿰뚫었다. 헤파이스토스의 작품인 이 방패는 다섯 겹의 금속판으로 이루어져 있었는데, 두 겹은 놋쇠이고 두 겹은 주석이고 한 겹은 황금이었다. 창은 두 겹까지는 뚫고 들어갔지만 세 겹째에서 그만 멈추고 말았다. 아킬레우스도 자기 창을 던져서 상대방보다 더 성공을 거두었다. 창은 아이네이아스의 방패를 완전히 꿰뚫었지만, 그의 어깨 바로 앞에서 번쩍이기만 했을 뿐 상처를 입히지는 못했다. 곧이어 아이네이아스가 후세 사람 같아서는 둘이 간신히 들 수 있을 만한 크기의 바위를 하나 집어 들고 던지려 하자, 아킬레우스도 검을 빼들고 상대방에게 달려들려고 했다. 바로 그때 이들의 대결을 지켜보던 포세이돈이 아이네이아스를 딱하게 여겼는데, 재빨리 구하지 않으면 그가 결국 희생되고 말 것을 깨달았기 때문이었다. 결국 신은 대결 중인 두 사람 사이에 구름을 펼친 다음, 아이네이아스를 땅에서 번쩍 들어서 전사들과 말들의 머리 위를 지나서 전장 뒤쪽에 데려다 놓았다. 안개가 사라지고 아킬레우스는 주위를 둘러보았지만 자기가 상대하던 적을 찾을 수가 없자, 이것이 기적임을 받아들이고 다른 적들을 향해 무기를 겨누었다. 하지만 어느 누구도 감히 그의 앞을 가로막지 않아서 성벽에서 바깥을 내다보던 프리아모스는, 자기네 군대 전체가 도시를 향해 전면 퇴각 중임을 깨닫게 되었다. 왕은 쫓기는 아군을 받아들이기 위해서 성문을 활짝 열라고, 다만 적군이 뒤따라 들어올 우려가 있으니 일단 트로이아인이 다 들어오자마자 재빨리 도로 닫으라고 명령했다. 하지만 아킬레우스가 워낙 바짝 추격을 하다 보니 자칫하면 이 명령조차도 이행할 수가 없을 뻔했다. 급기야 아폴론이 프리아모스의 아들 아게

노르의 모습으로 변신하더니, 일부러 도망치는 척하며 도시와는 멀리 떨어진 곳으로 아킬레우스를 한동안 유인해 갔다. 아킬레우스는 먹잇감을 추적해서 성벽에서 멀리 떨어진 곳까지 따라갔지만, 아폴론이 원래의 모습을 드러내자 자기가 속았음을 깨닫고 추적을 그만두었다.

하지만 트로이아인의 나머지가 도시로 도망쳐 들어간 이후에도 헥토르는 대결을 작정하고 바깥에 서 있었다. 그의 나이 많은 아버지가 성벽에서 아들을 부르더니 대결할 생각일랑 말고 들어오라고 간청했다. 그의 어머니 헤카베 역시 아버지와 똑같이 아들의 마음을 움직이려 애썼지만 아무 소용이 없었다. 「나의 명령에 따라서 오늘의 싸움에 나선 사람들 가운데 그토록 많은 숫자가 쓰러졌는데, 어떻게 단 한 명의 적 앞에서 나 스스로의 안전을 도모할 수 있단 말인가?」 그는 이렇게 자문했다. 「내가 만약 헬레네와 그녀의 모든 보물을, 그리고 우리가 가진 보물 상당량을 덧붙여 내놓기로 그에게 제안한다면 어떨까? 아아, 아니야! 이제는 너무 늦었어. 그는 내 말도 다 들으려 하지 않고, 내가 말하는 동안에 나를 베어 버릴 거야.」 그가 이렇게 숙고하는 동안 아킬레우스가 다가왔다. 마치 아레스처럼 무시무시한 모습으로 움직일 때마다 갑주가 마치 번개처럼 빛을 발했다. 이 광경에 헥토르는 심장이 떨린 나머지 도망치고 말았다. 아킬레우스가 재빨리 그를 추적했다. 두 사람은 계속 달렸고, 성벽에 가까이 붙은 상태로 무려 세 바퀴나 이 도시 주위를 맴돌았다. 헥토르가 성벽에 가까이 다가갈 때마다 아킬레우스가 그를 가로막아서 더 크게 맴돌 수밖에 없게 했다. 하지만 아폴론이 헥토르의 힘을 유지해 주었고, 그가 지쳐서 쓰러지지 않게 해주었다. 그때 팔라스[아테나]가 헥토르의 용감한 동생 데이포보스의 모습으로 변신하여 갑자기 그의 곁에 나타났다. 헥토르는 무기를 지닌 동생을 보고 기뻐했고, 덕분에 힘을 얻고 걸음을 멈춘 다음 적을 상대하려 돌아섰다. 그가 창을 던졌지만 아킬레우스의 방패에 맞아 도로 튕겨 나오고 말았다. 헥토르는 동생의 손에서 또 다른 창을 건네받으려 돌아섰으나 데이포보스는 온데간데없었다. 그러자 그는 자신의 운명을 깨닫고 이렇게 말했다. 「아아! 지금이야말로 내가 죽을 시간인 것이 명백하구나! 나는 데이포보스가 가까이 있다고 생각했지만, 팔라스[아테나]가 나를 속였고, 동생은 여전히 트로이아 안에 남아 있구나. 하지만 나도 불명예스럽게 쓰러지지는 않을 것이다.」 이렇게 말하며 그는 옆구리에 찬 검을 뽑더니, 대결을 위해 곧바로 달려들었다. 아킬레우스는 안전하게 방패 뒤에 숨어서 헥토르가 다가오기를 기다렸다. 그리고 상대방이 자기 창의 사정거리 안에 들어오자, 자기 눈을 이용해서 상대방의 약한 부분을 선택했다. 즉 갑주로 덮지 않은 상태인 목에다가 창을 겨냥했던 것이다. 헥토르는 치명상을 입고 쓰러져서 힘없이 말했다. 「내 시신은 보전해 주시오! 내 부모님이 이에 대한 보상금을 내도록 해주시고, 트로이아의 아들딸이 내게 합당한 장례식을 치르도록 해주시오.」 이 말을 들은 아킬레우스가 대답했다. 「개 같은 놈아, 내 앞에서 보상금이니 자비니 하는 말 따위는 말아라. 네놈이야말로 나에게 그토록 극심한 비탄을 가져다주었으니 말이다. 안 되지! 장담컨대, 어느 누구도 네 주검을 개들로부터 구해 내지는 못할 것이다. 웬만한 몸값의 스무 배를 제안하더라도, 또는 네놈 몸무게와 똑같은 무게의 황금을 제안하더라도, 나는 그 모두를 거절할 것이다.」

이렇게 말하며 아킬레우스는 상대방의 시신에서 갑주를 벗겼으며, 시신의 발에 묶은 밧줄을 자기 수레 뒤에 잡아매서 시신이 땅에 질질 끌리게 했다. 곧이어 수레에 올라서 말에 채찍질을 하고는 실제로 시신을 질질 끌고 도시 앞을 이리저리 오갔다. 그 광경을 본 프리아모스 왕과 헤카베 왕비의 슬픔이야 차마 말로 표현이 가능하겠는가! 백성들은 달려 나가려는 왕을 가까스로 붙잡았다. 그는 흙먼지 속에 몸을 던지고, 사람들의 이름을 하나하나 부르며 앞길을 비켜 달라고 애원했다. 헤카베의 비탄도 이에 못지않게 격렬했다. 시민들은 이들 주위에 서서 울었다. 곡소리가 헥토르의 부인 안드로마케의 귀에까지 들리자, 하녀들과 함께 앉아서 일을 하던 그녀는 뭔가 나쁜 일을 예상하며 벽 쪽으로 달려갔다. 그곳에서 펼쳐진 광경을 본 순간, 그녀는 곧바로 성벽 너머로 몸을 던지고도 남았을 법했지만, 실제로는 기절하여 하녀들의 품 안에 쓰러져 버렸다. 정신을 되찾은 안드로마케는 자신의 운명을 애통해하면서, 자기 나라가 멸망하고 자기가 포로로 붙잡히고 자기 아들이 이방인들의 자비에 의존하여 먹고사는 모습을 떠올렸다.

파트로클로스의 살해자에게 복수한 아킬레우스와 그리스인은 곧바로 자기네 친구에게 합당한 장례식을 치러 주기 위해서 분주했다. 장작더미를 쌓아 올리고 엄숙한 분위기에서 시신을 불태웠다. 곧이어 이들은 힘과 실력을 겨루는 경기를 개최했으니, 그 종목으로는 수레 경주, 레슬링, 권투, 활쏘기가 있었다. 곧이어 족장들은 장례식 연회에 참석한 다음, 휴식을 위해 각자의 숙소로 돌아갔다. 하지만 아킬레우스는 잔치에 참여하지도 않았고 잠을 이루지도 못했다. 잃어버린 친구에 대한 회상 때문에 그는 잠을 이루지 못하고 깨어서 그간의 고생과 위험을, 그리고 전투와 위험한 바다에서 함께했던 자기들의 우정을 추억하고 있었다. 미처 동이 트기도 전에 그는 막사에서 나와 자기 수레에 날랜 말을 맨 다음, 헥토르의 시신을 뒤에 끌 수 있도록 매달았다. 그런 뒤에 파트로클로스의 무덤 주위로 시신을 두 바퀴나 끌고 다니다가 결국 흙먼지 속에 시신을 방치해 두었다. 하지만 이 모든 능욕에도 불구하고 아폴론은 헥토르의 시신이 찢어지거나 손상되도록 허락하지 않았으며, 그 모든 더러움과 모독으로부터 멀쩡하도록 잘 보존해 주었다.

아킬레우스가 분노에 사로잡힌 나머지 저 용감한 헥토르에게 치욕을 안기는 일에 몰두하는 사이, 동정을 느낀 제우스가 테티스를 자기 앞으로 불렀다. 그러고는 아들에게 가보라고, 헥토르의 시신을 그 친구들에게 돌려주도록 설득해 보라고 여신에게 말했다. 곧이어 제우스는 이리스를 프리아모스 왕에게 보내서, 아킬레우스를 찾아가서 아들의 시신을 돌려달라고 직접 간청하도록 독려했다. 여신의 전언에 프리아모스는 곧바로 순종할 준비를 했다. 그는 보물 창고를 열고 값비싼 옷과 천을 꺼냈으며, 금 10여 탈란트와 번쩍이는 세발솥 두 개와 차마 비할 데 없는 장인의 솜씨로 만든 황금잔 한 개를 꺼냈다. 곧이어 아들들을 불러서 수레를 대령시키고, 그 안에다가 아킬레우스에게 건넬 몸값조로 갖가지 물건을 싣도록 했다. 모든 준비가 완료되자 늙은 왕은 자기 못지않게 나이 먹은 전령 이다이오스를 유일한 동행자로 삼아서 성문을 나섰고, 그곳에서 왕비 헤카베며 모든 친구들과 작별했다. 친구들은 그가 확실한 죽음을 향해 간다며 애석해했다.

하지만 제우스는 저 존경받는 왕을 지켜보며 동정심을 느꼈고, 헤르메스를 보내서 안내자 겸 보호자 역할을 담당하게 했다. 젊은 전사의 모습으로 변신한 헤르메스가 두 노인 앞에 나타나자, 이들은 상대방의 모습을 보고 도망쳐야 할지 항복해야 할지 몰라 머뭇거렸다. 그러자 신은 이들에게 다가가서 프리아모스의 한 손을 붙잡고는, 자기가 안내자가 되어서 아킬레우스의 막사로 데려다주겠다고 제안했다. 노인이 이 제안을 기쁘게 받아들이자, 신은 수레에 올라서 직접 고삐를 붙잡더니 이들을 금세 아킬레우스의 막사까지 데려갔다. 헤르메스의 지팡이 덕분에 경비병은 모두 잠들어 버렸고, 아무런 제지도 받지 않은 채 프리아모스가 막사 안으로 들어갔더니 아킬레우스가 자기 전사 가운데 두 명과 함께 앉아 있었다. 나이 많은 왕은 상대방의 발치에 몸을 던지고, 자기 아들 여럿을 파멸시킨 그 무시무시한 손에 입을 맞추었다. 「생각해 보시오, 오오, 아킬레우스.」 그가 말했다. 「당신의 아버지를 말이오. 나와 마찬가지로 생애가 다해 가서, 삶의 어두운 가장자리에서 두려워하고 있는 것을. 어쩌면 지금도 어떤 이웃의 족장이 그분을 압박하고 있는데, 정작 그분을 비탄에서 구해 줄 사람이 가까이에 아무도 없는지 모르니 말이오. 하지만 아킬레우스가 살아 있다는 사실을 알면 그분은 여진히 기뻐할 거요. 언젠가는 당신의 얼굴을 다시 볼 수 있으리라 기대할 터이니 말이오. 하지만 나에게는 아무런 위안도 없소이다. 나의 가장 용감한 아들들은 트로이아의 꽃으로는 너무나도 뒤늦게 핀 까닭에, 모조리 떨어져 버렸기 때문이오. 그중에서도 내가 가진 한 아들은 다른 나머지보다 훨씬 더 내게는 힘이 되었는데, 자기 나라를 위해 싸우다가 당신에게 죽고 말았소. 나는 그 아이의 시신을 되찾으러 왔고, 차마 가치를 따질 수 없는 몸값을 함께 가져왔소. 아킬레우스! 신을 경외하는 분이여! 당신의 아버지를 기억하시오! 그분을 봐서라도 부디 내게 동정심을 보여 주시오!」 이 말에 아킬레우스도 마음이 움직였고, 그는 이곳에 없는 자기 아버지며 잃어버린 자기 친구를 떠올리며 울었다. 프리아모스의 새하얀 머리카락과 턱수염을 보고 동정을 느낀 그는 노인을 땅에서 일으켜 세우고 이렇게 말했다. 「프리아모스여, 나는 당신이 이곳까지 온 것이 어떤 신의 도움을 얻어서임을 알고 있소. 신성한 도움을 받지 않은 한, 제아무리 젊음이 한창인 그 어떤 필멸자도 감히 시도조차 못할 일이기 때문이오. 나는 당신의 요청을 받아들이겠소. 제우스의 분명한 뜻이 그러하니 말이오.」 이렇게 말하며 그는 자리에서 일어나더니, 두 친구와 함께 밖으로 나가서 수레에 실린 물건을 내리고, 시신을 덮을 망토 두 벌과 예복 한 벌은 수레 위에 그대로 남겨 두었다. 곧이어 이들은 시신을 수레에 싣고 의복을 그 위에 덮었으니, 트로이아로 돌아가기 전까지는 그 내용물이 무엇인지를 드러내지 않으려는 것이었다. 곧이어 아킬레우스는 나이 많은 왕과 자기 수행원 모두를 내보냈다. 아울러 장례 절차를 위해서 12일 동안의 휴전을 허락하겠다고 맹세했다.

수레가 도시에 도착하여 성벽 위에서도 그 모습을 보이자, 사람들은 자기네 영웅의 얼굴을 다시 한번 보기 위해 달려나왔다. 그중에서도 맨 앞에는 헥토르의 어머니와 아내가 있었으며, 생명 없는 시신을 보자마자 이들의 탄식이 새로 시작되었다. 사람들 모두가 이들과 함께 울었으며, 해가 저물 때까지도 이들의 슬픔은 누그러질 줄을 몰랐다.

다음 날 장례 절차를 위한 준비가 이루어졌다. 9일 동안 사람들은 장작을 가져와서 장작더미를 쌓았고, 10일째 되는 날 시신을 맨 꼭대기에 올려놓고 횃불을 가져다가 불을 붙였으며, 그 와중에 트로이아인 모두가 장작더미 주위에 몰려들었다. 장작이 다 타버리고 나자 이들은 포도주를 뿌려서 그 재를 식혔고, 뼈를 수습해서 황금 항아리에 집어넣어 땅속에 묻고 그 자리에 돌무더기를 쌓아 놓았다. 이 서사시의 맨 마지막 구절을 포프의 영어 번역으로 인용하자면 다음과 같다.

> 트로이아는 그 영웅에게 이런 영예를 바쳤고,
> 강력한 헥토르의 유령은 평온히 잠들었더라.[120]

120 포프의 호메로스 영역본은 출간 당시부터 〈시〉로서는 뛰어나지만 〈번역〉으로서는 별로라는 평가를 받았다. 위의 인용문 역시 호메로스의 원문(〈그리하여 이들은 말을 길들이는 자 헥토르의 장례를 이렇게 거행했다〉)과는 확연히 다른데, 그런데도 불핀치가 여러 차례 포프의 번역을 인용한 까닭은 그 문학성 때문이라고 추측할 만하다.

제28장

트로이아의 함락·그리스인의 귀환·아가멤논과 오레스테스와 엘렉트라

트로이아의 함락

『일리아스』의 이야기는 헥토르의 죽음으로 끝나 버리고, 다른 영웅들의 운명은 『오디세이아』와 더 나중의 시들을 통해서만 비로소 알 수 있을 뿐이다. 헥토르의 죽음 이후에도 트로이아는 곧바로 함락된 것이 아니었으며, 새로운 동맹자들로부터 도움을 받아 가면서 저항을 계속해 나갔다. 이런 동맹자 가운데 하나가 에티오피아의 군주인 멤논이었는데, 그의 이야기는 이미 앞에서 설명한 바 있다. 또 다른 동맹자는 여성 전사들을 거느리고 온 아마조네스의 여왕 펜테실레이아였다. 고대의 문헌에서는 이들의 용기와 함께, 이들의 돌격 구호가 무시무시한 효과를 거두었다고 증언한다. 아마존 여왕은 가장 용감한 전사들 가운데 다수를 죽였지만, 결국에는 자기도 아킬레우스에게 죽고 말았다. 하지만 이 영웅은 쓰러진 적을 굽어보며, 상대방의 아름다움과 젊음과 용기를 숙고한 끝에 자신의 승리를 후회하고 말았다. 그러자 그리스인 가운데 무례한 허풍쟁이 겸 선동가인 테르시테스가 아킬레우스의 슬픔을 비웃다가, 결국 자기도 이 영웅에게 죽고 말았다.

그러다가 아킬레우스는 프리아모스 왕의 딸 폴릭세네를 우연히 보게 되었는데, 어쩌면 헥토르의 매장을 위해서 트로이아인에게 허락해 준 휴전 기간에 그랬을지도 모른다. 그녀의 매력에 사로잡힌 그는 결혼을 성사시키기 위해 적과의 협상에 나섰고, 그리스인에 대한 자신의 영향력을 이용하여 트로이아에 평화를 부여하기로 합의했다. 그런데 아킬레우스는 결혼 논의를 위해서 아폴론의 신전으로 찾아갔다가, 아폴론의 인도를 따라 파리스가 쏜 독화살을 발뒤꿈치에 맞고 말았다. 이곳은 그의 몸에서 유일하게 상처 내기가 가능한 부분이었는데, 왜냐하면 어머니인 테티스가 갓난아기인 그를 스틱스[지옥의 강]에 담가서 몸 전체를 상처 내기가 불가능한 상태로 만들었을 때, 양손으로 붙들었던 바로 그 자리만큼은 예외로 남았기 때문이었다.[121]

이처럼 기만당해 살해된 아킬레우스의 시신을 아이아스와 오디세우스가 구출해 왔다. 테티스는 그리스인 가운데 모든 생존자가 합당하다고 판단하는 바로 그 영웅에게 자기 아들의 갑주를 선물하겠다고 말했다. 후보자는 아이아스와 오디세우스뿐이었다. 다른 족장들 가운데 여러 명이 심사위원이 되어 이 상을 누구에게 줄지를 결정했다. 결국 이 상은 오디세우스의 몫이 되었으며, 이는 다시 말해 용기보다 지혜를 더 앞에 놓은 셈이었다. 그러자 아이아스는 그만 스스로

121 아킬레우스의 몸에 상처 내기가 불가능하다는 이야기는 호메로스의 서사시에 나오지도 않을 뿐만 아니라, 내용상 모순이 아닐 수 없다. 실제로 아킬레우스의 몸에 상처 내기가 불가능하다고 치면, 과연 무엇 때문에 그는 천상의 솜씨로 만든 갑주의 도움을 필요로 했겠는가? — 원주.

칼을 찔러 자살하고 말았다. 그의 피가 떨어진 땅에는 꽃이 하나 자라났는데, 이 꽃이 바로 〈히아신스〉이다. 그 잎사귀에는 아이아스의 이름에서 처음 두 개의 철자인 〈아이Ai〉가 적혀 있었는데, 이것은 〈슬프다〉에 해당하는 그리스어이다. 그리하여 아이아스는 이 꽃을 탄생시켰다는 영예를 놓고 소년 히아킨토스와 경쟁하는 처지가 되었다. 제비고깔Larkspur이라는 식물의 일종인 〈델피니움 아자키스Delphinium ajacis〉, 즉 〈아이아스의 제비고깔Ajax's Larkspur〉은 바로 시인들이 이 사건의 기억을 보전하기 위해서 언급한 바로 그 히아신스이다.

이제 트로이아를 무너뜨리기 위해서는 반드시 헤라클레스의 화살로부터 도움을 받아야 한다는 사실이 분명해졌다. 그 화살은 이미 세상을 떠난 영웅과 끝까지 함께한 친구이며 그의 장례용 장작더미에 불을 붙인 인물인 필록테테스가 갖고 있었다. 원래는 그 역시 트로이아에 대항하는 그리스인의 원정에 참여했지만 사고로 독화살에 한쪽 발을 찔렸고, 그 상처에서 나는 냄새가 워낙 고약했기 때문에 동료들이 렘노스섬으로 그를 데려가 버려두고 온 것이었다. 이제 디오메데스가 그를 설득해서 다시 군대에 합류시키는 임무를 띠고 파견되었다. 결국 그는 임무를 완수하고 돌아왔다. 마카온으로부터 치료를 받아 멀쩡해진 필록테테스의 치명적인 화살에 맨 먼저 희생된 사람은 바로 파리스였다. 비탄에 잠긴 그는 한창 성공에 취했을 때에는 깡그리 잊어버렸던 누군가를 떠올렸다. 그 누군가란 바로 님프 오이노네였는데, 파리스는 원래 젊을 때에 그녀와 결혼했지만 결국 헬레네의 치명적인 아름다움에 빠져 님프를 버렸던 것이다. 오이노네는 자기가 감내해야만 했던 상대방의 잘못을 여전히 기억하는 까닭에 치료를 거절했고, 파리스는 급기야 트로이아로 돌아가서 죽고 말았다. 님프는 자기 행동을 금세 뉘우쳤고, 치료제를 가지고 재빨리 뒤를 쫓아왔지만 이미 때가 늦었음을 깨닫고는 슬픔에 빠져 스스로 목을 매었다.[122]

트로이아에는 〈팔라디온〉[123]이라 불리는 아테나의 유명한 조상(彫像)이 하나 있었다. 전하는 바에 따르면, 하늘에서 내려온 물건인 이 조상이 그 안에 머물러 있는 한 이 도시는 결코 함락될 수 없었다. 그리하여 오디세우스와 디오메데스는 변장을 하고서 도시 안으로 들어가, 팔라디온을 훔쳐서 그리스인의 진영으로 가져오는 데에 성공했다.

하지만 트로이아는 여전히 굳건했기에 그리스인은 단순히 힘으로 이 도시를 굴복시킬 수 없으리라는 판단에 절망을 느끼게 되었고, 급기야 오디세우스의 조언을 얻어서 한 가지 술책에 의존하기로 작정했다. 즉 일단 공성을 포기할 준비를 하는 것처럼 꾸민 다음, 함선 가운데 일부분을 철수시켜서 인근의 한 섬 뒤에 숨어 있게 했다. 곧이어 그리스인은 거대한 〈목마(木馬)〉를 만들었는데, 겉으로는 아테나에게 바치는 속죄물을 의도했다지만 실제로는 그 안에 무장한 병사들이 숨어 있었다. 그런 다음에 아직 남아 있던 그리스인 역시 각자의 함선에 올라타고 멀리 떠나 버려서, 마치 그곳

122 테니슨은 오이노네를 소재로 삼아 짧은 시를 한 편 썼는데, 이 이야기에서 대부분의 시적인 부분들, 예를 들어 상처 입은 파리스가 돌아온 것이며 그녀의 잔인성이며 이후의 후회 같은 것들은 모조리 생략해 버리고 말았다 — 원주.

123 〈팔라스 여신의 조상(彫像)〉이라는 뜻이며, 오늘날에는 그 자체로 〈수호신〉이나 〈수호물〉을 뜻한다.

을 영영 떠나는 것처럼 보이게 했다. 적군의 진영이 흩어지고 함대가 떠나는 모습을 지켜보던 트로이아인은 결국 상대방이 공성을 포기했다는 결론을 내렸다. 급기야 성문을 활짝 열어젖힌 다음 온 도시 사람들이 밖으로 나가서 오랫동안 금지당했던 자유, 즉 적군의 진영이 있던 장소를 마음대로 오가는 자유를 만끽했다. 그나저나 거대한 〈목마〉는 호기심의 주된 대상이었다. 그 용도가 도대체 무엇인지 모두들 궁금해했다. 어떤 사람들은 그걸 전리품 삼아서 도시 안으로 끌고 가자고 말했다. 또 어떤 사람들은 그래서는 안 된다고 생각했다.

사람들이 머뭇거리는 사이에 포세이돈의 사제인 라오코온이 외쳤다. 「도대체 무슨 정신 나간 짓들이오, 시민들이여? 당신들은 그리스인을 상대로 방어전을 수행하면서 그들의 책략에 관해 충분히 많이 배우지 못했단 말이오? 내 입장에서는 설령 그리스인이 선물을 준다고 해도 겁이 날 정도요.」[124] 이렇게 말하며 사제는 자기 창을 목마의 옆구리에 던졌다. 창이 박히는 순간, 안이 텅 빈 소리가 마치 신음 소리처럼 울려 퍼졌다. 이쯤 되자 사람들도 그의 조언을 따라서 이 치명적인 목마와 그 내용물 모두를 파괴해 버리려는 의향을 품게 되었다. 바로 그때 몇 사람이 그곳에 나타났는데, 마치 포로인 동시에 그리스인인 것처럼 보이는 사람 하나를 끌고 오고 있었다. 두려움으로 인해 몸이 마비되다시피 한 포로가 족장들 앞으로 끌려오자, 트로이아인들은 우선 그를 안심시키면서 만약 질문에 진실한 대답을 내놓을 경우에는 목숨을 살려 주겠다고 약속했다. 그는 자기가 그리스인이고

124 〈격언〉 6을 보라 — 원주.

이름은 시논이며, 오디세우스에게 밉보인 까닭에 동료들이 철수하면서 자기만 뒤에 내버려 두었다고 말했다. 목마에 관해서는 아테나에게 바치는 속죄물이라고, 그리고 굳이 그렇게 크게 만든 까닭은 트로이아인이 도시 안으로 끌고 들어가는 일을 방지하기 위해서라고 설명했다. 만약 트로이아인이 그 물건을 소유하게 되면, 그리스인을 확실히 패배시킬 것이라는 예언자 칼카스의 조언이 있었기 때문이라고 했다. 이 말에 사람들의 감정의 조류는 다른 방향으로 흘렀고, 이 거대한 목마와 아울러 거기 결부된 우호적인 예언을 어떻게 확보하는 것이 최선인지를 생각하기 시작했는데, 그때 갑자기 더 이상 의심의 여지를 남기지 않는 한 가지 불가사의한 사건이 벌어졌다. 바다에서 거대한 뱀 두 마리가 나타났던 것이다. 그놈들이 육지로 올라오자 군중은 사방팔방으로 달아나 버렸다. 그런데 뱀들은 곧바로 라오코온과 두 아들이 서 있는 곳으로 향했다. 그놈들은 우선 아이들을 공격했고, 작은 몸들을 칭칭 휘감고 독기 머금은 입김을 얼굴에 내뱉었다. 아버지가 아이들을 구하려 했지만, 역시나 붙잡혀서 뱀들의 똬리에 감기고 말았다. 그는 벗어나려고 발버둥 쳤지만 그놈들은 힘에서 완전히 인간을 압도했으며, 결국 독기 머금은 똬리 속에서 아버지와 아이들을 모두 질식시켜 죽여 버리고 말았다. 사람들은 이 사건이야말로 목마를 향한 라오코온의 불경한 처사에 대한 신들의 불쾌감을 뚜렷이 보여 주는 것이라고 여겼다. 따라서 이들은 서슴없이 목마를 신성한 물건으로 간주했으며, 이에 걸맞은 엄숙한 분위기 속에서 도시 안으로 맞아들일 준비를 했다. 이것은 노래와 승리의 갈채 속에서 거행되었고, 그날은 잔치로 마무리되었다. 밤이 되자 목마의 몸통 속에 숨어 있던 무장 병사들이 가짜 투항자 시논의 도움을 받아 밖으로 나왔고, 어둠을 틈타 함선을 몰고 돌아온 나머지 그리스인을 안으로 불러들이기 위해 성문을 열었다. 트로이아인은 잔치와 잠에 취한 상태에서 검의 제물이 되었으며, 트로이아는 완전히 함락되고 말았다.

현존하는 가장 유명한 조상(彫像) 가운데에는 라오코온과 그의 아이들이 뱀에게 휘감겨 있는 모습을 묘사한 것도 있다. 그 원본은 로마의 바티칸에 있다. 아래의 시는 바이런의 『차일드 해럴드』(제4편 160연)에서 가져온 것이다.

또는 바티칸으로 향하여, 고통을 고귀하게
만든 라오코온의 괴로움을 보러 가라.
한 아버지의 사랑과 필멸자의 고통에다가
한 불멸자의 인내를 뒤섞은 것이라.
발버둥도 헛되다! 휘감고 옥죄는 똬리며,
노인을 휘감은 뱀의 조임이
깊어짐에 저항해도 헛되다. 길고 독니 달린
사슬이 산 고리들을 연결하네. 거대한 뱀이
고통에 고통을 가하고, 조이고 조여서 질식시키네.

희작(戱作) 시인들도 때때로 고전에서 인유를 빌려온다. 아래는 스위프트의 「도시의 소나기에 관한 묘사」에서 가져온 것이다.

인력거에 갇힌, 남자는 안달하며 앉아 있네.
그 사이에 물줄기는 때때로 지붕 위를 요란히 때리고,

때때로 무시무시한 소음과 함께
가죽이 소리를 내네. 그는 내심 몸을 떠네.
나오고 싶어 안달하는 그리스인을 속에 품은
목마를 트로이아 통치자들이 끌고 갈 때
(저 덩치 좋은 그리스인은 현대인이 하듯이
요금을 주는 대신 인력거꾼을 죽였다)
라오코온이 바깥에서 창으로 찌르자
안에 갇힌 용사들이 두려움에 몸을 떨었듯이.

프리아모스 왕은 생전에 자기 왕국이 몰락하는 것을 보고야 말았으며, 결국에는 그리스인이 도시를 점령하던 그 치명적인 밤에 살해되고 말았다. 그는 직접 무장을 하고 교전 중인 병사들 사이로 뛰어들려 했지만, 나이 많은 여왕 헤카베의 설득에 아내며 딸들과 함께 탄원자가 되어서 제우스의 제단으로 피신했다.[125] 이들이 그곳에 머무는 사이, 왕의 막내아들 폴리테스가 아킬레우스의 아들 피로스에게 쫓겨 부상을 당한 채로 그곳에 들어오더니 결국 자기 아버지의 발치에서 죽고 말았다. 이에 프리아모스는 분노에 압도된 나머지 힘없는 한 손으로 자기 창을 피로스에게 집어던졌고, 곧이어 상대방에게 살해되고 말았다.

헤카베 왕비와 카산드라 공주는 포로가 되어 그리스로 끌려갔다. 카산드라는 아폴론의 사랑을 받아서 예언의 능력을 선물받았다. 하지만 이후에 그녀에게 화가 난 신은 그 예언

125 〈지금 이 상황에서는 당신의 도움이나 당신 같은 방어자는 필요가 없어요.〉라는 헤카베의 외침은 훗날 격언이 되고 말았다. 〈격언〉 7을 보라 — 원주.

을 어느 누구도 믿지 않도록 만들어 놓음으로써 그 선물을 무용지물로 바꿔 버렸다. 또 다른 공주 폴릭세네는 한때 아킬레우스의 사랑을 받았기에, 그 전사의 유령이 내놓은 요구대로 그리스인들에게 끌려가서 그의 무덤에서 희생 제물이 되고 말았다.

메넬라오스와 헬레네

우리 독자들은 저 헬레네, 비록 아름답지만 그토록 많은 학살의 책임이 있는 여인의 운명이 몹시 궁금할 것이다. 트로이아의 점령과 함께 메넬라오스는 아내를 되찾았는데, 비록 아프로디테의 힘에 굴복하여 다른 남자에게 갔을망정 그녀는 여전히 남편을 사랑하고 있었다. 파리스가 사망한 이후에 헬레네는 몇 번이나 몰래 그리스인을 도운 적이 있었으며, 특히 오디세우스와 디오메데스가 팔라디온을 가져가려고 변장하고 도시에 들어왔을 때에 그랬다. 그녀는 오디세우스를 보자마자 누구인지 알아보았지만, 비밀을 지키는 것은 물론이고 이들이 그 조상(彫像)을 가져가는 일을 돕기까지 했다. 그리하여 헬레네는 남편과 화해하게 되었으며, 이들이야말로 트로이아 바닷가를 떠나서 고향으로 돌아가는 맨 첫 사람들 중에 속하게 되었다. 하지만 중도에 신들의 분노를 사는 바람에 이들은 폭풍에 떠밀려 지중해의 이 바닷가와 저 바닷가를 전전하게 되었고, 키프로스섬과 포이니케[페니키아]와 아이깁토스[이집트]를 방문했다. 아이깁토스에서 이들은 친절한 대접을 받고 많은 선물을 받았는데, 이때 헬레네가 받은 것 중에는 황금 물렛가락과 바퀴 달린 바구니가 있었다. 이 바구니는 왕비가 쓰는 양모와 실패를 담아 두기 위한 용도였다.

존 다이어의 시 「양털」에는 이 사건을 인유한 부분이 있다.

> (……) 많은 사람들이 여전히
> 옛날식 실톳을 고수한다. 가슴에 고정하고
> 걷는 동안 돌아가는 물렛가락에서 실을 뽑도록.
> (……)
> 이것은 옛날의, 즉 결코 불명예스럽지 않았던 시절의
> 실 잣는 방법이었네. 이집트의 군주가 황금 실톳대를
> 선사했다네, 아름다운 님프, 지나치게 아름다운
> 헬레네에게. 왕비에게 어울리는 선물이었다네.

또한 밀턴은 네펜테스라는 이름의 원기 회복용 음료의 유명한 제조법을 인유했는데, 이는 이집트의 왕비가 헬레네에게 대접한 것이었다.[126]

> 제우스에게서 태어난 헬레네가 이집트에서
> 톤의 아내로부터 받은 네펜테스조차도
> 생명에 그토록 친숙하고, 갈증에 그토록 차가운
> 이와 같은 즐거움을 북돋울 힘까지는 없었다.

126 『오디세이아』 제4권에 따르면, 이집트의 왕 〈톤〉의 아내인 〈폴리담나〉가 헬레네에게 선물한 약 〈네펜테스〉는 슬픔과 분노, 그리고 고통스러운 기억을 모두 지워 버리는 효능이 있었다.

메넬라오스와 헬레네는 결국 안전하게 스파르타로 돌아왔으며, 왕족으로서 자신들의 명예를 되찾았고, 영광을 누리고 살아가며 통치했다. 훗날 오디세우스의 아들 텔레마코스가 아버지를 찾아서 스파르타에 도착했을 때, 이들 부부는 딸 헤르미오네와 아킬레우스의 아들 네오프톨레모스[피로스]의 결혼을 축하하던 참이었다.

아가멤논과 오레스테스와 엘렉트라

그리스인의 총사령관이었던 아가멤논은 메넬라오스의 형제였기 때문에, 결국 본인이 아니라 어디까지나 형제가 당한 피해에 복수하기 위해서 분쟁에 끼어든 셈이었지만, 그의 운명은 끝내 그리 좋지가 못했다. 남편이 없는 사이에 아내인 클리타임네스트라가 부정을 저질렀으며, 남편이 돌아올 때가 되자 애인 아이기스토스와 함께 살해 계획을 세웠고, 귀환을 축하하기 위해 마련된 잔치 때에 결국 남편을 살해하고 말았다.

음모자들은 본래 아가멤논의 아들 오레스테스도 살해하려 계획했다. 이 청년은 걱정의 대상이 될 만큼 충분히 나이를 먹지는 않았지만, 장성하게 되면 훗날 위협이 될 것이 분명했다. 누나인 엘렉트라는 동생을 몰래 고모부인 포키스 왕 스트로피오스에게 보냄으로써 목숨을 구해 주었다. 오레스테스는 스트로피오스의 궁전에서 왕의 아들 필라데스와 함께 성장했으며, 훗날 격언에도 등장하게 될 두터운 우정을 맺었다. 엘렉트라는 종종 동생에게 심부름꾼을 보내서 아버지의 죽음에 복수해야 하는 의무를 상기시켰다. 장성한 오레스테스는 이 문제를 델포이의 신탁에 물어보았고, 자신의 계획에 확언을 얻었다. 그리하여 그는 변장을 하고 아르고스로 갔으며, 마치 스트로피오스가 보낸 심부름꾼인 것처럼 행세했다. 즉 오레스테스의 사망 소식을 전하는 동시에 시신을 화장한 재를 담은 항아리를 가져온 척했던 것이다. 아버지의 무덤을 찾아서 고대인의 제의대로 그곳에 희생 제물을 바치던 그는 엘렉트라에게 자기 정체를 밝혔고, 머지않아 아이기스토스와 클리타임네스트라 모두를 살해했다.

비록 그 희생자의 죄악과 신탁을 통한 신들의 뚜렷한 명령이 있었음을 감안한다 하더라도, 아들이 어머니를 살해했다는 이 천인공노할 행동은 오늘날 우리가 느끼는 것과 똑같은 혐오를 고대인의 가슴에도 불러일으켰을 것이다. 복수의 여신들인 에우메니데스[에리니에스]가 달려들자, 오레스테스는 이 땅에서 저 땅으로 미친 듯이 도망쳐 다니게 되었다. 필라데스는 친구의 방랑에 동행하며 보살핌을 제공해 주었다. 마침내 신탁에 두 번째로 호소한 결과, 오레스테스는 스키티아의 타우리스로 가라는, 그리하여 하늘에서 떨어졌다고 전해지는 아르테미스의 조상(彫像)을 그곳에서 가져오라는 답변을 얻었다. 이에 두 친구는 타우리스로 갔는데, 이곳의 야만 부족들은 자기네 손에 떨어진 이방인을 모조리 여신에게 제물로 삼는 풍속을 갖고 있었다. 이들은 붙잡혀서 꽁꽁 묶인 상태로 제물이 되기 위해 신전으로 끌려왔다. 하지만 아르테미스의 여사제는 다름 아닌 오레스테스의 또 다른 누나 이피게네이아였으니, 우리 독자들은 그녀가 희생 제물이 되기 직전에 아르테미스가 낚아채서 멀리 데려갔다는 이야기를 아마 기억할 것이다. 포로들의 정체를 확인한 여사제는 자기 정체를 이들에게 밝혔으며, 결국 세 사람은 여신상을 가지고 그곳에서 도망쳐 미케나이로 돌아왔다.

하지만 오레스테스는 아직 에리니에스[에우메니데스]의 복수로부터 해방되지 못한 상태였다. 마침내 그는 아테네로 가서 아테나에게 구원을 요청했다. 여신은 그를 보호해 주었으며, 그곳의 법정인 아레이오파고스에서 그의 운명을 결정하기로 했다. 에리니에스가 고발 내용을 설명하자, 오레스테스는 델포이의 신탁에서 내린 명령을 자기 행동의 이유로 내놓았다. 법정에서 표결이 이루어지자 유죄와 무죄의 득표수가 똑같이 나뉘었다. 결국 오레스테스는 최종 결정권을 행사한 아테나의 명령으로 무죄 방면되었다.

바이런은 『차일드 해럴드』(제4편 132연)에서 오레스테스의 이야기를 인유한다.

> 오, 인간의 잘못 가운데 그 무엇도
> 저울에 재지 않는 법이 없는, 위대한 네메시스!
> 그대는 에리니에스를 심연에서 불러냈고,
> 오레스테스 주위에서 울부짖고 위협하게 만들었네.
> 이는 자연을 거역한 행동에 대한 응보였네.
> 차라리 덜 가까운 손이 저질렀다면 나았을 것을!
> 이곳, 그대의 예전 영토에서, 이 땅에서 나는 그대를 부르네.

고대 연극에서 가장 서글픈 장면 가운데 하나는 포키스에서 돌아오는 길인 오레스테스와 엘렉트라의 상봉에 관한 소포클레스의 묘사이다. 오레스테스는 엘렉트라를 하녀 가운데 하나로 착각하고, 복수의 때가 오기 전까지는 자신의 도착을 비밀로 하려는 생각에서 자기 시신의 재가 담긴 걸로 위장한 항아리를 꺼내 놓는다. 엘렉트라는 동생이 정말로 죽은 줄로 여기고 그 항아리를 받아서 끌어안고는, 애정과 절망이 가득한 언어로 자기 슬픔을 표현한다.

밀턴은 소네트 가운데 한 편에서 이렇게 말한다.

> (……) 서러운 엘렉트라를 묘사한 시인의
> 반복된 가락은 아테네의 벽을
> 황량한 폐허로부터 구제하는 힘을 가졌네.

이것은 언젠가 아테네가 적국인 스파르타에 점령되었을 때 아예 도시 전체를 파괴하자는 제안이 나오자, 누군가가 에우리피데스의 비극 『엘렉트라』에 나오는 합창을 우연히 암송함으로써 이 제안을 거부했다는 일화를 인유한 것이다.[127]

127 플루타르코스의 『비교 열전』(일명 〈영웅전〉)에 수록된 스파르타의 장군 리산드로스(?~395)의 전기에 나오는 일화이다. 펠로폰네소스 전쟁 직후 스파르타를 비롯한 승전국 사이에서는 패전국 아테네를 흔적도 없이 허물어 버리자는 의견이 나왔다. 그러나 회담 대표 가운데 한 명이 갑자기 에우리피데스의 『엘렉트라』의 한 구절을 읊었다. 〈엘렉트라, 아가멤논의 따님이여, 그대의 쓸쓸한 집에 내가 찾아왔소이다.〉 이것은 아버지를 잃고 부정한 어머니의 탄압을 받아 시골 농부의 아내로 초라하게 사는 여주인공 집으로 방문한 합창단의 첫 대사이다. 그러자 승전국 모두는 아테네의 문화적 가치를 새삼스레 인식하고 애초의 계획을 포기했다고 전한다.

트로이아

트로이아라는 도시와 그곳의 영웅들에 관한 이야기를 너무 많이 듣고 났으니, 그 유명한 도시의 정확한 위치가 지금까지도 논란이라는 사실을 알게 되면 독자도 깜짝 놀라지 않을까 한다. 호메로스와 고대의 지리학자들이 내놓은 묘사에 가장 가까운 답변을 내놓는 평원에는 몇 가지 무덤의 흔적이 남아 있지만, 그 외에는 이 거대한 도시의 과거 존재를 보여 주는 증거가 전혀 없다.[128] 그리하여 바이런은 「아비도스의 신부」에서 그 지역의 현재 모습을 이렇게 묘사했다.

> 바람이 강하고, 헬레스폰트의 물결은
> 시커멓게 요동치며 대양을 향해 흘러간다.
> 아래로 깔리는 밤의 그늘이 숨겨 버린다.
> 무의미하게 피로 물든 그 평원을.
> 연로한 프리아모스의 자부심의 자취며,
> 그의 통치의 유일한 유물인 무덤이며,
> 모두를. 남은 것은 바위섬 키오스의
> 눈 먼 노인[129]을 현혹시킨 불멸의 꿈뿐이었다.

128 1867년에 사망한 불핀치로선 오늘날 우리가 아는 〈트로이아 유적〉을 전혀 모를 수밖에 없다. 그가 타계한 후인 1871년에야 하인리히 슐리만이 트로이아 발굴을 시작해서, 1873년에 〈프리아모스의 보물〉로 일컬어지는 유물을 발견했기 때문이다.

129 호메로스를 말한다. 후대의 전설에서 그를 〈키오스 출신의 시각 장애인〉으로 묘사했기 때문이다.

제29장

오디세우스의 모험·로토스 먹는 자들·키클로페스·키르케·세이렌들·스킬레와 카립디스·칼립소

오디세우스의 귀환

이제 우리는 낭만적인 서사시 『오디세이아』에 주목해야 할 때가 되었다. 이 작품은 (라틴어로는 〈울릭세스〉라고 하는) 오디세우스가 트로이아를 떠나 자기 왕국 이타케로 돌아오는 과정에서 겪은 방랑에 관해서 서술하고 있다.

트로이아를 떠난 선단은 맨 처음 키코네스족(族)의 도시인 이스마로스에 상륙했는데, 이곳에서 주민들과 작은 충돌이 벌어져서 오디세우스는 배 한 척당 여섯 명씩의 부하를 잃고 말았다. 다시 항해를 시작한 일행은 폭풍을 만나서 9일 동안 바다를 떠돌다가 로토파고이족[로토스 먹는 자들]의 나라에 도달했다. 우선 식수를 보충한 오디세우스는 이곳에 어떤 주민이 살고 있는지 알아보러 부하 세 명을 내보냈다. 로토파고이족은 이들을 친절하게 대접했으며, 자기네 음식인 로토스라는 식물 가운데 일부를 주면서 먹게 했다. 그걸 먹은 사람은 자기 고향에 관한 생각을 모조리 잊어버리고 오로지 그 나라에만 남아 있기를 소원하는 것이 그 음식의 효과였다. 결국 오디세우스는 부하 세 명을 데려오는 과정에서 큰 힘을 소모해야만 했으며, 심지어 이들을 선박의 걸상 아래에다가 묶어 놓도록 조치해야만 했다. 테니슨은 「로토스 먹는 자들」이라는 시에서 이 로토스라는 음식이 야기했다고 전해지는 몽롱하고 늘어지는 기분을 멋지게 표현해 놓았다.

> 얼마나 달콤한가, 마치 반쯤은 꿈속에 잠들어
> 있는 듯 보이는 반쯤 감긴 눈을 하고서
> 아래로 흘러가는 개울 소리를 듣는 일은!
> 저 너머 높은 곳의 몰약(沒藥)나무를 떠나지 않는
> 호박색 불빛처럼 꿈을 꾸고 또 꾸는 일은.
> 서로의 속삭이는 말을 듣는 일은.
> 매일 또 매일 로토스를 먹으며
> 바닷가의 부서지는 잔물결이며
> 거품 이는 물보라의 부드러운 곡선을 지켜보는 일은.
> 온화한 성품의 우울의 영향력에다가
> 우리의 마음과 정신을 완전히 빌려주는 일은.
> 우리 어린 시절의 저 오래된 얼굴들,
> 하얀 흙 두 움큼이 되어, 놋쇠 항아리 안에 갇혀서,
> 풀 둔덕 위로 잔뜩 쌓아 올려진 그들을
> 묵상하고 숙고하며 추억 속에 다시 사는 일은.

다음에 이들이 도착한 곳은 키클로페스[키클롭스들]의 나라였다. 키클로페스는 거인들이었고, 자기들만이 유일한 주인이었던 한 섬에 살고 있었다. 이 거인들의 이름은 〈둥근 눈〉을 뜻했는데, 이들은 눈이 하나뿐이며 이마 한가운데 자

리 잡고 있었기에 그런 이름으로 불려지게 되었다. 이들은 동굴에 살면서 이 섬에서 나는 야생의 생산물을 먹었으며, 또한 목자로 활동하며 자기네 가축 떼에게서 나는 것을 먹었다. 오디세우스는 일단 선단 대부분에게 닻을 내리게 한 다음, 배 한 척만 끌고 보급품을 찾아서 키클로페스의 섬으로 갔다. 아울러 동료들과 함께 상륙하면서 포도주 한 병을 선물로 가져갔다. 이들은 커다란 동굴에 들어가게 되었는데, 아무도 없는 것을 깨닫자 그 안의 물건들을 살펴보았다. 거기에는 매우 살진 가축 떼며, 상당량의 치즈며, 여러 개의 통과 그릇에 담긴 젖이며, 우리 안의 새끼 양과 염소 등이 매우 질서 정연하게 놓여 있었다. 곧이어 동굴의 주인인 폴리페모스가 커다란 장작 다발을 들고 돌아와서는 그걸 동굴 입구 앞에다 내려놓았다. 곧이어 그는 젖을 짜기 위해 양과 염소 떼를 동굴 안으로 집어넣고 자기도 들어오더니, 수소 스무 마리로도 차마 끌 수 없을 정도로 커다란 바위를 굴려서 동굴 입구를 막았다. 곧이어 거인은 자리에 앉아서 암양의 젖을 짰고, 그중 일부는 치즈를 만들기 위해 손질해 두고 나머지는 평소처럼 마시기 위해 따로 놓아두었다. 그러다가 그 커다란 눈을 돌려 낯선 자들을 알아보았고, 너희는 누구이며 어디서 왔느냐고 이들을 향해 으르렁거리면서 물었다. 오디세우스는 최대한 공손하게 대답하면서, 자기들은 그리스인이고 최근에 트로이아의 정복 과정에서 크나큰 영광을 얻은 대단한 원정을 마치고 돌아가는 중이라고 말했다. 즉 자기들은 지금 고향으로 가는 중이라면서, 신들의 이름으로 주인의 환대를 간청하며 이야기를 마무리했다. 그러나 폴리페모스는 아무런 답변도 내놓지 않았고, 대신 한 손을 뻗어서 그리스인 가운데 두 명을 붙잡더니 이들의 머리를 동굴 벽에 탁 쳐서는 뇌가 흘러나오게 만들었다. 그러고는 이들을 아주 맛있게 먹어 치우고, 든든한 식사를 하고 나서는 바닥에 누워서 잠을 청했다. 오디세우스는 이 기회를 틈타 잠자는 거인에게 자기 검을 찔러 넣을까 하는 유혹을 느꼈지만, 그러다 보면 자기네 모두를 확실한 파멸에 노출시킬 뿐이라는 것에 생각이 미쳤다. 왜냐하면 거인이 문을 막는 데 사용한 바위는 차마 이들의 힘으로는 움직일 수가 없을 만큼 거대했기 때문에, 거인이 죽고 나면 이들은 가망 없는 감금 상태에 있게 될 것이기 때문이었다. 다음 날 아침에 거인은 그리스인 가운데 두 명을 더 붙잡았고, 앞서의 동료들과 마찬가지 방식으로 죽인 다음 부스러기 하나 남기지 않고 이들의 살을 먹어 치웠다. 그런 다음에 문을 막아 놓은 바위를 치운 다음 가축 떼를 먼저 밖으로 내보내고 자기도 나가더니, 장애물을 조심스레 원래대로 막아 놓았다. 거인이 떠나고 나자 오디세우스는 어떻게 해야만 살해당한 친구들을 위한 복수를 하고 아직 살아 있는 동료들을 데리고 도망칠 수 있을지 궁리했다. 그는 부하들에게 명령해서 키클롭스가 지팡이 삼아 꺾어다가 동굴 안에 놓아둔 커다란 나무 기둥을 손질하게 했다. 이들은 그 끝을 뾰족하게 다듬었고 불에 그슬려 단단하게 만든 다음, 동굴 바닥에 깔린 지푸라기 아래 숨겨 두었다. 곧이어 가장 대담한 사람 네 명을 선발하고, 오디세우스 본인도 다섯 번째 사람으로 이들과 합류했다. 저녁이 되어 키클롭스가 돌아오더니, 평소처럼 바위를 굴려서 치우고 가축 떼를 안으로 들여놓았다. 거인은 짐승의 젖을 짜고 이전과 마찬가지로 손질한 다음, 그리스인 가운데 두 명을 더 죽이고 뇌를 빼내어 다른 사람들을 먹어 치운 것처럼 이들을 저녁 식사로 삼아 먹어 치웠다. 거인이 다 먹고 나자, 오디세우스가 다가가 포도주를 한 잔 건네주면서 이렇게 말했다. 「키클롭스여, 이건 포도주라는 음료입니다. 인간의 살을 식사로 드셨으니, 이번에는 이걸 맛보며 마셔 보시지요.」 거인은 포도주를 받아 마시더니, 무척이나 좋아하면서 더 달라고 말했다. 오디세우스는 포도주를 또 한 잔 건네주었고, 이에 키클롭스는 무척이나 기뻐한 나머지 한 가지 호의적인 약속을 했는데, 그를 가장 오래 살려 두었다가 다른 일행을 다 먹어 치우고 나면 맨 마지막으로 먹어 치우겠다는 것이었다. 거인이 이름을 물어보자 오디세우스는 이렇게 대답했다. 「제 이름은 〈아무도 안〉입니다.」

저녁을 먹고 나서 거인은 휴식을 취하기 위해 누웠고, 금세 잠이 들고 말았다. 그러자 오디세우스는 미리 골라 둔 네 명의 친구들과 함께 막대기 끝을 불에 집어넣어서 타오르는 숯불로 만들었으며, 그걸 들어서 거인의 하나뿐인 눈 바로 위에다가 갖다 놓고 눈구멍에 깊이 쑤셔 넣어 마치 목수가 송곳을 돌리듯이 빙글 돌렸다. 괴물이 울부짖는 소리가 동굴 안에 울려 퍼졌고, 오디세우스는 동료들과 함께 재빨리 도망쳐서 숨어 버렸다. 거인은 고함을 치며 멀고 가까운 주위의 다른 동굴에 사는 키클로페스를 모조리 불러 모았다. 이들은 그의 고함 소리를 듣고 동굴 주위로 모여들어서, 도대체 무슨 심한 상처를 입었기에 이처럼 큰 소리를 내서 자기네 단잠을 방해하느냐고 물어보았다. 그러자 폴리페모스가 말했다. 「오오, 친구들이여, 내가 죽게 생겼네. 나에게 〈아무도 안〉이 일격을 가했으니까.」 그러자 거인들이 대답했다. 「너에게 일격을 가한 것이 〈아무도 아니라〉고 하면, 그건 분명 제우스께서 가하신 일격일 터이니, 군말 없이 감내해야 할 거다.」 이렇게 말하며 키클로페스는 신음하는 그를 남겨 두고 모두 가버렸다.

다음 날 아침, 키클롭스는 바위를 굴려서 문을 열고 가축 떼를 풀밭으로 내보냈지만, 이번에는 동굴 문간에 버티고 앉아서 가축 떼가 지나가는 동안 일일이 손으로 더듬어 만져 보았다. 혹시라도 인간들이 가축 떼에 묻어 나가지 못하게 하려는 것이었다. 하지만 오디세우스는 부하들에게 명령하여 동굴 바닥에서 찾아낸 버들가지를 이용해서 가축 떼 가운데 숫양 세 마리를 나란히 세워서 묶어 두도록 했다. 그리고 가운데에 있는 숫양의 배 쪽에 그리스인 한 명이 매달려서, 양편을 에워싼 다른 두 마리 숫양들에게 가려지게 했다. 이들이 지나가는 동안 거인은 가축 떼의 등과 옆구리는 손으로 만져 보았지만, 그 배까지는 결코 생각조차 못했다. 결국 모두 안전하게 도망쳐 나왔고, 오디세우스는 그중에서도 맨 마지막으로 도망쳐 나왔다. 동굴에서 몇 걸음 떨어진 곳에 오자 오디세우스는 부하들을 숫양에서 내리게 한 다음, 가축 떼 가운데 상당수를 자기네 배가 있는 바닷가로 끌고 갔다. 그런 뒤에 서둘러 가축 떼를 배에 싣고, 배를 밀어서 바닷가에서 떠난 다음, 안전한 거리까지 오자 큰 소리로 외쳤다. 「키클롭스여, 너의 흉악한 행동에 대해서 신들께서 충분한 보답을 해주신 거다. 네가 치욕스럽게 시력을 상실하도록 만든 사람은 바로 오디세우스라는 것을 잘 알고 있어라.」 이 말을 들은 거인은 산비탈에서 바위를 하나 붙잡더니, 그걸 바닥에서 떼어 내서 공중에 번쩍 들어 올려 목소리가 들린 방향으로 있는 힘껏 던져 버렸다. 그 커다란 바위는 배의 꼬리 부분을 아슬아슬하게 스쳐서 떨어졌다. 하지만 거대한 바위가 떨어지면서 생긴 물결에 배는 다시 육지 쪽으로 밀려가게 되었으며, 자칫 큰 물결에 휩쓸려 침몰하는 운명을 맞이할 뻔했다. 천신만고 끝에 다시 바닷가에서 벗어날 수 있게 되자, 오디세우스는 다시 한번 거인을 약 올리려고 했지만 동료들은 제발 그러지 말라고 그를 말렸다. 그럼에도 그는 자기들이 그 투척물을 무사히 벗어났음을 그 투척자에게 알리고 싶어 안달했고, 결국 아까보다 더 안전한 거리에 도달하자마자 실제로 그렇게 했다. 이에 거인은 대답 대신 이들에게 저주를 내렸지만, 오디세우스와 그 부하들은 열심히 노를 저은 끝에 다른 동료들과 다시 만날 수 있었다.

곧이어 일행은 아이올로스의 섬에 도착했다. 제우스로부터 바람의 지배권을 위탁받은 이 섬의 군주는 자기 마음대로 바람을 불거나 멎게 할 수 있었다. 그는 오디세우스를 후하게 대접했고, 손님이 떠날 때가 되자 자칫 유해하고 위험할 수 있는 바람들을 가죽 주머니에 집어넣고 은색 끈으로 주둥이를 동여맨 다음, 순풍에게 명령하여 손님이 사는 나라까지 곧장 불어 가게 했다. 일행은 9일 동안이나 순풍을 타고 달렸으며, 그 내내 오디세우스는 잠을 자지 않고 배의 키를 잡고 있었다. 그러다가 몹시 지친 그는 잠을 자려고 자리에 누웠다. 오디세우스가 잠든 사이 선원들은 수수께끼의 주머니가 무엇일지 궁금해하다가, 십중팔구 그 안에는 저 후한 아이올로스 왕이 자기네 대장에게 준 보물이 들어 있을 것이라고 결론을 내렸다. 그 가운데 일부를 빼돌리고 싶은 마음에 이들은 주둥이를 묶은 끈을 풀었고, 그러자 곧바로 그 안에 들어 있던 바람이 흘러나와 버렸다. 배들은 결국 가던 길에서 크게 벗어났고, 애초에 떠났던 바로 그 섬으로 다시 돌아와 버렸다. 아이올로스는 이들의 어리석은 행동에 격분한 나머지 더 이상은 도와주지 않았으며, 이들은 또다시 힘들게 노를 저어서 항해해야 하는 신세가 되고 말았다.

라이스트리고네스족(族)

그다음 모험은 라이스트리고네스족이라는 야만 부족과의 사이에서 벌어졌다. 오디세우스 일행이 탄 배들은 이 부족이 사는 섬에 도착하자 무작정 항구로 들어갔는데, 완전히 육지로 둘러싸인 그 만(灣)의 안전한 외양에 이끌린 까닭이었다. 오로지 오디세우스 혼자만이 항구 밖에다 자기 배를 정박해 두었다. 라이스트리고네스족은 항구 안에 정박한 배들이 완전히 자기네 손아귀에 들어왔음을 깨닫자마자 공격을 가했고, 커다란 바위를 던져서 배를 박살 내고 뒤집었으며, 창을 가지고 물속에서 허우적거리는 뱃사람들을 찔러 죽였다. 다른 배들이며 선원들이 최후를 맞이하는 사이, 항구 밖에 머물러 있었던 오디세우스의 배만 이곳이 안전하지 않음을 깨닫고 도망쳤다. 그는 부하들에게 열심히 노를 저으라고 재촉했고, 결국 이들은 도망치는 데 성공했다.

살해당한 동료들을 향한 슬픔과 살아남은 자신들을 향한 기쁨이 뒤섞인 상태로 이들은 계속 배를 몰아서 아이아이아 섬에 도착했는데, 그곳에는 태양의 딸인 키르케가 살고 있었다. 섬에 상륙한 오디세우스는 언덕에 올라 주위를 둘러보았지만 인적은 전혀 없었고, 오로지 섬 한복판에만 숲으로 에워싸인 궁전이 하나 있음을 알아냈다. 그는 에우릴로코스에게 부하 절반을 딸려 보내면서, 그곳에서 과연 어떤 호의를 얻을 가능성이 있는지를 알아보게 했다. 그리스인들이 궁전에 도착하자마자 사자와 호랑이와 늑대 같은 짐승들이 이들을 에워쌌는데, 강력한 마법사인 키르케의 마술에 의해 길들여진 상태라서 전혀 포악하지 않았다. 즉 이들은 한때 인간이었지만 키르케의 주문으로 모습이 변해 짐승이 된 것이었다. 궁전 안에서는 은은한 음악 소리와 함께 아름다운 여성의 노랫소리가 들려왔다. 큰 목소리로 주인을 부르자, 여신이 밖으로 나오더니 이들에게 들어오라고 권했다. 다른 사람들은 모두 기쁘게 안으로 들어갔지만, 에우릴로코스는 위험이 있을지도 모른다고 의심해서 밖에 남아 있었다. 여신은 이들에게 자리를 권하더니, 포도주와 다른 맛있는 음식을 갖다주었다. 손님들이 실컷 먹고 마시자, 그녀는 자기 지팡이로 이들을 하나하나 건드렸고, 그러자 사람들은 곧바로 〈돼지〉가 되었으며, 비록 짐승의 〈머리, 몸, 목소리, 털〉을 갖게 되었어도 그 지력은 이전과 같았다. 키르케는 이들을 돼지우리에 집어넣은 다음, 도토리를 비롯해서 돼지가 딱 좋아할 만한 것들을 먹으라고 주었다.

에우릴로코스는 서둘러 배로 돌아와 그 이야기를 해주었다. 이에 오디세우스는 그곳으로 직접 가보기로, 그리하여 자기 동료들을 구조할 방법을 알아보기로 작정했다. 그때 혼자 걷던 그의 앞에 한 청년이 불쑥 나타나 친근한 어조로 말을 걸었는데, 어쩐지 그의 모험에 관해서 익히 알고 있는 듯했다. 그는 자기가 헤르메스라고 말한 다음, 키르케의 마법에 관해서는 물론 그녀에게 접근하는 일의 위험성에 관해서도 설명해 주었다. 하지만 이런 설득에도 불구하고 오디세우스가 동료를 구조하려는 시도를 포기하지 않으려 들자, 신은 주술에 저항하는 놀라운 힘을 가진 식물 〈몰리〉의 잔가지를 건네주며, 어떻게 행동하면 되는지를 가르쳐 주었다. 오디세우스는 계속 나아가서 궁전에 도착했으며, 그곳에서 키르케의 정중한 환영을 받고 동료들이 겪은 것처럼 대접을 받았다. 그가 음식을 먹고 마시자, 그녀는 지팡이로 그를 건드리며 말했다. 「어서 돼지우리로 들어가서 네 친구들과 함께 뒹굴어라.」 하지만 오디세우스는 이 말에 순종하는 대신 검을 빼들고 분노한 얼굴로 그녀에게 달려들었다. 그러자 키르케는 무릎을 꿇고 그에게 자비를 간청했다. 오디세우스는 우선 동료들을 풀어 줄 것과 더 이상 자기나 다른 사람에게 해를 끼치지 않을 것을 맹세하라고 그녀에게 요구했다. 키르케는 이 요구대로 맹세했고, 아울러 이들을 후하게 접대한 이후에는 모두 안전하게 보내 주기로 약속했다. 그녀는 맹세한 내용을 지켰다. 우선 오디세우스의 부하들을 원래의 모습으로 돌아오게 해주었고, 바닷가에 머물던 나머지 선원들도 불러와서 이후 매일같이 후한 대접을 해주었다. 급기야 오디세우스도 자기 고향에 대해서는 까맣게 잊어버린 듯했고, 마치 편안함과 즐거움의 불명예스러운 삶에 만족하는 듯했다.

그러다가 마침내 동료들은 오디세우스에게 더 고귀한 감정을 일깨워 주었으며, 그 역시 이들의 훈계를 고맙게 받아들였다. 키르케는 이들의 출발을 도와주었고, 세이렌이 있는 해안을 안전하게 지나가는 방법을 알려 주었다. 이 바다 님프들은 노래를 불러서 모든 사람을 홀리는 힘을 갖고 있어서, 불운한 뱃사람들이 차마 저항할 수 없는 상태에서 바다에 뛰어들어 죽음을 맞이하곤 했다. 키르케는 뱃사람들의 귀를 밀랍으로 막아서 노래를 듣지 못하게 하라고 오디세우스에게 지시했다. 아울러 그가 만약 그 노래를 듣고 싶다면, 일단 돛대에 몸을 묶은 다음 부하들에게 엄명을 내려서 세이렌의 섬을 완전히 벗어나기 전까지는 자기가 무슨 말과 행동을 하든지 절대로 묶은 것을 풀지 못하게 하라고도 가르쳐 주었다. 오디세우스는 이런 지시를 충실히 따랐다. 그는 부하들의 귀를 밀랍으로 막았고, 자기를 돛대에 밧줄로 단단히 매라고 명령했다. 이들이 세이렌의 섬에 도착하자 바다는 잔잔했으며, 물 위로는 매우 황홀하고 매력적인 곡조가 들려왔다. 오디세우스는 밧줄에서 벗어나려고 몸부림쳤고, 자기를 풀어 달라고 소리와 몸짓으로 애원했다. 하지만 부하들은 이전에 받은 명령에 충실했기에 오히려 앞으로 달려 나가 그를 더 단단히 묶어 버렸다. 이들은 계속해서 배를 몰았으며, 음악은 점점 희미해지다가 나중에는 더 이상 들리지 않게 되었다. 오디세우스가 기뻐하며 동료들에게 귀의 밀랍을 제거하라고 신호를 보내자, 이들은 비로소 그를 묶었던 밧줄을 풀어 주었다.

시인 키츠는 상상력을 동원하여, 변신 직후 키르케의 희생자들의 두뇌에 스쳤던 생각을 우리에게 이야기해 주었다. 「엔디미온」에서 그는 희생자 가운데 한 명인 군주가 코끼리의 모습으로 변한 상태에서, 인간의 언어를 이용해 여자 마법사에게 이렇게 말한다고 묘사했다.

내 간청은 멋진 왕관을 다시 위함도 아니고,
내 간청은 벌판의 방진(方陣)을 위함도 아니고,
내 간청은 외로이 혼자 된 아내를 위함도 아니고,
내 간청은 내 삶의 붉은 핏방울,
예쁜 내 아이들, 내 사랑하는 아들딸을 위함도 아니오.
나는 그들을 잊을 테니까, 이런 즐거움은 지나치겠소.

하늘을 우러러 요청하지 않겠소. 너무, 너무 높으니까.
다른 어떤 은혜보다도, 나는 다만 죽기를 바랄 뿐이오.
벗어나기를 바랄 뿐이오, 이 번거로운 육신에서,
이 크고, 혐오스럽고, 더러운 올가미에서.
그저 차갑고 황량한 공중에 떠오르길 바랄 뿐이오.
자비를 베푸시오, 여신이여! 키르케여, 내 기도를 들으소서!

스킬레와 카립디스

오디세우스는 스킬레와 카립디스라는 두 가지 괴물에 관해서도 키르케로부터 미리 경고를 들어 두었다. 스킬레에 관해서는 글라우코스의 이야기에서 이미 살펴본 바가 있었으니, 한때는 아름다운 처녀였지만 키르케가 뱀과 같은 괴물로 변모시켜 버렸다는 사실이 기억날 것이다. 그녀는 절벽 높은 곳에 있는 동굴에 살면서 배가 가까이 지나갈 때마다 (무려 여섯 개나 되는) 기나긴 목을 내밀어서 한 입에 선원 하나씩을 물어오곤 했다. 또 다른 두려움의 대상인 카립디스는 해수면과 같은 높이의 소용돌이를 말했다. 하루 세 번씩 물이 무시무시한 틈새로 흘러들었고, 역시나 하루 세 번씩 도로 흘러나왔다. 물살이 빨라진 동안에 이 소용돌이에 가까이 접근하는 배는 십중팔구 휩쓸려 들어가 버렸다. 제아무리 포세이돈이라 하더라도 구해 낼 수 없었다.

무시무시한 괴물들의 서식지에 가까워지자, 오디세우스는 그놈들을 발견하기 위해서 계속 엄중히 감시를 했다. 카립디스는 물을 빨아들이는 요란한 소리를 통해서 멀찍이서 경고를 해주었지만, 스킬레는 어디에서도 찾아볼 수가 없었다. 오디세우스와 부하들은 불안한 눈으로 저 무시무시한 소용돌이를 바라보았지만, 정작 괴물의 공격에 대해서는 그처럼 대비하지 못하고 말았다. 결국 스킬레가 뱀과 비슷한 머리를 쏜살같이 내밀어서 그의 부하 여섯 명을 물더니, 비명을 지르는 그들을 잽싸게 자기 동굴로 끌고 갔다. 이것이야말로 오디세우스가 이때까지 본 것 중에서도 가장 서글픈 광경이었다. 자기 친구들이 그렇게 희생되는 모습을 눈앞에서 지켜보고 그들의 비명을 들었지만, 차마 그들을 도울 수가 없었기 때문이다.

키르케는 또 한 가지 위험에 대해서 그에게 경고했다. 즉 스킬레와 카립디스를 지나친 다음에 이들이 도달할 육지는 트리나키아라는 섬이었는데, 그곳에는 〈태양〉 신 히페리온의 소 떼가 풀을 뜯고, 그의 딸인 람페티아와 파에투사가 이들 가축을 돌보았다. 그러니 뱃사람들이 아무리 원한다 하더라도, 이 짐승들은 절대로 건드려서는 안 된다는 것이었다. 만약 이 금기를 위반할 경우, 그 위반자에게는 분명히 파멸이 닥치리라는 것이었다.

오디세우스는 〈태양〉 신의 섬에 들르지 않고 아예 그냥 지나칠 용의도 있었지만, 그곳의 해안에 닻을 내리고 하룻밤을 보내기만 하면 휴식과 기분 전환이 가능할 것이라는 동료들의 하소연에 결국 양보하고 말았다. 대신 그는 부하들에게 맹세를 시켰다. 즉 이곳에 사는 성스러운 가축 떼는 단 한 마리도 건드리지 말고, 키르케가 배에 실어 준 식량 가운데 남은 것으로만 배를 채우는 데 만족하라는 것이었다. 물론 식량이 남아 있을 때에는 사람들도 맹세를 지켰지만, 역풍 때문에 이들은 무려 한 달 동안이나 이 섬에 머물러 있어야 했고, 급기야 식량을 모조리 먹어 치우고 나자 어쩔 수 없이 새와 물고기를 잡아먹을 수밖에 없었다. 굶주림에 시달리던 선원들은 급기야 오디세우스가 없는 틈을 타서 소를 몇 마리 잡아먹었고, 이에 분노했을 법한 권능자들을 달래려고 그중 일부를 제물로 바치려 했지만 헛수고일 뿐이었다. 오디세우스는 해안에 돌아오자마자 부하들이 한 짓을 깨닫고 겁에 질렸고, 곧이어 일어난 불길한 징조들을 보며 더더욱 겁에 질리고 말았다. 소의 가죽이 땅에서 기어다녔으며, 고기 덩어리가 꼬치에 꿰어 구워지는 동안에 울음소리를 냈기 때문이다.

바람이 순조로워지자 이들은 이 섬을 떠났다. 하지만 멀리 못 가서 날씨가 바뀌더니, 천둥번개를 동반한 폭풍이 몰아쳤다. 벼락이 떨어지며 돛대가 산산조각 났고, 아래로 떨어지며 키잡이가 깔려 죽었다. 결국 배는 산산조각이 나고 말았다. 용골과 돛대가 나란히 물 위에 떠 있었고, 오디세우스는 그걸 이용해 뗏목을 만들고 거기 매달려 있었다. 곧이어 바람이 바뀌자 그는 칼립소가 사는 섬으로 떠밀려 갔다. 나머지 선원은 모두 죽은 다음이었다.

우리가 방금 살펴본 내용을 인유한 아래의 시는 밀턴의 「코머스」 가운데 일부이다.

> (……) 내가 종종 들은 바에 따르면
> 내 어머니 키르케와 세 명의 세이렌이
> 꽃무늬 옷을 걸친 나이아데스와 함께
> 유익한 약초와 유해한 약물을 골라 두다가
> 노래를 부르기만 하면, 몸에 갇힌 영혼이
> 엘리시온 평원으로 끌려갈 듯했다. 스킬레는 울며
> 요란한 파도를 꾸짖어 주의시키고,
> 카립디스는 조용한 찬사를 중얼거렸다.

훗날 스킬레와 카립디스는 누군가의 앞길에서 양옆에 도사린 위험을 가리키는 격언이 되었다.[130]

칼립소

칼립소는 바다 님프였다. 님프란 비록 신들의 속성을 많이 가지고 있긴 하지만 지위는 낮은 수많은 여신들의 무리를 가리킨다. 칼립소는 오디세우스를 호의적으로 맞이하여 극진한 대접을 해주었고, 그를 사랑하게 되어서 영원히 데리고 있고자 했으며, 그러기 위해 그에게 불멸성을 부여하려고 했다. 하지만 오디세우스는 자기 고향과 자기 아내와 아들에게 돌아가고자 하는 결의를 고집했다. 칼립소는 마침내 그를 보내 주라는 제우스의 명령을 받았다. 헤르메스는 이 명령을

130 〈격언〉 8을 보라 — 원주.

전하려고 그녀의 동굴로 찾아갔는데, 호메로스는 그곳 풍경을 다음과 같이 묘사했다.

> 사방으로 울창한 포도 넝쿨이
> 널찍한 동굴을 뒤덮었고, 탐스러운 포도송이가
> 매달려 있었다. 네 개의 샘에서 잔잔한 물이 솟아
> 구불구불 이어지며 나란히 달리면서
> 주위를 맴돌았고, 사방에는 매우 부드러운
> 초록 풀밭이 나타났고, 그 위에는 자주색
> 제비꽃이 덮여 있었다. 그 광경을 보니
> 하늘에서 온 신조차도 놀라고 기뻐할 정도였다.[131]

칼립소는 매우 마지못해하면서 제우스의 명령에 순종했다. 그녀는 오디세우스에게 뗏목 만들 재료를 제공했으며, 그를 위해 식량도 넉넉히 실어 주었고, 그에게 순조로운 바람도 선사했다. 그는 여러 날 동안 무사히 배를 몰았지만, 마침내 육지가 눈에 들어온 순간에 폭풍이 일면서 돛대가 부러졌고, 뗏목마저 산산조각이 날 위험에 처하게 되었다. 이런 재난을 맞이한 상황에서 그를 동정하던 바다 님프 레우코테아가 이를 보고 가마우지의 모습으로 변신해 뗏목 위에 내려앉더니, 그에게 띠를 하나 건네주며 그걸 가슴 바로 밑에 묶으라고 했다. 만약 그가 파도에 몸을 맡길 수밖에 없는 상태가 되더라도, 그 띠가 그를 물에 뜨게 해서 육지까지 헤엄쳐 가게 해주리라는 것이었다.

131 『오디세이아』 제5권 68~74행.

페늘롱의 소설 『텔레마코스의 모험』은 오디세우스의 아들이 아버지를 찾아 나서면서 겪는 모험을 우리에게 들려준다.[132] 그가 아버지의 발자취를 뒤따라 찾아간 여러 장소 중에는 칼립소의 섬도 있었는데, 여신은 역시나 그를 자기 곁에 두기 위해서 갖가지로 노력하면서, 자신의 불멸성을 그와 나누겠다고 제안한다. 하지만 아테나가 멘토르의 모습을 취하고 텔레마코스와 동행하면서 모든 행동을 다스리고 그녀의 유혹도 물리치게 만든다. 그러나 도주의 수단을 전혀 찾을 수 없게 되자 두 사람은 나란히 절벽에서 바다로 뛰어내린 다음 근해에 가만히 놓여 있는 배까지 헤엄쳐 간다. 바이런은 텔레마코스와 멘토르가 바다로 뛰어내렸던 이 사건을 『차일드 해럴드』 제2편 29연에서 인유한다.

하지만 조용히 지나지는 못했네, 칼립소의 섬,
바다 한가운데 있는 자매 거주자를.
지친 자들을 위해 거기 여전히 마을 하나 미소 짓네.
비록 아름다운 여신은 오래전에 울음을 멈추었어도,
자기 절벽 너머로 성과 없는 감시를 했었다네,
자기보다 필멸의 신부를 더 선호한 남자를 위해서.
여기서는 그의 아들도 무시무시한 도약을 시도했으니,
엄한 멘토르의 재촉으로 저 아래 파도로 뛰었다네.
둘 다 잃어버린 님프 여왕, 겹으로 한숨을 쉬었다네.

132 물론 아래의 내용은 페늘롱의 창작이며 호메로스의 서사시에는 나오지 않는다.

제30장

파이아케스족·구혼자들의 최후

파이아케스족(族)

목재가 일부라도 붙어 있는 동안에는 오디세우스도 뗏목에 달라붙어 있었지만, 더 이상은 뗏목이 자기 몸을 떠받쳐 주지 못하게 되자, 그를 딱하게 여긴 여신 레우코테아가 앞서 건네준 띠를 자기 몸에 묶고 헤엄치기 시작했다. 아테나는 그의 앞쪽에 있는 파도를 잠잠하게 만들고, 바람을 보내서 물결을 만들어 그를 바닷가까지 떠밀어 주었다. 하지만 큰 파도가 바위를 때리는 바람에 마치 육지로의 접근이 금지된 것 같았다. 오디세우스는 마침내 잔잔한 개울의 입구에서 고요한 물을 찾아내서 육지에 올랐지만, 워낙 고생한 끝에 지친 것은 물론이고 차마 숨도 못 쉬고 말도 못 하게 되어서 거의 죽다시피 한 상태가 되었다. 어느 정도 시간이 흐르자 그는 기운을 되찾고 땅에다 입을 맞추고 기뻐했지만, 어떤 길로 가야 할지 몰라 당혹스러워하고 있었다. 거기서 멀지 않은 곳에 있는 숲을 보자, 오디세우스는 그쪽으로 걸음을 옮겼다. 그곳에서 그는 은신처를 하나 발견했는데, 우거진 나뭇가지 덕분에 해와 비 모두를 막아 주는 곳이었다. 오디세우스는 낙엽을 한 무더기 모아서 침대로 삼고, 낙엽을 몸 위에 덮고 잠들어 버렸다.

그가 도착한 곳은 스케리아로 파이아케스족(族)의 나라였다. 이 민족은 원래 키클로페스와 가까이에 살았다. 하지만 그 야만적인 부족으로부터 압박을 당하게 되자, 자기네 왕 나우시토오스의 지휘 하에 스케리아섬으로 이주한 것이었다. 시인의 설명에 따르면, 이들은 외모가 신(神)에 버금갔으며 그래서인지 이들이 희생 제물을 바칠 때면 신들도 공공연히 나타나서 함께 잔치를 즐기고 외로운 여행자와 마주칠 때에는 자기 정체를 굳이 숨기지도 않았다. 파이아케스족은 막대한 부를 소유하고 전쟁의 경보에 의해 방해를 받는 법 없이 이를 즐겼다. 이득을 탐하는 자들로부터 워낙 멀리 떨어져 살았고, 외적이 이들의 바닷가로 접근하는 일도 없었기 때문에, 심지어 활과 화살을 사용할 필요까지도 없었다. 이들의 주업은 항해였다. 파이아케스족의 선박은 마치 새가 날아가는 것처럼 움직였으며, 거기다가 지혜까지도 겸비하고 있었다. 이들은 모든 항구를 알았으며 수로 안내인을 전혀 필요로 하지 않았다. 나우시토오스의 아들 알키노오스가 이제 이들의 왕이었는데, 현명하고 공정한 군주로서 백성으로부터 사랑받고 있었다.

오디세우스가 파이아케스족의 섬에 표류한 바로 그날 밤, 그러니까 그가 낙엽으로 만든 침대에 누워 자고 있는 사이에, 왕의 딸 나우시카아는 아테나가 보낸 꿈을 꾸었다. 즉 그녀의 결혼식이 멀지 않았음을 상기시키며, 가족의 옷 전체를 세탁하는 것이야말로 그 행사에 대한 신중한 준비가 되리라고 권하는 내용이었다. 이것은 간단한 일이 아니었다. 샘이

제법 멀리 떨어져 있었기 때문에, 의복을 반드시 그곳까지 실어 날라야 했기 때문이다. 잠에서 깬 공주는 부모에게 달려가서 자기 마음속에 떠오른 생각을 말했다. 자기 결혼식에 대해서는 언급하지 않고, 이와 마찬가지로 좋은 다른 이유를 댔다. 그녀의 아버지는 기꺼이 승낙하고 마부에게 명령해 이 일에 사용할 수레를 하나 대령시켰다. 거기에 옷을 싣자, 어머니는 마찬가지로 푸짐한 음식과 포도주를 거기 실어 주었다. 공주는 수레에 올라서 채찍을 휘둘렀고, 그녀를 수행하는 시녀들은 걸어서 그 뒤를 따랐다. 강변에 도착하자 이들은 노새를 풀어서 풀을 뜯게 했고, 수레에 실린 짐을 내려서 의복을 물에 집어넣었고, 쾌활함과 민첩함을 발휘하며 자기네 일을 금세 끝마쳤다. 일행은 의복을 불가에 놓아 말렸고, 자기들도 목욕을 마친 뒤에는 자리에 앉아서 식사를 즐겼다. 시녀들이 자리에서 일어나 공놀이를 하자, 공주는 놀고 있는 그들을 향해 노래를 불러 주었다. 하지만 일행이 의복을 도로 접어서 도시로 돌아가려고 할 즈음 아테나는 공주가 던진 공을 물에 빠지게 만들었고, 이에 모두가 소리를 지르자 오디세우스가 그 소리를 듣고 잠에서 깨어났다.

이 대목에서 우리가 오디세우스라고 상상해 보자. 난파한 뱃사람인 그는 불과 몇 시간 전에야 간신히 파도에서 도망쳤으며, 옷이라고는 전혀 없는 상태이다. 잠에서 깬 오디세우스는 불과 덤불 몇 개만을 사이에 둔 채로 젊은 처녀들이 한 무리나 와 있음을 깨달았을 것이다. 그것도 그 행동과 옷차림으로 미루어 짐작하건대 단순한 농부의 딸들이 아니라, 더 높은 계급에 속한 처녀들이 와 있음을 말이다. 무척이나 도움이 필요한 상태이긴 했지만, 과연 그가 어떻게 이처럼 벌거벗은 상태에서 모습을 드러내고 자기 요구를 알릴 수 있었겠는가? 지금이야말로 그의 수호 여신 아테나의 간섭이 필요한 상황이었으니, 이 여신은 결코 위기의 순간에 오디세우스를 저버리는 법이 없었기 때문이다. 그는 나무에서 잎이 무성한 가지를 하나 꺾은 다음, 그걸 앞에 치켜들고 수풀 속에서 걸어 나갔다. 시녀들은 오디세우스를 보자마자 사방으로 뿔뿔이 달아나 버렸다. 나우시카아 혼자만은 예외였는데, 왜냐하면 아테나가 〈그녀〉를 도와주었고 용기와 분별력을 부여했기 때문이다. 오디세우스는 충분히 멀리 떨어진 상태에서 자신의 딱한 사연을 이야기했고, 저 아름다운 대상에게(그로선 상대방이 여왕인지 아니면 여신인지 알 수가 없었기 때문이다) 음식과 의복을 요청했다. 공주는 정중하게 대답을 내놓으면서, 우선 이곳에서 도움을 주기로 약속했을 뿐만 아니라 자기 아버지가 이 사실을 알게 되면 역시나 환대해 주시리라고 약속했다. 그녀는 흩어진 시녀들을 불러 모아 호들갑을 나무라고 파이아케스족에게는 굳이 두려워할 적이 전혀 없음을 이들에게 상기시켰다. 이 사람은 불운한 방랑자에 불과하며 따라서 자기들은 이 사람을 소중히 여겨야 할 의무가 있는데, 왜냐하면 가난한 사람과 이방인은 바로 제우스가 보낸 이들이기 때문이라고 덧붙였다. 나우시카아는 일행에게 명령하여 음식과 의복을 가져오게 했는데, 마침 수레에는 그녀의 형제들의 의복 가운데 일부가 있었기 때문이었다. 일행이 명령대로 행하자, 오디세우스는 호젓한 장소로 가서 자기 몸에 묻은 바닷물을 씻어 내고, 옷을 걸치고 음식을 먹어 원기를 회복했다. 아테나도 그의 몸집을 더 크게 만들고, 그의 넓은 가슴과 남자다운 눈썹에 우아함을 흩뿌려 주었다.

이 모습을 본 공주의 마음에는 감탄이 가득했고, 자기에게도 저런 남편을 신들께서 보내 주셨으면 좋겠다며 시녀들에게 대놓고 말할 정도가 되었다. 그녀는 오디세우스에게 도시로 오라고 권했으며, 들판에 난 길을 지나갈 때에는 자기와 일행을 따라오면 된다고 말했다. 하지만 도시에 도달할 무렵이 되면 그가 더 이상 자기네 일행 사이에 있지 말았으면 좋겠다고 덧붙였다. 왜냐하면 그녀가 이처럼 멋진 이방인과 함께 돌아오는 것을 목격한 오만하고 속된 사람들이 내놓을 뒷공론이 두려웠기 때문이었다. 이를 피하기 위해서 나우시카아는 도시에 인접한 숲에서 멈춰 서라고 오디세우스에게 조언했는데, 마침 그곳에는 왕의 소유인 농장과 정원이 있기 때문이었다. 공주와 그 일행이 도시에 도착하기까지 어느 정도 시간을 두고 나면 그도 뒤따라서 그곳으로 오면 되고, 누구를 만나든지 손쉽게 안내를 받아 왕궁으로 올 수 있으리라고 했다.

오디세우스는 이 지시를 따랐으며, 머지않아 도시로 향하게 되었다. 도시에 도달했을 때 그는 물을 긷기 위해 항아리를 들고 오는 젊은 여성을 한 명 만났다. 그 처녀는 바로 아테나였는데, 이때에는 바로 그런 모습을 취하고 있었던 것이다. 오디세우스는 그녀를 불러 세우고 그곳의 왕 알키노오스의 궁전이 어디인지 알려 달라고 부탁했다. 그러자 처녀는 공손히 대답을 내놓으면서 그를 안내해 주기로 했다. 마침 왕궁이 자기 아버지의 집 근처이기 때문이라는 것이 그녀의 설명이었다. 여신의 안내로, 그리고 그를 구름으로 덮어 남의 눈에 띄지 않게 해준 여신의 권능 아래, 오디세우스는 북적이는 군중 사이를 지나고, 이곳의 항구와 선박과 (영웅들의 모임 장소인) 회의장과 성벽을 바라보며 감탄하기도 하면서 결국 왕궁에 도착했다. 이곳에서 여신은 일단 이 나라에 관해서 그리고 그가 곧 만나게 될 왕과 백성에 관해서 몇 가지 정보를 전해 주고 떠나가 버렸다. 오디세우스는 왕궁의 마당에 들어서기에 앞서 선 채로 그곳의 풍경을 둘러보았다. 그곳의 장관에 그는 깜짝 놀랐다. 입구부터 안쪽 집에 이르기까지 놋쇠 벽이 뻗어 있었고, 집의 문들은 금이고, 문설주는 은이고, 상인방은 은에 금을 장식해 만든 것이었다. 양쪽에는 금과 은으로 만든 맹견의 조상(彫像)이 있었는데, 마치 외부인의 접근을 막는 것처럼 줄지어 서 있었다. 벽을 따라서는 좌석이 길게 늘어서 있었으며, 그 위에는 매우 뛰어난 직조물로 만든 덮개가 놓여 있었으니, 바로 파이아케스족 처녀들의 작품이었다. 그 좌석에는 흔히 왕족들이 앉아서 잔치를 즐겼으며, 우아한 청년들의 황금 조상(彫像)이 각자의 손에 횃불을 들고서 그곳에 빛을 뿌리곤 했다. 가내에서는 모두 50명의 하녀가 일했는데, 그중 일부는 곡식 빻는 일을 했고, 또 일부는 자주색 양모를 실로 만들거나 그걸로 베를 짜는 일을 했다. 파이아케스족 여성은 가사 면에서 세상의 다른 모든 여성을 훨씬 능가했는데, 이는 그 나라의 뱃사람들이 배의 관리 면에서 나머지 온 인류를 훨씬 능가하는 것과 매한가지였다. 왕궁 밖에는 널찍한 정원이 있었는데, 그 넓이는 1만 6천 제곱미터에 달했다. 거기에는 키가 큰 나무가 많았으며 석류와 배와 사과와 무화과와 올리브도 자랐다. 겨울의 추위나 여름의 가뭄도 나무의 성장을 저해하지는 못했고, 그놈들은 계속 연이어서 번성했으며, 그중 일부는 갓 태어난 반면 또 일부는 성숙해 있었다. 포도밭 역시 이에 못지않게 비옥했다. 한쪽의 포도나무는 그중 일부가 꽃이 피고, 또 일부가 잘 익은 포도를 달고 있었으며, 또 한쪽에서는 수확자들이 포도주 압착기를 밟고 있었다. 정원의 가장자리에는 갖가지 색깔의 꽃들이 사시사철 꽃을 피웠으며, 깔끔한 순서대로 배열되어 있었다. 한가운데에는 두 개의 샘이 물을 뿜어냈으며, 그중 하나는 인공 수로를 통해서 정원 전체로 흘렀고, 다른 하나는 역시나 수로를 따라 정원에서 왕궁의 마당으로 흘러가서 모든 시민이 각자의 필요대로 물을 길어 가게 하고 있었다.

오디세우스는 가만히 서서 감탄한 채로 그 모습을 바라보고 있었는데, 아테나가 주위에 둘러놓은 구름이 그를 가려 주고 있었으므로 여전히 남의 눈에는 띄지 않았다. 마침내 충분히 풍경을 관찰하고 나자 그는 빠른 걸음으로 연회장에 들어갔는데, 그곳에는 족장들과 원로들이 모여서 헤르메스에게 헌주를 붓고 있었다. 이 예식은 저녁 식사 이후에 이루어지는 것이었다. 바로 그때가 되어서야 아테나는 구름을 흩어 버려서 거기 모인 족장들에게 오디세우스의 모습을 보여 주었다. 그는 왕궁에서도 특히 왕비가 앉아 있는 곳으로 가서 그녀의 발치에 무릎을 꿇고, 자기가 고국으로 돌아갈 수 있도록 호의와 지원을 간청했다. 그러다가 몸을 일으킨 오디세우스는 탄원자의 태도에 걸맞게 난로 쪽으로 가서 앉았다.

한동안 아무도 입을 열지 않았다. 그러다가 나이 지긋한 정치가가 왕에게 이렇게 말했다. 「우리에게 호의를 구하는 이방인이 탄원자의 모습으로 계속 기다리는데, 아무도 그를 환영하지 않는 것은 온당치가 않습니다. 그러니 그를 우리 사이의 자리로 인도하고, 음식과 포도주를 가져오게 하십시오.」 이 말을 들은 왕은 오디세우스에게 손을 내밀어서 그를 자리로 이끌었고, 거기 원래 앉아 있던 자기 아들을 다른 곳으로 비키게 하면서까지 이방인의 자리를 만들어 주었다. 음식과 포도주를 앞에 갖다 놓자, 그는 그걸 먹고 마시며 원기를 되찾았다.

곧이어 왕은 손님들을 모두 내보내면서, 다음 날 그들을 불러서 이 이방인을 어떻게 처리하는 것이 최선인지를 고려할 것이라고 알렸다.

손님들이 떠나자 오디세우스는 오로지 왕과 왕비하고만 남게 되었다. 왕비는 그가 누구이며 어디서 왔는지를, 그리고 (그가 입고 있는 옷이 왕비 자신과 시녀들이 만든 바로 그 옷임을 알아보고는) 그가 누구에게서 그 의복을 얻었는지를 물어보았다. 오디세우스는 자기가 칼립소의 섬에 머물던 것이며, 그곳에서 떠나온 것에 관해서 말해 주었다. 아울러 뗏목이 난파한 것이며, 자기가 헤엄쳐서 도망친 것이며, 공주의 도움을 얻은 것에 관해서 말해 주었다. 공주의 부모는 대답을 듣고 만족스러워했으며, 왕은 이 손님이 고국으로 돌아갈 수 있도록 배를 내주겠다고 약속했다.

다음 날 한자리에 모인 족장들이 왕의 약속을 확증했다. 배 한 척이 준비되고, 억센 노잡이로 이루어진 선원도 선정되었으며, 이들 모두가 궁전으로 찾아오자 넉넉한 식사가 제공되었다. 잔치 이후에 왕은 청년들을 불러서 남자다운 운동에서 이들의 우수함을 손님에게 자랑하게 했으며, 이들은 모두 경기장으로 가서 달리기와 레슬링과 다른 운동 시합을 벌였다. 모두가 최선을 다해 경기에 임한 직후, 오디세우스에게도 실력을 한번 보여 달라는 요청이 들어왔다. 그는 처음에만 해도 사양했지만, 청년 가운데 한 사람의 조롱을 접하자 파이아케스족 선수가 집어 들었던 것보다도 훨씬 더 무거운 고리를 집어 들고는, 그중 가장 멀리 던진 선수보다도 훨씬 더 멀리 던졌다. 이에 모두가 깜짝 놀랐고, 자기네 손님을 향해서 훨씬 커진 존경심을 드러냈다.

경기가 끝나자 모두가 연회장으로 돌아갔고, 심부름꾼이 눈먼 음유 시인 데모도코스를 데리고 들어왔다.

> 그를 총애한 무사 여신은
> 그에게 좋은 일과 나쁜 일 모두를 행하셨으니,
> 그의 시력을 앗아 간 대신 거룩한 선율을 주신 것이라.[133]

음유 시인은 〈목마〉를 소재로 삼았는데, 바로 이 물건을 이용해서 그리스인은 트로이아로 들어갈 방법을 찾았던 것이다. 아폴론이 영감을 불어넣자 그는 이 중대한 시기의 공포와 위업에 관해서 매우 감동적인 노래를 불렀는데, 모두가 이를 재미있어하는 가운데 오디세우스는 그만 감동한 나머지 눈물을 흘렸다. 이를 지켜보던 알키노오스는 노래가 끝나자마자 그에게 물어보았다. 어째서 트로이아에 대한 언급을 듣자마자 그의 슬픔이 일깨워진 것인가. 혹시 그의 아버지나 형제나 친구를 그곳에서 잃기라도 한 것인가? 오디세우스는 이에 대답하여 자기 본명을 밝히고, 이들의 요청을 받아들여 자기가 트로이아를 떠난 이후로 겪은 모험들을 하

133 『오디세이아』 제8권 62~64행.

나하나 설명했다. 그 이야기에 파이아케스족은 이 손님을 향한 동정과 감탄이 최고조에 달하게 되었다. 왕은 그를 위한 선물을 하나씩 준비하자고 족장 모두에게 제안했고, 우선 자기부터 모범을 보였다. 족장들도 이에 순종했으며, 이 유명한 이방인에게 값비싼 선물을 내놓기 위해서 경쟁을 벌이다시피 했다.

다음 날 오디세우스는 파이아케스족의 선박을 타고 떠났으며, 머지않아 그의 고국인 이타케에 무사히 도착했다. 배가 바닷가에 닿았을 무렵 그는 잠들어 있었다. 뱃사람들은 그를 굳이 깨우지 않고 바닷가에 내려놓았고, 그가 받은 선물이 들어 있는 궤짝을 나란히 놓아둔 다음 곧바로 배를 몰고 떠나 버렸다.

그런데 포세이돈은 오디세우스를 자기 손에서 구해 준 파이아케스족의 행동에 매우 불쾌해한 나머지, 항구로 돌아오던 그 배를 바위로 바꾸어서 항구 입구의 바로 맞은편에 우뚝 솟아 있게 만들었다.

파이아케스족의 배에 관한 호메로스의 묘사는 마치 현대의 증기선 항해가 보여 주는 경이를 예견한 것처럼 생각되기도 한다. 알키노오스는 오디세우스에게 이렇게 말한다.

> 말하시오, 어떤 도시, 어떤 이름의 지역에서 왔는지를,
> 그리고 그곳을 자랑하는 주민은 어떤 족속인지를.
> 그러면 그대는 지명한 장소에 금세 닿을 것이오,
> 마음과 동화되어 스스로 움직이는 놀라운 배를 타고.
> 그 배는 키로 방향을 잡지도, 수로 안내를 받지도 않소.

사람이 지능으로 하듯, 그 배는 물결을 헤친다오.
모든 해안과 모든 만을 의식하고 있다오.
만물을 바라보는 햇빛 아래 있는 곳 어디라도.[134]

칼라일 경[135]은 「터키와 그리스 바다에서의 일기」에서 그리스 서부의 케르키라섬에 대해서 이야기하면서, 이곳이 바로 고대 파이아케스족의 섬이라고 간주한다.

〈이 장소는 『오디세이아』를 설명해 준다. 바다 신의 신전이 이보다 더 잘 어울리게 자리 잡을 수는 없을 것이니, 항구와 해협과 바다를 굽어보는 바위산의 산마루에 있는, 가장 무성한 잔디로 이루어진 초록색 대 위에 자리하기 때문이다. 안쪽 항구의 출입구 바로 앞에는 마치 그림 같은 암초가 하나 있고 그 위에는 작은 수도원이 올라앉아 있는데, 어떤 전설에 따르면 이것은 본래 오디세우스를 태우고 갔던 배가 변모된 것이라고 한다.

이 섬에서 사실상 유일한 강 역시 그곳의 도시와 왕궁이 있었을 법한 자리에서 딱 적당히 떨어져 있어서, 나우시카아 공주가 의복을 세탁하기 위해서 시녀들과 함께 왕궁을 나서면서 굳이 수레와 요깃거리를 필요로 했던 이유를 설명해 준다.〉

134 『오디세이아』 555~560행. 포프의 영역문이기 때문에 호메로스의 원문과는 약간 다르다.

135 〈제7대 칼라일 경7th Earl of Carlisle〉인 영국의 정치가 조지 하워드George Howard(1802~1864)를 말한다.

구혼자들의 최후

오디세우스는 무려 20년 동안이나 이타케를 떠나 있었기 때문에, 잠에서 깨어나고서도 자신의 고향 땅을 알아보지 못했다. 그때 아테나가 젊은 목자로 변신해 나타나서는 그가 지금 있는 곳이 어디인지, 그리고 그의 궁전의 상태가 어떠한지 알려 주었다. 이타케와 인근 여러 섬의 귀족 1백 명 이상이 몇 년째 그곳에 눌러앉아 있었는데, 오디세우스가 죽었다고 생각한 나머지 그의 아내 페넬로페에게 구혼하는 한편, 그의 궁전과 백성을 멋대로 좌우하는 품새가 마치 양쪽 모두가 자기네 것이라고 여기는 듯했다. 따라서 이들에게 복수를 가할 수 있으려면 일단 정체를 들키지 않는 것이 중요해졌다. 이에 아테나는 오디세우스를 꼴사나운 거지로 변모시켰으며, 그의 충실한 하인인 돼지치기 에우마이오스를 찾아가 친절한 대접을 받게 했다.

그의 아들 텔레마코스는 아버지를 찾아 나서는 바람에 마침 그곳에 없었다. 트로이아 원정에서 이미 돌아온 다른 왕들의 궁전을 찾아갔던 것이었다. 탐색 중에 그는 아테나로부터 고향에 돌아가라는 조언을 얻었다. 텔레마코스는 도착하자마자 에우마이오스부터 찾아왔는데, 구혼자들 앞에 나서기 전에 궁전의 상황을 미리 알아보기 위해서였다. 그런데 돼지치기의 곁에 한 이방인이 있는 것을 보자 비록 상대방이 거지꼴을 하고 있었음에도 불구하고 정중하게 대우했으며, 심지어 도와주겠다고 약속하기까지 했다. 곧이어 에우마이오스는 아들의 도착 사실을 페넬로페에게 슬쩍 알리는 임무를 띠고 궁전으로 가게 되었는데, 왜냐하면 텔레마코스가 이미 알아낸 바에 따르면 구혼자들은 그를 중도에 가로막고 죽일 음모를 꾸미고 있었기 때문에 조심성이 필수였기 때문이다. 돼지치기가 떠나자, 아테나가 오디세우스 앞에 나타나서 이제 자기 정체를 아들에게 드러내라고 지시했다. 그러면서 여신이 손으로 만지자, 그에게서는 연로함과 궁핍함의 외양이 곧바로 제거되었으며, 대신 원래 그의 것이었던 강인한 남성성의 측면이 드러나게 되었다. 텔레마코스는 상대방을 바라보며 감탄해 마지않았으며, 처음에는 상대방이 필멸자 이상의 존재가 분명하다고 생각했다. 하지만 오디세우스는 자기가 아버지임을 밝힌 다음, 자기 외모가 바뀐 것은 아테나가 한 일이라고 설명했다.

> (……) 그러자 텔레마코스는
> 양팔로 아버지의 목을 끌어안고 울었다.
> 두 사람 모두 탄식하고픈 강한 욕망에 사로잡혔다.
> 조용한 중얼거림 속에서 각자의 슬픔에 몰두했다.[136]

아버지와 아들은 구혼자들을 제압하고 그 악행에 대한 처벌을 내릴 방법에 관해서 의논했다. 일단 텔레마코스는 궁전으로 가서 이전과 마찬가지로 구혼자들과 대면하기로 했다. 곧이어 오디세우스는 거지꼴을 하고 궁전에 나타나기로 했는데, 저 야만스럽던 옛날에만 해도 거지들은 오늘날 우리에게 얻는 것과는 확실히 다른 특권을 누리고 있었다. 당시의 거지는 곧 여행자이자 이야기꾼이었으며, 따라서 족장들의 연회장에 들어가도록 허락을 받았고 종종 손님으로서 대접을 받았다. 물론 때로는 무례한 대접을 받은 것도 의심의 여

136 『오디세이아』 제16권 213~216행.

지가 없지만 말이다. 오디세우스는 자기가 겉보기와는 다른 사람이라는 사실을 드러내지 말라고 사전에 아들에게 신신당부했다. 즉 자기를 향해서 이례적인 관심을 전혀 드러내지 말라고, 또한 설령 자기가 모욕을 당하거나 매를 맞더라도 평소에 다른 이방인에게 했을 법한 행동 이상으로 끼어들지는 말라고 타이른 것이다. 궁전에 도착한 두 사람은 평소와 마찬가지로 잔치와 소란이 벌어지고 있음을 발견했다. 구혼자들은 집에 돌아온 텔레마코스를 기쁘게 반기는 척했지만, 마음속으로는 그를 제거하려던 계획이 실패한 것에 분개하고 있었다. 늙은 거지는 들어오도록 허락을 받았고 식탁에 있는 음식 가운데 한몫을 대접받았다. 오디세우스가 자기 궁전 마당으로 들어설 때에 한 가지 감동적인 사건이 일어났다. 나이 들어서 거의 죽게 된 늙은 개 한 마리가 마당에 누워 있다가, 낯선 사람이 들어서자 갑자기 머리를 들고는 귀를 쫑긋 세웠다. 이 개는 오디세우스가 기르던 아르고스였고, 이전에만 해도 종종 주인의 사냥에 앞장서곤 했었다.

> (……) 오랫동안 사라졌던 오디세우스가
> 가까이 있음을 깨닫자마자, 개는 귀를 축
> 아래로 늘어뜨리고, 꼬리로 반가운 표시를 해서
> 만족을 표시하고, 힘이 없어 일어나진 못하고,
> 늙은 까닭에 주인에게 다가가지도 못했다.
> 오디세우스는 개를 보더니, 남몰래 눈물을 닦았다.
> (……) 곧이어 운명이 늙은 아르고스를
> 해방시켰다. 무려 20년의 세월을 살고
> 마침내 오디세우스를 다시 만난 그 순간에.[137]

오디세우스가 연회장에 앉아서 얻은 음식을 먹고 있노라니, 구혼자들은 그를 향해 경멸을 드러내기 시작했다. 그가 부드럽게 타이르자 그중 한 명이 자리에서 일어나더니 그에게 주먹을 날리기도 했다. 텔레마코스는 자기 아버지가 당신 소유의 연회장에서 그런 대접을 당하는 모습을 보고 느낀 분노를 억제하기 위해 애써 노력했는데, 아버지의 명령을 기억한 까닭에, 비록 젊기는 해도 이 집의 주인으로서 그리고 손님의 보호자로서 딱 어울리는 정도 이상으로는 굳이 이야기를 하지 않았다.

페넬로페는 구혼자들 가운데 한 사람을 고르겠다는 결정을 최대한 미뤄 왔기 때문에 이제는 더 이상 지연의 구실이 없어 보이는 상황이었다. 남편의 지속된 부재는 마치 그의 귀환을 더 이상은 기대할 수 없다는 사실을 입증하는 것처럼 보였다. 그사이에 그녀의 아들은 장성했으며, 이제는 자기 일을 알아서 처리할 수 있게 되었다. 따라서 페넬로페는 자기 선택의 문제를 구혼자들 간의 솜씨 대결에 맡기기로 응낙했다. 이를 위해 선정된 시험은 활을 쏘는 것이었다. 열두 개의 고리를 한 줄로 늘어놓은 다음, 화살을 쏘아서 열두 개 모두를 관통시킨 사람이 왕비를 차지하기로 한 것이다. 그리하여 사람들은 오디세우스가 동료 영웅들 가운데 한 명으로부터 선물 받은 활을 무기고에서 꺼내고, 화살이 가득한 화살통과 함께 연회장에 놓았다. 텔레마코스는 다른 모든 무기를 다른 곳에 치워 놓도록 지시하면서, 경쟁의 열기로 인해 자칫 누군가가 경솔한 순간에 무기를 부적절한 용도에 사용할 가능성이 있기 때문이라고 둘러댔다.

137 『오디세이아』 제17권 301~303, 326~327행.

시험 준비가 완료되자, 맨 처음 해야 하는 일은 활을 구부려서 시위를 거는 것이 되었다. 텔레마코스가 시도해 보았지만 아무리 애를 써도 소용이 없었다. 그는 자기 힘에 벅찬 과제를 시도했던 셈이라고 겸손하게 고백하면서 그 활을 다른 사람에게 건네주었다. 그 사람 역시 시도해 보았지만 마찬가지로 성공하지 못했고, 동료들의 웃음과 조롱 속에서 결국 포기하고 말았다. 또 한 사람이 시도해 보고 또 다른 사람이 시도해 보았다. 구혼자들은 활에 쇠기름을 먹여 보았지만, 아무 소용이 없었다. 활은 전혀 구부러지지 않았다. 그러자 오디세우스가 나서더니 자기도 한번 시도해 보아야 마땅하다고 주장했다. 왜냐하면 〈비록 지금은 거지이지만, 한때는 군인이었으며, 나의 이 늙은 팔다리에도 약간의 힘이 아직은 남아 있기 때문이라〉는 것이 거지의 말이었다. 구혼자들은 비웃음을 날렸고, 그의 무례한 태도를 야단치면서 연회장에서 나가라고 명령했다. 하지만 텔레마코스가 거지의 편을 들었으며, 단지 노인의 마음을 기쁘게 해주기 위해서라면서 그에게도 시도할 기회를 주었다. 오디세우스는 활을 붙잡더니 숙련된 손길로 그 무기를 다루었다. 즉 손쉽게 활고자에 시위를 걸더니, 곧이어 화살을 한 대 메겨서 시위를 당기고는 화살을 쏘아서 여러 개의 고리를 한 번에 관통시켰던 것이다.

구혼자들이 놀라움을 표시할 기회조차도 허락하지 않고, 그는 이렇게 말했다. 「이제는 또 다른 표적을 맞혀 볼까!」 그러면서 곧바로 구혼자 가운데 가장 무례했던 자를 겨냥했다. 화살이 목을 꿰뚫자 상대는 죽어 버리고 말았다. 텔레마코스와 에우마이오스, 그리고 역시나 충성스러운 부하인 소치기 필로이티오스도 모두 무장을 갖추고 달려 나와 오디세우스 곁에 섰다. 구혼자들은 깜짝 놀라서 무기를 찾아 주위를 둘러보았지만 전혀 찾을 수 없었다. 이들은 도망칠 길도 막힌 상태였으니, 에우마이오스가 미리 문을 닫아 두었기 때문이었다. 오디세우스는 적들을 어리둥절한 상태로 오래 내버려 두지 않았다. 그는 자기가 오랫동안 실종되었던 족장임을 밝혔다. 지금까지 너희는 나의 집을 침범했고, 나의 재산을 허비했고, 나의 아내와 아들을 무려 10년 동안이나 못살게 굴었다고 말했다. 그러면서 이제는 그 일에 대해 넉넉한 복수를 할 작정이라고 덧붙였다. 결국 구혼자는 모두 살해당했으며, 오디세우스는 도로 자기 궁전의 주인이 되고 자기 왕국과 아내의 소유자가 되었다.

테니슨의 시 「오디세우스」는 이 늙은 영웅이 갖가지 위험을 겪고 나서, 즉 이제는 자기 집에 머무르며 행복을 누리는 것밖에는 남지 않은 상황에서, 무료한 생활에 지친 나머지 새로운 모험을 찾아서 다시 떠나기로 작정하는 광경을 다음과 같이 묘사했다.

> (……) 오라, 친구들이여.
> 더 새로운 세계를 찾아 나서기에는 그리 늦지 않았다.
> 배를 띄워라, 질서정연하게 앉아서, 요란한 파도를
> 헤치고 나아가라. 나의 목표는 해 지는 곳 너머로,
> 모든 서쪽 별들이 몸을 담그는 곳까지,
> 항해하는 것이다. 내가 죽을 때까지.
> 어쩌면 우리는 어느 심연에 가라앉을지도 모른다.

어쩌면 우리는 축복받은 자의 섬에 닿아,
우리 옛 친구 아킬레우스를 만날지도 모른다.

제31장
아이네이아스의 모험·하르피이아이·디도·팔리누로스

아이네이아스의 모험

우리는 그리스의 영웅 가운데 한 명인 오디세우스가 트로이아에서 고향으로 돌아오기까지의 방랑을 앞에서 이미 따라가 보았다. 그러니 이제는 〈정복당한〉 사람들 가운데 나머지의 운명을, 즉 이들이 족장 아이네이아스의 통솔하에 자기네 고향 도시의 멸망 이후에 새로운 고향을 찾아 떠난 과정을 함께 살펴보자. 목마가 무장한 적군으로 이루어진 그 내용물을 뱉어 낸 바로 그날, 그리하여 그 결과로 그 도시의 점령과 화재가 벌어진 바로 그 치명적인 날 밤에, 아이네이아스는 아버지와 아내와 어린 아들을 데리고 파괴의 현장에서 도망치는 데 성공했다. 아버지 앙키세스는 너무 늙은 나머지 일행에게 필요한 속도로 걷지 못했기에, 급기야 아들이 그를 어깨에 메고 걸었다. 아이네이아스의 손을 잡은 어린 아들 역시 보폭은 달랐지만 아버지의 보조에 맞추었다.[138] 그렇게 아버지를 지고, 아들을 앞세우고, 아내가 뒤따르는 가운데, 그는 불타는 도시에서 벗어나기 위해서 최선을 다했

138 〈격언〉 9를 보라 — 원주.

다. 하지만 혼란의 와중에 아이네이아스의 아내가 사라져 버리고 말았다.

집결지에 도착해 보니, 남녀 모두를 망라한 탈출자들이 아이네이아스의 지휘를 고대하고 있었다. 그로부터 몇 달 동안 준비 과정을 거쳐서 이들은 드디어 여정에 나섰다. 처음에는 인접한 트라키아 해안에 상륙하여 거기다가 도시를 하나 건설하려고 준비했지만, 아이네이아스는 한 가지 흉조 때문에 뜻밖의 차질을 겪고 말았다. 제물을 바치려 준비하는 과정에서 그는 덤불 가운데 하나의 가지를 몇 개 꺾었다. 그런데 놀랍게도 가지가 부러진 부분에서 피가 흘러나왔다. 다시 한번 가지를 꺾자, 땅에서 한 목소리가 들려왔다. 「나를 괴롭히지 말게, 아이네이아스. 나는 그대의 혈연인 폴리도로스인데, 수많은 화살에 맞아 이곳에서 살해된 이후 거기서 덤불이 자라나며 내 피를 양분으로 삼았던 거라네.」 이 말을 듣자 아이네이아스는 과거를 회상하게 되었는데, 원래 폴리도로스는 트로이아의 나이 어린 왕자였다. 그의 아버지가 많은 보물과 함께 아들을 인근의 트라키아로 보내서, 전쟁의 공포로부터 멀찍이 떨어진 그곳에서 자라나게 배려했던 것이었다. 그런데 폴리도로스를 돌봐 주기로 한 그곳의 왕이 도리어 손님을 죽이고 그 보물을 차지했던 것이다. 아이네이아스는 이 땅이 더러운 범죄로 인해 오염되었다고 간주하고 서둘러 그곳을 떠났다.

이어서 일행은 델로스섬에 도착했는데, 이곳은 원래 물 위에 떠다니는 섬이었다가, 제우스가 단단한 쇠사슬을 이용해서 바다 밑바닥에 붙들어 맨 바 있었다. 아폴론과 아르테미스 남매가 바로 이곳에서 태어났으며, 이 섬은 아폴론에게 바쳐진 상태였다. 이곳에서 아이네이아스는 아폴론의 신탁을 물었으며, 평소와 마찬가지로 모호한 답변을 얻었다. 〈너의 옛 어머니를 찾아가라. 아이네이아스의 종족은 그곳에서 거주할 것이며, 다른 모든 민족을 그 지배에 둘 것이다.〉[139] 트로이아인들은 이 답변을 듣고 마음이 설레어 서로에게 물어보았다. 「이 신탁에서 의도한 장소는 과연 어디일까?」 앙키세스는 자기네 조상이 크레테에서 왔다는 전승이 있음을 기억해 냈고, 그리하여 일행은 그곳으로 배를 몰기로 했다. 이들은 크레테에 도착해서 도시를 건설하기 시작했지만, 거주지에서는 질병이 유행했으며 씨를 뿌린 밭에서는 농작물이 자라지 않았다. 이처럼 상황이 우울하게 전개되던 와중에 아이네이아스는 꿈에서 이 나라를 떠나 헤스페리아[140]라는 서쪽 땅을 찾아가라는 조언을 얻었다. 트로이아 종족의 선조인 다르다노스가 애초에 바로 그곳에서 이주해 왔다는 것이었다. 그리하여 이들은 헤스페리아를 미래의 행선지로 잡았으니, 오늘날 우리가 〈이탈리아〉라고 부르는 지역이 바로 그곳이다. 하지만 아이네이아스 일행은 결국 그곳에 도착하기까지 수많은 모험을 겪은 것은 물론이고, 오늘날의 뱃사람 같으면 세계를 몇 바퀴나 돌기에 충분한 만큼의 시간을 허비하고 말았다.

이들이 맨 처음 도착한 곳은 하르피이아이[하르피아들]가 사는 섬이었다. 이 혐오스러운 새는 머리가 인간 처녀의 모습이었고, 긴 발톱과 아울러 굶주림으로 인해 창백해진 얼굴을 하고 있었다. 이놈들은 본래 잔인성 때문에 제우스로부

139 『아이네이스』 제3권 96~98행.

140 이 단어 자체가 그리스어로 〈서쪽의 땅〉이라는 뜻이다.

터 시력을 잃는 처벌을 받은 피네우스라는 사람을 더 괴롭히기 위해서 신들이 보낸 것이었다. 즉 그의 앞에 음식이 놓일 때마다 하르피이아이가 하늘에서 달려들어 그걸 채가곤 했던 것이다. 일찍이 아르고호 원정대의 영웅들이 피네우스를 위해 이놈들을 쫓아 버렸는데, 그때 이후로 이놈들이 도망쳐 있었던 바로 그 섬에 이제 아이네이아스 일행이 도착한 것이었다.

항구로 들어선 트로이아인들은 들판에 어슬렁거리는 소 떼를 보았다. 이들은 원하는 만큼 여러 마리를 잡아서 잔치를 준비했다. 하지만 이들이 식탁에 앉자마자 섬뜩한 비명 소리가 공중을 가득 채웠고, 징그러운 하르피이아이가 이들에게 달려들더니 접시에 놓인 고기를 긴 발톱으로 낚아채 날아가 버렸다. 아이네이아스와 그 동료들은 검을 뽑아 들고 이 괴물들을 향해 열심히 공격을 가했지만 아무런 소용이 없었는데, 왜냐하면 이놈들은 워낙 재빠르기 때문에 맞추기가 불가능한데다가 이놈들의 깃털은 마치 강철도 뚫을 수 없는 갑옷과도 유사했기 때문이었다. 그중 한 놈은 아예 인근의 절벽 위에 올라앉아 이렇게 외치기까지 했다. 「너희 트로이아인들이 우리 같은 무고한 새들을 대하는 방법이 고작 그거냐? 처음에는 우리의 소들을 죽이더니만, 이제는 우리를 상대하여 전쟁을 벌이려는 거냐?」 그러더니 괴물은 장차 이들이 겪게 될 모진 시련에 관해서 예언했으며, 자신의 분노를 분출한 다음에야 멀리 날아가 버렸다. 트로이아인들은 서둘러 그곳을 떠났고, 그다음으로는 해안을 따라 배를 몰다가 에페이로스[141]의 바닷가를 지나게 되었다. 육지에 오른

141 오늘날의 그리스 서부 지역에 해당하는 고대 지명.

일행은 일찍이 포로가 되어 끌려간 트로이아인 가운데 일부가 이곳의 통치자가 되었다는 사실을 알고 깜짝 놀랐다. 즉 헥토르의 미망인 안드로마케는 승자인 그리스인 족장 가운데 한 명의 아내가 되었으며, 두 사람 사이에는 아들이 하나 태어나기까지 했다. 그런데 남편이 사망함으로써 그녀는 아들의 보호자 자격으로 졸지에 이 나라의 섭정이 되었으며, 급기야 자기와 마찬가지로 포로 신세인 트로이아 왕족 출신의 헬레노스와 재혼했다. 이들 부부는 유랑자들을 극도로 친절하게 대해 주었으며 작별할 때에는 수많은 선물을 챙겨 주기까지 했다.

아이네이아스는 거기서 또다시 시칠리아의 해안을 따라 항해한 끝에 키클로페스의 나라를 통과하게 되었다. 그곳의 바닷가에서 어느 비참해 보이는 사람이 이들을 향해 소리를 질렀는데, 비록 낡아 빠지기는 했지만 그 옷차림으로 미루어 보건대 그리스인이 분명했다. 그는 자기가 오디세우스의 일행 가운데 하나이며, 자기네 족장이 서둘러 떠나는 바람에 그만 낙오하고 말았다고 설명했다. 그리스인은 폴리페모스와의 사이에서 있었던 오디세우스의 모험에 관해 설명해 주었으며, 제발 당신들과 함께 가게 해달라고 간청했다. 먹을 것이라고는 야생 장과와 나무뿌리뿐이며, 항상 키클로페스에 대한 두려움 속에서 살기 때문이라고 했다. 그가 이야기를 하는 동안 폴리페모스가 그곳에 나타났다. 〈무시무시한 괴물, 형편없는 모습에, 거대하고, 하나뿐인 눈은 뽑혀 나간 상태〉[142]였다. 거인은 조심스럽게 걸으면서 지팡이를 이용해서 앞길을 더듬었는데, 바닷가로 내려와서 자기 눈구멍을

142 〈격언〉 10을 보라 — 원주.

바닷물로 씻으려는 것이었다. 물가에 도착한 그는 성큼성큼 그 안으로 걸어 들어갔는데, 워낙 키가 크다 보니 바닷속으로 꽤 멀리까지 나아갈 수 있었다. 이에 놀란 트로이아인들은 그를 피하기 위해서 노를 저었다. 노가 움직이는 소리를 듣자 폴리페모스는 이들을 향해 소리를 질렀고, 그 소리에 해안이 쩌렁쩌렁 울리자 급기야 다른 키클로페스도 각자의 동굴과 숲에서 달려 나와 바닷가에 줄지어 늘어섰는데, 그 모습은 마치 높은 소나무가 일렬로 늘어선 것과도 비슷했다. 트로이아인들은 열심히 노를 저어서 결국 그들의 눈에 보이지 않는 곳까지 도망쳤다.

헬레노스는 스킬레와 카립디스라는 괴물들이 도사리고 있는 해협을 피하라고 아이네이아스에게 조언한 바 있었다. 독자들은 기억하시겠지만, 오디세우스도 바로 그곳에서 여섯 명의 부하를 잃었는데, 카립디스를 피하는 데 정신을 집중하다 보니 그만 스킬레의 기습에 무방비 상태가 되었던 것이었다. 아이네이아스는 헬레노스의 조언을 받아들여 그 위험한 통행로를 피했으며, 대신 시칠리아섬의 해안을 따라 배를 몰았다.

헤라는 트로이아인들이 자기네 목적지를 향해 순조롭게 달려가고 있는 모습을 지켜보자마자, 이들을 향한 자신의 오랜 앙심을 새삼스레 상기했다. 왜냐하면 이 여신은 파리스가 아름다움의 상을 다른 여신에게 건네줌으로써 자기에게 가한 굴욕을 결코 잊지 않았기 때문이었다. 〈천상의 정신 속에서 그런 분개가 충분히 거할 수 있다니!〉[143] 시인의 탄식에도 불구하고, 그녀는 바람의 통치자 아이올로스에게 달려갔다.

143 〈격언〉 11을 보라 — 원주.

그는 일찍이 오디세우스에게 순조로운 바람을 주기 위해서, 불리한 바람들을 자루에 집어넣어 건네준 바 있었다. 아이올로스는 여신의 명령에 복종하여 자기 아들들, 즉 보레아스[북풍]를 비롯한 여러 바람들을 보내서 바다를 뒤흔들게 만들었다. 무시무시한 폭풍이 일어나자, 트로이아인들의 배는 원래 가던 방향에서 벗어나 아프리카 해안을 향해 나아갔다. 자칫 난파할지도 모르는 위험이 임박하고 선단이 뿔뿔이 흩어진 상태가 되자, 아이네이아스는 자기가 탄 배를 제외한 나머지 모두가 실종되었다고 생각했다.

이런 재난 상황에서 포세이돈은 폭풍이 일어나는 소리를 듣기는 했으나, 자기가 그런 명령을 내린 적은 없었기 때문에 이상하다고 여겼다. 물결 위로 고개를 내밀자마자 그는 아이네이아스의 선단이 질풍에 밀려가는 모습을 보고 격분했는데, 왜냐하면 이것이야말로 자기 영역에 대한 간섭이 아닐 수 없었기 때문이다. 포세이돈은 바람들을 불러 모은 다음 따끔한 질책을 곁들여 쫓아 버렸다. 곧이어 물결을 진정시키고 태양의 얼굴을 가려 버렸던 구름을 치워 버렸다. 암초에 걸린 배들은 자기 삼지창으로 직접 들어서 꺼내 주었으며, 트리톤과 바다의 님프들도 밑에서 배를 어깨로 밀어 다시 물에 뜨게 해주었다. 트로이아인들은 바다가 잔잔해지자마자 가장 가까운 바닷가로 가게 되었는데, 그곳은 바로 카르타고 해안이었다. 아이네이아스는 일행이 탄 배들이 비록 크게 고생하기는 했지만 무사히 하나하나 그곳에 도착하는 것을 지켜보며 무척 기뻐했다.

에드먼드 월러[144]의 「호국경(크롬웰)을 향한 찬가」에는 포세이돈이 폭풍을 잠잠하게 하는 대목에 관한 인유가 등장한다.

> 물결 위로 포세이돈이 그 얼굴을 드러내더니
> 바람을 꾸짖고 트로이아 종족을 구한 것처럼,
> 각하께서도 나머지 모두의 위로 일어서시어,
> 우리를 괴롭히던 야심의 폭풍을 억제하셨네.

디도

유랑자들이 도착한 카르타고는 시칠리아의 맞은편 아프리카 해안에 있었고, 그 당시에는 티로스인(人)의 식민지였다. 여왕 디도가 토대를 마련한 이 국가는 훗날 로마의 경쟁자가 될 운명이었다. 그녀는 티로스[145]의 왕 무토의 딸이었으며, 본래 아버지의 뒤를 이어서 왕위를 물려받은 피그말리온의 누이였다. 디도의 남편 시카이오스는 막대한 부를 소유하고 있었는데, 피그말리온은 그 보물을 탐낸 나머지 매형을 죽여 버리고 말았다. 이후 그녀는 남녀 모두를 망라한 자신의 친구들과 지지자들을 이끌고 티로스에서 탈출했으며, 몇 척의 배에 시카이오스의 보물을 싣고 함께 떠났다. 미래의 고향이 들어설 부지로 선택한 곳에 도착하자, 이들은 그곳의 원주민을 찾아가 황소의 가죽 한 장으로 에워쌀 수 있는 땅만 달라고 요청했다. 원주민이 이 요청에 기꺼이 응낙하자, 디도는 황소의 가죽을 가늘게 잘라서 끈으로 만들어 그걸로

144 Edmund Waller(1606~1687). 영국의 시인 겸 정치가.
145 오늘날 레바논의 항구 도시 〈티레〉를 말한다.

에워싸서 얻어 낸 땅에다가 성채를 하나 세우고, 그것을 〈비르사〉 즉 〈쇠가죽〉이라고 불렀다. 이 요새를 중심으로 카르타고라는 도시가 생겨났으며, 머지않아 이곳은 강력하고도 번영하는 장소가 되었다.

아이네이아스가 트로이아인들을 이끌고 그곳에 도착했을 때의 상황이 그러했다. 디도는 이 저명한 유랑자들을 친절과 호의로 맞이했다. 「그런 슬픔은 나 역시 모르는 바 아니므로.」 그녀의 말이었다. 「나는 불운한 자들을 도와주는 법을 배웠다오.」[146] 여왕은 환대를 표현하기 위해 축제를 열었으며, 이때에는 힘과 기술을 겨루는 운동 경기도 열렸다. 이방인들은 여왕의 백성들과 동등한 조건에서 승리를 겨루었으며, 여왕은 승자가 〈트로이아인이건 티로스인이건 나에게는 아무런 차이도 없을 것〉[147]이라고 선언했다. 운동 경기가 끝나고 열린 잔치에서, 아이네이아스는 여왕의 요청에 따라서 트로이아의 역사에서 최후의 사건에 관해서, 그리고 그 도시의 멸망 이후에 자기가 겪은 모험에 관해서 설명해 주었다. 디도는 그의 이야기에 매료되는 한편으로, 그의 위업에 크게 감탄했다. 그녀는 아이네이아스를 향해서 강렬한 격정을 느꼈으며, 그 역시 자신의 방랑을 행복하게 마무리하고 고향과 왕국과 신부를 한꺼번에 제공할 수 있는 기회로 보이는 이 행운을 기꺼이 받아들이려는 것 같았다. 즐거운 교제의 기쁨 속에서 몇 달이 흘러가는 사이, 이탈리아는 물론이고 그곳의 바닷가에 건설하기로 운명이 정해져 있었던 제국에 관한 이야기는 깡그리 잊힌 듯했다. 이를 지켜보던 제우스는

146 〈격언〉 12를 보라 — 원주.
147 〈격언〉 13을 보라 — 원주.

헤르메스를 통해 아이네이아스에게 전언을 보냈으니, 자신의 고귀한 운명을 상기하고 항해를 재개하라며 명령하는 내용이었다.

아이네이아스는 디도에게 작별을 고했지만, 그녀는 그를 붙들기 위해서 온갖 유혹과 설득을 시도했다. 하지만 상대의 거절에 그녀는 애정과 자부심 모두에 차마 견딜 수 없는 수준의 충격을 받았고, 그가 떠나 버렸음을 확인하자마자 장례용 장작을 쌓으라고 명령한 뒤 그 위로 올라가더니, 자기 몸을 칼로 찔러서 그대로 화장되어 버렸다. 그곳을 떠나던 트로이아인은 도시 위로 치솟은 불길을 목격했으며, 당연히 그 원인을 알지 못했던 아이네이아스도 뭔가 치명적인 사건에 대한 암시를 얻게 되었다.

바이시머스 녹스[148]가 편집한 『멋진 인용문 모음』에는 다음과 같은 경구가 나온다.

> 불운하구나, 디도여, 그대의 운명,
> 첫 번째와 두 번째의 결혼 모두에서!
> 한 남편은 죽어서 그대를 도망치게 만들고,
> 또 한 남편은 도망쳐 그대를 죽게 만들었으니.

팔리누로스

아이네이아스 일행이 시칠리아섬에 도착하자, 그곳을 통치하던 트로이아인 혈통의 군주 아케스테스가 이들을 따뜻

148 Vicesimus Knox(1752~1821). 영국의 성직자 겸 에세이 작가.

하게 맞이했다. 트로이아인들은 거기서 다시 여정을 재촉해 이탈리아로 향했다. 이제는 아프로디테가 포세이돈에게 부탁하여, 자기 아들이 마침내 그토록 열망하던 목적지에 도착할 수 있도록, 그리하여 깊은 바다에서의 위험에 종지부를 찍을 수 있도록 했다. 바다의 신도 이에 동의했지만, 나머지 모두를 살려 주는 대가로 한 사람의 생명은 가져가겠다는 단서를 내걸었다. 희생자는 바로 키잡이인 팔리누로스였다. 그가 별을 바라보며 자리에 앉아서 키를 붙잡고 있을 때, 포세이돈의 명령을 받은 〈잠〉의 신 힙노스가 동료 포르바스의 모습으로 변신해서 그에게 접근하더니 이렇게 말했다. 「팔리누로스, 바람도 순조롭고 물결도 잔잔하니, 배도 정해진 경로로 꾸준히 달리고 있다네. 잠깐 누워서 자네에게 필요한 휴식을 취하게나. 내가 자네 대신 키를 잡고 있을 테니까.」[149] 그러자 팔리누로스가 대답했다. 「잔잔한 바다나 순조로운 바람 이야기는 꺼내지도 말게나. 나로 말하자면 그런 것들의 배반을 워낙 많이 본 사람이니 말일세. 날씨와 바람의 변화 가능성이 무궁무진한데, 나더러 아이네이아스를 거기 맡기란 말인가?」[150] 그러면서 그는 계속해서 키를 잡고, 줄곧 별을 바라보고 있었다. 힙노스는 레테강의 물방울을 머금은 나뭇가지를 상대방의 머리 위에 흔들었고, 그러자 모든 노력에도 불구하고 팔리누로스는 눈을 감고 잠들어 버렸다. 곧이어 힙노스가 바다로 떠밀자 그는 배 밖으로 떨어지고 말았다. 하지만 팔리누로스가 워낙 키를 단단히 쥐고 있었기에, 그가 떨어지면서 손잡이도 함께 떨어져 나갔다. 포세이

149 『아이네이스』 제5권 843~846행.
150 『아이네이스』 제5권 848~852행.

돈은 자기 약속을 지켜서 키나 키잡이가 없는 상태에서도 배가 똑바로 나아가도록 해주었다. 아이네이아스는 동료의 희생을 뒤늦게 깨닫고 자신의 충실한 키잡이가 사라진 것에 깊이 슬퍼하면서 이때부터 자기가 직접 배를 몰았다.

월터 스콧의 「마미언」 제1편의 서두를 보면 팔리누로스의 이야기에 관한 아름다운 인유가 등장한다. 즉 시인이 당시에 있었던 윌리엄 피트[151]의 죽음에 관해 이야기하면서 이렇게 말하는 것이다.

> 오, 생각해 보라, 가장 최근까지도,
> 죽음이 그 먹이를 요구하며 맴도는 상황에서도,
> 팔리누로스의 변함없는 태도를 가지고
> 위험한 지위에 굳건히 그는 서 있었다.
> 필요한 휴식에 관한 요청은 번번이 거절되고,
> 죽어가는 손으로 키를 잡고 있었으나,
> 마침내 밖으로 떨어지며, 그 운명적인 흔들림에,
> 이 나라의 키잡이는 굴복하고 말았네.

배는 마침내 이탈리아의 바닷가에 도달했으며, 모험가들은 기쁘게 땅으로 뛰어내렸다. 동료들이 야영지를 만드는 사이에 아이네이아스는 시빌레의 거처를 찾아보았다. 그곳은 동굴이었으며 아폴론과 아르테미스에게 바쳐진 신전으로 숲과 연결되어 있었다. 아이네이아스가 그곳의 풍경을 음미

151 William Pitt the Younger(1759~1806), 일명 〈소(小)피트〉는 영국의 정치가로, 2회에 걸쳐 수상을 역임했다.

하는 사이 시빌레가 다가와 인사를 건네었다. 그녀는 그의 용건을 이미 알고 있는 듯했으며, 그곳에 있는 신으로부터 영감을 받아 예언적인 노래를 내놓으면서, 그가 최후의 성공으로 나아가기 위해 반드시 거쳐야 할 무시무시한 노고와 위험을 넌지시 암시했다. 시빌레는 다음과 같은 격려의 말로 이야기를 마무리했는데, 이것은 훗날 격언 표현으로 굳어지게 되었다. 「재난에 굴하지 말고, 더 용감하게 앞으로 밀고 나아가라.」[152] 아이네이아스는 무엇이 기다리고 있든지 간에 자기는 준비가 되어 있다고 대답했다. 그에게는 오로지 한 가지 소원밖에 없었다. 꿈에서 얻은 지시에 따르면 아이네이아스는 죽은 자의 거처로 찾아가서 아버지 앙키세스와 의논해야 했으며, 그로부터 자기 자신과 자기 종족의 운명에 관한 예언을 받아야만 했다. 따라서 그는 이 과제를 완수할 수 있도록 그녀가 도와주기를 바랐다. 그러자 시빌레가 대답했다. 「아베르누스로 내려가는 것은 쉽습니다. 하데스의 문은 밤이고 낮이고 열려 있으니까요. 하지만 그 걸음을 되짚어 지상의 공기로 도로 돌아오는 것은 매우 힘든 일이며, 매우 어려운 일입니다.」[153] 그녀는 우선 아이네이아스에게 숲에 들어가서 황금 가지가 자라나는 나무를 찾아보라고 했다. 그 가지를 꺾어서 페르세포네에게 선물로 바치려는 것인데, 만약 운명이 순조롭다면 그 가지도 그의 손에 굴복하여 줄기에서 떨어져 나올 터이지만, 그렇지 않다면 아무리 힘을 써도 떨어지지 않을 것이라고 했다. 만약 가지가 떨어져 나오면, 또 다른 가지가 새로 돋아날 것이라고 했다.[154]

152 〈격언〉 14를 보라 — 원주.
153 〈격언〉 15를 보라 — 원주.

아이네이아스는 시빌레의 지시를 따랐다. 어머니 아프로디테가 비둘기 두 마리를 보내서 그의 앞에 날아가며 길을 안내하도록 했다. 덕분에 아이네이아스는 나무를 찾아내고 가지를 꺾은 다음, 그걸 가지고 시빌레에게 돌아왔다.

154 〈격언〉 16을 보라 — 원주.

제32장

지옥 여행·시빌레

지옥

이 책의 시작 부분에서 우리는 세계의 창조에 관한 고대인의 설명을 만나 본 바 있다. 그러니 이제 결말 부분에 다 온 상황에서, 우리는 죽은 자들이 거하는 지역에 관한 고대인의 시각도 살펴보고자 한다. 이것은 그리스인 중에서도 가장 학식이 뛰어난 시인들 가운데 하나가 묘사한 내용인데, 그는 당시의 가장 저명한 철학자들로부터 그 교리를 가져온 바 있다. 우선 베르길리우스가 이 장소로 들어가는 입구가 있다고 지목한 장소로 말하자면, 무시무시하고 초자연적인 관념들을 불러일으키기에 지상의 그 어떤 곳보다도 적당한 곳이었다. 바로 베수비오산 인근의 화산 지대였는데, 곳곳에 틈새가 벌어져 있고, 그 사이로 유황 불길이 치솟아 오르고, 그 안에 갇힌 수증기로 인해서 땅이 흔들리고, 지구 내부로부터 수수께끼의 소리가 들려오는 곳이었다. 아베르누스 호수는 아마도 휴화산의 분화구에 물이 차올라 만들어졌을 것이다. 너비 약 8백 미터의 이 둥근 호수는 매우 깊었고, 주위에는 높은 둑이 에워싸고 있었으며, 베르길리우스 당시에는 주변

이 울창한 숲으로 덮여 있었다. 그 물에서는 유독한 수증기가 올라왔기 때문에 주변 둑에서는 생명체가 전혀 발견되지 않았으며, 새조차도 그 위를 전혀 날아가지 않았다. 시인의 말에 따르면 여기에는 동굴이 하나 있었는데, 그곳을 통하면 지옥의 영역으로 접근할 수 있었다. 그리하여 아이네이아스는 바로 이곳에서 지옥의 신들인 페르세포네와 헤카테와 에리니에스에게 제물을 바쳤다. 곧이어 땅속에서 굉음이 들리고, 산꼭대기의 숲이 흔들리더니, 개들이 짖으면서 신들이 다가오고 있음을 알렸다. 「이제.」 시빌레가 말했다. 「당신의 용기를 모으세요. 이제 당신에게는 그게 필요할 테니까요.」[155] 그녀는 동굴 속으로 내려갔고, 아이네이아스도 그 뒤를 따랐다. 두 사람은 지옥의 문턱을 넘어서기 직전에 여러 개의 형체를 지나가야 했는데, 알고 보니 그들은 〈슬픔〉과 복수하는 〈근심〉, 창백한 〈질병〉, 우울한 〈노년〉, 범죄를 저지르는 경향이 있는 〈공포〉와 〈허기〉, 그리고 〈노고〉, 〈가난〉, 〈죽음〉이었다. 차마 바라보기에도 겁날 만큼 무시무시한 존재들이었다. 에리니에스는 그곳에 침상을 펼쳐 놓고 있었으며, 〈불화〉는 뱀들로 이루어진 제 머리카락을 핏빛 머리띠로 묶어 두고 있었다. 괴물들도 있었는데, 1백 개의 팔을 가진 브리아레우스, 쉭쉭거리는 히드라, 불을 내뿜는 키마이라 등이었다. 아이네이아스는 그 모습을 보자 몸서리를 쳤으며, 자기 검을 빼들고 여차하면 찌르려 했지만, 시빌레가 그를 진정시켰다. 두 사람은 검은 강인 코키토스에 도달해서 뱃사공 카론을 발견했다. 늙고 추악하지만 강하고도 활기 넘치는 그는 온갖 종류의 승객을 자기 배에 태웠으며, 그중에

155 『아이네이스』 제6권 261행.

는 관대한 영웅들도 있고 청년들과 처녀들도 있었는데, 마치 가을날에 땅에 떨어진 낙엽처럼, 또는 겨울이 다가오면 남쪽으로 날아가는 새 떼처럼 숫자가 많았다. 이들은 선 채로 강을 건너려고 안달했으며, 반대편 물가에 닿기를 고대하고 있었다. 하지만 엄격한 뱃사공은 오로지 자기가 고른 사람들만 골라서 태웠으며, 나머지는 물리쳐서 뒤로 물러서게 했다. 아이네이아스는 그 모습을 보고 놀란 나머지, 그가 저러는 이유를 시빌레에게 물었다. 「왜 이렇게 차별하는 겁니까?」 그러자 그녀가 대답했다. 「배에 오르도록 허락을 받은 사람들은 합당한 장례 절차를 겪은 사람들입니다. 나머지는 매장되지 못한 사람들로 물을 건너도록 허락을 받지 못하다가, 이후 수백 년간 떠돌아다니면서 물가를 이리저리 오가다가 간신히 건너가곤 합니다.」 아이네이아스는 폭풍 속에서 실종된 자기 동료들 가운데 일부를 떠올리며 슬퍼했다. 바로 그 순간, 그는 배 밖으로 떨어져서 물에 빠져 죽은 키잡이 팔리누로스를 발견했다. 아이네이아스는 그를 불러서 그 불운의 이유를 물어보았다. 팔리누로스는 키가 떨어져 나가면서, 그걸 붙잡고 있던 자기도 함께 떨어져 버렸다고 대답했다. 그러면서 자기 손을 붙잡고 반대편 물가까지 함께 데려다 달라고 아이네이아스에게 간청했다. 하지만 시빌레는 그 소원이야말로 하데스의 법률을 위반하는 셈이 된다면서 오히려 팔리누로스를 꾸짖었다. 그러면서 그의 시신이 파도에 쓸려온 바닷가에 사는 사람들이 이를 비범한 전조로 여기고 그에게 합당한 장례식을 거행해 줄 것이라고, 아울러 그곳의 곶에는 〈팔리누로스곶Cape Palinurus〉이라는 이름을 붙여 줄 것이라고(실제로 오늘날까지도 이탈리아어로 〈팔리누로곶Capo Palinuro〉이라고 남아 있는 이름이다) 말해서 그를 위로해 주었다. 팔리누로스를 이런 말로 위로한 직후에 두 사람은 배로 다가갔다. 카론은 자기에게 다가오는 전사를 유심히 지켜보면서, 아직 살아 있고 무기까지 지닌 그가 도대체 무슨 권리로 이곳의 물가로 다가오는 것이냐고 물었다. 이에 대해 시빌레는 아이네이아스가 아무런 폭력도 저지르지 않을 것이라고, 아울러 그의 유일한 목적은 자기 아버지를 만나는 것뿐이라고 대답했다. 그러면서 이들이 황금 가지를 내밀자 그걸 본 카론도 분노를 풀었으며, 서둘러 자기 배를 물가에 갖다 대서 이들을 태워 주었다. 이 배는 원래 육신이 없는 영혼들의 가벼운 무게를 태우는 데에만 익숙했기에, 이 영웅의 몸무게를 감당하게 되자 삐걱거리는 소리를 냈다. 곧이어 이들은 반대편 물가에 도달했다. 이곳에서는 머리가 세 개나 달린 개 케르베로스를 만났는데, 그놈의 목에 돋아난 털은 다름 아닌 뱀이었다. 괴물은 세 개의 아가리 모두를 이용해 요란하게 짖어 댔지만, 시빌레가 뭔가 약을 넣은 빵을 던져 주자 신나게 집어삼키고는 제 보금자리에서 몸을 뻗고 잠들어 버렸다. 아이네이아스와 시빌레는 드디어 육지에 들어섰다. 곧이어 이들의 귀에 처음 들려온 소리는 삶의 문턱에서 그만 죽어 버린 아이들의 울부짖음이었으며, 바로 그 옆에는 무고(誣告)로 인해 죽은 사람들이 있었다. 미노스가 재판관으로서 이들을 관장했으며, 각각의 행동을 검토했다. 다음 집단은 삶을 증오하고 죽음에서 안식처를 찾기 위해 스스로 목숨을 끊은 사람들이었다. 오, 만약 그들이 삶으로 돌아갈 수만 있다면, 그 어떤 가난과 노고와 다른 여러 고통조차도 기꺼이 감내하지 않겠는가! 그다음으로는 슬픔의 영역이 있었으니, 이 가운데에는 도금양 숲 사이로 호젓한 길들이 이어져 있었다. 이곳에서는 보답 없는 사랑의 희생자들이 배회하고 있었는데, 이들은 심지어 죽음 그 자체를 갖고도 그 고통에서 해방되지 못했다. 아이네이아스는 그중에서 디도의 형체를 본 느낌이 들었는데, 아직 상처가 여전히 새것이었다. 희미한 불빛 속이다 보니 순간적으로 확신을 품지 못했지만, 더 가까이 다가가자 그는 상대방이 실제로 그녀임을 알아보았다. 아이네이아스는 눈물을 흘리면서 사랑이 담긴 말투로 말을 걸었다. 「불운한 디도여! 그렇다면 당신이 죽었다는 소문이 정말이었단 말이오? 그리고 내가, 아아, 그 원인이었단 말이오? 신들에게 증언을 부탁하노니, 내가 당신에게서 떠난 것은 마지못한 일이었으며, 제우스의 명령에 순종했기 때문이었소. 나의 부재가 당신에게 그토록 큰 대가를 치르게 할 것을 나는 알지도 못했소. 멈추시오, 부디 간청하나니, 내 마지막 작별 인사를 거절하지 마시오.」 그녀는 잠시 멈춰 섰지만, 여전히 고개를 돌리고 시선은 땅을 향한 채였다. 곧이어 아무 말 없이 도로 걸어가 버렸으며, 그의 간청에 대해서는 바위처럼 무감각하기만 했다. 아이네이아스는 디도를 잠시 동안 뒤따라가 보았다. 그러다가 무거운 마음으로 자기 동행자에게 돌아와서 원래 가던 길을 재촉했다.

다음으로 도착한 곳은 들판이었는데, 여기에는 전투 중에 사망한 영웅들이 배회하고 있었다. 이곳에서 두 사람은 그리스와 트로이아 양쪽 모두의 전사들의 망령을 보았다. 트로이아인들은 아이네이아스의 주위로 몰려들었으며, 단순히 바라보는 것만으로는 만족하지 못했다. 이들은 그가 여기까지 오게 된 이유를 물었고, 무수히 많은 질문을 던졌다. 하지만 그리스인들은 어두운 곳에서 빛나는 그의 갑주를 보자마자 상대방이 누구인지를 깨닫고 두려움에 사로잡힌 나머지 등을 보이며 도망쳤는데, 그들의 그런 모습만큼은 일찍이 트로이아의 들판에서와 똑같았다.

아이네이아스는 트로이아의 친구들과 오랫동안 머물고 싶어 했지만, 시빌레가 그를 다그쳐 길을 재촉했다. 다음으로 도착한 장소에서는 길이 둘로 나뉘어 있었는데, 하나는 엘리시온 평원으로 통하는 길이었고, 또 하나는 저주 받은 자들의 영역으로 통하는 길이었다. 아이네이아스가 한쪽을 바라보니 거대한 도시가 하나 있었는데, 그 주위에는 플레게톤강의 불타오르는 물살이 흐르고 있었다. 도시에는 문이 하나 있었고, 어찌나 견고해 보이던지 인간은 물론이고 신조차도 차마 깨뜨릴 수 없을 듯했다. 문 옆에는 철탑이 하나 서 있었으며, 그 위에는 복수자인 에리니에스 가운데 하나인 테이시포네가 앉아서 파수를 보고 있었다. 이 도시 안에서는 신음하는 소리, 채찍 치는 소리, 쇠가 삐걱대는 소리, 쇠사슬이 철걱거리는 소리가 들려왔다. 아이네이아스는 두려움에 사로잡힌 나머지, 자기 안내자에게 물어보았다. 「방금 제가 들은 소리를 낸 자들은 과연 어떤 범죄에 대한 처벌을 받는 것입니까?」 그러자 시빌레가 대답했다. 「이곳은 라다만티스의 재판정인데, 그는 죄인들이 일단 범하고 나서 완벽히 숨겨 두었다고 잘못 생각하는 범죄를 드러냅니다. 테이시포네는 전갈로 이루어진 자기 채찍을 치면서, 죄인들을 자기 자매 에리니에스에게 넘겨줍니다.」 바로 그 순간 무시무시한 철컹 소리를 내면서 놋쇠 문이 활짝 열렸고, 아이네이아스는 머리가 50개나 달린 히드라 한 마리가 안에서 입구를 지키고 있음을 보았다. 시빌레의 말에 따르면, 타르타로스의 심연은 매우 깊기 때문에, 마치 자기네 머리 위 하늘이 높은 것만큼이나 자기네 발아래 땅속으로 깊이 들어가 있다고 했다. 그리고 이 구덩이의 맨 밑바닥에는 일찍이 신들에게 대항해 전쟁을 벌였던 티탄 종족이 엎드려 있다는 것이었다. 아울러 한때 제우스에 버금간다고 자처했던 살모네우스도 있었는데, 생전의 그는 놋쇠로 만든 다리 위로 수레를 끌고 다님으로써 천둥과 유사한 소리를 냈고, 불에 달군 낙인을 자기 백성에게 찍어서 번개를 흉내 냈다. 그러다가 제우스가 진짜 천둥 번개로 그를 때려서, 인간의 무기와 신의 무기의 차이를 똑똑히 가르쳐 주었다. 아울러 거인 티티오스도 있었는데, 그는 덩치가 워낙 컸기 때문에 누웠을 때의 면적이 무려 3만 6천 제곱미터에 달했다. 독수리 한 마리가 그의 간을 먹이로 삼고 있었고, 하나를 먹어 치우면 금세 또 하나가 자라났기 때문에 그 처벌은 끝이 없었다.

아이네이아스는 맛있는 음식이 차려진 식탁 앞에 앉은 사람들도 보았는데, 바로 옆에는 에리니에스 중 하나가 서 있다가 이들이 음식을 맛보려고 입술에 갖다 대는 순간 잽싸게 빼앗아 버렸다. 또 어떤 사람들은 그 머리 위에 커다란 바위가 마치 금방이라도 떨어질 것처럼 아슬아슬하게 매달려 있어서, 항상 불안을 겪어야만 했다. 이들은 그 형제를 미워한 사람이거나, 또는 그 부모를 때린 사람이거나, 또는 자기를 신뢰한 친구를 속인 사람이거나, 또는 부자가 되었는데도 자기 돈을 혼자만 갖고 다른 사람들에게는 전혀 주지 않은 사람들이었다. 그리고 이 가운데 맨 마지막 부류의 죄인이 가장 많았다. 여기에는 또한 결혼 서약을 어긴 사람이나, 반역을 꾀한 사람이나, 고용주에게 성실을 지키는 데 실패한 사람이 있었다. 또 여기에는 돈을 받고 자기 나라를 팔아먹은 사람이나, 법률을 뒤틀어서 하루는 이 말을 했다가 또 하루는 저 말을 하게끔 만든 사람이 있었다.

이곳에는 익시온도 있었는데, 끝도 없이 돌아가는 바퀴의 둘레에 묶여 있었다. 시시포스는 커다란 바위를 언덕 꼭대기까지 굴리고 올라가는 것이 임무였지만, 꼭대기에 거의 도달할 즈음이면 바위가 어떤 갑작스러운 힘에 밀려 다시 저 아래 들판까지 굴러 떨어지곤 했다. 그는 또다시 바위를 밀어 올리며 고생하지만, 그 와중에 지친 팔다리 전체가 땀으로 뒤범벅되어도 임무 완수에는 아무런 소용이 없곤 했다. 탄탈로스도 있었는데, 턱까지 물이 차오르는 연못에 서 있는데도 불구하고 갈증에 시달리고 있었다. 그 갈증을 가시게 할 방법이란 전혀 없었다. 왜냐하면 그가 물을 들이키고자 백발의 머리를 숙이기만 하면 물은 사라져 버리고, 그의 발밑까지 온통 말라 버렸기 때문이다. 키가 큰 나무들도 그 머리를 굽혀서 그에게 갖다 댔는데, 거기에는 배와 석류와 사과와 맛좋은 무화과 같은 과일들이 주렁주렁 달려 있었다. 하지만 그가 그 과일들을 손으로 붙들려고 하면, 바람이 불어서 그의 손이 닿지 않는 곳으로 멀리 날아가 버렸다.

시빌레는 이제 이 우울한 지역을 떠나서 축복받은 자들의 도시를 찾아가야 할 때라고 아이네이아스에게 조언했다. 이들은 한가운데 펼쳐진 어둠의 땅을 지나서 엘리시온 평원에 도달했으니, 그곳은 바로 행복한 자들이 거하는 숲이었다. 이들은 더 자유로운 공기를 숨 쉬었는데, 그곳에는 모든 물체가 자줏빛으로 물들어 있었다. 그곳만의 해와 별도 있었다. 그곳의 거주자들은 여러 가지 방식으로 즐거움을 추구했으니, 어떤 사람은 푸른 잔디밭에서 힘과 솜씨를 겨루는 운동을 즐겼고, 어떤 사람들은 노래하거나 춤을 추었다. 오르페우스는 자기 리라를 연주해서 멋진 음악을 만들어 냈다. 여기서 아이네이아스는 트로이아의 건국자들을 보았으니, 그들로 말하자면 더 행복하던 시절에 살았던 관대한 영웅들이었다. 그는 이제 사용되지 않고 방치된 전차며 번쩍이는 무기를 바라보며 감탄했다. 창은 땅에 꽂힌 상태였고, 말들은 마구에서 분리되어 들판을 누비고 다녔다. 옛 영웅들은 화려한 갑주와 훌륭한 말[馬]을 통해서 평생 동안 자부심을 느껴 왔는데, 이제 그것들이 여기까지 따라와 있는 셈이었다. 한편에는 잔치를 즐기며 음악을 즐기는 또 다른 사람들이 있었다. 이들은 월계수 숲에 있었는데, 거대한 에리다노스강, 즉 오늘날의 포강이 바로 그곳의 수원에서 비롯되어 사람들 사이로 흘러나오는 것이었다. 이곳에는 자기 조국의 대의를 지키려다가 부상을 당해 죽은 사람들, 성스러운 사제들, 아폴론의 인정을 받을 만한 생각을 내놓은 시인들, 유용한 기술을 발견함으로써 삶을 예찬하고 장식하는 데 기여한 사람들, 또는 인류에게 봉사함으로써 좋게 기억되는 사람들도 있었다. 이들은 눈처럼 새하얀 띠를 이마에 두르고 있었다. 시빌레는 이들 무리에게 말을 걸었고, 어디로 가면 앙키세스를 찾을 수 있는지 물어보았다. 그리고 그가 있을 만한 곳이라는 초록이 무성한 계곡에서 결국 그를 찾아냈다. 앙키세스는 이곳에서 자신의 수많은 후손들이며, 그들의 운명이며, 앞으로 다가올 시간에 성취될 가치 있는 행동들을 묵상하고 있었다. 아이네이아스가 다가오는 것을 본 아버지는 두 손을 아들에게 내밀고 눈물을 줄줄 흘렸다. 「네가 마침내 왔구나.」 앙키세스가 말했다. 「오랫동안 고대하다가, 그 많은 위기를 헤친 다음에 내가 너를 보는 것이냐? 오, 내 아들아, 내가 너의 여정을 지켜보는 동안, 너를 생각하며 얼마나 떨었는지 모른다.」 이에 아이네이아스가 대답했다. 「오, 아버지! 당신의 모습이 항상 제 앞에서 안내자가 되고 보호자가 됩니다.」 곧이어 그는 자기 아버지를 끌어안으려고 노력했지만, 그의 두 팔에 안긴 것은 오로지 실체 없는 모습뿐이었다.

아이네이아스의 앞에는 널찍한 계곡이 펼쳐져 있었으며, 나무들이 바람에 부드럽게 흔들렸고, 평온한 그 풍경 한가운데 레테강이 흐르고 있었다. 그 강둑을 따라서는 수많은 사람들이 거닐고 있었는데, 그 숫자는 마치 여름 하늘의 곤충마냥 무수히 많았다. 아이네이아스는 깜짝 놀라 저 사람들이 누구냐고 물어보았다. 그러자 앙키세스가 대답했다. 「저들은 조만간 육체를 얻게 될 영혼들이란다. 그때가 되기까지 그들은 레테의 강둑에 거주하고, 그 물을 마셔서 이전의 삶을 망각하게 된단다.」 「오, 아버지!」 아이네이아스가 말했다. 「그렇다면 너무나도 삶을 사랑한 나머지, 이 평온한 자리를 떠나서 위쪽 세계로 가고자 하는 사람들도 있는 겁니까?」 이에 앙키세스는 대답 대신 창조의 계획을 설명해 주었다.[156] 즉 창조자는 원래 영혼을 구성하는 재료를 모두 네 가지 요

156 다음의 내용은 베르길리우스와 오비디우스의 저서에 나온 내용을 토대로 저자가 부연 설명한 것이다. 제34장에서 저자는 이것이 〈피타고라스〉의 가르침이라고 설명하지만, 실제로는 로마 시대에 유행한 스토아 철학의 우주론에 더 가깝다.

소로 만들었는데, 그것은 바로 불, 공기, 흙, 물이었으며, 이 모두가 합쳐지고 나면 그중에서도 가장 탁월한 요소인 불의 형체를 취하게 되어서 불길이 된다는 것이었다. 이 물질은 마치 씨앗처럼 천체, 즉 해와 달과 별 사이에 흩어져 있다. 더 열등한 신들은 이 씨앗을 가지고 인간과 다른 모든 동물을 만들었으며, 거기다가 다양한 비율의 흙을 섞어서 그 순도를 바꾸고 떨어뜨렸다. 그리하여 그 조합에서 흙이 더 많을수록, 사람은 순수성이 덜하게 되는 것이었다. 또 완전히 자라난 육체를 지닌 남자와 여자는 어린 시절의 순수성을 갖지 못하게 된다. 또 육체와 영혼의 결합이 지속되는 시간에 비례하여 영혼 부분의 불순성도 높아진다. 사람이 죽고 나서 이런 불순성을 씻어 내기 위해서는 영혼을 바람에 쐬거나, 물에 담그거나, 또는 불을 이용해서 불순성을 태워 버려야 한다. 앙키세스 본인을 비롯한 극소수의 사람들은 일단 엘리시온 평원에 들어서자마자 계속해서 여기 머물게 되었다. 하지만 다른 사람들은 흙의 불순성이 씻겨 나가고 나면 새로운 육체를 부여받아 다시 삶으로 돌아가며, 이 과정에서 이전 삶에 관한 기억은 레테의 강물에 완전히 씻어 버린다. 하지만 일부 사람들은 워낙 철저하게 오염되어 인간의 육체를 부여받기에는 적합하지 않기 때문에, 대신 사자와 호랑이와 고양이와 개와 원숭이 같은 사나운 동물들로 만들어진다. 이것이 바로 고대인이 〈윤회전생(輪廻轉生)〉, 즉 영혼의 전이라고 부른 것이다. 인도인은 이런 교리를 지금까지도 고수하므로, 제아무리 보잘것없는 동물이라 하더라도 죽이기를 망설이는데, 어쩌면 그 동물이 자기네 친족 가운데 한 명의 변모한 형체일 수도 있기 때문이다.

앙키세스는 여기까지 설명한 다음, 아이네이아스의 종족에 속하는 개인들에 관해서 설명하기 시작했다. 이후에 태어나는 사람들이 누구이며, 이들이 세계에서 달성할 공적들이 무엇인지를 알려 주었다. 그런 다음 그는 다시 현재 이야기로 돌아와서 자기 아들과 그 추종자들이 이탈리아에서 완전히 자리를 잡기 이전에 반드시 달성해야 하는 앞으로의 사건들에 관해서 설명해 주었다. 즉 전쟁을 여러 번 치르고, 전투를 여러 번 겪고, 신부를 하나 얻고, 그 결과로 트로이아인의 국가가 세워질 것이며, 바로 그곳에서 로마인의 힘이 자라나서 머지않아 전 세계의 지배자가 되리라는 것이었다.

아이네이아스와 시빌레는 앙키세스와 작별한 다음 일종의 지름길을 이용해 위쪽 세계로 돌아왔지만, 과연 그 지름길이 정확히 무엇인지는 시인도 설명해 놓지 않았다.

엘리시온 평원

우리가 살펴본 것처럼, 베르길리우스는 엘리시온 평원을 땅속에 놓아두었으며, 이곳을 축복받은 영혼들의 거처로 만들어 놓았다. 하지만 호메로스의 엘리시온 평원은 죽은 자들의 영역 가운데 일부가 아니었다. 그는 오히려 이곳을 지상의 서쪽, 즉 오케아노스강 인근에 놓아두었으며, 이곳이야말로 행복의 땅이라고 묘사했다. 즉 이곳에는 눈[雪]도 없고, 추위도 없고, 비도 없고, 항상 제피로스의 상쾌한 바람이 분다는 것이었다. 혜택을 입은 영웅들은 바로 이곳에서 죽지도 않고 라다만티스의 통치를 받으며 행복하게 살아간다는 것이었다. 헤시오도스와 핀다로스의 엘리시온 평원은 이른바

〈축복받은 자들의 섬〉 또는 〈행운의 섬〉으로, 〈서쪽 바다〉에 자리하고 있다. 이로부터 비롯된 것이 바로 행복한 섬 아틀란티스에 관한 전설이다. 이 축복받은 지역은 완전히 상상에 불과할 수도 있지만, 어쩌면 폭풍에 떠밀려 가다가 아메리카 대륙의 해안을 얼핏 보았던 일부 뱃사람들의 보고에서 비롯된 것일 수도 있다.

J. R. 로웰은 비교적 짧은 시 가운데 하나인 「과거에 바침」에서, 오늘날의 시대야말로 저 행복한 영역의 특권 가운데 일부를 누리고 있다고 주장했다. 즉 과거를 가리켜 그는 이렇게 말했다.

그대의 안에 있는 진정한 삶은 무엇이든지
우리 시대의 혈관 속으로 뛰어드네.
(……)
여기, 우리의 투쟁과 걱정의 황량한 물결 한가운데,
초록의 〈행운의 섬〉이 둥둥 떠 있으니,
거기에서는 그대의 모든 영웅의 영혼들이 거주하며
우리의 순교와 고통을 공유하네.
현재의 움직임에 수반되는 그 모든
용감하고 탁월하고 공정한 것들이야말로
과거를 빛나게 만들었던 요소였다네.

밀턴은 『실낙원』 제3권에서 이와 똑같은 우화를 언급한다.

고대의 저 유명한 헤스페리데스의 정원이며,

행운의 평원과 숲과 꽃이 가득한 계곡이며,
세 배의 행복의 섬과 마찬가지로.

그리고 『실낙원』 제2권에서 밀턴은 에레보스의 강들의 이름을 언급하고는, 그리스어 어원을 근거로 삼아 다음과 같이 묘사한다.

경멸의 스틱스는 지독한 증오의 물,
비애의 아케론은 슬픈 걱정과 깊이를 지녔네.
코키토스는 탄식이라 이름 붙여졌으니,
요란하게 들리는 구슬픈 개울 소리 때문이라.
격렬한 플레게톤강의 물결은 분노로 타오르는 불길.
여기서 멀리 떨어진 곳에 느리고 잔잔한 개울,
망각의 강 레테가 흘러가며 물의 미궁을
만들어 낸다. 그 물을 마신 사람은 누구나
이전 상태와 존재를 곧바로 잊어버리고,
기쁨과 슬픔, 즐거움과 고통 모두를 잊어버린다.

시빌레

지상으로 돌아오던 도중에 아이네이아스는 시빌레에게 이렇게 물어보았다. 「당신이 여신이시거나, 아니면 신들의 사랑을 받는 필멸자이시거나 간에, 저는 항상 당신을 곁에 모시고 경배할 것입니다. 제가 지상의 공기에 도달하고 나면, 당신을 기리기 위해 사원을 하나 짓고, 제가 직접 공물을 가져오겠습니다.」[157] 「저는 여신이 아닙니다.」 시빌레가 말했다. 「저는 희생이나 공물을 원하지 않습니다. 저는 필멸자이니까요. 하지만 제가 만약 아폴론의 사랑을 받아들였다면 불멸자도 될 수 있었겠지요. 제가 만약 당신의 것이 되어 드리면, 제 소원을 들어주겠다고 그분은 말씀하셨습니다. 그래서 저는 모래를 한 줌 쥐어서 앞으로 내밀면서 이렇게 말했습니다. 〈제 손에 들어 있는 모래알의 숫자만큼 많은 생일을 맞이하게 해주세요.〉 불운하게도 저는 젊음이 지속되게 해 달라고 부탁하는 것을 깜박 잊고 말았습니다. 제가 만약 그분의 제안을 받아들였더라면, 그분께서는 이 소원도 흔쾌히 들어주셨을 겁니다. 하지만 제가 거절하자 그분은 화가 나신 나머지, 제가 그냥 나이 들도록 내버려 두셨습니다. 저의 젊음과 생생한 기운은 이미 오래전에 사라졌습니다. 저는 이미 7백 년째 살고 있는데, 그 모래알의 숫자와 똑같이 살기 위해서는 앞으로도 3백 번의 봄과 3백 번의 추수를 더 봐야만 합니다. 해가 갈수록 제 몸은 점점 쪼그라들어서, 머지않아 저는 시력도 잃어버릴 것이지만, 목소리는 여전히 남을 것이며, 미래 세대는 제 말을 존경할 것입니다.」[158]

시빌레의 마지막 한마디는 예언의 힘을 암시한다. 그녀의 동굴에 가보면, 나무에서 따 온 잎사귀에다가 사람들의 이름과 운명을 적어 놓았다. 이렇게 글자를 적어 놓은 잎사귀를 순서에 따라 동굴 안에 놓아두어서, 그 숭배자들이 조언을 얻을 때에 사용했다. 하지만 우연히 열린 문으로 바람이 불어 들어와서 잎사귀를 흩어 버리면, 시빌레는 굳이 그걸 되돌려 놓으려 애쓰지는 않았으며, 그리하여 예언은 복구할

157 『변신 이야기』 제14권 123~128행.
158 『변신 이야기』 제14권 130~154행.

수도 없이 사라져 버리고 말았다.

시빌레에 관한 다음 전설은 더 나중에 가서야 확립된 것이다. 로마 초기, 타르퀴니우스 가문 사람 가운데 한 명의 치세 때, 왕 앞에 한 여자가 나타나서 아홉 권의 책을 팔겠다고 제안했다. 왕은 그걸 구입하지 않겠다고 거절했는데, 이에 여자는 그곳을 떠나자마자 책 가운데 세 권을 불태워 버렸다. 그런 뒤에 나머지 책들을 가지고 돌아와서 아까 말했던 아홉 권 값에 팔겠다고 제안했다. 왕은 또다시 그 제안을 거절했다. 하지만 그 여자가 또다시 세 권을 더 불태워 버리고 돌아와서 나머지 세 권을 먼저처럼 아홉 권 값에 팔겠다고 제안하자, 그제야 왕도 호기심을 느낀 나머지 책을 구입했다. 알고 보니 거기에는 로마라는 국가의 운명이 적혀 있었다. 그리하여 이 책을 카피톨리누스 언덕의 제우스 신전에 모셨고, 돌로 만든 궤 안에 넣어 두었으며, 중요한 때마다 이 임무를 위해 특별 지명된 관리가 나서서 그 책을 참고하여 사람들에게 신탁을 해석해 주었다.

시빌레는 여러 명이 있었다. 그중에서도 가장 유명한 것은 오비디우스와 베르길리우스가 언급한 쿠마이의 시빌레이다. 그녀가 1천 년이나 살았다는 오비디우스의 묘사는 아마도 여러 명의 시빌레가 사실은 한 명이 거듭해서 나타난 것에 불과하다고 설명하기 위한 의도로 보인다.

에드워드 영은 「밤의 생각」에서 시빌레를 인유한다. 즉 〈세속의 지혜〉에 관해 다음과 같이 말하는 것이다.

> 설령 그녀가 미래 운명을 계획했어도, 그건 시빌레처럼

나뭇잎에 적어 놓은, 실체 없고 일시적인 희열이어서
첫 번째 일격에 모조리 공중으로 사라져 버렸다.
(……)
세속의 계획은 시빌레의 잎사귀와도 닮았으니
선한 사람의 생애는 시빌레의 책과 비슷하여,
그 숫자가 줄어들수록 그 가격은 올라간다.

제33장

이탈리아에서의 아이네이아스: 카밀라·에우안드로스·니소스와 에우리알로스·메젠티우스·투르누스

시빌레와 헤어져서 자기 선단에 합류한 아이네이아스는 이탈리아 해안을 따라 움직여서 티베리스[테베레]강의 하구에 닻을 내렸다. 시인은 자기 주인공을 이곳, 즉 그 방랑의 끝으로 예정된 장소까지 데려온 다음, 자기 〈무사〉 여신을 재촉하여 이 중대한 순간에 이곳의 상황을 설명하게 한다. 마침 그곳은 사투르누스[크로노스]의 3대째 후손인 라티누스가 통치하고 있었다. 그는 나이가 많았고, 남성 후손이 없었으며, 오로지 예쁜 딸 라비니아 하나만 있었다. 인근의 족장 가운데 여럿이 그녀와의 결혼을 원했는데, 그 부모의 소원에 따라서 그중 하나인 루툴리족(族)의 왕 투르누스가 상대로 정해졌다. 하지만 라티누스의 꿈에 그의 아버지 파우누스가 나타나서, 라비니아의 남편이 될 운명이 정해진 자가 외국에서 올 것이라고 경고했다. 그리고 두 사람의 결합으로부터 생겨날 종족이 훗날 전 세계를 굴복시키리라고 말했다.

독자들도 기억하시겠지만, 트로이아인들이 하르피이아이와 싸울 때에 그 반인반수 새들 가운데 한 마리가 훗날 이들에게 닥칠 중대한 고통을 열거하며 위협을 가한 바 있었다.

그 예언 가운데 하나는, 유랑이 끝나는 순간에 이들은 굶주림에 시달려서 식탁을 갉아 먹어야 하는 신세가 되리라는 것이었다. 이런 가능성은 이제 현실로 다가오고 말았다. 풀밭에 주저앉아서 가뜩이나 빈약한 식사를 하는 동안, 사람들은 각자의 딱딱한 빵을 그릇 삼아 무릎 위에 올려놓고, 그 위에다가 숲에서 주운 갖가지 먹을 것들을 얹어 먹었다. 그러고는 숲에서 얻은 것들을 다 먹고 나자, 이번에는 딱딱한 빵 껍질을 먹어 치웠다. 그러자 아이네이아스의 아들인 소년 이울루스가 재미있다는 듯 말했다. 「우와, 우리는 결국 식탁까지도 먹어 치우는 셈이네요.」 이 말을 들은 아이네이아스는 이것이 징조임을 깨달았다. 「만세, 이곳이 약속의 땅이다!」 그가 외쳤다. 「여기가 바로 우리의 고향이고, 여기가 바로 우리의 나라다.」 곧이어 아이네이아스는 이 땅의 현재 거주민이 누구인지, 그리고 현재 통치자가 누구인지를 알아보러 나섰다. 그는 1백 명의 부하를 선발해 라티누스의 마을로 보냈고, 선물을 전달하면서 우정과 동맹을 요구하도록 했다. 이들은 그곳에 가서 호의적인 대우를 받았고, 라티누스는 이 트로이아인 영웅이야말로 신탁에서 예언했던 자신의 사윗감이라고 곧바로 결론지었다. 그는 흔쾌히 동맹을 맺기로 했으며, 자기 마구간에서 꺼내 온 말에 심부름꾼을 태워 보내서 선물과 함께 친절한 전언을 보내 주었다.

헤라는 트로이아인들의 상황이 이처럼 순조로운 것을 보고는 오랜 적의가 새삼 되살아났다. 그리하여 에레보스에서 알렉토를 소환해서 불화를 조장하라며 그곳으로 보냈다. 에리니에스 가운데 하나인 이 여신은 우선 라티누스의 왕비 아마타에게 씌었고, 그리하여 그녀가 모든 면에서 새로운 동맹에 반대하도록 만들었다. 곧이어 알렉토는 투르누스의 도시로 달려가서 나이 많은 여사제의 모습으로 변신한 다음, 외국인의 도착 사실과 함께 그들의 군주가 그의 신부를 빼앗으려 한다는 사실을 알렸다. 곧이어 여신은 트로이아인 야영지로 관심을 돌렸다. 그곳에서는 소년 이울루스와 그 동료들이 사냥을 즐기고 있었다. 알렉토는 개들의 후각을 날카롭게 만들어서 길든 수사슴 한 마리를 숲에서 뒤쫓게 했는데, 하필이면 왕의 목자인 티루스의 딸 실비아가 특히나 애지중지하는 동물이었다. 이울루스가 던진 투창에 맞은 사슴은 남은 힘을 짜내 집 쪽으로 달려갔고, 자기 여주인의 발치에 쓰러져 죽었다. 그녀의 비명과 눈물 때문에 형제들과 목자들이 달려 나왔고, 아무 무기나 닥치는 대로 주워 들고 분노에 사로잡혀 사냥꾼들을 뒤쫓았다. 하지만 트로이아인들의 친구들이 달려와 보호해 줌으로써, 목자들은 동료 두 명을 잃고 나서야 마침내 뒤로 물러섰다.

이런 일들만 가지고도 전쟁의 폭풍을 일으키는 데에는 충분했으며, 왕비와 투르누스와 농부들 모두가 늙은 왕을 향해서 저 이방인들을 이 나라에서 쫓아내라고 요구했다. 라티누스는 최대한 오래 이 요구에 저항했지만, 자신의 반대가 소용없음을 깨닫자, 마침내 이들의 요구에 굴복하고 자신의 거처로 들어가 버렸다.

야누스의 문이 열리다

이 나라의 풍습에 따르면, 전쟁이 일어났을 때에는 최고 지도자가 예복을 갖춰 입은 상태에서 엄숙한 태도로 야누스 신전의 문을 열었으며, 반대로 평화가 지속되는 한 이 문은 계속 닫혀 있었다. 이제 백성들은 그 엄숙한 임무를 수행하라고 요구했지만 늙은 왕은 이를 거절했다. 이들이 논쟁을 거듭하는 사이, 헤라가 직접 하늘에서 내려와 차마 저항할 수 없는 힘을 이용해 일격을 가하자 문이 활짝 열렸다. 곧바로 온 나라가 들썩이게 되었다. 사방팔방을 돌아다녀도 오로지 전쟁밖에는 보이는 것이 없었다.

투르누스는 만장일치로 총사령관에 선출되었다. 다른 사람들도 동맹자로서 힘을 합쳤는데, 그중에서 가장 중요한 사람은 메젠티우스로, 용감하고 유능한 군인이었지만 상당히 잔인한 성격이었다. 그는 인근 도시 가운데 한 곳의 족장이었지만 결국에 가서는 백성들에게 내쫓겼다. 그의 아들 라우수스도 가담했는데, 그 아비와는 달리 너그러운 청년이었다.

카밀라

아르테미스의 총애를 받는 여자 사냥꾼 겸 전사 카밀라는 아마조네스의 전통을 따라서 기마 부대를 이끌고 참전했다. 그녀는 자기와 같은 성별의 부하도 여럿 거느리고 투르누스의 편에 섰다. 이 처녀는 단 한 번도 자기 손가락으로 물렛가락이나 베틀 만지는 일에 숙달한 적이 없었으며, 오히려 전쟁의 고난을 겪는 법을 배웠고, 그 몸놀림은 바람을 능가할 정도로 빨랐다. 마치 밀밭을 밟고 지나가도 그 대가 쓰러지지 않고, 수면을 밟고 지나가도 발이 물에 젖지 않을 것만 같았다. 카밀라의 이력은 그 시작부터 유별났다. 그녀의 아버지 메타보스는 불화로 인해 원래 살던 도시에서 쫓겨났으며, 결국 갓난아기인 딸을 데리고 도망칠 수밖에 없었다. 이들은 적의 추격을 당하며 숲을 지나서 아마세누스강 둑에 도착했는데, 마침 비로 인해 강물이 불어서 건너갈 수가 없어 보였다. 아버지는 잠깐 멈춰 서 있다가 결국 한 가지 결심을 했다. 즉 나무껍질을 이용해서 아기를 자기 창에 붙들어 매고, 그 무기를 하늘로 치켜든 다음 아르테미스를 향해 이렇게 외친 것이었다. 「숲의 여신이시여! 이 처녀를 당신께 바치나이다.」 그러면서 메타보스는 이 무기와 거기 달린 짐 모두를 반대편 강둑으로 집어 던졌다. 창은 콸콸 흐르는 물 위로 날아갔다. 추적자들이 다 따라온 상태였지만, 그는 물에 뛰어들어서 강을 헤엄쳐 건넌 다음 창과 함께 강 건너편에 무사히 도착한 아기를 도로 찾았다. 이후 메타보스는 목자들과 함께 살면서 딸에게 산사람의 기술을 가르쳤다. 어린 시절부터 카밀라는 활 쏘는 방법이며 투창 던지는 방법을 배웠다. 돌팔매를 이용해서 학이나 야생 백조를 맞춰 잡기도 했다. 옷도 호랑이 가죽으로 만들어 입었다. 많은 어머니들이 그녀를 며느리로 들이고 싶어 했지만, 카밀라는 계속해서 아르테미스에게 충실했으며 결혼에 관한 생각을 물리쳐 버렸다.

에우안드로스

아이네이아스를 상대하기 위해서 모인 동맹자들은 이처럼 만만치 않았다. 밤이 되자, 트로이아인의 지도자는 탁 트인 하늘 아래 강둑에 누워서 잠을 청했다. 그러자 강의 신 티베리누스가 버드나무 위로 고개를 들고는 이렇게 말했다. 「오, 여신에게서 태어난, 그리고 라티움 영역의 계승자로 운명이 정해진 자여, 이곳이 바로 그 약속의 땅이고, 이곳이 그대의 고향이 될 것이며, 여기서 천상의 권능자들의 적의를 끝내야 하리니, 그러려면 그대는 충실하게 인내해야만 할 것이다. 여기서 멀지 않은 곳에 그대의 친구들이 있도다. 배를 준비하여 나의 강물을 따라 노 저어 가라. 내가 그대를 아르카디아인(人)의 족장인 에우안드로스에게 인도하리라. 그는 오랫동안 투르누스며 루툴리족과 경쟁해 왔으며, 기꺼이 그대의 동맹자가 될 채비가 되었다. 일어나라! 헤라에게 맹세를 바쳐서 여신의 분노를 달래라. 그리고 그대가 승리를 달성하고 나면, 그때 가서 나를 생각해 다오.」 아이네이아스는 잠에서 깨어나자마자 이 친절한 환상에 즉시 순종했다. 즉 헤라에게 제물을 바치는 한편, 강의 신이며 그 지류의 샘들 모두에게 도움을 달라고 간청했던 것이다. 곧이어 사상 처음으로 무장한 전사들로 가득 찬 선박 하나가 티베리스[테베레]강 물 위에 뜨게 되었다. 강은 물결이 잔잔해졌고 그 물살도 느려졌으며, 이 사이에 노잡이들이 힘차게 노를 젓자 선박은 빠른 속도로 강을 거슬러 올라갔다.

정오쯤 되어서 이들은 신생 도시의 드문드문 흩어진 건물들이 보이는 곳에 도달했는데, 훗날 이곳에서는 자랑스러운 도시 로마가 자라나고, 그 영광이 하늘에 닿을 예정이었다. 우연히도 늙은 왕 에우안드로스는 바로 그날에 헤라클레스와 다른 모든 신을 기리는 연례 의식을 거행하던 중이었다. 그의 곁에는 아들 팔라스와 그 작은 왕국의 여러 족장들이 서 있었다. 이때 커다란 배 한 척이 숲 가까이로 달려오자, 이들은 그 모습에 깜짝 놀라서 식탁에서 벌떡 일어났다. 하지만 팔라스는 연례 의식이 중단되는 것을 금지시킨 다음, 무기를 하나 들고 강둑으로 걸어 나갔다. 그는 큰 목소리로 당신들은 누구이며, 무슨 목적인지를 물어보았다. 아이네이아스는 올리브 가지를 하나 내밀면서 대답했다. 「우리는 트로이아인들로, 당신들의 친구인 동시에 루툴리족의 적입니다. 우리는 에우안드로스를 찾아왔으니, 우리의 무기를 당신네 무기와 나란히 하려는 의도입니다.」 팔라스는 이처럼 유명한 이름을 듣자마자 깜짝 놀라면서 이들에게 상륙을 권했다. 그리고 아이네이아스가 강변에 발을 딛자마자, 그의 한 손을 붙잡고는 오랫동안 그 상태로 있으면서 호감을 표시했다. 숲을 향해 걸어가는 동안, 왕과 다른 사람들이 다가와서 이들을 크게 환영했다. 식탁에는 손님들을 위한 자리를 만들었으며, 곧 식사가 시작되었다.

신생 도시 로마

연례 의식이 마무리되자 모두가 도시로 향했다. 나이 때문에 등이 굽은 왕이 자기 아들과 아이네이아스 사이에서 걸었는데, 두 사람에게 한 팔씩을 내밀어 부축을 받았고, 다양한 종류의 즐거운 이야기를 나누었기 때문에 먼 길도 짧아진 듯한 기분이었다. 아이네이아스는 기쁜 마음으로 바라보고 또 들었으며, 그곳의 모든 아름다움을 관찰하고는 고대에 유명했던 영웅들 가운데 상당수를 알게 되었다. 에우안드로스는 이렇게 말했다. 「이 거대한 숲에는 본래 파우누스와 님프가 살았고, 또한 나무에서 솟아난 야만스러운 인간 종족이 살

왔는데, 이들에게는 법률도 사회 문화도 없었다오. 그들은 소에 멍에를 얹는 법이나 추수를 하는 방법도 몰랐고, 미래의 궁핍을 대비해 현재의 풍요를 저장하는 방법도 몰랐소. 대신 마치 야수처럼 잎이 무성한 나뭇가지를 먹거나, 사냥해서 얻은 먹이를 게걸스레 삼켰다오. 이런 상황에서 아들들에게 밀려나 올림포스산에서 내쫓긴 사투르누스[크로노스]가 그들 사이에 나타나서, 그 광포한 야만인들을 하나로 묶어서 사회를 형성하고 법률을 주었소. 그런 평화와 풍요 때문에 이후 사람들은 그의 치세를 황금 시대라고 부른다오. 하지만 점차로 다른 시대들이 이어지면서 금에 대한 갈증과 피에 대한 갈증이 지배적이게 되었소. 이 땅은 연이어 폭군들의 먹이가 되었고, 나는 원래 고향인 아르카디아를 떠난 유랑자가 되어 행운과 저항할 수 없는 운명의 인도로 이곳까지 왔다오.」

이렇게 말한 다음 왕은 타르페이아 바위를 아이네이아스에게 보여 주었는데, 그 당시에만 해도 덤불이 무성했던 이 황량한 장소에 훗날 카피톨리움[159]이 세워져서 그 웅장함을 뽐내게 되었다. 곧이어 왕은 무너진 벽들 몇 군데를 가리키며 말했다. 「여기에는 본래 〈야니쿨룸〉이라는 도시가 있었는데, 그건 야누스가 지은 것이었고, 저기는 사투르니아, 즉 〈사투르누스의 도시〉였소.」 이런 대화를 나누다 보니, 이들은 가난한 에우안드로스가 사는 오두막에 도착했다. 그곳에서는 들판을 거닐며 우는 소 떼를 볼 수 있었는데, 바로 이 들판에 오늘날엔 저 자랑스럽고도 위풍당당한 광장이 서 있

159 로마의 〈카피톨리누스 언덕〉 위에 있는 신전으로 유피테르(제우스), 유노(헤라), 미네르바(아르테미스)를 모시는 곳이었다.

다. 이들이 오두막에 들어서자 주인은 아이네이아스를 위해서 침상을 펼쳐 놓았는데, 거기에는 잎사귀가 넉넉히 들어 있었고 리비아산(産) 곰 가죽이 덮여 있었다.

다음 날 아침, 새벽이 되자 야트막한 저택의 처마에 깃든 새들의 날카로운 노랫소리에 늙은 에우안드로스가 잠에서 깨어났다. 튜닉을 입고, 어깨에는 표범 가죽을 두르고, 발에는 샌들을 신고, 옆구리에는 훌륭한 검을 띠로 묶어 차고는 그는 손님을 살펴보러 나섰다. 마스티프 두 마리가 그를 따라다녔는데, 그의 유일한 수행원 겸 경호원이었다. 그가 다가가 보니 아이네이아스는 이미 충실한 부하 아카테스의 시중을 받고 있었고, 곧이어 팔라스도 합류했다. 늙은 왕이 말했다.

「저명한 트로이아인이여, 그토록 커다란 대의를 위해서 우리가 할 수 있는 일은 사실상 없다시피 하오. 우리나라는 허약하기 짝이 없어서, 한쪽에는 강물이 가로막고, 다른 한쪽에는 루툴리족이 가로막고 있소. 하지만 나는 숫자도 많고 부유하기까지 한 당신네와 동맹을 제안하고자 하니, 당신이야말로 그토록 상서로운 순간에 운명에 이끌려 이곳에 찾아왔기 때문이오. 저 강 건너편에는 에트루리아인(人)의 나라가 있소. 그곳의 왕은 메젠티우스라는 잔인한 괴물로, 자신의 복수를 달성하기 위해서 차마 듣도 보도 못 한 고문 방법을 만들어 냈소. 즉 살아 있는 사람과 죽은 사람을 서로 마주 보게 하고 서로의 손과 머리를 묶어 둠으로써, 그 비참한 희생자가 그처럼 무시무시한 포옹 상태로 죽어 가게 내버려 두는 것이었소. 결국 백성들이 그를, 즉 본인과 가족 모두를 내쫓았소. 백성들은 그의 궁전을 불태우고, 그의 친구들을 죽였소. 메젠티우스는 도망쳐서 투르누스에게 갔고, 그의 무기로 보호를 받았소. 에트루리아인은 그 죄에 어울리는 처벌을 내리겠다며 그를 내놓으라고 요구했고, 여차하면 자신들의 요구를 달성하기 위해 이미 행동에 나섰을지도 모르오. 하지만 사제들이 이들을 말렸는데, 왜냐하면 하늘의 뜻에 따르면 이 땅의 토박이 가운데 어느 누구도 이들을 승리로 인도하지 못할 것이므로, 이들의 지도자로 예정된 사람은 반드시 바다 건너에서 와야만 할 것이라고 했기 때문이오. 그들은 나에게도 왕위를 주겠다고 제안했지만, 나는 너무 늙은 나머지 그런 큰일을 감당할 수가 없었고, 내 아들 역시 이곳의 토박이인 관계로 그 후보에서 제외되고 말았소. 당신으로 말하자면 혈통이나 연령이나 무훈 모두에서 신들이 지목한 인물이니, 모습을 드러내기만 해도 곧바로 환호와 함께 그들의 지도자가 될 것이오. 내 아들이며 내 유일한 희망이자 위안인 팔라스를 당신과 함께 보내겠소. 당신 밑에서 이 아이가 전쟁의 기술을 배우고, 당신의 위대한 업적을 모방하기 위해 노력했으면 좋겠소.」

곧이어 왕은 트로이아의 족장들이 탈 말을 준비하게 했으며, 아이네이아스는 부하 가운데 몇 명을 고른 다음 팔라스와 함께 말을 타고 에트루리아인의 도시로 향하면서,[160] 나머지 부하는 배를 타고 돌아가게 했다. 아이네이아스 일행은 에트루리아인의 거주지에 무사히 도착했고, 그곳의 지도자 타르콘과 그 동포들의 열렬한 환영을 받았다.

160 여기서 시인은 말발굽 소리를 흉내 낸 것으로 추정되는 유명한 시행을 삽입한다. 굳이 번역하자면 다음과 같다. 〈곧이어 말들의 발굽이 땅에 부딪치며 네 발 구르는 소리를 냈다.〉 〈격언〉 17을 보라 — 원주.

니소스와 에우리알로스

그사이에 투르누스도 자기 편을 모았으며, 전쟁을 위해 필요한 준비를 모두 갖추었다. 헤라는 이리스를 그에게 보내서, 아이네이아스의 부재를 활용하여 트로이아인의 야영지를 급습하라고 부추기는 얘기를 전했다. 이 조언에 따라 급습하려 했지만 트로이아인들은 경계를 서고 있었으며, 아이네이아스로부터도 자기가 부재한 상황에서는 싸우지 말라는 지시를 받아 놓고 있었다. 따라서 이들은 자기네 진영에 가만히 머물러 있을 뿐, 들판으로 끌어내려는 루툴리족의 모든 노력에도 꿈쩍하지 않았다. 밤이 되자 투르누스의 군대는 자기네가 우위라고 착각한 나머지 사기가 높아져서, 잔치를 벌이고 신나게 즐긴 다음 들판에 누워서 단잠을 잤다.

트로이아인의 야영지에서는 상황이 완전히 딴판이었다. 그곳에서는 모두가 경계하고 불안하고 조급해하는 상태로 아이네이아스의 귀환을 고대하고 있었다. 마침 니소스가 야영지의 입구를 경계하고 있었으며, 에우리알로스도 그 곁에 있었는데, 이 청년으로 말하자면 성품의 우아함과 훌륭한 자질로 부대 내에서도 특출한 자였다. 두 사람은 친구이며 전우였다. 니소스가 친구에게 말했다. 「적이 드러낸 자신감과 부주의함이 어느 정도였는지 자네도 보았는가? 저들의 불빛도 드문드문하고 어두워졌군. 병사들이 모조리 술에 취해 잠든 모양이야. 자네도 알다시피 우리 족장들은 아이네이아스에게 사람을 보내서 지시를 받고 싶어서 매우 안달하고 있지 않은가. 그러니 나는 용기를 내어 적의 야영지를 지나가서 우리 족장을 찾으러 가보겠네. 내가 만약 성공한다면, 그 행동의 영광이야말로 내게는 충분한 보상이 될 거라네. 만약 내 노력이 좀 더 가치 있다고 윗분들이 판단하신다면, 그 추가 보상은 자네에게 주라고 하겠네.」

에우리알로스는 모험심에 불타며 이렇게 대답했다. 「그렇다면, 니소스, 자네는 그 모험을 나와 함께하지는 않겠다는 건가? 그리고 내가 자네를 그런 위험 속에 혼자 내버려 두라는 건가? 용감하신 우리 아버지는 나를 그렇게 키우지 않으셨고, 나 역시 아이네이아스의 군대에 가담했을 때에 그러려고 계획하진 않았고, 명예에 비한다면 내 생명은 값싸게 여기기로 작정했었네.」 니소스가 대답했다. 「나 역시 자네의 말을 의심하지는 않네, 친구여. 하지만 자네도 알다시피 그 일이 워낙 불확실한 까닭에, 혹시 나한테 무슨 일이 일어나더라도 자네만큼은 안전하기를 바라서 그러는 거라네. 자네는 나보다 더 젊고, 앞으로 살 날도 더 많지 않은가. 그리고 나는 자네의 어머니께 크나큰 슬픔의 원인이 되지는 않을 걸세. 그분은 굳이 아케스테스의 도시에서 평화롭게 사는 것을 마다하시고 자네를 따라 이 야영지까지 오신 것이 아닌가.」 에우리알로스가 대답했다. 「더 이상 아무 말 말게. 나를 설득하기 위한 논쟁을 찾아보았자 헛수고라네. 나는 자네와 함께 가겠다는 결의가 확고하다네. 더 이상 시간 낭비하지 마세나.」 두 사람은 경계 임무를 다른 사람에게 맡긴 다음 지휘관의 천막으로 찾아갔다. 마침 여러 지휘관들이 의논을 하고 있었으며, 어떻게 해야만 이 상황을 아이네이아스에게 알릴 수 있을지 고심 중이었다. 이들은 두 친구의 제안을 기꺼이 받아들이고 격려를 보내며, 만약 성공할 경우에는 가장 후한 보상을 해주겠다고 약속했다. 특히 이울루스는 에우리알로스를 격려하면서, 자신의 우정은 이후로도 오래 계속될 것이라고 다짐했다. 이에 청년이 대답했다. 「제가 부탁드릴 보상은 단 하나뿐입니다. 연로하신 제 어머니가 저를 따라 이 야영지에 와 계십니다. 저를 위해서 어머니는 트로이아 땅을 떠나셨고, 다른 어머님들과 함께 아케스테스의 도시에 남아 있지도 않으셨습니다. 이제 저는 어머니께 미리 허락을 구하지도 않은 상태에서 출발합니다. 어머니의 눈물을 견딜 수 없고, 어머니의 애원을 무시할 수도 없기 때문입니다. 그러니 간청하건대, 당신께서는 제 어머니의 슬픔을 위로해 주시기 바랍니다. 그것만 약속해 주신다면, 저는 그 어떤 위험이 기다리고 있다 하더라도 용감하게 나아갈 수 있을 겁니다.」 이울루스와 다른 족장들은 감동한 나머지 눈물을 흘렸고, 그의 요청대로 모두 해주기로 약속했다. 「자네 어머니는 이제 내 어머니가 되실 걸세.」 이울루스가 말했다. 「그리고 내가 자네에게 약속한 것을 자네 어머니께 모두 드리겠네. 혹시나 자네가 돌아와서 그걸 받지 못할 경우라도 말일세.」

두 친구는 야영지를 떠나서 곧바로 적진 한가운데로 뛰어들었다. 보초나 경계병은 전혀 없었으며, 병사들이 풀밭이며 수레 사이에 흩어져서 잠들어 있을 뿐이었다. 초창기의 전쟁에서는 용감한 전사가 잠든 적을 죽이는 것이 법도에 어긋나는 일까지는 아니었기 때문에, 두 명의 트로이아인은 적진을 지나가는 동안 가급적 소란을 일으키지 않는 한도 내에서 여러 명의 적을 해치웠다. 그러다가 한 천막에서 에우리알로스는 황금과 깃털로 장식된 멋진 투구 하나를 전리품으로 삼았다. 두 사람은 아무에게도 발각되지 않은 상태로 적진을 통과했는데, 갑자기 이들 앞에 군대가 나타났다. 볼켄스의 지휘하에 야영지로 접근하던 적군이었던 것이다. 마침 에우리알로스의 번쩍이는 투구가 적군의 눈길을 끌어서, 적장은 이들을 불러 세워서 너희는 누구이며 어디에서 오는 것이냐고 물었다. 두 사람은 아무 대답 없이 숲속으로 뛰어들었다. 그러자 기마병들이 사방으로 흩어져서 이들의 도주를 막았다. 니소스는 추격을 피해서 위험을 벗어났지만, 사라진 친구를 찾기 위해 되돌아왔다. 그가 다시 숲으로 들어서자 어디선가 여러 사람의 목소리가 들려왔다. 덤불 사이로 바라보니 적군이 에우리알로스를 에워싸고 갖가지 질문을 던지고 있었다. 니소스가 과연 무슨 일을 할 수 있었겠는가? 어떻게 해야만 저 청년을 구출할 수 있을까? 차라리 둘이 나란히 죽는 게 나으려나?

그는 환하게 빛나는 달을 바라보며 이렇게 말했다. 「여신이시여! 저를 도와주소서!」 그러면서 니소스는 적군의 지휘관 가운데 하나를 겨냥해 투창을 던졌고, 등에 투창을 맞은 상대방은 곧바로 들판에 쓰러져 죽고 말았다. 적군이 당황한 사이에 무기가 또 하나 날아와 그중 한 명을 죽여 버렸다. 그 지휘관인 볼켄스는 이 투척 무기가 어디서 날아왔는지 모르는 상태에서, 한 손에 검을 들고 에우리알로스에게 달려들었다. 「두 사람의 죽음에 대한 대가는 너에게 묻겠다.」 그가 이렇게 말하며 상대방의 가슴에 검을 찌르려는 순간, 친구의 위험을 목격한 니소스가 숨어 있던 곳에서 뛰어나와 외쳤다. 「내가 한 일이다, 내가 한 일이야. 그 검은 차라리 나에게 겨눠라, 루툴리족이여, 내가 한 일이니까. 그는 단지 친구로서 나를 따라왔을 뿐이다.」 니소스가 이렇게 말하는 사이 적은 검을 내밀어 에우리알로스의 멋진 가슴을 찔렀다. 그러자 청년은 마치 쟁기에 맞아 꺾인 꽃처럼 고개를 어깨 위에 떨어뜨렸다. 니소스는 볼켄스에게 달려들어 자기 검을 상대방에게 찔러넣었으며, 이와 동시에 수많은 일격을 받아 자기도 죽고 말았다.

메젠티우스

아이네이아스는 자기네 야영지가 공격을 당하는 상황에서 때마침 에트루리아인의 동맹군을 이끌고 전투 현장에 나타났다. 이제 양측 군대는 그 힘이 막상막하가 되어서, 정말 제대로 전쟁이 시작되었다. 그 모든 세부 사항을 적으려면 지면이 부족할 것이므로, 앞에서 소개했던 주요 등장인물의 운명을 기록하는 선에서 그치도록 하자. 폭군 메젠티우스는 반란을 일으킨 백성들과의 교전이 시작되자 마치 야수처럼 격분했다. 감히 자기에게 저항하는 자는 모조리 죽였고, 나타나는 곳마다 많은 사람들이 도망치게 만들었다. 마침내 메젠티우스는 아이네이아스와 마주하게 되었는데, 이들의 결투를 지켜보기 위해 양측 군대가 일제히 동작을 멈추었다. 메젠티우스가 자기 창을 던지자, 아이네이아스의 방패에 맞고 튕겨 나가 안토레스를 맞혔다. 그는 본래 그리스인이었지만, 고향 아르고스를 떠나 에우안드로스를 따라 이탈리아로 건너온 것이었다. 시인은 순전한 안타까움을 드러내며 그를 묘사했는데, 이 구절은 오늘날 격언 표현이 되었다. 〈그는 쓰러졌다, 불행히도, 다른 이를 겨냥한 상처를 입고서, 하늘을 바라보고 그리운 아르고스를 추억하며.〉[161] 이번에는 아이네이아스가 자기 창을 던졌다. 이 무기는 메젠티우스의 방패를 뚫고 들어가 그의 허벅지에 부상을 입혔다. 폭군의 아

161 〈격언〉 18을 보라 — 원주.

들 라우수스는 이 광경을 보고 더 이상 참을 수 없었던 나머지 달려 나와 그 앞을 막아섰고, 그 사이에 부하들이 메젠티우스의 주위에 몰려들어 떠메고 가버렸다. 아이네이아스는 청년에게 곧바로 검을 내려치지 않고 지체했지만, 격노한 상대편이 달려들자 어쩔 수 없이 최후의 일격을 가하지 않을 수 없었다. 라우수스가 쓰러지자, 아이네이아스는 딱한 마음으로 그를 내려다보며 말했다. 「불운한 청년이여.」 그가 말했다. 「너에게 칭찬으로 내가 무슨 일을 해주었으면 좋겠느냐? 네가 입은 무구를 고이 간직하게 해주마. 걱정 말아라, 네 시신은 친구들에게 돌려주어서, 너에게 어울리는 장례 절차를 밟게 해줄 테니.」 이렇게 말하며 아이네이아스는 겁에 질려 바라보던 고인의 친구들을 불러서 시신을 넘겨주었다.

그사이에 메젠티우스는 강변으로 운반되어 상처를 물로 씻었다. 라우수스가 죽었다는 소식이 전해지자, 힘 대신에 분노와 절망이 그의 몸을 가득 채웠다. 그는 말에 올라타고 전투가 가장 치열한 곳으로 달려갔으며, 거기서 아들의 살해자를 보았다. 메젠티우스는 말에 올라타 상대편 주위를 빙빙 돌면서 연이어 투창을 던졌지만, 트로이아인의 대장은 자기 방패를 이용해 어느 쪽에서 날아온 무기건 간에 모조리 막아 냈다. 적이 탄 말이 모두 세 바퀴를 돌았을 때, 아이네이아스는 말머리를 향해 창을 던졌다. 관자놀이를 꿰뚫린 말이 쓰러져 죽자, 양쪽 군대 모두에서 고함 소리가 하늘을 찔렀다. 메젠티우스는 자비를 구하지 않았으며, 다만 자기 시신이 반란을 일으킨 자기 백성에게 치욕을 당하지 않게만 해달라고, 아울러 자기 아들과 한 무덤에 묻어 달라고 부탁했다. 그는 기다리던 최후의 일격을 받았고, 자기 생명과 피를 모두 쏟아 내며 죽었다.

팔라스, 카밀라, 투르누스

전장의 한쪽에서 이런 일이 벌어지고 있는 사이, 다른 한쪽에서는 투르누스가 청년 팔라스와 맞닥뜨렸다. 이처럼 격차가 큰 두 사람의 대결에서 생겨날 결과는 의심의 여지가 없이 명백했다. 팔라스는 용감하게 싸웠지만 결국 투르누스의 창에 맞아 쓰러졌다. 하지만 이 용감한 청년이 자기 발치에 쓰러져 있는 것을 보자, 승자조차도 상대방의 무구를 벗겨 내는 당연한 권리를 차마 행할 수가 없었다. 대신 투르누스는 장식 못과 금세공이 들어 있는 허리띠만을 벗겨 내서 자기 몸에 둘렀다. 그리고 나머지는 고인의 친구들에게 그대로 넘겨주었다.

전투가 끝나고 며칠 동안은 휴전이 이어졌는데, 양측 군대 모두가 각자의 사망자를 매장할 시간이 필요했기 때문이다. 그 기간 동안 아이네이아스는 일 대 일 대결로 승부를 가르자고 투르누스에게 도전장을 내밀었지만, 루툴리족의 지휘관은 이 제안을 외면했다. 또 한 번의 전투가 벌어졌고, 이번에는 처녀 전사인 카밀라가 특히나 두드러졌다. 그녀의 용감한 행동은 가장 용감한 남자 전사들을 능가할 정도였으며, 수많은 트로이아인과 에트루리아인이 그녀의 투창에 꿰뚫리거나 그녀의 전투용 도끼에 맞아 쓰러졌다. 마침내 아룬스라는 이름의 에트루리아인이 나섰는데, 상대를 오래 지켜보면서 약점을 찾아보던 그는 그녀가 멋진 무구를 지닌 적을 매력적인 먹잇감이라 생각하고 뒤쫓는 것을 보았다. 추적에만 골몰한 카밀라가 위험을 돌보지 않는 사이에 아룬스가 투창을 던져 치명적인 일격을 안겼다. 그녀는 땅에 쓰러졌고, 자기 부하인 여러 처녀들의 품에 안겨 숨을 거두었다. 하지만 카밀라의 운명을 지켜본 아르테미스도 곧바로 복수에 나섰다. 아룬스는 떳떳하지 못한 방법으로 몰래 공격을 가한 까닭에 기뻐하면서도 두려운 마음으로 슬그머니 몸을 피했는데, 바로 그때 아르테미스에게서 훈련을 받은 님프들 중 한 명이 역시나 몰래 쏜 화살에 맞아서 아무도 모르게 죽고 말았다.

마침내 아이네이아스와 투르누스 사이에서 최후의 대결이 펼쳐졌다. 루툴리족의 지휘관은 이 대결을 최대한 피해 왔지만, 결국에 가서는 자기 무기로 성공을 거두지 못한데다가 자기 부하들의 뒷공론에 못 이겨서, 최대한 용기를 내서 대결에 나섰던 것이다. 그 결과야 의심의 여지가 없었다. 아이네이아스의 편에는 운명의 뚜렷한 공표가 있었으며, 위기 때마다 어머니인 여신의 도움이 있었다. 심지어 그에게는 결코 뚫리는 법이 없는 무구도 있었으니, 아들을 위해서 여신이 헤파이스토스에게 부탁해 만들어 온 물건이었다. 반면 투르누스는 천상의 동맹자로부터도 버림을 받은 다음이었으니, 제우스의 엄명으로 헤라가 더 이상 그를 지원하지 못하게 된 까닭이었다. 투르누스가 창을 던졌지만, 아이네이아스의 방패에 막혀서 아무런 해도 끼치지 못하고 튕겨 나갔다. 곧이어 트로이아인 영웅이 던진 창은 루툴리족 대장의 방패를 뚫고 그의 허벅지에 박혔다. 용기마저도 사라져 버린 투르누스는 상대방에게 자비를 간청했다. 아이네이아스도 기꺼이 목숨만을 살려 줄 생각이었지만, 그 순간 패배자가 앞서 팔라스를 죽이고 빼앗은 허리띠를 차고 있는 모습을 보고 말았다. 그러자 그는 또다시 분노를 느끼며 이렇게 외쳤다. 「이 일격으로 그대는 팔라스의 제물이 될 것이다.」 그러면서 그는 자기 검으로 상대방을 찔렀다.

서사시 『아이네이스』는 여기서 끝나 버리기 때문에, 과연 아이네이아스가 다른 적들도 굴복시키고 승리를 얻었는지, 과연 라비니아를 자기 신부로 얻었는지 여부는 우리도 추측만 해볼 수 있을 뿐이다. 전설에 따르면 그는 결국 도시를 건설했고, 아내의 이름을 따서 〈라비니움〉이라는 이름을 붙였다고 한다. 그의 아들 이울루스는 〈알바 롱가〉라는 도시를 건설했는데, 바로 이곳이 로마의 실제 창시자인 로물루스와 레무스 형제의 탄생 장소이다.

포프의 유명한 시에는 카밀라에 관한 인유가 있는데, 여기서는 〈소리가 감각의 반영이 되어야 한다〉는 시 창작의 법칙이 묘사되어 있다. 그는 이렇게 말한다.

> 아이아스가 대단히 무거운 바위를 던지려 노력할 때는,
> 시행도 꽤 힘겹고, 단어도 천천히 움직여야 한다.
> 즉 재빠른 카밀라가 들판을 누비며 밀밭 위를 달리고
> 싸움판을 헤집는 것과는 같지 않아야 한다.
> —「비평에 관한 논고」 중에서

제34장

피타고라스·이집트의 신들·신탁

피타고라스

인간 영혼의 본성에 관하여 앙키세스가 아이네이아스에게 내놓은 가르침은 피타고라스주의자의 교리와 일치한다.[162] 기원전 450년경에 태어난 피타고라스는 사모스섬 출신이었지만, 생애의 대부분을 이탈리아의 크로톤[163]에서 보냈다. 따라서 때로는 〈사모스인〉이라고 일컬어지고, 또 때로는 〈크로톤의 철학자〉라고 일컬어진다. 그는 젊은 시절에 널리 여행을 다녔으며, 이집트를 방문하기도 했다고 전한다. 피타고라스는 그곳의 사제들로부터 모든 가르침을 전수받았으며, 이후에는 동양으로 가서 페르시아와 칼데아의 마기와 인도의 브라만을 만나기도 했다고 전한다.

피타고라스는 훗날 크로톤에 정착했으며, 특출한 자질 때

162 제32장에서도 설명한 것처럼, 저자가 이 책에서 〈피타고라스의 가르침〉이라고 서술한 내용은 오비디우스와 베르길리우스의 저서를 참고한 결과물이다. 하지만 그 내용만 놓고 보면, 피타고라스의 주장이라기보다는 오히려 스토아 철학의 우주론과 유사하며, 어떤 부분에서는 신플라톤주의의 〈유출〉 이론이 등장하는 등 일관성이 없다.

163 오늘날의 〈크로토네〉를 말한다.

문에 수많은 제자가 주위에 모여들었다. 그곳 주민들은 사치와 방종으로 유명했는데, 그의 영향력이 가져온 좋은 효과가 머지않아 드러나게 되었다. 절주(節酒) 운동도 성공을 거두었다. 그곳의 주민 6백 명은 피타고라스의 제자가 되어서 지혜를 추구하는 과정에서 서로를 돕는 공동체가 되었으며, 자기네 재산을 하나로 합쳐서 공동의 유익을 도모했다. 이들은 최고 수준의 순수성과 태도의 단순성을 실천하는 것을 의무로 삼았다. 이들이 맨 먼저 배우는 교훈은 〈침묵〉이었다. 즉 한동안은 오로지 듣기만 하는 것이 의무로 되어 있었다. 〈그분[피타고라스]께서 그렇다고 말씀하셨다Ipse dixit.〉 이 표현이야말로 그들에게는 충분한 증거로, 즉 다른 어떤 증명도 필요 없는 증거로 여겨졌다. 여러 해 동안의 끈기 있는 복종을 거친 고위급 제자들만이 질문을 던지고 이의를 제기할 수 있는 권리를 허락받았다.

피타고라스는 〈숫자〉가 만물의 본질이며 원리라고 보았으며, 숫자야말로 실재하고 별개인 존재라고 여겼다. 그가 생각하기에는 숫자야말로 우주를 구성하는 원소였다. 피타고라스가 어떻게 해서 이와 같은 과정을 고안하게 되었는지는 한 번도 만족스럽게 설명된 적이 없었다. 그는 이 세상의 다양한 형태와 현상을 추적하여 그 기반이자 본질인 숫자에까지 이르렀다. 피타고라스는 〈모나드〉, 즉 〈단자(單子)〉를 모든 숫자의 원천으로 간주했다. 숫자 〈둘〉은 불완전하며, 증가와 분열의 원인이다. 숫자 〈셋〉은 전체의 숫자라고 일컬어졌는데, 왜냐하면 여기에는 시작과 중간과 끝이 있기 때문이었다. 숫자 〈넷〉은 정사각형을 나타내는데, 이것이야말로 가장 높은 완벽의 정도였다. 숫자 〈열〉은 처음 네 가지 숫자의 합계였기 때문에, 모든 음악과 산수의 비율을 포함하는 한편, 세계의 체계를 나타냈다.

숫자는 모나드에서 발생하는 것이므로, 피타고라스는 신성(神聖)의 순수하고 단순한 본질이야말로 자연의 모든 형체의 원천이라고 보았다. 신과 악마와 영웅 모두가 지고자(地高者)의 방출물들이며, 네 번째 방출물이 바로 인간의 영혼이다. 인간의 영혼은 불멸하며, 육체의 족쇄로부터 자유로워지면 죽은 자들의 거처로 건너가는데, 여기에서 줄곧 머물다가 세상으로 돌아와서 다른 인간이나 동물의 육체에 거주하다가, 마침내 충분히 정화되고 나면 애초에 나온 원천으로 돌아가게 된다. 영혼의 전이, 즉 〈윤회전생〉에 관한 이 교리는 원래 이집트에서 유래한 것이다. 여기다가 인간 행동의 보상과 처벌에 관한 교리까지 더해지면서, 피타고라스주의자가 결코 동물을 죽이지 않는 주된 이유가 되었다. 오비디우스에 따르면, 피타고라스는 제자들에게 다음과 같이 말했다. 「영혼은 결코 죽지 않으며, 한 곳에서의 거주를 끝내면 다른 곳으로 옮겨 간다. 나 자신만 해도 트로이아 전쟁 당시에 판토오스의 아들 에우포르보스였으며, 메넬라오스의 창에 맞아 죽었던 기억이 난다. 얼마 전에 아르고스에 있는 헤라의 신전에 가보았더니, 내 방패가 그곳의 전리품 사이에 걸려 있었던 것을 보았다. 모든 것이 변화하지만, 그 무엇도 소멸하지는 않는다. 영혼은 이곳에서 저곳으로 옮겨 가고, 지금은 이 육체를 차지했다가 다음에는 저 육체를 차지하고, 짐승의 육체에서 인간의 육체로 옮겨 가고, 거기서 또다시 짐승의 육체로 옮겨 간다. 특정한 형체를 눌러 찍은 밀랍의 경우, 나중에 그걸 녹여서 새로운 형체를 눌러 찍는다 하더라도 그 밀랍은 항상 똑같다. 이와 마찬가지로 영혼도 항상 똑같으며, 다만 서로 다른 시기에 서로 다른 형체를 취할 따름이다. 따라서 만약 동족에 대한 사랑이 너희 가슴 속에서 사라지지 않았다고 하면, 내가 권고하노니, 혹시 너희의 친척일 가능성도 있는 생물의 목숨을 함부로 취하지 말라.」[164]

셰익스피어는 『베네치아의 상인』에 나오는 그라티아노의 대사에서 윤회전생을 인유한다. 즉 그는 샤일록에게 이렇게 말하는 것이다.

> 당신은 내 신앙을 거의 흔들어 놓다시피 하고,
> 내가 피타고라스의 견해를 주장하게 만드는구려.
> 거기에 따르면 동물의 영혼이 인간의 몸통에
> 들어올 수 있다지요. 그대의 싸움 좋아하는 영혼은
> 원래 늑대를 다스리다가, 인간을 죽인 죄로 목매달려
> 그대에게 들어온 것이오. 왜냐하면 그대의 영혼은
> 늑대 같고, 피투성이에, 굶주리고, 게걸스럽기 때문이오.[165]

피타고라스는 음계와 숫자의 연계, 즉 동시에 일어나는 진동에 의해 협화음[조화]이 생겨나고, 그 반대의 경우에 의해 불협화음이 생겨나는 것을 깨달았다. 그리하여 그는 〈협화음[조화]〉이라는 단어를 눈에 보이는 창조물에도 적용했으니, 이는 각 부분의 적절한 순응을 뜻하는 것이었다. 드라이

164 『변신 이야기』 제15장 158~175행.
165 『베네치아의 상인』 제4막 제1장.

든은 「성 세실리아 축일의 노래」의 서두에서 이런 관념을 다음과 같이 서술한다.

> 협화음으로부터, 하늘의 협화음으로부터
> 이 영원한 틀이 시작되었네.
> 협화음에서 시작해 협화음에 이르기까지
> 모든 음계의 범위를 망라하여
> 음역 전체가 인간 속에 가득했네.

피타고라스의 가르침에 따르면, 우주의 한가운데에는 중심의 불이 있는데, 이는 곧 생명의 원리이다. 중심의 불 주위에는 지구와 달과 태양과 다섯 개의 행성이 에워싸고 있다. 이 다양한 천체들 사이의 거리 역시 음계의 비례와 대응한다고 인식되었다. 이 천체들과 그 각각에 거주하는 신들은 중심의 불 주위를 돌면서 〈노래까지 곁들여 가면서〉 공동의 춤을 춘다고 간주되었다. 셰익스피어는 『베네치아의 상인』(제5막 제1장)에서 바로 이 교리를 인유함으로써, 로렌조가 제시카에게 이와 같은 방식의 천문학을 가르치게 했다.

> 보세요, 제시카, 하늘의 바닥에 찬란한 황금의
> 층이 얼마나 두툼하게 상감(象嵌)되어 있는지를!
> 당신이 바라보는 것 중에서 가장 작은 천체조차도
> 나름 운동을 합니다. 마치 한 천사가 노래하면서
> 젊은 눈의 다른 천사들과 합창하는 것처럼.
> 그런 협화음은 불멸자의 영혼에 있습니다!
> 하지만 썩어 가는 이 진흙의 몸뚱이를

고약하게도 걸친 우리는 그걸 들을 수 없습니다.

천구(天球)는 수정 또는 유리로 만든 구조물이며, 마치 여러 개의 그릇을 쌓아서 뒤집어 놓은 것과 같은 형태라고 여겨졌다. 각각의 구 표면에는 천체 가운데 하나, 또는 여러 개가 붙박여 있다고, 따라서 천구의 움직임에 따라서 같이 움직인다는 것이다. 하지만 이 천구들이 움직이는 과정에서는 서로간의 마찰이 불가피했기에, 그 소리에서 정교한 협화음이 생성되지만, 너무 훌륭하기 때문에 필멸자의 귀로는 차마 인식이 불가능하다는 것이다. 밀턴은 「성탄절 아침에 부치는 찬가」에서 천구의 음악을 다음과 같이 인유한다.

울려라, 너희 수정의 천구들이여!
우리 인간의 귀에 한 번만 축복을 내리라.
(만약 네가 우리 감각을 매료시킬 힘이 있다면)
너의 은색 종을
선율 좋은 시간으로 움직여라.
그리고 하늘의 깊은 오르간의 베이스를 울려라.
너의 아홉 겹 협화음으로
천사 교향악의 완전한 협주를 만들어라.

피타고라스는 리라를 만들었다고도 전한다. 시인 롱펠로는 「아이에게 주는 시」에서 그 이야기를 다음과 같이 전한다.

옛날 옛적 위대한 피타고라스는

대장간 문 앞에 가만히 서서
망치를 두들길 때마다 모루에서
서로 다른 소리가 나는 걸 듣고
각각의 쇠 혀에 매달려 떠는
다양한 음조에서 착안하여
소리 나는 현의 비밀을 알아내고
일곱 현 달린 리라를 만들었다.

역시나 롱펠로의 작품인 「오리온의 엄폐(掩蔽)」도 참고하라.

사모스인의 뛰어난 아이올로스 리라.[166]

시바리스와 크로톤

크로톤이 사치와 방종으로 유명했다면, 그 이웃 도시인 시바리스는 오히려 그 반대로 유명했다. 이곳의 이름은 훗날 격언처럼 되었다. J. R. 로웰은 「민들레에게」라는 귀엽고 짧은 시에서 그 이름을 딱 그런 용도로 사용했다.

6월 중순에, 황금빛 갑옷 걸친 꿀벌이
새하얀 백합의 바람 잘 통하는 천막 안에서
(그가 정복한 시바리스에서) 느끼는 것보다
더한 황홀을 나는 처음으로 느꼈네,

166 〈아이올로스 리라〉 또는 〈아이올로스 하프〉는 바람을 받으면 자동으로 울리는 악기여서 〈풍명금(風鳴琴)〉이라고도 한다.

짙은 초록 속에서 그대의 노란 원이 폭발했을 때.

훗날 두 도시 사이에 전쟁이 일어났고, 시바리스는 결국 정복되고 파괴되었다. 유명한 운동 선수인 밀론이 크로톤의 군대를 지휘했다. 밀론의 어마어마한 힘에 관해서는 많은 이야기가 전해지는데, 예를 들어 네 살짜리 암소를 어깨에 짊어지고 가서는 단 하루 만에 그놈을 모두 먹어 치웠다는 이야기가 대표적이다. 그의 죽음은 다음과 같이 전해진다. 하루는 밀론이 숲을 지나다가 나무꾼들이 쪼개다 말고 놓아둔 나무줄기를 보고는 그걸 좀 더 쪼개 놓으려고 했다. 하지만 벌어졌던 나무줄기가 도로 맞물리면서 그는 거기에 꽉 끼어버렸고, 그 상태에서 늑대의 습격을 받아 잡아 먹혔다는 것이다.

바이런은 「나폴레옹 보나파르트에게 바치는 송시」에서 밀론의 이야기를 인유한 바 있다.

> 옛날에 떡갈나무를 쪼개려던 이는
> 그게 맞물릴 것을 예상하지 않았네.
> 공연히 쪼개려던 나무줄기에 붙잡혀
> 혼자서, 얼마나 주위를 두리번대던지!

이집트의 신들

이집트인들은 〈아문〉을 가장 높은 신으로 여겼는데, 이후에는 그를 가리켜 제우스, 또는 〈제우스 아문〉이라고 불렀다. 아문은 자기 말이나 의지로써 모습을 나타내며, 이로부터 서로 다른 성별을 가진 〈크네프〉와 〈아토르〉가 탄생했다. 크네프와 아토르로부터 〈오시리스〉와 〈이시스〉가 탄생했다. 오시리스는 온기와 생명과 결실의 원천인 태양의 신으로 숭배되었다. 또한 그는 나일강의 신으로도 여겨져서, 매년 아내인 이시스[大地]와 함께 범람이라는 방법을 통해 찾아온다고 여겨졌다. 〈세라피스〉는 때로는 오시리스와 똑같은 신으로 간주되고, 또 때로는 지옥을 통치하고 의술을 관장하는 별개의 신으로 묘사되었다. 〈아누비스〉는 저승의 수문장 신이며, 인간의 몸에 개의 머리를 지닌 것으로 묘사되었고, 성실과 신중이라는 성격을 특징으로 했다. 호루스, 또는 그리스어로 하르포크라테스는 오시리스의 아들이었다. 그는 침묵의 신이기도 해서, 로토스 꽃 위에 앉아서 손가락을 입술에 대고 있는 모습으로 묘사된다.

토머스 무어의 시 「아일랜드풍 노래」를 보면 하르포크라테스에 관한 인유가 등장한다.

> 그대는 어떤 장밋빛 나무 그늘 밑에서
> 입술에 손가락을 대고 조용히 앉아 있으리라.
> 붉은 나일강에 피어난 꽃들 사이에서
> 태어난 바로 그 소년, 마치 그가
> 그렇게 앉아 있는 것처럼. 하늘과 땅에 바치는
> 그의 유일한 노래는 〈모두 조용히, 조용히!〉

오시리스와 이시스의 신화

오시리스와 이시스는 원래 하늘의 신이었는데, 지상의 거주민에게 선물과 축복을 내려 주기 위해서 내려가라는 권유를 받았다. 이시스는 우선 인간에게 밀과 보리의 사용법을 알려 주었고, 오시리스는 농업 용구를 만들어서 그 사용법을 인간에게 가르쳐 주었다. 곧이어 그는 법률, 결혼 제도, 사회 조직을 만들어 주었으며, 신들에게 예배하는 방법도 가르쳐 주었다. 이렇게 해서 나일강 유역을 행복한 나라로 만든 이후, 군대를 모집해서 자신의 축복을 세계 나머지 지역에도 내려 주기 위한 활동에 나섰다. 즉 오시리스는 사방의 여러 나라를 정복했는데, 무기를 사용한 것이 아니라 오로지 음악과 언변을 사용해서 정복했다. 그의 형제인 〈세트〉는 이를 보고 질투와 악의가 가득해진 나머지, 오시리스의 부재중에 왕위를 빼앗으려는 음모를 꾸몄다. 하지만 통치를 대행하고 있던 이시스가 그 계획을 좌절시켰다. 이전보다 더 악의가 충만해진 세트는 아예 자기 형제를 죽여 버리려고 작정했다. 그리고 다음과 같은 방법으로 결국 실행에 옮겼다. 즉 72명의 동료들과 음모단을 결성한 다음, 이들과 함께 왕의 귀환을 축하하기 위한 잔치에 참석했다. 그런 뒤에 매우 귀중한 나무로 제작한 상자 또는 궤짝을 하나 가져오게 해서 그 안에 들어가서 몸이 딱 맞는 사람에게 선물하겠다고 제안했는데, 사실 그건 애초부터 오시리스의 체격에 딱 맞게 제작된 물건이었다. 다른 이들이 시도해 보았는데도 소용이 없자 오시리스가 그 안에 들어가 보았는데, 그 즉시 세트와 그 동료들이 궤짝의 뚜껑을 닫아서 나일강에 던져 버렸다. 이 잔인한 살해 소식을 전해 들은 이시스는 슬퍼하고 통곡한 다음,

머리카락을 자르고 검은 옷을 입고 가슴을 치면서 자기 남편의 시신을 열심히 찾아다녔다. 이 과정에서 그녀는 오시리스와 여신 〈네프티스〉 사이에서 태어난 아들 아누비스의 도움을 받았다. 이들의 수색은 한동안 성과가 없었는데, 그러다가 문제의 궤짝이 물결에 떠밀려 비블로스의 물가에 닿았고, 급기야 그곳에서 자라나던 갈대에 뒤얽히게 되었다. 오시리스의 시신에 들어 있던 거룩한 힘이 옮겨 가면서 그 관목은 졸지에 커다란 나무로 자라났으며, 그 줄기 안에는 오시리스의 관이 고스란히 들어 있게 되었다. 이처럼 신성한 물건을 담고 있던 나무는 머지않아 벌채되어서, 페니키아의 왕궁에서 기둥으로 사용되었다. 이시스는 아누비스와 신성한 새들의 도움을 받아서 마침내 이 사실을 알게 되었으며, 곧바로 왕궁이 있는 도시로 달려갔다. 여신은 일단 하녀로 자원했고, 채용이 되어 왕궁에 들어서자마자 자신의 변장을 벗어 던지고 천둥번개와 함께 여신의 본래 모습을 드러냈다. 이시스가 지팡이로 기둥을 치자, 나무가 갈라지면서 그 안에 들어 있던 신성한 관이 나타났다. 여신은 관을 들고 가서 어느 숲 깊숙한 곳에 숨겨 두었지만, 세트는 이를 발견해서 시신을 열네 개의 덩어리로 자른 다음 이곳저곳에 흩어 놓았다. 이시스는 끈질긴 탐색 끝에 열세 개의 덩어리는 찾아냈지만, 나머지 하나는 나일강의 물고기들이 먹어 치운 다음이었다. 그리하여 여신은 무화과 나무로 그 부분의 모형을 만들어 끼워 넣은 다음 오시리스의 시신을 나일강 상류의 도시 필라이에 묻었는데, 그때 이후 이곳은 이 나라에서 가장 큰 묘지가 되었으며 방방곡곡에서 순례자가 찾아오는 장소가 되었다. 이 신을 기리기 위해서 매우 위풍당당한 신전이 건립되었으며, 그의 시신 가운데 한 덩어리가 발견된 장소마다 작은 신전과 무덤이 건립되어서 이 사건을 기념했다. 이후 오시리스는 이집트의 수호신이 되었다. 그의 영혼은 항상 황소인 아피스의 몸에 거주하며, 그 황소가 죽으면 또 다른 황소의 몸으로 옮겨 간다고 여겨졌다.

이집트인은 〈멤피스의 황소〉인 아피스에게 최대한 경의를 표해 예배를 드렸다. 아피스로 간주된 하나하나의 동물은 특정한 표식으로 확인이 가능했다. 그 자격 조건은 상당히 까다로워서, 일단 완전히 검은 색깔에, 이마에는 하얀 정사각형 무늬가 있고, 등에는 독수리 모양의 또 다른 무늬가 있고, 혀 아래에는 딱정벌레와 유사한 모양의 혹이 있어야만 했다. 그리하여 아피스를 찾아 나선 사람들이 이런 표식이 있는 황소를 발견할 경우, 그놈을 데려다가 동쪽을 향해 세워진 건물에 안치하고 4개월 동안 우유를 먹여 키웠다. 이 기간이 지나면 사제들은 초승달이 뜰 때를 기다려 엄숙하게 이 황소가 있는 곳으로 가서, 아피스인 그놈에게 절을 올렸다. 이 황소는 화려하게 장식된 배에 실려서 나일강을 따라 멤피스까지 갔으며, 그곳에 있는 신전과 예배당 두 곳 그리고 운동장을 자기 몫으로 받았다. 이 황소에게는 매년 한 번씩 제물도 바쳤는데, 마침 그때는 나일강의 수위가 높아질 즈음과 일치했다. 이때에는 황금 잔을 하나 강물에 던진 다음 황소의 생일을 축하하는 대대적인 축제를 열었다. 이 축제 동안에는 악어들조차도 그 자연스러운 포악함을 잊어버리고 무해해진다고 사람들은 믿었다. 하지만 이 황소의 행복한 운명에도 한 가지 단점이 있었다. 즉 특정 기간을 넘어서까지 살도록 허락되지는 않아서, 25세라는 나이에 도달해서까지도 여전히 살아 있을 경우, 사제들이 그를 신성한 수조(水槽)에 빠뜨려 죽인 다음 세라피스의 신전에 묻어 주었던 것이다. 이 황소가 죽고 나면, 그 원인이 자연적인 것이건 폭력에 의한 것이건 간에 온 나라가 슬픔과 탄식으로 뒤덮였으며, 그 후임자가 발견될 때까지 이런 상태가 계속되었다.

최근의 신문에는 다음과 같은 기사가 실린 적이 있었다.[167]

〈아피스의 무덤 — 멤피스에서는 현재 발굴이 진행 중인데, 이 파묻힌 도시를 폼페이만큼 흥미롭게 만들기에 충분할 것으로 보인다. 여러 세기 동안 미지의 상태로 놓여 있던 아피스의 거대한 무덤도 이제 열렸다.〉

밀턴은 「성탄절 아침에 부치는 찬가」에서 이집트의 신들을 인유하면서, 단순히 상상의 존재들이 아니라 진짜 악마들로 묘사한다. 즉 이들은 그리스도의 도래와 함께 도망쳐 버린다는 것이다.

오래된 나일강의 잔인한 신들,
이시스와 호루스와 개 아누비스도 서두른다.
오시리스도 멤피스의
숲이나 녹지에서 크게 음매 울면서
젖지 않은[168] 풀밭 위를 걸어다니지 않는다.

167 『새크라멘토 데일리 유니온』 1855년 5월 7일자에 게재된 단신이다. 여기서 말하는 〈아피스의 무덤〉은 오귀스트 마리에트Auguste Mariette(1821~1881)가 1850년 멤피스 인근에서 발굴한 〈사카라 세라피스 신전〉에 있는 아피스의 무덤을 말하는 듯하다.

168 이집트에는 비가 전혀 내리지 않기 때문에, 그곳의 풀은 〈젖지 않은〉 상태이며, 그 나라의 비옥함은 나일강의 범람에 의존하고 있다. 마지막 행에

또한 그는 신성한 궤 안에서
휴식을 취할 수조차 없다.
파멸의 깊은 지옥이 그의 수의가 될 수 있다.
탬버린을 치며 찬송을 부르는 저 검은 옷차림의
마법사들은 헛되이 그의 숭배받는 궤를 갖고 있다.

이시스의 조상(彫像)을 보면 머리에 베일을 쓰고 있는 것으로 묘사되는데, 이것은 신비의 상징이다. 이에 관해서는 테니슨이 「모드」(제4편 8연)에서 다음과 같이 인유한 바 있다.

창조주의 의향은 모호하고, 베일에 가려진 이시스이다.

신탁

신탁(神託)이란 미래에 관해서 물어보는 사람들에게 신들의 답변을 알려 주는 것을 말한다. 또한 이 단어는 그런 답변을 얻을 수 있는 장소를 가리키는 데 사용되기도 한다.

그리스에서 가장 오래된 신탁소는 도도나의 제우스 신전이다. 어떤 기록에 따르면, 이곳은 다음과 같은 방식으로 세워졌다고 한다. 어느 날 검은 비둘기 두 마리가 이집트의 테베에서 날아왔다. 한 마리는 그리스 서부 에피로스 지방에 있는 도도나로 날아가서 어느 떡갈나무 숲에 내려앉았고, 여

인유된 〈궤〉는 아직도 남아 있는 이집트 신전의 그림을 통해 볼 수 있는데, 바로 사제들이 종교 행진 때에 들고 있는 물건이다. 이것은 오시리스가 들어갔던 궤짝을 상징하는 것일 가능성이 있다 — 원주.

기다가 제우스의 신탁소를 설립해야 한다고 그곳 주민들에게 인간의 언어로 말했다. 또 한 마리 비둘기는 리비아의 〈시와〉라는 오아시스에 있는 제우스 아문의 신전으로 날아가서, 그곳에서도 똑같은 명령을 전했다. 또 다른 설명에 따르면, 그 명령을 내린 존재는 비둘기가 아니라 여사제였다고 한다. 즉 페니키아인이 이집트의 테바이에서 이들을 데려온 다음, 시와와 도도나에 신탁소를 세웠다는 것이다. 신탁의 답변은 나뭇가지에 바람이 스치는 소리의 형태로 나왔으며, 그 소리를 사제들이 해석하는 것이었다.

하지만 그리스의 신탁소 중에서도 가장 유명한 곳은, 포키스의 파르나소스산 산자락에 건설된 도시 델포이에 있는 아폴론 신탁소였다.

매우 오래된 기록에 따르면, 파르나소스산에 풀어 키우는 염소들 가운데 몇 마리가 산자락에 있는 어느 길고도 깊은 구덩이에 접근했다가 갑자기 경련을 일으켰다. 이것은 그곳의 동굴에서 솟아오르는 특수한 종류의 수증기 때문이었는데, 염소치기 가운데 한 명도 궁금한 나머지 자기도 직접 그 수증기를 들이마셔 보았다. 이 유독한 공기를 들이마시자, 그 역시 가축들과 마찬가지 증세를 나타냈다. 이 상황을 차마 제대로 설명할 수가 없었던 인근 지역의 주민들은, 염소치기가 수증기를 들이마신 상태에서 경련하며 내뱉은 말들을 신의 영감이라고 여겼다. 머지않아 이 이야기가 널리 전파되면서 바로 그 자리에 신전이 건립되었다. 이런 예언의 영향력은 처음에만 해도 〈대지〉 여신 탓으로, 또는 포세이돈 탓으로, 또는 테미스 탓으로, 또는 다른 여러 신 탓으로 다양하게 여겨지다가, 나중에 가서는 오로지 아폴론의 탓으로 굳어지게 되었다. 이 일을 위해서 지명된 여사제의 임무는 신성하다고 여겨지는 공기를 들이마시는 것이었으며, 그 여사제의 이름은 〈피티아〉였다. 그녀는 이 임무를 위해서 카스탈리아라는 샘에서 미리 목욕을 했으며, 월계관을 쓰고 그와 유사하게 장식된 세발솥에 앉았는데, 그 세발솥이 놓인 자리는 신성한 영감이 진행되는 바로 그 구덩이였다. 그곳에 앉아 있는 동안 영감을 얻어 나오는 피티아의 말을 사제들이 듣고 해석하는 식이었다.

트로포니오스의 신탁

도도나와 델포이에 있는 제우스와 아폴론의 신탁소 다음으로는 보이오티아에 있는 트로포니오스의 신탁소도 매우 유명했다. 트로포니오스와 아가메데스는 원래 형제였다. 이들은 뛰어난 건축가였으며, 델포이의 아폴론 신전은 물론이고 히리에우스 왕의 보물창고도 만든 바 있었다. 그런데 형제는 보물 창고를 지으면서 그곳의 벽에서 돌 하나를 빼낼 수 있도록 해두었다. 덕분에 이들은 때때로 보물 가운데 일부를 빼돌릴 수 있었다. 히리에우스 왕은 자물쇠와 봉인이 멀쩡한 상태에서 보물이 계속해서 없어진다는 사실에 깜짝 놀랐다. 급기야 그는 도둑을 잡기 위한 함정을 팠고, 결국 아가메데스가 그 함정에 걸리고 말았다.

트로포니오스는 아무리 애를 써도 형제를 빼낼 수 없게 되자, 혹시나 아가메데스가 고문을 받은 끝에 자기 정체까지 자백할까 두려운 나머지, 결국 머리를 베어 죽이고 말았다. 그 직후에 트로포니오스도 땅이 꺼지면서 빠져 죽었다고 전한다.

신탁소는 보이오티아 지방의 레바데아에 있었다. 한번은 큰 가뭄이 들었는데, 보이오티아 사람들이 델포이에 가서 신탁을 묻자 레바데아의 트로포니오스에게 도움을 청하라는 답변이 나왔다. 이들은 그곳에 갔지만 신탁소를 전혀 찾을 수가 없었다. 그런데 그중 한 명이 가만 보니 벌 떼가 있기에, 그 뒤를 따라가 보니 구덩이가 하나 나왔고, 바로 그곳이 이들이 찾던 장소였음이 밝혀졌다.

이곳에 신탁을 물어보러 온 사람들은 특정한 의식을 거행해야만 했다. 그리고 이런 사전 의례가 끝나면, 그는 좁은 통로를 지나서 동굴 안으로 들어갔다. 이 장소는 오로지 밤에만 들어갈 수 있었다. 동굴에 들어간 사람은 아까와 똑같은 좁은 길을 따라서 나와야 했는데, 이때에는 반드시 뒤로 걸어 나와야만 했다. 그러면 그 사람은 우울하고 낙담한 상태가 되었다. 그리하여 사기가 떨어지고 우울해하는 사람에게 적용하는 격언이 생겼다. 〈트로포니오스의 신탁을 묻고 온 사람 같다.〉

아스클레피오스의 신탁소

아스클레피오스의 신탁소는 여러 곳이 있지만, 그중에서도 가장 유명한 곳은 에피다우로스에 있었다. 환자들이 찾아와서 이곳의 신전에서 잠을 자면 질문에 대한 답변과 함께 건강의 회복도 가능했기 때문이다. 전해지는 기록을 토대로 추측해 보건대, 이곳에서 환자에게 취하는 치료법은 오늘날의 〈동물 자기(磁氣)〉 또는 〈최면 요법〉과도 유사했던 것으로 보인다.

뱀들은 아스클레피오스에게 바쳐진 생물이라 해서 신성시되었는데, 아마도 이놈들이 허물을 벗음으로써 젊음을 되찾는다고 여기던 미신 때문이었을 것이다.

아스클레피오스 숭배는 전염병이 크게 유행할 때를 틈타 로마에도 도입되었다. 즉 사절단이 에피다우로스의 신전으로 가서 신의 도움을 간청하자 아스클레피오스는 이에 응했고, 아예 뱀의 형체를 취해서 사절단의 배에 타고 로마까지 따라왔다. 테베레강에 도착하자, 뱀은 배에서 내리더니 강 한가운데 있는 섬에 자리를 잡았다. 그리하여 이곳에는 그를 기리기 위한 신전이 건립되었다.

아피스의 신탁소

멤피스에서도 신성한 황소 아피스가 질문을 던지는 사람에게 답변을 제공했는데, 이때에는 질문을 받아들일 수도 있고 거부할 수도 있었다. 만약 황소가 질문자의 손에 있는 먹이를 거부하면 호의적이지 않은 징조로 간주했고, 먹이를 받아먹으면 그 반대의 징조로 간주했다.

그런데 신탁의 답변을 단순히 인간의 고안품으로 간주해야 하는지, 아니면 악령의 작용으로 간주해야 하는지를 놓고서는 오래전부터 의문이 제기되어 왔다. 이 가운데 나중의 의견이야말로 과거에는 가장 일반적이었다. 또 다른 이론은 최면 요법이라는 현상이 관심을 끌게 된 이후에 제기되었는데, 여기서는 여사제 피티아가 최면으로 인한 황홀경과 유사한 상태에 빠짐으로써 천리안의 능력을 발휘하게 된다고 설명한다.

또 한 가지 의문은 그리스의 신탁소가 언제부터 답변 내놓기를 중지했느냐는 것이다. 초기 기독교 저술가들은 그리스도의 탄생과 동시에 신탁소가 침묵을 지키게 되었으며, 그때 이후로는 결코 신탁을 들을 수 없었다고 주장한다. 밀턴은 「성탄절 아침에 부치는 찬가」에서 이와 같은 견해를 채택하여, 구세주의 도래와 함께 기존의 우상들이 느끼는 당황에 관해서 엄숙하면서도 고상하게 아름다운 광경을 묘사했다.

신탁은 벙어리가 되었네.
그 어떤 목소리도, 소름 끼치는 소음도
기만하는 말들의 아치 달린 지붕에서 울리지 않았네.
아폴론은 자기 사당에서
더 이상 신성할 수 없었고,
공허한 비명과 함께 델포이의 산자락을 떠났네.
한밤중의 황홀경이나, 외워 대는 주문도
예언의 방에서 창백한 눈의 사제에게 영감을 주지 못했네.

윌리엄 카우퍼의 시 「야들리 숲의 떡갈나무」에는 신화에 관한 아름다운 인유가 몇 가지 등장한다. 아래의 인용문에는 그런 인유가 두 가지 등장하는데, 첫 번째는 카스토르와 폴리데우케스의 전설에 관한 것이며, 두 번째가 사실 이 대목에서 우리의 목적에 더 잘 어울리는 편이다.

너는 성숙한 채 쓰러졌구나, 점토색 외피를 걸치고,

식물의 힘 본능으로 가득한 채,
너의 알을 깠다, 이제는 별이 된 전설의 쌍둥이처럼.
두 개의 돌출부를 내밀고, 똑같이 쌍을 이루어.
잎사귀 하나가 계승하고, 또 다른 잎사귀도.
모든 자연의 원소들이 너의 미숙한 성장을
순조롭게 양육했고, 너는 잔가지가 되었다.
네가 그럴 때 누가 살고 있었나? 오, 너는 말할 수 있나,
마치 도도나에서 옛날에 너의 동족 나무인
신탁목(神託木)이 하듯이. 미래는 몰라야 최선이니
나도 호기심에 묻진 않으리. 하지만 덜 모호한 과거는
그대의 입을 향해 물어보고자 하노라.

테니슨의 「말하는 떡갈나무」에도 도도나의 참나무에 관한 다음과 같은 인유가 나온다.

나는 시(詩)와 운(韻)을 작업할 것이며,
양쪽 모두에서 그대를 더 찬양하리라.
시인이 예찬한 너도밤나무나 린덴나무보다,
또는 테살리아에서 자라난 나무보다 훨씬 더.
그 나무에서는 거무스레한 비둘기가 앉아
수수께끼 같은 문장을 말했다지.

바이런도 『차일드 해럴드』(제3편 82연)에서 장 자크 루소에 관해 이야기하면서 델포이의 신탁을 인유했는데, 왜냐하면 이 시인은 이 사상가의 저술이 프랑스 혁명을 만들어 내는 데 큰 역할을 했다고 보기 때문이다.

그는 영감을 받았고, 그로부터 나오게 되었다네,
마치 옛날 피티아의 신비스러운 동굴에서 나온 것처럼,
바로 그 예언들이. 그로 인해 온 세계에 불이 붙었고,
더 이상 왕국이 없을 때까지 타기를 멈추지 않았다네.

제35장

신화의 기원·신과 여신의 조상(彫像)·신화를 노래한 시인들

신화의 기원

그리스 신화를 소개한 우리의 이야기도 이제 막바지에 이르렀으니, 이제는 한 가지 질문이 떠오를 법하다. 〈도대체 이 이야기들은 어디서 온 것일까? 이 이야기들은 사실에 근거하고 있는 것일까, 아니면 단순히 상상의 산물일까?〉 철학자들은 이 주제에 관해서 여러 가지 이론을 제시한 바 있다. 우선 첫째로 〈성서 이론〉이 있는데, 여기서는 모든 신화는 성서의 내용에서 유래했다고, 다만 실제 내용을 다르게 포장하고 바꾸었을 뿐이라고 주장한다. 따라서 데우칼리온은 노아, 헤라클레스는 삼손, 아리온은 요나의 다른 이름일 뿐이라고 주장한다. 월터 롤리 경도 『세계사』에서 이렇게 말했다. 즉 구약 성서 「창세기」에 나오는 〈야발, 유발, 두발가인은 결국 헤르메스, 헤파이스토스, 아폴론에 해당하며, 각각 목축업과 대장일과 음악의 발명자를 가리킨다. 황금 사과를 지키는 용은 결국 하와를 유혹한 뱀을 가리킨다. 니므롯의 탑은 결국 천상에 대항한 거인들의 시도를 가리킨다.〉[169] 이와 유사

169 구약 성서 「창세기」에는 나오지 않지만, 니므롯이 하느님에게 반항하

한 흥미로운 우연의 일치가 많은 것이야 의심의 여지가 없지만, 단순히 이 이론만 가지고 신화 대부분을 설명할 수 있다고 보는 것은 억지가 아닐 수 없다.

둘째로 〈역사 이론〉이 있는데, 여기서는 신화에서 언급되는 인물은 한때 실존 인물이었으며, 이들에 관한 전설이며 황당무계한 일화는 단순히 후대의 첨언과 장식에 불과하다고 설명한다. 예를 들어 바람의 왕이며 신인 아이올로스의 이야기는, 티레니아해(海)에 있는 몇몇 섬의 통치자 이름이 아이올로스였다는 사실로부터 유래했을 것이다. 이 왕은 정의롭고 경건한 인물로 그곳 토박이들에게 배의 돛 사용법을 가르쳤으며, 대기의 징조를 읽어 냄으로써 날씨와 바람의 변화를 알아내는 방법을 가르쳤다. 또한 전설에 따르면 카드모스는 용의 이빨을 땅에 뿌려서 무장한 인간을 한 무리 만들어 냈다고 하는데, 사실 그는 포이니케[페니키아] 출신의 이민자였으며, 알파벳에 관한 지식을 들여와서 그곳 토박이들에게 가르쳐 주었다. 이런 학습의 새싹으로부터 문명이 자라났는데, 시인들은 항상 이 사건을 가리켜 인간의 첫 번째 상태, 즉 순수와 단순성의 〈황금 시대〉에 가해진 퇴락이라고 묘사한다는 것이다.

셋째로 〈우의(寓意) 이론〉이 있는데, 여기서는 모든 고대 신화가 우의적이며 상징적이라고 간주한다. 즉 원래는 도덕적이거나 종교적이거나 철학적인 진실이나 역사적 사실 등을 우의라는 형태 속에 함유하고 있을 뿐이었지만, 시간이 흐르면서 그걸 문자 그대로 이해하게 되었을 뿐이라는 것이다. 예를 들어 크로노스가 자기 아이들을 삼켰다는 이야기

기 위해 〈바벨탑〉을 건설했다는 또 다른 전설이 있다.

는 그리스어의 〈크로노스[시간]〉가 갖고 있는 똑같은 힘을 의미하는 것이다. 왜냐하면 시간 역시 자기가 존재하게 만든 만물을 결국 파괴한다고 말할 수 있기 때문이다. 또한 암소로 변한 이오의 이야기 역시 똑같은 방식으로 해석이 가능하다. 즉 이오를 〈달〉이라 치고, 아르고스를 〈별이 빛나는 하늘〉이라 치면, 결국 후자가 잠자는 법 없이 전자를 감시한다고 볼 수 있는 것이다. 이오의 전설적인 방랑 역시 달의 지속적인 변화를 상징하는데, 밀턴 역시 「우울한 사람」에서 이와 똑같은 생각을 떠올린 바 있었다.

> 지켜보노라, 방랑하는 달이 가장 높은
> 야반(夜半)의 근처를 달리는 것을,
> 마치 하늘의 넓고도 길 없는 길을
> 떠돌아다니던 자처럼.

넷째로 〈자연 이론〉이 있는데, 이에 따르면 공기와 불과 물 같은 원소들은 원래부터 종교적 숭배의 대상이었으므로, 주요 신들은 이런 자연력의 의인화라는 것이다. 이처럼 서로 다른 원소들의 의인화가 결국 자연물마다 관장하며 다스리는 초자연적 존재에 관한 생각으로 변화하는 것은 어렵지 않은 일이다. 그리스인은 워낙 발랄한 상상력을 보유했던 관계로 모든 자연물에 눈에 안 보이는 존재를 부여했으며, 태양과 바다에서부터 아주 작은 샘과 개울에 이르기까지 모든 물체가 특정한 신의 보살핌을 받고 있다고 가정하게 되었던 것이다. 워즈워스의 「소요(逍遙)」에서는 그리스 신화에 관한 이런 관점이 아름답게 서술되어 있다.

그 멋진 나라에서 외로운 목자 하나가
어느 여름 한나절 부드러운 풀밭에 누워
음악으로 느긋한 휴식을 달래었다네.
지루함에서 비롯된 어떤 변덕 때문인지
자기 숨소리조차도 조용한 그때,
멀리서 들리는 음악 소리가
어설픈 자기 솜씨보다 더 낫게 들리자
그는 상상하네, 태양의 불타는 수레로부터
수염 없는 청년이 황금 류트를 연주하고
빛나는 숲을 황홀로 채우는 모습을.
강인한 사냥꾼은 눈을 들어서
초승달을 바라보며, 시기적절한 빛을 부여한
그 외로운 방랑자에 감사하며
자신의 즐거운 사냥에 동행을 권하네.
그때부터 빛나는 여신은 님프들과 함께
잔디밭을 가로지르고 어두운 숲을 지나서
(아울러 바위나 동굴에서 곱절로 늘어나는
메아리의 듣기 좋은 소리도 동반하여)
사냥의 폭풍을 일으키네, 마치 달과 별들이
강한 바람이 불 때마다 하늘에서 잠깐씩
엿보이듯이. 개울이나 물 솟는 샘에서
갈증을 푼 여행자는 나이아데스를 향해
감사드리네. 먼 언덕에 비치는 햇빛은
그 뒤에 그림자를 드리우며 재빨리 활강하니,
상상력의 도움만 약간 받으면 오레아데스의
사냥이 보이는 것처럼 변모가 가능하네.

제피로스는 지나가면서 날개를 퍼덕이고,
아름다운 물체에 대한 사랑으로 부드러운
속삭임으로 구애하네. 시들어 기괴한 나뭇가지,
나이 들어 잎과 잔가지 모두 떨어져 나가고
누더기 은신처 깊은 데서 슬쩍 튀어나오네.
낮은 골짜기에서, 또는 가파른 산자락에서.
때로는 살아 있는 사슴의 움직이는 뿔에 의해,
또는 염소의 늘어진 수염에 의해 방해되네.
이는 몰래 돌아다니는 사티로이의 짓이라네.
야생에 거주하는 장난 좋아하는 신들의,
또는 순박한 목자들이 경배하는 신 판의 짓이라네.

여기서 언급한 이 모든 이론도 저마다 어느 정도씩은 진실하다. 따라서 한 민족의 신화는 어느 한 가지 원천에서 비롯되는 것이라기보다는, 오히려 이 모든 원천들 모두에서 비롯된다고 말하는 편이 더 정확할 것이다. 또한 우리는 자기가 차마 이해할 수 없는 자연 현상을 설명하고자 하는 인간의 열망으로부터 비롯된 여러 가지 신화들도 있다고 덧붙여야 할 것이다. 아울러 어떤 장소나 인물이 특정한 이름을 갖게 된 이유를 설명하고자 하는 마찬가지의 열망에서 비롯된 신화도 적지 않다고 덧붙여야 할 것이다.

신들의 조상(彫像)

이처럼 사람들이 여러 가지 신들의 이름을 이용해서 서로의 머릿속에 전달하려 의도한 생각이 있다면, 이 생각을 적절하게 가시적으로 표현하는 일에는 최고 수준의 재능과 기술이 필요했다. 이 목적을 위한 여러 가지 시도 가운데서도 가장 유명한 것은 모두 〈네 가지〉가 있는데, 처음 두 가지는 오늘날 고대인의 설명을 통해서만 접할 수 있고, 나머지 두 가지는 여전히 멀쩡하며 조각 분야의 걸작으로 인정되고 있다.

올림포스의 제우스상(像)

페이디아스가 제작한 올림포스의 제우스상은 그리스 미술에서도 조각 분야의 최고 걸작으로 간주된다. 이 작품은 어마어마하게 컸으며, 고대인은 이를 〈금상아제(金象牙製)〉라고 불렀는데, 결국 금과 상아를 이용해서 만들었다는 뜻이다. 신의 맨살에 해당하는 부분은 나무나 돌에다가 상아를 덧붙여 만들었으며, 의복과 기타 장식은 금으로 만들었던 것이다. 이 조상의 높이는 약 12미터였고, 그 받침대의 높이는 약 3.5미터였다. 이 신은 보좌에 앉은 모습으로 묘사되어 있었다. 그 이마에는 올리브 관을 쓰고 있었으며, 오른손에는 홀(笏)을 들고, 왼손에는 작게 만든 〈승리〉 여신상을 들고 있었다. 보좌는 삼나무로 만들었으며, 금과 귀금속으로 장식했다.

여기서 제작자는 헬라스(그리스) 민족의 최고신이 완벽한 위엄과 침착을 드러내며 정복자로서 보좌에 앉아 있다는 것, 그리고 자신에게 복종하는 전 세계에 고개를 끄덕이며 다스린다는 것을 형상화하려 시도한 셈이었다. 페이디아스는 호메로스가 『일리아스』 제1권에서 내놓았던 묘사로부터 이런 발상을 얻었다고 설명했다. 그 대목을 포프의 영어 번역으로 인용하자면 다음과 같다.

> 그가 말하자, 그의 검은 눈썹이 무섭도록 움직이고
> 불로불사하는 고수머리가 흔들리고 고개가 끄덕이며
> 운명의 인장(印章)이 찍히고 신의 허락이 이루어졌다.
> 이 무시무시한 신호를 높은 하늘이 공손히 받아들이며
> 올림포스 전체가 그 중심까지 흔들렸다.[170]

파르테논의 아테나상(像)

이것 역시 페이디아스의 작품이다. 이 작품은 아테네의 파

170 윌리엄 카우퍼의 영어 번역은 이보다 비록 덜 우아한 반면, 원문에 더 가깝다.

> 그는 동작을 멈추고, 검은 눈썹 아래로
> 고개 끄덕여 확인해 주었다. 군주의
> 영원무궁한 머리 주위의 불로불사하는
> 고수머리가 흔들렸고, 거대한 산도 떨렸다.

또 다른 유명한 영어 번역에서 이 대목이 어떻게 옮겨졌는지를 알면 독자들도 흥미로워할지 모르겠다. 바로 포프의 번역본과 며칠 사이를 두고 나란히 간행된 티켈의 번역본인데, 실제로 내용 가운데 상당수는 포프의 친구이자 경쟁자였던 애디슨의 윤문이라고 간주되었으며, 급기야 이 일 때문에 애디슨과 포프 사이에 불화가 벌어지기까지 했다.

> 이렇게 말하며, 왕은 군주다운 눈썹을 찡그렸다.
> 크고 검은 고수머리가 뒤에서부터 무섭게 떨어졌고,
> 신의 엄숙한 이마를 두툼히 덮었다.
> 그 전능한 끄덕임에 올림포스산이 떨렸다 — 원주.

르테논, 즉 아테나 신전에 서 있었다. 여신은 서 있는 모습으로 묘사되었다. 한 손에는 창을 들고, 또 한 손에는 작게 만든 〈승리〉 여신상을 들고 있었다. 여신이 쓴 투구에는 장식이 잘 되어 있었고, 스핑크스가 한 마리 올라앉아 있었다. 이 조상도 높이가 약 12미터였고, 제우스상과 마찬가지로 상아와 금으로 만들어져 있었다. 두 눈은 대리석으로 되어 있었고, 아마도 눈동자를 표현하기 위해서 채색되었을 것이다. 이 조상이 있던 장소인 파르테논 역시 페이디아스의 지시와 감독 하에 건설되었다. 그 외관은 여러 개의 조상들로 인해 더욱 풍부해졌는데, 그중 상당수는 페이디아스가 만든 것이었다. 현재 대영 박물관에서 소장한 엘긴 대리석상 역시 그중 일부이다.

페이디아스가 만든 제우스와 아테나 조상은 현재 사라지고 없지만, 그 작품이 실제로 있었다고 믿을 만한 증거는 충분하다. 왜냐하면 현존하는 몇 가지 조상과 흉상을 통해서, 제작자가 고안한 양쪽 작품의 생김새가 어땠는지를 추정할 수 있기 때문이다. 그 특징은 엄숙하고도 고상한 아름다움이며, 그 어떤 일시적인 표현으로부터도 자유로운 상태인데, 미술 전문 용어로는 이를 〈휴지(休止)〉라고 부른다.[171]

메디치 가문의 아프로디테상(像)

〈메디치 가문의 아프로디테상〉이라는 이름은 이 작품이 처음으로 주목을 받았을 당시에, 마침 로마에 있던 바로 그

171 회화나 조각 등의 묘사 대상이 앉거나 누워서 휴식을 취하고 있는 모습을 가리킨다.

공작 가문의 소장품이었기 때문에 붙은 것이다. 그 받침대에 새겨진 기록을 보면 기원전 200년에 아테네의 조각가 클레오메네스가 만든 것으로 나와 있지만, 그 신빙성은 의심스럽다고 간주된다. 전해지는 바에 따르면, 이 조각가는 정부의 의뢰를 받아 완벽한 여성의 아름다움을 나타내는 조상을 만들게 되었다고 한다. 이 과정에서 이 조각가는 그 도시의 정부에서 제공할 수 있는 한 가장 완벽한 모델들도 제공받았다고 한다. 제임스 톰슨은 연작시 「계절」 가운데 「여름」에서 이를 인유한다.

> 그리하여 전 세계를 매료시킨 조상이 서 있네,
> 차마 비길 데 없는 허풍을, 즉 환호하는 그리스의
> 혼합된 미녀들을 감추려고 애써 노력하면서.

바이런 역시 『차일드 해럴드』(제4편 49연)에서 이 조상을 인유했다. 피렌체 박물관에 관해 이야기하면서 그는 이렇게 말한다.

> 거기에도 역시나 돌로 된 사랑의 여신이
> 그 아름다움으로 공기를 가득 채우네.

그다음 연에는 이런 구절도 있다.

> 그녀의 피와 맥박과 가슴은 트로이아인(人) 목자의 인정을 받았다네.

이 구절에 나오는 인유가 무엇인지 궁금하다면, 이 책의 제27장을 확인해 보라.

벨베데레의 아폴론상(像)

오늘날 남아 있는 고대 조상(彫像) 중에서도 가장 높은 평가를 받는 작품은 이른바 〈벨베데레의 아폴론상〉인데, 이 작품이 소장된 로마의 교황 소유 궁전에서 따온 이름이다. 그 제작자가 누구인지는 알려져 있지 않다. 이 작품은 로마 시대의 것으로 간주되며, 오늘날 사용되는 연대로 따지면 1세기경의 것으로 보인다. 이 대리석 입상(立像)은 높이가 2미터가 넘고 벌거벗은 모습이며, 목에 두른 망토가 곧게 뻗은 왼팔까지 이어지고 있다. 이것은 이 신이 괴물 피톤을 죽이려고 활을 쏘는 모습을 묘사한 것으로 추정된다(제3장 참고). 승리를 거둔 이 신은 앞으로 걸어 나오는 듯한 모습이다. 마치 활을 든 것처럼 보이는 왼팔은 곧게 뻗은 상태이고, 고개 역시 그 방향으로 돌아가 있다. 그 자세와 비례 모두에서 이 조상의 우아한 위풍당당함은 차마 비할 데가 없다. 그 효과를 완성시키는 것은 얼굴 표정인데, 여기에서는 젊은 신 특유의 아름다움이 완벽하게 드러나는 동시에, 의기양양한 힘에 대한 의식(意識)이 깃들어 있다.

암사슴 아르테미스상(像)

루브르 궁전에 있는 이른바 〈암사슴 아르테미스상〉은 〈벨베데레의 아폴론상〉과는 오히려 반대로 간주되어야 한다. 자세만 보면 아폴론상과 유사하며, 그 크기도 대동소이하고, 제작 방식도 마찬가지이다. 이것도 최상급의 작품이지만, 그렇다고 해서 아폴론과 맞먹는다는 뜻은 결코 아니다. 그 자세는 뭔가 서두르고 긴박한 동작을 나타내며, 그 얼굴은 사냥의 기쁨을 느끼는 여자 사냥꾼의 모습이다. 왼손은 길게 뻗어서 자기 옆에서 달리고 있는 암사슴의 머리를 짚고, 오른팔은 어깨 너머로 뻗어서 화살통의 화살 하나를 꺼내고 있다.

신화를 노래한 시인들

호메로스는 이 책에서 트로이아 전쟁과 그리스인들의 귀환에 관한 내용 가운데 대부분을 가져온 출처인 시 『일리아스』와 『오디세이』의 저자인 동시에, 자기 자신이 예찬한 영웅들 못지않게 신화적인 인물이기도 하다. 전설에 따르면, 그는 원래 눈이 멀고 나이가 많은 떠돌이 음유 시인이었으며, 각지로 여행하면서 하프를 연주하며 노래를 불러 주었다고 한다. 즉 군주의 궁전에서는 물론이고 농부의 오두막에서도 공연을 했으며, 듣는 사람이 자발적으로 내놓는 대가로 먹고 살았다고 한다. 바이런은 그를 가리켜 〈바위섬 키오스의 눈 먼 노인〉이라고 불렀다. 또한 유명한 풍자시인 다음 인용문은 그의 출생지에 관한 사실이 불분명하다는 점을 인유하고 있다.

> 부유한 도시 일곱이 죽은 호메로스를 두고 다투네,
> 살았을 적 호메로스는 그 모두에서 끼니를 구걸했건만.

여기서 말하는 일곱 군데 도시는 스미르나, 키오스, 로도스, 콜로폰, 살라미스, 아르고스, 아테네를 말한다.

현대의 학자들은 호메로스의 시가 한 사람의 머릿속에서 나온 작품이라는 주장에 대해 의심을 품고 있다. 그처럼 긴 시가 흔히 그 생성 연대로 여겨지는 그처럼 이른 시기에 작성되었다고 믿기가 힘들기 때문인데, 왜냐하면 그 시대로 말하자면 현존하는 비문이나 주화의 연도보다 훨씬 더 먼저이고, 그처럼 긴 작품을 기록할 수 있는 재료 자체가 사용된 때보다 훨씬 더 먼저이기 때문이다. 또 한편으로 이처럼 긴 시가 단순히 기억이라는 수단 하나만으로 여러 세대를 거쳐 전해질 수 있다는 것이 의심스럽기 때문이다. 이에 대한 답변이라면, 다른 사람들의 시를 암송하는 전문직인 음송 시인이 있었다는 것인데, 그 임무는 돈을 받고 민족적이거나 애국적인 전설을 말해 주는 것이었다.

오늘날 지배적인 견해에 따르면, 이 서사시의 틀과 구조 가운데 상당수는 호메로스의 창안이지만, 이후 다른 여러 사람에 의해 수많은 보충과 추가가 가해진 것으로 여겨진다.

헤로도토스의 주장을 빌리자면, 호메로스가 살았던 시대는 기원전 850년경이다.

베르길리우스

종종 그 성(姓)인 〈마로〉로도 일컬어지는 베르길리우스는 우리가 아이네이아스에 관한 이야기를 가져온 출처인 시 『아이네이스』의 저자이며, 로마 황제 아우구스투스의 치세를 빛낸 여러 위대한 시인들 가운데 한 명이다. 베르길리우스는 기원전 70년에 만토바에서 태어났다. 그의 위대한 시는 시 창작에서도 최고 분야라 할 수 있는 서사시 가운데서도 호메로스 다음가는 것으로 평가된다. 물론 독창성과 창의성 면에서는 베르길리우스가 호메로스보다 한참 아랫길이지만, 정확성과 우아함에서는 오히려 베르길리우스가 호메로스보다 더 월등하다. 영어권 비평가들이 보기에 현대 시인들 가운데 저 유명한 고대인들과 나란히 설 만한 사람은 오로지 밀턴 하나뿐인 것 같다. 특히 밀턴의 『실낙원』은 우리가 수많은 인용문을 가져온 출처이기도 한데, 고대의 저 위대한 작품들과 여러 가지 측면에서 대등하고, 때로는 오히려 우월하기도 하다. 아래에 인용한 드라이든의 격언시는 이처럼 예리한 비평에서 흔히 발견할 수 있는 것처럼 상당한 진실을 담고 있다.

〈밀턴에 관하여〉

서로 다른 세 시대에 세 시인이 태어났으니,
그리스와 이탈리아와 영국이 바로 그곳들이다.
그 탁월함이 첫째 사람은 영혼의 고상함이며,
다음 사람은 위엄이며, 마지막은 양쪽 모두였네.
자연의 힘은 더 이상 나아가지 못했다네.
세 번째를 만들기 위해 앞선 둘을 결합했다네.

윌리엄 카우퍼의 「식탁 담화」에는 이렇게 나온다.

호메로스의 등불이 나타난 이후 많은 세월이 흐르고,

만토바의 백조가 노래한 이후 또 많은 세월이 흘러
자연은 이전까지 없었던 오랜 시간을 보낸 뒤에,
더 많은 세월이 지나서야 밀턴을 낳았다네.
그리하여 천재는 정해진 시간에 맞춰 뜨고 지며,
머나먼 나라에 여명을 가져다주고,
자기가 고른 모든 지역을 고상하게 만드네.
그는 그리스에서 지고서, 이탈리아에서 떴으며,
고딕의 어둠 속에 지루한 시간이 지나고서,
마침내 우리 섬에서 휘황찬란하게 나타났네.
그리하여 사랑스러운 물총새는 바다에 뛰어들었고,
자신들의 빛나는 장식을 다시 멀리까지 선보였네.

오비디우스

종종 시에서는 또 다른 이름인 〈나소〉로 인유되는 이 시인은 기원전 43년에 태어났다. 그는 공직에 나가기 위한 교육을 받았으며 제법 높은 관직에도 있었다. 하지만 오비디우스는 오히려 시(詩)에서 기쁨을 얻었기에, 이 분야에 열중하기로 일찌감치 작정했다. 그리하여 그는 당대의 여러 시인들과 교제를 도모했으며, 호라티우스와 친분을 나누고, 또 베르길리우스를 직접 본 적도 있었다. 물론 베르길리우스가 사망했을 무렵 오비디우스는 아직 너무 어리고 무명이었기 때문에 두 시인이 서로 친분을 쌓지는 못했다. 그는 상당한 수입을 얻으며 로마에서 편안하게 생활했다. 특히 황제 아우구스투스의 가족과 친하게 지냈는데, 그러다가 그들 중 한 명에게 뭔가 심각한 범죄를 저지르면서 급기야 이 시인의 행복한 환경이 역전된 것은 물론이고, 이후의 삶에도 먹구름이 드리우게 되었다. 나이 50세에 오비디우스는 로마에서 추방되었으며, 흑해 인근의 도시 토미[172]로 가라는 명령을 받았다. 사치스러운 수도에서의 생활과 가장 저명한 당대 인사들과의 교제에 익숙했던 이 시인은, 졸지에 이곳에서 야만인과 가혹한 날씨에 에워싸여 삶의 마지막 10년을 보냈고, 슬픔과 불안으로 나날이 야위어 갔다. 유배 중에 그의 유일한 위로는 자기 곁에 없는 아내와 친구들에게 편지를 쓰는 것이었는데, 그런 편지조차도 하나같이 시적이었다. 이런 시들은 (예를 들어 「슬픔」과 「흑해에서 보낸 편지들」은) 오로지 시인의 슬픔이라는 주제만을 담고 있기는 하지만, 오비디우스의 섬세한 취향과 결실 많은 창의성 덕분에 지루해질 뻔한 위험에서 벗어나 있으며, 즐거움은 물론이고 심지어 동정심까지 느끼며 읽을 수 있었다.

오비디우스의 두 가지 대작은 『변신 이야기』와 『로마의 축제일』이다. 양쪽 모두 신화를 소재로 한 시이며, 우리가 이 책에서 만난 그리스와 로마 신화는 대부분 전자에서 가져온 것이다. 최근의 한 작가는 이 시들의 특징을 다음과 같이 설명한다.

〈오늘날의 여러 시인과 화가와 조각가의 경우와 마찬가지로, 오비디우스는 그리스의 풍부한 신화로부터 그 예술의 재료를 공급받았다. 섬세한 취향과 단순성과 비애감을 가지고 그는 옛날의 전설들을 서술했고 거기에 현실의 외관을 부여했는데, 이는 오로지 거장의 손길로만 가능한 것이었다. 그가 묘사한 자연의 모습은 놀라우며 진실하다. 그는 적절

172 오늘날 루마니아 동부의 흑해 연안 도시 〈콘스탄차〉를 말한다.

한 것만을 신중하게 선택했다. 그는 과도한 것을 거부했다. 그리고 그가 작품을 마무리했을 때, 그것은 모자라지도 과도하지도 않았다. (……) 『변신 이야기』는 젊은 시절에 재미있게 읽을 수 있는 작품일 뿐만 아니라, 나이가 들수록 더 큰 기쁨을 느끼며 다시 읽을 수 있는 작품이다. 시인은 자기 시가 자기보다 더 오래 살아남을 것이라고, 그리고 로마라는 이름이 알려진 곳 어디에서나 애독될 것이라고 감히 예견했다.〉[173]

위의 글에 인유된 예견은 『변신 이야기』의 마지막 행에 들어 있는데, 이걸 직역하면 아래와 같다.

> 이제 내가 마무리하는 작품은 제우스의 분노로도,
> 시간의 이빨로도, 검으로도, 심지어 불로도
> 없애지는 못할 것이다. 언젠가 그날이 찾아와서
> 내 정신은 아니더라도 내 육신이 쓰러지고
> 내 생명의 나머지도 빼앗기게 되면,
> 내 더 나은 부분은 별들 너머로 날아오르고
> 내 명성은 영원히 지속되리라.
> 로마의 힘과 예술이 퍼져 나간 곳에는
> 어디서나 사람들이 내 책을 읽게 되리라.
> 그리고 시인의 예견이 진실하다고 한다면,
> 내 이름과 명성은 불멸성을 얻게 되리라.[174]

173 1796년에 간행된 수에토니우스의 『12황제전』 영역본에 추가된 오비디우스 약전 가운데 일부로, 그 번역자인 알렉산더 톰슨Alexander Thomson의 창작으로 추정된다.

174 『변신 이야기』 제15권 871~879행.

제36장

현대의 괴물들·포이닉스·바실리스크·유니콘·살라만드라

현대의 괴물들

이 세상에는 고대의 미신에 등장하는 〈무시무시한 고르곤, 히드라, 키마이라〉[175]의 후계자로 보이는 상상의 존재들이 있는데, 이놈들은 고대 그리스인이 상상한 신들과는 아무런 관계가 없기 때문에, 기독교의 도래로 신화의 인기가 시든 이후까지도 대중의 믿음 속에서 계속해서 한자리를 차지하고 있다. 이런 괴물들에 관해서는 고전 작가들도 언급한 경우가 있지만, 그 주된 인기와 통용은 오히려 더 현대에 와서 일어난 일인 것처럼 보인다. 따라서 이놈들에 관한 우리의 설명은 고대의 시보다는 오히려 옛 박물학 책과 여행기를 더 많이 참고할 것이다. 아래에서 설명할 내용은 주로 『페니 백과사전』[176]에서 가져온 것이다.

175 『실낙원』 제2권 627~628행.

176 영국의 대중 잡지인 『페니 매거진』에서 1828년부터 1843년에 걸쳐 본편 전27권에 보유편 전3권으로 간행한 백과사전이다.

포이닉스

오비디우스는 포이닉스의 이야기를 다음과 같이 전한다. 〈대부분의 존재는 다른 개체로부터 태어난다. 하지만 스스로를 재생산하는 종류의 생물도 있다. 아시리아인은 이를 포이닉스라고 불렀다. 이놈은 과일이나 꽃을 먹고 사는 것이 아니라 유향(乳香)과 향기로운 수지(樹脂)를 먹고 산다. 5백 년을 살고 나면, 떡갈나무 가지 위나 종려나무 꼭대기 위에다가 둥지를 만든다. 즉 육계(肉桂)와 감송(甘松)과 몰약(沒藥) 등의 나무를 가져다가 쌓고 그 위에 누운 다음, 그 향기 가운데서 마지막 숨을 내쉬며 죽는다. 그러면 어미 새의 시신에서 새끼 포이닉스가 태어나며, 이놈은 그 어미만큼이나 오랜 세월을 살아갈 운명을 맞이하게 된다. 새끼가 다 자라나서 충분한 체력을 보유하게 되면, 이놈은 제 둥지를(즉 제 요람인 동시에 제 어미의 무덤을) 그 나무에서 번쩍 들어서, 이집트의 헬리오폴리스라는 도시로 가져가서 그곳의 《태양》 신전에 바친다.〉[177]

여기까지가 시인의 설명이다. 그러면 지금부터는 역사가의 설명을 살펴보자. 타키투스는 이렇게 말한다. 〈파울루스 파비우스가 집정관이었던 시절(기원후 34년)에 이른바 포이닉스라는 이름으로 세상에 알려진 기적의 새가 오랜 세월 사라졌다가 다시 이집트를 방문했다. (……) 그놈 주위에는 다른 여러 가지 새들이 무리 지어 날고 있었는데, 모두 그 고귀함에 이끌린 것이었으며, 그 아름다운 외모를 감탄하며 바라보고 있었다.〉[178] 곧이어 그는 이 새에 관한 설명을 내놓는데,

177 『변신 이야기』 제15권 391~407행.
178 『연대기』 제6권 28절.

대체적으로는 이전의 설명과 유사하지만 몇 가지 세부 사항이 덧붙어 있다. 〈새끼 새가 깃털이 나자마자, 즉 제 날개를 신뢰할 수 있게 되자마자 맨 처음 하는 일은 제 아비의 장례식을 거행하는 것이다. 하지만 이 의무는 성급하게 수행되지 않는다. 우선 새는 몰약을 많이 모은 다음, 등에 짐을 지고서도 자주 날 수 있도록 힘을 키운다. 자기 힘에 대한 충분한 자신감을 얻은 후 새는 제 아비의 시신을 지고 《태양》 신전의 제단으로 날아간다. 그리고 거기 시신을 두어서 향기로운 불길에 타오르게 한다.〉[179] 다른 작가들도 몇 가지 세부 사항을 덧붙였다. 즉 몰약을 새알의 형태로 뭉친 다음, 그 안에다가 죽은 포이닉스를 집어넣는다는 것이다. 죽은 새의 불탄 살에서는 애벌레가 하나 기어 나오는데, 이 애벌레도 자라나면 새로 변모한다. 헤로도토스도 이 새를 〈묘사〉했지만, 이렇게 덧붙였다. 〈나도 직접 본 것은 아니고, 다만 그림으로만 보았다. (……) 그놈의 깃털 가운데 일부는 황금색이고, 또 일부는 진홍색이었다. 그리고 그놈은 그 외형과 크기가 독수리와 상당히 많이 닮았다.〉[180]

포이닉스의 존재에 대한 믿음을 부정한 최초의 사례는 토머스 브라운 경[181]이 1646년에 간행한 『통속적 오류』라는 책에 나온다. 몇 년 뒤에는 알렉산더 로스[182]가 이에 대한 답변

179 『연대기』 제6권 28절.

180 『역사』 제2권 73절.

181 Thomas Browne(1605~1682). 영국의 작가이며, 일종의 백과사전인 『통속적 오류』(1646)를 저술해 그 당시에 널리 퍼진 여러 가지 전설과 미신을 회의적이고 합리적인 견지에서 비판했다.

182 Alexander Ross(1590~1654). 스코틀랜드의 작가이며 논객으로, 토머스 브라운의 저서 가운데 일부 내용을 정면 공격했으며, 토머스 홉스와 윌

으로, 포이닉스는 워낙 드물기 때문에 잘 나타나지 않을 뿐이라고 주장했다. 〈그놈은 피조물 가운데 폭군인 《인간》을 멀리해야 한다는 사실을 본능적으로 아는데, 왜냐하면 그놈이 인간 앞에 나타난다면 설령 그놈이 이 세상의 마지막 한 마리라 하더라도 어떤 부유한 대식가가 기꺼이 그놈을 먹어 치울 것이기 때문이다.〉

드라이든은 초기 시 가운데 하나인 「공작 부인에게 바치는 시」에서 포이닉스에 관해 다음과 같이 인유했다.

> 갓 태어난 포이닉스가 나타나면
> 날개 달린 그 부하들은 모두 이 여왕을 경배하고,
> 이 새가 동양을 지나서 행차할 때면
> 모든 숲마다 수행원들이 수없이 늘어나네.
> 모든 시인이 그 영광을 노래하고
> 그 주위에는 기뻐하는 청중이 날개로 박수치네.

밀턴은 『실낙원』 제5권에서 천사 라파엘이 지상으로 내려오는 모습을 포이닉스에 비유했다.

> (……) 저쪽 아래로, 납작하니 날아가며
> 그는 속도를 높였고, 거대한 하늘을 지나
> 세계들과 세계들 사이를 항해하여, 굳건한 날개로,
> 지금은 북극의 바람을 타고, 곧이어 쾌적한 공기를
> 재빨리 날개 쳐서 흩트렸다. 높이 나는 독수리들

리엄 하비 같은 당대의 지성인들과의 논쟁으로 유명했다.

사이에서 비상하자, 모든 새들은 그를 마치
포이닉스처럼 바라보았다. 그 한 마리 새는
제 유해를 이집트 테바이에 있는 태양의
빛나는 신전에 안치할 때에만 날아간다.

코카트리스 또는 바실리스크

이 동물은 뱀의 왕으로 일컬어진다. 즉 그 왕권에 대한 확증으로 머리에다가 왕관에 해당하는 볏을 갖고 있다고 전한다. 이놈은 수탉이 낳은 달걀을 두꺼비나 뱀이 품은 결과로 생겨난다고 간주된다. 이 동물에는 몇 가지 종류가 있는데, 그중 한 가지 종류는 몸에 닿은 것 모두를 불태워 버린다. 또 다른 종류는 메두사의 머리에 발이 달린 격이어서, 이놈과 눈을 마주친 생물은 그 즉시 공포에 사로잡힌 나머지 곧바로 죽게 된다. 셰익스피어의 희곡 『리처드 3세』를 보면, 앤 부인은 눈이 예쁘다는 리처드의 칭찬에 이렇게 대답한다. 「이게 바실리스크의 눈이었으면, 그대를 죽게 만들었을 텐데!」[183]

바실리스크가 뱀의 왕이라고 일컬어지는 까닭은 다른 모든 뱀들이 마치 훌륭한 신하들처럼 행동하기 때문이다. 즉 불타 죽거나 급사하기를 원치 않는 까닭에, 자기네 왕이 멀리서 쉭쉭거리는 소리만 들려도 바로 그 순간 도망치는 것이다. 설령 이 세상에서 가장 맛있는 먹이를 실컷 먹고 있는 도

183 『리처드 3세』 제1막 제2장에 나오는 대사. 글로스터 공작(훗날의 〈리처드 3세〉)은 앤의 남편과 시아버지와 친정아버지 모두를 죽인 요크 가문의 핵심 인물이기 때문이다. 따라서 시아버지의 시신을 운구하는 도중에 그가 나타나서 청혼하자, 본문에 인용된 대사를 내놓으며 강한 혐오감을 표출한다. 하지만 앤은 어쩔 수 없이 리처드와 결혼해서 훗날 왕비가 된다.

중이라 하더라도, 그 잔치의 유일한 즐거움은 저 괴물 왕에게 남겨 두는 것이다.

로마의 박물학자 플리니우스는 다음과 같이 묘사했다. 〈이놈은 다른 뱀들처럼 몸을 연이어 꿈틀거려서 움직이는 것이 아니라, 머리를 쳐들고 서서 움직인다. 이놈의 몸에 닿는 것뿐 아니라 숨에 닿기만 해도 관목이 죽어 버리고 바위가 쪼개지는데, 왜냐하면 이놈에게 들어 있는 악의 힘이 그토록 대단하기 때문이다.〉 예전에는 말에 탄 사람이 창으로 이놈을 찔러 죽일 경우, 그 독이 무기를 통해 전달되는 바람에 창을 쥔 사람뿐 아니라 그가 탄 말까지도 죽는다고 믿었다. 이에 관해서 루카누스[184]는 다음과 같이 인유했다.

> 비록 무어인은 바실리스크를 죽였고,
> 생명을 잃고 모래벌판에 꽂혀 있게 만들었지만,
> 교활한 독이 그 창을 타고 기어 올라가서
> 그의 손에 침투한 까닭에, 승자도 죽고 말았다.

이런 괴물이 성인(聖人)들의 전설에서 간과될 리 없었다. 그리하여 어떤 성인에 관한 기록을 읽다 보면, 그가 사막에서 샘을 발견했는데 마침 그곳에 바실리스크가 한 마리 있었다는 이야기가 나온다. 그는 곧바로 하늘을 바라보았고, 이 경건한 호소에 하느님께서 그 괴물을 그의 발치에 죽어 나자빠지게 만드셨다는 것이다.

바실리스크의 이 놀라운 힘은 여러 지식인이 입증한 바 있는데, 예를 들어 갈렌, 이븐 시나, 스칼라[185] 등이 그러했다.

184 Marcus Annaeus Lucanus(39~65). 로마의 시인.

때로는 이 괴물에 관한 이야기 가운데 일부를 부정하면서도, 나머지 이야기는 긍정하기까지 했다. 예를 들어 저명한 의사 얀 욘스톤[186]은 현명하게도 이렇게 말했다. 〈나는 이놈이 그 시선만으로도 생물을 죽인다는 이야기를 전혀 믿지 않는다. 왜냐하면 이놈을 실제로 본 사람이라면, 결국 살아서 그 이야기를 전할 수 없었을 것이기 때문이다.〉 그런데 이 훌륭한 현자께서 미처 모르고 있었던 한 가지 사실은, 이와 같은 종류의 바실리스크를 사냥하러 가는 사람은 거울을 하나 들고 간다는 점이었다. 그리하여 그놈의 치명적인 시선을 도로 그놈에게 반사시킴으로써, 즉 일종의 인과응보를 이용해서 바실리스크를 제 무기로 죽이는 것이다.

그렇다면 차마 접근조차도 불가능한 이 괴물을 죽이는 존재는 아예 없는 걸까? 옛말에 〈무엇이든지 천적이 있게 마련이라〉고 했다. 바실리스크의 경우에는 족제비 앞에서 꼼짝 못한다. 괴물이 죽일 듯이 노려보더라도, 족제비는 전혀 개의치 않고 대담하게 싸우며 물어 버린다. 바실리스크에게 물리면 족제비는 잠시 뒤로 물러나 루타라는 약초를 약간 먹는데, 이것이야말로 이 괴물의 몸에 닿아도 시들지 않는 유일한 식물이다. 그런 다음에 족제비는 힘과 의욕이 되살아난 상태로 다시 싸움에 뛰어들며, 괴물이 죽어 나자빠질 때까지 결코 물러나지 않는다. 사실 바실리스크가 세상에 태어나게 된 과정이 얼마나 이례적이었는지를 생각해 보면, 이놈이야말로 수탉에 대해서는 대단한 반감을 갖고 있으리라 추정된

185 Giulio Cesare della Scala(1484~1558). 프랑스어로 〈쥘 세자르 스칼리제〉. 이탈리아 출신으로 프랑스에서 활동한 의사 겸 박물학자다.

186 Jan Jonston(1603~1675). 폴란드의 의사 겸 박물학자이다.

다. 실제로도 그러할 수밖에 없을 것이, 이 괴물은 수탉의 울음소리를 듣기만 해도 죽기 때문이다.

바실리스크는 죽은 이후에도 쓸모가 있다. 그래서인지 기록에 따르면 그 시체가 아폴론 신전이라든지, 개인 주택에 걸려 있다고 하는데, 이것이야말로 거미를 퇴치하는 최고의 방법이라는 것이다. 또한 그 시체가 아르테미스 신전에도 걸려 있었다고 하는데, 그렇게 하면 그 신성한 장소에 결코 제비가 둥지를 틀지 않았다고 한다.

지금쯤이면 독자도 이런 터무니없는 이야기에 충분히 진력이 났으리라 짐작하지만, 또 한편으로는 코카트리스가 도대체 어떻게 생겨먹었는지를 궁금해할 사람도 있으리라 본다. 아래의 그림은 16세기의 저명한 박물학자 알드로반두스[187]의 책에서 가져왔다.[188] 박물학을 다룬 그의 저서는 2절판으로 모두 열세 권짜리이며, 거기에는 방대한 양의 귀중한 전설과 여담이 들어 있다. 특히 그는 수탉과 황소라는 소재를 무척이나 많이 다루었기 때문에, 이후로는 세상에 떠도는 신빙성이 의심스러운 이야기를 가리켜 〈수탉과 황소 이야기〉라고 일컫게 되었다. 하지만 알드로반두스는 식물원 설립자로서, 또한 오늘날 유행하는 것처럼 조사와 연구 목적의 과

187 Ulisse Anldrovandi(1522~1605). 일명 〈알드로반두스〉. 이탈리아의 박물학자.

188 불핀치의 저서 초기 판본에는 이 문단 다음 알드로반두스의 저서에서 가져온 바실리스크의 (다리가 여섯 개에, 머리에는 왕관 모양의 볏이 나고, 온몸이 비늘로 뒤덮인) 삽화가 나와 있고, 〈아프리카 사막에 사는 바실리스크〉라는 설명이 붙어 있다. 이후의 판본에서는 이 삽화를 빼버리면서 본문 내용 중 일부도 삭제했지만, 〈아래의 그림〉이라고 지칭한 문장은 본문에 그대로 남아 있어서 독자의 혼란을 일으켰다. 참고로 일역본에서는 이 문단 전체를 삭제했고, 일역본을 대본으로 사용한 국내의 중역본 역시 마찬가지이다.

학 표본 수집의 선구자로서, 우리의 존경과 감탄을 받아 마땅한 인물이기도 하다는 점을 덧붙이고자 한다.

셸리는 1820년 나폴리에서 입헌 정부가 출범했다는 소식을 듣고 느낀 흥분으로 가득한 작품 「나폴리에 바치는 송시」에서 바실리스크를 인유한 바 있다.

> 만약 킴메르인 무정부주의자들이 자유와 그대를
> 감히 신성모독하면 어쩔까? 새로운 악타이온의 공포를
> 그들은 느낄 것이다. 그들의 사냥개에게 먹힐 것이다!
> 그대는 위풍당당한 바실리스크가 되어서
> 눈에 띄지 않는 일격으로 그대의 적을 죽여라!
> 압제를 응시하여, 그것이 끔찍한 위험을 느끼고,
> 대지의 원반에서 깜짝 놀라 죽도록 하라.
> 두려워 말고 응시하라. 자유민은 더 강해질 것이고
> 노예는 더 약해질 것이니, 그대의 적을 응시하도록 하라.

유니콘

오늘날 유니콘에 관한 묘사와 형상화는 하나같이 로마의 박물학자 플리니우스가 남긴 글을 참고한 것이다. 그의 말에 따르면, 이놈은 〈매우 사나운 짐승으로, 그 몸통의 나머지는 말과 비슷한데, 머리는 사슴과 같고, 발은 코끼리와 같고, 꼬리는 멧돼지와 같고, 낮게 우는 목소리를 지니고, 검은 뿔이 하나 나 있는데, 그 길이는 60센티미터이며 이마 한가운데 불쑥 돋아 있다.〉 아울러 다음과 같은 말도 덧붙였다. 〈이놈을 산 채로 붙잡는 것은 불가능하다.〉[189] 그 당시로 말하자

면 온갖 신기한 동물을 산 채로 붙잡아 원형 경기장에 등장시키는 것이 유행이었으니, 최소한 이 정도의 핑계는 반드시 필요했을 것이다.

사냥꾼에게 유니콘은 서글픈 수수께끼가 아닐 수 없었을 터인데, 왜냐하면 이처럼 귀중한 사냥감을 잡을 방법이 없었기 때문이다. 어떤 사람은 이 동물이 뿔을 마치 작은 검처럼 마음대로 휘두를 수 있다면서, 따라서 칼싸움 실력이 매우 뛰어난 사냥꾼이 아니라면 잡을 기회가 없을 것이라고 묘사했다. 또 다른 사람은 이 동물의 힘이 오로지 그 뿔에 집중되어 있기 때문에, 다급히 쫓기는 상황에서는 높은 절벽에서 곤두박질하듯 뿔로 땅을 받으며 떨어지는데, 그러면 추락에도 불구하고 온몸이 멀쩡해서 무사히 도망친다고 주장했다.

하지만 사람들은 결국 저 불쌍한 유니콘을 함정에 빠트리는 방법을 알아냈던 것 같다. 즉 그놈이 순수와 순결을 대단히 사랑한다는 사실을 알아낸 까닭에, 젊은 〈처녀〉를 들판으로 데리고 나가서 아무런 의심조차 못하는 숭배자가 다니는 길에 놓아둔다. 이를 본 유니콘은 온몸으로 경의를 드러내며 다가와서 그 곁에 앉으며, 제 머리를 그녀의 무릎에 올려놓고 잠들어 버린다. 배반자인 처녀가 신호를 보내면, 사냥꾼들이 달려와서 이 순진한 짐승을 사로잡아 버린다.

현대의 동물학자들은 당연히 이와 같은 종류의 전설에 신물이 난 나머지, 유니콘의 존재 자체를 대부분 믿지 않는다. 하지만 이 세상에는 뿔과 유사한 형태의 신체 돌출물을 보유한 동물이 실제로 있으며, 어쩌면 그로 인해서 이런 이야기가 생겨났는지도 모른다. 예를 들어 코뿔소의 뿔이 딱 그런

189 자연사 제8권 제31장.

돌출물인데 다만 그 높이가 몇 센티미터밖에 되지 않고, 또한 유니콘의 뿔에 관한 묘사와는 상당히 거리가 멀다는 점이 문제이긴 하다. 이마 한가운데 난 뿔과 가장 비슷한 것은 기린의 이마에 튀어나온 신체 돌출물이라고 할 수 있다. 하지만 이 돌출물은 워낙 짧고 뭉툭하며, 그것도 유일하기는커녕 무려 세 개나 되는 뿔들 가운데 다른 두 개보다 더 앞에 나 있는 한 개일 뿐이다. 결국 코뿔소 이외의 뿔 달린 네발 동물의 존재를 아주 부정하는 것은 혹시나 주제넘은 일일지도 모르겠지만, 우리로선 말[馬]이나 사슴과 비슷한 동물의 살아 있는 이마에 길고 단단한 뿔을 하나 집어넣는 일은 사실상 불가능하다고 말해도 크게 잘못은 아닐 것이다.

살라만드라

다음 인용문은 16세기 이탈리아의 예술가인 벤베누토 첼리니의 『자서전』 가운데 한 대목이다. 〈내가 다섯 살 때 아버지께서 몸을 씻는 작은 방에 들어가 계셨는데, 마침 그곳에는 떡갈나무 장작으로 불을 활활 피워 놓고 있었다. 그런데 불 속을 들여다보니 마치 도마뱀 비슷한 동물이 하나 있었고, 가장 불길이 뜨거운 곳에서도 살 수 있는 것처럼 보였다. 그놈이 뭔지를 알아채자마자 아버지는 나와 누이를 부르신 다음, 우리에게 그 생물을 보여 주시고 나서 갑자기 내 뺨을 때리셨다. 내가 울음을 터뜨리자, 아버지께서는 나를 어르시면서 이렇게 말씀하셨다. 「얘야, 내가 너를 때린 것은 네가 뭔가를 잘못해서가 아니라, 방금 불 속에서 본 작은 생물이 살라만드라라는 사실을 기억하게 만들려고 그런 거란다. 이

것이야말로 내가 알기로는 이전까지 한 번도 목격되지 않았던 거니까.」 그러면서 아버지는 나를 안아 주시고 내게 돈까지 조금 주셨다.〉

첼리니가 눈으로는 물론이고 〈뺨〉으로도 직접 경험한 이야기를 의심한다는 것은 불합리한 일일 것이다. 아리스토텔레스며 플리니우스를 비롯한 수많은 현자들 역시 그 권위를 이용해 살라만드라의 능력을 확증한 바 있다. 이들의 말에 따르면, 이 동물은 불을 견딜 수 있을 뿐만 아니라 심지어 불을 꺼뜨릴 수도 있다. 따라서 어디선가 불길이 치솟는 걸 보면 마치 손쉬운 적을 상대하려는 것처럼 기꺼이 달려들기까지 한다고 전한다.

그러니 불을 견딜 수 있는 동물의 껍질이 결국 불을 막는 물건으로 간주된 것도 이상한 일까지는 아니다. 따라서 우리는 살라만드라의 껍질로 만든 옷이(왜냐하면 실제로 도마뱀의 한 종류로서 그런 이름을 가진 동물이 있기 때문이다) 불에 타지 않으며, 따라서 너무 귀중하기 때문에 다른 포장재에 맡길 수 없는 물건을 포장하는 재료로서 아주 유용했음을 알게 된다. 이런 방화용 천은 실제로 생산되었지만, 살라만드라의 털이라는 선전과는 달리 그 재료가 석면에 불과했다는 것쯤은 아는 사람은 다 아는 사실이었다. 석면은 광물이지만 미세한 섬유이기 때문에 부드러운 천으로 짤 수 있었다.

위에 이야기한 전설의 토대는 아마도 살라만드라가 사실은 제 몸에 난 땀구멍을 통해 점액을 배출한다는 사실이 아닐까 추정된다. 즉 이 생물은 위기에 몰리면 점액을 상당히 많이 배출하는데, 그러다 보면 적어도 잠깐 동안은 몸이 불에 타지 않고 견딜 수 있었을 것이다. 게다가 이놈은 동면을 하기 때문에, 겨울이면 나무의 속 같은 빈 공간에 들어가서 똬리를 틀고 무감각한 상태로 지내다가 봄이 되면 도로 움직인다. 그러니 간혹 이놈이 들어 있던 나무가 장작이 되어 불 속에 들어간 상태가 되면, 이놈이 깨어나서 할 수 있는 일은 제 몸을 보호하기 위해서 제 능력을 최대한 발휘하는 것뿐이었을 것이다. 끈적끈적한 그 점액은 몸을 보호하는 데 효과가 있었겠지만, 살라만드라를 직접 봤다고 말하는 사람들이 입을 모아 말하는 바에 따르면, 이놈은 불 속에 있다가도 최대한 빨리 거기서 벗어나 버렸다고 한다. 그것도 너무 빨리 움직이는 통에 어느 누구도 이놈을 붙잡지 못할 정도였다고 한다. 물론 한 번의 예외는 있었는데, 그나마도 그 발이며 몸 일부가 심하게 불에 탔기 때문이었다고 한다.

훌륭한 취향보다는 색다른 취향을 좋아했던 에드워드 영은 「밤의 생각」에서 별이 반짝이는 밤하늘을 바라보면서도 감동하지 않는 회의주의자를 가리켜, 불 속에서도 따뜻함을 느끼지 못하는 살라만드라에 비유했다.

> 믿음 없는 천문학자는 미친 것이다!
> (……)
> 오, 하늘을 연구하는 이는 얼마나 천재인가!
> 그런데도 로렌조는 살라만드라의 마음인가,
> 이 신성한 불 속에서도 냉랭하고 무감각하니?

제37장

동양 신화·조로아스터·인도 신화·카스트·붓다·달라이라마·사제왕 요한

조로아스터

고대 페르시아인의 종교에 관한 우리의 지식은 그들의 경전인 『젠드 아베스타』에서 주로 나온 것이다. 이 종교의 창시자는 조로아스터인데, 어떤 의미에서는 기존 종교의 개혁자라고 해야 맞다. 그가 살았던 시대는 정확히 알 수 없지만, 그가 고안한 체계는 훗날 키로스의 시대(기원전 550년)부터 알렉산드로스 대왕이 페르시아를 점령한 시기에 이르기까지의 기간 동안 서아시아에서 크게 유행했다. 마케도니아의 군주제 치하에서만 해도 조로아스터의 교리는 낯선 견해의 도입으로 인해 상당히 타락한 것으로 여겨졌지만, 이후에는 우위를 되찾았다.

조로아스터의 가르침에 따르면, 우선 지고자(至高者)가 존재했다. 이 지고자가 다른 두 명의 권능자(權能者)를 만들고 나서 자신의 본성 가운데 상당 부분을 자기 내키는 대로 이들에게 전해 주었다.[190] 둘 중에서 (그리스어로는 〈오로마

190 이 책에서는 〈오르마즈드〉와 〈아리만〉이라는 후대의 명칭을 사용했지만, 원래는 〈아후라 마즈다〉와 〈앙그라 마이뉴〉라는 명칭으로 통했다.

스데스〉인) 오르마즈드는 그 창조자에게 충실한 채로 남아 있었으며, 모든 선의 원천으로 간주된다. 반면 (그리스어로는 〈아리마네스〉인) 아리만은 반란을 일으켰으며, 지상에서 일어나는 모든 악의 원천이 되었다. 오르마즈드는 인간을 만들고, 행복을 위한 모든 재료를 인간에게 제공해 주었다. 하지만 아리만은 이 세상에 악을 도입함으로써, 사나운 짐승과 유독한 파충류며 식물을 만들어 냄으로써 이런 행복을 방해한다. 그 결과로 이제는 세계 모든 지역에서 선과 악이 뒤섞이게 되었으며, 선과 악의 추종자들은(즉 오르마즈드와 아리만의 추종자들은) 끝없는 전쟁을 수행하고 있다. 하지만 이런 상태가 영원히 지속되지는 않을 것이다. 때가 되면 오르마즈드의 추종자는 어디에서나 승리할 것이며, 아리만과 그 추종자들은 어둠 속에 영원히 갇힐 것이다.

고대 페르시아인의 종교 의례는 극도로 단순했다. 이들은 신전이나 제단이나 조상(彫像)을 이용하지 않았으며, 희생 제사는 산꼭대기에서 거행되었다. 이들은 불과 빛을 숭배했으며, 태양을 가리켜 모든 빛과 깨끗함의 원천인 오르마즈드의 상징이라 보았지만, 그렇다고 해서 이런 대상들이 별개의 신이라고 간주하지는 않았다. 종교 의례와 예식은 사제들이 주관했는데, 이들을 가리켜 〈마기〉라고 했다. 마기의 가르침은 점성학과 마법과 관련이 있었으며, 그리하여 이들의 이름은 이후의 모든 마법사와 주술사에게 적용되어서 기념되기에 이르렀다.

워즈워스는 『소요(逍遙)』(제4권)에서 페르시아인의 예배를 다음과 같이 인유했다.

> (……) 페르시아인은 열렬히 거부했다네,
> 제단과 성상(聖像)이며, 벽이며 지붕 있는
> 신전도 모조리, 인간의 손이 지었다는 이유로.
> 대신 가장 높은 곳에 올라, 그 꼭대기에서
> 몰약나무 두건을 머리에 쓰고서
> 희생 제물을 바쳤네, 달과 별에게,
> 바람과 대자연의 여러 원소들에게.
> 그리고 하늘 전체에게도 그러했으니, 그에게는
> 그 모두가 유정물이며 하느님이었기 때문이라네.

바이런도 『차일드 해럴드』(제3편 91연)에서 페르시아인의 예배에 관해서 아래와 같이 말했다.

> 옛 페르시아인은 신중하게도 자기 제단을
> 높은 곳에 만들었다네, 지상을 굽어보는
> 산의 맨 꼭대기에. 그리하여 딱 어울리고
> 벽이 없는 그 신전에서 영(靈)을 찾았다네.
> 그 사당을 인간의 손으로 만들면
> 너무 빈약하니까. 와서 비교하라, 고트인이여,
> 그리스인이여, 그대들의 기둥이며 우상의 처소를,
> 땅과 공기 같은 이 대자연의 예배 장소와.
> 그대들의 기도를 무분별한 장소에 에워싸 두지 말라.

조로아스터의 종교는 기독교 도래 이후로도 번성했으며, 3세기에는 동양에서 지배적인 신앙이었다. 그러다가 7세기에 무슬림의 힘이 강해지면서 아랍인이 페르시아를 정복했으며, 급기야 상당수의 페르시아인에게 고유의 신앙을 포기하도록 강요했다. 조상들의 신앙을 포기하지 않으려는 사람은 케르만 사막과 힌두스탄으로 도망쳤고, 오늘날까지도 〈파르시Parsees〉라는 이름으로 살아가고 있는데, 그 이름은 페르시아의 옛 이름인 〈파리스Paris〉에서 유래한 것이다. 아랍인은 이들을 〈게베르〉라고 불렀는데, 이는 불신자를 뜻하는 아랍어에서 비롯되었다. 파르시는 뭄바이에서 오늘날까지도 매우 활동적이고, 지적이고, 부유한 집단으로 남아 있다. 정결한 삶과 정직 그리고 협상적인 태도 때문에, 유리한 입지를 얻을 수 있었다. 이들은 수많은 〈불〉 신전을 세웠는데, 왜냐하면 불을 신의 상징으로 숭배하기 때문이다.

페르시아 종교는 토머스 무어의 「랄라 루크」, 즉 〈불 숭배자〉라는 시에서도 소재가 되었다. 여기서 게베르의 족장은 이렇게 말한다.

> 그렇소! 나는 그 불경한 종족에 속하오.
> 그 불의 노예가 맞으며, 하늘의 살아 있는
> 빛들 가운데 자기네 창조자의 거처를
> 아침저녁으로 경배하는 자가 맞소이다.
> 그렇소! 나는 그 추방된 족속에 속하오.
> 이란으로 쫓겨났고 복수를 다짐하며,
> 아랍인이 나타나 우리의 사당에 불 질러
> 모독하던 그 시간을 저주하면서,
> 하느님의 불타는 눈앞에서 맹세했다오,
> 죽는 한이 있어도 조국의 속박을 끊겠노라고.

인도 신화

인도인의 종교는 외관상 〈베다〉에 근거한다. 그들은 경전에 해당하는 이 책들을 최대한 신성하게 여기며, 브라흐마 신(神)이 창조 때에 이 책들을 지었다고 말한다. 하지만 오늘날 전해지는 베다의 편찬은 지금으로부터 5천 년 전에 살았던 현인 브야사가 이룩한 것으로 여겨진다.

베다는 단일한 지고신(至高神)에 대한 신앙을 가르치는 것이 분명하다. 이 신의 이름은 브라흐마이다. 그의 속성은 〈창조〉와 〈보전〉과 〈파괴〉라는 세 가지 의인화된 힘에 의해서 표현되는데, 그 각각은 브라흐마, 비슈누, 시바라는 각각의 이름을 갖고 있으며, 이들을 가리켜 힌두교의 〈트리무르티〉, 즉 〈3대 신〉이라고 일컫는다. 이보다 더 아래에 해당하는 신들 중에서 가장 중요한 몇 명을 소개하자면 다음과 같다. (1) 인드라. 하늘과 천둥과 번개와 폭풍과 비의 신을 말한다. (2) 아그니. 불의 신을 말한다. (3) 야마. 지옥의 신을 말한다. (4) 수르야. 태양의 신을 말한다.

브라흐마는 우주의 창조자이며, 다른 모든 신이 태어난 원천이기도 하며, 훗날 그 모든 신을 도로 흡수할 것이다. 〈우유가 응유(凝乳)로 변하고, 물이 얼음으로 변하는 것처럼, 브라흐마는 다양하게 변모하고 변화하며, 그러면서도 외부 수단의 도움을 전혀 받지 않는다.〉 베다에 따르면, 인간의 영혼은 지고한 지배자의 일부분이며, 이는 마치 불에서 불꽃이 생겨나는 것과 마찬가지이다.

비슈누

비슈누는 인도인의 3대 신 가운데 두 번째를 차지하며, 보전이라는 원리의 의인화이다. 여러 가지 위험의 시기 때마다 비슈누는 세계를 보호하기 위해서 나타나는데, 그가 지상에 하강할 때마다 취하는 여러 가지 화신, 즉 육신을 입은 형태를 인간들은 〈아바타〉라고 부른다. 아바타의 개수는 무수히 많지만, 그중에서도 특히 중요한 것은 열 가지이다. 첫 번째 아바타는 마츠야, 즉 〈물고기〉로, 비슈누는 대홍수 동안에 그 형체로 인류의 조상인 마누를 구조한 바 있었다. 두 번째 아바타는 〈거북〉이며, 신들이 바닷물을 저어서 불멸의 음료수인 〈암리타〉를 만들 때에 비슈누는 이 형체로 지상을 떠받친다고 여겨진다.

다른 아바타에 관한 설명은 대부분 생략해도 좋을 것이다. 왜냐하면 그들 모두 똑같은 보편적 성격, 즉 착한 사람을 보호하거나 나쁜 사람을 처벌하는 과정에 개입하는 성격을 지녔기 때문이다. 그중에서 아홉 번째는 비슈누의 아바타 중에서도 가장 유명한 것인데, 〈크리슈나〉라는 인간의 형체를 지닌다. 크리슈나는 무적의 전사이며, 갖가지 활약을 통해서 압제자로부터 지상을 구제한다.

브라만교의 추종자들은 붓다조차도 비슈누의 여러 가지 화신 가운데 하나로 간주한다. 즉 그는 신들의 대적자인 〈아수라〉들을 유혹하여 베다의 신성한 법령을 포기하게 만들려고 나타났다고, 그리하여 결과적으로는 그들의 힘과 우위를 잃게 만들려고 나타났다고 간주한다.

열 번째 아바타의 이름은 〈칼키〉인데, 이것은 현재 세계의 종말에 나타날 비슈누이다. 즉 그는 이 모습으로 모든 악덕과 사악함을 파괴하고, 인류에게 미덕과 순수성을 회복시킬 것이다.

시바

시바는 힌두교의 3대 신 가운데 세 번째이다. 그는 파괴 원리의 의인화이다. 비록 순서로는 세 번째이지만, 그 숭배자의 숫자며 그 숭배의 범위만 놓고 보면, 오히려 다른 두 신보다 앞선다. 〈푸라나〉(현대 힌두교의 경전이다)에서는 이른바 〈파괴자〉인 이 신의 원래 권능에 대한 인유가 전혀 나오지 않는다. 왜냐하면 그 권능은 1천2백만 년이 끝난 뒤에야, 또는 우주가 종말을 맞이하게 된 뒤에야 존재하게 될 예정이기 때문이다. 그리고 〈마하데바〉(〈위대한 신〉이라는 뜻이며, 시바의 또 다른 이름이다)는 파괴의 상징이라기보다는 오히려 쇄신의 상징이기 때문이다.

비슈누와 시바의 숭배자들은 각각 하나의 종파를 형성하고 있으며, 각자가 선호하는 신의 우월성을 주장하는 동시에 상대편의 주장을 부정한다. 그리고 창조자인 브라흐마는 자기 일을 마친 이후로는 더 이상 활동하지 않는 것으로 간주되기 때문에, 인도에는 이 신을 모시는 신전이 하나도 없다. 반면 마하데바와 비슈누의 신전은 무척이나 많다. 비슈누의 숭배자들은 일반적으로 생명에 대해서도 더 큰 자비를 지닌 것이 특징이며, 따라서 동물성 식품을 먹지 않는 것은 물론이고, 그 예배 역시 시바의 추종자들보다는 덜 잔인하다.

자간나트

자간나트의 숭배자들 역시 비슈누나 시바의 숭배자들 가운데 일부라고 간주해야 하는지 여부는 권위자들 사이에서도 의견이 분분하다.[191] 그 신전은 캘커타 남서쪽으로 3백 마일쯤 떨어진 어느 바닷가에 서 있다.[192] 이곳의 신상은 나무를 깎아 만든 것인데, 무시무시한 얼굴에 검은색으로 칠해져 있고, 커다란 입은 핏빛으로 칠해져 있다. 축제일에는 그 신상을 높이 18미터의 탑 꼭대기 보좌에 안치하고, 탑 아래에는 바퀴를 설치해 끌고 다닌다. 여섯 개의 긴 밧줄을 탑에 붙잡아 매고, 사람들이 그걸 잡아당기는 것이다. 사제들과 그 수행원들은 보좌가 안치된 탑 주위를 에워싸고 있다가, 종종 숭배자들을 돌아보며 노래와 몸짓을 한다. 이 탑이 움직이는 사이에 숭배자들 가운데 상당수가 그 앞에 몸을 던져서 그 바퀴에 치이려 하고, 또 수많은 사람들이 그 행동을 칭찬하며 소리를 지르는데, 이것이야말로 그 신상이 기뻐하는 희생이라는 이유에서이다. 매년, 특히 3월과 7월에 열리는 두 번의 큰 축제 때에 수많은 순례자가 이 신전으로 몰려온다. 이때에 그곳을 방문하는 사람의 숫자는 최소한 7만 내지 8만 명이라고 하며, 모든 카스트에 해당하는 사람들이 함께 앉아 음식을 먹는다.

191 왜냐하면 〈자간나트〉의 숭배자는 이 신을 비슈누/크리슈나의 여러 화신 가운데 또 하나로 간주하는 반면, 정작 베다를 비롯한 기존의 힌두교 문헌에서는 이 신에 관한 언급이 없기 때문이다.

192 인도 동부 오리사주의 해안 도시 푸리에 있는 자간나트 신전을 말한다.

카스트

인도인을 구분하는 계급, 즉 〈카스트〉는 매우 오래전부터 있었다. 어떤 사람은 정복을 통해서 외래 인종으로 이루어진 세 개의 상위 카스트가 생겨났고, 그 지역에 살다가 정복자에게 굴복한 토착민은 더 열등한 카스트가 되었다고 추정한다. 또 어떤 사람은 특정한 지위나 직업이 아버지에게서 아들로 대물림되는 영속성에 대한 애호 때문에 카스트가 나타난 것이라고 추정한다.

인도의 전통에서는 여러 카스트의 유래에 관해서 다음과 같은 설명을 내놓는다. 창조 때에 브라흐마는 자기 몸에서 직접 유출하는 방식으로 지상의 거주민을 만들어 내기로 작정했다. 그리하여 그의 입에서는 태어난 지 가장 오래된 〈브라만(사제)〉이 나왔으며, 그는 네 가지 베다를 전수받게 되었다. 신의 오른팔에서는 〈크샤트리아(전사)〉가 나왔고, 신의 왼팔에서는 〈바이샤(농부와 상인)〉가 나왔다. 마지막으로 신의 발에서는 〈수드라(기계공과 노동자)〉가 나왔다.

브라흐마의 네 아들들은 이렇게 해서 이 세상에 나왔고, 이들이 인류의 조상이 되었으며 각각의 카스트의 우두머리가 되었다. 신의 명령에 따라서 이들은 네 가지 베다가 자신들 신앙의 모든 규범을 함유하고 있다고 간주하게 되었고, 이들의 종교 의례에서 참고할 모든 지침을 함유하고 있다고 여기게 되었다. 또한 신의 명령대로 태어난 순서에 따라서 계급을 정하게 되었으며, 그리하여 브라흐마의 머리에서 태어난 브라만이 맨 위를 차지하게 되었다.

세 가지 상위 카스트와 수드라 사이에는 크나큰 격차가 있다. 세 가지 상위 카스트는 베다의 가르침을 얻는 것이 허용되지만, 수드라는 그럴 수가 없다. 브라만은 베다를 가르치는 특권을 보유하고 있으며, 과거에만 해도 모든 지식을 독점적으로 보유했다. 비록 그 나라의 군주는 크샤트리아 계급, 즉 〈라지푸트족(族)〉 중에서 선택되었지만 실제 권력은 브라만이 장악하고 있었으며, 이들은 왕의 고문관으로 활동하는 동시에 이 나라의 재판관 겸 행정관으로도 활동했다. 이들의 신체와 재산은 결코 침해가 불가능했다. 심지어 이들이 가장 큰 범죄를 저지른다 하더라도, 그 처벌은 왕국에서 추방되는 것뿐이었다. 군주도 최고의 존경을 갖추어 이들을 상대했는데, 왜냐하면 〈유식하건 무식하건 간에, 브라만은 강력한 신의 화신〉[193]이기 때문이었다.

브라만이 성년이 되면 결혼의 의무를 수행해야 한다. 그는 부자들의 헌금에 의존해서 살아야 하며, 노동이나 생산 관련 직업을 통해서 생계를 유지해서는 안 된다. 그러나 브라만이 그 사회의 노동 계급에 의존해서 살아서는 안 된다는 또 다른 원칙 때문에, 이들이 생산 관련 직업에 종사하도록 허락하지 않을 수가 없게 되었다.

다른 두 가지 계급에 대해서는 자세히 언급할 필요가 없을 것이다. 이들의 계급과 특권은 그 직업으로부터 손쉽게 유추해 볼 수 있다. 네 번째 계급에 해당하는 수드라는 더 높은 계급, 특히 브라만을 노예처럼 섬기는 의무가 있었다. 그래도 이들은 기계 관련 직업이라든지, 그림이나 집필 같은 실용 예술, 또는 상업이나 농업에 종사할 수 있었다. 때로는 이들 가운데 부유한 사람이 나오기도 했고, 반대로 브라만 가운데 가난한 사람이 나오기도 했다. 이러한 사실로부터 당연한

193 『마누 법전』 제9장 317절.

결과가 나오기도 했으니, 부유한 수드라가 가난한 브라만을 고용해서 비천한 직업을 주는 경우가 때때로 있었다.

심지어 수드라보다 더 낮은 계급도 하나 있는데, 이들은 원래의 순수한 계급에 속하지 않으며 서로 다른 카스트에 속하는 사람들이 공인되지 않은 상태에서 결합해 태어난 자들이다. 〈파리아(不可觸賤民)〉라고 일컬어지는 이들은 가장 낮은 용역에 종사하며, 극도로 가혹한 대우를 받는다. 이들은 몸을 더럽히지 않을 수 없는 종류의 일에 종사하도록 강요받는다. 따라서 이들은 깨끗하지 못하다고 여겨질 뿐 아니라, 이들이 만지는 모든 물건들도 깨끗하지 못하다고 여겨진다. 이들은 민권을 모조리 박탈당했고, 이들의 주택과 가구를 포함한 삶의 방식 모두를 규제하는 특수 법률에 좌우된다. 이들은 다른 카스트의 탑이나 신전에 들어갈 수도 없기에 자기들만의 탑과 종교 의례를 보유한다. 다른 카스트의 주택에 들어갈 수도 없다. 부주의하게 또는 필요에 의해 그렇게 했을 경우, 그 장소는 반드시 종교 의례를 거쳐서 정화되어야만 한다. 이들은 공공 시장에 나타나서는 안 되며 특정한 우물만을 사용해야 하는데, 이 우물 주위에는 동물의 뼈를 둘러놓아서 다른 사람들이 모르고 사용하지 못하게 주의를 준다. 이들은 도시와 마을 모두에서 멀리 떨어진 처참한 수준의 판잣집에서 살며, 비록 음식에 관한 규제는 없지만 이것은 특권이라기보다는 오히려 치욕으로 간주되니, 이들이야말로 워낙 저열한 존재이기 때문에 그 무엇도 이들을 더 오염시키지는 못한다는 뜻이다. 처음 세 가지 카스트는 고기를 먹는 것이 철저히 금지되어 있다. 네 번째 카스트는 쇠고기를 제외한 다른 모든 고기를 먹을 수 있다. 반면 그보다 더 아래에 있는 계급은 아무런 규제 없이 모든 음식을 먹을 수 있다.

붓다

베다에서는 붓다를 가리켜 적대자를 미혹하기 위한 비슈누의 화신이라고 간주하지만, 붓다의 추종자들은 그가 인간 현자일 뿐이라고 말한다. 그의 성(姓)은 〈고타마〉이며, 또 다른 이름으로는 〈샤카족(族)의 사자(獅子)〉라는 뜻의 〈사캬시나〉와 〈현자〉라는 뜻의 〈붓다〉가 있다.

그의 출생 연도는 여러 가지로 추정되지만, 여하간 그리스도보다 약 1천 년 전에 태어난 것이 확실하다.

그는 왕의 아들이었다. 그 나라의 전통에 따라서 태어난 지 며칠 만에 어느 신의 제단에 놓였는데, 새로 태어난 예언자가 훗날 위대해질 것을 예견한 신상이 꾸벅 고개를 숙였다고 전한다. 이 아이는 머지않아 최상의 자질들을 드러냈으며, 그 외모 역시 흔치 않을 정도로 아름다워서 두각을 나타냈다. 성인이 되자마자 그는 인류의 결핍과 불행에 관해서 깊이 생각하게 되었으며, 인간 사회를 떠나서 명상에 평생을 바치려는 생각을 품게 되었다. 그의 아버지는 이 계획에 반대했지만 아무 소용이 없었다. 결국 붓다는 경비병의 감시를 뚫고 도망쳤으며, 안전한 은신처를 발견하자 이후 6년 동안이나 방해받지 않고 명상에 전념했다. 이 기간이 끝나자 그는 바라나시로 가서 종교 지도자가 되었다. 처음에만 해도 그의 말을 들은 사람은 그가 제정신인지 의심했다. 하지만 그의 교리는 머지않아 신뢰를 얻게 되었으며, 워낙 빠른 속도로 퍼져 나갔기 때문에 붓다 생전에 그의 가르침이 인도 전역에 퍼지게 되었다. 그는 80세에 사망했다.

불교도는 베다의 권위를 철저하게 부정하며, 베다에 설명되어 있기 때문에 인도인이 준수하는 종교적 의무 역시 철저하게 부정한다. 또한 이들은 카스트의 구분을 거부하고, 모든 희생 제사를 금지하며, 동물성 식품을 허락한다. 불교의 사제는 모든 계급에서 두루 선정된다. 이들은 방랑과 탁발로 생계를 유지해야 하며, 다른 사람들이 쓸모없다고 여기고 내버린 물건을 어떻게든 쓸모 있게 만들어야 하며, 치료 효과가 있는 식물을 찾아내는 등의 의무를 지닌다. 스리랑카에서는 세 가지 종류의 교단이 공인되었다. 그중에서도 가장 지체 높은 교단은 신분과 학식이 높은 사람들로 이루어져 있었으며, 주요 사원이 이들의 생계를 책임졌고, 그 사원 대부분은 그 나라의 예전 군주들로부터 풍족한 보조금을 얻었다.

붓다가 나타난 때로부터 몇 세기가 흐를 때까지도, 그의 종파는 힌두교에게 관용되었다. 이 시기 동안 불교는 사방팔방으로 힌두스탄 대륙을 관통한 것처럼 보였고, 결국 바다 건너 스리랑카로 전해진 것은 물론이고, 더 동쪽의 다른 반도로도 전해진 것처럼 보였다. 하지만 이후 인도에서는 불교에 대한 탄압이 오랫동안 이루어졌으며, 이는 결국 불교가 그 원산지에서는 완전히 사라진 반면, 여러 인접 국가로는 널리 퍼져 나가는 결과를 낳고 말았다. 불교는 기원후 65년경에 중국으로도 도입된 것으로 보인다. 그리고 중국에서 또다시 한국, 일본, 자바로도 전파되었다.

달라이라마

힌두교와 불교의 공통된 교리에 따르면, 인간의 영혼은 본래 신성한 영(靈)의 유출물이지만 지금은 인간의 몸속에 갇혀서 슬픔의 상태를 겪으며, 이는 그가 이전의 존재 동안에 저지른 나약함과 죄의 결과이다. 하지만 이들의 교리에 따르면, 어쩌다 한 번씩 지상에 나타나는 소수의 개인들이 있는데, 이들은 지상의 존재의 필요성에 의해서 나타난 것이 아니라, 오히려 인류의 행복을 증진하기 위해서 자발적으로 지상에 내려온 자들이다. 이들은 점차 붓다 본인의 재출현이라는 성격을 취하게 되었으며, 이 계보가 오늘날까지도 계속된다고 간주되는 것이 바로 티베트의 〈라마〉이다. 칭기즈칸과 그 후계자들의 승리의 결과로, 티베트에 있는 라마는 이 종파의 최고 성직자로서 권위를 얻게 되었다. 그에게는 별도의 영토가 할당되며, 종교적 권위 말고도 세속 군주로서의 권력도 제한적이나마 보유한다. 그를 가리켜 〈달라이라마〉라고 한다.

티베트에 들어간 최초의 기독교 선교사는 아시아의 심장부에 로마 가톨릭과 유사한 종교 지도자의 영지와 아울러 여러 개의 관련 시설이 있다는 사실을 알고 깜짝 놀랐다. 이곳에는 남녀 사제를 위한 수도원도 있었고, 종교 의례와 관련된 행진과 관례가 있었고, 그것도 상당한 위엄과 장관을 드러내면서 준수되었다. 따라서 많은 사람들이 이런 여러 가지 유사성에 착안하여 라마 불교를 퇴화된 기독교의 일종이라고 추론하기도 했다. 실제로 라마들이 네스토리우스파 기독교로부터 이런 관습 가운데 일부를 차용했을 가능성도 없지는 않다. 마침 불교가 티베트에 도입되었던 것과 유사한 시기에 네스토리우스파 기독교가 중앙아시아에 정착했기 때문이다.

사제왕 요한

중앙아시아에 이른바 〈라마〉, 즉 영적 지도자가 있다는 이야기는 아마도 그곳을 여행한 상인들 사이에서 처음 퍼져 나갔을 것이다. 급기야 이 소문이 유럽에 와서는 중앙아시아에 〈사제왕 요한〉이라는 기독교인 고위 성직자가 있다는 또 다른 소문을 낳게 되었다. 급기야 교황이 그를 찾기 위한 사절단을 보냈고, 더 나중에는 프랑스 왕 루이 9세도 사절단을 보냈지만, 양쪽 모두 임무 달성에 실패하고 말았다. 하지만 그들은 이 과정에서 네스토리우스파 기독교인의 소규모 공동체를 발견했으며, 그리하여 동양 어디엔가 〈사제왕 요한〉이라는 인물이 실제로 존재한다는 유럽인의 믿음은 더욱 굳어지게 되었다. 그러다가 15세기에 포르투갈인 여행자 페루 다 쿠빌라가 홍해에서 멀지 않은 아베시네스(아비시니아)라는 나라에 기독교인 군주가 있다는 소문을 듣고는, 이 사람이 바로 진짜 〈사제왕 요한〉이라고 결론을 내렸다. 따라서 이 여행자는 그곳으로 직접 찾아가서, 〈네구스〉라는 왕의 궁전에까지 들어가 보았다. 밀턴은 『실낙원』 제11권에서 이 사실을 인유하는데, 바로 아담이 환상을 통해 지상 곳곳의 여러 나라와 도시에 흩어진 자신의 후손들을 보는 대목 가운데 일부이다.

(……) 그의 눈은 놓치지 않았다,

네구스의 제국을, 가장 북쪽의 항구
아르키코까지도, 또 해안에서 더 먼 왕들
몸바사와 킬와와 말린디도.[194]

194 여기 언급된 〈아르키코〉는 에리트레아의 해안 도시, 〈몸바사〉는 케냐의 해안 도시, 〈킬와〉는 탄자니아 근해의 섬, 〈말린디〉는 케냐의 해안 도시 이름이다.

제38장
북유럽 신화·발할·발퀴리[195]

북유럽 신화

지금까지 우리가 살펴본 이야기는 남쪽 지역의 신화와 관련되어 있었다. 하지만 고대의 미신 중에는 우리가 완전히 간과해서는 안 되는 또 다른 계열이 있는데, 왜냐하면 그 이야기들이 나온 나라들로 말하자면 바로 우리 선조인 영국인의 조상이며, 따라서 우리 미국인의 조상이기도 하기 때문이다. 북유럽의 그 여러 나라를 스칸디나비아라고 하는데, 오늘날의 스웨덴, 덴마크, 노르웨이, 아이슬란드에 해당한다. 그곳의 신화 관련 기록은 〈에다〉라는 두 권의 선집에 기록되어 있는데, 그중 더 오래된 것은 운문으로 1056년에 편찬되었고, 더 현대의 것은 산문으로 1640년에 편찬되었다.

에다에 따르면, 원래 이 세상에는 하늘도 없고 땅도 없었으며, 오로지 안개가 자욱한 세상에 샘이 하나 있었을 뿐이었다. 이 샘에서 흘러나온 물은 모두 열두 개의 강을 이루었고, 그 원천에서 멀찌감치 흘러간 이후에는 얼어붙어서 얼음

195 이하 북유럽 신화에 해당하는 장의 고유 명사 표기는 『에다 이야기』(스노리 스툴루손 지음, 이민용 옮김, 을유세계문학전집 66, 을유문화사, 2013)의 내용을 따랐다.

이 되었는데, 그 얼음이 겹겹이 쌓이면서, 깊은 구덩이가 차차 메워지게 되었다.

안개가 자욱한 세상의 남쪽에는 빛이 가득한 세상이 있었다. 이곳에서 불어오는 따뜻한 바람이 얼음을 녹였다. 그리하여 공중에 수증기가 피어올라서 구름을 만들었고, 그로부터 〈위미르〉라는 서리 거인과 그 후손이 나왔는데, 이들은 역시나 구름에서 나온 〈아우둠라〉라는 암소의 젖을 먹고 살았다. 이 암소는 얼음에 묻은 서리와 소금을 핥아 먹고 살았다. 하루는 이 암소가 얼음을 핥다 보니 그 안에서 누군가의 머리카락이 나타났다. 둘째 날에는 머리 전체가 나타났고, 셋째 날에는 몸 전체가 나타났는데, 거기에는 아름다움과 민첩함과 힘이 부여되어 있었다. 이 새로운 존재는 바로 신(神)이었으며, 그는 거인 종족의 딸과 결혼해서 〈오딘〉, 〈빌리〉, 〈베〉라는 세 아들을 낳았다. 이들은 거인 위미르를 죽인 다음 그의 몸뚱이를 가지고 땅을 만들었으며, 그의 피를 가지고 바다를 만들었고, 그의 뼈를 가지고 산을 만들었고, 그의 머리카락을 가지고 나무를 만들었고, 그의 두개골을 가지고 하늘을 만들었고, 그의 뇌를 가지고 구름을 만들어서 우박과 눈을 뿌리게 했다. 신들은 위미르의 눈썹을 가지고 〈미드가르드〉, 즉 〈가운데 땅〉을 만들었는데, 이곳이 장차 인간의 보금자리가 될 예정이었다.

오딘은 하늘에 해와 달을 놓아둠으로써 낮과 밤의 주기와 계절을 정했으며, 이들 천체에게 각각의 운행 경로를 정해 주었다. 해가 그 광선을 지상에 쏟기 시작하자마자, 식물계가 돋아나고 피어났다. 세계를 만든 직후에 신들은 바닷가를 걸으며 자기들의 새로운 업적에 기뻐했지만, 그래도 인간이 없는 관계로 이 작품이 아직 미완성이라는 느낌을 받았다. 그리하여 이들은 물푸레나무를 가지고 남자를 만들었으며 오리나무를 가지고 여자를 만들었는데, 그리하여 남자를 〈아스크〉라고 부르고 여자를 〈엠블라〉라고 불렀다. 이어서 오딘은 인간에게 생명과 영혼을 주었으며, 빌리는 인간에게 이성과 운동 능력을 주었고, 베는 인간에게 감각과 표현 능력과 말(言)을 주었다. 미드가르드를 거처로 선사받은 남자와 여자는 곧 인간의 조상이 되었다.

거대한 물푸레나무 〈위그드라실〉이 우주 전체를 떠받쳤다. 이 나무는 위미르의 몸통에서 자라난 것이었으며, 세 개의 거대한 뿌리를 가지고 있었는데, 그중 하나는 〈아스가르드(신들의 거처)〉에, 또 하나는 〈요툰헤임(거인들의 거처)〉에, 나머지 하나는 〈니플헤임(어둠과 추위의 영역)〉에 내리고 있었다. 이 뿌리 각각의 옆에는 샘이 하나씩 있어서 물을 공급했다. 아스가르드까지 뻗어 있는 뿌리는 세 명의 〈노른〉, 즉 여신들이 신경 써서 돌보았는데, 이들은 바로 운명의 분배자이기도 했다. 이들의 이름은 〈우르드(과거)〉, 〈베르단디(현재)〉, 〈스쿨드(미래)〉였다. 요툰헤임에 있는 샘은 〈위미르의 샘〉으로 알려졌으며, 이곳에는 지혜와 재치가 숨어 있었다. 하지만 니플헤임의 샘은 독사 〈니드회그(어둠)〉를 먹여 살렸으며, 이놈은 결국 위그드라실의 뿌리를 갉아 먹게 되었다. 위그드라실의 가지마다 네 마리 수사슴이 돌아다니면서 그 꽃봉오리를 뜯어 먹었다. 이 수사슴들은 네 가지 바람을 상징한다. 위그드라실 아래에는 위미르가 누워 있는데, 그가 자기를 짓누르는 무게를 떨쳐 내려고 시도할 때마다 지진이 일어났다.

아스가르드는 신들의 거처를 뜻하며, 오로지 〈비프뢰스트(무지개)〉 다리를 건너야만 들어갈 수 있었다. 아스가르드에는 신들의 집인 금과 은으로 만든 궁전이 여러 채 있었는데, 그중에서도 가장 아름다운 곳은 오딘의 집인 〈발할〉이었다. 그곳의 보좌에 앉으면 하늘과 땅 모두를 살펴볼 수 있었다. 그의 어깨에는 〈후긴〉과 〈무닌〉이라는 까마귀들이 앉아 있었는데, 이놈들은 매일 전 세계를 한 바퀴씩 날아다니고 돌아와서 자기들이 보고 들은 내용을 보고했다. 그의 발치에는 〈게리〉와 〈프레키〉라는 두 마리 늑대가 앉아 있었고, 오딘은 자기 앞에 차려 놓은 고기를 모조리 이놈들에게 던져 주었는데, 왜냐하면 자신은 음식을 먹을 필요가 없었기 때문이다. 그에게는 꿀술이 음식이며 음료였다. 이 신은 룬 문자를 발명했으며, 운명의 룬 문자를 금속제 방패에 새기는 것이 바로 노른의 임무였다. 오딘을 영어로는 〈Woden(우든)〉이라고 하는데, 바로 여기에서 일주일의 네 번째 날을 가리키는 〈Wednesday(수요일)〉라는 영어 단어가 나왔다.

오딘은 종종 〈알푀드(모두의 아버지)〉라는 이름으로도 일컬어지는데, 때때로 이 이름은 오딘보다 더 우월한 신을 가리킨다. 따라서 이는 창조되지도 않았고 영원무궁한 신이 있었다고 스칸디나비아인이 생각했음을 보여 주는 증거로 사용되기도 한다.

발할의 즐거움

발할은 오딘의 커다란 연회장을 말하며, 이곳에서 이 신은 자기가 선택한 영웅들과 함께 잔치를 벌인다. 이 영웅들은 전투에서 용감히 싸우다가 죽은 자들뿐이고, 평화로이 죽음을 맞이한 사람들은 제외된다. 잔치에서는 멧돼지 〈세흐림니르〉의 고기로 만든 요리가 나오는데, 그 양은 모두에게 돌아갈 정도로 풍성하다. 이 멧돼지는 매일 아침마다 잡혀서 요리가 되지만, 매일 밤마다 다시 멀쩡한 상태로 돌아간다. 영웅들은 암염소 〈헤이드룬〉이 만들어 내는 꿀술을 풍성하게 제공받는다. 잔치를 즐기지 않을 때의 영웅들은 재미 삼아 결투를 벌인다. 매일같이 이들은 궁전 마당이나 들판에 나가서 결투를 벌이다가 결국 서로를 난도질하고 만다. 하지만 식사 시간이 되면 상처가 씻은 듯 나아서 발할의 잔치 석상으로 돌아온다.

발퀴리

발퀴리는 호전적인 처녀들을 말하며, 이들은 투구를 쓰고 창을 들고 말에 올라탄 모습이다. 오딘은 발할에 가급적 많은 영웅을 모아들이고 싶어 하는데, 이는 마지막 결전의 날이 왔을 때에 거인들을 상대하기 위해서이다. 따라서 그는 전쟁터마다 심부름꾼을 보내서 누구를 죽게 만들지를 선택한다. 이때 오딘의 심부름꾼이 바로 발퀴리이며, 이들의 이름은 〈피살자의 선택자〉라는 뜻이다. 이들이 심부름을 하기 위해 말을 타고 날아갈 때면, 이들의 갑주가 기묘하게 빛나는 불빛을 만들어 낸다. 이 불빛이 북쪽 하늘에 나타날 때면, 사람들은 이를 가리켜 〈아우로라 보레알리스〉, 즉 〈북쪽의 빛〉이라고 부른다.

토르와 다른 신들

천둥의 신 〈토르〉는 오딘의 큰아들이었으며, 신과 인간을 통틀어 가장 힘이 센 자였고, 귀중한 보물을 세 가지나 갖고 있었다. 첫째는 망치였는데, 그가 이 망치를 공중에 치켜드는 모습을 보면 서리 거인과 산악 거인 모두가 그 위력을 잘 알고 두려워했다. 왜냐하면 자기네 아버지와 동족 가운데 여럿이 그 망치에 맞아 머리가 쪼개졌기 때문이다. 이 망치는 멀리 던지더라도 다시 손으로 돌아왔다. 그가 보유한 둘째 보물은 힘을 주는 띠였다. 그가 이 띠를 몸에 차면, 신성한 힘이 두 배로 늘어났다. 셋째 보물은 강철 장갑인데, 그는 망치를 효과적으로 사용하기 위해서 항상 이 장갑을 끼었다. 〈Thursday(목요일)〉라는 영어 단어는 바로 Thor(토르)의 이름에서 비롯된 것이다.

〈프레이르〉는 가장 많이 찬양받는 신 가운데 하나였다. 그는 비와 햇빛을 주관했으며, 지상에서 열리는 모든 과실도 담당했다. 그의 누이 〈프레이야〉는 여신 가운데 가장 자비로웠다. 그녀는 음악과 봄과 꽃을 사랑했고, 특히 요정을 좋아했다. 그녀는 사랑 노래를 매우 좋아했고, 연인들은 누구나 그녀에게 호소했다.

〈브라기〉는 시(詩)의 신이었고, 그의 노래는 전사들의 위업을 기록했다. 그의 아내 〈이둔〉은 상자 안에 사과를 여러 개 놓아두고 있었는데, 신들은 노년이 다가온다고 느낄 때마다 그걸 먹기만 해도 젊음을 되찾았다.

〈헤임달〉은 신들 중에서도 파수꾼이었으며, 따라서 하늘의 가장자리에 자리를 잡고 거인들이 비프뢰스트(무지개) 다리를 건너오지 못하도록 막았다. 그는 새[鳥]보다도 잠을 덜 잘 수밖에 없었으며, 한밤중에도 대낮과 마찬가지로 자기 주위 1백 킬로미터를 훤히 볼 수 있었다. 그의 귀는 워낙 밝았기 때문에 어느 소리도 놓치지 않았는데, 심지어 풀이 자라나는 소리와 양의 등에서 털이 자라는 소리까지 들을 수 있었다.

로키와 그 후손들

그런가 하면 신들의 비방자이며 온갖 사기와 해악의 도모자라고 묘사할 수 있는 또 하나의 신이 있었다. 그의 이름은 〈로키〉이다. 이 신은 잘생기고 풍채도 좋았지만, 매우 변덕스러운 성격이고 대개는 악한 소질을 지니고 있었다. 그는 원래 거인 종족에 속하지만 의도적으로 신들의 무리에 끼게 되었으며, 마치 이들에게 갖가지 어려움을 만들어 내고 자신의 교활함과 재치와 솜씨를 이용해 이들에게 분노를 자아내는 것으로부터 기쁨을 얻는 듯했다. 로키에게는 세 자녀가 있었다. 첫째는 늑대 〈펜리르〉이고, 둘째는 미드가르드의 뱀 〈외르문간드〉이고, 셋째는 〈헬(죽음)〉이었다. 신들은 이 괴물들이 자라나면 결국 신과 인간 모두에게 크나큰 해악을 가져올 수 있음을 모르지 않았다. 그리하여 오딘은 누군가를 보내서 이들을 자기 앞에 대령시키는 것이 좋겠다고 생각했다. 이들이 대령하자, 오딘은 우선 뱀을 붙잡아서 대지를 에워싼 깊은 바다 속에 내던졌다. 하지만 이 괴물은 이미 너무 커진 상태여서, 제 꼬리를 제 입에 문 상태로 대지를 한 바퀴 에워쌌다. 오딘은 헬을 붙잡아서 니플헤임으로 내던졌다. 대신 그녀는 아홉 개의 세계, 또는 영역을 다스리는 권능을 얻었고, 이후 자기 앞에 온 사람들을 그곳에 분배해 두었다. 즉 질병이나 노년으로 사망한 사람들을 다스리게 되었던 것이다. 헬의 연회장은 〈엘류드니르(비참)〉라고 일컬어진다. 그녀의 식탁은 〈굶주림〉이고, 칼은 〈기아(飢餓)〉이며, 하인은 〈늦장〉이고, 하녀는 〈느림〉이고, 문지방은 〈위기〉이고, 침대는 〈근심〉이고, 그 거처의 벽장식은 〈지독한 고통〉이다. 헬은 쉽게 알아볼 수 있는 외모를 지녔는데, 왜냐하면 몸의 절반은 살색이고 절반은 파란색이며, 무시무시하리만큼 엄하고 차마 말도 못 붙일 만한 표정을 지니고 있기 때문이다.

늑대 펜리르를 쇠사슬에 묶어 놓는 과정에서 신들은 상당히 애를 먹었다. 이놈은 가장 튼튼한 차꼬조차도 마치 거미집이라도 되는 양 손쉽게 부숴 버렸기 때문이다. 마침내 신들은 산의 요정에게 심부름꾼을 보내서, 〈글레이프니르〉라는 쇠사슬을 만들어 오게 했다. 이 쇠사슬은 고양이의 발걸음 소리, 여자의 턱수염, 돌의 뿌리, 물고기의 숨결, 곰의 신경(감수성), 새의 침, 이렇게 여섯 가지 재료로 만든 것이었다. 이걸로 만든 쇠사슬은 마치 비단 실처럼 매끈하고 부드러웠다. 하지만 신들이 가느다란 띠처럼 생긴 이 쇠사슬을 늑대에게 주고 묶어 보라고 권하자, 그놈은 상대방의 의도를 의심하는 한편 그 물건이 마법으로 만든 것은 아닐까 두려워했다. 그리하여 언제라도 그 띠를 떼어 낼 수 있도록 하겠다는 맹세로써, 신들 가운데 하나가 자기 입에 손을 넣는다면 자기도 띠를 매겠다고 했다. 이에 〈튀르(전투의 신)〉만이 유일하게 용기를 내어 그 요청에 응했다. 결국 늑대는 자기가 이 차꼬를 풀지 못할 것이며, 신들이 자기를 놓아 주지 않으리라는 것을 깨닫자마자 튀르의 손을 물어 버렸다. 그리하여 이 신은 이후로 한쪽 손을 잃게 되었다.

토르가 산악 거인에게 복수하다

옛날 옛적에, 그러니까 신들이 미드가르드와 발할을 완성하고 나서 자기네 거처를 연이어 건설하던 도중에, 어떤 장인(匠人)이 나타나서 한 가지 제안을 내놓았다. 즉 무척이나 튼튼하기 때문에 서리 거인과 산악 거인의 침략으로부터 완벽하게 안전한 집을 만들어 주겠다는 것이었다. 그러면서 그 대가로 여신 프레이야는 물론이고, 해와 달도 모조리 내놓으라고 요구했다. 신들은 이 조건을 기꺼이 받아들이면서, 대신 어느 누구의 도움도 받지 않고 장인 혼자서 그 일을 완성해야 하며, 또한 단 한 번의 겨울 동안에 그 일을 완성해야 한다고 또 다른 조건을 내걸었다. 그리고 여름의 첫 번째 날이 되었을 때까지 조금이라도 미완성된 부분이 있다면, 그는 보수를 받지 못할 것이라고도 했다. 이 조건을 듣자마자 장인은 자기가 데려온 말 〈스바딜파리〉만은 사용할 수 있게 해달라고 요청했는데, 이것은 사실 로키로부터 얻은 조언에 따른 것이었다. 허락이 떨어지자 장인은 겨울의 첫 번째 날에 일을 시작해서, 밤사이에 자기 말을 이용해서 건축용 석재를 실어 날랐다. 신들은 그 석재의 어마어마한 크기를 보고 깜짝 놀랐으며, 그 주인보다 오히려 그 말이 이 힘든 일을 절반이나 더 많이 했음을 똑똑히 보았다. 하지만 이들의 협상은 이미 완료된 다음이었고, 엄숙한 맹세로 확증된 것이었다. 왜냐하면 이런 사전 조치가 없다면 거인이 신들 사이에서 안전할 수는 없었고, 특히 사악한 악마들을 상대하기 위해서 원정을 떠난 토르가 돌아올 경우에는 더더욱 그럴 것이었기 때문이었다.

겨울이 끝날 무렵 공사는 많이 진척된 상태였으며, 방벽은 충분히 높고 거대해져서 이제 그곳으로의 침투는 불가능해져 있었다. 그리하여 이제 여름을 사흘 앞둔 상태에서, 아직 마무리되지 않은 상태로 남아 있는 곳은 오로지 정문뿐이었다. 그러자 신들은 각자의 재판석에 앉아서 회의에 들어갔으며, 저 장인이 감히 프레이야를 대가로 요구하도록 옆에서 부추긴 신이 누구일지, 아울러 거인이 해와 달을 가져감으로써 하늘이 어둠에 휩싸이도록 만들 만한 신이 누구일지 궁리하며 서로 질문을 주고받았다.

이들은 모두 이것이 로키의 소행임에 분명하다고 입을 모았다. 워낙 많은 악행을 저지른 자이니만큼, 이렇게 나쁜 조언도 할 수 있으리라는 것이었다. 아울러 저 장인이 맡은 임무를 완수하여 그 보상을 받아 가는 일을 막지 못한다면, 대신 로키를 잔인하게 죽여 버리기로 작정했다. 신들이 팔을 걷어 부치고 나서자, 로키는 두려움에 사로잡힌 나머지 한 가지를 맹세했다. 즉 자기가 무슨 수를 써서라도 이 문제를 잘 해결해서 저 장인이 그 대가를 얻지 못하게 만들겠다는 것이었다. 바로 그날 밤 장인이 스바딜파리와 함께 건축용 석재를 옮기는 동안, 암말 한 마리가 숲에서 뛰어나와 울기 시작했다. 그러자 스바딜파리는 고삐를 끊고 암말을 뒤쫓아 숲으로 들어갔고, 이에 장인 역시 자기 말을 뒤쫓아 갈 수밖에 없었다. 그리하여 하룻밤을 허비하고 나자, 다음 날이 되었어도 일이 평소처럼 진척되지 못했다. 장인은 자기가 임무를 완수할 수 없음을 깨닫자 본래의 모습으로 돌아가 거인이 되었으며, 그제야 신들은 산악 거인이 장인의 모습으로 변신해서 자기들 사이에 와 있었음을 깨달았다. 더 이상 맹세에 얽매이지 않아도 되는 신들은 토르를 불렀고, 그는 곧바로 달려와 이들을 도와서 망치를 치켜들어 장인에게 그 대가를 지불했다. 여기서 말하는 대가란 해와 달도 아니었고, 심지어 상대방을 요툰헤임으로 돌려보내는 것도 아니었다. 왜냐하면 토르는 단 한 방에 거인의 머리를 산산조각 내서, 결국 상대방을 니플헤임으로 곤두박질하게 만들었기 때문이다.

망치를 되찾다

옛날 옛적에 거인 트륌이 토르의 망치를 훔쳐 가서, 요툰헤임의 바위 아래 여덟 길 깊이에 묻어 놓은 적이 있었다. 토르는 로키를 보내서 트륌과 협상을 했지만, 거인은 프레이야를 자기 신부로 내놓지 않으면 그 무기를 돌려주지 않겠다고 버텼다. 로키는 돌아와서 자기가 들은 내용을 그대로 전했지만, 사랑의 여신은 서리 거인의 왕에게 자기 매력을 선보여야 한다는 생각 자체만으로도 소스라치고 말았다. 이 위기 상황에서 로키는 토르를 설득해 프레이야의 옷을 걸치게 했으며, 이어서 그를 데리고 요툰헤임으로 갔다. 트륌은 베일을 쓴 신부를 정중하게 맞이했지만, 그녀가 저녁 식사 자리에서 연어 여덟 마리와 다 자란 수소 한 마리, 그리고 다른 맛 좋은 음식들을 먹어 치우고, 꿀술도 무려 세 통이나 마셔 치우는 것을 보고 깜짝 놀랐다. 하지만 로키는 신부가 신랑을 만나고 싶은 열망이 너무나도 강한 나머지 무려 여드

레나 아무것도 먹지 못했기 때문이라고 둘러댔다. 트륌은 마침내 궁금한 생각에 신부의 베일 너머를 흘끗 엿보고, 깜짝 놀라 물러나면서 왜 프레이야의 눈알이 불타는 것처럼 번뜩이는지 물었다. 이에 로키는 앞서와 같은 핑계를 내놓았고, 거인은 역시나 이 대답에 만족스러워했다. 그는 망치를 가져오게 해서 처녀의 무릎에 놓아 주었다. 이에 토르는 변장을 벗어 던지고, 저 무시무시한 무기를 움켜쥔 다음, 트륌과 그 무리를 때려 죽여 버렸다.

프레이르 역시 놀라운 무기를 하나 갖고 있었는데, 그 소유주가 원한다면 언제라도 들판 하나 가득한 적을 몰살시킬 수 있는 검이었다. 프레이르도 이 검을 잃어버렸는데, 토르만큼 운이 좋지는 않았던 관계로 결국 되찾지 못했다. 그 전말은 다음과 같다. 한번은 프레이르가 오딘의 보좌에 무심코 앉아, 온 우주를 볼 수 있는 그곳에서 주위를 둘러보다가 멀리 떨어진 거인의 왕국에 사는 아름다운 처녀를 보았다. 그 모습을 보자마자 그는 갑작스러운 슬픔에 사로잡혔고, 그 순간 이후로는 잠을 잘 수도, 술을 마실 수도, 말을 할 수도 없었다. 마침내 심부름꾼 〈스키르니르〉가 그의 속마음을 알아낸 다음, 그 처녀를 데려와 신부로 삼아 주겠다고 제안하면서 대신 그의 검을 대가로 달라고 요구했다. 프레이르는 이에 동의하고 자기 검을 건네주었고, 스키르니르는 곧바로 여행길에 나서 처녀로부터 약속을 받아 왔다. 즉 앞으로 9일 뒤에 그녀가 특정한 장소로 와서 프레이르와 결혼하겠다고 했다는 것이다. 스키르니르가 자기 심부름의 성공을 보고하자 프레이르는 이렇게 외쳤다.

하룻밤도 길다
두 밤도 길다
그러니 내가 세 밤을 어떻게 버틸까?
그 절반밖에는 안 되는
이 괴로운 시간보다는
오히려 한 달이 더 짧게 느껴진다.

그리하여 프레이르는 이 세상에서 가장 아름다운 여자 〈게르드〉를 아내로 얻는 대신, 자기 검을 잃어버리고 말았다.

이 이야기의 제목은 〈심부름을 간 스키르니르〉이며, 그 앞에 소개한 이야기의 제목은 〈트륌의 노래〉라고 하는데, 이는 롱펠로의 『유럽의 시와 시인들』에 운문으로 나와 있다.[196]

196 롱펠로가 1845년에 편찬, 간행한 시 선집으로 영국, 아이슬란드, 덴마크, 스웨덴, 독일, 네덜란드, 프랑스, 이탈리아, 에스파냐, 포르투갈 등 유럽 여러 국가의 대표적인 시 작품을 본인 및 타인의 영어 번역으로 수록했다.

제39장

토르의 요툰헤임 방문

토르의 거인 나라 요툰헤임 방문

어느 날 신 토르는 자기 하인 〈탈피〉 그리고 로키와 함께 거인 나라로 여행을 떠났다. 탈피는 이 세상에서 발이 가장 빠른 자였다. 그는 토르의 바랑을 갖고 있었으며, 이들의 식량이 거기 모두 들어 있었다. 밤이 오자 이들은 커다란 숲에 도착했고, 밤을 보낼 곳을 찾아 사방을 둘러보았다. 그러다가 매우 커다란 연회장에 도착하게 되었는데, 특이하게도 건물의 한쪽 벽 전체를 터서 출입구로 삼은 듯했다. 이들은 거기서 자려고 누웠는데, 한밤중이 다 되었을 무렵 지진이 나서 집 전체가 덜덜 떨렸다. 토르는 벌떡 일어나서 자기 동료들을 깨운 다음 안전한 장소로 가자고 말했다. 연회장 오른쪽에는 별실이 하나 있어서 모두 일단 그곳으로 들어갔다. 하지만 토르는 망치를 들고 문간에 서서 무슨 일이 일어나든지 간에 방어할 준비를 하고 있었다. 밤새도록 무시무시한 신음 소리가 들렸고, 아침이 되어 토르가 밖에 나가 보니 가까운 곳에 커다란 거인이 누워서 자고 있었는데, 그가 잠을 자고 코를 고는 소리 때문에 어젯밤에 모두들 놀랐던 것이었다. 토르가 망치를 써볼까 생각하던 순간, 거인이 곧바로 잠에서 깨어났기에, 신도 어쩔 수 없이 이름을 물어보는 선에서 그치고 말았다.

「나는 〈스크뤼미르〉라고 하네.」 거인이 말했다. 「하지만 자네 이름을 물어보지는 않겠네. 왜냐하면 자네가 신 토르라는 걸 이미 알고 있으니까. 그나저나 내 장갑 안에서 뭘 하는 건가?」 그제야 토르는 자기네가 하룻밤을 보낸 연회장이 사실은 거인의 벙어리장갑 안이었고, 다른 두 명의 동료가 들어가 있는 별실은 장갑의 엄지손가락 부분이었음을 깨달았다. 곧이어 스크뤼미르는 자기와 함께 여행을 하자고 제안했고, 토르도 이에 응낙했다. 이들은 자리에 앉아서 아침식사를 했고, 그러고 나서 거인은 모든 식량을 바랑 하나에 집어넣고 어깨에 멘 다음 이들 앞에서 성큼성큼 걸어갔는데, 어찌나 보폭이 넓은지 나머지 일행은 그를 따라잡기 위해서 애를 써야만 했다. 이렇게 그들은 하루 종일 여행을 했으며, 해가 지자 스크뤼미르는 커다란 떡갈나무 아래에서 하룻밤을 보내자고 제안했다. 그러더니 자기는 누워서 잠을 자겠다고 말했다. 「내 바랑은 자네들이 알아서 하게.」 그가 덧붙였다. 「뭐라도 좀 꺼내서 저녁으로 챙겨 먹게.」

스크뤼미르는 곧바로 잠이 들었고, 요란하게 코를 골기 시작했다. 토르는 바랑을 열려고 했지만, 거인이 워낙 끈을 세게 묶어 놓았기 때문에 매듭 하나 풀 수가 없었다. 마침내 신도 화가 치민 나머지, 자기 망치를 꺼내 양손으로 치켜들고 거인의 머리에 강한 일격을 가했다. 그러자 스크뤼미르는 잠에서 깨어나더니, 혹시 자기 머리에 낙엽이 하나 떨어진 게 아니냐고 물어본 다음, 자네들도 저녁을 다 먹었으면 어서 잠이나 자라고 말했다. 토르는 자기들도 이제 곧 잠을 잘 생각이었다고 말한 다음 또 다른 나무 밑에 가서 누웠다. 하지만 그날 밤에 신은 잠이 오지 않았고 스크뤼미르가 다시 코를 골자 어찌나 소리가 요란한지 숲 전체에 그 소음이 울려 퍼졌다. 토르는 자리에서 일어난 다음 자기 망치를 집어 들고 거인의 머리를 세게 내려쳐서 맞은 부위가 움푹 패게 만들었다. 그러자 스크뤼미르가 잠에서 깨어 소리를 질렀다. 「도대체 무슨 일이지? 혹시 이 나무에 새라도 몇 마리 앉아 있었던 건가? 나뭇가지에 있던 이끼가 내 머리에 조금 떨어진 것 같군. 그나저나 자네는 왜 여기 있나, 토르?」 하지만 신은 재빨리 그곳을 떠나며, 자기도 방금 일어났을 뿐이고, 이제 겨우 한밤중이니 아직 잘 시간이 많이 남았다고만 대답했다. 하지만 토르는 세 번째 일격을 가할 기회를 얻기만 한다면, 자기들끼리의 문제를 모두 정리할 수 있을 것이라고 생각했다. 날이 밝기 직전에 그는 다시 한번 스크뤼미르가 깊이 잠들었음을 깨달았고, 또다시 자기 망치를 들고 맹렬히 내리쳐서, 이번에는 그 손잡이 부분까지 머리에 박히도록 만들었다. 하지만 스크뤼미르는 자리에서 일어나 앉더니 뺨을 문지르며 이렇게 말했다. 「이번에는 도토리가 머리에 떨어졌나 보군. 뭐야! 자네 안 자고 있었나, 토르? 이제는 우리 모두 일어나서 옷을 챙겨 입어야 하겠군. 그나저나 이제 자네들은 〈우트가르드〉라는 도시에서 멀지 않은 곳까지 와 있다네. 내가 가만 들어 보니, 자네들은 나를 보면서 덩치가 크네 어쩌네 말들이 많은 것 같더군. 하지만 우트가르드에 가보면, 나보다 덩치가 훨씬 큰 작자들도 발견할 걸세. 충고해 두는데, 자네들도 그곳에 가면 너무 스스로를 과시하려고 들지 말게. 〈우트가르드로키〉의 부하들은 자네들처럼 작은 친구들이 허풍 떠는 것을 참지 못하거든. 자네들은 동쪽으로 이어지는 길을 따라 가게. 내가 갈 길은 북쪽으로 이어지는 길이라네. 그러니 우리는 여기서 헤어지도록 하세.」

그러더니 거인은 자기 바랑을 어깨에 메고 돌아서서 숲속으로 들어갔다. 토르 역시 더 이상은 그를 불러 세우거나, 계속 동행하자고 요구할 마음이 전혀 없었다.

천둥의 신과 동행자들은 계속 길을 가서, 정오가 다 되었을 즈음에 어느 들판 한가운데 서 있는 도시를 발견했다. 어찌나 높은지, 이들이 목을 어깨 뒤로 한참 젖혀서야 그 꼭대기를 간신히 볼 수 있을 정도였다. 도시에 도착한 일행은 일단 안으로 들어가 보았는데, 커다란 궁전의 문이 활짝 열려 있는 것을 보고 그곳으로 향했다. 그 안에는 덩치가 어마어마한 거인들이 무수히 많았고, 모두 연회장의 걸상에 앉아 있었다. 안으로 더 들어간 일행은 그곳의 왕 우트가르드로키를 보고 정중하게 인사를 건네었다. 왕은 비웃는 듯한 미소를 띠고 이들을 바라보며 말했다. 「내가 잘못 보지 않았다면 저기 있는 애송이가 바로 신 토르겠군.」 곧이어 그는 토르에게 이렇게 말했다. 「그래도 자네는 겉으로 보이는 것 이상의 능력자이겠지. 자네와 그 동료들이 각별히 능숙하다고 여기는 특기가 무엇인가? 저마다 이런저런 특기로 다른 모두를 능가하지 못하는 자는 이곳에 머물 수가 없기 때문이라네.」

「제가 가진 특기는 다른 누구보다 더 빨리 음식을 먹어 치우는 겁니다.」 로키가 말했다. 「이 방면에서라면 저와 겨루기로 선택된 자가 누구이든지 간에 저는 기꺼이 그렇다는 증거를 내놓을 수 있습니다.」

「그 정도면 실제로도 특기로군.」 우트가르드로키가 말했다. 「자네가 장담한 대로 행할 수 있는지 어디 곧바로 시험해 보도록 하지.」

그러더니 왕은 벤치 맨 끝에 앉아 있던 부하들 가운데 〈로기〉라는 이름을 가진 자를 부르더니, 앞으로 나와서 로키와 실력을 겨루라고 명령했다. 고기를 가득 담은 길쭉한 그릇이 연회장 바닥에 놓이자, 로키는 한쪽 끝에, 로기는 반대쪽 끝에 자리를 잡았다. 두 명이 양쪽에서 음식을 먹어 치우기 시작해서, 누가 먼저 그릇 한가운데에 도착하느냐를 겨루는 것이었다. 하지만 로키는 살점만 골라 먹었던 반면, 로기는 살점과 뼈는 물론이고 심지어 그릇까지 모두 삼켜 버렸다. 따라서 거기 있던 모두는 로키가 졌다고 판결했다.

우트가르드로키는 토르의 곁에 있는 청년에게도 특기가 무엇이냐고 물었다. 탈피는 누구라도 기꺼이 상대하여 달리기를 겨루겠다고 대답했다. 왕은 달리기 실력이라면 충분히 자랑할 만한 특기라고 대답하면서도, 이 젊은이가 경주에서 이기려면 대단한 민첩함을 드러내야만 할 것이라고 대답했다. 그러더니 자리에서 일어나 거기 있던 모두와 함께 들판으로 나갔는데, 그곳은 달리기를 하기에 좋은 장소였다. 그러더니 왕은 〈후기〉라는 자를 불러낸 다음, 그에게 탈피와의 달리기 대결을 명령했다. 첫 번째 경주에서 후기는 경쟁자를 워낙 일찌감치 따돌렸기 때문에, 그가 반환점을 돌아와서 경쟁자를 마주 보았을 무렵 탈피는 출발선에서 별로 많이 나아가지도 못한 상태였다. 두 번째와 세 번째 경주에서도 탈피는 아까보다 더 성공을 거두지 못했다.

이어서 우트가르드로키는 토르에게 무슨 특기를 지녔느

냐고, 즉 자네를 유명하게 만든 용감무쌍함의 증거로 무엇을 내놓을 생각이냐고 물었다. 토르는 여기 있는 누구를 상대해도 좋으니 술 마시기 대결을 벌이겠다고 제안했다. 우트가르드로키는 술 따르는 시종에게 명령해서 커다란 뿔잔을 가져오게 했는데, 이 잔으로 말하자면 그의 부하들이 잔치를 벌이다가 어떤 식으로건 법도를 위반할 경우에 처벌 삼아 반드시 비워야 하는 것이었다. 술 따르는 시종이 그 잔을 토르에게 건네주자, 우트가르드로키가 말했다. 「술을 잘 마시는 자라면 이 뿔잔을 단 한 모금에 모두 비워 버려야 할 걸세. 물론 대개는 두 모금에 나눠 마시고, 술을 잘 못 마시는 자나 세 모금에 나눠 마시게 마련이지만 말이네.」

토르가 뿔잔을 바라보았더니, 비록 길쭉하기는 해도 보통 크기에 불과해 보였다. 그는 마침 매우 목이 말랐기 때문에, 입에다 뿔잔을 갖다 대고 숨을 쉬지도 않은 채 최대한 길고도 깊이 술을 들이켜서, 굳이 두 모금을 마실 필요도 없게끔 하려고 했다. 하지만 그가 뿔잔을 내려놓고 그 안을 들여다보았더니, 그 안의 액체는 거의 줄어들지가 않은 것처럼 보였다.

간신히 숨을 돌린 다음 토르는 다시 한번 있는 힘을 다해서 한 모금을 들이켰지만, 그가 뿔잔을 입에서 떼었을 때에는 이전과 마찬가지로 술이 거의 줄어들지 않은 상태였다. 물론 아까와 비교하자면 이제는 뿔잔을 들고 움직여도 술이 흘러넘치지 않을 정도로 약간 줄기는 했지만 말이다.

「어떤가, 토르?」 우트가르드로키가 물었다. 「굳이 사양할 필요 없다네. 이제 세 모금째에 뿔잔을 완전히 비우려면, 최대한 많이 들이켜야만 할 걸세. 다만 그렇다면 자네는 집에서와 마찬가지로 여기서도 강하다는 칭송을 들을 수는 없을 걸세. 왜냐하면 내가 보기에 자네는 다른 특기에서도 이번 일에서 보여 준 것보다 더 뛰어날 것 같지는 않으니까.」

토르는 분노가 가득한 상태에서 또다시 뿔잔을 입에 갖다 대고 그 내용물을 비우기 위해서 최선을 다했다. 하지만 다시 들여다보아도 그 안의 액체는 약간 줄어든 것에 그쳤기에, 그는 더 애쓰지 않고 뿔잔을 술 따르는 시종에게 도로 돌려주었다.

「이제는 분명히 알겠군.」 우트가르드로키가 말했다. 「자네는 우리가 생각했던 것만큼 아주 강건하지는 못하다는 걸 말이야. 혹시 자네가 다른 특기를 갖고 있는지는 모르겠지만, 내 생각에는 그 어떤 것에서도 승리를 거둘 가능성은 없어 보이는군.」

「그렇다면 당신은 어떤 시험을 새로 제안하시겠습니까?」 토르가 물었다.

「이 동네에서 하는 매우 간단한 놀이가 하나 있지.」 우트가르드로키가 말했다. 「이건 사실 어른들이 아니라 아이들이 하는 놀이라네. 내가 키우는 고양이를 땅에서 들어 올리기만 하면 되는 거니까. 하지만 나로선 위대하신 토르님께 그걸 시도해 주십사고 여쭐 수가 없겠군. 왜냐하면 우리가 제안한 시험에서 자네는 한 번도 성공하지 못했음을 똑똑히 보았으니 말이네.」

그가 이렇게 말하자마자 커다란 회색 고양이 한 마리가 연회장 바닥으로 달려 나왔다. 토르는 한 손을 고양이 배 아래에 집어넣고, 그놈을 바닥에서 들어 올리려고 애를 썼다. 하지만 고양이는 등을 구부린 상태에서 꼼짝도 하지 않았고, 기껏해야 한쪽 발만 들렸을 뿐이었다. 이를 본 토르는 더 이상 애쓰지 않기로 작정했다.

「이번 시험도 결국 내가 예상한 대로 끝나고 말았군.」 우트가르드로키가 말했다. 「물론 이 고양이가 크기는 하지만, 토르도 우리에 비하자면 별것 아니라고밖에 할 수 없군.」

「나더러 별것 아니라고 하니, 당신들 가운데 누구라도 나오시오.」 토르가 대답했다. 「나는 지금 화가 많이 났으니, 어디 나와 씨름을 해봅시다.」

「여기 있는 녀석들은 안 되겠군.」 우트가르드로키는 걸상에 앉아 있는 부하들을 돌아보며 말했다. 「즉 여기에는 자네와 씨름을 할 만큼 자기가 변변찮다고 생각할 녀석이 없다는 말이네. 그러니 늙은 할멈인 내 유모 〈엘리〉를 불러내서, 혹시 원한다면 자네와 씨름을 해보게 하겠네. 이 할멈으로 말하자면 이전에도 토르보다 결코 힘이 약하지 않은 남자를 여럿 땅에 메다꽂은 적이 있었다네.」

그러자 이빨도 다 빠진 할멈 하나가 연회장에 들어오더니, 우트가르드로키의 명령을 받들어 토르를 붙들고 맞섰다. 그 결과는 간단했다. 토르가 더 세게 붙잡을수록, 할멈은 더 굳건하게 서 있기만 했다. 매우 격렬하게 몸부림치던 토르도 끝내 밀리기 시작하더니, 결국 한쪽 무릎을 꿇고 말았다. 우트가르드로키는 대결을 중지시킨 다음, 이제 토르는 이 연회장에 있는 어느 누구에게도 감히 씨름 대결을 신청할 수 없을 것이라고, 게다가 이미 시간도 늦고 말았다고 말했다. 그러면서 그는 토르와 그 동행자들에게 앉을 자리를 내주었으며, 밤새도록 즐거운 시간을 보냈다.

다음 날 아침에 날이 밝자마자 토르와 동행자들은 옷을

차려입고 떠날 준비를 했다. 그러자 우트가르드로키는 이들을 위해 식탁을 차려 놓았는데, 거기에는 음식과 음료가 전혀 모자람이 없었다. 식사를 마치자 우트가르드로키는 이들을 데리고 도시의 출입문까지 배웅을 나갔고, 떠나는 토르에게 이번 여행이 어땠느냐고, 그리고 혹시 자기보다 더 힘센 자를 중도에 만났느냐고 물어보았다. 그러자 천둥의 신은 이번에 자기가 당한 부끄러움을 결코 부정할 수가 없다고 솔직히 털어놓았다. 「제가 가장 아쉬워하는 부분은 당신이 저를 가리켜 별것 아닌 작자라고 부른 것입니다.」

「아닐세.」 우트가르드로키가 말했다. 「이제 자네가 우리 도시에서 벗어났으니, 나도 자네에게 진실을 말해 주어야 하겠군. 내가 살아 있는 한 자네가 이 도시에 다시 들어올 일은 전혀 없을 걸세. 맹세컨대 자네가 그토록 대단한 힘을 갖고 있는 줄 내가 미리 알았더라면, 그리하여 자칫 우리에게 크나큰 재난을 가져올 수도 있을 줄 내가 미리 알았더라면, 굳이 자네를 이 기회에 우리 도시에 들어오게 하지 않았을 걸세. 지금까지 나는 환상을 이용해서 자네를 줄곧 속여 온 거라네. 처음에는 숲에서 그랬는데, 내가 바랑을 무쇠 끈으로 묶어 두어서 자네가 차마 풀지 못했던 거라네. 그 다음에 자네는 그 망치로 나한테 세 번이나 일격을 가했지. 처음 것이 그나마 제일 약하기는 했지만, 그걸 제대로 맞았더라면 나 역시 그대로 끝장이 날 뻔했다네. 하지만 내가 옆으로 피하는 바람에, 자네의 일격은 산에 맞고 말았지. 자네도 저 산을 보면 세 개의 골짜기를 발견할 수 있을 터인데, 그중에 하나는 유난히 깊이 패어 있을 걸세. 그게 바로 자네의 망치에 연이어 맞아서 움푹 팬 곳이라네. 자네 일행이 내 부하들과 실력을 겨룰 때에도 나는 이와 유사한 환상을 이용했지. 우선 로키는 굶주림 그 자체라도 되는 것처럼 자기 앞에 놓인 음식을 먹어 치웠지만, 로기는 사실 〈불〉 그 자체였다네. 그렇기 때문에 살점뿐만 아니라 음식이 담긴 그릇까지도 모두 삼켜 버린 거지. 탈피와 달리기 실력을 겨루었던 후기로 말하자면 바로 〈생각〉이었다네. 그러니 탈피로서도 차마 생각을 따라잡을 수는 없었던 것이지. 자네의 차례가 되어서 뿔잔 안의 내용물을 비우려고 했을 때, 맹세컨대 자네는 정말이지 대단한 일을 해낸 셈이어서, 나 역시 직접 보지 않았더라면 결코 믿으려 하지 않았을 걸세. 왜냐하면 그 뿔잔의 끄트머리는 사실 바다와 연결되어 있었는데, 자네는 미처 그 사실을 몰랐기 때문이네. 즉 자네도 바닷가에 가보면, 자네가 마셔 버린 만큼 바닷물이 줄어들어 있음을 확연히 알 수 있을 걸세. 고양이를 들어 올리려 할 때에도 자네로선 역시나 대단한 일을 해낸 것인데, 솔직히 말하자면 그놈의 한쪽 발이 땅에서 들리는 순간 우리 모두는 깜짝 놀랄 수밖에 없었다네. 왜냐하면 자네가 고양이라고 생각한 그놈은 사실 지상을 에워싸고 있는 미드가르드의 뱀(외르문간드)였기 때문이라네. 자네가 그놈을 더 늘려 놓는 바람에, 그놈은 이제 머리와 꼬리가 맞닿도록 지상을 완전히 감쌀 수 있게 되었다네. 자네가 엘리를 상대로 씨름을 한 것 역시나 대단한 일이었는데, 왜냐하면 이 세상의 어느 누구도 엘리의 본래 모습인 〈노년〉 앞에서는 결국 굴복할 수밖에 없기 때문이지. 여하간 이제 헤어지는 마당에 내가 자네에게 해주고 싶은 말이 있다면, 다시는 자네가 우리 있는 곳에 오지 않는 편이 피차에게 더 나으리라는 걸세. 혹시나 자네가 다시 우리 있는 곳에 온다면, 나는 역시나 다른 환상을 이용해서 스스로를 보호할 것이고, 자네는 또다시 나를 상대로 헛되이 힘만 소비하고 아무런 명성도 얻지 못하게 될 걸세.」

이 말을 들은 토르는 화가 머리끝까지 솟구쳐 망치를 들고 상대방을 내리치려고 했지만, 우트가르드로키는 이미 사라진 다음이었다. 토르가 도시로 다시 들어가 박살을 내려고 달려갔지만, 푸른 들판에는 아무것도 남아 있지 않았다.

제40장

발드르의 죽음·요정·룬 문자·음유 시인·아이슬란드

발드르의 죽음

착한 신 〈발드르〉는 자기 목숨이 위험에 처했음을 암시하는 끔찍한 꿈을 꾸고 괴로워하던 참이었다. 급기야 그가 다른 신들에게 이 이야기를 하자, 이들은 만물을 설득하여 그에게 해를 끼치지 못하게 하기로 작정했다. 그래서 오딘의 아내 〈프리그〉는 불과 물, 쇠와 다른 금속들, 돌과 나무와 질병과 들짐승과 날짐승과 독약과 길짐승 모두에게 맹세를 시켜서, 어느 누구도 발드르에게 해를 끼치지 못하게 했다. 하지만 오딘은 이런 맹세에도 만족하지 못하고, 자기 아들의 운명에 대해 경계심을 품고서, 예언자인 여자 거인 〈앙그르보다〉에게 이 문제를 상의하기로 작정했다. 하지만 펜리르와 헬을 낳은 어미인 그녀는 이미 죽은 다음이었기 때문에, 오딘은 헬의 영역에 가서 그녀를 찾아볼 수밖에 없었다. 오딘의 이 저승 여행은 다음과 같은 구절로 시작되는 토머스 그레이의 훌륭한 송가의 소재가 되었다.

인간들의 왕은 서둘러 일어나

새카만 자기 말[馬]에 단단히 안장을 얹었다.

하지만 다른 신들은 프리그가 안전 조치를 충분히 잘 해냈다고 생각한 나머지, 발드르를 표적 삼아서 장난을 치고 있었다. 즉 누군가는 그에게 표창을 던지고, 또 누군가는 돌을 던지고, 또 누군가는 각자의 검과 전투용 도끼를 던졌다. 하지만 누가 뭘 던지더라도 그에게는 아무런 해를 끼칠 수 없었다. 이것은 결국 신들 사이에서 인기 있는 놀이가 되었고, 어떤 면에서는 발드르에게 바치는 경의로도 간주되었다. 하지만 이 모습을 지켜보던 로키는 발드르를 해칠 수 없다는 사실을 보고 무척이나 짜증이 치밀었다. 급기야 그는 여자의 모습으로 변신해서 프리그의 저택 〈펜살리르〉로 찾아갔다. 여신은 여자로 변신한 로키를 향해 다른 신들이 지금 모여서 뭘 하고 있느냐고 물었다. 그러자 여자로 변신한 로키는 신들이 발드르를 향해서 표창과 돌을 던지며 놀고 있는데, 그 무엇도 그를 해칠 수 없더라고 대답했다. 「그래.」 프리그가 말했다. 「돌로도, 막대기로도, 그 무엇으로도 발드르를 해칠 수는 없지. 왜냐하면 내가 그 모두로부터 맹세를 받아 냈으니까.」 「뭐라구요?」 여자로 변신한 로키가 말했다. 「그러면 정말 만물이 발드르를 해치지 않기로 맹세를 했다는 건가요?」 「만물이 맹세를 했지.」 프리그가 말했다. 「단 하나의 예외가 있다면, 발할의 동쪽에서 자라는 작은 관목인데, 바로 겨우살이라는 녀석이지. 너무 어리고 연약해 보이기에, 나도 굳이 그 녀석에게는 맹세를 시키지 않았어.」

로키는 이 말을 듣자마자 냉큼 그곳을 빠져나왔고, 원래의 모습으로 돌아와서 겨우살이를 꺾은 다음 그걸 가지고 신들이 모여 있는 곳으로 갔다. 마침 한쪽에 눈이 멀었기 때문에 놀이에 참여할 수 없는 〈회드〉가 혼자 서 있었다. 로키는 그에게 다가가 물었다. 「당신은 왜 발드르에게 뭔가를 던지지 않는 건가요?」 회드가 대답했다. 「나야 앞을 못 보니까 그렇지. 그러니 발드르가 어디 있는지도 모르고, 게다가 딱히 던질 만한 것도 없다네.」

「그러면 이리 오시죠.」 로키가 말했다. 「다른 이들과 똑같이 해보세요. 이 잔가지를 던져서 발드르에게 경의를 표하시라구요. 제가 당신 팔을 붙잡고 그가 서 있는 쪽으로 겨냥해 드리겠습니다.」

그리하여 회드는 겨우살이를 집어 들었고, 로키의 도움을 받아서 발드르에게 던졌다. 그러자 겨우살이가 몸을 관통하면서 발드르는 죽어 쓰러지고 말았다. 신들 사이에서나 인간들 사이에서나 이보다 더 흉악한 행동은 목격된 적이 없었다. 발드르가 쓰러지자 신들은 공포에 질린 나머지 한동안 말이 없었고, 곧이어 이런 짓을 범한 자에게 반드시 복수하겠다는 생각으로 한마음이 되었다. 하지만 이들은 신성한 장소에 모여 있었기 때문에, 복수는 당분간 지연될 수밖에 없었다. 이들은 크게 애통해함으로써 각자의 슬픔을 드러냈다. 신들이 슬픔을 진정하자, 프리그는 이들 가운데 자신의 모든 사랑과 선의를 독차지하고 싶은 자가 있는지 물어보았다. 그리고 나서 이렇게 말했다. 「대신 그는 헬로 내려가서, 헬이 원한다면 몸값을 주고서라도 발드르를 아스가르드로 도로 데려올 수 있어야 할 것이다.」 이에 오딘의 아들인 〈재빠른 자 헤르모드〉가 그 일을 시도해 보기로 자원하고 나섰다. 오딘의 말 〈슬레이프니르〉는 여덟 개의 다리가 있어서 바람보다 더 빨리 달릴 수 있었는데, 헤르모드는 거기 올라타고 임무를 수행하기 위해 달렸다. 아흐레 낮과 밤을 달려서 그는 깊은 골짜기에 도달했는데, 그곳은 워낙 어두워서 아무것도 분간이 되지 않았다. 곧이어 그는 〈괼〉이라는 강에 도착해서, 번쩍이는 금으로 뒤덮인 다리를 건넜다. 마침 그 다리를 지키던 한 처녀가 그의 이름과 혈통을 묻더니, 바로 전날 죽은 사람 다섯 무리가 이 다리를 지나갔어도 지금 그가 혼자 지나갈 때처럼 다리가 흔들린 적이 없었다고 말했다. 「게다가 당신에게는 죽음의 기미가 전혀 없군요. 그런데 왜 당신은 굳이 헬로 가는 겁니까?」

「나는 발드르를 찾으러 헬로 가고 있소.」 헤르모드가 대답했다. 「혹시 그가 이 길을 지나가는 것을 본 적이 있습니까?」

그녀가 대답했다. 「발드르 역시 괼강의 다리를 지나간 바 있습니다. 그가 죽음의 거처로 향해 간 길은 저 너머에 있고요.」

헤르모드는 계속 길을 재촉해서 꽉 닫힌 헬의 문에 도달했다. 여기서 그는 일단 말에서 내려 안장 끈을 더 단단히 매고 다시 말에 올라서 양쪽 박차로 말을 때렸으며, 이에 말은 단번에 어마어마한 거리를 날아서 문을 건드리지도 않고 통과해 버렸다. 곧이어 헤르모드는 궁전으로 달려갔는데, 그곳에 도착해 보니 그의 형제인 발드르는 연회장에서도 가장 두드러진 자리를 차지하고 있기에, 일단 그날 밤을 그와 함께 보냈다. 다음 날 아침이 되자 그는 헬을 찾아가서 발드르와 함께 말을 타고 돌아가게 해달라고 요청했으며, 신들 사이에서는 이제 통곡밖에는 들리지 않는다고 장담했다. 그러자 헬은 그가 말한 것처럼 발드르가 그토록 신들에게 사랑받는 자인지 여부를 시험해 보아야 하겠다고 대답했다. 「만약 이 세상 만물이, 즉 생명이 있는 것이건 없는 것이건 간에 모두가 그를 위해 울어 준다면, 그는 도로 살아날 것입니다. 하지만 단 하나라도 그에게 반대하거나 또는 울기를 거절한다면, 그는 계속 이곳 헬에 있게 될 겁니다.」

그러자 헤르모드는 다시 말을 타고 아스가르드로 돌아와서, 자기가 듣고 본 것을 모두에게 설명해 주었다.

신들은 이에 전 세계로 심부름꾼들을 내보내서, 발드르가 헬에서 풀려날 수 있도록 울어 달라고 만물에게 부탁했다. 만물은 이 요청에 기꺼이 응했으며, 인간과 다른 생물은 물론이고, 대지와 돌과 나무와 금속도 마찬가지였다. 즉 지금까지도 우리가 이런 생명 없는 것들을 추운 곳에서 더운 곳으로 가져왔을 때, 그 표면이 축축해지는 것과 매한가지이다. 심부름꾼들이 돌아왔을 때, 이들은 〈퇴크〉라는 늙은 할멈이 오두막에 앉아 있는 것을 보고, 발드르를 헬에서 데려오도록 울어 달라고 부탁했다. 하지만 그녀는 이렇게 대답했다.

퇴크는 눈물 아니
흘리리다. 발드르를 화장하는
모닥불을 본다 하더라도.
그를 헬이 갖게 내버려 두오.

이 할멈은 다름 아닌 로키였을 것이라는 의심이 강하게 들었는데, 왜냐하면 그는 신과 인간 사이에서 악행을 일삼기를

결코 멈추지 않았기 때문이다. 그리하여 발드르는 아스가르드로 돌아오지 못하고 말았다.[197]

발드르의 장례식

신들은 발드르의 시신을 바닷가로 가져갔다. 그곳에는 그의 배 〈흐링호르니〉가 놓여 있었는데, 그것이야말로 세계에서 가장 큰 배로 통했다. 신들은 배 안에 화장용 장작을 쌓고, 발드르의 시신을 그 위에 얹어 놓았다. 그의 아내 〈난나〉는 그 광경을 보고 어찌나 큰 슬픔에 사로잡혔던지 가슴이 터지고 말았다. 그리하여 아내의 시신 역시 남편의 시신과 같은 장작 위에서 화장되었다. 발드르의 장례식에는 온갖 조문객이 참석했다. 우선 오딘이 프리그, 발퀴리, 그리고 두 마리 까마귀와 함께 도착했다. 다음으로 프레이르가 멧돼지 〈굴린보르스티〉가 끄는 수레를 타고 도착했다. 헤임달은 자기 말 〈굴톱〉을 타고 도착했고, 프레이야는 고양이가 끄는 자기 수레를 타고 도착했다. 서리 거인과 산악 거인도 상당히 많이 참석했다. 발드르의 말[馬]도 마구(馬具)를 완전히 갖춘 상태로 끌어다가 제 주인과 똑같은 장작에 불태웠다.

로키도 받아 마땅한 처벌을 피하지 못했다. 신들이 크게 화내고 있음을 깨달은 그는 산으로 도망쳐서 네 개의 문이 달린 오두막을 지어 놓고, 조만간 닥칠 위험을 사방으로 감시할 수 있도록 했다. 하지만 오딘이 그의 은신처를 찾아냈고, 죄인을 잡아 오기 위해 신들이 모였다. 이를 본 로키는 연

197 롱펠로의 시 가운데 「테그네르의 찬가」는 바로 발드르의 죽음을 소재로 한 작품이다 — 원주.

어의 모습으로 변신해 개울 속의 돌멩이 사이에 숨었다. 하지만 신들이 그가 만든 그물을 이용해서 개울을 죽 훑었다(오늘날 어부들이 사용하는 바로 그 도구는 원래 로키가 처음 만든 것이었다). 로키는 자기가 붙잡힐 것 같자 그물 위로 뛰어서 넘어가려 했지만, 토르가 그의 꼬리를 붙잡아서 꽉 움켜쥐었다. 그리하여 그때 이후로 연어의 몸에서는 유독 그 부분이 가늘고 얇게 되었다. 신들은 로키를 쇠사슬로 묶어 두고, 머리 위에 독사를 한 마리 매달아서 그놈의 독액이 그의 얼굴에 한 방울씩 떨어지게 했다. 아내 〈시귄〉이 남편 곁에 앉아서 독액이 떨어질 때마다 손에 든 컵으로 받아 냈다. 하지만 그녀가 컵을 비우러 자리를 뜰 때마다 독액이 어쩔 수 없이 로키의 얼굴에 떨어지게 마련이었다. 그러면 그는 공포에 울부짖으며 제 몸을 뒤트는데, 그 기세가 어찌나 강한지 온 대지가 흔들리게 마련이었다. 사람들이 지진이라고 부르는 것은 바로 이렇게 해서 생겨난다.

요정

에다에서는 또 다른 종류의 존재를 언급하는데, 이들은 비록 신들보다는 열등하지만, 그래도 여전히 강력한 힘을 보유하고 있다. 이들을 가리켜 〈요정〉이라고 했다. 하얀 영, 또는 〈빛의 요정〉은 극도로 아름답고, 태양보다 더 찬란하며, 섬세하고도 투명한 직물로 된 옷을 입는다. 이들은 빛을 좋아하고, 인간에게도 친절한 태도를 보이고, 보통은 아름답고 사랑스러운 아이들의 모습으로 나타난다. 이들의 나라 이름은 〈알프헤임〉이며, 이곳은 태양의 신 프레이르의 영역이었기 때문에 그의 빛이 항상 비치고 있었다.

검은 영, 또는 〈밤의 요정〉은 이와는 전혀 다른 종류의 피조물이었다. 추악하고 코가 긴 난쟁이들로, 지저분한 갈색이었으며, 오로지 밤에만 나타났다. 이들은 태양을 가장 치명적인 적으로 여기고 피했는데, 누구라도 햇빛을 쐬면 그 즉시 돌로 변하기 때문이었다. 이들의 언어는 고독의 메아리였고, 난쟁이들의 거처는 지하의 동굴과 틈새였다. 이들은 위미르의 몸통의 썩은 살에서 구더기로 처음 나타난 것으로 추정되며, 이후에 신들이 이들에게 인간의 형태와 뛰어난 이해력을 부여했다. 난쟁이들은 특히 자연의 신비스러운 힘에 관한 지식을 보유한 것으로, 그리고 룬 문자를 새기고 또 해석하는 것으로 유명했다. 이들은 모든 피조물 중에서도 가장 솜씨가 뛰어난 장인(匠人)이었고, 금속은 물론이고 나무도 잘 다루었다. 난쟁이들의 가장 주목할 만한 작품은 바로 토르의 망치였고, 이에 버금가는 것이 〈스키드블라드니르〉라는 배였다. 이 배는 프레이르가 이들로부터 얻은 것이었는데, 한편으로는 신들 모두를 태우는 것은 물론이고 가사 용품까지 모두 싣고 전쟁에 나설 수 있을 정도로 규모가 컸던 동시에, 또 한편으로는 잘 접으면 주머니에 집어넣을 수도 있는 교묘하게 제작한 물건이었다.

라그나로크, 신들의 황혼

북부의 여러 나라에 전해지는 확고한 믿음에 따르면, 우리 눈에 보이는 모든 피조물은 언젠가 파멸을 맞이하게 된다. 즉 발할과 니플헤임의 신들은 물론이고, 요툰헤임과 알프헤임과 미드가르드의 거주민이며 이들이 사는 거주지까지도 모조리 파멸을 맞이하리라는 것이다. 하지만 이 무시무시한 파멸의 날이 오기 전에는 반드시 전조가 나타난다. 처음에는 세 번 연이어 겨울이 닥칠 것인데, 그 기간 동안에는 하늘의 네 귀퉁이로부터 눈이 쏟아지고, 서리도 매우 극심하고, 바람은 꿰뚫는 듯 거세고, 날씨는 폭풍만 지속되어서, 태양조차도 아무런 기쁨을 주지 못할 것이다. 추위를 누그러뜨리는 여름이 단 한 번도 찾아오지 않은 채, 그렇게 세 번의 겨울이 지나갈 것이다. 그런 뒤에 또다시 세 번의 겨울이 지나갈 것인데, 이 기간 동안에는 전쟁과 불화가 우주 전체에 퍼질 것이다. 대지 그 자체도 두려운 나머지 떨기 시작할 것이며, 바다가 그 웅덩이를 떠나고, 하늘이 산산조각 나고, 인간이 무수히 많이 죽고, 공중의 독수리는 여전히 꿈틀거리는 인간의 시체들로 포식할 것이다. 늑대 펜리르는 이제 자기를 묶어 놓았던 띠를 풀고, 미드가르드의 뱀 외르문간드는 바다에 마련된 제 잠자리에서 일어나고, 로키도 속박에서 풀려나서, 다른 적들과 힘을 합쳐 신들에게 대항할 것이다. 전반적인 황폐 속에서 〈무스펠〉의 아들들이 그 지도자인 〈수르트〉를 뒤따라 달려 나올 것인데, 이들의 앞뒤로는 화염과 불길이 있을 것이다. 이들은 결국 비프뢰스트, 즉 무지개다리를 건널 것이며, 이 다리는 이들이 탄 말발굽에 두들겨 맞아 무너질 것이다. 하지만 이들은 다리가 무너지는 것에도 아랑곳하지 않고, 〈비그리드〉라는 전쟁터로 향할 것이다. 이곳에는 늑대 펜리르, 미드가르드의 뱀 외르문간드, 로키는 물론이고 헬의 부하 모두와 서리 거인들도 와 있을 것이다.

그러면 헤임달이 일어나 〈걀라호른〉, 즉 뿔나팔을 불어서 대결에 참여할 신들과 영웅들을 불러 모을 것이다. 오딘이 신들을 이끌고 나오지만 늑대 펜리르와 대결하다가 결국 쓰러질 것이며, 그의 아들 〈비다르〉가 이 괴물을 죽여 대신 복수할 것이다. 토르는 미드가르드의 뱀 외르문간드를 죽임으로써 대단한 명성을 얻을 것이지만, 죽어 가는 괴물이 토해 낸 독액에 질식한 나머지 뒤로 물러나 쓰러져 죽게 될 것이다. 로키와 헤임달은 맞서 싸우다가 양쪽 모두 죽게 될 것이다. 신들과 그 적들 모두 전투에서 쓰러져 죽을 것이며, 수르트는 프레이르를 죽인 이후에 화염과 불길을 전 세계에 뱉어내서, 우주 전체가 활활 타오를 것이다. 태양은 흐릿해지고, 대지는 바다 속으로 가라앉고, 별이 하늘에서 떨어지고, 시간은 더 이상 없을 것이다.

이런 일이 벌어지고 나면 〈알퓌드(모두의 아버지, 즉 전능자)〉는 새로운 하늘을 만들고, 새로운 땅을 바다에서 솟구치게 만들 것이다. 새로운 땅에는 풍부한 양식이 가득할 것이며, 노동이나 돌봄 없이도 그 과실이 생산될 것이다. 사악함과 슬픔은 더 이상 없을 것이며, 신들과 인간 모두가 함께 행복을 누리며 살아갈 것이다.

룬 문자

덴마크나 노르웨이나 스웨덴을 널리 여행한 사람이라면 십중팔구 룬 문자가 새겨진 여러 가지 형태의 거석(巨石)을 보게 될 것이다. 얼핏 보기에 그 문자는 우리가 아는 다른 모든 문자와는 전혀 다르게 생겼다. 이 문자는 거의 대부분 직선으로만 이루어져 있으며, 마치 작은 막대기를 따로 또는 같이 놓은 것 같은 모습이다. 이런 막대기는 옛날 북유럽 여러 국가에서 미래의 사건을 알아보기 위한 목적으로 사용하던 도구였다. 이 막대기들을 흔들어 던져서 이것들이 만들어 낸 형태로부터 일종의 점괘를 읽어 내는 것이었다.

룬 문자에도 여러 가지 종류가 있다. 그리고 주된 용도는 마법과 관련이 있었다. 이른바 유해한 룬 문자, 또는 그쪽 사람들의 말마따나 〈쓰라린〉 룬 문자는 적들에게 여러 가지 악행을 가하는 데 사용된다. 반면 유리한 룬 문자는 불운을 막아 준다. 어떤 룬 문자는 의료에 이용되고, 또 다른 룬 문자는 사랑을 쟁취하기 위해 사용된다. 후대에 와서 룬 문자는 종종 비문(碑文)에 사용되었는데, 이런 사례는 1천 개 이상 발견된 바 있다. 이 언어는 고트어의 방언인 노르드어라고 하는데, 아이슬란드에서는 지금까지도 사용한다. 따라서 비문의 내용은 확실히 해독이 가능하지만, 정작 그 내용 가운데 약간이라도 역사적으로 기여한 것은 극히 드물다. 대개는 무덤에 있는 비문이기 때문이다.

토머스 그레이의 송가 「오딘의 저승 여행」에는 룬 문자를 주문에 사용하는 것에 관한 인유가 나타난다.

> 북쪽의 나라들을 바라보며,
> 그는 룬 문자 시를 세 번 되뇌었고,
> 세 번 외웠으니, 그 억양은 무시무시하고,
> 그 소름 끼치는 운문은 죽은 자를 깨워서,
> 마침내 텅 빈 땅속으로부터
> 음침한 소리가 천천히 새어 나왔다.

스칼드

〈스칼드〉는 이 지역의 음유 시인으로, 문명의 초기 단계에 모든 공동체에서 매우 중요한 계급에 속했다. 이들은 그곳의 모든 역사 전통의 보유자였으며, 전사들의 요란한 잔치 때마다 지적 만족을 주는 오락거리를 제공하는 것이 이들의 임무였다. 즉 이들은 각자의 능력이 허락하는 가장 뛰어난 시와 음악을 곁들여 가면서 과거와 현재의 자기네 영웅들의 위업을 읊었다. 스칼드의 이런 작품을 가리켜 〈사가〉라고 하며, 그중 상당수가 오늘날 우리에게도 전해지는데, 거기에는 상당히 귀중한 역사의 내용과 아울러, 거기 나오는 시대의 충실한 사회상이 담겨 있다.

아이슬란드

에다와 사가 모두 아이슬란드를 통해 우리에게 전해지는 것들이다. 다음에 인용한 글은 토머스 칼라일의 강연 〈영웅과 영웅 숭배론〉의 일부인데, 우리가 지금까지 살펴본 기묘한 이야기의 기원이 된 지역에 관해서 생생한 설명을 제공한다. 독자 여러분은 고전 신화의 어버이라 할 수 있는 그리스와 이곳을 잠시 비교해 보기 바란다.

〈저 기묘한 섬 아이슬란드로 말하자면, 지질학자들의 말에 따르면 바다 밑바닥에서 일어난 불로 인해 솟아오른 땅이며, 황폐함과 용암으로 이루어진 척박한 땅이고, 매년 여러 달 동안 검은 폭풍에 시달리고, 그러면서도 여름에는 야생적이고 번뜩이는 아름다움이 있고, 북해 한가운데 굳건하고도 완강하게 솟아 있고, 눈으로 뒤덮인 요쿨[山]이 있고, 으르렁

대는 게이세르[間歇川]가 있고, 유황 온천이 있고, 무시무시한 화산 균열지가 있고, 마치 방치되고 혼돈스러운 서리와 얼음의 전쟁터와도 같은 곳으로서, 문학이나 기록형 기념물을 찾을 가능성으로 따지자면 세상에서 가장 드물어 보이는 곳이지만, 실제로는 이 모두에 관한 기록이 이미 작성된 곳이기도 하다. 이 척박한 땅의 해안에는 초지가 띠 모양으로 둘러 있고 그곳에서 가축을 먹일 수 있으므로, 사람들은 이 가축과 바다의 소산을 먹으며 생활한다. 이들은 시적인 사람들인 것으로 보이며, 그들 자신에 관해서 깊은 생각을 품고 그 생각을 음악적으로 서술했다. 만약 아이슬란드가 바다에서 폭발해 솟아나지 않았다면, 그리고 북유럽인에게 발견되지 않았더라면, 정말 많은 것이 상실되고 말았을 것이다!〉

제41장
드루이드·아이오나섬

드루이드

드루이드란 오늘날의 프랑스, 영국, 독일 지역에 해당하는 고대 켈트 민족의 종교에서 사제, 또는 성직자를 말한다. 이들에 관해 우리가 아는 정보는 그리스와 로마의 저술가들의 기록으로부터 가져온 것이 대부분이며, 이를 현존하는 웨일스어 및 게일어 시(詩)의 단편과 비교 및 확인한 결과물이다.

드루이드는 사제와 행정관과 학자와 의사의 역할을 모두 담당했다. 켈트 부족 사이에서 이들의 위치는 인도에서 브라만이라든지, 또는 페르시아에서 마기라든지, 이집트에서 사제들이 차지한 위치와도 상당히 유사한 데가 있었다. 즉 각 사회에서 이들 모두는 사람들로부터 존경을 받았다는 뜻이다.

드루이드는 한 가지 신의 존재를 가르쳤는데, 이를 가리켜 〈베알〉이라고 불렀다. 켈트 민속학자들의 설명에 따르면, 이 이름은 〈만물의 생명〉 또는 〈만물의 원천〉이라는 뜻이며, 페니키아의 신 〈바알〉과도 유사성이 있어 보인다. 이 유사성을 더욱 두드러지게 만드는 사실은 페니키아인과 마찬가지로 드루이드 역시 이 신을 곧 〈태양〉으로 간주했고 또한 자기네 지고신(至高神)으로 간주했다는 점이다. 또한 이들은 불을 신성의 상징으로 여겼다. 라틴어 저술가들의 주장에 따르면, 드루이드는 그 외에도 더 열등한 신들을 여럿 숭배했다고 한다.

이들은 그 숭배의 대상을 표현하기 위해 굳이 성상을 만들지도 않았으며, 그 신성한 의례를 거행하기 위해 굳이 신전이나 건물에서 모이지도 않았다. 대신 이들은 여러 개의 돌을 (그것도 대개는 매우 거대한 돌을) 원형으로 배치한 다음, 폭이 최소 6미터에서 최대 30미터에 이르는 폐쇄 공간을 만들고, 이곳을 자기네 성소(聖所)로 삼았다. 이 가운데서도 가장 유명한 장소가 영국 솔즈베리 평야에 있는 스톤헨지이다.

이 신성한 원은 보통 개울 근처에 있거나, 또는 숲의 그늘 아래 있거나, 또는 커다란 떡갈나무 아래 있게 마련이다. 원의 한가운데에는 커다란 돌 하나가 〈크롬레크〉, 즉 제단으로 놓여 있으며, 그 모습은 다른 돌들 위에 마치 탁자처럼 또 다른 돌을 가로로 놓은 형국이다.[198] 드루이드에게도 산속의 예배 장소가 있는데, 언덕 꼭대기에 커다란 돌, 또는 작은 돌무더기를 쌓아서 만든다. 이를 〈케언[돌무덤]〉이라고 하는데, 태양으로 상징되는 신에게 예배를 드리는 장소로 사용된다.

드루이드가 바로 그곳에서 자기네 신에게 희생 제사를 올렸음은 의심의 여지가 없다. 하지만 과연 이들이 무엇을 제물로 바쳤는지는 불확실하며, 이들의 종교 예배와 관련된 의

198 〈크롬레크 cromlech〉라는 단어 자체는 본문에 나온 것처럼 〈제단〉이나 〈고인돌〉을 의미했지만, 나중에 고고학에서는 스톤헨지 같은 〈원형 구조물[環狀列石]〉을 가리키는 용어로 확장되었다.

례에 대해서는 우리도 사실상 아는 바가 없다. 고전(특히 로마의) 작가들은 드루이드가 대개 인간 제물을 바쳤다고 단언한다. 즉 전쟁에서의 승리를 위해서 또는 위험한 질병으로부터의 안전을 위해서 그랬다는 것이다. 카이사르도 이런 희생 제사의 방법에 관해서 자세한 설명을 내놓았다. 〈그들은 거대한 성상을 갖고 있는데, 그 팔다리는 뒤틀린 나뭇가지로 엮어서 만든 것이며, 그 안에는 살아 있는 사람들이 잔뜩 갇혀 있다. 그런 뒤에 여기다가 불을 붙이면, 그 안에 들어 있는 사람들은 불길에 휩싸이게 된다.〉[199] 켈트 작가들은 이런 로마 작가들의 증언을 반박하려고 여러 차례 시도했지만 성공을 거두지는 못했다.

드루이드는 매년 두 차례의 축제를 열었다. 첫 번째는 5월의 첫째 날에 열리며 〈벨테인〉, 즉 〈신(神)의 불〉이라고 일컬어졌다. 이때에는 몇 군데 높은 장소에 큰 불을 피웠는데, 이는 곧 태양을 기리는 것이었다. 즉 겨울의 우울과 황폐 이후에 돌아온 태양의 은혜를 이런 방식으로 환영하는 것이었다. 이 관습의 경우, 오늘날까지도 스코틀랜드 일부 지역의 성령 강림절[200] 행사에 그 흔적이 남아 있다. 월터 스콧 경은 서사시 『호수의 여인』에 수록된 「뱃노래」에서 이 단어를 사용한다.

199 『갈리아 전쟁기』 제6권 16절.

200 기독교에서 말하는 〈오순절(五旬節)〉, 즉 부활절로부터 50일 뒤인 날이며, 바로 이날 예수의 제자들이 성령을 받았다는 의미에서 〈성령 강림절〉이라고도 한다. 영국에서는 기독교의 전래 이전부터 있었던 〈벨테인〉 축제 날짜와 겹치기 때문에, 오늘날까지도 성령 강림절 행사 가운데 일부에 벨테인의 영향이 엿보인다고 평가된다.

우리 나무는 어린 나무가 아니다. 샘에서 우연히 파종되어
벨테인에 꽃을 피우고, 겨울에 시드는 어린 나무가 아니다.

드루이드가 주관하는 또 하나의 큰 축제는 〈사완〉 즉 〈평화의 불〉이라는 것으로, 만성절(11월 1일)의 전날에 개최되며 스코틀랜드의 하일랜즈에서는 지금도 거행된다.[201] 이때에는 드루이드들이 그 지역의 맨 한가운데에서 엄숙한 비밀 모임을 갖는데, 이는 자기네 결사의 사법 기능을 수행하기 위해서이다. 공적이거나 사적인 모든 질문이며, 인간이나 재산에 반하는 모든 범죄며, 이 모든 안건이 바로 이때에 제기되어 판결을 얻는다. 이 사법 행위와 아울러 미신적인 행위도 일어나는데, 특히 성스러운 불을 붙이는 것이 그렇다. 이때에는 미리 꼼꼼하게 다 꺼놓았던 이 지역의 모든 불을 이 불로 다시 붙인다. 이처럼 만성절 전야에 불을 붙이는 전통은 기독교가 도래한 지 한참이 지날 때까지도 영국 제도에 여전히 남아 있었다.

이처럼 큰 연례 축제 두 가지 말고도 드루이드는 보름달이 뜨는 날짜를 지키는 습관이 있었으며, 특히 초승달의 여섯번째 날에 그렇게 했다. 이날이 되면 이들은 떡갈나무에서 자라나는 겨우살이를 찾아다녔는데, 그 식물에 특별한 미덕과 신성함이 들어 있다고 여긴 까닭이었다. 겨우살이를 발견할 경우, 이는 기쁨이 넘치고 엄숙한 예배를 드릴 기회가 왔

201 바로 이 축제가 오늘날의 〈할로윈(만성절의 전날)〉 축제의 기원이라는 설명도 있다.

다는 뜻이었다. 플리니우스는 이렇게 설명한다. 「그들이 이것에 붙여 준 이름은 〈만병통치〉라는 뜻이다. 나무 아래에서 축제와 희생 준비를 엄숙하게 마친 다음, 우유처럼 새하얀 황소를 두 마리 끌고 와서, 그놈들의 뿔을 난생처음으로 묶는다. 그런 다음에 사제는 흰 옷을 입고 나무에 올라가서, 황금 낫으로 겨우살이를 잘라낸다. 이것을 하얀 망토에 담고서, 이번에는 희생 제물을 죽이면서, 이 선물을 받은 신이 그걸 제공한 자들을 번창하게 해주실 것을 기도한다.」 그들은 겨우살이를 우려낸 물을 마시고, 이것이야말로 만병통치약이라고 생각한다. 겨우살이는 기생 식물이고, 떡갈나무에서는 항상 발견되는 것이 아니라 드물게 발견되기 때문에, 그게 발견되면 더 귀중하게 여겨지는 것이다.

드루이드는 종교 교사인 동시에 도덕 교사이기도 했다. 이들의 윤리적 가르침 가운데 귀중한 표본은 이른바 〈웨일스 음유 시인 3제가(三題歌)〉에 잘 보전되어 있으며,[202] 이 덕분에 우리는 이들이 도덕적 정직을 곧 온전한 정의로 간주했음을, 또한 이들이 매우 고귀하고 가치 높은 행동 원칙을 여럿 주장하고 가르쳤음을 알 수 있다. 드루이드는 자기네 시대와 민족 사이에서 학자이기도 했다. 과연 이들이 문자를 사용할 줄 알았는지 여부는 논란의 대상이지만, 어느 정도까지는 사용할 줄 알았을 가능성이 상당히 높다. 하지만 드루이드가 자기네 교리, 자기네 역사, 또는 자기네 시(詩)를 굳이

202 이른바 〈3제가(三題歌)〉란 유사한 사물이나 인물을 세 가지씩 언급한 노래를 말한다(예를 들어 〈아담의 힘을 물려받은 세 사람은 / 헤라클레스, 헥토르, 삼손 / 이 세 사람은 아담 못지않게 힘이 세었다〉). 본문에 나온 〈웨일스 음유 시인 3제가〉는 영국 웨일스에 전승되는 중세의 필사본으로, 이 지역의 신화와 민속과 역사 관련 내용을 담고 있다.

기록해 두지 않았음은 확실하다. 이들의 가르침은 구전이었으며, 이들의 문학은(물론 이런 경우에 〈문학〉이라는 단어를 써도 된다고 치면) 오로지 전승으로만 보전되었다. 하지만 로마 작가들도 다음과 같이 시인한 바 있다. 「이들은 자연의 질서와 법칙에 많은 관심을 두었으며, 별과 그 운동이며 세계와 육지의 크기며 불멸의 신의 힘과 능력에 관한 여러 가지 지식들을 탐구하고, 자기들이 맡은 청년들에게 이를 가르쳤다.」[203]

드루이드의 역사는 전승되는 이야기들로 이루어져 있으며, 그 내용은 선조들의 영웅적인 행적에 대한 찬양이다. 이는 외관상 운문으로 되어 있으며, 그리하여 시(詩)의 일부분인 동시에 드루이드에게는 역사이기도 하다. 오늘날 전해지는 오신[204]의 시는 비록 드루이드 시대 당시의 작품은 아닐망정, 음유 시인들의 노래의 충실한 재현이라고 충분히 간주할 만하다.

음유 시인은 드루이드의 위계질서에서 핵심적인 부분을 차지하고 있었다. 토머스 펜넌트[205]는 이렇게 말한다. 「음유 시인은 영감에 상응하는 능력을 부여받은 것으로 간주되었다. 이들은 과거의 모든 공적이고 사적인 활동에 관한 구술사가였다. 이들은 또한 탁월한 계보학자이기도 했다.」

펜넌트는 이른바 〈아이스테드바드〉, 즉 음유 시인과 방랑

203 『갈리아 전쟁기』 제6권 14절.

204 3세기경에 살았다고 전해지는 켈트 전설 속의 시인으로, 그가 화자로 등장하는 여러 편의 시가 전해진다. 1760년에 스코틀랜드 시인 제임스 맥퍼슨James Macpherson(1736~1796)이 〈오시안〉, 즉 오신의 전설을 토대로 여러 편의 서사시를 펴내서 큰 인기를 얻었다.

205 Thomas Pennant(1726~1798). 웨일스의 박물학자 겸 민속학자.

가수들의 모임에 관한 설명도 짧게 내놓았는데, 이는 드루이드의 사제직과 다른 기능이 완전히 사라진 때로부터 한참이 지나서까지도 여러 세기 동안 웨일스에서 거행되었다. 이 모임에서는 뛰어난 음유 시인들만이 각자의 작품을 암송하고, 실력 있는 방랑가수들만이 공연을 할 수 있었다. 심사 위원단이 이들 각각의 능력을 판정했으며, 각자에게 어울리는 등급을 부여했다. 초기에만 해도 심사 위원단은 웨일스의 영주들이 임명했지만, 웨일스가 정복된 이후에는 잉글랜드 왕의 명령에 의해서 임명되었다. 하지만 전승에 따르면, 에드워드 1세는 자신의 통치에 대한 사람들의 저항을 부추긴다는 이유를 들어 음유 시인을 매우 잔혹하게 탄압했다. 시인 토머스 그레이의 유명한 송가 「음유 시인」은 바로 이 전승으로부터 소재를 얻은 것이다.

웨일스 시와 음악의 애호가들 사이에서는 지금도 때때로 옛 이름을 내건 모임이 열린다. 펠리시아 헤먼즈 여사의 시 가운데에는 1822년 5월 22일 런던에서 개최된 〈아이스테드바드〉, 즉 웨일스 음유 시인의 모임을 소재로 한 것이 있다. 이 시는 옛날의 모임을 묘사하는 것으로 시작되는데, 그중 일부를 소개하자면 다음과 같다.

> (……) 영원의 절벽 가운데, 그 위력은
> 그 전성기에 투구 쓴 로마인을 무시해 버렸다.
> 드루이드의 고대 크롬레크가 찡그린 곳,
> 떡갈나무가 신비스럽게 웅얼거리며 에워싼 곳,
> 옛날 영감받은 자들은 그곳에 모였다! 평원이나
> 고지에서, 태양을 마주하고, 빛의 눈 아래에서,

그리고 각자의 고귀한 머리를 하늘로 향하고
원을 그리고 서면, 다른 누구도 범접하지 못했다.

드루이드 제도는 율리우스 카이사르의 지휘 아래 이뤄진 로마의 침공 때에 절정을 이루었다. 이 세계의 정복자들은 드루이드를 자기네의 주적으로 간주하고 가차 없는 공격을 퍼부었다. 드루이드는 영국 본토 곳곳에서 탄압을 당했고, 웨일스 북서부의 앵글시섬과 스코틀랜드 서부의 아이오나섬으로 숨어들었는데, 이곳에서 한동안 은신처를 찾아내고, 이제는 불명예스럽게 된 자기네 의례를 계속했다.

드루이드는 아이오나섬과 인근의 다른 섬들, 그리고 영국 본토에서 여전히 우세를 점하고 있다가, 하일랜즈의 사도인 성(聖) 콜룸바가 찾아와서 그 지역 거주민을 기독교에 귀의시키면서 점차 밀려났고, 이들의 미신 역시 전복되고 말았다.

아이오나섬

영국 제도에서 가장 작은 섬 가운데 하나인 아이오나는 험하고 황량한 본토의 바닷가에서 비교적 가까운 편이지만, 주위 바다가 워낙 거친데다가, 섬 내부에 부의 원천이라 할 만한 것이 전혀 없다. 이 섬은 북유럽에 기독교가 전래되기 이전에는 오히려 문명과 종교의 안식처로서 역사 속에서 결코 지워지지 않을 위치를 차지하게 되었다. 아이오나 또는 아이콜름킬[206]섬은 멀 섬의 끝부분에 자리하고 있는데, 두 섬

206 원래는 〈이 칼리움 킬러Ì Chaluim Chille〉 즉 〈성 콜룸바의 아이오나섬〉이라는 이름이었지만, 훗날 축약을 거쳐 〈아이콜름킬Icolmkill〉이 되었다.

사이에는 너비 약 8백 미터 정도의 해협이 있을 뿐이고, 스코틀랜드 본토에서는 약 60킬로미터쯤 떨어져 있다.

콜룸바는 원래 아일랜드 출신이었고, 태생으로는 그 땅의 영주들과도 혈연 관계였다. 그 당시에 아일랜드는 복음의 불이 밝혀진 땅이었던 반면, 스코틀랜드 서부와 북부는 여전히 기독교가 전래되지 않고 있었다. 콜룸바는 서기 563년에 열두 명의 친구들과 함께 아이오나섬에 상륙했는데, 이 과정에서 고리버들 뼈대에 생가죽을 씌운 보트를 이용했다. 이 섬을 점유하고 있던 드루이드들은 그가 정착하는 것을 막기 위해서 안간힘을 썼고, 인접 해안의 야만적인 부족들도 적대감을 드러내며 그를 방해했으며, 몇 번인가는 공격을 가해 그의 생명을 위협하기도 했다. 하지만 인내와 열성으로 콜룸바는 모든 반대를 극복했으며, 급기야 왕으로부터 이 섬을 선물받아서 이곳에 수도원을 건립하고 원장이 되었다. 그는 하일랜즈와 스코틀랜드의 여러 섬들에 성서에 대한 지식을 전파하기 위해 지칠 줄 모르고 노력했다. 비록 주교까지는 아니고 단지 장로이자 수도사에 불과했지만, 그 지역 전체는 물론이고 담당 주교들조차도 그와 그 후계자들에게 복종할 정도로 크나큰 존경을 표시했다. 스코틀랜드 군주는 콜룸바의 지혜와 가치에 워낙 감명을 받았기 때문에 그에게 가장 높은 영예를 하사했으며, 인근의 족장들과 영주들은 그의 조언을 구하고 자기네 분쟁을 판결하는 데 그의 결정을 이용했다.

콜룸바가 아이오나섬에 상륙했을 당시에 수행했던 열두 명의 추종자들은 그를 수장으로 하는 종교 단체를 결성했다. 여기에다가 때때로 다른 사람들이 추가됨으로써, 원래의 숫자는 계속해서 늘어만 갔다. 이들의 조직은 수도원이라 일컬어지게 되었으며, 그 지도자는 〈수도원장〉이라고 일컬어지게 되었지만, 더 나중의 수도원 제도와는 사실상 공통점이 없었다. 이들의 규범에 복종하는 사람들은 〈쿨디Culdees〉라고 일컬어졌는데, 이는 아마도 라틴어 〈쿨토레스 데이Cultores Dei〉, 즉 〈하느님을 예배하는 자〉에서 유래한 것 같다. 종교인들로 이루어진 이 모임에서는 복음을 설교하고 청년을 가르치는 등의 공통 업무를 위해 협조하는 한편, 공동 예배를 통해서 각자 헌신의 열정을 유지하기 위해 협조했다. 이 수도회에 들어가는 사람은 누구나 서약을 했는데, 그 내용은 일반적인 수도회에서 부과하는 내용과는 상당히 달랐다. 즉 일반적인 수도회에서 금욕, 빈곤, 순종이라는 세 가지 서약을 요구하는 반면, 쿨디는 이 가운데 세 번째를 제외한 나머지에는 전혀 구애받지 않았다. 심지어 이들은 빈곤에 얽매이지도 않았으며, 오히려 그 반대로 열심히 일한 대가로 자기들과 자기들에게 의존하는 사람들에게 생활의 편의를 제공해 주었다. 결혼 역시 허락되었으며, 그중 상당수는 실제로 혼인 상태를 유지했던 것으로 보인다. 물론 그 부인들은 수도원 내에서 함께 거주할 수 없었지만, 대신 인근에 가족을 위해 마련된 거주지가 따로 있었다. 아이오나 인근에는 아직도 〈에일렌 남 반Eilen nam ban〉, 즉 〈여자들의 섬〉이라는 이름을 가진 섬이 있다. 수도사들은 평소에 이곳에서 부인과 함께 살아가다가, 일 때문에 학교나 성당에 가야 할 때만 집을 비우곤 했다.

토머스 캠벨의 시 「레울루라」[207]에는 아이오나의 기혼 수

207 아이오나섬의 쿨디 〈아오드〉와 그의 아내 〈레울루라〉가 해적의 침략

도사들에 관한 인유가 등장한다.

> (……) 순결한 쿨디는
> 알비온[영국] 최초의 신의 사제들이었으니,
> 그곳 바다의 한 섬에
> 색슨족 수도사의 발이 닿기 전의 일이었고,
> 그곳 성직자의 편협함으로
> 성스러운 결혼의 속박이 금지되기 전의 일이었다.
> 멀리까지 유명한 저 아오드가
> 아이오나에서 권세 있는 말씀으로 설교하니,
> 아름다움의 별 레울루라는
> 그의 침실의 동반자였다.

토머스 무어의 「아일랜드풍 노래」 가운데 하나를 보면, 이 섬에서 은신처를 구하려다가 거절당한 한 여인과 성(聖) 세난에 관한 전설이 나온다.

> 오, 이 신성한 섬에서 서둘러 떠나시오,
> 거룩하지 못한 배여, 아침이 미소 짓기 전에.
> 그대의 갑판 위에서, 비록 어둡기는 하지만,
> 나는 한 여인의 형체를 보았소.
> 이 거룩한 잔디에 나는 맹세했다오,
> 여인의 발이 결코 닿지 않게 해주겠다고.

으로 위기에 처했을 때 〈성 콜룸바〉가 기적적으로 나타나 돕는다는 내용의 장시이다.

이런 점에서, 그리고 또 다른 여러 가지 점에서, 쿨디는 로마 가톨릭 교회의 확고한 규범으로부터 상당히 멀어져 있었으며, 결국에는 이단이라고 간주되기에 이르렀다. 따라서 로마 가톨릭 교회의 영향력이 나날이 커지는 상황에서, 쿨디의 영향력은 나날이 미미해질 수밖에 없었다. 그러다가 13세기에 이르러 쿨디 공동체는 탄압을 당했고, 그 구성원들은 흩어져 버렸다. 이후에도 개인들은 계속해서 활동했고, 교황이 가한 권리 침해에 대해서 최대한 저항했으며, 그러는 사이에 종교 개혁의 불빛이 전 세계에 떠오르게 되었다.

아이오나섬은 서쪽 바다에 있기 때문에, 유난히 그 지역에 들끓었던 노르웨이와 덴마크 해적의 공격으로 재산을 약탈당하고, 주택이 불타고, 평화로운 주민들이 검에 희생되는 일이 거듭해서 벌어졌다. 이런 불리한 상황으로 인해 이곳은 점차 쇠퇴하게 되었으며, 스코틀랜드 전역에 걸쳐서 쿨디에 대한 탄압이 일어나면서 쇠퇴는 더욱 가속화되었다. 로마가톨릭의 시대에 이 섬에는 수녀원이 건립되었는데, 그 유적은 지금도 찾아볼 수 있다. 종교 개혁 시대에 수도원이 철거되었지만, 이곳의 수녀들은 계속 남아서 공동체를 이루며 살 수 있게 허락되었다.

오늘날 아이오나섬은 한때 이곳에 건립되었던 수많은 종교 시설과 무덤의 유적을 구경하러 오는 관광객에 의존해 유지된다. 이런 유적 가운데 주요한 것은 대성당 또는 수도원 교회와 수녀원 예배당이다. 이런 종교 유적 옆에는 더 이전 시대의 유적도 몇 가지 있는데, 이는 기독교와 분명히 다른 예배와 믿음의 형태가 이미 이 섬에 있었음을 가리킨다. 예를 들어 여러 장소에서 발견되는 원형 케언[돌무덤]은 드루이드로부터 유래한 것으로 여겨진다. 새뮤얼 존슨은 이런 모든 고대 종교의 유적을 언급하며 이렇게 말했다. 〈마라톤 평원에서 애국심에 더 힘을 얻지 않는 사람이라든지, 아이오나섬의 유적 한가운데서 경건함이 더 뜨거워지지 않는 사람이 있다면, 그는 결코 부러움의 대상이 될 만한 사람이 아니다.〉

월터 스콧은 서사시 『섬의 군주』에서 아이오나섬의 교회와 그 맞은편 스타파섬의 동굴을 아름답게 대조했다.

마치 창조주를 예찬하기 위해서
자연 스스로가 성당을 세운 듯했다!
그 기둥을 올리고, 그 아치를 올린 건
더 저열한 용도를 위해서가 아니었다.
이에 못지않게 엄숙한 곡조가 들린다,
밀려갔다 밀려오는 저 강력한 놀로부터,
그 사이사이마다 섬뜩한 휴지(休止)가 있어,
높고 둥근 천정에서 응답이 들리니,
다양한 곡조로, 길고도 높게도,
마치 오르간의 선율과 닮아 있었다.
그 앞쪽의 출입구가 저 오랜 아이오나의
성당을 마주 보는 것도 공연한 일은 아니니,
자연의 목소리는 마치 이렇게 말하는 듯했다.
잘했다, 진흙의 연약한 자녀야!
너의 겸손한 힘으로 저 웅장한 사당을
높고도 단단하게 지었구나. 하지만 내 작품을 보아라!

제42장
베오울프[208]

베오울프의 서사시를 담고 있는 필사본은 기원후 1000년경에 작성된 것이지만, 이 시 자체는 여러 세기 동안이나 음유 시인들 사이에서는 이미 알려지고 다듬어져 왔던 것이다. 음유 시인들은 에즈데오우의 아들이며, 오늘날의 스웨덴 남부에 해당하는 예이츠 왕국의 히옐락 왕의 조카인 주인공의 영웅적인 업적을 노래했다.

소년 시절에 베오울프는 뛰어난 힘과 용기의 소질에 대한 증거를 내놓았고, 성인이 되어서는 괴물 그렌델로부터 덴마크 왕 흐로드가르를 구해 내고, 더 나중에는 광포한 용으로부터 자기 왕국을 구해 냈다. 그리고 이 용은 거꾸로 베오울프에게 치명상을 입혔다.

베오울프의 첫 번째 명성은 여러 마리 바다 괴물을 정복함으로써 생겨났다. 당시에 그는 7일 낮과 밤을 헤엄쳐서 휜스의 나라에 도달했다. 또 헤트와레의 나라를 방어하는 데에 도움을 주는 과정에서는 적군 다수를 살해했으며, 자기가

208 이 장의 고유 명사 표기는 『베오울프』(이동일 옮김, 문지스펙트럼 2-011, 문학과지성사, 1998)의 내용을 따랐다.

살해한 추적자들의 무구 30벌을 자기 배까지 가져옴으로써 다시 한번 대단한 수영 실력을 선보였다. 베오울프는 성인이 되자마자 자기 고국의 왕위를 제안받았지만, 당시 왕비의 어린 아들인 헤아르드레드를 위해서 양보했다. 대신 그는 이 소년 왕이 혼자서 왕국을 다스릴 수 있을 만큼 나이가 들 때까지 후견인 겸 고문이 되었다.

당시에 덴마크 왕 흐로드가르는 무려 12년 동안이나 게걸스러운 괴물 그렌델에게 괴롭힘을 당하고 있었다. 그렌델은 마법의 생명을 가지고 있었기 때문에, 인간이 주조한 모든 무기에도 끄떡없었다. 그놈은 황무지에 살다가 밤만 되면 흐로드가르의 연회장으로 들어와서, 그곳의 손님들 가운데 상당수를 납치하고 살해했다.

베오울프는 선원들을 통해서 그렌델의 무시무시한 행차에 관한 이야기를 우연히 들었고, 흐로드가르에게 자신의 대단한 힘을 빌려주기 위해 열네 명의 건장한 동료들을 데리고 예이츠에서 출발했다. 덴마크의 해안에 상륙한 일행은 처음에만 해도 첩자로 오인되었다. 하지만 베오울프는 해안 경비대를 설득해서 그곳을 통과한 다음, 흐로드가르 왕으로부터 환대와 잔치를 대접받았다. 밤이 되자 왕과 조신 모두가 물러가고, 예이츠인들만 연회장에 남아 있었다. 모두가 잠들고 베오울프 혼자만 깨어 있는 사이에 그렌델이 그곳으로 들어왔다. 괴물은 단 한 방에 잠든 용사 한 명을 죽여 버렸지만, 베오울프는 무장도 하지 않은 상태에서 괴물과 씨름을 벌였고, 어마어마한 힘으로 그렌델의 한쪽 팔을 어깨에서 뽑아 버렸다. 괴물은 치명상을 입고 도망쳤으며, 자기 보금자리까지 길게 이어지는 핏자국을 땅에 남겼다.

그렌델이 또다시 공격하리라는 두려움이 사라지자, 덴마크인들은 연회장으로 돌아왔고, 베오울프와 동료들은 다른 곳에 가서 휴식을 취했다. 그러자 그렌델의 어미가 자기 아들의 치명상에 대한 복수를 하러 찾아와서 덴마크인 귀족 한 명을 납치하고 괴물의 떨어진 팔을 되찾아 갔다. 베오울프는 핏자국을 뒤쫓아서 그 어미를 붙잡으러 나섰다. 그는 자기 검 〈흐룬팅〉을 뽑아 들고 물가에 도달했다. 베오울프는 물속으로 뛰어들어 헤엄친 끝에 호수 바닥에 있는 방을 하나 찾아냈다. 그는 그곳에서 그렌델의 어미와 싸웠고, 바다 동굴에서 찾아낸 낡은 검으로 찔러 죽였다. 근처에는 그렌델이 누워 있었다. 베오울프는 이 괴물의 머리도 잘라서 흐로드가르 왕에게 전리품으로 선사했다. 연회장에서는 기쁨이 어마어마했고, 예이츠로 돌아온 베오울프를 향한 환대는 더욱 어마어마해서, 그는 광대한 영지와 함께 드높은 영예를 여럿 하사받았다.

얼마 지나지 않아서 소년 왕 헤아르드레드가 스웨덴인과의 전쟁 중에 사망했다. 그리하여 이제는 베오울프가 왕위를 물려받았다. 이후 50년 동안이나 베오울프는 평화와 안정 속에서 백성을 다스렸다. 그런데 갑자기 용 한 마리가 나타나서 베오울프의 왕국을 쑥대밭으로 만들었는데, 사실은 어느 고분(古墳)에 있는 제 보금자리에서 보물을 도둑맞은 것에 대한 분풀이였다. 그렌델과 마찬가지로 이 괴물은 밤마다 제 보금자리에서 기어 나와 살해와 약탈을 벌였다.

이제 늙은 왕 베오울프는 누구의 도움도 받지 못한 상태에서 혼자 힘으로 용에게 맞서 싸우기로 작정했다. 용의 보금자리로 들어가는 입구에 도달하자, 끓어오르는 수증기가 앞으로 밀려 나왔다. 베오울프는 이에 아랑곳하지 않고 앞으로 걸어 나가면서 도전을 선언했다. 용이 달려 나와 그 아가리에서 불길을 내뿜었다. 괴물은 격노하여 베오울프에게 달려들었고, 하마터면 그를 단 일격에 박살 낼 뻔했다. 싸움이 워낙 무시무시하게 전개되다 보니 베오울프의 부하는 대부분 목숨을 구하러 도망쳐 버렸고, 단 한 명, 즉 위글라프만 나이 먹은 군주를 돕기 위해 남아 있었던 것이다. 용이 다시 한번 달려들자 베오울프의 검도 박살 났고, 괴물의 송곳니가 그의 목을 파고들었다. 그때 위글라프가 싸움에 끼어들면서, 죽어 가던 베오울프는 천신만고 끝에 용을 죽일 수 있었다.

죽기 직전에 베오울프는 위글라프를 예이츠의 왕위 계승자로 지명했으며, 자기 시신을 화장한 재를 바다가 보이는 높은 절벽 꼭대기에 마련된 기념 사당에 안치해 달라고 명령했다. 베오울프의 시신은 거대한 장작더미에 얹혀 화장되었고, 열두 명의 예이츠인이 그 주위를 돌면서 저 선하고도 위대한 인물 베오울프를 향한 슬픔과 찬양의 노래를 불렀다.

부록

격언

1. Materiem superbat opus.
   (그 솜씨가 그 재료를 능가했다.) — 오비디우스[209]
2. Facies non omnibus una,
   Nec diversa tamen, qualem decet esse sororum.
   (그들의 얼굴은 모두 똑같지는 않았지만,
   그렇다고 모두 다르지도 않았다.
   다만 자매끼리의 당연한 정도는 되었다.) — 오비디우스[210]
3. Medio tutissimus ibis.
   (가운데 경로가 가장 안전하고 가장 좋단다.) — 오비디우스[211]
4. Hic situs est Phaëton, currus auriga paterni,
   Quem si non tenuit, magnis tamen excidit ausis.
   (파에톤 (……) 이 비석 아래 잠들다,
   아버지의 불타는 수레를 다스리진 못했으나
   기특한 시도 끝에 떨어졌다.) — 오비디우스[212]

209 『변신 이야기』 제2권 5행.
210 『변신 이야기』 제2권 13~14행.
211 『변신 이야기』 제2권 137행.
212 『변신 이야기』 제2권 327~328행. 98쪽 인용문과 약간 다르다.

5. Imponere Pelio Ossam.
(오사산을 들어서 펠리온산 위에 쌓았다.) — 베르길리우스[213]
6. Timeo Danaos et dona ferentes
(내 입장에서는 설령 그리스인이 선물을 준다고 해도
오히려 겁이 날 정도요.) — 베르길리우스[214]
7. Non tali auxilio nec defensoribus istis
Tempus eget.
(지금 이 상황에서는 당신의 도움이나
당신 같은 방어자는 필요가 없어요.) — 베르길리우스[215]
8. Incidit in Scyllam, cupiens vitare Charybdim.
(카립디스를 피하기 위해 스킬라에게 향하다.)[216]
9. Sequitur patrem, non passibus aequis.
(아들 역시 보폭은 달랐지만 아버지의 보조에 맞추었다.) — 베르길리우스[217]
10. Monstrum, horrendum, informe, ingens, cui lumen ademptum.
(무시무시한 괴물, 형편없는 모습에, 거대하고,
하나뿐인 눈은 뽑혀 나간 상태) — 베르길리우스[218]
11. Tantaene animis caelestibus irae?
(천상의 정신 속에서 그런 분개가 충분히 거할 수 있다니!) — 베르길리우스[219]
12. Haud ignara mali, miseris succurrere disco.

213 『농경시』 제1권 281행.
214 『아이네이스』 제2권 49행.
215 『아이네이스』 제2권 521행.
216 오비디우스나 베르길리우스의 작품 인용문이 아닌 순수 라틴어 격언이다.
217 『아이네이스』 제2권 723행.
218 『아이네이스』 제3권 658행.
219 『아이네이스』 제1권 11행.

(그런 슬픔은 나 역시 모르는 바 아니므로

나는 불운한 자들을 도와주는 법을 배웠다오.) — 베르길리우스[220]

13. Tros, Tyriusve mihi nullo discrimine agetur.

(트로이아인이건 티로스인이건

나에게는 아무런 차이도 없을 것이다.) — 베르길리우스[221]

14. Tu ne cede malis, sed contra audentior ito.

(재난에 굴하지 말고, 더 용감하게 앞으로 밀고 나아가라.) — 베르길리우스[222]

15. Facilis descensus Averni;

Noctes atque dies patet atri jauna Ditis;

Sed revocare gradum, superasque evadere ad auras,

Hoc opus, hic labor est.

(아베르누스로 내려가는 것은 쉽습니다.

하데스의 문은 밤이고 낮이고 열려 있으니까요.

하지만 그 걸음을 되짚어 지상의 공기로 도로 돌아오는 것은

매우 힘든 일이며, 매우 어려운 일입니다.) — 베르길리우스[223]

16. Uno avulso non deficit alter.

(만약 가지가 떨어져 나오면,

또 다른 가지가 새로 돋아날 것이라고.) — 베르길리우스[224]

17. Quadrupedante putrem sonitu quatit ungula campum.

(곧이어 말들의 발굽이 땅에 부딪치며

네 발 구르는 소리를 냈다.) — 베르길리우스[225]

18. Sternitur infelix alieno vulnere, coelumque

220 『아이네이스』 제1권 630행.

221 『아이네이스』 제1권 574행.

222 『아이네이스』 제6권 95~96행.

223 『아이네이스』 제6권 126~129행.

224 『아이네이스』 제6권 143행.

225 『아이네이스』 제8권 596행.

Adspicit et moriens dulces reminiscitur Argos.
(그는 쓰러졌다, 불행히도, 다른 이를 겨냥한 상처를 입고서,
하늘을 바라보고 그리운 아르고스를 추억하며.) — 베르길리우스[226]

226 『아이네이스』 제10권 781~782행.

작품 해설

현대에 되살리는 신화적 상상력

장시은[1]

불핀치의 생애

토머스 불핀치는 1796년 7월 15일 미국 보스턴 인근 뉴턴의 한 유력한 가문에서 태어났다. 그의 부친인 찰스 불핀치(1763~1844)는 고전주의 건축 양식을 미국적 상황에 맞게 적용한 미국 초기의 여러 중요 건축물들을 설계한 인물이었다. 그는 사회적으로는 성공했으나 사업에 있어서는 능숙치 못해 여러 경제적인 문제를 일으켰고, 이런 가정의 불안정한 상황은 이후 토머스 불핀치가 직업을 선택하는 데에도 영향을 끼쳤다. 그는 자신의 아버지와 마찬가지로 보스턴 라틴 스쿨, 필립스 엑서터 아카데미를 거쳐 하버드 대학에 진학했다. 그는 그곳에서 고대 그리스어와 라틴어를 읽고 쓰는 법을 배우고, 여러 서양 고전 작품들을 직접 읽고 배우게 된다. 함께 공부했던 대부분의 급우들은 졸업 후 유럽으로

1 서양 고전학 박사. 이화여자대학교 사학과를 졸업하고 서울대학교 서양 고전학 협동 과정에서 아이스킬로스의 『자비로운 여신들』 연구로 석사 학위를, 투키디데스의 『역사』 연구로 박사 학위를 받았다. 주로 기원전 5세기 그리스의 비극과 희극, 역사 문헌을 연구하며 번역하는 일을 한다.

〈그랜드 투어〉를 다녀왔지만, 그는 집안 형편상 그럴 수 없었다. 1814년 하버드 대학을 졸업한 그는 보스턴 라틴 스쿨에서 교편을 잡았지만 얼마 지나지 않아 직장을 그만두고, 이후 약 10여 년간 여러 사업을 시도했다. 하지만 성과가 좋지 않자 결국 1837년 보스턴 머천트 은행에 은행원으로 취직했다. 그는 이곳을 평생의 직장으로 삼았고, 대부분의 시간을 책을 읽고 자신이 읽은 것을 젊은이들을 위해 쉽게 풀어 쓰는 일에 바쳤다. 그가 최초로 쓴 책은 『서정시로 쓴 히브리 역사*Hebrew Lyrical History*』로, 구약 성서의 시편을 가능한 한 유대인들의 역사적 사건에 맞춰 재배열하고 주석을 단 것이었다. 학문적인 관심보다는 대중들이 읽기 쉬운, 그리고 그들에게 도움이 되는 책을 쓰는 일에 관심이 많았던 그는, 이러한 재배열이 시편을 이해하는 데 도움이 된다고 생각했다. 1853년에 나왔던 이 책은 큰 호응을 얻지 못했으나, 1855년에 출간된 『신화의 시대*The Age of Fable*』는 출간되자마자 대단한 성공을 거두었다. 이 성공에 힘입어 그의 신화 3부작이라고 할 수 있는 『기사의 시대*The Age of Chivalry*』, 『샤를마뉴 황제의 전설*Legends of Charlemagne*』을 연이어 출간했다. 평생을 독신으로 지냈던 그는 1867년 5월 27일 보스턴에서 폐렴으로 생을 마감했다.

『신화의 시대』의 작품 배경과 구성

불핀치의 대표작이라 할 수 있는 『신화의 시대』는 그리스 로마 신화를 비롯한 여러 신화들을 모은 책이다. 이 책의 원래 부제는 〈신들과 영웅들의 이야기Stories of Gods and

Heroes〉였는데, 이후 〈신화의 아름다움The Beauties of Mythology〉으로 한차례 바뀌었고, 책이 유명세를 타기 시작한 후 『신화의 시대』, 『기사의 시대』, 『샤를마뉴 황제의 전설』 3부작을 합쳐 『불핀치 신화집*Bulfinch's Mythology*』으로 합본해서 나오게 되었고, 불핀치의 대표작으로 현재까지 알려지게 되었다.

불핀치 이전에 영어로 된 그리스 로마 신화집이 없었던 것은 아니었다. 그럼에도 그의 『신화의 시대』는 영어로 쓰인 그리스 로마 신화의 새로운 지평을 열었다고 할 수 있다. 불핀치는 『신화의 시대』 서문에서 신화에 대한 지식이 재산이나 지위를 가져다주는 지식이 아님에도 불구하고 유용하다고 말한다. 왜냐하면 우리를 더 행복하고 나은 인간으로 만들어 주는 최고의 수단이 문학인데, 신화에 대한 지식 없이는 격조 높은 문학 작품들에서 인유되는 많은 내용들을 이해할 수 없기 때문이다. 하지만 그가 살았던 19세기 중반의 고등 교육, 특히 그리스어 및 라틴어 교육은 소수의 사람들에게만 한정되어 있었다. 서양 고전 작품들은 고대 그리스어와 라틴어를 읽을 수 있는 사람들만이 접할 수 있는 것들이기도 했다. 실용적인 시대에 살고 있는, 대부분의 시간을 사실적인 것들에 관한 학문에 바치고 있는 젊은이들은 고전어를 배우는 것이 어려웠다. 번역된 책으로 고전을 읽는다 해도, 그 작품들을 읽기까지 필요한 여러 지식들을 습득하는 것은 쉽지 않았다. 특히 당시 여성들에게는 그 기회가 더욱 제한되어 있었다. 불핀치는 〈지식인을 위한 것도 아니고, 신학자를 위한 것도 아니고, 철학자를 위한 것도 아니며, 어디까지나 영어로 된 문학 작품을 읽는 모든 독자를 위한〉, 〈즉 연설가,

강사, 수필가, 시인 들과 세련된 대화를 즐기는 사람들이 워낙 자주 언급하는 인유를 이해하고자 하는 모든 사람들을 위한〉 책을 쓰고자 했다.

불핀치는 유용할 뿐만 아니라 즐거움을 주는 책을 쓰고자 했다. 신화에 대한 지식이 유용하다 하더라도, 정보만을 찾아볼 수 있는 〈고전 사전〉은 〈원래의 이야기에 담긴 매력을 전달해 주지 못하고, 오히려 무미건조한 사실만을 나열할 뿐〉이다. 불핀치는 『신화의 시대』가 신화적 지식을 제공하는 교육적 기능을 감당하면서도, 동시에 이야기책으로서의 매력을 제공하기를 바랐다. 이를 위해서 그는 중요한 고전 작품들로부터 신화를 가져오면서도, 그것을 원문 그대로 옮기기보다는 적극적으로 수정하고 재배열하고 보충함으로써 생동감 있는 스토리로 구성하려고 노력했다.

『신화의 시대』는 총 42장으로 이루어져 있으며, 1장에서 36장까지는 그리스 로마 신화, 37장에서 42장까지는 동양 신화, 북유럽 신화, 켈트 신화, 그리고 게르만 신화를 다루고 있다. 대부분의 장은 그리스 로마 신화에 할애되어 있다. 뒤에 나오는 그 외 지역의 신화들은 일반적으로 그리스 로마 신화집에서는 다뤄지지 않는 것이지만, 불핀치는 이 신화들에 대한 지식도 〈이 주제(신화)를 완결하기 위해서 꼭 필요하다〉고 여겼다. 불핀치가 『신화의 시대』의 그리스 로마 신화 부분의 내용으로 주로 참고한 고전 작품은 오비디우스의 『변신 이야기*Metamorphoses*』였다. 『변신 이야기』는 15권으로 된 대작으로, 천지 창조에서부터 아우구스투스 황제 시대에 이르기까지 신화와 전설 속에 있는 변신과 관련된 250여 가지의 크고 작은 이야기들을 느슨하면서도 교묘하게 연결하고 있는 작품이다. 이 작품은 아폴로도로스의 『도서관』, 휘기누스의 『신화집』과 더불어 가장 유명한 신화집으로 꼽힌다. 오비디우스 외에도 베르길리우스, 아풀레이우스 등의 다른 고전 작품들도 활용하고 있다. 예를 들어 11장의 에로스와 프시케의 이야기는 오비디우스에는 나오지 않는, 2세기 로마 소설가인 아풀레이우스의 동명의 작품 『변신 이야기』에 나오는 이야기이며, 20장에서는 그리스 서정 시인인 사포와 시모니데스와 관련된 전설들을 수록하고 있다. 트로이아 전쟁과 그 이후의 이야기를 다룬 32권 이후는 베르길리우스의 『아이네이스*Aeneis*』로부터 내용을 가져왔다. 그럼에도 불구하고 불핀치가 오비디우스의 『변신 이야기』를 주된 출처로 활용하고 있다는 사실은 이 신화들의 구조, 즉 각 이야기 배치와 주제적 연관성에서부터 확인할 수 있다. 불핀치가 『신화의 시대』에서 본격적으로 여러 신화를 소개하기 시작하는 3장의 첫 이야기로 『변신 이야기』 초반의 나오는 아폴론과 월계수로 변신한 다프네의 이야기를 배치하고, 35장에서 『변신 이야기』 마지막 권의 피타고라스 이야기를 배치하고 있다는 것은 두드러지는 구조적 유사성의 대표적인 예이다.

이제 불핀치가 『변신 이야기』의 내용을 어떻게 변형하고 보충하고 재구성하여 자신의 스토리로 엮어 냈는가를 몇몇 사례들을 통해 살펴보도록 하자. 아라크네와 니오베 신화의 경우가 이런 특성을 잘 보여 준다. 『변신 이야기』와 『신화의 시대』 모두, 베 짜는 솜씨로 아테네 여신에게 도전했다가 거미로 변한 아라크네의 이야기에 이어, 자식이 많다고 오만한 말과 행동을 하다가 레토 여신의 분노를 사서 모든 자식을 잃게 되고 슬피 울다가 돌이 되어 버린 니오베 이야기를 소개한다. 『변신 이야기』에서는 이렇게 두 개, 혹은 그 이상의 이야기가 어떤 연결 고리를 갖고 병치되는 경우를 흔히 찾아볼 수 있다. 불핀치 역시 오비디우스가 짝지워 놓은 이야기들을 가져와 병치하는 경우가 많다. 하지만 불핀치는 오비디우스가 두 이야기를 연결하고 있는 그 연결 고리를 그대로 가져오지는 않는다. 『변신 이야기』에서는 거미로 변한 아라크네 이야기에 바로 이어서 다음의 구절로 새로운 이야기를 연결시킨다. 〈리디아 전역이 수군거렸고 아라크네 이야기는 프리기아의 모든 마을로 퍼져 나가서 마침내 온 세상이 알게 되었다. 니오베는 결혼하기 전에 마이오니아와 시필루스에 살면서 아라크네 이야기를 들어 알고 있었다. 그런데도 같은 고장 사람인 아라크네의 징벌 사건으로부터 천상의 신들에게 양보하고 공손한 언사를 사용해야 한다는 교훈을 배우지 못했다. 니오베는 여러 이유로 오만해졌다.〉[2] 반면 불핀치는 니오베의 이야기를 이렇게 시작한다. 〈아라크네의 운명은 온 나라를 거쳐 외국으로까지 요란스레 퍼져 나갔으며, 주제넘은 필멸자에게 감히 스스로를 신과 비교하지 말라는 경고 노릇을 했다. 하지만 이런 겸손의 교훈을 배우는 데 실패한 사람, 그것도 여러 자녀를 둔 어머니가 하나 있었다.〉 『변신 이야기』와 『신화의 시대』 모두 〈오만함〉을 두 이야기를 잇는 연결 고리로 사용하고 있다. 그리고 『변신 이야기』에는 이 외에 연결 고리가 하나 더 있는데, 아라크네와 니오베가 〈같은 고장 사람〉이었다는 사실이다. 반면 불핀치는 이 두 여인이 동향인이라는 사실에 대해서는 언급하지 않는다. 그

2 오비디우스, 『변신 이야기』(이종인 옮김, 열린책들, 2018)에서 인용.

러한 부분이 독자들이 이 신화 이야기를 이해하는 데 도움이 되지 않는다고 여겼기 때문일 것이다. 그는 그런 지엽적인 내용보다는, 이 신화들이 인유된 문학과 예술 작품들을 풍성하게 끌어들이는 데 중점을 두고자 했다. 그래서 그는 아라크네의 이야기가 다뤄진 16세기 시인 에드먼드 스펜서의 『미오포트모스*Muiopotmos, or the Fate of the Butterflie*』를 비롯한 영어권의 문학 작품들을 다음에 들려준 후 니오베의 이야기로 넘어간다. 그는 니오베 이야기의 말미에도 이 신화가 인유된 바이런의 『차일드 해럴드의 편력*Childe Harold's Pilgrimage*』과, 토머스 무어의 「길에 관한 시Rhymes on the Road」, 그리고 피렌체의 조각상과 그리스의 경구 등을 소개한다. 이렇듯 불핀치는 『신화의 시대』 곳곳에 밀턴의 『실낙원』을 비롯하여, 바이런, 셸리, 키츠, 롱펠로 등 여러 중요한 영미 시인들의 문학 작품들을 삽입하고 해설하면서, 영어로 된 문학 작품과 예술 작품 들을 이해하는 데 신화적인 지식이 큰 도움이 된다는 것을 보여 준다.

불핀치가 『변신 이야기』에서 간략하게 처리된 신화를 보충해서 내용을 더 풍부하게 만든 예로는, 아리아드네의 이야기를 들 수 있다. 테세우스가 미노타우로스를 죽이기 위해 크레테로 갔을 때 크레테의 공주 아리아드네가 테세우스에게 실타래를 건네주어 그를 도왔다는 이 이야기를, 『변신 이야기』에서는 단 몇 줄로 처리해 버렸다. 심지어 아리아드네의 이름조차 언급되지 않는다. 〈그리고 처녀의 도움ope virginea으로, 이전에 아무도 들어가서 되돌아 온 적 없는 어려운 문을 (풀면서 들어갔던) 실을 되감아 찾아내자, 아이게우스의 아들은 즉시 미노스의 딸을 붙잡아 디아섬을 향해 닻을 올렸고, 잔인하게도 그 해안에 자신과 함께했던 처녀를 남겨 두고 떠났다. 버림받아 하염없이 슬퍼하던 그녀를 리베르(디오니소스)가 포옹해 주고 도와주었다.〉[3] 반면 불핀치는 테세우스와 아리아드네의 이야기를 전부 들려준다. 아리아드네가 자신의 나라에 온 영웅 테세우스를 사랑하게 되어 그가 미노타우로스를 죽이고 미궁에서 빠져나올 수 있도록 해준 이야기, 그리고 결국 그에게 버림당하는 이야기가 자세하게 다뤄지고, 디오니소스 신에 대해 다루는 장에서는 테세우스에게 버림받은 아리아드네가 디오니소스와 만나 결혼하게 되는 이야기까지 포함시킨다. 물론 이 이야기에도 불핀치는 아리아드네에 대한 인유를 남긴 에드먼드 스펜서의 시를 인용하고, 스펜서가 이 신화를 어떻게 잘못 이해했는지에 대해 지적한다.

오비디우스가 자세히 다뤘더라도, 불핀치는 그가 생각하기에 지나치게 성애적인 내용을 포함하고 있거나 잔혹한 내용은 불필요하다고 여겨 삭제하기도 했다. 테바이의 예언자 티레시아스가 남자에서 여자로 변해 남성과 여성의 사랑의 쾌감을 이야기한 대목, 테레우스의 끔찍한 범죄, 프로크네와 필로멜라 자매의 복수를 다룬 대목 등이 그 예이다. 그가 생각하기에 이런 이야기들은 〈순수한 기호와 선량한 도덕에 거슬리는〉 내용이라고 여겨졌기 때문이다. 이는 불핀치 시대의 도덕적인 가치에 따른 자기 검열이라고 할 수 있다.

3 불핀치가 오비디우스의 원문을 어떻게 달리 사용하는지를 보이기 위해 이 구절은 원문에서 직역했다.

『신화의 시대』의 의의

『신화의 시대』가 처음 출간된 지 한 세기 반이 지난 지금도 이 책은 계속해서 새로이 번역되고 발췌되며 읽히고 있다. 그리고 다양한 제목들로 출간된 신화집, 만화로 된 그리스 로마 신화조차도 『신화의 시대』를 기초로 하고 있다. 이런 점에서 불핀치의 『신화의 시대』는 많은 독자들에게 그리스 로마 신화를 접하게 되는 첫 관문의 역할을 하고 있으며, 여전히 많은 이들에게 그리스 로마 신화는 불핀치의 신화인 셈이다.

불핀치가 이 책을 집필했던 시대와는 달리, 이제는 누구나 마음만 있다면 쉽게 공부할 수 있는 시대가 되었다. 서양의 소수 특권층만 배울 수 있었던 그리스어 라틴어도 마음만 먹으면 배울 수 있고, 신화에 대한 지식도 다양한 루트를 통해 접할 수 있다. 국내에서도 이제 서양 고전학 전공자들이 배출되어 좋은 고전 원전 번역들이 계속해서 나오고 있다. 그렇기에 불핀치의 신화는 유효 기간이 지난 신화집에 불과한 것이 아닌지, 아직도 『신화의 시대』가 읽힐 이유가 있는지에 대해 묻는 이들도 있을 것이다. 그러나 이에 대해 불핀치 자신이 그의 서문에서 대답을 준다. 〈고대 시인들의 원전을 번역본으로 읽음으로써 이 주제에 관한 필수적인 지식을 얻을 수 있지 않을까? 우리의 답변은 이렇다. 이 분야가 워낙 광대하기 때문에 벼락치기 공부에는 부적절하다. 그리고 그 번역문조차 이 주제에 관해 사전 지식을 어느 정도 갖고 있어야만 이해가 가능하다.〉

『신화의 시대』가 주된 자료로 삼고 있는 『변신 이야기』의 매력을 일반 독자들이 한 번에 알아차리기란 쉽지 않다. 수

많은 사전 지식이 필요하기 때문이다. 물론 옆에 신화 사전을 놓고 찾아 가며 읽을 수도 있지만, 이조차도 쉽지 않다. 그렇게 고전 작품을 읽기 시작하는 순간 좌절에 빠져 버리는 독자들에게 『신화의 시대』는 좋은 준비 과정이 될 것이다. 불핀치의 『신화의 시대』는 여전히 많은 이들에게 신화적 지식과 이야기의 즐거움을 제공한다. 신화가 인유되어 있는 많은 영문학 작품들을 맛볼 수 있는 것 또한 다른 신화집에서는 찾아볼 수 없는, 불핀치의 『신화의 시대』만이 가진 큰 매력이다. 『신화의 시대』는 그리스 로마 신화에 대한 지식을 갖고자 하는 독자들에게 좋은 출발점이 되어 주며, 이들을 서양 고전 문학의 세계로 이끌어 주는 안내자가 되어 준다. 이 책을 탐독한 이들은 분명히 이 책이 가리키고 있는 호메로스의 『일리아스』, 『오디세이아』, 오비디우스의 『변신 이야기』, 베르길리우스의 『아이네이스』, 그리고 사포와 시모니데스의 세계를 향해 떠나지 않을 수 없을 것이다.

역자 후기

왜 아직도 불핀치인가

토머스 불핀치의 『신화의 시대』는 무려 한 세기 반이 넘도록 그리스 로마 신화의 대명사로 간주되었지만, 최근에는 그 명성에도 다소 흠집이 생겼다. 가장 일반적으로 제기되는 비판은 호메로스나 아폴로도로스나 오비디우스나 베르길리우스처럼 그리스 로마 신화를 다룬 고전 작가들의 〈원전〉이 번역되어 있는 상황에서 굳이 그것들을 영어로 옮겨 정리한 책인 불핀치를 읽을 필요가 있느냐는 것이다. 하지만 이런 원전을 읽는 것과 별개로, 각 권에 산재된 신화를 일목요연하게 정리하고 요약한 해설서의 역할 역시 그 충분한 가치가 있음은 부정할 수 없다.

분명한 점은 불핀치의 책이 그리스 로마 신화의 해설서로 여전히 유용하다는 것이다. 원전 대부분이 상당수 독자에게는 낯선 서사시 형식이지만, 불핀치의 저서는 이를 읽기 쉬운 산문으로 재구성했다는 점이 가장 큰 장점일 것이다. 물론 약점도 없지 않다. 우선 일부 내용에서는 원전의 문장을 그대로 가져오다시피 했고, 착오나 누락을 범하기도 했다. 또 그리스 로마 신화에서 일부 내용은 포함시키지 않기도 했으며, 부록 삼아 덧붙인 인도 신화 관련 내용은 많이 빈약한 편이다. 이런 약점은 불핀치의 책이 애초에 신화 해설서일 뿐만 아니라, 서문에 나왔듯이 영시에 나온 인유를 설명한다는 또 다른 목적을 지향하는 과정에서 유래했다고도 이해할 수 있다. 즉 〈영시의 이해를 위한 신화 입문서〉라는 애초의 집필 의도를 염두에 두고 이 책을 바라볼 필요가 있는 것이다.

그런데 불핀치의 책이 〈신화 입문서〉로 인기를 누리게 되면서, 애초의 주요 목표인 〈영시의 이해〉 방면은 오히려 소홀히 여겨지게 되었다. 특히 저자가 예시한 영시 가운데 상당수가 오늘날에는 오히려 생소하게 여겨진 까닭인지, 우리나라에서는 오래전부터 영시 인용문을 빼버린 발췌 번역본이 여러 번 간행되었다. 이후에도 완역본이 나오기는 했지만, 일어 중역 및 표절 번역 같은 잘못된 관행 때문에 저자가 범한 오류나 불일치를 수정하지 않고 답습하는 것은 물론이고, 일부 내용을 누락하거나 첨가해서 본래의 모습과는 완전히 딴판으로 만들어 놓고도 겉표지에는 버젓이 〈불핀치 신화집〉이라고 적어 놓은 경우도 없지 않았다.

이번에 간행되는 열린책들의 『신화의 시대』 번역본은 이런 기존의 문제와 단점을 최대한 극복함으로써, 불핀치의 원래 의도를 고스란히 살리는 동시에 내용의 오류를 최소화하려는 의도에서 출발했다. 본문과 영시 인용문 모두를 번역하고, 한 세기 반의 시차를 감안하여 필요한 경우에는 독자의 이해를 돕기 위해 역주를 추가했다. 번역 저본 및 다른 여러 판본에도 여전히 포함되어 있는 원문의 오류를 최대한 수정하고, 필요한 경우에는 그 맥락을 설명했다. 고유 명사 표기는 그리말 사전에 의거했고, 여러 원전 번역서를 참고해서 최대한 일관성을 유지했다. 이 정도면 비록 〈완벽〉을 달성하진 못했어도 가장 〈신중〉을 기한 번역서라고 자부할 만하다.

이건 어디까지나 국내 학술계 및 출판계의 발전과, 다른 무엇보다도 기술의 발전 덕분에 가능했던 일이다. 우선 불핀치가 주로 참고한 오비디우스를 비롯해서 호메로스, 베르길리우스, 헤시오도스, 아폴로도로스의 그리스어 라틴어 원전이 우리말로 번역되었고, 인터넷의 등장과 구글 북스 같은 온라인 텍스트의 축적 덕분에 이 책에 등장한 영시는 물론이고 당대의 신문 기사까지 검색할 수 있었다. 불핀치를 능가하는 신화 해설서가 등장하기 전까지는, 열린책들의 이 번역본이 가장 신뢰할 만한 판본으로 남았으면 하는 바람이다.

번역 저본으로는 1859년판 『신화의 시대』의 재간행본인 다음 판본을 사용했다. *BULFINCH'S GREEK AND ROMAN MYTHOLOGY: THE AGE OF FABLE (Unabridged)* (New York: Dover Publications Inc., 2000). 하지만 이 판본에도 종종 오타나 문장 부호의 누락이 등장하기 때문에, 경우에 따라 다음 판본과 대조해서 바로잡았다. *BULFINCH'S MYTHOLOGY* (New York: The Modern Library, 1998). 그 외에도 오타나 누락이 의심되는 경우에는 구글 북스에 올라온 다음 초기 판본과도 대조해서 바로잡았다. *THE AGE OF FABLE; OR STORIES OF GOD AND HEROES (Second Edition)* (Boston: Sanborn, Carter, and Bazin, 1856).

2022년 8월

박중서

토머스 불핀치 연보

1796년 출생 매사추세츠주 의사당, 홀리 크로스 성당, 보스턴 재판소 등을 설계한 유명 건축가인 부친 찰스 불핀치Charles Bulfinch와 모친 해나 앤소프 불핀치Hannah Anthorp Bulfinch 사이에서 7월 15일 메사추세츠주 뉴턴에서 출생함.

1805년 9세 보스턴 라틴 스쿨에 입학. 라틴어 학습 시작.

1810년 14세 필립스 엑서터 아카데미를 졸업하고 하버드 대학에 입학. 이곳에서 이후 자신의 작품들의 근간이 되는 인문학 교육, 특히 라틴 문헌들에 대한 훈련을 함.

1814년 18세 하버드 대학 고전학과 졸업. 모교인 보스턴 라틴 스쿨에서 교편을 잡음.

1818년 22세 아버지 찰스 불핀치가 워싱턴 국회 의사당 재건을 위한 건축가로 지명되어 온 가족이 워싱턴 DC로 이주.

1837년 41세 그의 평생 직장이 될 보스턴 머천트 은행에 취직함. 그는 대부분의 여가 시간을 독서로 보내고, 젊은이들과 일상이 바쁜 독자들을 위한 자신이 읽은 책들을 축약된 형태로 쓰고자 함.

1840년 44세 보스턴 자연사 협회에서 자원봉사로 비서 일을 맡음.

1841년 45세 어머니 해나 불핀치 사망.

1844년 48세 아버지 찰스 불핀치 사망.

1851년 55세 너새니얼 호손의 『소년 소녀를 위한 원더북*Wonder Book for Girls and Boys*』이 출간됨. 그리스 신화를 어린이들을 위해 풀어서 이야기한 이 책은 이후 불핀치가 『신화의 시대*The Age of Fable*』를 집필하는 데 직접적인 영향을 끼침.

1853년 57세 독자들이 이해하기 쉽도록 성서의 시편을 역사적인 순서를 따라서 재배열한 책인 첫 저서 『서정시로 쓴 히브리 역사*Hebrew Lyrical History*』 출간.

1855년 59세 그리스, 로마, 북유럽 등에 전해지는 고대 신화들을 모아 정리한 『신화의 시대』 출간. 출간 직후부터 흥행을 거둠.

1858년 62세 아서 왕의 이야기를 비롯한 잉글랜드와 웨일스에 전해 내려오는 기사들의 전설을 다룬 『기사의 시대*The Age of Chivalry, or Legends of King Arthur*』 출간. 매슈 에드워즈Matthew Edwards라는 젊은이에게 라틴어를 가르치기 시작함.

1859년 63세 애제자 에드워즈가 21세의 나이로 사망하자 그를 자신의 가족 묘지에 안장함.

1860년 64세 매슈 에드워즈의 삶을 기초로 한 『소년 발명가*The Boy Inventor*』 출간.

1863년 67세 프랑크 왕국의 샤를마뉴 황제와 그의 기사들의 이야기를 비롯한 중세 기사 로망스를 다룬 『샤를마뉴 황제의 전설*Legends of Charlemagne*』 출간.

1865년 69세 『독서 교실 및 가족 모임을 위해 번안된 셰익스피어*Shakespeare: Adapted for Reading Classes and for the Family Circle*』 출간.

1866년 70세 『오레곤과 엘도라도*Oregon and Eldorado*』 출간.

1867년 사망 5월 27일 매사추스츠주 보스턴에서 사망. 매사추세츠주 케임브리지에 있는 마운트 오번 공동묘지에 안장됨.

1881년 『신화의 시대』, 『기사의 시대』, 『샤를마뉴 황제의 전설』을 합본하여 『불핀치 신화집*Bulfinch's Mythology*』이 출간됨.

열린책들 세계문학 281 **신화의 시대**

옮긴이 박중서 출판 기획가 및 번역가. 한국저작권센터(KCC)에서 근무했으며, 〈책에 대한 책〉 시리즈를 기획했다. 옮긴 책으로는 『불멸의 열쇠』, 『빌 브라이슨 언어의 탄생』, 『거의 모든 사생활의 역사』, 『모든 용서는 아름다운가』, 『안드로이드는 전기양의 꿈을 꾸는가?』, 『무신론자를 위한 종교』, 『지식의 역사』, 『과학적 경험의 다양성』, 『런던 자연사 박물관』, 『신화와 인생』, 『끝없는 탐구』, 『인간의 본성에 관한 10가지 이론』, 『대구』, 『언어의 천재들』, 『소크라테스에서 포스트모더니즘까지』 등이 있다.

지은이 토머스 불핀치 **옮긴이** 박중서 **발행인** 홍예빈·홍유진
발행처 주식회사 열린책들 **주소** 경기도 파주시 문발로 253 파주출판도시
전화 031-955-4000 **팩스** 031-955-4004 **홈페이지** www.openbooks.co.kr

ISBN 978-89-329-1281-3 04840 **ISBN** 978-89-329-1499-2 (세트)
발행일 2022년 9월 20일 세계문학판 1쇄 2024년 7월 15일 세계문학판 3쇄

열린책들 세계문학
Open Books World Literature

001 **죄와 벌** 표도르 도스또예프스끼 장편소설 | 홍대화 옮김 | 전2권 | 각 408, 512면
003 **최초의 인간** 알베르 카뮈 장편소설 | 김화영 옮김 | 392면
004 **소설** 제임스 미치너 장편소설 | 윤희기 옮김 | 전2권 | 각 280, 368면
006 **개를 데리고 다니는 부인** 안똔 체호프 소설선집 | 오종우 옮김 | 368면
007 **우주 만화** 이탈로 칼비노 단편집 | 김운찬 옮김 | 416면
008 **댈러웨이 부인** 버지니아 울프 장편소설 | 최애리 옮김 | 296면
009 **어머니** 막심 고리끼 장편소설 | 최윤락 옮김 | 544면
010 **변신** 프란츠 카프카 중단편집 | 홍성광 옮김 | 464면
011 **전도서에 바치는 장미** 로저 젤라즈니 중단편집 | 김상훈 옮김 | 432면
012 **대위의 딸** 알렉산드르 뿌쉬낀 장편소설 | 석영중 옮김 | 240면
013 **바다의 침묵** 베르코르 소설선집 | 이상해 옮김 | 256면
014 **원수들, 사랑 이야기** 아이작 싱어 장편소설 | 김진준 옮김 | 320면
015 **백치** 표도르 도스또예프스끼 장편소설 | 김근식 옮김 | 전2권 | 각 504, 528면
017 **1984년** 조지 오웰 장편소설 | 박경서 옮김 | 392면
019 **이상한 나라의 앨리스** 루이스 캐럴 환상동화 | 머빈 피크 그림 | 최용준 옮김 | 336면
020 **베네치아에서의 죽음** 토마스 만 중단편집 | 홍성광 옮김 | 432면
021 **그리스인 조르바** 니코스 카잔차키스 장편소설 | 이윤기 옮김 | 488면
022 **벚꽃 동산** 안똔 체호프 희곡선집 | 오종우 옮김 | 336면
023 **연애 소설 읽는 노인** 루이스 세풀베다 장편소설 | 정창 옮김 | 192면
024 **젊은 사자들** 어윈 쇼 장편소설 | 정영문 옮김 | 전2권 | 각 416, 408면
026 **젊은 베르테르의 슬픔** 요한 볼프강 폰 괴테 장편소설 | 김인순 옮김 | 240면
027 **시라노** 에드몽 로스탕 희곡 | 이상해 옮김 | 256면
028 **전망 좋은 방** E. M. 포스터 장편소설 | 고정아 옮김 | 352면
029 **까라마조프 씨네 형제들** 표도르 도스또예프스끼 장편소설 | 이대우 옮김 | 전3권 | 각 496, 496, 460면
032 **프랑스 중위의 여자** 존 파울즈 장편소설 | 김석희 옮김 | 전2권 | 각 344면
034 **소립자** 미셸 우엘벡 장편소설 | 이세욱 옮김 | 448면
035 **영혼의 자서전** 니코스 카잔차키스 자서전 | 안정효 옮김 | 전2권 | 각 352, 408면

120 **알코올** 기욤 아폴리네르 시집 | 황현산 옮김 | 352면
121 **지하로부터의 수기** 표도르 도스또예프스끼 장편소설 | 계동준 옮김 | 256면
122 **어느 작가의 오후** 페터 한트케 중편소설 | 홍성광 옮김 | 160면
123 **아저씨의 꿈** 표도르 도스또예프스끼 장편소설 | 박종소 옮김 | 312면
124 **네또츠까 네즈바노바** 표도르 도스또예프스끼 장편소설 | 박재만 옮김 | 316면
125 **곤두박질** 마이클 프레인 장편소설 | 최용준 옮김 | 528면
126 **백야 외** 표도르 도스또예프스끼 소설선집 | 석영중 외 옮김 | 408면
127 **살라미나의 병사들** 하비에르 세르카스 장편소설 | 김창민 옮김 | 304면
128 **뻬쩨르부르그 연대기 외** 표도르 도스또예프스끼 소설선집 | 이항재 옮김 | 296면
129 **상처받은 사람들** 표도르 도스또예프스끼 장편소설 | 윤우섭 옮김 | 전2권 | 각 296, 392면
131 **악어 외** 표도르 도스또예프스끼 소설선집 | 박혜경 외 옮김 | 312면
132 **허클베리 핀의 모험** 마크 트웨인 장편소설 | 윤교찬 옮김 | 416면
133 **부활** 레프 똘스또이 장편소설 | 이대우 옮김 | 전2권 | 각 308, 416면
135 **보물섬** 로버트 루이스 스티븐슨 장편소설 | 머빈 피크 그림 | 최용준 옮김 | 360면
136 **천일야화** 앙투안 갈랑 엮음 | 임호경 옮김 | 전6권 | 각 336, 328, 372, 392, 344, 320면
142 **아버지와 아들** 이반 뚜르게네프 장편소설 | 이상원 옮김 | 328면
143 **오만과 편견** 제인 오스틴 장편소설 | 원유경 옮김 | 480면
144 **천로 역정** 존 버니언 우화소설 | 이동일 옮김 | 432면
145 **대주교에게 죽음이 오다** 윌라 캐더 장편소설 | 윤명옥 옮김 | 352면
146 **권력과 영광** 그레이엄 그린 장편소설 | 김연수 옮김 | 384면
147 **80일간의 세계 일주** 쥘 베른 장편소설 | 고정아 옮김 | 352면
148 **바람과 함께 사라지다** 마거릿 미첼 장편소설 | 안정효 옮김 | 전3권 | 각 616, 640, 640면
151 **기탄잘리** 라빈드라나트 타고르 시집 | 장경렬 옮김 | 224면
152 **도리언 그레이의 초상** 오스카 와일드 장편소설 | 윤희기 옮김 | 384면
153 **레우코와의 대화** 체사레 파베세 희곡소설 | 김운찬 옮김 | 280면
154 **햄릿** 윌리엄 셰익스피어 희곡 | 박우수 옮김 | 256면
155 **맥베스** 윌리엄 셰익스피어 희곡 | 권오숙 옮김 | 176면
156 **아들과 연인** 데이비드 허버트 로런스 장편소설 | 최희섭 옮김 | 전2권 | 각 464, 432면
158 **그리고 아무 말도 하지 않았다** 하인리히 뵐 장편소설 | 홍성광 옮김 | 272면
159 **미덕의 불운** 싸드 장편소설 | 이형식 옮김 | 248면
160 **프랑켄슈타인** 메리 W. 셸리 장편소설 | 오숙은 옮김 | 320면

161 **위대한 개츠비** 프랜시스 스콧 피츠제럴드 장편소설 | 한애경 옮김 | 280면

162 **아Q정전** 루쉰 중단편집 | 김태성 옮김 | 320면

163 **로빈슨 크루소** 대니얼 디포 장편소설 | 류경희 옮김 | 456면

164 **타임머신** 허버트 조지 웰스 소설선집 | 김석희 옮김 | 304면

165 **제인 에어** 샬럿 브론테 장편소설 | 이미선 옮김 | 전2권 | 각 392, 384면

167 **풀잎** 월트 휘트먼 시집 | 허현숙 옮김 | 280면

168 **표류자들의 집** 기예르모 로살레스 장편소설 | 최유정 옮김 | 216면

169 **배빗** 싱클레어 루이스 장편소설 | 이종인 옮김 | 520면

170 **이토록 긴 편지** 마리아마 바 장편소설 | 백선희 옮김 | 192면

171 **느릅나무 아래 욕망** 유진 오닐 희곡 | 손동호 옮김 | 168면

172 **이방인** 알베르 카뮈 장편소설 | 김예령 옮김 | 208면

173 **미라마르** 나기브 마푸즈 장편소설 | 허진 옮김 | 288면

174 **지킬 박사와 하이드 씨** 로버트 루이스 스티븐슨 소설선집 | 조영학 옮김 | 320면

175 **루진** 이반 뚜르게네프 장편소설 | 이항재 옮김 | 264면

176 **피그말리온** 조지 버나드 쇼 희곡 | 김소임 옮김 | 256면

177 **목로주점** 에밀 졸라 장편소설 | 유기환 옮김 | 전2권 | 각 336면

179 **엠마** 제인 오스틴 장편소설 | 이미애 옮김 | 전2권 | 각 336, 360면

181 **비숍 살인 사건** S. S. 밴 다인 장편소설 | 최인자 옮김 | 464면

182 **우신예찬** 에라스무스 풍자문 | 김남우 옮김 | 296면

183 **하자르 사전** 밀로라드 파비치 장편소설 | 신현철 옮김 | 488면

184 **테스** 토머스 하디 장편소설 | 김문숙 옮김 | 전2권 | 각 392, 336면

186 **투명 인간** 허버트 조지 웰스 장편소설 | 김석희 옮김 | 288면

187 **93년** 빅토르 위고 장편소설 | 이형식 옮김 | 전2권 | 각 288, 360면

189 **젊은 예술가의 초상** 제임스 조이스 장편소설 | 성은애 옮김 | 384면

190 **소네트집** 윌리엄 셰익스피어 연작시집 | 박우수 옮김 | 200면

191 **메뚜기의 날** 너새니얼 웨스트 장편소설 | 김진준 옮김 | 280면

192 **나사의 회전** 헨리 제임스 중편소설 | 이승은 옮김 | 256면

193 **오셀로** 윌리엄 셰익스피어 희곡 | 권오숙 옮김 | 216면

194 **소송** 프란츠 카프카 장편소설 | 김재혁 옮김 | 376면

195 **나의 안토니아** 윌라 캐더 장편소설 | 전경자 옮김 | 368면

196 **자성록** 마르쿠스 아우렐리우스 명상록 | 박민수 옮김 | 240면

197 **오레스테이아** 아이스킬로스 비극 | 두행숙 옮김 | 336면
198 **노인과 바다** 어니스트 헤밍웨이 소설선집 | 이종인 옮김 | 320면
199 **무기여 잘 있거라** 어니스트 헤밍웨이 장편소설 | 이종인 옮김 | 464면
200 **서푼짜리 오페라** 베르톨트 브레히트 희곡선집 | 이은희 옮김 | 320면
201 **리어 왕** 윌리엄 셰익스피어 희곡 | 박우수 옮김 | 224면
202 **주홍 글자** 너새니얼 호손 장편소설 | 곽영미 옮김 | 360면
203 **모히칸족의 최후** 제임스 페니모어 쿠퍼 장편소설 | 이나경 옮김 | 512면
204 **곤충 극장** 카렐 차페크 희곡선집 | 김선형 옮김 | 360면
205 **누구를 위하여 종은 울리나** 어니스트 헤밍웨이 장편소설 | 이종인 옮김 | 전2권 | 각 416, 400면
207 **타르튀프** 몰리에르 희곡선집 | 신은영 옮김 | 416면
208 **유토피아** 토머스 모어 소설 | 전경자 옮김 | 288면
209 **인간과 초인** 조지 버나드 쇼 희곡 | 이후지 옮김 | 320면
210 **페드르와 이폴리트** 장 라신 희곡 | 신정아 옮김 | 200면
211 **말테의 수기** 라이너 마리아 릴케 장편소설 | 안문영 옮김 | 320면
212 **등대로** 버지니아 울프 장편소설 | 최애리 옮김 | 328면
213 **개의 심장** 미하일 불가꼬프 중편소설집 | 정연호 옮김 | 352면
214 **모비 딕** 허먼 멜빌 장편소설 | 강수정 옮김 | 전2권 | 각 464, 488면
216 **더블린 사람들** 제임스 조이스 단편소설집 | 이강훈 옮김 | 336면
217 **마의 산** 토마스 만 장편소설 | 윤순식 옮김 | 전3권 | 각 496, 488, 512면
220 **비극의 탄생** 프리드리히 니체 | 김남우 옮김 | 320면
221 **위대한 유산** 찰스 디킨스 장편소설 | 류경희 옮김 | 전2권 | 각 432, 448면
223 **사람은 무엇으로 사는가** 레프 똘스또이 소설선집 | 윤새라 옮김 | 464면
224 **자살 클럽** 로버트 루이스 스티븐슨 소설선집 | 임종기 옮김 | 272면
225 **채털리 부인의 연인** 데이비드 허버트 로런스 장편소설 | 이미선 옮김 | 전2권 | 각 336, 328면
227 **데미안** 헤르만 헤세 장편소설 | 김인순 옮김 | 264면
228 **두이노의 비가** 라이너 마리아 릴케 시선집 | 손재준 옮김 | 504면
229 **페스트** 알베르 카뮈 장편소설 | 최윤주 옮김 | 432면
230 **여인의 초상** 헨리 제임스 장편소설 | 정상준 옮김 | 전2권 | 각 520, 544면
232 **성** 프란츠 카프카 장편소설 | 이재황 옮김 | 560면
233 **차라투스트라는 이렇게 말했다** 프리드리히 니체 산문시 | 김인순 옮김 | 464면
234 **노래의 책** 하인리히 하이네 시집 | 이재영 옮김 | 384면

235 **변신 이야기** 오비디우스 서사시 | 이종인 옮김 | 632면

236 **안나 카레니나** 레프 톨스토이 장편소설 | 이명현 옮김 | 전2권 | 각 800, 736면

238 **이반 일리치의 죽음·광인의 수기** 레프 톨스토이 중단편집 | 석영중·정지원 옮김 | 232면

239 **수레바퀴 아래서** 헤르만 헤세 장편소설 | 강명순 옮김 | 272면

240 **피터 팬** J. M. 배리 장편소설 | 최용준 옮김 | 272면

241 **정글 북** 러디어드 키플링 중단편집 | 오숙은 옮김 | 272면

242 **한여름 밤의 꿈** 윌리엄 셰익스피어 희곡 | 박우수 옮김 | 160면

243 **좁은 문** 앙드레 지드 장편소설 | 김화영 옮김 | 264면

244 **모리스** E. M. 포스터 장편소설 | 고정아 옮김 | 408면

245 **브라운 신부의 순진** 길버트 키스 체스터턴 단편집 | 이상원 옮김 | 336면

246 **각성** 케이트 쇼팽 장편소설 | 한애경 옮김 | 272면

247 **뷔히너 전집** 게오르크 뷔히너 지음 | 박종대 옮김 | 400면

248 **디미트리오스의 가면** 에릭 앰블러 장편소설 | 최용준 옮김 | 424면

249 **베르가모의 페스트 외** 옌스 페테르 야콥센 중단편 전집 | 박종대 옮김 | 208면

250 **폭풍우** 윌리엄 셰익스피어 희곡 | 박우수 옮김 | 176면

251 **어셴든, 영국 정보부 요원** 서머싯 몸 연작 소설집 | 이민아 옮김 | 416면

252 **기나긴 이별** 레이먼드 챈들러 장편소설 | 김진준 옮김 | 600면

253 **인도로 가는 길** E. M. 포스터 장편소설 | 민승남 옮김 | 552면

254 **올랜도** 버지니아 울프 장편소설 | 이미애 옮김 | 376면

255 **시지프 신화** 알베르 카뮈 지음 | 박언주 옮김 | 264면

256 **조지 오웰 산문선** 조지 오웰 지음 | 허진 옮김 | 424면

257 **로미오와 줄리엣** 윌리엄 셰익스피어 희곡 | 도해자 옮김 | 200면

258 **수용소군도** 알렉산드르 솔제니친 기록문학 | 김학수 옮김 | 전6권 | 각 460면 내외

264 **스웨덴 기사** 레오 페루츠 장편소설 | 강명순 옮김 | 336면

265 **유리 열쇠** 대실 해밋 장편소설 | 홍성영 옮김 | 328면

266 **로드 짐** 조지프 콘래드 장편소설 | 최용준 옮김 | 608면

267 **푸코의 진자** 움베르토 에코 장편소설 | 이윤기 옮김 | 전3권 | 각 392, 384, 416면

270 **공포로의 여행** 에릭 앰블러 장편소설 | 최용준 옮김 | 376면

271 **심판의 날의 거장** 레오 페루츠 장편소설 | 신동화 옮김 | 264면

272 **에드거 앨런 포 단편선** 에드거 앨런 포 지음 | 김석희 옮김 | 392면

273 **수전노 외** 몰리에르 희곡선집 | 신정아 옮김 | 424면

274 **모파상 단편선** 기 드 모파상 지음 | 임미경 옮김 | 400면

275 **평범한 인생** 카렐 차페크 장편소설 | 송순섭 옮김 | 280면

276 **마음** 나쓰메 소세키 장편소설 | 양윤옥 옮김 | 344면

277 **인간 실격·사양** 다자이 오사무 소설집 | 김난주 옮김 | 336면

278 **작은 아씨들** 루이자 메이 올컷 장편소설 | 허진 옮김 | 전2권 | 각 408, 464면

280 **고함과 분노** 윌리엄 포크너 장편소설 | 윤교찬 옮김 | 520면

281 **신화의 시대** 토머스 불핀치 신화집 | 박중서 옮김 | 664면

282 **셜록 홈스의 모험** 아서 코넌 도일 단편집 | 오숙은 옮김 | 456면

283 **자기만의 방** 버지니아 울프 지음 | 공경희 옮김 | 216면

284 **지상의 양식·새 양식** 앙드레 지드 지음 | 최애영 옮김 | 360면

285 **전염병 일지** 대니얼 디포 지음 | 서정은 옮김 | 368면

286 **오이디푸스왕 외** 소포클레스 비극 | 장시은 옮김 | 368면

287 **리처드 2세** 윌리엄 셰익스피어 희곡 | 박우수 옮김 | 208면

288 **아내·세 자매** 안톤 체호프 선집 | 오종우 옮김 | 240면

289 **폭풍의 언덕** 에밀리 브론테 장편소설 | 전승희 옮김 | 592면

290 **조반니의 방** 제임스 볼드윈 장편소설 | 김지현 옮김 | 320면